XX – My Rose, my Thorn
Von Don Both und Maria O'Hara
Deutsche Erstausgabe März 2020

Kontakt: https://www.facebook.com/DonBothMariaOHara/
Trailer zum Buch: https://youtu.be/NdEybnrLdjo
Mit besonderem Dank an Kerstin Patze und Nicole Zdroiek
Cover: Marie Grasshoff
Erschienen in der A.P.P.-Verlags GmbH
St. Gallerstrasse 49
9100 Herisau
Schweiz
978-3-96115-622-1
E-Pub: 978-3-96115-623-8
Print: 978-3-96115-624-5

Don Both & Maria O'Hara

XX

My Rose, my Thorn

A.P.P.
Romance

Kurzbeschreibung

Hier tragen alle das Kreuz und doch ist keiner ohne Sünde.
Hier, wo Familie über alles geht.
Hier, wo die Engel mit den Teufeln tanzen. Und wo Gefühle keine Bedeutung haben dürfen.
Das hier ist die Hölle. Das hier ist das Haus der Sünde und du bist eine Heilige.
Jetzt heißt es alles oder nichts, Tesoro.
Jetzt heißt es fliegen oder brennen.
Und er entscheidet.

1. Eisige, eisblaue Eisaugen

Sergio

Wann kommst du, Bro?

Das ist die vierte Nachricht innerhalb von dreiundvierzig Minuten, die ich in dieser Art erhalte. Ich werfe unter halb gesenkten Lidern einen Blick auf mein Handy unter dem Tisch.

» … und danach treffen wir uns mit den O'Nellys. Du musst da auf jeden Fall pünktlich sein. Keine roten Augen. Keine Falten in der Kleidung. Und um Gottes willen, mach irgendwas mit deinen Haaren. Sergio, hörst du mir zu?«

Keine Ahnung, ich melde mich, schreibe ich schnell, die Augen auf das Display gerichtet … Es klackt, weshalb ich zusammenzucke und dann wieder aufschaue. Direkt in das nicht sehr amüsierte Gesicht meines Vaters. Und auf die Mine seines Kugelschreibers, mit dem er auf mich zeigt, weshalb ich meinen Kopf zurückziehe und langsam das Handy wieder unter meinen Schenkel schiebe.

Es vibriert schon wieder. Heute Abend ist drüben im Poolhaus dieser Geburtstag. Oder war es ein Wir-müssen-mal-wieder-saufen-Besäufnis? Ich weiß es nicht, aber der Garten ist bereits voll, und ich wette, es weiß mal wieder keiner, wer all diese Menschen eingeladen hat. Sie sind immer einfach da und feiern irgendwas. Niemand weiß was. Nie. Wenn man fragt, feiert jeder was anderes.

»Sergio!«

Ich lasse meinen trägen Blick von dem Kugelschreiber hoch in eisblaue, eisige Eisaugen schweifen. Habe ich schon erwähnt, dass sie nicht amüsiert wirken? Ich versuche wirklich, mich zusammenzureißen. Das versuche ich immer, wenn ich hier bin. Wenn man vor dem Obermafiaboss, der auch noch der eigene Vater ist, sitzt, sollte man sich wirklich zusammenreißen.

»Ja?«, frage ich mit blanker Miene, als wäre ich total da, aber das bin ich gar nicht. Ich bin gerade ganz woanders. Ich bin gerade bei gestern Nacht. Wie bin ich denn jetzt dahin gedriftet? *Pfui. Aus, Sergio!*

Es vibriert wieder und meine Finger zucken, weil ich nachsehen will, aber ich tue es nicht. Stattdessen lege ich meine Hände langsam auf die Armlehnen des antiken Stuhls, in dem ich sitze, vor dem massiven Schreibtisch und straffe meine Schultern etwas.

Hinter dem Tisch lehnt sich mein Vater gerade in seinem Bürostuhl zurück. Er hält den schwarzen Kugelschreiber mit der XX-Gravur zwischen Zeige- und Mittelfinger und sein Siegelring mit dem gleichen XX, den ich auch trage, glänzt in der untergehenden Abendsonne, als er den Stift schwingen lässt.

»Über was habe ich denn gerade geredet, Sergio?«, fragt er mich mit seiner betont gelassenen Stimme, aber diesem scharfen Unterton, der immer mitschwingt. Als der Boss aller Mafiafamilien, die in Chicago, New Orleans und Italien ansässig sind, hat er es perfektioniert, seine Stimme den gegebenen Umständen anzupassen. Wie seine ganze Person. Seinen stechenden Blick und sein makelloses Auftreten. Ich meine, bei ihm steht nie ein Haar ab. Wie geht das überhaupt? Jede einzelne seiner dunkelbraunen Strähnen liegt perfekt. Sein royalblauer Kaschmirpullover sitzt perfekt. Sein goldenes Kreuz, das er um den Nacken trägt, wie wir alle, schmiegt sich perfekt unterhalb des Schlüsselbeins an seine Haut. Alles an ihm ist perfekt, von seinem glattrasierten Kinn, über seine hohen Wangenknochen und dem markanten Kiefer. Von seinem klaren, hellblauen Blick bis zu den Runzeln in seiner Stirn, die sich gerade deutlich zeigen, während er mich betrachtet.

Scheiße, hat er was gesagt? Ich glaube, ich hätte vorhin diesen Joint mit Zayden nicht rauchen sollen.

Okay, jetzt keine Panik.

Er sieht mich an, als würde er eine Antwort erwarten.

Was könnte er mich denn gefragt haben? *Denk nach, Sergio, denk nach!*

Es ging um die Iren. Jawohl, die Iren. Die machen gutes Bier. Ich war da mal in einem Pub mit dem Carter-Dad. Dann habe ich das Auto vollgekotzt und er hat mich ausgelacht. Dieser Carter-Dad. Echt nicht lustig. Aber lustiger als mein Vater. Der Donovan-Vater. Der starrt mich immer noch an. Wieso starrt er mich denn so zweifelnd an?

Die Runzeln in seiner Stirn vertiefen sich und die dunklen, markanten Augenbrauen wandern etwas weiter hoch. Meine wandern langsam mit.

Er atmet durch. Das tut mein Vater, wenn er sich beruhigen muss. Dann atmet er. Jetzt muss er sich beruhigen. Das ist nicht gut für mich, aber wenigstens pocht die Ader an seiner Schläfe nicht.

Er ist so genervt, dieser Vater. Also bewege ich mich jetzt einfach nicht. Tante Alayna sagt, wenn nichts mehr geht, solle man sich wie ein Opossum tot stellen.

Tot stellen.

»Denkst du, ich höre einfach auf, mich mit dir zu unterhalten, weil du nicht antwortest?«, fragt er jetzt und ich räuspere mich zweimal. Dann noch einmal. Keine Unsicherheit zeigen. Das darf man bei meinem Vater nicht, auch nicht als Sohn. Erst recht nicht als Sohn, den er seit Jahren darauf vorbereitet, einmal dieses de Luca-Imperium zu übernehmen.

»Nein?«, meine ich lauernd und hoffe, das war die richtige Antwort. Ich hebe mein Kinn etwas und blinzle.

»Sergio«, sagt er jetzt leise – gefährlich leise und kaum beherrscht. Mein Vater wird immer äußerst leise, bevor er äußerst laut wird. Nicht lustig. Gar nicht lustig. Nicht so lustig wie der Carter-Dad, wenn er laut wird. Der bringt mich dann immer zum Lachen und wird noch lauter. Einmal hat er Zayden und mich an jeweils einem Ohr gepackt und in den Garten gebracht. Dort hat er uns voll bekleidet in den Pool geschubst, weil wir Scheiße gebaut hatten. So einen Poolausflug machten wir früher einmal die Woche. Das war lustig. Mein Vater schubst aber niemanden in Pools, er bringt die Leute zum Steg und lässt sie erschießen. Das ist nicht lustig.

»Dad?«, antworte ich sanft und verlagere mein Gewicht etwas. Okay, ich weiß, ich sollte keine Unsicherheit zeigen, aber das ist wirklich nicht so leicht unter diesem stechenden Blick. »Tut mir leid, ich bin nur müde«, weiche ich aus.

»Von was denn?«, fragt er mich lauernd, als wäre es ihm schon völlig klar. Prompt wirkt er noch etwas weniger amüsiert, als wäre das möglich.

Oh, ich möchte jetzt nicht daran denken, was ich bis heute Morgen, als wir in die Schule mussten, in diesem Zimmer getan habe und mit wem. Denn das würde meinem Vater nicht gefallen. Dann würde die Explosion folgen. Tausendprozentig.

»Ich kann zurzeit nicht sehr gut schlafen«, lüge ich und sein Blick wird noch etwas wissender.

»Ich weiß genau, was das übersetzt bedeutet.« Nein, ich frage ihn jetzt nicht, woher er das so genau weiß, sonst muss ich kotzen. »Du kannst tun und lassen, was du willst, wenn du ›nicht schlafen kannst‹«, er malt tatsächlich Anführungszeichen in die Luft, »aber das nächste Mal, wenn du hier in diesem Büro sitzt, dann bist du voll aufnahmefähig. Es wird höchste Zeit, dass du dich zusammenreißt. Denn bald wird ein ganz neuer Lebensabschnitt für dich beginnen und den kannst du nur geordnet bewältigen. Geh jetzt und ordne *das*.« Er wedelt fast angewidert mit dem Kugelschreiber in meine Richtung und ich seufze einmal tief und träge.

Ich kenne seine Sprache und deren Übersetzung auch, genauso gut wie er meine. In drei Monaten werde ich achtzehn und jedem in meinem Umfeld ist klar, was das bedeutet. Ich versuche nur, nicht zu sehr darüber nachzudenken.

Aber all das sage ich jetzt nicht. Ich sage meinem Vater selten, was ich wirklich denke. Meine Mutter meint immer, dass ich meine Gedanken für mich behalten soll. Laut ihr gibt es Dinge, die nicht in sein Büro gehören, und welche, die nicht in das Haus gehören, in dem ich lebe. Ich halte mich daran, so funktioniert es.

»Okay.« Ich schiebe den Stuhl zurück und erhebe mich.

Mein Vater seufzt schwer, als würde er sich fragen, was er da gezeugt hat. Manchmal beneide ich meine Schwester, die auch seine Tochter ist und nichts davon weiß, aber das ist ein anderes Thema. Jedenfalls muss sie nur süß aus ihren hellblauen Glupschern glupschen und alle sind ganz entzückt. Bei mir nicht, bei mir ist niemand entzückt, wenn ich glupsche. Ganz im Gegenteil.

Ich schiebe sanft den Stuhl wieder an den Tisch und unterdrücke ein Gähnen, bevor ich mit zwei Fingern salutiere und rückwärts zur Tür gehe. Sein immer noch zweifelnder Blick folgt mir.

»Vier Uhr. Morgen.«

»Okay!« Ich lasse meine Hand sinken. »Arrivederci!«

Seine Verabschiedung ist ein erneutes Kopfschütteln und ein leicht resigniert wirkendes Abwinken, bevor er sich seinen Unterlagen widmet. Ich werfe noch einen kurzen Blick zu dem Porträt meines verstorbenen Opas und seines Vaters, das hinter ihm hängt. Er sieht auch etwas zweifelnd aus. Fuck, ich muss Zayden fragen, was für Dope das war. Diesmal hat es echt reingehauen.

Schließlich wende ich mich ab und verlasse das Büro. Die Tür schließe ich sanft, weil man das im de Luca-Haus so macht, und schaue hoch zu Giovanni, dem treusten Mann meines Vaters, der vor seinem Büro Wache steht, wie immer. Er ist so verdammt groß, dieser Giovanni Guerra, und zweimal so breit wie wir alle, sogar breiter als Carter-Dad. Ich meine, er ist wie ein Kleiderschrank mit schwarzen Haaren in einem perfekt sitzenden, italienischen Anzug.

»Giovanni!« Ich nicke.

»Sir.« Er nickt auch, wobei er wie immer stoisch nach vorn sieht. Es ist für mich mittlerweile normal, dass sie mich hier alle *Sir* nennen. Das war mit zwölf echt ein bisschen komisch, und mit fünf noch komischer, aber jetzt habe ich mich daran gewöhnt. Ich bin immerhin Donovan de Lucas Sohn und weiß, was das bedeutet. Das wissen wir alle, vor allem mein Vater. Der wird dessen nicht müde, zu erwähnen, was das bedeutet. Wir sprechen nur nicht wirklich darüber. Wir sprechen über vieles nicht. Aber das ist okay. Solange wir alle wissen, wo wir hingehören, ist das okay.

Nicht wahr, Tesoro?

2. Zwischen den Rosen, Rosalie

Sergio

Ich verlasse das dunkle Haus meines Vaters und trete in den Sonnenuntergang. Es riecht nach Spätsommer und ich muss meine Sonnenbrille aufsetzen, weil das alles echt ziemlich grell ist. Mein Blick schweift kurz über den Hof. Mein Vater ist ein übler motherfuckiger Mafiaboss und seine Männer sind praktisch überall. Zwei steigen gerade aus ihren Autos. Einer telefoniert am Tor und einer lehnt mit dem Steißbein am plätschernden Brunnen vor der Tür, der von weißen Engels- und Teufelsstatuen gesäumt ist. Es sieht immer ein bisschen aus, als würden die Teufel die Engel verschlingen oder zum Tanzen verführen. Der Platz ist voll von Audis, die alle meinem Vater gehören und von seinen Männern gefahren werden. Die untergehende Sonne spiegelt sich auf dem dunklen Lack der Wagen. Ich schiebe meine Hände in die Hosentaschen und schlendere die Treppe der das Haus umlaufenden Veranda hinunter, bevor ich nochmal einen letzten Blick über die Schulter zum

Bürofenster meines Vaters werfe. Er sitzt den ganzen Tag in diesem dunklen Büro. Manchmal ist er weg, dann weiß ich, dass er entweder etwas zu erledigen hat – wobei der Großteil von seinen Männern übernommen wird, damit er sich dazu nicht *herablassen* muss – oder bei einer seiner Frauen ist. Von denen weiß man nicht viel. Er hält sich sehr bedeckt, was diese Frauen angeht. Aber ich kann mir denken, was er so treibt, dieser Vater.

Mit der Hand in der Hosentasche umklammere ich meinen Autoschlüssel und drücke den Knopf zum Entriegeln. Ich fahre natürlich auch einen Audi. War ein Geschenk zum sechzehnten Geburtstag von meinem Vater, sobald ich die Prüfung bestanden hatte. Wahrscheinlich wollte er dem einfach vorgreifen, dass ich einen unwürdigen BMW bekomme, denn auf der anderen Seite des Sees, wo ich lebe und aufgewachsen bin, fährt man nur BMW. Ja, richtig, ich bin nicht bei meinem Vater aufgewachsen, sondern bei meiner Mutter und ihrem Mann Carter Rush, seinem Bruder Caden Rush und dessen Frau Alayna Rush. Wie das zustande kam, weiß ich bis heute nicht so wirklich. Meine Mutter hat nur erzählt, dass sie sich geeinigt haben, dass meine Schwester Catalina und ich bei dem Carter-Dad und ihr drüben aufwachsen. Meinen Vater und mich trennen nur sieben Autominuten direkt über die Brücke voneinander. Die Brücke, die sich über dem Michigan Lake erstreckt, an dessen Seeausläufer wir leben. Keine Nachbarn. Niemand wäre so dumm, sich hier bei zwei mehr oder eher weniger verbündeten Mafiafamilien ein Haus bauen zu lassen, auch wenn weder mein Vater noch die Rushs mit ihrem Mafiastatus an die Öffentlichkeit gehen. Ganz im Gegenteil, Tarnung ist alles, und doch weiß jeder in Chicago, wer Donovan de Luca ist. Nur würde darüber niemals jemand offen sprechen – außer er hat einen Todeswunsch.

Ich lasse mich schwer auf den schwarzen Ledersitz fallen und schließe die Tür sanft hinter mir, bevor ich mich anschnalle und den Motor starte.

Ich versuche, möglichst locker und beschwingt zu wirken, weil ich immer das Gefühl habe, dass er mich beobachtet. Also öffne ich locker und beschwingt das Fahrerfenster und strecke meinen Arm noch lockerer und noch beschwingter hinaus, bevor ich rückwärts die Parklücke verlasse und dabei fast den Brunnen umniete. Oopsie.

Okay, wirklich, ich muss Zayden fragen, was wir da geraucht haben. Fuck!

Ich bremse haarscharf vor einem der Engel und bleibe weiterhin locker und beschwingt. Ich tue einfach so, als wäre es Absicht gewesen, und lenke den Wagen lässig zu dem schwarzen Tor, das in die Höhe ragt. Auch auf dessen Säulen links und rechts sitzen zwei Engelsstatuen. Sehr italienisch. Sehr mafiamäßig. Ich verstehe schon die Message, Dad. Wir sind Italiener. Wir stehen auf Engel und Kreuze um den Hals. Kann ich alles so unterschreiben.

Sobald ich das Tor passiert habe, entspanne ich meine Schultern und drehe die Musik auf. Die Bässe hallen über die Brücke, als ich sie befahre. Der See darunter glitzert in der Abendsonne und die noch angenehm warme Luft strömt durch das geöffnete Fenster in meine Nase.

Ich lasse meinen Hinterkopf gegen den Sitz sinken und rutsche tiefer, während ich die letzten vierzig Minuten nochmal in meinem Kopf Revue passieren lasse. Es ist für mich immer eine kleine Herausforderung, wenn mein Vater anruft, um mich zu sich zu zitieren. Er ist kein so leichter Mensch, genau genommen ist er die komplizierteste Person in meinem Leben. Aber das ist okay, ich komme mit kompliziert gut klar. Trotzdem spüre ich immer, wie sich etwas in mir verschließt, sobald ich sein Tor passiere. Mein Vater hat mir schon früh beigebracht, was es heißt, ein de Luca zu sein. Dass ich meine Gefühle nicht nach außen tragen soll, dass ich rational denken soll, dass alles, was mir was bedeutet, eine Schwäche darstellt. Ich verstehe schon. Auch das. Aber das ist nicht so leicht, vor allem nicht, wenn man da drüben in diesem weißen, hellen Rush-Haus lebt, wo jeder ganz offen zeigt, was er empfindet. So bin ich aufgewachsen. Dort, wo die Menschen, die man liebt, eine Stärke darstellen. Natürlich habe ich, obwohl ich nicht bei meinem Vater aufgewachsen bin, viel Zeit mit ihm verbracht. Er hat immer wert darauf gelegt, mich zu sich rüberzuholen. Mir zu zeigen, wie das Geschäft läuft, mich auf mein Leben bei den Engeln und Teufeln vorzubereiten. Auch darüber will ich jetzt nicht nachdenken. Die ganze Zeit war alles so weit weg und jetzt habe ich nur noch diese drei Monate.

Manchmal wünschte ich mir, ich wäre meine Schwester. Catalina. Sie ist jetzt dreizehn. Und sie hat keine Ahnung davon, dass Donovan de Luca unser gemeinsamer Vater ist. Wie lustig. Mein Leben ist so lustig. Ich habe da diesen Zwillingsbruder, Zayden, mit dem ich allerdings nur dieselbe Mutter teile – japp, das geht tatsächlich. Und meine voll blutsverwandte, hundertprozentige Schwester, die denkt, sie würde mit mir auch nur dieselbe Mutter teilen. So lustig. Dabei sieht sie unserem Vater so ähnlich. Gleichzeitig ist sie sehr intelligent, sodass ich mich frage, wie lange es dauert, bis sie das rausfindet. Bisher wissen das nur Carter, Caden, Tante Alayna, Mom, Zayden, ich … und *du*. Mir hat Mom es auch nur erzählt, weil ich irgendwann angefangen habe, Fragen zu stellen. Es war einfach zu offensichtlich, dass Catalina nicht Carter Rushs Tochter ist. Dann hat Mom es auch gleich euch erzählt, weil sie wusste, dass ich es Zayden so oder so sagen würde, denn wir haben keine Geheimnisse, ich habe nur eins vor ihm. Mom wusste auch, dass Zayden es dir erzählen würde, weil ihr auch keine Geheimnisse habt. Außer einem.

Okay, auch darüber, dass wir beide ein Geheimnis vor Zayden hüten, für das er mich kastrieren wird, wenn er es herausfindet, will ich jetzt nicht nachdenken.

Ich halte vor dem schwarzen Tor auf der anderen Seite des Sees und es wird mir geöffnet. Keine Engel auf den Säulen, kein Schnickschnack. Onkel Caden mag keinen Schnickschnack. Gemächlich rolle ich über den Kies, der unter meinen Reifen knirscht, und an den verschiedenen Autos vorbei, die an der Seite parken, weil wir ja mal wieder eine Party feiern. Eine Wir-wissen-nicht-wieso-wir-feiern-vielleicht-hat-ja-jemand-Geburtstag-Party. Es ist nicht so, als wäre ich ein Fan von Partys. Da sind immer die üblichen Verdächtigen. Die Mafiasöhne, die denken, ihnen gehöre die Welt, weil Daddy ihnen ein teures Auto gekauft hat und sie eine Knarre in der Hose stecken haben. Die verzweifelten Cheerleader, die um Aufmerksamkeit betteln – mit wenig Stoff und viel Alkohol. Die grölenden Footballspieler, die alle auf Anabolika sind und verschrumpelte Eier haben. Die total schüchternen kleinen Mäuschen, die insgeheim hoffen, dass Zayden oder ich sie entjungfern. Und die, die sich immer wieder reinschleichen, obwohl sie niemand eingeladen hat. Dann sind da noch die total beliebten Mädchen, um die alle herumscharwenzeln und die es nicht ertragen, wenn ein Typ nicht auf sie steht. Diese Weiber, die sich die Seele aus dem Leib ficken würden, damit man ihnen sagt, dass sie schön sind. So lächerlich. Aber dank diesen Weibern habe ich mit dreizehn meine Jungfräulichkeit verloren. Auch daran werde ich jetzt nicht denken.

Ich parke.

Auf meinem Platz direkt neben dem schlichten, weißen Brunnen ohne Schnickschnack vor dem weißen, hellen Haus ohne Schnickschnack. Die Sonne ist schon fast ganz hinter dem See untergegangen und durch das offene Autofenster höre ich schon die Musik und das Stimmengewirr zu mir schwirren. Im Haupthaus brennen ein paar Lichter. Ich weiß, dass die Erwachsenen kein Drama um die Partys machen, solange sie im Garten bleiben, und Caden Rush genau weiß, wer sich auf seinem Grundstück aufhält. Ja, das weiß er immer genau. Er weiß *alles* immer genau. Und er hat mir einiges beigebracht, weshalb ich auch vieles immer genau weiß. Ich weiß, wie wichtig es ist, alles zu wissen. So wichtig in unserer Welt.

Ich öffne meine Tür und steige aus, bevor ich sie zuschlage und den Kragen meines dunkelblauen Poloshirts richte. Mein Blick schweift nochmal über den See. Das Haus meines Vaters sieht von dieser Seite immer noch etwas dunkler, noch etwas düsterer aus, und in den letzten Wochen, als wir noch Ferien hatten, saß ich oft auf dem Steg, allein in der Nacht, wenn ich nicht schlafen konnte, und habe dieses Haus angesehen. Ich habe mich dann gefragt, wie es sein wird, darin zu leben. Ich verdränge das. Jetzt nicht.

»... und dann hat er gesagt, er will nur einen Blowjob!«

»Neeeein!«

»Doch, wenn ich es dir sage!«

Genervt lasse ich den Blick zurück Richtung Garten schweifen, wo gerade Tessa und Lisa aus unserem Jahrgang aus dem Poolhaus gestolpert kommen, eine bei der anderen untergehakt und tuschelnd. Okay, sie denken vielleicht, sie würden tuscheln. Doch eigentlich brüllen sie und man hört sie sicher bis hoch zum Haus.

»Und, hast du es gemacht?«, fragt Tessa weiter.

»Ich hoffe nicht!«, höre ich meine Mutter genervt rufen, dann knallt ihr Schlafzimmerfenster zu. Mom ist kein großartiger Fan von diesen Partys und der Carter-Dad muss sie dann immer wegbringen oder ablenken. Nein, über diese Ablenkungen will ich jetzt auch nicht nachdenken.

Ich schaue nochmal zu den beiden Tussis und sie erstarren leicht, als sie mich bemerken. Langsam nehme ich die Sonnenbrille ab und klemme sie mir in den Kragen, bevor ich meine Hände in die Taschen meiner weißen Leinenhose schiebe.

»Hat er uns gehört?«, fragt Lisa und sieht lauernd zu mir.

Ich schaue sie jetzt an, wie mein Vater mich vorhin. Äußerst zweifelnd.

»Ja!«, flüstert Tessa, diesmal tatsächlich, aber ich höre sie trotzdem.

Heilige Scheiße.

Tief und genervt seufzend – fühlt mein Vater sich auch so mit mir? – schlendere ich weiter und an den beiden Grazien, die gar nicht grazil sind, sondern stockbesoffen, vorbei über den Rasen, der Richtung Pool und Poolhaus führt.

Der Garten hinter dem Haus ist riesig und in den Hecken blühen immer noch die dunkelroten Rosen. Dahinter stehen ein paar Parkbänke und ein weißer Pavillon.

Das Wasser des Pools schimmert bläulich wegen der Beleuchtung. Unzählige Liegen sind darum drapiert. Die Leute liegen darauf, unterhalten sich und trinken unseren Alkohol. Das mag ich nicht. Das mag ich nie. Sie sind Schnorrer, elendige Schnorrer. Sobald es was umsonst gibt, sind sie da. Die Hälfte davon kenne ich nicht mal, aber sie mich wahrscheinlich, weil mich jeder kennt. Liegt am Nachnamen. Doch ich habe mich daran gewöhnt. Ich wette, wenn ich jetzt »Happy Birthday, Josh!« brüllen würde, ohne dass es hier einen Josh gibt, würden alle ihre Gläser heben.

Die Schiebetüren des Poolhauses stehen offen, sodass die Musik herausdröhnt, vermischt mit dem dichten Rauch von Zigaretten und Marihuana.

Gerade läuft eine Blondine mit einem Flamingoschwimmreifen hinaus und springt in den Pool. Wie kann man so wenig Stil haben? Ich meine, ernsthaft? Ein Flamingo? Geht es vielleicht noch ordinärer?

»FICKEN FÜR ALLE!«, brüllt sie jetzt. Oh, heilige Scheiße. Irgendjemand sollte ihr den Mund stopfen, ihre Stimme ist echt penetrant.

Ich wende mich von diesem naturkatastrophalen Unfall ab und schlendere weiter ins Haus, direkt in den dichten Rauch.

Kurz sehe ich mich um. Es ist viel zu warm und viel zu voll hier drin, weil eine Menge Leute da sind. Die lederne, dunkelbraune Sitzecke zu meiner rechten ist vollbesetzt. Verschiedene Drogen liegen auf dem Tisch und es wird Bong geraucht. Zwei Weiber machen miteinander rum, während zwischen ihnen ein Typ sitzt, der gerade an der Bong zieht. Er ist einer der Footballer. Natürlich ist er das. Er nickt mir lässig zu. Diese kleine Tunte, die versucht, zu verstecken, dass sie eine Tunte ist, indem sie zwei Weiber miteinander rummachen lässt.

Ja, hi, du Loser. Ich hebe träge zwei Finger in seine Richtung. Wahrscheinlich ist das der schönste Tag seines Lebens, weil ich Hallo gesagt habe. Keine Ahnung, wie oft ich wohl schon einfach an ihm vorbeigeschlendert bin, wenn er zwei Finger gehoben hat.

Plötzlich legt sich ein schwerer, sehr *schwerer,* muskulöser Arm über meine Schultern. »Höschen aus Cannabis!«, ruft mein Bruder und sein vertrauter Duft, gemischt mit Schweiß und Rauch, steigt in meine Nase. Wieder eine von tausend Geschäftsideen, die er in seinem bekifften Zustand so hat.

Träge lasse ich meinen Blick in sein Gesicht schweifen. Obwohl er mein Zwilling ist, sehen wir uns fast gar nicht ähnlich. Das Einzige, was bei uns in etwas gleich ist, ist die Statur und die Form der Augen. Sonst kommt er total nach seinem Vater und ich teilweise nach meinem und teilweise nach meinem verstorbenen Onkel Dorian, den ich nie kennengelernt habe.

Zaydens türkisfarbene Augen sind gerötet, weil er zu viel gekifft hat. Seine schwarzen Haare sind ein einziges Chaos. *Er* ist ein Chaos. Er ist unrasiert und die schwarzen Stoppel ziehen sich über seinen scharf geschnittenen, markanten Kiefer. Das schwarze Shirt spannt sich straff über seine trainierte Brust sowie die breiten Schultern und die gleichfarbige Leinenhose sitzt tief.

»Man kann es gleich rauchen«, erklärt er mir jetzt, während wir weiterschlendern.

»Beim Ficken?«, überlege ich nickend und sehe dabei an die hölzerne Decke des Poolhauses, wo die Spots kaum den dichten Rauch durchbrechen können. Oben auf der Galerie tummeln sich rummachende Leute, teilweise vögeln sie wahrscheinlich. Es ist immer etwas ausschweifend hier.

»Vögeln und kiffen in einem. Das ist die Geschäftsidee, Bro!« Zayden ist begeistert und zieht eine Whiskyflasche einfach einem Typen, der an der mit Holz vertäfelten Bar sitzt, aus der Hand. Ich lehne mich seitlich dagegen und schüttle Zaydens Arm ab, weil er langsam schwer wird.

»Okay, aber wenn sie das Höschen trägt und du sie vögeln willst, wie willst du das Höschen dann rauchen und sie gleichzeitig vögeln?«, frage ich, wobei ich meinen Blick über die Menge schweifen lasse. Ich weiß, dass du hier irgendwo bist, du kleiner Stalker. Du hast mich sicher schon gesehen.

Ich blicke wieder zu Zayden, der stockt. Der Whisky läuft weiter aus der Flasche in eines der Shotgläser und über den Rand.

»Du kannst nicht in ihr sein und gleichzeitig das Höschen rauchen, Bro«, meine ich mit hochgezogenen Brauen, während er seine schwarzen zusammenzieht.

Dann knallt er die Flasche auf den Tresen. »DAS HÖSCHEN BESTEHT AUS JOINTS UND ICH ZIEHE ES IHR NATÜRLICH AUS, BEVOR ICH SIE VÖGLE. WIE SOLL ICH SIE DENN MIT HÖSCHEN VÖGELN, BRO?«

»Ach, du ziehst es einfach zur Seite.« Ich hebe die Schultern. »Manchmal muss es schnell gehen.« Mit einem Ellbogen lehne ich mich an die Bar und streiche meine Hand darüber, um an eines der Shotgläser zu kommen, als ich bemerke, wie wieder jemand Neues das Poolhaus betritt.

A ja.

Der feuchte Traum aller Männer, meines Bruders voran.

Selina Sanchez.

Sie trägt ein schwarzes, enges, kurzes Kleid, das genau der richtige Mix aus verdorbener Hure und Du-kriegst-mich-nicht ist. Ihr schwarzes Haar liegt in Wellen über ihrem Rücken und die vollen Lippen schimmern dunkelrot. Ihre dunkelbraunen Augen gleiten scheinbar desinteressiert durch den Raum, vor ihrem Schoß hält sie ihre schwarze Handtasche in zwei Händen. Sofort drehen sich achtzig Prozent der Typen hier drin nach ihr um. Japp, sie ist perfekt. Sie ist bildschön und hat eine Figur wie eine göttliche Statue. Aber mein Bruder versteht nicht, dass das nicht alles ist. Wie auch immer.

Ich deute mit dem Zeigefinger der Hand, in dem ich mein Shotglas halte, zur Tür. »Sanchez auf neun Uhr«, informiere ich meinen Bruder. »Schnell, sonst fickt sie dir jemand weg. Buhu!« Ich proste ihm zu und exe mein Glas. Das Problem mit dieser kolumbianischen Mafiatochter ist, dass sie genau weiß, was für eine Wirkung sie auf das männliche Geschlecht hat, und Frauen, die wissen, wie sehr sie einen Mann kontrollieren können, wenn sie es wollen, sind immer gefährlich.

Mein Bruder dreht den Kopf über die Schulter und sieht auch zur Tür. Kurz checkt er sie ab. Ich weiß, dass sie vögeln. Das wissen wir alle, weil sie es sehr laut tun. Ihr Vater, Diego Sanchez, wird uns alle dafür irgendwann killen, weil sie keine heilige Jungfrau mehr ist, aber gut. Wie auch immer.

Sie tut natürlich so, als hätte sie Zayden nicht gesehen. Der seufzt tief und greift sich auch ein Shotglas, bevor er es austrinkt und auf den Tresen knallt.

Dann lächelt er und seine Augen gleiten weiter zu … *Applaus* … Irina Terekov. Russische Mafiatochter. Irina Terekov sitzt bei den Bongrauchern. Irina Terekov ist das jüngste Terekov-Kind von dreien. Sie hat zwei Brüder, einen echt lustigen Vater, der Geschäfte mit meinem Vater macht, und eine Mutter, die einfach über alles lacht. Das mag ich.

Irina Terekov schmachtet meinen Bruder an, seit sie schmachten kann. Sprich, seit sie ein Kind ist. Sie ist überall, wo er ist. Aber mein Bruder mag keine hellblonden Engel mit dunkelgrünen, wirklich unschuldigen Augen. Mein Bruder mag Teufel. Dunkle, verruchte, mit dem Feuer spielende Dämonen. Allerdings wird er jetzt Irina dazu benutzen, um Selinas Aufmerksamkeit zu kriegen, denn Selina Sanchez reagiert auf nichts mehr, als darauf, nur noch zweite Wahl zu sein. Darauf, dass mein Bruder jemand anderen bevorzugen könnte, obwohl sie im Raum ist.

Zayden nickt, als hätte er meine Gedanken gehört. »Episch«, murmelt er. Dann schiebt er seine Hände in die Hosentaschen und schlendert. Er schlendert auf Irina Terekov zu, die gerade den Rauch ausstößt, während ihre Augen zu ihm gleiten. Als sie sieht, wie mein Bruder auf sie zukommt, fängt sie an zu husten. Sie in ihren hochtaillierten Jeansshorts und dem lockeren weißen Tanktop, das ihr über die Schulter gerutscht ist. SO locker. So nicht verrucht.

Ich beobachte das.

Sie hustet und hustet und stirbt wahrscheinlich tausend Tode, während sie vor Scham knallrot wird.

Der bekiffte Typ neben ihr haut ihr auf den Rücken. Zayden umrundet die Couch und stützt von hinten seine Unterarme auf die Rückenlehne zwischen Irina und dem Bekifften – der rutscht sofort etwas weg, denn niemand legt sich mit Zayden Rush an –, verschränkt seine Hände und beugt sich an ihr Ohr. Sie erstarrt, als er etwas sagt. Oh, mein Bruder ist so ein Dämon. So ein unschuldiges Ding dermaßen auszunutzen, das ist echt nicht nett, aber … du kommst. *Du kommst.* Nicht so, wie ich dich gern kommen sehe, aber du kommst.

Gerade betrittst du das Poolhaus und ich checke dich schnell ab.

Du trägst ein kirschrotes Kleid, das locker an dir herabfällt. Deine Lippen schimmern in dem gleichen Rotton und deine dunkelbraunen Haare liegen offen und gewellt über deinem Rücken. Deine Haut ist immer noch tief gebräunt von den letzten Wochen in Italien. Ja, wir sind ständig dort, weil meine Mom uns alle mitschleppt, wenn sie ihre Familie sehen will. Aber es ist ja auch meine Familie, und die meines Vaters lebt ebenfalls dort. Groteskerweise direkt gegenüber von ihrer – den Marinos – auf Sizilien. Ist das nicht lustig?

Deine türkisen Augen sind etwas trüb, weil du schon getrunken hast, was ich sofort erkenne. Wie immer siehst du erst kurz zu mir. Ich lehne immer noch an der Bar. Du schmunzelst ein bisschen, als du mich erblickst. Was gibt es denn da zu schmunzeln, hä? Jetzt lachst du und ich wüsste wirklich gern, was du so lustig findest. Wahrscheinlich wieder meinen Gesichtsausdruck. So witzig.

Aber dann siehst du Zayden bei Irina. Der hat mittlerweile jeweils eine Hand links und rechts neben Irinas Schultern auf die Lehne gestützt und den Kopf gesenkt, um mit ihr reden zu können. Sie hängt an seinen Lippen und weiß offensichtlich gar nicht, wie sie damit umgehen soll. Ihre Augen funkeln, sie ist völlig gebannt und nickt immer wieder langsam.

Du schnaubst sofort, als du die beiden erblickst. Irina ist

deine beste Freundin und natürlich stört es dich, wenn Zayden sie für seine Zwecke missbraucht.

Also beschließt du, das zu unterbrechen, und marschierst los in seine Richtung. Dabei schiebst du dich radikal an den Leuten vorbei und kämpfst dich zu ihm durch. Die meisten Kerle springen sofort zurück, weil sie wissen, was passiert, wenn sie dich ausversehen anfassen. Hart tippst du Zayden an die Schulter, sobald du da bist, und ziehst schon mal die Augenbrauen hoch. Der dreht wenig überrascht seinen Kopf in deine Richtung und hebt ebenso die Brauen.

Du sagst was zu ihm, er verdreht die Augen und bleibt total unbeeindruckt. So typisch mein Bruder. Du beugst dich zu ihm runter, dein Blick wird eindringlicher und höchstwahrscheinlich drohst du ihm jetzt. Nun seufzt Zayden und schiebt dich mit einem Zeigefinger an deinem Brustkorb wieder zurück, bevor er was erwidert.

Du schnaubst. Er verdreht die Augen. Es ist das übliche Drama.

Dann packst du Irina an der Hand. Ich wette, sie will gar nicht weg. Sie schüttelt den Kopf fast panisch. Jetzt beugst du dich vor ihr Gesicht und versuchst, ihr sehr eindringlich etwas klarzumachen. Ihr diskutiert. Wild.

Kein Problem, gleich hat sich das alles sowieso erledigt, denn Selina Sanchez ist gerade auf dem Weg zu Zayden. Das war ihr wohl zu viel Geflirte.

Irina versucht, dir mit ausschweifenden Handbewegungen auch was zu erklären.

Währenddessen lehnt sich Selina neben Zayden an die Couch. Er stützt sich immer noch an der Lehne ab und sieht sie mit einer erhobenen Braue von der Seite an. Nun sagt sie etwas zu ihm und er schmunzelt, bevor er sich von der Couch abstößt, einen Arm um ihre Taille schlingt und sich mit dem Steißbein an die Sitzecke lehnt. Dann zieht er sie zwischen seine Beine.

Das übliche Drama.

Irina brüllt dich jetzt an, springt mit einem Mal auf und stürmt hinaus. Du reibst dir die Stirn, als hättest du Kopfschmerzen, und Selina lächelt Zayden an, der sie noch ein bisschen näher an sich zieht und ihr Kinn hebt, um sie zu küssen. Keine Ahnung, was das genau ist, aber es geht schon seit Ewigkeiten so.

Du siehst nochmal genervt zu mir und folgst Irina dann nach draußen. Ich seufze und trinke einen weiteren Shot. Ein paar unwichtige Menschen, die ich in der Schule echt hart ignoriere, finden einen Weg, sich mit mir zu unterhalten. Ich nicke immer nur und sage: *ja*. Oder: *nein*. Oder, wie mein Vater es immer tut: *gut*. Mit diesen drei Antworten liegt man nie falsch. Und wenn man sonst kein Vokabular besitzt – ja, nein und gut gehen immer.

Es dauert dreißig Minuten, bevor ich es schaffe, drei Weiber abzuwimmeln, die vögeln wollen, und die Typen, die mit mir gesehen werden wollen. So lächerlich. Einer will ein Foto mit mir machen. Ein Foto. Er hat Glück, dass ich ihm das Handy nicht aus der Hand schlage.

Zayden und Selina sind mittlerweile verschwunden, wahrscheinlich vögeln sie sich irgendwo das Revier beim jeweils anderen zurecht. Du bist immer noch nicht zurück, also beschließe ich, nach dir zu sehen. Oder nach Irina. Oder was auch immer. Hauptsache raus hier. Weg von diesen degenerierten Idioten, die denken, sie wüssten irgendwas. Dabei wissen sie gar nichts, nicht wahr?

Also schlendere ich einfach geradeaus und alle machen mir Platz, woraufhin ich nach draußen in den mittlerweile sternenklaren Abend trete. Im Haupthaus brennen immer noch Lichter, bei uns sind immer alle sehr lange wach. Vom Poolhaus hinter mir ertönt das viel zu laute Gegröle und auf den Liegen befinden sich ein paar Betrunkene, die miteinander tuscheln und lachen. Ihr befindet euch auf einer der hinteren Liegen. Du und Irina. Aber ich betrachte wie immer nur dich, weil alle anderen, egal, wie sie heißen, in deiner Nähe immer verblassen. Der blaue Schein der Poollichter erhellt dein Profil und spielt über deine makellose Haut. Das rote Kleid ist dir leicht über den gebräunten Schenkel gerutscht und deine Haare liegen mittlerweile über einer Schulter.

Du redest leise mit Irina. Wie immer bemerkst du sofort, dass ich da bin, und siehst über deine Schulter zu mir. Sobald du Blickkontakt mit mir aufgenommen hast, schlendere ich Richtung Rosengarten. Dieser Garten gehört uns. Die meiste unserer Zeit haben wir da drin verbracht, weil man dort einigermaßen geschützt ist. Geschützt vor Blicken, weil wir ja niemandem erzählen, was zwischen uns läuft. Und ich muss sagen, wir sind echt gut darin, dieses Geheimnis zu wahren, denn das geht jetzt schon seit zwei Jahren so. Und entgegen allem, was ich tue, wollte ich das eigentlich nicht, weil ich weiß, dass es nicht richtig ist, aber auch darüber denke ich größtenteils nicht nach. Schließlich ist mir klar, dass es sowieso bald zu Ende sein wird.

Also gehe ich weiter.

Ich gehe.

In den Rosengarten und verschwinde hinter den blühenden Hecken, vorbei am Pavillon. Die Stimmen werden immer leiser, dafür hört man die Grillen immer deutlicher. Der warme Wind streicht durch die Blätter. Ich atme tief die Abendluft ein, bevor ich mich auf die Bank unter dem Kirschbaum sinken lasse und die Beine von mir strecke. Ich weiß, dass du mir folgen wirst. Weil du das immer tust. Es dauert vier Minuten, wie ein Blick auf meine Armbanduhr mir verrät, dann kommst du. Dein Kleid passt perfekt zu den Rosen um uns herum. Die Laternen ringsum scheinen auf den Boden und deine Gestalt wirft einen Schatten auf den gekachelten Weg vor dir.

Du wirkst etwas gestresst, aber sobald du mich siehst, musst du wieder lächeln. Ich habe echt keine Ahnung, was dich jetzt zum Lächeln bringt, Tesoro.

Du bleibst vor mir stehen und ich schiebe die Beine etwas auseinander, bevor ich deine Oberschenkel umfange und dich näher ziehe.

»Hey«, sagst du leise und streichst mir sofort durch die Haare. Das tust du sehr gern. Du hast ständig deine Finger in meinen Haaren. Aber du darfst das.

Ich beuge mich vor und lasse meine Nase über den feinen Stoff deines Kleides streichen. Du riechst vertraut und nach Zuhause. Ich liebe das. Seit wir Kinder waren, kenne ich diesen Duft, obwohl er sich natürlich mit der Zeit geändert hat, weil du Parfüms benutzt, aber für mich bleibt die Basis gleich. Du bleibst immer gleich. Du bleibst immer du.

Schließlich hebe ich den Blick und du ziehst die Brauen zusammen, als du auf mich runterschaust. Meine Handflächen streichen über die Rückseiten deiner Oberschenkel.

»Das ist Körperverletzung, Sergio«, stellst du fest.

»Was?«, frage ich träge und wandere höher.

»Das!« Du bewegst etwas deine Schenkel. »Und das!« Du deutest in mein Gesicht und meine Augen.

Ich muss lächeln. »Sehe ich so schlimm aus?«, will ich wissen. Jetzt musst du lachen, während ich weiter nach oben streiche und unter deinem Kleid ankomme.

»Nein, aber wenn du eine Frau so ansiehst und berührst, gefährdest du ernsthaft ihre Gesundheit.« Ich bemerke, wie schwer es dir fällt, deine Gedanken zusammenzuhalten, während ich dich berühre. Diese Wirkung hatte ich schon immer auf dich.

»Oh, aber ich sehe ja keine andere Frau so an«, informiere ich dich und gleite mit den Daumen am unteren Rand deines Hinterns entlang. Deine Haut ist so fucking weich und das liebe ich auch.

Dein Blick wird schon etwas unfokussierter. Was ich noch liebe, ist, dass du mich so ansiehst und ich diese Wirkung auf dich habe. Immer. Seit ich mich erinnern kann.

»Das … will ich … hoffen!« Das kommt etwas atemlos. Deine Hände streichen über meine Schultern und ich seufze. Es ist nicht so, dass ich von irgendwelchen Weibern hier irgendwas halte, weil sie alle gleich sind. Aber nicht du. Du bist anders. Du bist tiefgründig, intelligent, echt, du hast Kopf, aber auch Herz, so viel Herz, dass ich dich manchmal darum beneide. Ich kenne deine tiefsten

Abgründe und deine hellsten Momente. Ich war immer da, als wir noch Kinder waren und zusammen gepuzzelt haben, als wir zusammen Kastanienhäuser gebaut haben, als du gefallen bist und ich dir an unserem ersten gemeinsamen Schultag aufgeholfen habe. Und dann, als du weinend in deinem Bett lagst, weil du gehört hast, dass ich was mit Lucia Valentino hatte. Ich fand es besser, was mit einer Lucia, einer Maria, einer Lina, einer Sara oder einer Estephania zu haben, als mit dir. Weil ich dir nicht wehtun wollte. Aber irgendwann hast du mir keine Wahl mehr gelassen und aus Trösten wurde der erste Kuss. Du hast mich einfach eines Tages geküsst und mich weinend an meinen Lippen gefragt, wieso ich dich nicht will.

So lustig.

Als würde irgendein normal funktionierender Typ dich nicht wollen.

Aber mit diesem Kuss hast du mir keine Wahl mehr gelassen. Ich *musste* fühlen. Du zwingst mich immer zum Fühlen. Also habe ich nachgegeben und es war echt extrem.

In der nächsten Nacht kam ich in dein Zimmer, obwohl du sonst immer in meines kommst, wenn du nicht schlafen kannst. Ich habe mich neben dein Bett gehockt und durch deine Haare gestrichen, wie ich es schon so oft getan habe. Du warst wach und hast mich angesehen – mit diesem unbändigen Vertrauen in deinen Augen. Und ich habe dich informiert, dass ich jetzt was sehr Dummes tun werde. Du hast genickt. Dann hatten wir Sex. Es war dein erstes Mal, doch ich wusste es vorher. Ich wusste, was ich dir damit nehmen werde. Aber ich konnte mich nicht mehr zurückhalten, weil dein Kuss alles in mir verbrannt hat. Jegliche Gegenwehr.

Seitdem ist nichts mehr, wie es war, nichts mehr, wie es sein soll, und irgendwie doch so perfekt. So falsch perfekt.

Ich wandere mit meinen Händen wieder nach unten und in deine Kniekehlen, bevor ich dich auf meinen Schoß ziehe, sodass du rittlings auf mir sitzt. Dann lehne ich mich zurück, nehme deine Handgelenke und lege mir deine Arme auf die Schultern, bevor ich sie nachfahre und Gänsehaut meinen Fingerspitzen folgt. Über deine Unter- und Oberarme bis zu deinen Schultern. Du bewegst dich meinen Händen etwas entgegen, wie immer. Ich seufze und spüre, dass ich mich jetzt erst, seit ich von meinem Vater kam, so langsam entspanne. Auch, wenn ich bekifft bin, stehe ich bei ihm immer unter Strom.

Du fragst mich nicht. Du bist einfach da, das ist immer so. Ich versuche, mir vorzustellen, wie das laufen soll, wenn ich da drüben bin. Denn ja, wenn ich achtzehn werde, werde ich bei ihm leben müssen. Das war von Anfang an klar. Ich werde die Schule beenden und parallel dazu beginnen, im Familiengeschäft einzusteigen. Darüber wollte ich eigentlich nicht nachdenken und jetzt spannen sich meine Schultern wieder an. Ich lasse den Nacken knacken, denn ich bin nicht stoned genug, dass mich das kaltlässt.

Du streichst mit dem Zeigefinger über meine Unterlippe, weshalb ich den Blick wieder hoch in deine türkisen Augen schweifen lasse. Niemand darf mich so anfassen, außer dir. Du lässt deinen Finger über mein Kinn gleiten, ohne meinen Blick loszulassen. Es ist irre, dass jemand mit so einer einfachen Berührung es fertigbringt, dass man sich besser fühlt, aber der bittere Beigeschmack bleibt. Ich kann nicht die Augen davor verschließen, was auf mich zukommt. Außerdem bin ich eigentlich auch nicht der Typ, der die Augen verschließt. Aber ich versuche eben, in den Tag hineinzuleben, sonst denke ich zu viel nach. Ich bin einer dieser Menschen, die sich richtig hart in etwas verstricken, wenn sie zu sehr grübeln. Aber das weißt du ja, Rosalie.

Ich streiche deine langen, dunklen Haare nach und sie gleiten seidig durch meine Finger. Hinter dem Rosengarten platscht es und ein paar Leute grölen. Du siehst nicht mal in die Richtung, genauso wenig wie ich. So ist das, wenn wir zusammen sind. Dann gibt es nur uns.

»Willst du darüber reden?«, fragst du schließlich und deine Fingerspitzen streichen über meinen Kiefer. »Ich hab mal gehört, das soll helfen.« Es ist nicht so, als hätte ich großartig gezeigt, dass mich irgendwas belastet, und jemand anderes hätte es auch nicht bemerkt. Du und dein Vater sind die Ausnahmen. Ihr durchschaut mich immer. Und das ist echt nicht leicht. Sogar meine Mutter scheitert manchmal daran. Dabei durchschaut sie jeden, weil sie so analytisch ist und einen Scannerblick besitzt. Nur bei mir zieht der nicht.

»Würde das was ändern?«, frage ich und sehe von meinen Fingern, die deine Haare berühren, wieder hoch in deine tiefen Augen.

Du atmest aus und lehnst deine Stirn an meine. »Momentan ja, auf Dauer nicht.«

Ich schließe die Lider und atme dich tief ein. »Ich mag es aber nicht, wenn Dinge nur für den Moment sind«, wispere ich an deinen Lippen und schiebe eine Hand in deinen Nacken.

»Ich auch nicht«, antwortest du etwas atemlos und ich muss lächeln.

Dann beuge ich mich nach vorn und küsse dich, meine Finger fest in deinem Nacken. Und hier, zwischen den Rosen auf dieser Bank, muss sich nichts ändern. Hier, zwischen den Rosen auf dieser Bank, hat immer nur der Moment gezählt. Hier, zwischen den Rosen auf dieser Bank, sind wir einfach wir.

Und was morgen kommt, zählt nicht, Rosalie. Nicht hier, zwischen den Rosen auf dieser Bank.

3. Spiel mit dem Feuer, Selina

Zayden

In diesem Haus gibt es drei goldene Regeln.

Erstens: Fick nicht, wo du isst.

Zweitens: Fick nicht, was du isst.

Drittens: Iss nicht, was du fickst.

Okay, kann sein, dass ich ein bisschen was vertauscht habe, immerhin bin ich zugekifft bis oben hin und betrunken auch noch.

Wir sind in meinem Zimmer. Es ist dunkel. Es ist immer dunkel in meinem Zimmer. Am Tag sind die Vorhänge zu und am Abend verzichte ich auf grelles Licht. Ich mag kein Licht. Deswegen mag ich dich so gern, Selina. Du hast kein Licht. Du bist kein Licht. Du bist dunkel. So abgrundtief dunkel, wie ich es bin.

Du liegst in meinem Bett auf dem Bauch und bist nackt. Keine Decke. Du weißt, ich mag das nicht. Ich sitze auf dem grauen Sessel in meiner Couchecke und drehe schon wieder einen Joint. Ich trage nur Boxershorts und habe einen Fuß auf die Kante des niedrigen Tisches gestützt, während ich dich beobachte.

Die einzige Lichtquelle ist die schwarze dicke Kerze auf meinem Beistelltisch. Ihre Flamme flackert und wirft Schatten an die Zimmerdecke über den Spots.

Ich habe dich gerade eineinhalb Stunden gevögelt. Auf deiner gebräunten, makellosen Haut schimmert noch der Schweiß. Ich betrachte die Wirbelsäule, die sich über deinen geschwungenen Rücken zieht, die Wölbung deines perfekten Arschs und deine straffen, langen Beine. Deine schwarzen Haare sind chaotisch auf meinem Kissen verteilt. Du hast deine Schläfe auf eine Hand gestützt und betrachtest mich auch. Natürlich tust du das. Das tust du ständig. Du frisst mich mit deinem Blick regelrecht auf. Das tust du seit einem Jahr. Das tust du, seit ich dich endlich rumgekriegt habe. Hat ja auch lange genug gedauert. Du warst so lange resistent gegen mich. Und ich wollte dich schon, seit ich denken kann. Du warst immer die unnahbare, schwarzhaarige, unerreichbare Prinzessin. Du hast mich erst wirklich beachtet, als du mich eines Tages mit Irina Terekov auf dem Schulhof in der Pause hast sprechen sehen. Dann auf einmal hast du dich dazugestellt. Dann auf einmal hatte ich deine Aufmerksamkeit. Und ich habe sie genutzt. Ich habe dich noch am selben Tag, keine Stunde später, auf dem Schulklo gefickt. Ging nicht anders, Selina. Ich will dich schon zu lange. Ich bin nicht so der romantische Typ, aber auch das weißt du ja mittlerweile. Und du liebst es. Du bist selbst keine Romantikerin. Du brauchst diesen Blumenscheiß nicht. Du bist keine von diesen

Cheerleadertussis. Du bist diejenige, die die Umkleide stürmt und die Cheerleaderinnen an den Haaren zerrt, wenn dir etwas nicht gefällt. Ich liebe das.

Ich führe den Joint an meine Lippen und befeuchte ihn, bevor ich ihn zusammenklebe, ohne dich aus den Augen zu lassen. Dann schiebe ich ihn zwischen meine Lippen und stehe auf. Barfuß gehe ich über den weichen, schwarzen Teppich, bis ich neben dem ebenfalls dunkelgrauen Bett stehen bleibe und mich nach unten beuge, um die Spitze der Tüte in die Flamme der Kerze zu halten. Es knistert, als der Joint sich entzündet und die Glut sich durch das dünne Papier frisst.

Tief inhaliere ich den Rauch, während ich mich neben dich auf die Bettkante setze und zu dir runtersehe. Ich nehme den Joint aus meinem Mund und stoße den dichten Rauch über deinen Körper. Du seufzt und drehst dich auf den Rücken. Meine Augen schweifen über deine zarten Schultern und deine perfekten Brüste, deinen flachen Bauch und über dein Familientattoo, direkt unter deiner linken Brust. Eine feine Schlange, die zu einem S geformt ist. Ich lege den Kopf schief, als ich das perfekte Dreieck zwischen deinen Beinen betrachte. Dann seufze ich auch und sehe wieder hoch in deine dunklen, so dunklen Augen. Deine Schminke ist etwas verschmiert und es ist immer, als würde man fallen, wenn man in deine Augen schaut.

Ich ziehe nochmal tief, während ich deine immer noch geschwollenen, perfekten Lippen betrachte und der Kerzenschein über deine verschwitzte Haut flackert.

Dann beuge ich mich hinab und lege meinen Mund auf deinen, wobei ich sanft den Rauch hineinströmen lasse. Du atmest tief ein und ich küsse dich nochmal kurz, bevor ich meinen Kopf zurückziehe. Der restliche Rauch entkommt deinen leicht geöffneten Lippen. Ich glaube, ich habe noch nie was Heißeres gesehen als dich in meinem Bett, so offen und mit dir im Reinen.

Du streichst mit deinem Zeigefinger über meinen Arm und über die Linien meiner Tätowierungen, die meinen Oberarm bedecken und am Ellbogen enden. Ich beobachte dich dabei und frage mich wie immer nur eines:

»Was denkst du?«

Du sprichst nie von allein, Selina. Du bist ein einziges Mysterium. Immer noch.

»Gerade denke ich darüber nach, wie perfekt deine Haut ist«, erklärst du fast schon schulterzuckend und legst den Kopf schief, während du dich auf einen Ellbogen gestützt hast.

Ich ziehe nochmal. Deine Berührungen gehen so tief unter meine Haut wie die Tinte meiner Tattoos.

»So makellos«, murmelst du und streichst meinen Unterarm entlang.

Ich stoße den Rauch des Joints an die Decke, dann lege ich ihn in den Aschenbecher auf dem Nachttisch und stütze eine Hand über deinem Körper auf deine andere Seite in die Matratze.

»Und?«, frage ich leise.

»Und ich frage mich«, murmelst du und streichst über meinen Handrücken. »Wie etwas so Perfektes so verdorben sein kann wie du.« Du nimmst meine Hand und legst sie an deinen Hals. Ich betrachte das Bild meiner beringten Finger auf deinem zierlichen Hals, wie sie darum passen, und ich nur etwas zu fest drücken müsste, damit du keine Luft mehr bekommst, Selina. Mit meinem Daumen streiche ich über deine Kehle, woraufhin du schluckst. Ich beobachte genau, was ich da tue.

»Die meisten perfekten Dinge sind innerlich verdorben und kaputt«, murmle ich mit schief gelegtem Kopf.

»Deswegen sind sie ja so interessant.«

Mein Mundwinkel zuckt. Ich bin nicht interessant. Du bist interessant. Du bist das Rätsel. Was mich angeht, liegen die Dinge ganz einfach. Ich bin ein egoistischer, narzisstischer, ichbezogener, ignoranter Bastard. Aber ich weiß, dass du damit klarkommst, Selina. Du kommst damit klar, dass ich eine tickende Zeitbombe bin, die in regelmäßigen Abständen explodiert und dabei alles mit sich reißt.

Ich beuge mich zu dir runter, immer noch meine Hand an deinem Hals und meine Lippen direkt über deinen. Was ist es nur mit dir, dass ich dich immer wieder will? Normalerweise habe ich Frauen sehr schnell satt, weil sie mich langweilen. Sie verlieren ihren Reiz, sobald sie ihre Beine breit machen. Sobald ich einmal gehört habe, wie sie stöhnen, und gespürt habe, wie sie kommen.

Du nicht.

Du bist meine ganz persönliche Droge und ich kriege nie genug von dir.

»Feuer ist auch interessant, bis du dich verbrennst«, wispere ich an deinem Mund und streiche mit dem Daumen weiter herunter zu der Kuhle zwischen deinen Schlüsselbeinknochen. Du legst deine Finger über meine und führst meine Hand langsam weiter an deinem Körper herab. »Nicht … wenn du weißt … wie du damit umgehen musst«, flüsterst du und beißt mir sanft in die Unterlippe. Mein Atem beschleunigt sich etwas. »Und nicht, wenn du es liebst, dich zu verbrennen.«

Du schiebst meine Finger zwischen deine Beine. Schon wieder. Ich ziehe meine Augenbrauen zusammen und senke meinen Mund auf deinen. Du schmeckst nach Whisky und Gras. Du schmeckst nach dir.

Mit zwei Fingern streiche ich an dir entlang, bevor ich sie mit einem Ruck in dich stoße. Bis zum Anschlag. Du biegst den Rücken durch und lässt den Kopf nach hinten fallen. Ich betrachte dich. Du bist so perfekt, wenn du heiß bist. Durch mich.

Vielleicht hast du recht, vielleicht liebe ich es, mit dem Feuer zu spielen. Ich habe schon immer die Dinge getan, von denen ich wusste, dass sie nicht gutgehen werden. Vom Dach des Poolhauses in den Pool zu springen. Vor einem gemeinsamen Essen bei Sergios Vater meinen Bruder mit Joints vollpumpen, damit er lustig ist, wenn wir alle da drüben sitzen. Juckpulver in Rosalies Unterwäsche kippen. Dads Whisky im Garten vergraben, damit ich ihn trinken kann. Moms Handy nehmen, um echt irre Sachen damit zu machen und Verläufe zu lesen. Tante Alayna Nachrichten schreiben von Giuseppe, wissend, dass Onkel Caden ihre Verläufe auch checkt. Dich im Büro meines Onkels vögeln und unten auf dem Sofa, auf dem wir abends zusammensitzen. Dich auf dem Esstisch vögeln, direkt auf den vorderen Plätzen, die meinen Eltern gehören. Dich in allen Schlafzimmern dieses Hauses vögeln, nur nicht in Sergios, weil ich genau weiß, dass er es bemerken würde. Sofort. Das wusste ich bei Onkel Caden auch. Nur war es mir bei ihm egal, bei Sergio nicht.

Versteh mich nicht falsch, Selina. Die meisten dieser Dinge würde ich eigentlich gar nicht tun. Zum Beispiel, mir auf einer Party in Irina Terekovs Zimmer einen blasen lassen, wissend, dass sie jeden Moment kommen kann. Oder meiner kleinen Schwester erzählen, dass Ilian Terekov sein erstes Mal hatte. Ilian ist mein Cousin und der Sohn von Ivan Terekov und meiner Tante Ava, die nie da ist, weil sie Staranwältin ist. Catalina, meine Schwester, hängt besonders an Ilian. Er wollte mit mir darüber sprechen, nachdem es passiert war. Das war vor zwei Monaten, womit der Pisser mein erstes Mal mit vierzehn getoppt hat. Okay, Catalina hat sich die Augen aus dem Kopf geheult, aber nach ihrem Stand sind die beiden ohnehin verwandt. Gut, dass sie nicht wissen, was ich weiß.

Ganz zu schweigen von dem Kleber an Sophias Kamm, Rosalies kleiner Schwester und meiner Cousine, den du dort präpariert hast. Aber ich habe natürlich die Schuld auf mich genommen, weil mein Onkel dich sonst umgebracht hätte. Immerhin ist Sophia – sein kleiner Liebling – dir ein Dorn im Auge, genau wie Rosalie. Ich weiß schon, Baby, du kannst schlecht teilen und magst keine Frauen in meiner Nähe. Egal, ob es sich um meine Schwester oder meine Cousine handelt.

Das ist okay. Ich mag auch keine Männer in deiner Nähe. Ganz. Und. Gar. Nicht. Selina.

Ich lasse meine Zunge über deine streichen und stoße meine Finger etwas härter in dich, sodass meine Ringe an deiner feinen Haut schaben. Du stöhnst in meinen Mund, deine Hand liegt immer noch über meiner und du krallst dich in mein Handgelenk.

Ich bewege sie etwas in dir und ziehe deine Unterlippe zwischen meine Zähne. Im Flur ertönen Catalinas Schritte. Sie ist wahrscheinlich noch wach, weil es draußen so laut ist. Ich kann alle Schritte genauestens voneinander unterscheiden. Sie geht bestimmt wieder zu Sophia, wie immer, wenn sie nicht schlafen kann. Kurz darauf höre ich auch schon, wie die Tür neben mir sich öffnet und wieder schließt. Ich fingere dich weiter und lasse mich davon nicht beirren. Du stöhnst laut. Du bist immer so laut, denn es ist dir scheißegal, wer uns hören könnte. Wenn du mich damit nicht so anmachen würdest, würde ich dir den Mund zuhalten, aber ich liebe dein Stöhnen. Ich stoße nochmal gezielter in dich, während ich mit der anderen Hand schon meine Boxershorts herunterziehe. Du lässt dich in die Kissen fallen, als du kommst. Deine Haare sind ein einziges Chaos, deine Augen zusammengekniffen und deine Lippen halb geöffnet.

Ich kann nicht mal warten, bis die Wellen dich mitgerissen haben. Noch während du kommst, entziehe ich dir meine Finger und du lässt deine Beine auseinanderfallen.

Ich platziere mich dazwischen, packe eine Kniekehle und ziehe dich mir mit einem Ruck entgegen, als ich ganz in dich stoße. Du stöhnst erneut und kommst immer noch. Mein Kopf fällt nach hinten. Ich liebe es, dich zu spüren. Dich so richtig zu spüren – wenn du kommst, deine Wärme, weil du perfekt für mich bist. Ich halte ein paar Sekunden still, genieße die letzten abebbenden Wellen, die dich überschwemmen, bevor ich anfange, mich in dir zu bewegen, und meinen Blick wieder auf dich senke.

Ich stoße hart und ruckartig zu, aber ich weiß, dass du das liebst. Mit glühenden Augen siehst du zu mir hoch und machst es mir fast unmöglich, lange durchzuhalten. Das tust du immer. Aber ich bewege mich weiter. Mein Kopf fällt wieder nach hinten, als ich tiefer in dir bin und dich mir schneller entgegenziehe. Mein Atem verlässt meine Lippen stoßweise, während der Kerzenschein über unsere Haut flimmert.

Irgendwas hämmert gegen die Wand. Das muss Sophia sein oder meine Schwester.

Ich stocke kurz schwer atmend.

»Mach weiter!«, keuchst du und bewegst dein Becken.

Ich greife nach einem meiner Schuhe, die neben dem Bett liegen, und schmettere ihn an die Wand. »GEH SCHLAFEN!«, blaffe ich in die Richtung, bevor ich dich wieder packe und noch ein bisschen härter ficke. Du wirst noch lauter. Ich habe echt keine Skrupel und kein Gewissen, wenn es um dich geht, Selina.

Ich stoße konstant und tief in dich. Wie immer genieße ich dabei nicht nur das berauschende Gefühl von Sex, sondern vor allem deine mich umfangende Schwärze. Den Fall ohne Aufprall. Ich liebe es, zu fallen. Ich liebe das Gefühl dabei. Es ist wie Achterbahnfahren, obwohl deine Achterbahn immer nur bergab geht. Und ich frage mich, wie tief ich noch fallen kann. Ich beiße hart dir Zähne aufeinander, als ich spüre, dass ich nicht mehr lange durchhalte, und reiße meine Augen auf, um wieder zu dir runterzusehen. Du starrst zu mir hoch. Du siehst mich immer an wie einen Gott. Das kann einen Mann schon süchtig machen, Selina, und das weißt du auch, nicht wahr? Ich hoffe nur für dich, dass ich der Einzige bin, den du so anschaust, weil ich nicht weiß, was ich sonst machen würde.

Mit einem Mal überwältigt mich dieser Gedanke und ich spüre, wie eine kleine Welle der Wut mich durchzuckt, weshalb ich nach unten sinke, eine Hand neben deinem Kopf aufstütze und mit der anderen wieder hart deinen Hals packe.

Du stöhnst tief und lächelst. Du liebst das hier. Der Kerzenschein spiegelt sich in deinen schwarzen Augen und dein heißer Atem trifft meine Lippen.

»Fickst … du noch … mit wem anders?«, bringe ich schwer atmend zwischen den einzelnen Stößen hervor und starre dich an, während ich mich weiterbewege und der Schweiß über meinen Rücken läuft.

Du streichst darüber und schlingst ein Bein um meine Hüfte. Dann beugst du dich vor, um mich zu küssen. Ich ziehe meinen Kopf zurück und halte still, weil ich sofort bemerke, dass du mir ausweichen willst.

Ungläubig starre ich dich an, immer noch meine Hand an deinem Hals. Ich spüre, wie mein Griff fester wird. Bei dem bloßen Gedanken daran, dass dich jemand anderes anfasst, werde ich irre.

Deine Augen funkeln noch etwas mehr. »Vielleicht«, hauchst du.

Vielleicht. Vielleicht? Wirklich, Selina? *Vielleicht?*

Drei Sekunden. So lange dauert es, bis dieses Wort mein Gehirn erreicht. Dann versteinert mein Gesicht und ich spüre, wie mein Magen sich zusammenzieht. Wut pumpt heiß durch meine Adern. Du weißt doch, dass mich nicht wütend machen sollst. Du weißt doch, was dann passiert.

Völlig fasziniert betrachtest du mich. Findest du das hier etwa faszinierend?

»Willst du, dass ich dich umbringe?«, frage ich heiser mit gepresster Stimme.

»Nein«, antwortest du ungerührt und ich drücke etwas fester zu. Du stöhnst und deine Beckenmuskeln ziehen sich um mich herum zusammen.

»Du bist so ein krankes Miststück«, presse ich zwischen zusammengebissenen Zähnen hervor und stoße wieder hart in dich.

»Und du liebst das«, keuchst du, während ich mit den Kiefern mahle.

»Wie würdest du es denn finden, wenn ich Irina Terekov ficke?«, frage ich zwischen den Stößen, die immer härter werden. Ich weiß, dass sie deine Schwachstelle ist. Sie ist hübsch, sie ist süß, sie ist hinter meinem Arsch her, seit ich hinter deinem her bin. Sie ist allerdings viel zu unbedarft, viel zu rein für mich.

Jetzt lodern deine Augen. Gut so. »Fass sie nicht an!«, zischst du und bewegst mir dein Becken entgegen.

Ich stoße etwas tiefer in dich. »Schön. Dann sorg dafür, dass kein anderer Schwanz hier reinkommt.« Mit einer letzten gezielten Bewegung lasse ich dich kommen und du stöhnst ein: »Okay!« durch das dunkle Zimmer.

Ich bewege mich weiter. Weiter und weiter. Nehme

dabei jedes Zucken deines Körpers mit. Ich will nicht loslassen. Ich will noch nicht aufhören, aber wie immer bestimme das nicht ich, sondern du. Du reißt mich mit dir in die Tiefe auf so viele Arten, und mit einem letzten heiseren Stöhnen lasse ich mich direkt auf deinen Körper sinken und schiebe mich nochmal in dich, bevor ich komme. Ich balle die Hand neben deinem Kopf zu einer Faust, während die Verzweiflung sich mit Lust und Verlangen vermischt und das pure Chaos in mir anrichtet.

Meine Lippen liegen an deinem Hals und der Atem entkommt mir schwer. »Ich meine es ernst«, wispere ich an deiner Haut. »Ich bring dich um.«

Du streichst sanft über meinen Rücken, weshalb meine Lider zugleiten. »Nicht heute.«

Tief atme ich deinen Duft ein, bevor ich mich aus dir zurückziehe, aber nicht von dir runtergehe. »Nicht heute«, wiederhole ich heiser und du küsst meine Schläfe.

Nicht heute, Selina, aber irgendwann. Irgendwann werden wir uns umbringen. So viel steht fest, Baby.

4. Herz und Kopf, Sergio

Rosalie

Mein Vater hat mir zwei Dinge beigebracht.

Es gibt die Herzmenschen.

Und es gibt die Kopfmenschen.

Meine Mutter ist ein absoluter Herzmensch, während mein Vater der Kopf aller Kopfmenschen ist. Genau wie meine Tante Isabelle. Mein Onkel Carter, ihr Mann, ist allerdings wieder ein Herzmensch. Bei uns ist alles ganz gut aufgeteilt.

Er hat gesagt, dass jeder ein Problem bekommt, wenn ein Herzmensch dazu gezwungen wird, nur mit seinem Kopf zu funktionieren, und ein Kopfmensch auf sein Herz hören muss. Das fällt dann ziemlich schwer.

Ich bin eigentlich ein Herzmensch, aber mein Kopf ist ziemlich ausgeprägt. Durch meinen Vater. Nur deswegen kann ich die Dinge tun, die ich so tue. Geheim halten, was mir wichtig ist, und in diesem Leben überhaupt existieren. Ich weiß natürlich, dass hier einige Dinge nicht so laufen, wie sie sonst so laufen – in einem »normalen« Leben. Ich weiß das, weil auf meine Schule auch »normale« Mädchen gehen, aus »normalen« Familien. Ich weiß, dass es eigentlich nicht normal ist, verheiratet zu werden, um Bündnisse zwischen den Familien zu schließen. Dass es nicht normal ist, dass ein Junge mit zwölf das erste Mal eine Waffe in der Hand hält und schießen lernt. Dass es nicht normal ist, dass eine Frau in der heutigen Zeit so gut wie nichts zu sagen hat; dass es nicht normal ist, dass man ohne Bodyguard nicht aus dem Haus kann, dass so viele Regeln das Leben bestimmen, die man nicht selbst aufstellt. Die nicht einmal die Eltern aufstellen, sondern jemand völlig Fremdes. Aber das ist okay. Ich komme klar. Denn mein Vater hat mir auch beigebracht, mich anzupassen. Tante Isabelle, wie die Regeln sind und wie ich sie am besten befolge, ohne mich dabei selbst zu verlieren, und meine Mutter, wie ich trotz allem niemals vergesse, wie wichtig es ist, sein Herz nicht zu ignorieren.

Denn die Welt, in der ich lebe, ist eine Kopfwelt, Sergio.

Nur weil ich trotz allem auf mein Herz gehört habe, gibt es jetzt ein *wir*. Unser Geheimnis. Nur deswegen bin ich dir überhaupt so nahe gekommen. Denn mein Kopf hat mir seit Jahren geraten, nicht auf das zu hören, was mein Herz mir regelrecht entgegenbrüllt, wenn du in der Nähe bist. Mein Kopf hat gesagt, dass es aussichtslos ist. Dass ich mich in nichts verrennen soll, was sowieso keine Zukunft hat. Dass du nun mal ein de Luca bist und ich eine Rush. Dass du da rüberziehen wirst, dass du ein ganz anderes Leben führen wirst, als das, was ich gern mit dir hätte. Und dass wir niemals zusammen sein können, egal, wie sehr das mein

Herz auch verlangt. Tja, meinem Herzen waren diese ganzen Argumente total egal. Es hat getan, was es wollte. Es schlug immer wie verrückt, wenn du in meiner Nähe warst. Es war nicht zu überhören, ich konnte es nicht ignorieren. Ich bin fast gestorben, Sergio. Es hat nicht aufgehört, mich daran zu erinnern, dass da mehr ist als mein Kopf. Und dass ich es einfach wagen soll. Onkel Carter sagt, wenn man auf sein Herz hört, könne man im Grunde nicht verlieren, also habe ich es gewagt und dich geküsst. Voller Verzweiflung, weil du mit dieser Lucia geschlafen hast, weil du sie angefasst hast, weil ich Angst hatte, dass du dein Herz an eine andere verlierst oder es gar schon verloren hast. Es war mein allererster Kuss – in meinem Zimmer an diesem verregneten Sommerabend. Ich konnte mir einfach nicht vorstellen, irgendeinen anderen außer dich zu küssen, also habe ich das davor auch nie getan. Wieso auch? Ich habe für niemanden das empfunden, was ich für dich empfinde. Es war einfach schon immer da. Ich wusste schon als Kind, dass du an meine Seite gehörst. Zuerst als Freund und dann als mehr. Als alles. Da gab es für mich nie einen einzigen Zweifel. Und so habe ich nicht auf meinen Vater gehört, sondern auf meine Tante, die der Meinung ist, dass man etwas wagen muss, wenn man etwas will. Ich habe es gewagt und bekommen, was ich wollte. Dich. *Uns.*

Und selbst, wenn die Zeit mit dir begrenzt ist, will ich jede einzelne Minute davon mitnehmen, jede Minute mit dir in mir verschließen und sie rausholen, wenn ich sie irgendwann wieder brauche, wenn es uns nicht mehr geben wird. Aber daran will ich jetzt nicht denken.

In den letzten zwei Jahren war vor allem wichtig, dass wir es geheim halten, solange es uns möglich ist. Auch wenn ich glaube, dass mein Vater schon was ahnt. Denn er kennt uns einfach zu gut. Er ist zu gut darin, in anderen zu lesen. Das ist sein Spezialgebiet. Aber wenn mein Onkel das mitbekommt, kriegst du Ärger, also *wirklich* Ärger. Deswegen ist es echt nicht gut, Sergio, dass ich nicht in meinem Bett aufwache. Sondern in deinem.

Ich bin gestern nach der Party zu dir ins Zimmer geschlichen, wie so oft. Wir hatten eine epische Nacht, wie so oft. Und oh mein Gott, sind die Nächte mit dir episch … Es gibt nichts, was epischer ist, als Sex mit dir. Ernsthaft. SERGIO! Wir hatten diesen epischen Sex, der mich echt fertiggemacht hat, drei Stunden, Sergio! Und dann muss ich einfach eingeschlafen sein.

Jetzt will ich die Augen gar nicht öffnen, denn es ist hell und vermutlich ist schon jemand wach. Heute ist Samstag, das heißt, das große Familienfrühstücksdebakel steht an, was wiederum heißt, dass meine Mom höchstwahrscheinlich schon in der Küche ist. Mein Vater ist sicher auch wach. *Super.*

Aber ich kann auch nicht einfach ewig hier liegen bleiben, am Ende erwischt uns noch Zayden, und dann wird es erst richtig ungemütlich. Testweise bewege ich mich etwas und bemerke erstens, dass ich Muskelkater habe und zweitens, dass du auch noch im Bett liegst. Blinzelnd öffne ich die Lider und werfe einen trägen Blick über meine Schulter. Du schläfst mit dem nackten Rücken zu mir, der sich langsam hebt und senkt. Die Sonne scheint auf deine gebräunte Haut. Du besitzt keine Tattoos, außer das Zeichen deiner Familie. Das XX auf deinem linken Schulterblatt. Ich seufze und drehe mich zu dir. Eigentlich sollte ich jetzt aufstehen und mich rausschleichen – und zwar so schnell wie nur irgend möglich. Aber ich kann es mir nicht nehmen, etwas näher an dich heranzurücken und dein Schulterblatt zu küssen. Du riechst so gut, so vertraut, so himmlisch. Ich ziehe deinen Duft genüsslich ein, während du tief durchatmest und ich mit meiner Nase über deine Haut streiche. Blind tastest du mit der Hand nach hinten, nimmst meinen Unterarm und ziehst ihn über deine Seite. Ich schmiege mich noch etwas enger an dich und du verschränkst unsere Finger an deinem Bauch. Ich lehne meine Stirn an deinen Rücken und atme ebenfalls tief durch. Deine Nähe ist so beruhigend und gleichermaßen berauschend. Ich könnte ewig einfach so mit dir liegen bleiben. Es wäre perfekt. Also bleibe ich noch und atme dich, spüre dich, so tief, wie ich noch nie etwas gespürt habe. Wieder ein neuer Moment, an den ich mich dann erinnern kann. Nach ein paar Sekunden bemerke ich, wie deine Finger sich an meinen entspannen, weil du wieder zurück in den Schlaf driftest. Ich seufze und küsse dich nochmal. Ich weiß, dass du normalerweise einen sehr leichten Schlaf hast, aber wenn ich bei dir bin, egal, ob ich mich bewege oder aus deinem Bett schleiche, schläfst du weiter. Ich bin deine Schlaftablette, Sergio. Allerdings weiß ich nicht, ob das ein Kompliment ist.

Ich warte noch ein paar Sekunden, bis deine Hand von meiner sinkt und in die Laken fällt. Dein Siegelring blitzt im Sonnenlicht und ich atme nochmal tief durch, als ich ihn betrachte. Für die meisten ist es eine Ehre, wenn sie das

Erbe ihres Vaters antreten, aber für dich ist es eine Bürde, die viel zu früh auf deine Schultern geladen wird. Das Leben, das dich erwartet, ist kalt und grau, es ist hart und unnachgiebig. Grausam. Ich würde mir für dich ein ganz anderes Leben wünschen. Für uns. Ich mag deinen Vater und alles, was mit de Luca zu tun hat, nicht sonderlich. Aber diese Gedanken behalte ich für mich. Das würde es dir nur schwerer machen. Außerdem ändern sie sowieso nichts. Man bemerkt sehr schnell, wie machtlos man hier eigentlich ist, wenn man nicht gerade der Oberboss ist, und dass es nichts bringt, über gewisse Dinge groß nachzudenken oder sie gar zu hinterfragen. Mit manchen Tatsachen muss man sich einfach abfinden. Wie zum Beispiel damit, dass ich jetzt echt aufstehen muss. Also wappne ich mich und ziehe mich vorsichtig von dir zurück, während du dich auf den Bauch fallen lässt und einen Arm unter das Kissen schiebst. Hast du eigentlich eine Ahnung, wie schön du bist? Und wie sehr ich es liebe, dich einfach nur zu betrachten, besonders, wenn dein Haar so durcheinander ist und …

»Selina hat bei Zayden gepennt und wird jeden Moment aus seinem Zimmer kommen«, nuschelst du. »Pass auf«, fügst du leicht genervt klingend hinzu, als ich nur die Stirn runzle, weil ich nicht weiß, was ich mit dieser Information anfangen soll. Du siehst mich dabei nicht mal an, du scheinst meine Verwirrung einfach zu spüren, wie so vieles.

»Okay. Ich werde ein Superninja sein«, murmle ich.

»Gut.« Du streckst deine Beine über die Seite des Bettes und ein Fuß über die Kante.

»Gut«, wispere ich nochmal, küsse deine Schulter und stehe dann seufzend auf. Du machst ein zustimmendes Geräusch und hast immer noch die Augen nicht geöffnet. Ich muss meinen Blick von dir losreißen, weil du einfach echt zu schön bist. Ich könnte dich den ganzen Tag anstarren, ehrlich. Hast du eigentlich eine Ahnung, wie symmetrisch deine Gesichtszüge sind? Wie dunkelblau deine Augen sind und wie leicht man sich darin verliert? Wie makellos deine Haut ist? Wie breit deine Schultern sind, wie trainiert deine Brust ist, und wie muskulös deine Arme? Da kann man schon mal schwach werden, Sergio, wenn man das jeden Tag sieht. Besonders, wenn du auch noch so unbekümmert mit diesem perfekten Körper vor mir rumläufst. Wenn du trainierst und schwimmst und all die Dinge tust, bei denen jede Frau zerläuft, während sie dir dabei zuschaut, und du dann auch noch verlangst: »Kannst du mir mal den Rücken einschmieren?« *Ja, sicher, Sergio, das kann ich, und wenn ich dabei sterbe, bist du schuld!* Wenn du meinem Onkel im Garten hilfst und oben ohne Rasen mähst und der Schweiß über deine Muskeln läuft. Das alles muss ich mir Tag für Tag mit ansehen.

Ich hatte praktisch keine Chance, als mich unsterblich in dich zu verlieben. Aber gut … *Prioritäten setzen, Rosalie! Setz immer Prioritäten!*

Jetzt ist oberste Priorität, mein Kleid zu finden. Es liegt hier auf dem Boden und ich schlüpfe schnell hinein. Auf die Unterwäsche verzichte ich, weil sie verschwunden zu sein scheint.

»Scheiße«, murmle ich und schleiche zur Tür, an der ich lausche. Nichts. Man hört gar nichts. Das ist entweder ein sehr gutes oder ein sehr schlechtes Zeichen. Aber ich darf mich auf keinen Fall total auffällig rausschleichen. Ich tue einfach so, als wäre es ganz normal, dass ich bei dir eingeschlafen bin. Das passiert ja schließlich öfter. Früher. Als wir noch klein, süß und unschuldig waren und nicht sexuell aktiv. Und du noch nicht diese Dinge mit deinen Fingern und deiner Zunge gemacht hast, SERGIO!

»Wenn ich sterbe, dann sag meinen Vater, ich liebe ihn«, bitte ich und lausche nochmal.

»Wenn du stirbst, dann bringe ich alle um«, murmelst du zurück und ich muss lachen, obwohl das gar nicht witzig ist. Ich liebe meine Familie!

Du öffnest ein Auge. »Geh jetzt!«

»Jaha!« Träge tastest du mit den Fingern auf dem Boden herum. Ich frage mich, was du da tust. Dann ziehst du unter dem Bett mit zwei Fingern meinen Slip hervor und wirfst ihn nach mir. Er prallt an mir ab, doch ich fange ihn auf und ich ziehe ihn mir mit einem »Aja, da war er!« unter dem Kleid über.

»Keine Beweise.« Du schließt dein Auge wieder. »Finde deinen BH.«

»Ich glaube, der hängt da oben an der Lampe«, stelle ich nach einem kleinen Rundumblick fest. Dann wende ich mich ab, weil ich jetzt garantiert nicht meinen BH runterholen werde. Das kannst du machen. Du lachst gedämpft ins Kissen und ich grinse auch, straffe mich und öffne einfach die Tür, bevor ich mich kurzerhand in den Gang schiebe. Zeitgleich mit deiner Mutter drei Zimmer weiter, die gerade dabei ist, die Schleife ihres Kleides an der Taille zu binden, während sie noch den Kopf über die

Schulter Richtung Zimmer gewandt hat.

SHIT.

»Orangensaft, Isabelle«, grummelt mein Onkel gerade verschlafen. Sie lacht und ich überlege, ob ich flüchten kann.

»Okay, Sir.«

»So mag ich das.« Sie lacht noch ein bisschen mehr und schließt leise klackend die Tür hinter sich. Ich kann gerade noch zwei Schritte von deinem Zimmer wegmachen, bevor sie sich zu mir umdreht und ihre hellgrünen Augen mich sofort treffen. Ihre schwarzen Haare liegen leicht gelockt über eine Seite und sie sieht frisch und erholt aus, wie immer. Das weiße Kleid schmeichelt ihrer gebräunten Haut, während ich aussehen muss, als wäre ich zufällig auf ein Bienennest getreten, worauf mich die Biester total aggressiv bis zum See verfolgt haben, in den ich dann gesprungen bin, um sie loszuwerden.

»Ich habe deine Stimme schon gehört, bevor du die Tür geöffnet hast«, informiert sie mich mit ausdruckslosem Gesicht. Das Problem bei deiner Mutter ist, dass sie wie mein Vater mit Vagina ist. Sie kann Menschen auch sehr gut einschätzen, besonders mich. Manchmal weiß ich nicht, wer wirklich meine Mutter ist. Sie oder meine Mom. Aber ich bleibe jetzt einfach ganz cool. Total cool. »Du siehst aus wie ich, als ich achtzehn war und auf der Flucht und nach einer echt wilden Nacht mit deinem Onkel den Weg ins Bad gesucht habe«, stellt sie fest. Ich denke jetzt nicht an unsere wilde Nacht. Gott.

»Hm«, mache ich interessiert und nicke. Je weniger man sagt, desto besser. Tipp von Dad.

»Jetzt siehst du aus wie damals, als du sechs warst und geschworen hast, dass du die Kekse nicht aus dieser Dose genommen hast, obwohl du Krümel am Mund hattest. Du hast Krümel am Mund, Rosalie. Metaphorisch gesehen.« Nein, ich wische jetzt nicht über meinen Mund. Da sind keine fucking Krümel. Sergio-Krümel … Fast muss ich kichern.

»Hm«, mache ich wieder sehr geistreich. »Ich wollte nur in mein Zimmer, keine Kekse, keine Krümel, nirgendwo«, verkünde ich dann total gelassen und denke nicht an *deine* Kekse, Sergio. Deine Mutter hebt eine fein gezupfte Augenbraue, während ich rückwärts Richtung meiner Tür gehe. Schön weit weg von dem Raubtier, das die Fährte aufgenommen hat. Ganz vorsichtig und bedacht. Doch ich stocke, als die Tür zu Zaydens Zimmer sich öffnet. Deine Mom schließt den Mund, den sie geöffnet hat, weil sie gerade etwas erwidern wollte, und stockt, als ihr Blick zu Zaydens Tür schießt.

Und da kommt auch schon Selina Sanchez, die genauso aussieht wie ich.

Juhu.

Die hat ja gerade noch gefehlt.

Ihr schwarzes Kleid ist zerknittert und sie hat eindeutig noch Krümel am Mund. Ihre Haare sind total verknotet und chaotisch. Sie ist nicht mehr geschminkt und sieht wie immer nach einer Nacht mit meinem Cousin aus. Total zerstört. Die totale Zerstörung – das wäre der perfekte Ausdruck für die beiden. Ihre dunklen Augen erfassen sehr schnell die Lage, kurz zuckt etwas durch sie hindurch, dann meint sie: »Guten Morgen«, als wäre es normal, dass sie hier ist. Aber das ist nicht normal. Und es ist auch nicht gut. Gar nichts ist gut, wenn sie hier ist. Ich mag es nicht, was sie mit Zayden macht; ich mag es nicht, wenn sie in seiner Nähe ist; ich mag sie nicht, denn sie ist nicht gut genug für ihn! Ich hebe die Brauen und erwidere den Gruß nicht. Sie ist so … *widerlich* und bösartig.

Selina versucht, ihre Haare zu richten, und schiebt sich an mir vorbei, woraufhin deine Mutter die wenigen Schritte zu uns macht und sich ihr in den Weg stellt, bevor Selina die Treppe erreichen kann.

Oh, oh.

Das ist gar nicht gut für Miss Sanchez.

Sie stockt und ich lehne mich mit der Schulter an die Wand. Keine zehn Pferde bekommen mich jetzt hier weg.

»Guten Morgen«, sagt deine Mom sanft. Zu sanft. Gefährlich sanft. Dann hebt sie ihre Hand, und der goldene Ehering funkelt in der einfallenden Sonne, als sie fast schon mütterlich Selinas tiefschwarzes Haar richtet. Die wird steif. Besonders, als deine Mom ihr die Haare über eine Schulter legt und dann ihre Finger wieder zurückzieht. Ihre grünen Augen sind eiskalt, so betrachtet sie sonst niemanden, und etwas blitzt in ihnen, was ich noch nie darin bemerkt habe. *Hass.* Blanker Hass, den sie Selina sehen lässt.

»Gibt es einen Grund dafür, dass du nicht in der Lage bist, dir ein Taxi zu rufen und nach Hause zu fahren, wenn du hier fertig bist? Ich habe gehört, dein Vater sieht es nicht gerne, dass du in Betten irgendwelcher Männer aufwachst, mit denen du nicht verheiratet bist.« Ich hebe die Brauen. Ja, das mag Diego Sanchez sicher nicht, und noch weniger, dass seine Tochter sich gleich in so vielen Betten tummelt. Nicht nur in dem meines Cousins.

»Ich bin einfach eingeschlafen«, meint Selina lammfromm, aber mit dieser Tour wird sie bei meiner Tante nicht weit kommen. Ich muss aufpassen, nicht zu schmunzeln, denn die Schäfchennummer zieht nicht bei Isabelle Lucia Rush.

Deine Mom nickt verstehend. »Dann sorg das nächste Mal dafür, dass du nicht einschläfst, sonst packe ich dich an deinen Haaren und zerre dich aus seinem Bett. Verstehst du mich?« Fragend sieht sie Selina an. Ich wünschte, du wärst hier und würdest das auch mitbekommen. Du liebst so was. Die Tür hinter mir klackt wie auf Knopfdruck und ich spüre im nächsten Moment deine Präsenz.

»Ich ... was?« Du stockst, als du die Versammlung hier im Flur siehst und fast in mich hineinrennst. Hinter mir bleibst du stehen und wir schauen uns das zusammen an. Deine Mom ist immer noch auf Selina fixiert.

»Und ...« Sie beugt sich weiter zu Selina. »Solltest du ihn verletzen, solltest du in irgendeiner Art und Weise ausnutzen, was er für dich empfindet oder für das, was du vorgibst zu sein, werde ich dafür sorgen – und glaub mir, das kann ich –, dass du dir wünschen wirst, nie auch nur einen Blick in seine Richtung geworfen zu haben. Ich werde dir das Leben zur Hölle machen. Mag sein, dass du keine Ahnung hast, wie weit eine liebende Mutter bereit ist zu gehen, weil deine Mutter eine Hure ist, in deren Fußstapfen du derzeit trittst, aber du wirst es erfahren, wenn ich mit dir fertig bin, *verstehst du mich*?« Ihre grünen Augen blitzen.

»Uhh«, machst du und ich reibe mir mit weit aufgerissenen Augen über das Gesicht. Selina bleibt nach außen hin völlig ungerührt.

»Verstanden«, ist ihre glatte Antwort und ihren dunklen Augen blitzt es ebenfalls.

»Gut«, speit deine Mom aus. »Dann beweg deinen kleinen billigen Hintern jetzt aus meinem Haus.« Sie tritt zur Seite. »Es ist wohl keine Lüge, dass der Apfel nicht weit vom Stamm fällt.« Sie betrachtet sie noch einmal von oben nach unten und deutet ihr mit einer eleganten Handbewegung zu gehen. Selina ist schlau genug, und das ist das Problem, jetzt keine Widerworte zu geben. Sie scheut sowieso offene Konfrontationen, da kann sie nicht manipulieren und ihre Intrigen spinnen.

»Einen schönen Tag noch«, sagt sie und geht.

»Grüß deine Mutter von Donovan«, meint deine Mom noch und Selina schnaubt auf der Treppe. Ich habe keine Ahnung, was sie damit meint. Ich kenne Selinas Mutter nur von ein paar Treffen. Sie kam rüber wie die absolute Oberbitch, also habe ich sie gemieden. Ich mag keine Oberbitches. Die Haustür knallt kurz darauf laut und deine Mutter lächelt zufrieden.

»Egal, wie ungerührt sie sich geben, wenn die Tür knallt, sind sie wütend. Das hat mein Vater immer gesagt. Über euch beide reden wir noch. Ich brauche jetzt einen Espresso.« Damit wendet sie sich ab, murmelt noch was von »Miese Schlampe« in sich hinein und verschwindet die Treppe runter.

»Nicht lustig, diese Mom«, murmelst du in meinen Nacken und küsst mich dort.

»Doch, total lustig.« Ich schaue über die Schulter zu dir. Du hast immer noch den Kopf gesenkt und lächelst, weswegen mein Herz schon wieder Stunts macht. Wie immer hast du zum Frühstück nur ein weißes Shirt und deine Trainingshose angezogen. Du riechst nach Zahnpasta und Seife, während ich nach wie vor ein überfahrenes Opossum bin.

»Okay, ein bisschen lustig«, gibst du zu und ich nicke, bevor ich zu meinem Zimmer gehe.

»Ich mach jetzt einen Menschen aus mir.«

Du gehst rückwärts Richtung Treppe. »Schade ... Ich liebe dich, wenn du so bist.« Du deutest mit einem Zeigefinger über meine opposum-artige Erscheinung, dann wendest du dich ab und gehst runter. Verdammt, ich liebe dich auch; egal, wie du bist; egal, wie du aussiehst, und egal, was auch immer kommen mag. Du hast keine Ahnung wie sehr, denn ich habe es dir noch nie gesagt, genauso wenig wie du mir. Ich habe ein bisschen Angst davor, zu erfahren, ob deine Gefühle ebenso tief gehen wie meine, denn wenn das nicht der Fall ist, sterbe ich. Aber darüber denke ich jetzt nicht nach.

Es gibt eine ganze Liste von Dingen, über die ich nicht nachdenke.

Und wir beide stehen an oberster Stelle. Das und die Zeit, die wir miteinander haben – und die mit jedem einzelnen Tag weniger wird.

5. Rush-Frühstück, Sergio

Rosalie

Wir sind eine sehr große Familie, die jetzt am langen, reichlich gedeckten Frühstückstisch sitzt. Es ist laut, es ist chaotisch, es ist so wir.

Da wären erstmal meine Eltern – an einem Ende des Tisches. Mein Vater ist total sortiert und wach, wie immer. Es ist beängstigend, wie perfekt er ist. Seine schwarzen Haare liegen nach hinten an und seine türkisen Augen sind klar und sehen alles. Sehr gefährlich, diese Augen. Seine Maori-Tattoos kommen zum Vorschein, weil er ein weißes Poloshirt trägt, das sich eng um seine gebräunten Oberarme spannt. Er beobachtet dich gerade. Das tut er öfter und du bemerkst es nicht mal, obwohl du eigentlich immer weißt, was um dich herum passiert. Aber hier vertraust du allen, weshalb deine Sinne nicht so geschärft sind. Dich sehe ich jetzt ganz sicher nicht zu lange an, das ist nicht ratsam – zusammen am Esstisch mit meinem Vater. Also lasse ich meinen Blick weiterschweifen. Neben

Dad sitzt meine Mom – natürlich tut sie das. Sie hat ihre dunkelbraunen Haare zu einem Zopf zusammengebunden, sodass ihr reines, ungeschminktes und schönes Gesicht besser zum Vorschein kommt. Ihre Züge sind so weich, wie ihr ganzer Charakter. Der Blick aus ihren braungrünen Augen ist noch etwas müde. Während sie eine Wange auf eine Hand gestützt hat, rührt sie mit der anderen in ihrem Cappuccino und lauscht den Gesprächen. Neben ihr sitzt meine Schwester Sophia. Sie ist jetzt dreizehn Jahre alt und langsam nimmt ihr kindliches Gesicht femininere Züge an. Ihre schwarzen Haare liegen wellig auf ihrem Rücken. Sie hat sich wahrscheinlich mit Catalina zusammen die Augenbrauen gezupft, aber sie sind gut geformt, weil sie immer meine Schablonen klauen. Ich bin froh darüber, denn das erste Mal, als sie es ohne probiert haben, war ein Desaster. Catalina hat eine halbe Augenbraue gefehlt und meine Schwester hatte nur zwei dünne Striche. Sophias undefinierbare Augen hat sie von Keaton Rush geerbt. Sie sind immer eine Mischung aus braun und entweder blau oder grün. Heute schimmern sie eher bläulich. Wie immer ist sie ungeschminkt, denn Farbe in ihr Gesicht kleistern – laut Dad – darf sie erst mit sechzehn, so wie ich. Sie trägt noch ihren Schlafanzug und wirkt müde sowie verärgert in einem, während sie Zayden mit ihrem Dämonenblick anstarrt. Mein Cousin sitzt neben mir und ist gar nicht richtig da – wie so oft. Seine schwarzen Haare sind chaotisch und seine türkisen Augen etwas unfokussiert. Das macht Selina mit ihm. Jedes Mal, wenn sie bei ihm war, ist er danach neben der Spur. Das mag ich echt nicht. Er trägt nur ein schwarzes Muskelshirt und gleichfarbige

Trainingshosen. Seine Bartstoppeln sind heute noch etwas dichter. Er spielt mit einer Traube auf seinem Teller, wobei die Ringe an seinen Fingern aufblitzen, von denen er immer einige trägt. Neben dem Familien-Siegelring, den alle Männer bei uns tragen. Darauf sind zwei ineinander verschlungene Cs zu sehen. Das CC ist das Rushlogo.

Zayden und du seid zweieiige Zwillinge, von zwei verschiedenen Vätern. Lange, verwirrende Geschichte, die ich gar nicht wirklich wissen will. Wo du glatt bist, ist er rau. Wo du geordnet bist, ist er chaotisch. Ihr könntet unterschiedlicher nicht sein und doch sind eure Herzen im Grunde gleich.

Gefährlich langsam sieht Zayden nun zu Sophia.

»Was ist?«, fragt er sie genervt. So genervt. Seine Stimme ist rau und sie hebt ihre gezupfte Augenbraue. Er hebt zwei und sein türkiser Blick wird stechend. Er ist echt mies drauf und ich lege ihm die Hand auf den Arm, während ich Sophia mit den Augen sage, dass sie es jetzt lassen soll. Mit Zayden ist nicht zu spaßen, wenn er so schlecht drauf ist.

»Gar nichts«, antwortet sie also nach ein paar Sekunden und wendet den Blick ab. Gut so. Einem gereizten Raubtier sollte man wirklich nicht zu lange in die Augen sehen.

»Perfekt.« Zayden schiebt sanft meine Hand von seinem Arm und widmet sich wieder seiner Traube. Er ist manchmal so ein Ekel.

»Perfekt«, murmle ich in mich hinein, obwohl bei ihm gerade alles andere als perfekt ist und schaue zu Catalina, die zwischen Zayden und meinem Onkel Carter sitzt. Ihre hellblauen Augen mit den tiefschwarzen Wimpern sind aus dem Fenster gerichtet. Die Sonne scheint auf ihr Gesicht. Sie sieht aus wie ihr Vater, und damit meine ich ihren richtigen Vater. Deinen Vater. Donovan de Luca. Und ja, fast alle wissen hier davon bis auf die Jüngeren. Sie kaut auf ihrer vollen Unterlippe und ihre schwarzen Locken sind locker im Nacken zusammengerafft. Sie trägt ein schwarzes T-Shirt und eine gleichfarbige Jogginghose. Langsam beginnt sie Kurven zu bekommen, wie mir immer wieder auffällt, und wird zur Frau. Ich habe ihren ersten BH mit ihr gekauft und sie bei den Größen beraten. Und als sie das erste Mal ihre Periode gekriegt hat, stand sie in meinem Zimmer. Sie kommt immer zu mir, weil sie mich als große Schwester sieht. Ihrem Stand nach bin ich ihre Cousine, aber ob wir wirklich blutsverwandt sind, ist mir völlig egal. Ich liebe sie genau so, wie ich Sophia liebe. Catalina lässt einem auch keine andere Wahl. Sie ist wie ein großer, niedlicher Pandabär. Man muss sie einfach lieb haben und süß finden. Schließlich wendet sie den Blick ab und sieht meinen Onkel an.

»Dieser blaue Vogel sitzt jetzt seit heute Morgen um sechs auf diesem Ast«, informiert sie ihn. »Vielleicht ist das ein Spionagevogel. Vielleicht hat er eine Kamera installiert.« Bedeutungsvoll hebt sie die Augenbrauen und mein Onkel schaut träge hinaus zu dem besagten Vogel.

»Vielleicht«, meint er müde und richtet seine türkisen Augen wieder auf seinen Kaffee. Onkel Carter sieht fast genauso aus wie mein Vater, weil sie Zwillinge sind. Nur ein paar Kleinigkeiten unterscheiden sie. Ein paar Narben, zumindest optisch. Von der Art her sind die total unterschiedlich und ich weiß nicht, wie man sie verwechseln kann. Wo mein Vater immer durchdacht und leise ist, ist mein Onkel aufbrausend und impulsiv. Im Grunde ist es wie bei Zayden und dir, Sergio.

»Iss jetzt deine Eier auf und hör auf, abzulenken.« Das ist deine Mom, die mit der Gabel auf Catalina deutet. »Ich weiß, was du da tust.«

»Aber Mom, jetzt schau … wenn wir ausspioniert werden, kommt Dad in den Knast. Willst du, dass Dad in den Knast kommt?«

»Du kommst auch in den Knast, wenn du deinen Teller nicht leer isst!« Deine Mom schneidet sich ein Würstchen zurecht und ich frage mich immer wieder, wie man es schafft, um neun Uhr am Morgen so perfekt auszusehen. Ich sehe immer noch aus wie ein Opossum. Sie nicht. Niemals sie.

»Gut. Dann kommen wir eben alle ins Gefängnis, aber ich esse mein Ei auf. Sonst kommt die Lebensmittelpolizei.« Catalina isst demonstrativ eine Gabel mit Ei. Sie ist so ein Teenie und ich muss grinsen.

»Ich kann ja den Vogel abschießen!«, bietet mein Onkel an.

»NEIN!«, rufen Catalina und Sophia gleichzeitig. Catalina steigen sofort Tränen in die Augen.

»Okay. Dann nicht. War nur ein Angebot.«

»Gut«, grummelt Catalina immer noch missmutig und sieht wieder runter auf ihren Teller. Sie murmelt irgendwas in sich hinein, was niemand versteht, und wischt sich über die Augen. Ich lasse meinen Blick weiter gleiten, zu Ivan Terekov. Er ist der Vater von Ilian Terekov, der wiederum der Sohn von Ava Rush und somit mein Cousin ist. Ivan versteht sich gut mit meinem Vater, genau wie mit meinem Onkel, und er legt viel Wert darauf, dass Ilian Kontakt zu seiner Rush-Seite der Familie hat, denn Ilians Mom kümmert sich nicht um ihn. Sie ist ständig unterwegs und nur auf dem Karrieretrip. Deswegen ist Ilian halb hier aufgewachsen. Er ist wie ein kleiner Bruder für mich. Wie Catalina ist auch er dreizehn und sitzt halb schlafend auf seinem Stuhl. Er hat eine Wange auf die Faust gestützt. Die gleichen undefinierbaren Augen, wie die meiner Schwester sehen mehr als müde in die Runde. Er hat heute einen leichten Blaustich in seinem Braun, genau wie Sophia. Die Augen und die dunkelblonden Haare hat er von seiner Mutter. Die Gesichtszüge von seinem Vater, mit einem Anteil von den Rush-Männern, wenn man ihn vom Profil betrachtet. Und je mehr er sich entwickelt, desto mehr kommt das zum Vorschein. Er hat einen heftigen Schub gemacht und überragt mich mittlerweile um einen Kopf. Ich bemerke, wie Catalinas Blick kurz zu ihm schweift, und beobachte das aufmerksam, genau wie mein Vater, was sie gar nicht registriert. Ich glaube, dass sie in Ilian verliebt ist. Ihrem Wissen nach ist er aber ihr Cousin, womit sie blutsverwandt wären. Ich glaube, dass sie das verwirrt. Im Gegensatz zu ihr ist Ilian viel besser darin, seine Gefühle nicht zu zeigen, aber immer, wenn sie nicht hinsieht und er denkt, dass auch sonst niemand auf ihn achtet, beobachtet er sie. Und zwar mit diesem einen Blick, den ich zu gut kenne. Von … *dir*!

Kommen wir zu dir.

Meinem Lieblingsmenschen, seit ich denken kann.

Meiner most important person.

Du sitzt mir gegenüber, neben deiner Mom, so perfekt. So wach. Und klar. Dein Handy liegt neben dir auf dem Tisch, denn dein Vater könnte ja anrufen und du musst immer für ihn erreichbar sein. Das war das Erste, was er dir geschenkt hat, als du elf wurdest, damit er nicht immer über deine Mom Kontakt zu dir aufnehmen muss oder gar über meinen Onkel oder meinen Vater. Dein Vater ist auf meine Familie echt nicht gut zu sprechen. Wieso genau, weiß ich nicht, aber da ist eindeutig eine große Antipathie vorhanden.

Du wirkst völlig ungerührt, aber ich weiß genau, was du denkst. Ich weiß genau, wie du zu wem am Tisch stehst. Ich weiß genau, dass du mit dir haderst, was Ilian betrifft. Denn obwohl du ihn auch wie einen Cousin siehst und er dir wichtig ist, ist da noch die Sache mit deiner Schwester. Wir wissen beide, dass das kein gutes Ende nehmen wird. Hoffentlich entsteht zwischen Catalina und ihm nichts, was zu noch mehr Problemen führt. Wobei mir selbst klar ist, dass man das nicht aufhalten kann, sollte es so kommen.

Ansonsten ist das hier ebenso deine Familie, wie es meine ist. Das war nie verwirrend für uns – gut, kurzzeitig, als ich bemerkt habe, dass ich Gefühle für dich habe, aber ich habe das ganz gut mit mir selbst ausgemacht. Bis zu diesem einen Moment, als ich dich mit einer anderen Frau im Poolhaus gesehen habe, dann konnte ich gar nichts mehr mit irgendwem ausmachen. Da ist eine Welt für mich zusammengebrochen. Du hast es nicht mal bemerkt und dementsprechend nicht verstanden, wieso ich danach in meinem Bett lag und geheult habe. Kurzerhand habe ich deine Verwirrtheit einfach ausgenutzt und dich geküsst. Und dieser Kuss hat alles in mir einfach weggebombt.

Ich schenke mir Orangensaft ein und du siehst zu meinem Vater.

Er rührt in seinem Kaffee und trinkt einen Schluck.

»Und?«, fragt er. »Heute schon was vor?« Total unverfänglich, aber mit Vorsicht zu genießen. Das ist mein legendärer Vater, Caden Rush.

Du schluckst gerade dein Baguette und wischst dir den Mund mit einer Serviette ab, bevor du antwortest.

»Ja, ich muss um vier mit meinem Vater weg.« Dein Verhältnis zu meinem Dad ist sehr eng. Wenn du ein Problem hast, wendest du dich immer zuerst an ihn. Du hast von uns allen die meiste Zeit mit ihm verbracht. Ich hing eher so an deiner Mutter, Zayden an seinem, aber du an meinem. Wir hatten das ganz gut aufgeteilt, sodass sich keiner benachteiligt gefühlt hat. Jetzt hängt Ilian an meinem Vater, Catalina an meinem Onkel und Sophia an allen. Sie ist das Nesthäkchen und liebt es.

»Okay.« Mein Vater stellt keine weiteren Fragen, sonst würde er in einen Konflikt geraten, da mein Onkel und er ihr eigenes Geschäft führen, genau wie dein Vater es tut, und unsere Familien rivalisieren.

Ich schnappe mir ein Croissant und beiße hinein, während du noch was sagen willst, aber dein Handy auf dem Tisch klingelt. Es zeigt »Dad2«. Dein Vater ruft an, wie so oft. Auch ein Samstagmorgen ist ihm nicht heilig und du musst immer auf Abruf bereit für ihn sein. Kurz siehst du zu meinem Onkel, der abwinkt. Er ist das schon gewohnt. Ich weiß, dass es ihn vielleicht nervt, dass du am Esstisch ständig gestört wirst, aber er sagt nichts. Du nimmst das kleine schwarze Gerät und hebst ab.

»Dad?«, fragst du und lehnst dich in deinem Stuhl zurück. Ich schmiere Marmelade auf mein Croissant und überlege, was dein Vater sagt: *Zeit, mal wieder mehr von deiner Seele zu geben? Gehen wir auf den Friedhof und verbrennen Kinder? Erschießen wir ein paar Babykatzen?*

Japp, so was in der Art ist es sicher. Du stockst und ziehst die Augenbrauen zusammen, weswegen ich auch kurz innehalte.

»Wieso?«, fragst du etwas skeptisch und ich beiße von meinem Croissant ab. Du siehst zu deiner Mom, die gerade dabei war, Catalina flüsternd zu zwingen, ihren Teller leer zu essen. Mein Onkel wendet dir langsam seinen Blick zu, der alles andere als nett ist, aber das ist nicht auf dich gemünzt. Onkel Carter hasst deinen Vater abgrundtief.

Du lauschst wieder und ziehst eine Braue hoch. Ich beiße gebannt von meinem Croissant ab. »Dad …«, sagst du unwillig und ausweichend. Mein Onkel legt sein Besteck zur Seite. Deine Mutter hat sich jetzt aufgerichtet und sieht dich lauernd an. Gepresst atmest du durch die Nase aus, dann räusperst du dich. »Sagst du mir noch wann?« Wieder eine kurze Pause. »Okay.« Du visierst deine Mutter an. »Er will mit dir reden.«

Oha!

Alle am Tisch erstarren, während du deiner Mom das Handy hinhältst.

Oh, du meine Güte!

Mein Onkel nimmt es, noch bevor sie reagieren kann, und lehnt sich zurück.

»Donovan«, sagt er, als hätte er von deinem Vater jahrelang nichts gehört und als wäre er ein guter alter Freund, was er definitiv *nicht* ist. »Was willst du denn von meiner Frau?« Keiner am Tisch atmet. Keiner bewegt sich. Alles ist still. Deine Mutter legt meinem Onkel beschwichtigend eine Hand auf den Oberschenkel. Er lauscht und seine Augenbrauen fahren nun in die Höhe. Mein Vater betrachtet das auch sehr genau. Jetzt gleitet der Blick von meinem Onkel zu dir und er runzelt die Stirn.

»Aha. Worum denn genau?« Kurz schweigt er, dann ballt er eine tätowierte Hand zur Faust und deine Mutter legt ihre Finger darüber. »Aha …« Er nickt und man sieht, wie wütend er wird.

»Carter«, sagt Tante Isabelle sanft. »Gib ihn mir.« Sie bemerkt wohl, dass er gleich ausflippt, wie wir alle, und dass es dann wirklich Probleme mit deinem Oberboss von Vater gibt. Denn die Regel Nummer eins ist nun mal: Er darf alles und wir nichts.

Mein Onkel sieht jetzt zu deiner Mom, die ihn mit einem Mach-jetzt-Blick bedenkt. Er mahlt mit dem Kiefer und ich sehe förmlich die Drohung, die ihm auf der Zunge liegt. Mein Vater räuspert sich als Zeichen für meinen Onkel, einfach nachzugeben. Der stöhnt genervt und reicht deiner Mutter schließlich das Handy.

Die nimmt es und hält es sich ans Ohr. »Was ist, Donovan?«, fragt sie ungehalten. Als einziger Mensch auf der Welt redet sie so mit ihm. Sie verdreht die Augen. »*Was ist*?« Dann lauscht sie. »Schön. Darf ich jetzt in Ruhe weiterfrühstücken?« Wieder eine Pause. »Grazie«, säuselt sie sarkastisch, bevor sie einfach auflegt und dir dein

Handy zurückgibt.

Mein Onkel sieht sie fordernd an, genau wie wir alle.

»Er will mit mir wegen Sergio reden. Wir gehen hin und ich komme wieder zurück. Keine große Sache. Willst du vor dem Tor im Auto warten?«, fragt sie meinen Onkel mit einer erhobenen Braue. »Ich kann dir auch Cadens Fernglas auf die Terrasse stellen, dann kannst du uns sehen.« Jetzt kommt der Sarkasmus deutlich durch. »Oder soll ich einen Videoanruf starten, während ich bei ihm bin und mein Handy in der Handtasche verstecken, damit du alles mitbekommst?« Onkel Carter scheint ernsthaft darüber nachzudenken.

»Ja, das wäre eine Idee.«

»*Carter* … Lass es.« Sie blitzt ihn kurz an. »Dafür …« Sie fuchtelt mit dem Finger vor seiner Nase herum. »Habe ich dir nie einen Grund gegeben, also lass es.« Er senkt ihren Finger langsam. Die beiden diskutieren öfter so am Tisch, weil wir unter uns keine Geheimnisse haben. Zumindest nicht solche. Mich würde ja interessieren, was dein Vater wegen dir besprechen will, und ich schaue fragend zu dir. Du senkst den Blick auf deinen Teller. Das ist nicht gut. Das mag ich nicht und es lässt sofort meine Alarmglocken schrillen.

»Er wird bald achtzehn«, sagt deine Mutter zu meinem Onkel. »Und wahrscheinlich will er mit mir das ganze Zeug durchgehen, das ihn jetzt erwartet.« Bedeutungsvoll sieht sie meinen Onkel an. »Können wir bitte später darüber reden und einfach essen? Ich werde dir dann alles ganz genau erzählen, okay?«

Onkel Carter wirkt nicht zufrieden, während mein Magen sich zusammenzieht. Es passiert bald – das, wovor ich schon seit Jahren Angst habe. Du wirst achtzehn und du wirst uns verlassen. Ein ungutes Gefühl breitet sich wie Gift in meinem Inneren aus, wenn ich mir das vorstelle. Ich habe immer vor mir hergeschoben, dass dieser Tag irgendwann kommen wird. Aber es war von Anfang an klar und er nähert sich unaufhaltsam, ohne, dass ich was dagegen tun kann.

»Das geht nicht!«, blafft Zayden mit einem Mal und ich zucke zusammen. »Er kann hier nicht einfach anrufen und meine Mutter und meinen Bruder zu sich beordern, wie kleine Soldaten. So läuft das nicht, okay? Was will er denn machen, wenn ihr in drei Stunden erst kommt? Euch erschießen? *Haha*!«

»Wo er Recht hat«, murmelt meine Mutter nachdenklich.

»Alayna!« Deine Mom ist empört. »Zayden, reiß dich jetzt zusammen.«

»Klar, ich reiße mich zusammen. Keiner reißt sich hier zusammen, aber ich reiße mich zusammen! *Scusa.*« Allgemeines Scheiße-Zayden-hat-einen-schlechten-Tag-Stöhnen erfüllt den Raum.

»Dad, ich will heute in die Stadt«, sagt Catalina, als wäre es ihr soeben eingefallen, und sie sieht fragend zu meinem Onkel hoch. »Mit Sophia.« Onkel Carter ist noch etwas abgelenkt und sticht echt aggressiv auf sein Rührei ein.

»Sicher. Kein Problem.«

»Okay.« Catalina ist glücklich, wenigstens eine. Aber ihr Blick schweift kurz aus dem Augenwinkel zu eurer Mutter und dann auf ihren Teller zurück. Ich weiß, was sie da tut. Sie lenkt ab. Das macht sie oft.

Die Stimmung, die von meinem Onkel ausgeht, ist trotzdem noch tödlich, aber wenigstens lässt er das Thema erstmal ruhen. Zayden starrt derweil dich an und ich lege den Rest meines Croissants weg, während du warnend den Kopf in seine Richtung schüttelst. Er schnaubt. Während ich deinen Vater nicht mag, *hasst* Zayden ihn. Abgrundtief. Und er versteckt es auch nicht. Kein bisschen. Konsequenzen? Egal. Regeln? Scheiß drauf! Er weiß schließlich genau, dass dein Vater ihm eurer Mom zuliebe nichts tun würde.

»Scheiß-Freakshow!«, murmelt er und schiebt grob seinen Stuhl zurück. »Scheiß-fucking-fuck-Freakshow!« Damit steht er auf, wendet sich ab und verlässt einfach das Esszimmer.

Ein Anruf von Donovan de Luca und jegliches gemütliche Zusammensein verwandelt sich in ein Minenfeld. Besonders, wenn Zayden schlecht drauf ist. Ich werde später mit ihm sprechen, aber nicht jetzt. Jetzt muss er sich abregen. Deine Mutter sieht ihm nach und will gerade aufstehen, als die Haustür geöffnet wird. Wahrscheinlich von Jaxon, einem der Bodyguards. Ich war so vertieft, dass ich gar kein Auto habe vorfahren hören.

Als wäre hier gerade nicht schon alles geladen genug, ertönt kurz darauf die Stimme meiner Tante Ava im Foyer. »Schick ihm einfach die Kopie und behalte die Originale.« Ich lehne meine schon jetzt pochende Stirn auf meine Hand. Na super. Auf in die nächste Runde. Ilian lockert seine Schultern kurz und lässt sofort seinen Nacken knacken. Er wirkt gar nicht begeistert, dass seine Mutter kommt. Das ist er sehr selten. Vielleicht drei Mal im Jahr. Zurzeit hat sie aber einen Fall in Chicago und kommt deswegen öfter vorbei.

Ihre High Heels hallen durch das Foyer und ich schaue in die Richtung. Ava Rush ist mit ihrem siebenunddreißig Jahren die jüngste der drei Geschwister und sieht makellos wie immer aus. Ihr kirschrotes Etuikleid umspielt weich ihre Figur und ihr dunkelblondes Haar liegt offen und leicht gewellt über einer Schulter. Ihre goldene feine Armbanduhr reflektiert im Sonnenlicht. Ihr Make-up sitzt perfekt und ihr Gesicht wirkt wie gemeißelt. Genau wie das meines Vaters. Die gerade Nase, die vollen Lippen und die undefinierbaren Augen, die bei ihr lediglich heute tiefdunkelbraun schimmern, machen sie unsagbar schön.

»Ja, einfach die Kopien.« Sie kommt näher und überblickt den Tisch, das Handy am Ohr haltend. Sie wird nicht mit Jubelstürmen empfangen, wie immer. Das erwartet sie auch nicht. Manchmal denke ich, dass es ihr egal ist. Solange sie ihre Pflicht erfüllt und ab und zu vorbeischaut, ist ihr alles andere egal. Mein Vater schiebt ihr einen Stuhl zurück und mein Onkel fängt an, mit seinen tätowierten Fingern hart auf den Tisch zu trommeln. Deine Mom beugt sich zu ihm rüber und flüstert ihm was ins Ohr.

Mit einem Ruck steht er auf, sodass der Stuhl laut über den Boden schabt, dreht sich um und verschwindet auf die Terrasse, was auch besser so ist. Wenn er sowieso schon geladen ist, kann ihn allein der Anblick von Ava Rush zum Explodieren bringen. Ich war schon mal dabei, das war nicht schön. Deine Mom folgt ihm, nachdem sie Catalina noch ein Zeichen gegeben hat, sich zu benehmen, weil sie unsere Tante Ava hasst. Ava drückt flüchtig Ilians Schulter, bevor sie sich neben meinen Vater setzt.

»Okay, Anita. Ciao.« Sie klingt etwas genervt. Ilian reagiert gar nicht auf ihre Berührung, aber ein Muskel an seiner Wange zuckt. Sie legt auf, dann sieht sie zu Ivan und stützt ihr Kinn auf ihre Faust. »Alles okay?«

»Ja, alles gut«, meint er knapp.

Mein Vater isst eine Tomate. »Und bei dir?«, fragt er nun.

»Es geht schon.« Die Stimmung ist angespannt. Tante Ava wendet sich wieder an Ilian und mustert ihn genauer. Ich bilde mir ein, dass ihr Blick etwas weicher wird. Catalina schnaubt und zerrupft aggressiv ein Brötchen.

»Wie geht es dir?«, erkundigt sie sich jetzt bei Ilian und er sieht von seinem Teller auf.

»Mir geht es gut«, meint er leise und umklammert seine Gabel fest. Ava entgeht das natürlich nicht und sie seufzt. Das Verhältnis zwischen ihnen ist angespannt und ziemlich gespalten.

»Ich muss nächste Woche nach New Orleans, ich habe da einen Fall. Willst du vorher noch ins Kino gehen? Am Samstag? Ich hol dich ab, um sechs?« Sie hat immer noch das Kinn auf ihre Faust gestützt. Ilian nickt steif und ich würde ihn am liebsten in die Arme nehmen und ihm sagen, dass sie seine Zeit gar nicht verdient hat. Dass er perfekt ist und dass wir ihn lieben und dass ich mit ihm eintausend Filme schaue. Am liebsten würde ich ihn mit Liebe überschütten, die er von der Frau, von der er sie bräuchte, gar nicht bekommt.

»Was auch immer du mit ihm im Kino gucken willst, wir haben es sicher schon gesehen, als du nicht da warst«, blafft Catalina nun über den Tisch und schmeißt das Brötchen quer über das helle Holz. Sie ist ganz rot im Gesicht, weil sie sich so lange zurückhalten musste. »Es geht ihm außerdem *nicht* gut, aber das interessiert dich ja nicht.«

»Catalina«, mahnt mein Vater, aber sie visiert nur meine Tante an. Meine Tante sieht nicht überrascht zurück, weil Catalina das immer wieder mal tut. Richtig ausflippen wegen Ilian.

»Newsflash, eine Postkarte reicht nicht, um eine fucking Mutter zu sein.« Uhh, sie hat das F-Wort gesagt. Du blickst jetzt deine Schwester mahnend an und mein Vater steht auf und geht zu ihr rüber. Catalina bebt vor Zorn und mein Vater legt ihr sanft eine Hand auf die Schulter, während ihr Atem schwer und stockend geht. Ich sehe förmlich ihr Herzrasen.

»Komm, Babygirl«, meint Dad sanft.

»Ich hasse dich!«, lässt sie Ava wissen. »Fass ihn nicht an. Geh nicht mit ihm ins Kino. Lass ihn einfach in Ruhe. Du bist nicht gut für ihn!« Damit steht sie auf und verschwindet. Sie stürmt nach oben und Ilian folgt ihr sofort, genau wie mein Vater. Du stützt deinen Kiefer auf deine Faust und musterst meine Tante, während ich mich zurücklehne und meine Mom anfängt, den Tisch abzuräumen, damit sie was zu tun hat. Sophia ist etwas starr und sieht ebenfalls zu Ava.

Die seufzt schwer. Ich sage nichts und trinke einen Schluck Saft.

Ivan schweigt auch.

Keiner macht es ihr angenehmer, weil wir alle Catalinas Meinung sind. Selbst wenn du anderer Meinung wärst, würdest du es hier nicht so offen und unsensibel verlauten lassen. »Können wir uns kurz unterhalten?«, fragt sie dann Ivan. Der seufzt auch, aber steht auf und deutet ihr, vorzugehen. Weshalb sie sich ebenfalls erhebt, den Tisch umrundet und durch das Foyer zur Haustür schreitet. Sophia erhebt sich derweil ebenfalls und verschwindet nach oben.

»Russisch Roulette«, rätst du Ivan, als er an dir vorbeigeht, und er bedenkt dich mit einem Blick, den du mit einem Schulterzucken retournierst.

Dann verschwinden sie nach draußen.

Du streichst dir durch das Haar und ich atme die angestaute Luft aus.

»Heilige Scheiße«, sage ich.

»Lief doch alles super.«

»Klar, wenn du damit meinst, dass alle sie umbringen wollen.«

Meine Mom kommt vorbeigefegt und nimmt die nächste Ladung Geschirr mit, dabei murmelt sie aufgebracht vor sich hin, wie so oft.

»Tja«, meinst du. »Ohne Hass keine Liebe. Ohne Liebe kein Hass.« Auch du stehst auf.

»Oder ohne kein Drama kein Rush-Frühstück.« Ich schüttle meinen Kopf und erhebe mich auch.

»Oder … gib mir schnell einen Kuss, bevor jemand kommt.« Du beugst dich zu mir runter und siehst über meinen Kopf zur Küche. Das ist echt riskant, aber ich gehe schnell auf die Zehenspitzen und drücke meine Lippen auf deine. Wie soll ich denn diesem Mund auch widerstehen, Sergio? Du lächelst in den Kuss, genau wie ich – und kurz ist alles so perfekt. Dann ziehst du den Kopf zurück und gehst rückwärts zur Treppe.

»Schon besser.«

»Schön, wenn ich helfen kann«, meine ich und helfe meiner Mom beim Tisch abräumen. Du lächelst nochmal, siehst aus, als würdest du was sagen wollen, drehst dich aber um und gehst hoch. Ich muss dich nicht fragen, ob du mir erzählen wirst, was dein Vater von dir will. Das wirst du so oder so tun, wenn es irgendwie relevant ist. Und obwohl die Sonne scheint, ich in deinen Armen aufgewacht bin und eigentlich alles zwischen uns perfekt ist, habe ich ein komisches Gefühl in meinem Bauch. Da ist immer noch dieses Gift, das langsam alles verätzt.

Ich glaube, dass sich einiges ändern wird, doch dafür bin ich noch nicht bereit. Ich werde nie dazu bereit sein, dich zu verlieren, Sergio. Das ist die Wahrheit und ich spüre, dass sie sehr bald zu einer Tatsache in meinem Leben wird. Vor diesem Tag habe ich schon jetzt Angst, besonders, weil ich weiß, dass ich ihn nicht abwenden kann, da wir beide nur Spielfiguren auf einem Schachbrett sind.

Auf dem Brett deines Vaters.

6. *Was getan werden muss, Rosalie*

XX

Sergio

Ich bin schon tausendmal über diese Brücke gefahren.

Ich habe schon tausendmal den Wagen zu meinem Vater gelenkt und währenddessen überlegt, was heute wohl wieder passieren wird. Denn die Sache mit meinem Vater ist die, dass man nie wissen kann, was auf einen zukommt. Er ist unvorhersehbar. Es ist nicht leicht, so unvorhersehbar zu sein wie er. Irgendwie seine Gedanken und Emotionen so unter Verschluss zu halten, wie er es tut. Ich versuche es immer wieder, weil ich weiß, dass die Gene meiner Mutter mir irgendwann im Weg stehen werden. Die ist nämlich echt emotional. Man kann ihr förmlich alles im Gesicht ablesen. Das kommt bei mir auch oft durch. Wenn ich besonders überfordert mit einer Situation bin, enttäuscht oder aufgewühlt. Dann gibt es eigentlich nur eine Person, die mich wirklich auf den Boden zurückbringen kann, und das ist dein Vater. Er weiß irgendwie immer mit mir umzugehen, und hat mich schon das ein oder andere Mal, wenn ich nicht weiterwusste, geleitet. Immer so, dass ich es nicht bemerke, damit ich mich nicht schlecht fühle, weil ihm klar ist, dass es gegen meinen Stolz geht. Aber mittlerweile bin ich alt genug, um zu erkennen, was er tut. Wenn er mich manipuliert. Das tut er immer auf eine gute Weise und ich lasse es zu, weil ich sonst gar nicht mit diesem ganzen Wirrwarr in mir umgehen könnte. Dein Vater war auch ein Grund dafür, dass ich meine Finger von dir lassen wollte. Ich habe zu viel Respekt vor ihm. Aber dann ist passiert, was laut meinem Vater nie passieren darf, und ich habe mich hinreißen lassen. Seitdem ist nichts mehr, wie es war. Mit dir in meiner Nähe kann ich nichts verstecken, weil du zu viel in mir auslöst. So sehr ich auch versuche, mich von meinen Gefühlen abzukapseln, weil es anders zu schwierig ist, mit alldem umzugehen, was auf mich zukommt.

Ich klappe meine Sonnenblende herunter und umfahre das Schlagloch auf der Brücke, das echt mal repariert werden muss.

»Weißt du, was er von dir will?«, fragt meine Mutter, womit sie mich wieder auf ihre Anwesenheit aufmerksam macht, die ich kurz vergessen habe, weil ich so in Gedanken war. Sie sitzt neben mir und sieht nachdenklich aus dem Fenster auf den in der Sonne glitzernden See, der sich blauschimmernd unter der Brücke erstreckt. In einiger Entfernung erkennt man die Skyline Chicagos.

»Nein, du?«, will ich wissen, als ich wieder nach vorn schaue, aber ich spüre nun ihren Blick auf meinem Profil. Sie weiß öfter, als ich es tue, was mein Vater wieso macht. Als hätte sie ihn studiert, und sie schätzt ihn meistens richtig ein. Deshalb macht mich ihre Anspannung nur noch nervöser.

»Wieso sollte ich dich fragen, wenn ich das wüsste?« Okay, sie ist ein bisschen gereizt und das ist kein Wunder nach dem Frühstück. Sie hat etwas länger gebraucht, bis sie sich fertig gemacht hat, und ich musste unten auf sie warten. Aber ich habe sie nicht gedrängt, weil ich weiß, dass sie den Carter-Dad ein wenig beschwichtigen und ihm gut zureden musste. Er sieht es nicht gern, wenn sie da drüben ist – vor allem ohne ihn, was eigentlich nie passiert. Ja, ab und zu lädt mein Vater die Rushs zum Essen ein, um ein bisschen zu provozieren. Er provoziert gern, mein Vater. Oder sie sehen sich im Casa del Nero. Aber er hat meine Mutter nie allein zu sich beordert, soweit ich weiß. Und auch, wenn ich ihre genaue Geschichte nicht kenne, so weiß ich, dass da offensichtlich irgendwann vor guten achtzehn Jahren mal was gelaufen ist. Sonst gäbe es ja meine Schwester und mich nicht. Dass sie verheiratet waren, weiß ich auch. Und dass sie sich nach Catalinas Geburt haben scheiden lassen. Ich frage mich nur, was einen Mann wie meinen Vater dazu bewegen konnte, zuzulassen, dass ein anderer die Vaterschaft für seine Tochter anerkennt. Nicht, dass ich es schlecht finden würde, denn als Frau mit diesem Nachnamen ist es nicht leicht, gar nicht leicht und sehr gefährlich in dieser Welt. Aber trotzdem passt das nicht in mein Bild von ihm. Dass er auf sein Blut verzichtet, auf eine Erbin und seinen Profit.

»Was könnte er denn wollen?«, hake ich nun nach, weil ich weiß, dass sie ihn kennt. Zumindest waren ihre Einschätzungen immer richtig, wenn ich sie nach einer gefragt habe.

»Weiß ich nicht. Deine Seele verkaufen?«, tippt sie zynisch und atmet gepresst aus.

Ich werfe ihr einen kurzen Seitenblick zu. »Was ist los?«, frage ich, weil ich bemerke, dass es in ihr brodelt. Sie atmet tief durch und strafft ihre Schultern etwas. Das ist ihre Ich-bin-unter-Menschen-Haltung.

»Nichts, das vorhin mit Ava und all das ...« Sie winkt ab und klemmt sich ein paar Strähnen hinter das Ohr, wo die Perlen schimmern, die der Carter-Dad ihr zum Hochzeitstag geschenkt hat. Du musstest sie mit ihm aussuchen. Ich bin euch genervt hinterher geschlendert und habe bei jedem Schmuckstück, das er mir gezeigt hat, gesagt, er solle es einfach kaufen, damit es schnell geht. Aber du hast ausgesucht. Oh ja, das hast du. Stundenlang. Du liebst shoppen, Rosalie.

Ich denke an Ava und daran, wie wütend alle auf sie sind. Ich enthalte mich bewusst, wenn es um sie geht, weil es Dinge gibt, in die ich mich einfach nicht einmische. Zwar ist Ilian Terekov nicht mein Liebling, weil ich genau sehe, wie er meine Schwester anschaut – auch, wenn ich ihn niemals hassen könnte, ganz im Gegenteil. Aber niemand hat es verdient, so von seiner Mutter abgeschoben zu werden. Und wenn sie da ist, verspricht sie ihm immer irgendwas und hält es dann nicht ein, weil etwas Wichtigeres dazwischenkommt. Er hegt immer wieder Hoffnung und lässt sich immer wieder darauf an. Doch immer wieder enttäuscht sie ihn. Ich will gar nicht wissen, was für ein Frauenbild er schon haben muss. Und ich mag es nicht, wie er meine Schwester anschaut. Denn ich weiß, dass das zwangsläufig irgendwann wirklich kompliziert werden wird. Noch lässt er sie in Ruhe, weil er denkt, sie seien verwandt, aber dieses Geheimnis wird auch irgendwann gelüftet. Catalina sieht meinem Vater einfach viel zu ähnlich und zwischen Ilian und ihr baut sich allmählich eine ähnliche Spannung auf, wie es bei dir und mir der Fall war. Damals. Ich wünsche ihnen nicht, dass sie so zwiegespalten sein müssen, wie wir es jetzt sind.

Ich halte vor dem schwarzen Tor, von dessen Säulen die Engel auf mich herabsehen. Wir sind schon zehn Minuten zu spät. Wäre meine Mutter nicht dabei, wüsste ich, dass jetzt Ärger ansteht, weil mein Vater Unpünktlichkeit hasst. Aber vielleicht sagt er ja nichts wegen ihr. Zumindest maßregelt er mich nie vor ihr, sondern immer nur, wenn wir allein sind. Er findet, dass man so was untereinander ausmachen muss. Das ist etwas, was ich an ihm mag, denn das sehe ich genauso. Ich kläre meinen Scheiß nicht vor anderen.

Das Tor gleitet auf und wir rollen über den Kies. Schließlich parke ich zwei Plätze neben meinem Vater und sehe nochmal in den Rückspiegel, bevor ich die eine Strähne richte, die mir immer in die Stirn fällt und jede Perfektion zunichtemacht. Ich war hier gestern echt bekifft und wette, dass es noch ein Nachspiel hat. Wieso raucht Zayden auch diese fette Tüte mitten am Tag mit mir? Okay, er konnte nicht wissen, dass mein Vater mich anruft. Das tut er immer spontan, was ich für viele kleine Tests halte. Aber trotzdem. Mitten am Tag ist es immer gefährlich. Spät in der Nacht, zwischen vier und fünf Uhr dreißig ist eine Donovan-Dad-freie Zeit. Da ruft er mich nie zu sich, denn da macht er selbst langsam die Schotten dicht und zieht sich zurück.

Mom schaut ein paar Sekunden zum Eingang, an dem zwei Wachen stehen, und ich folge ihrem Blick. Ich versuche, zu sehen, was sie sieht. Aber die Wahrheit ist, dass ich nicht weiß, was sie sieht. Und vielleicht ist es auch besser so. Dann öffnet sie einfach ihre Tür und steigt aus, bevor sie sie sanft zufallen lässt.

Ich atme einmal tief aus, straffe meine Schultern und schiebe mich dann ebenfalls aus dem Wagen. Heute spürt man den nahenden Herbst schon eher. Der Wind ist kälter geworden und fegt Blätter über den Platz. Es riecht nach Zigarettenrauch und der Brunnen plätschert fast friedlich vor sich hin. Das Wasser wird etwas verweht und ein paar Spritzer benetzen meine Wange, die ich mir flüchtig wegwische. Meine Mutter zieht gerade den Träger ihrer Handtasche über die Schulter, während sie auf mich wartet und ich den Wagen verriegle. Dann folge ich ihr langsam, als sie sich in Bewegung setzt. Sie trägt schwarz. Sie ist eine Dramaqueen und tut das wahrscheinlich nicht, weil sie schwarz liebt. Das ist ein Statement. Sie verschränkt die Arme vor der Brust und ich sehe die Gänsehaut auf ihren Beinen, als ein kühler Wind über sie fegt.

Ich derweil schiebe meine Hände in die Taschen meiner schwarzen Jeans. Heute trage ich das erste Mal seit Wochen ein dunkelgrünes Longsleeve, da es seit Langem mal wieder nicht zu heiß dafür ist. Der Sommer war lang und extrem warm.

Wir gehen die Treppe hoch und einer der Wachen öffnet sofort die schwere, dunkle Flügeltür, ohne zu uns zu sehen.

Meine Mutter darf nicht einfach so angesehen werden, als Carter Rushs Frau.

Ich folge ihr hinein in das dunkle Foyer, in das kein Licht fällt. Nur der imposante Kronleuchter ist immer eingeschaltet. Ich frage mich, wie lange er schon von der hohen Decke hängt und wie oft die einzelnen Kristalle geputzt werden, so, wie sie glitzern.

Das Foyer ist kühl und wie immer sehe ich zuerst in Dorian de Lucas Gesicht, dessen Porträt gegenüber vom Eingang hängt. Auf dem Bild sitzt er auf einem schwarzen Samtsessel, die muskulösen Arme in dem schwarzen Pullover auf die Lehnen gelegt, sein Siegelring mit dem XX funkelt an seinem Ringfinger und er sieht scheinbar auf jeden herab, der reinkommt. Er ist elegant und aggressiv in einem. Auf dem Porträt scheint mein Onkel ungefähr so alt wie ich jetzt gewesen zu sein. Er hat die gleichen dunkelblauen Augen wie ich, sie sind nur etwas härter, kühler, abgestumpfter, genau wie sein ganzes Aussehen. Sein Kiefer ist etwas kantiger als meiner. Sein Blick überheblicher und seine Statur massiger. Aber alles in allem sehe ich ihm von allen am ähnlichsten. Dorian de Luca wirkt wie das Sinnbild eines Mafiabosses.

Unsere Schritte hallen über den schwarzen Marmor und wie immer steht Giovanni mit vor dem Schritt verschränkten Händen vor der Tür meines Vaters und sieht stoisch nach vorn. Selbst, wenn die Welt um ihn herum untergehen würde, er würde stoisch nach vorn sehen und Haltung bewahren.

»Sir, Mrs. Rush«, begrüßt er uns mit einem Nicken und wir erwidern es, bevor meine Mutter an der dunklen Holztür klopft. Ihre Schultern sind so angespannt wie meine.

»Ja«, meint mein Vater träge, aber klar und deutlich. Ich greife an Moms Taille vorbei und öffne die Tür. Sie tritt vor mir ein. Ich weiß, dass ich jetzt ein wenig aufpassen muss. Denn es wird wohl einen Grund haben, weshalb der Carter-Dad so misstrauisch und schlecht auf meinen Vater zu sprechen ist, und es wird einen Grund geben, wieso sie mit mir hierherkommen sollte.

Der vertraute Geruch von Büchern, Holzpolitur und Espresso empfängt uns. Diesen Geruch verbinde ich immer mit meiner Kindheit, die ich größtenteils hier drin verbracht habe, wenn ich bei meinem Vater war. Ich saß auf seinem Schreibtisch, dem Boden, der Couch oder auf seinem Schoß, während er gearbeitet hat. Und ich habe es geliebt, hier zu sein. Irgendwann habe ich sogar stillgehalten. Alles in mir hat stillgehalten.

In den Regalen hinter ihm erstrecken sich vom Fußboden bis zur Decke Erstausgaben und genau hinter ihm hängt das Abbild meines Großvaters Vito de Luca. Er sieht gar nicht überheblich aus, sondern stolz und mit beiden Füßen auf dem Boden stehend. Mein Vater spricht immer in sehr hohen Tönen von ihm.

Zu unserer Linken befindet sich eine Couchecke aus dunkelbraunem Leder. Doch den Raum dominiert ein schwerer, großer Schreibtisch aus Mahagoni. Er ist immer ordentlich. Es liegen immer fünf Kugelschreiber darauf, direkt neben dem Monitor, dem Telefon, dem Kristallaschenbecher und der Tastatur. Aus dem Fenster zur Rechten kann man auf den Parkplatz sehen. Keine Vorhänge, kein Schnickschnack.

Bevor wir uns auf jeweils einen der zwei mit Leder gepolsterten Stühle auf der anderen Seite des Tisches ihm gegenübersetzen können, erhebt er sich aus seinem Schreibtischsessel. Seine italienischen, dunkelbraunen Lederschuhe geben kein Geräusch von sich, als er über den dunklen Parkettboden auf uns zukommt.

Ich habe ihn noch nie so lächeln sehen wie jetzt. Wieso lächelt er denn jetzt so? Das irritiert mich und ich beobachte ihn ganz genau, weil er nämlich meine Mutter anvisiert und das stört mich.

Er trägt eine dunkelblaue Jeans, einen dunkelbraunen Gürtel und ein weißes, langärmliges Oberteil aus feinem Stoff mit Markenlogo auf der Brust – natürlich. Es liegt eng an seinen trainierten Muskeln, aber nicht zu eng, und das goldene Kreuz, das er um den Hals trägt, ruht darüber. Seine hellblauen Augen funkeln ungewohnt verspielt, als er die Hand meiner Mutter nimmt, was ich mit einer erhobenen Braue beobachte. Ich bin nicht so Team: Bitte lass meine Eltern wieder zusammenkommen. Ganz und gar nicht. War ich noch nie, nicht mal als kleines Kind.

»Du wirst wirklich von Jahr zu Jahr schöner, Tesoro«, informiert er sie und küsst ihre Fingerknöchel. Sein Duft steigt in meine Nase und ich verkneife es mir gerade so, die zweite Augenbraue zu heben. Was ist das? Was. Verdammt. Nochmal. Ist. Das. Rosalie? Heute ist doch wirklich schon genug passiert. Wieso muss er jetzt Süßholz raspeln? Mein Vater ist wie ein Spürhund für ungünstige Situationen, die er noch schlimmer machen kann.

»Danke.« Mom zieht ihre Hand geschäftig zurück und er schmunzelt, bevor er ihr den Stuhl zurückzieht. Sie schmunzelt nicht. Ihre hellgrünen Augen blitzen warnend.

»Setzt euch.« Wir setzen uns und ich bin hochgradig verwirrt und angewidert zugleich. So wie jetzt habe ich ihn noch nie erlebt. Er küsst den anderen Bossen nicht die Hände, das tun sie bei ihm. Er steht für niemanden auf. Auch das tun sie für ihn. Normalerweise schmunzelt er auch nicht. Oder ist verspielt. Das erinnert mich daran, wenn ich mit dir flirte, Rosalie. Das gefällt mir nicht.

Ich lehne mich zurück. Er umrundet den Tisch und lässt sich auf seinen Sessel sinken, bevor er sich den mittleren Kugelschreiber aus der Reihe nimmt und sich zurücklehnt. Seine dunkelbraunen Haare liegen wie immer makellos nach hinten an und wie immer ist sein Gesicht die reinste Perfektion, weshalb ich wieder diese eine Strähne aus meiner Stirn schnippe. Ich fühle mich immer so unzureichend und imperfekt neben ihm. Er lässt kurz seinen prüfenden Blick über mich gleiten, was es nicht besser macht, und ich hoffe, er will jetzt nicht über diese Kiffscheiße von gestern reden.

Der Kugelschreiber spielt zwischen seinen Fingern und er lässt seinen Blick auffällig weiter über meine Mutter wandern. Was zum Teufel soll das? Wieso tut er das auf einmal? Das hat er noch nie getan. Und es gefällt mir wirklich nicht. Alle Alarmglocken in mir schrillen.

»Nur so als kleine Warnung – *dir* wird das jetzt nicht gefallen.« Mein Vater deutet mit dem Kugelschreiber auf Mom und das eingravierte XX blitzt auf.

»Das dachte ich mir fast«, antwortet sie sarkastisch.

Er sieht ihr direkt in die Augen. »Du wirst mich wieder heiraten«, sagt er dann aus dem Nichts. Kurz bleibt die Zeit stehen und ich ziehe meinen Kopf völlig verdutzt zurück.

»WAS?!«, ruft Mom total entrüstet und sieht ihn auch so an, während mir alles aus dem Gesicht fällt. *Was? Wieso?*

»Nur ein Scherz«, meint er total trocken und ich kann mir ein erleichtertes Stöhnen nicht verkneifen. Er findet das wohl lustig. Ich nicht, denn ich weiß, dass er die Macht dazu mit einem einzigen Fingerschnippen hätte. Er könnte sie einfach da drüben rausholen und hier einziehen lassen. Jeder, der was dagegen unternehmen würde, müsste wohl sterben. Und das, obwohl die Rushs auch nicht machtlos sind, aber mein Vater ist nun mal der Oberboss und der Mächtigste von allen.

Meine Mutter fasst sich ans Herz und atmet sichtbar schnell. »Scheiße«, wispert sie atemlos und lehnt sich zurück. »Nicht lustig.« Ihr vorwurfsvoller Blick trifft auf den amüsierten meines Vaters.

»Ein bisschen schon.« Seit wann ist er denn lustig? Was soll das jetzt? »Siehst du, das hätte auch kommen können. Jetzt wird dir alles andere, was ich im Gegensatz dazu sage, völlig lapidar vorkommen.« Er sieht aus, als würde er seinen Einfall lieben.

»Wie. Freundlich.« Mom ist ihr ausdruckslosestes, sarkastischstes Selbst.

»Ja, das bin ich.« Mein Vater nickt.

»Ja, ich weiß.« Mom nickt auch.

Dann atmet er durch und das Amüsement verschwindet aus seinem Blick. Jetzt folgt der Geschäftsteil, weshalb ich mich aufrichte. Ich weiß, dass es nun mehr um mich geht, und versuche, einfach mit dem Kopf hier zu sein. In diesem Büro brauche ich meine Gefühle nicht, ehrlich nicht.

»Ich brauche ein Bündnis«, beginnt er. »Das heißt, du wirst heiraten.« Jetzt sieht er zu mir. Ich erstarre und ziehe meinen Kopf zurück. Was zum Teufel? Da war mir sein Scherz aber lieber. Ich meine, was soll das heißen, ich soll heiraten? Ich will nicht fucking heiraten. Natürlich weiß ich, wie es läuft. Ich weiß, dass wir alle Kapital sind, aber ich hätte nicht gedacht, dass das so früh passiert. Ich dachte, damit, sein Erbe anzunehmen, wäre meine Verantwortung erfüllt. Wieso soll ich jetzt auch noch heiraten? Davon hat er zuvor noch nie gesprochen.

All das lasse ich jetzt nicht nach außen dringen. Ich verschließe mich einfach, wie dein Vater es mir gezeigt hat. Es bringt mir jetzt gar nichts, all das laut zu sagen. Das würde nichts ändern. Es würde alles nur schlimmer machen. Aber mein Herz rast trotzdem und alles in mir ist ein einziger verkrampfter Knoten.

»Ich brauche ein Bündnis mit den Kolumbianern. Das heißt, du wirst Selina Sanchez heiraten«, fügt er noch erklärend hinzu.

Okay. Selina Sanchez.

Die Frau, die meinen Bruder auf so viele Arten fickt, ohne, dass er es merkt. Die Frau, die er liebt, wieso auch immer.

Ich soll sie heiraten.

Ich wusste ja, dass du und ich keine Zukunft haben, Rosalie, aber ich hätte mir nie träumen lassen, dass das alles so endet, dass es so schnell diese Wendung nehmen soll. Es wundert mich jetzt auch nicht, dass ich nicht gefragt werde, ob ich das will. Das ist so bei uns, der Vater bestimmt über dein Leben. Zumindest, wenn es normal läuft, was auch immer normal bei uns bedeutet. Drüben läuft es anders. Anders mag ich eigentlich. Dein Vater sagt, dass anders gut ist. In dem Fall kann ich ihm nur zustimmen. Dieses anders ist mir auch lieber. Aber ich weiß, dass ich keine Wahl habe. Ich weiß, dass es für mich jetzt nur darum geht, was getan werden muss, nicht was ich gern tun will, und ich versuche, das so hinzunehmen.

Ich fühle mich ein bisschen, als würde ich fallen, als er das so locker von sich gibt, als wäre das eine Selbstverständlichkeit. Und dann auch noch Selina. Ausgerechnet *sie*. Mein Vater hadert nicht einmal mit sich.

Es ist sehr still im Büro. Die Uhr tickt, der Kugelschreiber klackt jedes Mal, wenn die Spitze auf der Armlehne des Stuhls aufkommt. Meine Mutter hat noch nichts gesagt.

Mein Vater lässt uns ein paar Sekunden, um diese Information sacken zu lassen. »Zu deinem Geburtstag geht es los.«

Ich kann ihn nur anstarren, aber ich sehe direkt durch ihn hindurch. Das sind weniger als drei Monate. Zwei Monate und drei Wochen. Aber ich werde mir jetzt nichts davon anmerken lassen. *Ich werde mich jetzt zusammenreißen.* Ich werde jetzt nicht explodieren. Ich werde mir jetzt nicht vorstellen, wie es sein wird, mit dieser Frau verheiratet zu sein, meinem Bruder das Herz zu brechen, dir das Herz brechen, mir selbst.

Es ist viel zu still. Wieso ist es denn so still? Das Blut rauscht in meinen Ohren, gemeinsam mit meinem Puls, den ich zu beruhigen versuche. Ich muss jetzt Ruhe bewahren.

»Du hast doch sowieso niemanden, oder?«, erkundigt er sich jetzt eher halbherzig, weil alle eisern schweigen. Ich frage mich manchmal, ob er keine Augen im Kopf hat. Oder ob er es nicht sehen will. Denn für mich gibt es seit zehn Jahren nur dich, und sogar, bevor ich wusste, dass ich dich einmal heiraten will, warst du meine beste Freundin. Aber vielleicht ist er einfach zu desinteressiert an so was. An meinem Leben außerhalb dieses Hauses.

»Ne…«, setze ich an, aber Mom unterbricht mich.

»Würde das was ändern? Wenn er jemanden hätte, meine ich?«, fragt sie und ihre Stimme bebt vor Zorn.

»Nein, ich frage nur«, meint mein Vater ungerührt. »Willst du was trinken?«, wendet er sich dann an mich, weil ich wohl etwas blass aussehe. Ich will nichts trinken, Rosalie. Ich will schreien. Langsam schüttle ich meinen Kopf. Ich würde gern einfach rausgehen und brüllen, aber das tue ich jetzt nicht. *Ich reiße mich zusammen.*

Meine Mutter atmet tief durch. Sie versucht auch sichtlich, sich zusammenzureißen. Sie wird scheitern, wie immer. Ich verstehe es, natürlich. Als Mutter ist das sicher nochmal etwas anderes. Vor allem, wenn der andere Elternteil die Macht hat, alles allein zu bestimmen, und einem die Hände gebunden sind.

»Es ist nicht für immer. Nur ein paar Jahre«, ergänzt mein Vater nun versöhnlicher. »Ich denke, es hätte dich schlechter treffen können.«

»Weißt du überhaupt, mit wem du deinen Sohn da verheiraten willst?«, braust meine Mutter auf und kann sich kaum mehr beherrschen. Ich würde sie gern beruhigen, aber ich darf mich jetzt nicht bewegen, sonst explodiere ich selbst. Onkel Caden sagt, ich solle in solchen Situationen einfach erstarren, bis der größte Sturm vorbeigezogen ist.

»Offensichtlich mit einer sehr hübschen Frau, die sich zu benehmen weiß.«

Mom schnaubt. »Natürlich, das sind die wichtigsten Kriterien, nicht wahr?«

»Das und ihre Abstammung. Ja.« Mein Vater ist total gelassen. An ihm geht es vorbei, dass meine Mutter langsam vor Wut rot wird und ich nicht mal meinen kleinen Finger regen kann.

Sie schluckt, aber sie schafft es nicht, sich zurückzuhalten. »Selina Sanchez schläft mit ganz Chicago.«

»Damit wird sie dann aufhören.«

»Ihr Ruf eilt ihr voraus. Willst du deinen Sohn mit einer Hure verheiraten, hm?« Sie hebt eine Augenbraue und ihr Grün blitzt.

Seine Augen werden etwas kälter. »Ihr Ruf wird allen egal sein, wenn sie eine de Luca ist. Und mich interessiert nur, was sie dann tun wird, wenn sie verheiratet ist. Es ist nur wichtig, dass dein anderer Sohn dann die Finger von ihr lässt. Wir wissen ja, dass ihm das eventuell schwerfallen könnte.« Er meint Zayden, offensichtlich.

Mom steht mit einem Ruck auf und mein Blick folgt ihr, als sie ihre Hände auf den Tisch stemmt und sich nach vorn lehnt. Ihr schwarzes Haar fällt über eine Schulter und ihre Kiefer mahlen. Die zierlichen Schultern heben und senken sich schnell unter ihrem stockenden Atem, während mein Vater gleichzeitig abwartend als auch warnend zu ihr hochsieht.

Das geht genauso an ihr vorbei.

»*Du bist widerlich*«, speit sie meinem Vater dann entgegen und ich erstarre noch mehr. Das kann sie doch nicht einfach so zu ihm sagen, Rosalie. Das hier ist er und nicht irgendwer. Ich meine, wenn er ihr gleich eine Knarre an den Kopf hält, muss ich ihn erschießen, und dann? Was verdammt nochmal dann?

Jetzt blitzen seine hellblauen Augen und er legt sehr bedacht den Kugelschreiber auf den Tisch. Ich spanne mich noch etwas an. »Ich tue, was getan werden muss.« Seine Stimme ist gefährlich leise geworden.

»Mom.« Ich berühre ihren Unterarm, aber sie beachtet mich gar nicht, und ich mahle mit den Zähnen. Wenn sie sich jetzt nicht beherrscht, kann das hier wirklich ekelhaft enden. Aber meine Mom ist noch nicht fertig, sie legt jetzt erst los.

»*Ich will, dass er bei euch aufwächst, Isabelle. Das wird ihm guttun, Isabelle. Ich will, dass er ein erfülltes Leben hat, Isabelle. Bevor ich reinpfuschen kann, Isabelle, und alles kaputt machen kann, Isabelle. Wie ich es immer tue, Isabelle. Ich stecke einfach meinen Finger irgendwo rein und …*«

Jetzt erhebt mein Vater sich auch langsam, jeder seiner Muskeln ist angespannt, und er stützt seine großen Hände vor die kleinen meiner Mutter. Ich straffe mich und bin bereit, was auch immer zu tun, wenn es sein muss. Ich bin nur froh, dass der Carter-Dad nicht hier ist, weil er meinen Vater jetzt umbringen würde, und das hätte die übelsten Folgen. Die beiden sind fast Nase an Nase, als er nur schwer beherrscht und sehr genau artikuliert knurrt:

»Schluss. Jetzt. Isabelle. Er hatte alles, was ich ihm geben konnte. Er hatte eine erfüllte Kindheit …«

»DIE HAST DU IHM ABER NICHT GEGEBEN!«, fällt sie ihm laut ins Wort und er mahlt mit den Zähnen, weil er das nicht gewohnt ist. Ich auch nicht. Ich bin es nicht gewohnt, dass ihn jemand unterbricht. Niemand wagt das, und Mom hat das auch noch nie vor mir getan, weshalb ich umso alarmierter bin.

»Mom!« Ich packe jetzt ihren Unterarm etwas fester und sie schüttelt meine Hand ab. Gleich trage ich sie hier raus. Sie kann sich nur losmachen, weil ich sie lasse. Aber wenn sie nicht aufhört, lasse ich sie das nicht mehr entscheiden, sondern nehme sie einfach und trage sie ins Auto.

»Ich habe ihm gegeben, was ich ihm geben konnte. Jetzt ist es Zeit für ihn, erwachsen zu werden«, antwortet mein Vater durch zusammengebissene Zähne.

»ER IST SIEBZEHN!«, schreit sie ihn an.

»Und was passiert, wenn er achtzehn wird?«, fragt er bohrend, den Blick direkt in ihre Augen gerichtet, und starr.

Mom bebt und ballt eine ihrer Hände auf dem Tisch zur Faust. Mein Vater sieht zu ihrer Hand und dann wieder in ihre Augen. »Reicht es nicht, dass er das hier übernehmen muss?« Sie deutet mit einer ausschweifenden Handbewegung ins Büro. »Wieso reicht es dir nie?!«

»Ich hab gesagt, Schluss jetzt«, wiederholt er härter.

»Nein«, bestimmt sie. »Nein, nicht Schluss jetzt. Du sagst mir nicht mehr, wann Schluss ist, Donovan! Diese Frau ist eine manipulative, hinterhältige, berechnende Hure, die nichts in der Nähe meiner Söhne verloren hat! Und dir ist es scheißegal, was du ihm antust, was er fühlt, was er denkt …«

»ER WIRD DAMIT KLARKOMMEN!« Jetzt wird er auch lauter und unterbricht sie harsch. »ICH HAB IHN NICHT ZU EINEM WEICHEI ERZOGEN, DAS SICH VON EINER FRAU AUF DER NASE HERUMTANZEN LÄSST!« Kurz ist es wieder still und Mom hebt die Brauen, als hätte sie sich verhört. Dann sehe ich, wie ihr Gesicht sich verschließt, und was dann passiert, ist nicht gut, gar nicht gut.

Ihre Hand schnellt mit einem Mal in die Höhe und ich zucke schon zusammen, weil ich nichts Gutes ahne, als mein Vater sie mit einem harten Ruck am Handgelenk abfängt, bevor Mom ihm eine knallen kann, und sie blitzschnell am Unterarm näher zieht. Jetzt pocht die Ader heftig an seiner Schläfe. Ich habe ihn noch nie so wütend gesehen wie jetzt und stehe schnell auf. Ich mag es nicht, wie er sie anfasst. Ich mag es nicht, dass er ihr so nahe ist, und ich mag auch nicht, was ich in seinen Augen sehe. Den irren Glanz.

»Dad, lass sie los«, sage ich ruhig, aber mit Nachdruck und starre seine Hand um ihren Arm an, die definitiv etwas zu fest drückt. Seine Knöchel sind weiß und ich mahle mit den Kiefern. Er starrt nur in ihre Augen. »Ich hab gesagt, Schluss jetzt«, meint er kaum hörbar, aber extrem eindringlich und kurz davor, seine Selbstbeherrschung zu verlieren. Dann lässt er ihren Arm mit einem Ruck los, sodass sie einen Schritt nach hinten stolpert und ich sie abfange. Meine Augen schweifen zu meinem Vater. Ich bin echt angepisst, Rosalie. Wirklich angepisst.

Er sieht immer noch meine Mutter an.

»Es läuft aber nicht immer so, wie du es willst, egal, wer du bist.« Sie macht sich von mir los.

»Geh jetzt.« Mit beiden Händen stützt mein Vater sich auf dem Tisch ab, ohne sie aus den Augen zu lassen, während seine Schultern sich schnell heben und senken. »Geh jetzt, bevor ich mich vergesse und etwas mache, was mir wirklich leidtut, Isabelle.«

Sie schnaubt spöttisch und scheint so furchtlos. »Du *hast* dich schon vergessen und dir *sollte* einiges leidtun«, zischt sie, dann reißt sie ihre Handtasche an sich und ich schiebe mich hinter sie und dränge sie mit meinem Körper zur Tür, weil ich die Befürchtung habe, dass sie sich nochmal umdreht. Sie ist viel zu berauscht von der Wut, viel zu wenig kalkulierend und durchdacht, genau wie er. Und ich will nicht, dass das hier ein Ende nimmt, was mich den Respekt vor ihm verlieren lässt.

»Wir reden später«, sagt er zu mir. Seine Stimme ist immer noch völlig tonlos und gleichzeitig so wutentbrannt.

Ich sehe ein letztes Mal über die Schulter und nicke knapp, bevor ich die Tür öffne, und meine total steife Mutter nach draußen schiebe. Dann schließe ich sie schnell hinter uns. Mom ist immer noch außer sich. »BASTARD!«, brüllt sie noch über die Schulter und etwas knallt von innen gegen die Tür meines Vaters. Giovanni zuckt nicht mal. Ich glaube, es war der Aschenbecher.

Mom marschiert durch das Foyer und wartet nicht, dass ihr die Tür geöffnet wird. Sie reißt sie selbst auf. Auch jetzt folge ich ihr nach draußen in die Sonne.

Wie unpassend, Rosalie. Wie unpassend die Sonne auf dieser Seite des Sees doch ist.

7. Was ich nicht sage, Rosalie

XX

Sergio

Ich habe immer gewusst, dass das irgendwann passieren wird.

Ich habe immer gewusst, wer ich bin, wer ich sein muss, wer ich sein werde. Ich habe immer gewusst, was auf mich zukommt, wie ich damit umgehen muss, was ich zu tun habe. Ich weiß, worum es in dieser Welt geht, und ja, ich kann mich daran halten. Ich kenne ja nichts anderes. Es ist schon okay. Aber jemand zu sein, der gut genug ist, um der Sohn meines Vaters sein zu können, wird mit jedem Jahr ein wenig schwerer. Seine Erwartungen zu erfüllen, der *Mann* und nicht das *Weichei* zu sein. Seinen immer höheren Ansprüchen gerecht zu werden. Immer mehr von mir selbst aufzugeben.

Einerseits gibt es nichts, was ich mehr will, als dass er zufrieden mit mir und stolz auf mich ist. Aber andererseits ist da dieser Teil in mir, der so emotional ist, dass ich all die Gefühle nicht so gut zuordnen kann. Dass sich seine

Erwartungen mit ihnen beißen. Dieser Teil in mir, der jetzt gerade schreit. Das ist mein Herz. Und dieser Teil in mir, der sich überlegt, wie, was, wo und wann er was tun soll. Das ist mein Kopf.

Wenn mich jemand fragen würde, ob ich das will, würde ich Ja sagen. Weil ich niemals in der Öffentlichkeit irgendwas Negatives auf meinen Vater kommen lassen würde. Aber in diesen Kreisen fragt sowieso niemand, daher ist es egal. Es wird einfach getan, was getan werden muss, und ich versuche, mich damit abzufinden und irgendwie klarzukommen.

Ich sitze im Garten auf dem Steg und sehe rüber zu dem dunklen Haus, das in die Höhe ragt. Ich frage mich, ob mein Vater noch sehr ausgerastet ist. Aber ich werde es erfahren, in einer Stunde, da muss ich wieder bei ihm drüben sein, weil wir zu dem Treffen um vier losmüssen. Meine Mutter wütet immer noch im Haus, und nicht mal dein Vater, der sie eigentlich immer runterbringen kann, hat es heute geschafft. Sie ist wie ein Tornado. Sie hat das Hochzeitsgeschirr gegen die Wände geschmettert und dabei Beleidigungen auf allen Sprachen durch das Haus gebrüllt. Deine Mom hat verständnisvoll genickt und ihr immer wieder einen neuen Teller gereicht. Der Carter-Dad wollte rüberfahren, aber dein Vater hat ihn davon abgehalten. Alle sind etwas aufgewühlt und ich verstehe es, mir geht es nicht anders. Ich bin selbst ein emotionales Chaos, ein emotionales Wrack.

Die Sonne steht hoch und spiegelt sich auf dem ruhigen See. Das Schilf wiegt im heute starken Wind und ein paar Blätter fallen auf das Wasser und treiben darüber.

Ich versuche, mir vorzustellen, auch, wenn es nicht für immer ist, eine lange Zeit, ein paar Jahre – wie mein Vater gesagt hat – mit Selina zu verbringen. Doch ich hasse allein den Gedanken daran. Ich hasse es, dass mein Bruder den Verstand verlieren wird und dass ich sie jeden Tag sehen muss. Dass sie in meinem Bett schlafen wird. Das ist so falsch. Sie gehört da nicht hin. Ich will sie da nicht. Und ich will sie erst recht nicht anfassen oder dass sie mich anfasst. Gott, ich werde ihr die Finger abhacken, wenn sie es versucht, und Zayden wird mich killen. Ende der Geschichte. *Fuck*.

Ich streiche mir über das Gesicht und lasse den Blick in den blauen Himmel schweifen. Okay, dann ist es eben so. Es bringt nichts, mir jetzt darüber den Kopf zu zerbrechen. Es gibt Dinge, die kann man ändern, und es gibt Dinge, die kann man nicht ändern. Und wenn man sie nicht ändern kann, braucht man nicht permanent darüber nachzudenken, denn das macht es nicht besser, sondern nur schlimmer. Auch das habe ich gelernt. Gedanken machen einen kaputt und wir steigern uns in Dinge rein, die noch nicht mal existieren. Tja, aber dieses Problem existiert. Es existiert und es ist zwei Monate und drei Wochen entfernt. Ich werde den Verstand verlieren. Dann werde ich mich verlieren. Dann werde ich dich verlieren. Ende der fucking Geschichte, Teil zwei.

Ich höre deine Schritte hinter mir. Ich würde jetzt gern etwas trinken, so gern trinken, aber ich muss ja noch mit meinem Vater weg, also kein Gedankenbetäuben für mich heute. Nicht einmal das.

Du trittst auf den Steg und näherst dich mir, bevor du dich neben mich setzt. Ich rücke etwas zur Seite und betrachte dich, während dein Duft in meine Nase zieht. So perfekt. So vertraut. So Zuhause. Und so nicht mehr für mich bestimmt. Der Wind streicht durch dein dunkelbraunes, offenes Haar. Du ziehst den beigefarbenen Cardigan, den du über der Jeans und dem weißen Pullover trägst, enger um deine Brust zusammen und musterst mich mit deinen türkisen, wissenden Augen. Ich kann deinem Blick nicht standhalten, weil ich weiß, wie enttäuscht er sein wird, wenn ich es dir sage. Aber ich muss es dir sagen. Alles andere gibt nur böse Überraschungen. Ich bin es dir schuldig, ehrlich zu sein. Zumindest in dieser Hinsicht, wenn ich auch so vieles andere für mich behalte, was dich angeht.

»Willst du mir sagen, wieso deine Mutter das Hochzeitsgeschirr zertrümmert?«, fragst du leise und ziehst die Beine in den Schneidersitz, sodass der Riss am Knie deiner Jeans sich etwas weitet und deine weiche, gebräunte Haut zum Vorschein kommt. Ich würde jetzt gern eine Antwort geben, die dich zum Lachen bringt, aber mir ist nicht danach, ich bin ausgelaugt. Meine Zunge ist so träge. Ich weiß nicht, was ich noch sagen soll. Was ich sagen soll, damit all das nicht so irre klingt, wie es ist.

Davon abgesehen weiß ich nicht, *wie* ich es dir sagen soll.

Du wendest dich mir etwas mehr zu und betrachtest mich eingehender. »Sag es mir einfach«, meinst du, als du bemerkst, dass ich nicht sprechen kann. Ich kann, aber ich will nicht. Ich will es dir nicht sagen. Ich will dir nicht das Herz brechen. Obwohl ich immer wusste, dass ich das eines Tages tun werde. Aber ich will auch nicht, dass du es auf einem anderen Weg und von jemand anderem erfährst.

Also tue ich, was ein Mann tut, und nicht, was ein *Weichei* tut. Ich kann das nicht einfach so stehen lassen. Ich kann mich nicht einfach weigern, obwohl ich es so gern tun würde. Ich muss es dir sagen. Irgendwie. Fuck, wieso ist das denn jetzt so schwer?

Ich atme tief durch und straffe meine Schultern, die etwas in sich zusammengesackt sind. Dann schiebe ich meine Hand über deine, die auf dem Steg liegt, die so klein und warm ist, und spüre deine Finger an meinen. Du wirkst immer alarmierter und ich überlege, wie mein Vater das hier wohl angehen würde. Ich weiß nicht, ob er schon mal in dieser Situation war. Sicher nicht, sonst würde er es nicht so leicht über das Herz bringen, es würde ihm nicht so leichtfallen. Er hat nicht gezögert, nicht gezweifelt, er hat es einfach gesagt und mich dann gefragt, ob ich was trinken will. Ich meine, er hat über meine Zukunft entschieden und dann einfach nur gefragt, ob ich was trinken will. Kein: Versteh mich. Kein: Ich muss. Kein: Willst du das? Kein: Es tut mir leid, ich habe keine andere Wahl, ich liebe dich und würde dir das nie antun, wenn ich nicht müsste. Nichts. Nichts, Rosalie.

Ich würde dir gern sagen, was wirklich in mir vorgeht, was ich wirklich für dich empfinde, aber das wäre jetzt der denkbar ungünstigste Zeitpunkt dafür. Man offenbart so was nicht, kurz bevor man verkündet, dass man jemand anderen heiraten wird und niemals eine Zukunft miteinander hat. Es sei denn, mein Vater würde von der Bildfläche verschwinden und ich hätte das Sagen. Aber daran will ich nicht mal denken. Das wäre fast noch schlimmer als alles andere für mich, denn trotz allem ist er mein Vater und ich liebe ihn.

»Hast du dir schon mal überlegt, wie das hier weitergehen soll?«, frage ich also als Erstes. Meine Stimme ist ungewohnt rau, weshalb ich mich räuspere. Ich würde gern irgendwas Widerliches tun. Es dir einfach hinknallen, damit du sauer auf mich sein kannst. Wut ist einfacher zu verarbeiten als Enttäuschung. Aber das kann ich nicht. Ich kann dir nicht mutwillig wehtun.

Ich sehe dir geduldig in die tiefen, türkisen Ozeanaugen und warte. Kurz flackert in ihnen Unsicherheit auf. Ich hasse es, dass du dich unsicher fühlen musst. Wegen mir. Wegen dem, was ich bin und wer ich bin. Ich hasse es, weil du eigentlich so stark bist. So die Tochter deines Vaters. Es gibt nur wenig, was dich wirklich aus der Bahn wirft. Und ich will keiner der Menschen sein, die dich aus der Bahn werfen. Ganz im Gegenteil.

Dann atmest du tief durch. »Ja, schon oft.«

Mit dem Daumen streiche ich über deine zarten Fingerknöchel. »Und?«

»Ich bin zu keinem zufriedenstellenden Ergebnis gekommen«, antwortest du etwas gepresst. Ich nicke langsam und nehme einen tiefen Atemzug. Du bist intelligent. Du wirst das vielleicht rational betrachten können, deine Gefühle außen vor lassen, denn ich weiß, was du für mich empfindest. Auch, wenn du es mir noch nie gesagt hast, ich fühle und sehe es. Auch, wenn ich es nicht verstehe. Nicht verstehe, was du in mir siehst, Rosalie. So spüre ich es doch in jeder deiner Berührungen.

»Du weißt, dass …«, setze ich an.

»WARTE!« Du hältst mir den Mund zu, weshalb ich verstumme und dich über deine Hand hinweg anblinzle. Angestrengt ziehst du deine Brauen zusammen und wirkst gleichermaßen panisch wie fassungslos, als du mich musterst. »Trennst du dich jetzt von mir?« Ja, was soll ich dazu jetzt sagen? Trenne ich mich von dir? Was tue ich denn hier? Ich habe keine fucking Ahnung. Jetzt flackert erst wirklich Schmerz durch deinen Blick, genau wie immer größer werdende Panik. »Das kannst du nicht, du kannst mich nicht verlassen, Sergio. Das war noch nicht genug!« Oh, glaub mir, das weiß ich. Zwei Jahre waren nicht genug. Aber ich muss es dir sagen. Oder? Oder muss ich das gar nicht? Fuck, was soll ich denn jetzt machen? Soll ich einfach die Klappe halten und genießen, was ich noch kriegen kann, bis es so weit ist?

»Ich. Will. Mehr. Von. Dir! Keine Trennung!«, meinst du jetzt entschlossen und senkst deine Hand langsam und vorsichtig.

Ich halte immer noch deine Finger in meinen. »Ich will auch mehr von dir«, sage ich sanft und lüge dabei nicht, weil es wirklich so ist. Ich will ein Leben mit dir, das wusste ich schon, als ich neun Jahre alt war.

Erleichtert atmest du aus. »Okay. Solange das so ist, kann ich mit allem umgehen.« Das glaube ich eher weniger, aber ich muss es jetzt tun. Es sind nur ein paar Worte. Ich sage sie jetzt einfach.

»Du weißt, dass ich mit achtzehn rüberziehen muss«, vervollständige ich also meinen Satz und sehe runter auf unsere Hände.

»Ja.« Das kommt etwas atemlos und ich nicke. Ich kann dir jetzt nicht in die Augen sehen. Dumm. Man sollte seinem Gegenüber immer in die Augen sehen – das sagt nicht nur mein Vater, sondern auch meine Mutter. Das sagt dein Vater, genau wie Carter-Dad. Das sagen sie alle.

Tief atme ich aus und hebe den Blick. Du spannst dich sofort an, als Antwort auf etwas, was du darin siehst. Ich weiß aber nicht, was es ist.

»Das ist nicht alles«, fahre ich leise fort.

»Okay …« Du klingst nun sehr lauernd und ich werde dir das Herz brechen, in drei, zwei, eins …

»Er will, dass ich heirate.« Gut, jetzt ist es raus und ich beiße hart die Zähne aufeinander, während ich genauestens dein Gesicht beobachte und deine Hand geradezu umklammere, weil ich das Gefühl habe, dass du mir entgleitest. Als würdest du in den See sinken, obwohl ich dich so festhalte, aber du sinkst immer weiter und weiter und weiter …

Zuerst sind da Verwirrung und Schock. Du siehst abwechselnd in meine Augen, während ich warte, dass die Information bei dir einrastet. Als es dann passiert, wandelt sich der Unglaube in Schmerz. So viel Schmerz habe ich in deinem Blick noch nie gesehen und ich wünschte, ich könnte es irgendwie besser machen. Aber das kann ich nicht. So viel Macht habe ich jetzt noch nicht. Sonst würde einiges anders laufen. Dein Schmerz frisst mich mit dir zusammen auf.

Dann steigen Tränen in deine Augen, aber ich sehe, wie du dagegen ankämpfst und tief durchatmest. Du hast die ganze Zeit die Luft angehalten. Ich hasse das. Ich hasse es, wenn du weinst und ich der Grund dafür bin, was schon öfter passiert ist.

Aber ich verstehe es, es ist zu viel. Zu viel auf einmal. Ich versuche einfach, der Fels zu sein, an dem du dich festhalten kannst, damit du nicht ertrinkst.

Ein paar Mal blinzelst du und eine Träne löst sich aus deinem Augenwinkel. Du zeigst dich sonst nicht so zerbrechlich. Vor niemandem. Ich hebe meine Hand und streiche sanft mit dem Daumen über deine Wange und deine zarte Haut, um die Feuchtigkeit wegzuwischen.

»Wen?«, wisperst du, während ich meine Finger wieder sinken lasse.

Meine Schultern spannen sich noch etwas mehr an und mein Blick schweift kurz über meine Schulter zu Zaydens Fenster, aber es ist geschlossen. Dann sehe ich dir wieder in die Augen.

»Selina«, antworte ich, denn das macht jetzt auch nichts mehr, nicht wahr? Jetzt ist sowieso das Schlimmste gesagt. Du würdest es ohnehin rausfinden, wofür also lügen?

Jetzt erstarrst du wirklich, nur deine Haare bewegen sich noch im Wind. Du siehst mich an, als hättest du mich nicht richtig verstanden. So habe ich mich vorhin auch gefühlt, als er es mir gesagt hat. Dein Blick huscht jetzt auch zu Zaydens Fenster und wieder zu mir. Dann wieder zu seinem Fenster und erneut zu mir. »Du sollst Selina heiraten?«, fragst du schließlich angestrengt, als hättest du Probleme, es zu verstehen.

Ich atme mit einem Stoß aus. »Ja. Er braucht die Kolumbianer.«

Dir entkommt ein ungläubiges Lachen und du siehst über den See, deine Augen blitzen so hart wie selten zuvor, bevor du wieder in meine Augen schaust. So viele Emotionen toben darin, dass es mich fast umhaut. »Zaydens Selina?«, fragst du nun weiter.

Ich zucke mit den Schultern. Du solltest wissen, wie wenig das hier wert ist und wie egal. Dass Gefühle keine Rolle spielen – wen man liebt, wen man benutzt, wen man respektiert und wen nicht. Zumindest, wenn es um das Geschäft geht.

»Sie wird in deinem Bett schlafen?«, hakst du weiter nach und all die Fragen strömen jetzt auf dich ein, die eben auf mich eingeströmt sind.

Ich lasse deine Hand los, um mir über das Gesicht zu streichen. Ich bin jetzt schon so erschöpft von alledem, dabei hat es noch nicht mal richtig angefangen. »Ich habe keine Ahnung, ich habe noch nicht wirklich über so was nachdenken können«, murmle ich gegen meine Handfläche, bevor ich sie wieder sinken lasse.

Du versuchst augenscheinlich, dich etwas zu sammeln, so, wie ich es versuche, aber wirklich gelingen wird es keinem von uns, nicht wahr?

»Wann?«

Mein Blick schweift zurück zum Haus meines Vaters, das da so düster in den blauen Himmel aufragt. »Nach meinem Geburtstag.« Dann schaue ich dich wieder an.

Du wirkst mit jeder Antwort etwas geschockter und ich lasse dich. Ich lasse dich das alles erstmal verstehen, bevor ich es irgendwie besser machen kann.

Dann schließt du die Lider, weshalb deine schwarzen Wimpern sich aufeinanderlegen, und du senkst deinen Kopf etwas. Ich will dein Kinn heben, aber ich lasse dir das jetzt. Du brauchst das. Deine Finger krallen sich in das Holz des Steges und der Wind weht dein Haar über deine und meine Schulter.

Tief atmest du durch. Mehrmals, und ich hasse das. Dass du dich so zusammennehmen musst, weil du es mir nicht schwerer machen willst, weil du mir nie etwas schwerer machen willst.

Als du den Blick nach ein paar Sekunden wieder hebst, wirkst du entschlossen. Alle Tränen sind zurückgedrängt. Ein leichter Zweifel ist noch da, aber nicht die Enttäuschung und Hoffnungslosigkeit, mit der ich gerechnet habe. »Okay. Wir haben gewusst, dass das so kommt. Das haben wir immer gewusst. Du hast gesagt, du willst mehr von mir und du willst nichts von ihr, oder?«, gehst du sicher und dein Blick ist so flehend. So flehend, dass ich jetzt nicht *doch* sage. Aber wieso sollte ich? Weißt du denn nicht, was du mir bedeutest? Immer noch nicht? Und das, obwohl ich die letzten zwei Jahre nur dich angerührt habe. Trotz all der Angebote, die ich bekommen habe, trotz all der Weiber auf dem Schulflur, die mich abfangen. Oder auf Partys. Sie sind alle so blass, so fad neben dir. Sie verpuffen praktisch, wenn du den Gang mit deinen Freundinnen entlangkommst und deine Ordner an die Brust gedrückt hältst. Wenn du lachst und dein Blick mich im Vorbeigehen streift.

Ich nehme deine Hände in meine und riskiere es, dass uns irgendwer sehen kann. Normalerweise passe ich immer auf. Nicht umsonst konnten wir unser Geheimnis bisher so gut wahren. Ich weiß nicht, wie dein Vater zu mir steht, was dich angeht. Schließlich bin ich immer noch Donovan de Lucas Sohn. Er weiß, was auf mich zukommt, und ich weiß, dass er sich das für dich nicht wünschen würde. Aber das hat sich ja jetzt sowieso erledigt.

Ich würde dir gern sagen, dass ich nur dich will, immer. Dass ich vieles nicht weiß, was die Zukunft angeht, mir in dieser Hinsicht aber sicher bin. Dass ich genau weiß, dass es nur diese eine Frau für mich gibt. Aber das sage ich dir jetzt nicht, denn das würde dir noch mehr Hoffnung geben, und Hoffnung können wir uns gerade nicht leisten.

»Nein, ich will sie nicht«, antworte ich also stattdessen und das ist keine Lüge. Entgegen all den anderen Typen, die Selina hinterhersabbern, interessiert sie mich einen Scheiß. Auch, wenn sie sich nackt auf mich draufsetzen würde, würde mein Körper nicht auf sie reagieren, weil mein Kopf es nicht will. Und mein Körper tut nichts, was mein Kopf nicht will, es sei denn, es geht um dich. Dann passieren immer Dinge, die ich eigentlich nicht möchte. Das zeigt mir nur noch mehr, dass du die Eine für mich bist und immer sein wirst.

Du siehst mir in die Augen und ich halte deinem Blick stand. Immerhin habe ich wirklich nichts zu verbergen, was dich angeht. Außer das eine. Und zwar, was ich wirklich für dich empfinde.

»Solange du mich willst, finden wir einen Weg«, sagst du überzeugt. Ich denke darüber nach. Ich denke darüber nach, dich immer nur heimlich zu haben und dich festzuhalten. Vielleicht entgeht dir dadurch etwas Richtiges, etwas, das du nicht verstecken musst. Aber ich habe noch nicht intensiv genug darüber nachgedacht, wie das weitergehen soll, wenn ich Selina geheiratet habe, also sage ich dir das jetzt nicht.

Stattdessen nicke ich und halte immer noch deine Hände in meinen.

»Wir finden immer einen Weg«, sagst du und ich hebe meinen Blick wieder über den See zu dem Haus auf der anderen Seite. Ja, wir finden immer einen Weg, aber nicht, wenn ich den Weg meines Vaters gehe. Dann bleiben mir alle anderen versperrt, das weiß ich jetzt schon. Ich sage es nur nicht und sehe dich stattdessen wieder an.

»Sicher«, antworte ich leise und hebe einen Mundwinkel.

Du atmest etwas zittrig durch und ich kann wieder so viel in deinen Augen lesen. Da ist so viel Vertrauen und so viel Liebe. Eigentlich habe ich das gar nicht verdient. Eigentlich ist mir klar, dass das alles bei mir zurzeit nicht so gut aufgehoben ist. Das weißt nur du nicht. Und ich war bisher zu egoistisch, um dich darauf hinzuweisen, dass es wirklich ungesund werden kann, mich zu lieben.

»Okay, dann heiratest du sie eben«, redest du uns beiden gut zu, und als du es sagst, halte ich mein Gesicht unbewegt, denn der Widerwille überschwemmt mich schon wieder.

»Ja«, antworte ich leise und wende den Blick von dir ab. Ich will nicht, dass du siehst, was das mit mir macht. »Dann heirate ich sie eben.« Das ist so falsch, Rosalie.

Wir atmen beide gleichzeitig durch und ich versuche wieder, mich etwas zu straffen, weil ich es dir genauso wenig schwermachen will wie du mir. Dann hebe ich deine

Hand und küsse deine Fingerknöchel. Jetzt würde ich dir wieder gern sagen, was ich empfinde, aber erneut tue ich es nicht. Du lächelst mich zittrig an und versuchst immer noch so hart, dich zusammenzureißen. Da sind immer noch ein bisschen Unsicherheit und Angst.

»Sie bedeutet mir nichts«, weise ich dich sanft hin. »Ganz im Gegenteil.« Sie wird mir niemals auch nur ansatzweise bedeuten, was du mir bedeutest. Das wird niemand. Niemand kann dir das Wasser reichen. Ich verstehe nicht, wie du das nicht sehen kannst. Auch, wenn ich es dir nicht sage. Du bist die Einzige, mit der ich gut umgehe. Alle anderen Frauen behandle ich wie Abfall. Die Mädchen vor dir. Und die Mädchen, die immer noch die Hoffnung nicht aufgegeben haben, dass ich sie irgendwann mal zurückrufen werde, und mir ständig ihre Nummern zustecken. Sie interessieren mich einfach nicht, egal, wie schön sie sind, wie perfekt, wie zart und wie verführerisch.

Wieder lächelst du mich etwas an und ich hebe ebenfalls den Mundwinkel, dein Blick ist schon etwas sicherer. »Ich muss jetzt gehen, aber wir reden später nochmal. Okay?« Ich nehme eine Hand von deiner und streiche dir die wirren Strähnen hinter das Ohr.

»Okay.« Du klingst so sanft, wie dein Blick ist.

»Okay.« Ich atme tief durch und zwinge mich, meine Hände von dir zu nehmen. Vor allem, weil wir hier so auf dem Präsentierteller sitzen, aber auch, weil ich bei der Stimmung, in der mein Vater vorhin war, nicht nochmal zu spät kommen will.

Dann stütze ich mich auf dem Steg ab und raffe mich auf, bevor ich nochmal zu dir runtersehe. Es ist nicht richtig, dass du hier so verloren sitzt. Und das wegen mir. Insgeheim wusste ich, dass ich irgendwann der Grund dafür sein werde, dass du dich so fühlst. Es war vorhersehbar.

»Bis später«, sage ich noch leise.

»Bis später.« Du straffst dich und ich schlucke den bitteren Geschmack herunter, der auf meiner Zunge brennt, weil sich das hier irgendwie so widerlich anfühlt. So nach Abschied. Dann mache ich drei Schritte rückwärts, ohne dich aus den Augen zu lassen, und du lächelst wieder, während der Wind durch dein Haar streicht. Diesmal wirkt es fast wehmütig, was in meiner Brust sticht.

»Komm zu mir zurück«, forderst du leise und ich schlucke nochmal hart.

Wenn ich eines mit Gewissheit weiß, dann das. Dieses eine, egal, was passiert.

»Immer«, antworte ich mit einem halben Lächeln und jetzt strahlen deine Augen, was ich wirklich liebe.

Dann wende ich mich mit einem Ruck ab und gehe.

Ich gehe, Rosalie.

Aber ich komme zurück.

Immer.

8. Vernunft, Rosalie

Sergio

Um halb vier sitze ich wieder im Auto auf dem Hof meines Vaters, direkt neben dem Brunnen, und sehe zu dem Haus hoch, während die Sonne sich durch die Windschutzscheibe brennt. Ich versuche mir vorzustellen, hier mit ihr zu leben. Mit ihr, Rosalie. Das ist so falsch. Sie ist so falsch. So nicht richtig an meiner Seite. Aber so läuft das. Die Frau zieht zum Mann. Ich hoffe einfach, dass du niemals heiraten wirst. So habe ich dich auf der anderen Seite des Sees, immer noch nahe genug. So weiß ich, dass es dir gut geht. Dass du geschützt bist bei deinem Vater.

Fuck, aber ich darf jetzt nicht in diese Richtung denken. Ich darf jetzt gar nicht über dich nachdenken, also atme ich noch einmal tief durch, bevor ich die Autotür öffne und aussteige. Mein Vater weiß sicher schon, dass ich da bin. Hier in diesem Auto zu sitzen und das Haus anzustarren, zeugt für ihn von Schwäche. Und wenn ich eines nicht will, dann, dass er mich für schwach hält.

Leise schließe ich die Tür und verriegle den Wagen, bevor ich den Schlüssel einstecke und das Auto umrunde. Ich bewege mich an ein paar Männern vorbei, die auf dem Hof ihren Arbeiten nachgehen, telefonieren oder Wache stehen, und die Treppe nach oben, wo mir die schwere Tür aufgehalten wird.

Dann lasse ich den Sonnenschein hinter mir und betrete das kalte, dunkle Foyer. Natürlich steht Giovanni immer noch vor der Tür meines Vaters. Ich schiebe mich an ihm vorbei und klopfe.

»Ja.« Dad klingt immer noch nicht besonders gut drauf und ich verdrehe leicht die Augen zur Decke, bevor ich sie schließe und einmal durchatme. Dann öffne ich die Tür und trete einfach ein. Er wird mich schon nicht erschießen. Hoffe ich.

Hinter mir schließe ich sie wieder und lasse den Blick über ihn schweifen. Dad sieht noch genauso aus wie vor ein paar Stunden und schaut in seinen Monitor. Kurz schweift sein Blick zu mir. Es folgt die übliche Musterung, ehe seine eisblauen Eis-Augen wieder zum Bildschirm gleiten.

»Setz dich«, fordert er. Ich trete auf den Schreibtisch zu und lasse mich auf meinem üblichen Stuhl links nieder, bevor ich mich zurücklehne. Mein Vater klickt auf seine Maus, während ich meine Ärmel richte und sie langsam nach oben kremple. Ich versuche, ganz gelassen zu sein. Anspannung oder Ablehnung würden ihn nur noch mehr verärgern.

»Und, wie geht es dir?«, fragt er, ohne vom Monitor wegzusehen.

Jetzt bloß nicht sagen, wie es dir geht, Sergio. »Gut«, antworte ich also gelassen und richte die Kreuz-Kette an meinem Hals.

Wieder schweifen seine Augen kurz zu mir. Ich fühle mich unter seinem Blick immer so nackt. So, als könnte ich nichts verstecken, egal, wie sehr ich es versuche, egal, wie viele Schichten ich trage. Dann sieht er wieder zurück zu seinem Bildschirm.

»Gut.« *Perfekt*. Mein Vater klickt nochmal, ehe er sich zurücklehnt. »Bist du bereit?«

Ich falte meine Hände über dem Bauch und nicke. *So was von nicht bereit für nichts.*

»Dann fahren wir.« Er erhebt sich und ich tue es ihm nach, bevor ich den Stuhl wieder an den Tisch schiebe und er sein Zigarettenetui einpackt. Ich lasse ihn vorgehen und folge ihm zur Tür. Giovanni heftet sich an unsere Fersen, nachdem er das Büro verriegelt hat. Nicht einmal das macht mein Vater selbst.

Meine Augen wandern automatisch zu Dorians Gemälde, während wir zur Tür gehen – seine dunkelblauen Augen folgen uns etwas höhnisch.

Mein Vater, Giovanni und ich treten hinaus in die Sonne und ein kühler Wind empfängt uns. Die Männer nicken uns zu, während wir über den Kies zu den Autos gehen und mein Vater seinen schwarzen Audi entriegelt. Ich werde natürlich nicht selbst fahren. Er wird fahren. Das lässt er sich nicht nehmen. Er liebt Autofahren und Audis und lässt sich niemals kutschieren wie viele andere in dieser Welt.

Giovanni steigt in seinen SUV und ich lasse mich auf den Beifahrersitz vom Wagen meines Vaters fallen und schließe die Tür hinter mir, genau wie er. Dann startet er den Motor und setzt rückwärts aus der Parklücke, während ich aus dem Fenster sehe und den Vorplatz überblicke. Es rollt gerade ein anderes Auto auf das Grundstück, darin sitzt Savio, Giovannis Sohn, den er gerade einlernt. Seine Familie, die Guerras, arbeitet schon seit Generationen für die meines Vaters.

Wir verlassen das Grundstück durch das geöffnete Tor – Giovanni fährt dicht hinter uns her – und den Waldweg mit den immer kahler werdenden Bäumen entlang. Das Laub wird aufgewirbelt und mein Vater öffnet sein Fenster einen Spalt. Ich lehne meinen Kopf an und rutsche etwas tiefer in den Sitz, bevor ich den Ellbogen auf den Fensterrahmen stütze und meine Schläfe auf meine geballte Faust lege.

»Und, wie haben sie es drüben aufgenommen?«, fragt er schließlich und ich wende ihm den Blick aus dem Augenwinkel zu. Er hat das Lenkrad locker mit zwei Fingern umfasst, den Ellbogen ebenfalls aufgestützt, und sieht nach vorn. Ich habe noch nie so ein perfektes Profil gesehen.

»Keine Ahnung«, antworte ich ehrlich, denn ich habe keine Zeit im Haus verbracht. Nur das Gebrüll meiner Mutter war nicht zu überhören und das Gebrüll vom Carter-Dad, weil das draußen vonstattengegangen ist. Ich saß nur auf diesem Steg. Du bist die Einzige, deren Reaktion ich mir wirklich merken konnte.

Er sieht kurz aus dem Augenwinkel zu mir und ich schaue nach vorn, weil ich meinen Blick bei ihm nicht so gut im Griff habe und er viel zu viel in mir lesen kann.

»Was hältst du von Selina?«, fragt er mich nun und wir biegen auf die Hauptstraße.

»Sie ist ...« Verlogen, eine Schlange, widerlich, ich hasse sie. »Eine der typischen Frauen.« Eine der typischen Frauen, Rosalie. Eine der typischen Mafiafrauen, die darauf getrimmt sind, die Beine breit zu machen, sexy zu sein, gut auszusehen, zu lügen und immer ihren Vorteil aus allem zu ziehen.

Sein Mundwinkel zuckt. Er weiß genau, was ich meine. »Kommst du damit klar?«

Nein, ich werde sie umbringen auf kurz oder lang. Ich bin nicht Zayden. Ich liebe sie nicht, deshalb lebt sie gefährlicher bei mir. »Klar.«

Jetzt schmunzelt er wirklich, weil er meine Gedanken zu kennen scheint. »Ich habe gehofft, dass ich dir den Luxus bieten kann, den ich hatte. Ich musste nie irgendwen heiraten, gegen den ich eine Abneigung hatte.« *Du glücklicher Bastard.* »Aber es lässt sich nicht umgehen.« Natürlich nicht, Rosalie. Ich verstehe schon, das Geschäft.

»Ich weiß«, antworte ich mit einem Nicken.

»Es sind etwa zwei Jahre. Zwei Jahre, in denen du nicht fühlen darfst, sondern denken musst. Selbst in deinem Schlafzimmer.« Oh, ich werde so was von Denken in meinem Schlafzimmer. Wenn diese Schlange mir zu nahe kommt, köpfe ich sie einfach.

»Verstehe.« Ich nicke wieder.

»Ich weiß, dass du das noch ein wenig perfektionieren musst. Das mit dem Denken und Nicht-Fühlen.« Ich denke an dich und daran, wie wenig ich bei dir denke, und insgeheim weiß ich, dass er recht hat. Es wird der

Genickbruch für uns beide werden, wenn ich nicht endlich vernünftig werde, was dich angeht. Wenn ich nicht endlich *irgendwas* tue, was vernünftig ist. Vernünftig, Rosalie. Das war ich bei dir noch nie.

»Ich weiß«, antworte ich wieder.

»In deinem Alter habe ich mich damit auch noch schwergetan. Da habe ich praktisch nur gefühlt und gar nicht gedacht.« Wir fahren durch die Stadt. Der Verkehr wird immer dichter. Gleichzeitig versuche ich, mir vorzustellen, dass mein Vater, der Denker schlechthin, nicht denkt und nur fühlt. Ich weiß nicht, ob das so gut ist, weil er eine Naturgewalt ist, egal, was er tut. Ob mit Kopf oder Herz, es ist immer extrem bei ihm.

»Und, wie hast du es gelernt?«, frage ich und nehme die Faust runter, bevor ich ihn ansehe. Die Sonne scheint auf sein makelloses Gesicht, genau wie auf die gläsernen Hochhäuser ringsum.

»Ich habe es in dem Moment gelernt, als ich es lernen musste. Vor dem Tod meiner Eltern war es immer nur ein: Ich versuche es mal. Ein: Das wird schon. Und es wird schon alles gutgehen. Aber als mein Vater dann starb und ich alles über Nacht übernehmen musste, haben sich meine Prioritäten mit einem Mal völlig verschieben *müssen*. Ich konnte es nicht mehr versuchen. Ich musste es einfach tun, mir blieb keine Wahl. Manchmal braucht ein Mann keine Wahl, um zu dem zu werden, der er sein muss.«

Ich nicke wieder verstehend, weil mir das einleuchtet. Meistens funktioniert man am besten, wenn man funktionieren *muss*.

Ich will gerade etwas antworten, als mein Handy klingelt, weshalb ich zusammenzucke und es aus meiner hinteren Hosentasche ziehe.

Auf dem Display steht: Catalina. Ich streiche mir über das Gesicht. Egal, was ich gerade tue, bei ihr gehe ich immer ran.

Ich nehme ab und halte mir das Handy ans Ohr. »Ja?«

Starker Wind geht im Hintergrund. »Hey.«

»Hey.« Ich höre an ihrem Tonfall, dass sie was will. »Was ist?«

»Wir sind gerade in der Mall.« Sie sind in der Mall, Rosalie. Wie ordinär. Wie wenig besonders ist das?

»Wie schön«, antworte ich trocken.

»Ja, wir sind gleich fertig. Kannst du mich abholen? Du hast nur mich. Ich bin deine einzige Schwester. Du willst das.«

Mein Gesicht wird ausdruckslos. Ich kann ihr eigentlich schwer was abschlagen, aber ich bin gerade selbst unterwegs. »Ich bin unterwegs mit Dad. Meinem«, füge ich schnell hinzu, und er sieht mich aus dem Augenwinkel an. Jaja, ich habe das Geheimnis jetzt so lange gewahrt, ich werde es nie ausplappern. Ich plappere generell nichts aus.

»Schön, wie lange?« Meine Schwester ist ungeduldig wie immer.

»Kann dauern, ruf Zayden an oder Onkel Caden, okay?«

Sie seufzt. »Alle sind echt mies drauf, Sergio! Ich habe schon alle angerufen!« Ja, natürlich sind sie das, Rosalie.

»Hast du Rosalie angerufen?«, frage ich nun mit einer erhobenen Braue.

»Nein, habe ich nicht, weil Sophia gesagt hat …«

»Oh, es ist mir egal, was Sophia gesagt hat. Ruf Rosalie an. Wenn sie nicht rangeht, ruf Jaxon an.« Jaxon ist der treuste Mann deines Dads und ich vertraue ihm.

»Okay«, seufzt sie.

»Gut. Bis später.«

»Japp, bis später. Sophia, warte …« Die Leitung wird getrennt und ich lasse mein Handy sinken, sodass mein Hintergrundbild noch kurz aufleuchtet. Es ist ein Bild von dir in der Schule. Ich habe es in der Bibliothek gemacht. Du bist über ein Buch gebeugt, die Schläfe aufgestützt und siehst lächelnd zu mir hoch. Das Lächeln. Es ist dieses Lächeln. Mein Lächeln.

Ich schiebe schnell mein Handy wieder in die Hosentasche und hoffe, dass du rangehst, wenn Catalina dich anruft, aber das tust du eigentlich immer, selbst, als wir das eine Mal in dieser Badewanne waren. Du und ich in all dem Schaum.

»Und, wie hat *sie* es aufgenommen?«, fragt mein Vater mit einem Mal und hält sanft an der immer roten Ampel. Ich weiß, dass er nicht meine Schwester meint und wahrscheinlich dein Bild ebenfalls gesehen hat.

»Nicht gut«, antworte ich, dann runzle ich die Stirn. »Eigentlich gut.« Gut, wenn man dich nicht kennt. Nicht gut, wenn man dich so gut kennt wie ich.

»Das mit euch hätte sowieso niemals eine Zukunft.«

Autsch.

»Ich weiß«, antworte ich wieder und sehe nach vorn. Es überrascht mich nicht, dass er von uns weiß, es ihm aber einfach nur egal ist.

»Weißt du das wirklich? Oder hoffst du vielleicht insgeheim, dass es doch einen Weg gibt?« Oh ja, das hoffe ich, Rosalie, aber ich weiß natürlich, dass das nicht passieren wird. Ich weiß, dass er mich nicht mit einer Rush zusammen sein lassen wird. Dafür hegt er viel zu viel Groll gegen deine ganze Familie. Davon abgesehen gibt es ein paar Punkte, weswegen er das niemals zulassen würde.

»Ich weiß es«, antworte ich nach einigem Nachdenken. Mir ist klar, Rosalie, dass ich dich wirklich dringend von mit stoßen sollte, denn du und ich haben keine Chance. Gleichzeitig ist das aber so schwer.

»Wann hast du vor, es zu beenden?« Die Ampel schaltet auf Grün. Allein bei dem Gedanken, dich zu verlassen, zieht sich mein Magen krampfhaft zusammen.

»Darüber habe ich noch nicht nachgedacht«, sage ich schließlich hohl.

Er biegt links ab und wir folgen einem alten weißen Chevy in die Innenstadt. »Dann solltest du dir langsam darüber Gedanken machen. Mit jedem Tag, den du es hinauszögerst, wird es schwerer. Für dich, für sie, für euch beide.«

Ich atme tief durch, bevor ich mir mit zwei Fingern über die Stirn streiche und ihn ansehe.

»Glaub mir, ich weiß, wovon ich rede. Wobei das natürlich nicht zu vergleichen ist.«

»Wieso nicht?«, hake ich nach und lehne den Kopf wieder an den Sitz. Ich frage mich, was er damit meint.

»Deine Mutter war ganz anders als sie und die Familie deiner Mom und meine Familie viel enger verbunden als wir und …« Er zögert kurz. »Die *Rushs.*« Bei ihm hört sich euer Nachname immer etwas abfällig an. Das stört mich enorm, aber ich sage nichts. Ich sage ihm nie, was mich an ihm stört. Eigentlich hat mich nichts an ihm zu stören, ich weiß schon.

»Denkst du nicht, ich könnte es bis zum letzten Tag genießen und dann beenden?«, frage ich träge.

»Wann wird denn dieser letzte Tag sein? Wird es einen letzten Tag geben oder wirst du immer eine andere Ausrede finden, um es hinauszuzögern? So wie wenn dein Wecker am Morgen klingelt und du dir denkst, noch fünf Minuten.« Das klingt alles so plausibel bei ihm, so einfach, so geordnet. Aber ohne dich zu sein, allein die Vorstellung, macht mich total blind und wild, total verrückt. Ich glaube, ich würde mich wirklich verlieren ohne dich.

»Bis ich ausziehe«, überlege ich etwas heiser. Ich kann das nicht. Wie zum Teufel soll ich das beenden? Wie soll man etwas beenden, was ein Leben lang besteht?

»Dann solltest du jetzt schon mal damit anfangen, dich abzukapseln. Sonst machst du es ihr noch schwerer, dich loszulassen.«

Das ist das Letzte, was ich will. Ich will es dir nicht schwermachen und gleichzeitig will ich nicht, dass du mich loslässt. Aber ich weiß, ich muss vernünftig sein. Vernünftig, Rosalie.

»Eure Leben passen genauso wenig zusammen wie eure Nachnamen. Du wirst irgendwann dein eigenes Leben leben, genau wie sie. An diesen Gedanken solltest du dich gewöhnen. Es wird sich alles ändern.«

Seine Worte stechen wieder in meiner Brust und ich beiße die Zähne zusammen. Du bist, was am besten zu mir passt. Nichts anderes passt, nichts anderes ist richtig. Das sagt mein Herz. Mein Kopf weiß allerdings, dass er recht hat. Dass ich dich auf kurz oder lang gehen lassen muss. Und dass ich wirklich jetzt schon damit anfangen muss, denn diese Prozedur wird die längste und schwerste meines Lebens.

Ich bin nicht gut im Loslassen, Rosalie.

Umso wichtiger ist es vielleicht, dass ich es lerne, denn anders kann ich hier nicht bestehen.

Also sehe ich aus dem Fenster und sage: »Okay.«

Er schaut nach vorn und hält sanft auf dem Parkplatz des Gringots. »Gut.«

Gespräch beendet.

9. Geheimnisse, Selina

XX

Zayden

Ich bin müde, als ich am Montagmorgen die Treppe nach unten komme.

Ich hasse Montage.

Ich hasse es, in die Schule zu müssen. Wofür eigentlich? Ich meine, ich werde niemals einem normalen Beruf nachgehen, das steht ja schon fest. Wieso also bin ich hier und was mache ich da? Wieso zwinge ich mich um sechs Uhr aus dem Bett? Und wieso trage ich diese verfickte dunkelrote Uniform?

Nein, ich habe die Krawatte nicht angezogen. Ich hasse diese Krawatte. Und ja, ich habe deswegen schon Ärger bekommen, und ja, mein Dad war dann im Büro des Rektors. Ich muss die Krawatte jetzt nicht mehr tragen. Aber die bordeauxrote Hose und das weiße Hemd. HEMD, SELINA! Wozu braucht man denn in der Schule ein Hemd?

Wirklich, wozu?

Das ist schließlich keine Hochzeit.

Nun gut. Ich fahre mir durch die Haare und gähne laut, als ich unten ankomme. Es ist schon viel zu viel los für die Uhrzeit und ich frage mich, ob mein Bruder wieder da ist. Der hatte gestern einen Termin mit seinem Vater und ist danach die ganze Nacht abgesackt. Ich habe aber keine Ahnung, wo. Normalerweise weiß ich immer, wo er ist, und dass es diesmal anders ist, pisst mich ein wenig an. Er hat nur meinen Dad angerufen, um ihm zu sagen, dass er nicht nach Hause kommen wird. Da war er schon ein bisschen betrunken und mein Vater gar nicht amüsiert.

Ich betrete das Esszimmer. Es ist dreizehn Minuten nach sieben und wir müssen gleich los. Trotz der Dusche, die ich hatte, fühle ich mich wie ausgekotzt. Du hast mich echt abgefuckt dieses Wochenende, Selina. Deshalb war ich gestern Nacht nochmal bei dir. Ich habe mich natürlich zu eurem Anwesen geschlichen, da kann man nicht einfach mal reinspazieren, wenn man keine Kugel fressen oder von den Hunden zerfleischt werden will.

Du kamst raus zum Wald und ich habe dich in meinem Auto gevögelt. Ich bin trotzdem noch sauer. Wie kannst du nur sagen, dass dich *vielleicht* irgendwer anders anfasst? Wenn ich genauere Infos habe, bringe ich dich um und jeden, der dich anfasst oder je angefasst hat. Dass es vor mir andere gab, weiß ich natürlich. Du warst keine Jungfrau mehr, du kleines, frühreifes Miststück.

Ich denke jetzt nicht an deine goldene Pussy, sondern überblicke den Tisch.

Sophia starrt vor sich hin und ist wahrscheinlich mal wieder in ihrer Traumwelt gefangen. Sie hat das Kinn auf ihre Faust gestützt und das Brot in der anderen Hand. Ihre schwarzen Haare hat sie, wie es alle Mädchen bei uns müssen, auch im Junior Year, zusammengebunden. Catalina sitzt neben ihr. Meine Mutter hat ihr, wie meistens, das Haar in einen langen, französischen Zopf geflochten. Sie greift gerade nach dem Orangensaft von der Mitte des Tisches. Beide tragen ihre Uniformen. Dunkelroter Rock, Strumpfhosen – das ist auch gut so –, weiße Bluse, dunkelroter Cardigan. Den habe ich auch weggelassen. Ich brauche keinen fucking Cardigan. Bin ich ein Weichei oder was? Ich friere nicht. Basta.

Rosalie wirkt müde und schreibt gerade eine Nachricht auf ihrem Handy. Sie ist nicht geschminkt, trägt ebenfalls ihre Uniform und das Haar in einem hohen, dunkelbraunen Zopf. Als ich eintrete, schaut sie kurz zu mir, dann wieder runter auf ihr Handy, bevor ich ihr ansehen kann, was los ist.

»Ah fuck«, zischt es im Foyer. Das ist mein Bruder und alle stocken. Auch Mom, die gerade aus der Küche kommt und sich den Morgenmantel neu zubindet. Onkel Caden an der Kopfseite blickt auf und mein Bruder stolpert ins Esszimmer. Er kommt allerdings nicht von draußen, sondern von oben. Seine Haare sind noch nass, weil er wohl geduscht hat. Er hat tiefe Ringe unter den Augen, was für eine lange Nacht spricht. Sein Hemd ist falsch zugeknöpft und schaut vorn aus der Hose raus. Er trägt seinen Cardigan, aber falschrum. Noch nie sah er so aus. Sonst ist er immer die Perfektion neben meinem Chaos.

Anscheinend ist er gestolpert und fängt sich am Türrahmen ab, bevor er den Blick hebt und ihn kurz über den Tisch schweifen lässt. Alle starren ihn an. Ich wüsste wirklich gern, was er hat.

Sogar Sophia beißt jetzt endlich von ihrem Brot ab. »Du bist falsch zugeknöpft!«, informiert sie meinen Bruder, der an sich hinabsieht und die Stirn runzelt.

Dann fängt er an, sein Hemd wieder aufzuknöpfen. Ich lege den Kopf schief und beobachte ihn dabei, genau wie mein Onkel es tut. Wir sind alle etwas verwirrt.

Als Sergios Hemd offen steht und er sein weißes Muskelshirt entblößt, fängt er an, es neu zu schließen, diesmal richtig. Wir beobachten ihn immer noch.

Ich muss unbedingt mit ihm reden. Ich hasse es, wenn er so abfuckt. Wahrscheinlich ist mal wieder sein fucking Vater daran schuld. Seit wir Kinder waren, kam er immer chaotisch, aufgewühlt oder traurig von ihm nach Hause zurück. Jetzt zeigt sich das in völligem Chaos und Alkoholkonsum.

Tante Alayna stellt ihm wortlos seinen Espresso hin und streicht ihm durch das Haar, wie sie es immer tut, während ich mich setze, Sergio sein Hemd in die Hose steckt und den Gürtel richtet. Dann streicht er sich nochmal durch das nasse Haar, bis es nach hinten anliegt. Nur die eine Strähne fällt ihm wieder in die Stirn, wie immer.

Er setzt sich und zieht seinen Espresso zu sich heran. Nein, ich werde ihn jetzt nicht hier am Tisch darauf ansprechen, dass er ein laufender Abfuck ist, sondern später.

Rosalie tippt ihre Nachricht zu Ende und seufzt. Meine Mutter setzt sich neben meinen Onkel. Tante Alayna ist in der Küche beschäftigt und mein Dad kommt wahrscheinlich erst runter, wenn wir weg sind, weil er keine Lust auf uns ›Kröten‹ hat, wie immer. So liebreizend.

»Und, was habt ihr heute so vor?« Mein Onkel isst eine Tomate und sieht von einem zum anderen. Ich spanne sofort meine Schultern an, genau, wie es alle anderen tun, denn mein Onkel, mein lieber Onkel Caden, hat manchmal so seine Phasen. Wenn er emotional mit etwas überfordert ist, dann wird er zum totalen Arschloch, tyrannisch, bohrend, widerlich und unausstehlich. Dann muss man mit ihm umgehen können. Und das zeigt sich vor allem in seiner scheinbar unverfänglichen Art, sich was zu Essen in den Mund zu schnippen und sich nach dem Befinden der anderen zu erkundigen.

Ich frage mich nur, was diesen Modus diesmal bei ihm ausgelöst hat und ob er was mit Sergios Zustand zu tun hat.

Sophia nimmt die zwei Gurkenscheiben von ihrem Brot und legt sie auf den Teller. Sie sind zu laut beim Kauen, das könnte ihren Vater reizen.

»Caden«, sagt Mom.

»Ja, Isabelle?«, erkundigt er sich höflich und isst noch eine Tomate.

Mom, die einen echt guten Draht zu Onkel Caden hat, mustert ihn eingehend und mit eindringlichem Blick.

»Ich hab doch nur gefragt, was alle heute vorhaben. Ist das jetzt verboten? Ich habe Donovan nirgends hier sitzen und es verbieten sehen.« Scheinbar suchend schaut er sich um.

Rosalies Handy vibriert auf dem Tisch. Sergio zuckt zusammen und reibt sich die Stirn. Er ist wohl ziemlich stark verkatert.

Onkel Cadens Blick gleitet zu Rosalie und ich ziehe mir die Brötchen heran. Das tue ich laut genug, damit er den Blick von meiner Cousine nimmt, die den Atem sofort angehalten hat. Ablenken. Man muss dieses Raubtier einfach ablenken. Er darf in diesem Zustand niemanden anvisieren. Und laute Geräusche hasst er auch, wenn er so drauf ist.

»Also?«, fragt mein Onkel jetzt an uns alle gerichtet.

Im gleichen Moment vibriert nun Sergios Handy. Er zieht es aus seiner Hosentasche und nimmt ab, bevor er aufsteht. Ich höre ihn noch »Ja« sagen, dann verschwindet er ins Foyer und Mom sieht ihm besorgt nach.

Tante Alayna kommt zurück und verteilt Rührei auf den Tellern. Immer noch hat keiner geantwortet.

»Was ist hier los?«, frage ich also und sehe in die Runde. Irgendwie verheimlichen mir hier doch alle irgendwas. Wahrscheinlich mal wieder, weil sie Angst haben, dass ich ausflippe.

Meine Schwester steht jetzt auf und wischt sich die Krümel von der Bluse, bevor sie den leeren Teller nimmt und in die Küche geht. Sophia folgt ihr mit ihrem Teller.

Fragend sehe ich von einem zum anderen. Mom trinkt von ihrem Espresso. Sie hat offensichtlich nicht vor, mir zu antworten.

Sergio kommt zurück, als mein Onkel gerade was sagen will, und greift nach seinem Toast, in den er nochmal beißt.

Dann sieht er zu mir. »Fahr mit den anderen, ich muss noch was erledigen vor der Schule.«

Ich frage nicht. Ich nicke einfach und er klemmt seinen Toast zwischen die Zähne, während er was auf seinem Handy tippt und das Esszimmer verlässt. Kurz darauf fällt die Haustür ins Schloss. Er ist heute irgendwie komisch. Irgendwie kalt. Irgendwie nicht hier. Irgendwie abweisend. Das gefällt mir nicht.

»Also will mir keiner von seinen heiligen Plänen erzählen?«, will mein Onkel jetzt wissen.

»Wir gehen in die Schule, was sollen wir sonst tun?«, frage ich etwas gereizt wegen Sergio. Mom sieht mich streng und mahnend an.

Irrenhaus, Selina.

»Ja, in dieser Schule könnt ihr so viel Nützliches lernen. Wie man Amphibien seziert und X-Gleichungen löst. Ich …«

»Caden!« Meine Mutter wird jetzt etwas nachdrücklicher.

»Isabelle, wusstest du, dass Plus und Minus Minus ergibt?«, fragt mein Onkel weiter.

»Ich weiß nur, dass du kein Arschloch sein willst, oder?« Bedeutungsvoll sieht sie ihn an.

»Ah, ich bin kein Arschloch, Isabelle. Ich kann dir sagen, wer eins ist.« Onkel Caden ist echt sauer. Ich sehe es an dem Blitzen in seinen Augen. Tante Alayna berührt unter dem Tisch seinen Schenkel.

»Ich weiß, aber das macht es jetzt nicht besser, okay! Für keinen, wirklich nicht. Es ist alles schwer genug, mach das jetzt nicht«, redet Mom auf ihn ein.

»WAS ist schwer genug?«, frage ich genervt. Was ist denn hier verdammt nochmal wieder los, Selina?

»GAR NICHTS! ES IST ALLES SUPERGUT!« Mein Onkel schmeißt die Tomate, die er gerade essen wollte, auf seinen Teller, steht mit einem Ruck auf und verlässt das Esszimmer. *Wow.*

Rosalie atmet durch und erhebt sich mit ihrem Teller in der Hand. Ich runzle die Stirn und sehe fragend zu Tante Alayna. Es nervt mich, dass mir keiner sagt, worum es geht. Es nervt mich so sehr.

»Ich weiß es nicht, Baby«, meint sie sanft und ich merke sofort, dass sie nicht lügt. Tief atme ich durch. Okay, Geduld, ich werde es schon rausfinden. Jetzt muss ich erstmal mit Sophia, Catalina und Rosalie – zu viele Frauen, Selina – zur Schule fahren.

Denn mein Bruder *hat ja noch zu tun.*

* * *

Ich habe die Fahrt überstanden, Selina. Zum Glück waren alle schweigsam. Sophia hing ihren Gedanken nach, wie so oft. Rosalie war mit ihrem Handy beschäftigt. Catalina war höchstkonzentriert. Ich wette, sie hat versucht, rauszufinden, was hier vor sich geht. Ich habe alle drei Mädchen erpresst, aber keine hat geredet, und ich bin zu dem Schluss gekommen, dass nur Rosalie irgendwas weiß. Das erkenne ich sofort, denn sie weicht mir aus. Aber mir ist auch klar, dass ich nichts aus ihr rauskriegen werde. Spezialausbildung bei ihrem Vater. Aus mir kriegt man dank ihm auch nichts raus, wenn ich das nicht will. Wir haben alle drei die gleiche *Ausbildung* genossen.

Gerade, als ich parke, rollt der Audi meines Bruders auf den Hof und glänzt in der Sonne. Ich werfe einen Blick hinein. Da sich Sergios Lippen bewegen, gehe ich davon aus, dass er über die Freisprechanlage telefoniert, bevor er sich auf den Parkplatz neben mich begibt. Er sitzt da immer noch, obwohl er den Motor ausgeschaltet hat, und scheint immer noch zu sprechen.

Ich sehe über die Schulter zu Catalina und Sophia. »Raus!«, fordere ich genervt. Meine Stimme reißt Sophia aus ihren Träumereien. Sie und Catalina steigen schnell aus und mischen sich unter die anderen uniformierten kleinen Soldaten, die Richtung Gebäude A der Midtown School verschwinden. Sie besuchen noch die Junior High, die etwas abgelegen von der Highschool liegt. Ilian, der von seinem Vater gebracht wurde, gesellt sich zu ihnen. Ich sehe auch Irina und Ilja, die ebenfalls in die Highschool gehen, gerade aus dem goldglänzenden Mercedes von Ivan Terekov steigen, der deren großer Bruder ist.

Rosalie neben mir sieht auf. »Okay, wir sehen uns später.« Sie hat so eine Angst, dass ich bohre. Das würde ich auch gern, aber dann bemerke ich dich und alle anderen Gedanken verblassen wie immer. Du schlenderst gerade über den Platz und rauchst dabei eine Zigarette, obwohl das verboten ist. Ich liebe es, wenn du was Verbotenes tust. Deine schwarzen Haare sind locker im Nacken zusammengerafft und nicht ordentlich, Selina. Du bist geschminkt, obwohl man das nicht darf, Selina. An deiner Bluse sind zwei Knöpfe zu viel offen. Willst du, dass man deine Brüste sieht, Selina? Du trägst keine Strumpfhose unter dem bordeauxroten Rock, sondern

Overkneestiefel. Du bist so ein kleines Miststück und ich werde dich auf dem Klo ficken. Heute noch.

Du lehnst dich mit der Schulter an einen der hohen Akazienbäume und ziehst nochmal tief an der Zigarette, während du zu den Parkplätzen und zu mir schaust. Ich lasse meinen Blick wieder zu Rosalie gleiten.

»Ist alles okay?«, frage ich sie noch, ganz unabhängig von dem, was sie mir verheimlicht.

»Nein, alles ist scheiße«, meint sie mit einem trockenen Lächeln, beugt sich zu mir und küsst meine Wange. »Aber mach dir keine Gedanken darüber.«

Sie ist so lustig, Selina. Ich mache mir immer Gedanken, aber jetzt lasse ich es erstmal sein und höre, wie die Tür meines Bruders neben uns zuschlägt, nachdem er ausgestiegen ist. Natürlich schenken ihm die Hälfte der Frauen auf dem Schulhof verstohlene Blicke, die er nicht mal bemerkt. Offensichtlich trauen sich nur die Wenigsten, ihn direkt anzusehen. Denn die Abfuhren von meinem Bruder können wirklich ekelhaft sein.

Er hat immer noch sein Handy in der Hand und tippt darauf, während er zum Eingang geht. Er wartet nicht mal auf uns, das tut er eigentlich immer, und ich bin echt alarmiert.

Rosalie sieht ihm auch mit gerunzelter Stirn nach.

»Ich rede später mit ihm«, murmle ich, immer noch mit dem Blick in Sergios Rücken. Ich weiß, dass er es spürt. Er reagiert nur nicht.

»Okay«, sagt Rosalie, dann steigt sie aus und schließt leise die Tür meines schwarzen BMWs. Sie verschwindet ebenfalls die Treppe nach oben, hinter Sergio her, und du folgst ihr mit deinem Blick. Sie winkt dir, was ich mit einer erhobenen Braue quittiere. Ich weiß, dass sie nicht dein größter Fan ist. Dein Blick wird noch etwas düsterer, als er ohnehin schon war, und ich wüsste wirklich gern, was hier los ist. Denn irgendwas ist hier offensichtlich los.

Ich steige ebenfalls aus. Ich will zu dir, Selina, und das weißt du. Deswegen stehst du da. Nicht wahr? Du kleiner Teufel in Stiefeln.

Gerade will ich mich in Bewegung setzen, die Augen nur auf dich gerichtet, als ich fast jemanden umrenne und meine Hand reflexartig hervorschnellt. Ich packe … Irina Terekov am Oberarm, bevor sie fallen kann. Sie keucht auf.

Mein Blick gleitet in ihr Gesicht. Sie sieht mit großen, dunkelgrünen, so unschuldigen Augen zu mir hoch. Das hellblonde Haar hat sie in einen Nackendutt gerollt und ein paar Strähnen haben sich gelöst. Sie ist nicht geschminkt und der dunkelrote Cardigan ist von ihrer Schulter gerutscht.

»Gott im Himmel«, murmelt sie atemlos, während sie zu mir hochsieht. Ich runzle meine Stirn. Diese Irina, Selina. Sie ist wie ein kleiner Groupie, seit wir Kinder waren. Egal, wo ich war, egal, wo ich mich versteckt habe, sie hat mich gefunden. Und mich beobachtet. Oder bei dem mitgemacht, was ich gemacht habe. Oder versucht, mich abzuhalten von dem, was ich vorhatte.

Ich nehme meine Hand von ihr. »Alles klar?«, frage ich leicht genervt, wie ich immer mit ihr spreche.

Sie atmet angestrengt durch und wirkt hochkonzentriert. Ich weiß, dass sie auf mich steht. Es ist unverkennbar. »Alles ist sehr gut«, informiert sie mich steif. Ich wette, ich könnte sie vögeln, jetzt und hier, wenn ich wollte. Aber das werde ich nicht tun. Sie ist mit Ilian verwandt, ich liebe Ilian. Er ist mein Cousin. Wir sind über seine mütterliche Seite verwandt, Irina mit ihm über seine väterliche.

»Und bei dir?«, fragt sie mich nun und mustert mich mit ihrem offenen Blick. Sie ist so klein.

Ihre Frage verwirrt mich. »Ja? Wieso?«

»Du siehst nicht so aus.« Jetzt ist sie auch verwirrt.

Ach ja, das ist der Druck in mir, weil ich dich ficken will, Selina. Mein Blick schweift zu dir zurück und du hebst eine Augenbraue. Deine dunklen Augen schießen Feuerpfeile auf uns ab, aber du bewegst dich nicht, außer, dass du noch einen Knopf deiner Bluse öffnest. Ich hebe warnend meine Brauen.

Du lächelst und ich verenge meine Augen. Spielst du etwa mit mir? Du darfst also *vielleicht* zu mir sagen und dem Schulhof deine Titten zeigen, bist aber eifersüchtig, wenn ich mit Irina spreche? Nicht mit mir, Baby.

Ich seufze. »Weißt du was, ich muss in die gleiche Richtung wie du. Gehen wir«, sage ich zu Irina und nicke Richtung Hauptgebäude.

»Ähm … okay.« Das scheint sie wieder zu irritieren. Ich halte meine Hände hinter dem Rücken und zeige dir den Mittelfinger, als wir uns abwenden und Irina vor mir hergeht. Fick nicht mit mir, Selina.

Wir bewegen uns über den Schulhof an den anderen vorbei und ich lasse meinen Blick über Irinas Arsch wandern. Man muss ja mal kurz alles abchecken. Dabei lege ich den Kopf schief.

»Weißt du, was ich nicht verstehe?«, fragt sie und sieht über ihre Schulter zu mir.

Schnell lasse ich meine Augen wieder hochgleiten. »Hm?«

»Woher dieser Flamingo kam. Am Samstag bei der Party. Der war auf einmal neben mir auf der Couch. Und ich war so high. Ich wollte die Tüte an ihn weiterreichen.«

Okay. Ich muss lachen. Obwohl ich niemals einfach so lachen muss. Ich lache nicht.

»Der war echt unhöflich!«, meint sie anklagend und dreht sich zu mir um, während sie rückwärts geht. Die Sonne scheint auf ihr Gesicht und du, Selina, du bewegst dich irgendwo hinter mir im Schatten. Tja, fick mich nicht. Du hast mich dieses Wochenende genug gefickt.

»Ich glaube, irgendeine war auf Koks und ist mit ihm im Pool geschwommen«, erinnere ich mich und denke gleichzeitig daran, dass ich dich in der Zwischenzeit fast zwei Stunden gefickt habe.

»Ja, das war diese gruselige Nancy.« Wer nennt sein Kind überhaupt Nancy? »Wer nennt sein Kind überhaupt Nancy?«, spricht Irina meine Gedanken laut aus und mein Mundwinkel zuckt.

»Vielleicht hassen ihre Eltern sie«, mutmaße ich und greife über ihren Kopf, um die Tür zu öffnen.

»Das ist die einzig logische Begründung. Arme Nancy.« Irina schlüpft hinein und ich folge ihr, werfe aber nochmal einen Blick über meine Schulter.

Du bist verschwunden, Selina. Lässt du dich jetzt von einem anderen ficken? Ich weiß nicht, was ich davon halten soll.

Wir betreten den Schulflur, der so laut ist, weil alle über das Wochenende sprechen und natürlich über unsere Poolhausparty. Keine Ahnung, wer Geburtstag hatte oder Abschlussfeier oder was auch immer. Irgendjemand hat doch immer irgendwas, nicht wahr?

Einige Spinde quietschen beim Öffnen. Kameras in den Ecken blinken rot. Diese Schule gehört Donovan de Luca – wie so vieles in dieser Stadt.

Wir gehen zu unseren Spinden, die sich gegenüberliegen, und ich öffne meinen. Immer wieder spüre ich Irinas Blick auf mir, während ich drei Spinde weiter zu meinem Bruder sehe. Er schließt gerade seinen und hat seinen schwarzen Ordner unter den Arm geklemmt. In der anderen Hand hält er immer noch sein Handy. Wegen seines Nachnamens nimmt es ihm auch kein Lehrer weg, wie es üblich wäre, denn im Gebäude ist deren Benutzung verboten.

Dann schlendert er an mir vorbei. »Sergio!«, rufe ich ihm nach und ein paar der Umstehenden zucken zusammen. Zum einen wegen meiner Stimme, zum anderen wegen seines Namens.

Mein Bruder bleibt stehen und sieht mich träge über die Schulter an. Seine Augen sagen: *Nicht jetzt*. Ich beiße die Zähne aufeinander.

»Nichts«, presse ich hervor. Er nickt und wendet sich wieder ab, bevor er den Flur hinunterschlendert und alle ihm Platz machen, ohne, dass er sich darum bemühen muss. Rosalie lehnt sich neben Irinas Spind. Sie reden leise, während ich mein Buch rausnehme und unter dem ganzen Chaos nachschaue, ob mein Gras noch da liegt. Japp. Gut.

Dann schließe ich ihn und du tauchst dahinter auf, sobald ich die Tür zugeklappt habe. Ich sehe zuerst zu deiner Bluse, die du wieder geschlossen hast. A ja. Jetzt können wir sprechen. Ich liebe es, wenn du meine Lektionen verstehst.

»Können wir reden?«, fragst du ziemlich angepisst. Ich hebe meine Brauen und stemme meine Hand über deinem Kopf an den Spind.

»Natürlich können wir reden, wenn du keine Miststückaktionen bringst.« Ich lasse meine Augen über deinen Körper streifen und zurück in deine dunklen Tiefen. Du lehnst dich mit dem Rücken an den Spind und streichst über den Kragen meines Hemdes. Ich spüre Rosalies und Irinas Blicke hinter meinem Rücken.

»Du liebst es doch, wenn ich ein Miststück bin«, sagst du klar und deutlich und ich seufze tief. Körperkontakt ist hier nicht erlaubt, aber dagegen haben wir ja schon das ein oder andere Mal verstoßen. Solange dein Vater nichts davon erfährt, ist es okay.

Ich beuge mich zu dir runter. »Ich liebe es, wenn du mein Miststück bist und nicht ein Miststück *zu mir*«, stelle ich an deinen Lippen klar und ziehe meinen Kopf wieder zurück.

»Ich bin dein Miststück.« In deinen Augen brennt schon wieder dieses Feuer, und irgendwie, Selina, vertraue ich dir nicht, aber das ist egal. Langsam wird es leiser um uns herum, denn die Schüler verteilen sich in den Klassen.

»Zayden, kommst du?«, fragt meine Cousine, weshalb ich den Blick von dir ab und Rosalie zuwende. Sie geht gerade mit Irina Richtung Klassenzimmer und mustert mich eindringlich.

»Gleich.« Ich winke ab und sehe wieder runter zu dir. Rosalie stöhnt genervt.

Du schmachtest mich an, Selina. Die letzte Tür klackt und wir sind allein im Flur.

Sofort stellst du dich auf die Zehenspitzen und küsst mich, wobei ich noch einen Blick zur Kamera über uns werfe, dann lege ich meinen Arm um deine Taille und ziehe dich näher. Du schmeckst so verdammt gut und ich liebe deine Lippen.

Deine Zunge streicht kurz über meine, woraufhin ich dich mit meinem Körper an den Spind drücke. Etwas kracht. Du küsst mich noch drängender und ziehst dann deinen Kopf zurück. Schwer atmend sehe ich zu dir runter, genau wie du zu mir hoch. Deine Augen brennen jetzt richtig und ich streiche mit dem Daumen über deine volle Unterlippe.

»Okay, ich will, dass du jetzt nicht ausflippst«, setzt du an und ich werde mit einem Mal zurück in den Flur und weg von deinem Wunderkörper katapultiert.

Das klingt nicht gut. Gar nicht gut. Ich wappne mich. Ich versuche es zumindest. Fuck, Selina. Was jetzt?

10. Enthüllungen, Selina

Zayden

»Was ist?«, frage ich sofort alarmiert und scanne dein Gesicht genauestens ab, ohne mich von dir zu entfernen. Das letzte Klingeln ertönt und schallt über den leeren Gang. Ich warte, dass es verklingt, und sehe in deine Augen, die so tief und dunkel sind.

Du atmest tief durch und ich ziehe meine Brauen zusammen. Meine Hand ballt sich über deinem Kopf zur Faust. »Was ist?«, frage ich nochmal.

»Ich sage es dir jetzt einfach«, meinst du leise und entschlossen. »Ich soll deinen Bruder heiraten.« Ein paar Sekunden starre ich dich nur verständnislos an. »Ich habe es selber gestern erst erfahren!«, redest du schnell weiter. »Mein Vater hat das mit seinem ausgemacht. Es geht ums Geschäft.«

Ich glaube, mich verhört zu haben, und starre dich nach wie vor an. Diese Information will einfach nicht bei mir einrasten, während mein Körper schon reagiert und die

Hitze sich langsam in meinem Bauch bündelt. Rote Punkte tanzen von meinen Augen.

»Ich wünschte, ich müsste es nicht tun«, sprichst du weiter. »Aber ich kann nicht einfach Nein sagen.« Du streichst mit deiner Hand über meine Brust, während ich mir vorkomme, als wäre ich in einer falschen Welt, Selina. »Vielleicht könnte dein Bruder etwas sagen. Ich glaube, das hat er nicht gemacht.«

Noch bevor ich weiß, was ich tue, packe ich dein Handgelenk der Hand, mit der du mich berührst.

»Du sollst *was*?«, stoße ich schließlich aus und fühle mich, als würde ich fallen. Fuck. FUCK! FUCK! FUCK!

Du.

Sollst.

Was?

Meinen Bruder heiraten? Das hat doch bestimmt dieser Bastard von Donovan eingefädelt. Fuck, ich hasse diesen Wichser. Ich werde ihn einfach umbringen. Ich werde ihn einfach killen. Ich werde einfach jeden killen, der dich anfasst oder dich zu irgendwas zwingt. Du mit meinem Bruder? Das ist das falscheste Bild, was ich mir nur vorstellen kann. Fuck, wieso stelle ich mir das jetzt vor?! FUCK! Ich flippe gleich aus.

Du nimmst meine Hand und legst sie an deine Wange, während ich dich immer noch anstarre und mein Atem schwerer geht. »Ich soll ihn heiraten«, wiederholst du nochmal leise. Ich warte, Selina. Ich warte, dass ich das verstehe, denn ich verstehe es nicht, und gleichzeitig ergibt jetzt alles so viel Sinn. Sergios Abtauchen, dass er uns allen aus dem Weg geht, dass Onkel Caden heute Morgen so abgefuckt war – denn er liebt Sergio abgöttisch. Das alles ergibt viel zu viel Sinn für meinen Geschmack.

In mir brodelt es immer heftiger. Was heißt das, mein Bruder hat nicht versucht, mit seinem Vater zu sprechen? Fuck, steht er etwa auf dich? *Will* er das etwa? Will er dich etwa ficken und hat mir die ganze Zeit sein Desinteresse vorgeheuchelt, weil er mich in Sicherheit wiegen wollte, bis er zuschlagen kann?

Fuck, ich werde ihn umbringen. Ich kenne keine Grenzen, wenn es um dich geht, egal, ob es sich dabei um meinen Bruder handelt oder um seinen Fuckvater. Oh Gott, ich hasse ihn. Ich hasse diesen Bastard da drüben auf der anderen Seite des Sees. Er hätte schon längst eine Kugel zwischen die Augen verdient – für so vieles.

»Ich weiß nicht, was ich tun soll«, meinst du jetzt und reißt mich damit aus den Gedanken. Meine Hand hältst du immer noch an deine warme Wange, während die Wut nur noch heißer durch mich hindurch rauscht und die roten Punkten immer dicker werden.

»Ich bringe ihn um«, höre ich mich tonlos sagen. »Nein. Du wirst ihn nicht heiraten. Ich bringe ihn um!«

Du atmest durch und ich hasse das. Ich hasse es, dass du in dieser Situation bist. Ich hasse es, dass du zu irgendwas gezwungen wirst. Ich hasse das alles, ich hasse diese Welt. Ich will dich. Ich will dich für immer und ich will dich nicht bei meinem Bruder sehen.

Du lehnst deine Stirn an meine Brust und atmest durch, während ich mit den Zähnen mahle. »Es ist so scheiße«, murmelst du. Ich würde dir so gern über den Kopf streichen und dich beruhigen, aber ich bin selbst so sauer. So sauer, dass ich mich kaum zurückhalten kann.

»Ich bringe ihn um«, wiederhole ich starr, während mein Blick auf den Spinden liegt.

»Sergio sieht mich manchmal so komisch an«, nuschelst du an meinem Hemd, was mich wieder aus meiner Starre reißt. Ich schaue runter zu dir und schiebe dich sanft etwas von mir, damit ich in dein Gesicht sehen kann. Du bist völlig aufgelöst und ich ziehe die Brauen zusammen.

»Was?«, erkundige ich mich starr.

»Ich weiß nicht, ob es von seinem Vater ausgeht. Vielleicht hat Sergio ihn sogar dazu gebracht. Aber ich bin mir nicht sicher!«, fügst du schnell hinzu. »Also tu nichts Unüberlegtes.«

»Was meinst du damit, dass er dich komisch ansieht?«, bohre ich weiter, weil mir das wohl entgangen ist. Denn ich vertraue meinem Bruder eigentlich.

»So, wie er deine Cousine auch ansieht.«

Okay, jetzt wird mir etwas schlecht. Dass er Rosalie auf diese Art ansieht, ist mir natürlich schon aufgefallen, aber meines Wissens nach läuft da nicht mehr, nur ein paar Blicke. Mir wird immer schlechter und auch ein bisschen schwindelig. Ich fühle mich, als würde Gift durch meine Adern rauschen. Zu den roten Punkten mischen sich ein paar schwarze.

»Du meinst, er steht auf dich?« Meine Stimme ist jetzt gefährlich leise geworden.

Du verziehst dein Gesicht und senkst den Blick. Ich lege zwei Finger unter dein Kinn und hebe deinen Kopf, um dich wieder ansehen zu können.

»Glaube schon«, murmelst du kleinlaut. Ich mahle mit den Kiefern. Ich versuche, mich zu kontrollieren, aber ich stehe kurz vor dem ultimativen Ausbruch. Gleichzeitig überlege ich, was du wohl noch alles weißt.

»Was meinst du mit meiner Cousine?«, bohre ich also weiter, wobei ich kaum die Zähne auseinanderbekomme, und du runzelst die Stirn.

»Das weißt du nicht?«

»Was weiß ich nicht, Selina?«, dränge ich jetzt etwas forscher. Mein Herz hämmert mittlerweile gegen meine Brust.

»Sie treffen sich im Rosengarten«, sagst du leise. »Sie … haben was miteinander.«

Im nächsten Augenblick boxe ich hart gegen den Spind über deinem Kopf, bevor ich realisieren kann, was ich tue und die Punkte vor meinen Augen vermischen sich immer mehr zu einer einzigen, schwarzen Masse. Es kracht laut, während du vor Schreck aufschreist.

»Dieser gottverdammte Bastard! Dieser verfluchte Wichser!«, zische ich und mache einen Schritt von dir weg. Ich will nicht, dass du dazwischenstehst, wenn ich ausflippe, und ich flippe gerade aus. Die Wut rauscht heiß durch meine Venen und es prickelt bis in meine Fingerspitzen. Dieser Wichser steht also nicht nur auf dich und hat möglicherweise was damit zu tun, dass du ihn heiraten musst, nein, er fickt auch noch meine *Cousine*.

»ICH BRINGE IHN UM!«, brülle ich in den Flur und die ersten Türen öffnen sich. Einige Lehrer kommen rausgestürmt und ich drehe mich zu ihnen um.

Mrs. Dawson stockt, als sie mich sieht. Mr. Banks zieht sie am Arm zurück und murmelt ihr was zu. Ich bin schon bekannt für meine Ausbrüche.

Die Schüler strömen aus den Klassen und die Lehrer können sie kaum zurückhalten.

Und da kommt er ja auch schon. Mein Bruder. Der mich wohl auch gehört hat. Er schiebt sich einfach an den anderen vorbei. So furchtlos. Rosalie folgt ihm *natürlich.*

»Bleib, wo du bist!«, blaffe ich sie an. Sergio hebt eine Hand in ihre Richtung, ohne sie anzusehen, weswegen sie sofort stehen bleibt. Mir ist entgangen, dass sie zu seinem kleinen Hündchen verkommen ist. Ob sie wohl auch die Beine auf sein Kommando hin breitmacht?

»Mr. Rush«, mahnt mich Mr. Todd, der Sportlehrer, mit strenger Stimme.

»WAS?«, frage ich ihn genervt.

»Beruhigen Sie sich!«

Sergio schiebt sich vor ihn und in mein Sichtfeld. Seine Augen schweifen zu dir. Du stehst immer noch hinter mir an den Spinden. Dann schnaubt er und sieht wieder zu mir.

Mein Bruder bewegt sich langsam auf mich zu. »Okay. Was ist los?«, fragt er vorsichtig und lauernd. Allein, sein Gesicht zu sehen, lässt alles in mir explodieren. Jetzt sehe ich nur noch schwarz und das ist bei mir am gefährlichsten.

Als er nahe genug ist, hole ich sofort aus und verpasse ihm mit meiner Faust einen heftigen Hieb ins Gesicht. Die ersten Handys werden ausgepackt und Rosalie ruft: »Zayden, nein!«

Der Kopf meines Bruders schießt nach hinten und er verharrt ein paar Sekunden so.

»Mr. Rush!«, werde ich wieder ermahnt, aber keiner der Anwesenden traut sich in meine direkte Nähe.

Sergio reibt sich langsam über das Kinn und ich starre ihn an, während das Blut immer heftiger durch meine Adern rauscht. *Dieser kleine Wichser.*

Dann sieht er mich wieder mit seinen dunkelblauen de Luca-Augen an. Sein Blick ist jetzt völlig verschlossen und kalt.

»Freust du dich jetzt?«, frage ich und bekomme kaum die Zähne auseinander.

Er hebt eine Braue und wischt sich das Blut von der Lippe. »Nein, ich stehe nicht auf Huren. Ich sehe keinen Grund, mich zu freuen, Zayden!«, speit er mir entgegen.

Ich hole wieder aus, aber mein Bruder reagiert diesmal schnell genug, weicht meinem Schlag aus und schiebt sich von mir weg. »Wirklich? Das machst du jetzt wegen IHR?«

»Scheiße, hör auf jetzt, Zayden!«, brüllt Rosalie und ihre Stimme ruft mir wieder in Erinnerung, was zwischen ihr und meinem Bruder ist.

»Reicht es dir nicht, dass du meine Cousine fickst? Muss es jetzt auch noch *sie* sein?«, speie ich aus. Die umstehenden Schüler ziehen scharf die Luft ein und tuscheln los. Sergios Augen lodern auf und er sieht mich echt angepisst an. Fast so, als würde er mich gleich umbringen wollen. *Gut.* Wie sein beschissener Vater sagen würde. Er marschiert auf mich zu, holt aus und verpasst mir einen harten Hieb direkt auf den Wangenknochen, den ich mit einem weiteren auf sein Auge beantworte.

Die Luft um uns herum wird wieder eingezogen. »Scheiße, *hört auf jetzt!*«, ruft Rosalie verzweifelt und nähert sich. Zeitgleich, als wir beide von hinten gepackt werden, und zwar von jeweils zwei Lehrern, die uns auseinanderreißen. Mein Gesicht pocht und Sergios Auge ist total gerötet, die Lippe blutig.

Er sieht an mir vorbei zu dir. »Ich. Werde. Dir. Das. Leben. Zur. Hölle. Machen«, verspricht er und betont jedes Wort, während er mit einem Finger auf dich zeigt. »Du verfickte Hure!«

Wieder will ich mich auf ihn stürzen, weil er dich nicht zu beleidigen hat, und er versucht ebenfalls, sich loszureißen.

»SCHLUSS JETZT!«, donnert Mr. Hendrickson und zerrt mich gemeinsam mit Mr. Todd mit aller Kraft zurück.

»Mr. de Luca«, versucht ein anderer Lehrer, an Sergios Vernunft zu appellieren, und Rosalie schiebt sich einfach vor ihn.

»Okay, hör auf«, fordert sie leise und sanft, während er dich immer noch über ihren Kopf hinweg fixiert.

»Genieß deine Freiheit, Selina«, meint er mit vor Wut bebender Stimme und sieht dann über seine Schulter. »Lassen Sie mich los«, fordert er von den Lehrern. Natürlich lassen sie ihn sofort langsam und vorsichtig los.

Sergio reißt seine Arme zurück. Als er an dir vorbei Richtung Ausgang stapft, spuckt er das Blut vor deine Füße, Selina, und stößt hart die Tür auf, die lautstark hinter ihm zufällt. Ich sehe ihm nach und seine Worte lassen die Wut wieder in mir aufwallen. Was heißt das, er will dir das Leben zu Hölle machen? Ich kann ihm ja mal das Leben zur Hölle machen!

»Ins Büro des Rektors«, ordert Mr. Todd. Natürlich muss da nur ich hin und nicht er. Sein Vater ist ja auch

Donovan de fucking Luca. Jetzt werden sie meinen Dad anrufen, ich werde Ärger bekommen. Aber weißt du was, Selina?

Es. Ist. Mir. Scheißegal.

Mir ist alles scheißegal, wenn es um dich geht.

Ich sehe nochmal zu Rosalie, während ich Mr. Todd zum Büro folge. »Merkst du nicht, was sie tut?«, fragt sie mich.

»Ach, halt du einfach deine Beine zusammen, okay?«, wispere ich in ihr Gesicht und ziehe mich dann zurück. Sie beißt die Zähne aufeinander und ihre Augen blitzen. Mir fuckegal.

»Sie macht uns alle kaputt! Mach deine Augen auf, Zayden!«, versucht sie, mir klarzumachen.

»Hat *sie* dich gezwungen, mit Sergio zu ficken?«, rufe ich über den Flur und sie erstarrt.

»MR. RUSH!«, werde ich wieder ermahnt.

Ich hebe ergeben die Hände, fixiere aber Rosalie, während ich rückwärts Richtung Büro gehe.

»Lass dich nicht so von ihr manipulieren!«, sagt sie geschlagen. Ich sehe genau den Schmerz, den meine Worte ausgelöst haben, durch ihre Augen zucken, aber sie ballt die Hände zu Fäusten und atmet gepresst durch.

Ich schnaube nur, wende mich ab und betrete das Büro des Rektors.

Scheiß auf alle, Selina. Auf alle außer dir.

11. Enttäuschungen, Rosalie

Sergio

Ich habe gelernt, immer auf meinen Bruder aufzupassen.

Ich habe gelernt, dass ich ihn niemals verraten darf.

Dass ich ihn niemals mutwillig verletzen darf. Ich habe gelernt, dass nichts über die Familie geht. Ich habe gelernt, dass ich mich immer kontrollieren muss, wenn es die Familie betrifft und ihr etwas schaden könnte. Ich übe noch an meiner Selbstkontrolle, aber ich kann von mir behaupten, dass ich niemals etwas tun würde, was meinem Bruder schadet. Niemals etwas tun würde, was ihn verrät. Dass ich mich immer zusammennehmen würde, wenn es um Zayden geht.

Er hat das Gleiche gelernt. Wir sind immerhin zusammen aufgewachsen. Abgesehen von der Tatsache, dass ich ein paar Wochenenden bei meinem Vater verbracht habe, an denen er nicht dabei war.

Ich sehe über vieles hinweg. Eigentlich über alles, was ihn betrifft. Ich habe ihm noch nie etwas nachgetragen. Ich habe weggehört, wenn er gelogen hat, und ich habe weggesehen, wenn er etwas getan hat, was er nicht durfte. Er hat einen gewissen Hang, Dinge zu tun, die er nicht darf. Ich habe ihn gedeckt, wenn es darauf ankam, und bin selbst mehrmals zum Lügner für ihn geworden. Er weiß, dass er sich immer auf mich verlassen kann und dass ich selbst vom anderen Ende der Welt zu ihm finden würde, wenn er mich braucht.

Deshalb bin ich jetzt umso enttäuschter von ihm. Mich enttäuscht nichts so schnell, weil ich Realist bin und die Dinge so sehe, wie sie sind. Ich hoffe nicht. Ich bete nicht. Ich weiß, dass man die Dinge selbst anpacken muss, wenn man sie will, oder eben nicht, wenn man sie vermeiden will. Es sind nicht die Chancen, die du im Leben kriegst. Es sind nicht die Gelegenheiten, die du verpasst. Es geht eher darum, was du aus dem machst, was dir geboten wird. Ich bin realistisch. Deshalb enttäuscht man mich nicht schnell. Und ich erwarte nichts. Dachte ich zumindest. Aber da ich jetzt empfinde, was ich empfinde, wird mir klar, dass ich doch was erwartet habe. Ich habe erwartet, dass nichts und niemand es jemals schaffen würde, meinen Bruder an mir zweifeln zu lassen, weil er weiß, wer ich bin. Weil er alle meine Abgründe und gleichzeitig strahlendsten Seiten kennt.

Ich bin das erste Mal in meinem Leben wirklich enttäuscht.

Ich habe aufgehört, enttäuscht zu sein, als ich sieben war und bemerkt habe, dass mein Vater einfach immer wieder etwas findet, was er an mir verbessern kann. Dass ich noch so still sitzen und artig sein kann, dass ich mich noch so bemühen kann und es trotzdem niemals reicht. Meine Mutter hat dann immer gesagt, dass ich perfekt bin und dass nur besondere Menschen es schaffen, wirklich in mich hineinzusehen. Sie hat gesagt, dass es meine Aufgabe ist, diese Menschen in meinem Leben zu finden und festzuhalten.

Ich dachte, Zayden wäre einer dieser Menschen.

Und ich weiß nicht, wie ich damit jetzt umgehen soll. Ich stehe schon seit siebenundzwanzig Minuten vor dem Haus meines Vaters, die Hände am Lenkrad, und sehe zu den Türen, die sich immer wieder öffnen und schließen. Ich habe diesen fucking Cardigan ausgezogen und meine Hemdärmel hochgekrempelt, weil mir so heiß ist. Mein Gesicht pocht und der Riss in meiner Lippe ist verkrustet. Mein rechtes Auge ist schon leicht blau verfärbt und um den Wangenknochen herum gerötet. Ich fasse es gar nicht erst an. Es tut schon vom Ansehen weh. Aber das ist okay, ein paar Schläge kann ich wegstecken. Wäre nicht das erste Mal. So was passiert in unserer Welt nun mal, wenn man ein Mann ist. Viel wichtiger ist der Grund, aus dem das passiert ist. Ich hätte nicht gedacht, dass eine Schlampe wie Selina es schafft, so ein starkes Band, wie es zwischen Zayden und mir schon seit unserer Zeugung besteht, schwächen kann. Dass so eine Schlange die Macht hat, seine Gedanken zu verpesten. Ich weiß nicht genau, was Selina ihm erzählt hat, aber es war zu viel, und er hat es so leicht geglaubt. Da hat es gereicht, dass sie mit ihren Bambiaugen zu ihm hochgesehen und ein paar Tränen vergossen hat, denke ich. Das Ding ist – ich vertraue dir, Rosalie. Ich vertraue dir am meisten. Aber würdest du mir so etwas über Zayden erzählen, obwohl ich dir so sehr vertraue, würde ich dir erstmal sagen, dass du den Mund halten und nicht über ihn sprechen sollst. Ich kann nicht glauben, dass er das mit uns über den ganzen Gang gebrüllt hat, vor all den anderen. Ich weiß, dass es Ärger bedeutet, denn mein Vater hat mir schon klargemacht, wie wenig unsere Nachnamen zusammenpassen. Ist okay. Interessiert mich nicht. Er kann mir seine Standpauke halten.

Mich interessiert gerade nur eins – ich will Selina brechen.

Ich will sie dafür brechen, was sie mit meinem Bruder tut. Dafür, dass sie dich mit reingezogen hat. Das tut niemand in meinem Beisein einfach so. Ich will sie dafür brechen, dass sie sich wie eine Schlange in unser Paradies auf der anderen Seite des Sees eingenistet hat und ihr Gift versprüht. Und Zayden? Zayden ist nicht wie wir. Er ist überhaupt kein Kopfmensch. Das ist er nur, wenn es um das Geschäft geht und darum, seinem Dad zu helfen. Da ist er absolut rational und wie dein Vater. Aber nicht bei Frauen. Da ist er total kopflos und – zugegeben – schwanzgesteuert.

Wenn ich diese Schlange schon heiraten muss, dann werde ich ihr mal zeigen, wie es außerhalb des Garten Edens aussieht. Dann darf sie ihre ganz persönliche Hölle kennenlernen, und nein, ich werde Zayden keinen Kontakt zu ihr ermöglichen, denn sie tut ihm nicht gut. Und wenn er das nicht einsieht, wird er es spüren müssen. Ich will nie wieder erleben, dass jemand die Macht hat, ihn derart gegen die Leute aufzuhetzen, die immer hinter ihm standen.

Witzig, was eine perfekte Pussy bei einigen Männern anrichten kann.

Vierunddreißig Minuten, und ich beschließe, dass ich jetzt aussteigen muss. Meine Gedanken lassen sich jetzt sowieso nicht sortieren. Es ist gleich zehn Uhr am Morgen und eigentlich hätte ich heute bis vier Unterricht. Aber ich kann jetzt nicht in dieser Schule sein. Ich kann jetzt nicht rüber zu den anderen, denn ich weiß, dass wir wahrscheinlich alle angeschwärzt wurden. Mein Vater weiß sowieso immer, was in seiner Schule und in all seinen anderen Einrichtungen vor sich geht.

Ich öffne meine Tür und steige aus. Der Morgen ist immer noch frisch, aber die Sonne scheint. Langsam ist mir das zu viel, weswegen ich mir fast ein paar Regentage wünsche. Die helfen, den Kopf zu klären.

Leise schließe ich die Tür, dann öffne ich die oberen zwei Knöpfe meines Hemdes und lasse meinen Nacken und meinen Rücken knacken, bevor ich auf das Haus zugehe und mir dabei durch das Haar streiche. Ich versuche, nicht zu zischen, als mein Handballen meine Wange streift. Zayden hat eine unglaubliche Schlagkraft, die hatte er schon immer. Ich hätte nur nie gedacht, dass er sie bei mir voll entfalten würde.

Ich gehe die Stufen hoch und mir wird die Tür aufgehalten, bevor ich ins kühle, dunkle Foyer trete und der hier herrschende, vertraute Duft in meine Nase steigt. Dorian de Luca lächelt mir höhnisch entgegen und ich hebe einen Mundwinkel. Er hatte sicher nie das Vergnügen, von seinem Bruder verraten worden zu sein.

Giovanni vor der Tür meines Vaters wirft mir einen Blick zu, den ich aus dem Augenwinkel erwidere. Er wirkt beinahe bekümmert. »Alles in Ordnung, Sir?«, fragt er, ohne mich direkt anzusehen.

»Alles ist so perfekt«, antworte ich so höhnisch wie Dorians Lächeln auf dem Porträt.

»Das denke ich nicht, Sir«, erwidert er immer noch mit dem stoischen, nach vorn gerichteten Blick. »Ihr Vater erwartet Sie bereits.«

Mein Magen zieht sich bei seinen Worten kurz zusammen, aber ich lasse nichts davon nach außen dringen, und nicke knapp, bevor ich klopfe.

»Ja.« Das kommt umgehend und knallhart. Er ist angepisst. Ich weiß genau, was er jetzt sagen wird, aber ich weiß auch, dass ich es hinter mich bringen muss. Das, oder ich muss rüber. Allerdings habe ich keine Ahnung, ob Zayden in der Schule geblieben oder zuhause ist.

Ich trete in das Büro und schließe die Tür hinter mir. Mein Vater sitzt hinter seinem Schreibtisch, wie immer, und hat die Schläfe auf eine Faust gestützt, den Ellbogen auf der Stuhllehne, während er zu mir hochsieht. Sein Blick ist völlig ausdruckslos, als er zu dem Stuhl ihm gegenüber nickt.

Ich stoße mich von der Tür ab und mache die wenigen Schritte zu ihm, bevor ich mich etwas schwerfällig auf das Leder sinken lasse und meine Hände auf dem Tisch falte. Meine Knöchel sind ein wenig aufgeschürft, denn ich war auch nicht gerade sanft, als Zayden anfing, über dich zu sprechen.

Wieder die kurze Musterung. Dann erhebt er sich und geht an mir vorbei. Mein Blick folgt ihm zur Tür, die er öffnet, bevor er Giovanni etwas zumurmelt, und wieder reinkommt, zurück zu mir, wo er sich vor mich halb auf die Schreibtischkante setzt. Ich lehne mich zurück, um ihn besser ansehen zu können.

Sein hellblauer Blick ist so bohrend, dass ich meinen kurz abwenden will, aber das tue ich jetzt nicht. Mir ist klar, wie das auf ihn wirken würde. »Ein König schlägt sich nicht mit einem Bauern«, beginnt er schließlich. Natürlich weiß er schon über alles Bescheid, aber das überrascht mich nicht. »Ein König gibt nichts auf dessen Meinung. Er steht darüber, er bleibt gelassen, er lässt sich nicht herab, auf Provokationen zu reagieren. Hauptsache, er weiß, wie es wirklich ist. Alles andere muss egal sein. Wie ich sehe, bist du aber noch nicht so weit.«

Giovanni kommt rein und reicht meinem Vater was, doch ich wende den Blick nicht von seinem Gesicht ab. Er seufzt und reicht mir ein Kühlpad, während Giovanni wieder verschwindet. Ich nehme es etwas mechanisch entgegen, weil ich noch an seinen Worten nage. Ich würde so gern so vieles sagen, aber ich kann nicht. Ich darf nicht.

»Ich denke, wir sollten deinen Umzug vorziehen. Je länger du da drüben bist, desto mehr Reibungen wird es geben, und das ist unnötig«, stellt er dann fest.

Ich sitze still vor ihm, das Kühlpad in der Hand, und spüre, wie mir kurz alles aus dem Gesicht fällt. Ich will noch nicht weg von dir, das ist mir noch zu früh. Ich will noch nicht weg von den anderen.

»Es war nur eine Sache zwischen Brüdern«, meine ich.

»Sie blieb aber nicht nur zwischen Brüdern. So etwas in einem Schulflur auszufechten, ist deines Standes nicht würdig.«

»Dad, ich bin kein König«, wende ich nun mit erhobenen Brauen ein.

»Du bist ein de Luca und hast gewisse Erwartungen zu erfüllen. Muss ich dir das wirklich erklären?« Nein, das muss er nicht. Das hat er mir schon tausendmal erklärt. Ich sehe das alles nicht so. Ich stehe nicht über irgendwem und mein Bruder ist kein Bauer.

Nach ein paar Sekunden erhebt er sich und umrundet den Schreibtisch. Dann lässt er sich in seinen Stuhl sinken. »Benutz das Kühlpad«, fordert er mich auf, und erst da spüre ich, dass meine Finger schon langsam taub werden, weil ich es in der Hand halte. Ohne ihn aus den Augen zu lassen, hebe ich es an mein Gesicht und halte es unter mein Auge. »Die Sache ist wie die Schwellung. Wenn du es nicht abkühlst, wird es sich immer weiter ausbreiten und immer verheerendere Folgen haben«, erklärt er. »Ein Kompromiss – in zwei Wochen. Sollte es keinen weiteren Vorfall dieser Art geben.«

Zwei Wochen, Rosalie.

Zwei Wochen, um mich von einem Leben zu verabschieden, das ich so lange geführt habe, und es in ein paar Koffer zu packen, bevor ich die Seeseite wechsle.

»Das ist zu früh«, höre ich mich sagen, ohne es geplant zu haben, und er hebt die Augenbrauen.

»Wie hast du dir das denn vorgestellt?« Er fängt an, seine Fingerspitzen langsam aneinander zu reiben. Gar nicht. Ich will mir das gar nicht vorstellen.

»Ich rede mit ihm. Das wird nicht wieder passieren.«

»Das wird nichts bringen«, sagt er. »Du weißt doch selber, wie dein Bruder ist.« Wie immer, wenn er von Zayden spricht, habe ich sofort das Bedürfnis, ihn zu verteidigen. Aber ich kann nichts daran ändern, seine Meinung über Zayden ist nicht besonders gut. Liegt wohl daran, dass er Moms und Carter-Dads Sohn ist.

»Ich weiß, wie er ist. Er regt sich genauso schnell auf, wie er sich abregt. Er wird das nicht wieder tun.«

»Ja, jetzt hat er ja schon der ganzen Schule verkündet, mit wem du Sex hast. Das ist nicht gut für deinen Ruf.«

Ich reibe mir über die Stirn. Es ist so anstrengend mit ihm. So furchtbar anstrengend. »Wieso nicht?«, frage ich. »Wieso ist das nicht gut für meinen Ruf? Die Rushs sind eine angesehene Familie. Ich liebe sie, sie liebt mich …« Seine Augen blitzen und ich erstarre etwas. Ich habe das noch nie laut gesagt, nicht mal in deiner Abwesenheit, und ich spüre, wie mein Herz sich zusammenzieht. Fuck, jetzt haben wir ein richtiges Problem. Ich wollte mir das nicht eingestehen.

»Du liebst sie?«, erkundigt er sich fast mitleidig und ich beiße hart die Zähne aufeinander. Er muss immer alles abwerten, was ich liebe, außer meine Mutter. Da hört der Spaß auf. »Das geht nicht. Du kannst so etwas wie sie nicht lieben.« Er wirkt echt etwas sauer und ich hebe eine Augenbraue.

Was hat der da über dich gesagt?

»Was heißt denn – *so was wie sie*?«, frage ich mit einer anderen Stimmlage, als ich sie sonst bei ihm benutze, und ich kann sie auch gerade nicht unterdrücken. Ich spüre nämlich schon wieder die Wut in meinem Bauch.

Er beugt sich nach vorn und verschränkt seine Finger auf dem Tisch. Sehr eindringlich mustert er mich. »Sie ist nicht gut genug für dich.«

Ich beuge mich auch nach vorn. »Aber Selina schon?«

»Sie ist aus einer alten Familie mit einem großen Namen. Ihre Eltern sind keine Verräter und wissen, hinter wem sie stehen müssen. Sie sind keine Emporkömmlinge.«

»Sie sind keine Menschen, die sich alles alleine aufgebaut haben, mit ihrem eigenen Schweiß. Sondern so wie alle anderen hier, die alles in den Schoß gelegt bekamen. Respekt«, meine ich spöttisch. Ich bin so sauer, Rosalie. Ich bin so sauer, immer noch wegen Zayden und jetzt noch mehr wegen alldem hier. Ich hasse es wirklich, wie er von euch denkt und wie er von dir spricht. Er hat keine Ahnung. Er hat keine fucking Ahnung, über wen er da redet.

»Du kennst nicht einmal die Hälfte der Geschichte.« Er mustert mich ein paar Sekunden nachdenklich. »Muss ich sie verheiraten, damit du die Finger von ihr lässt?«

Ich spüre eine Abneigung gegen ihn in mir hochsteigen, die ich so noch nie empfunden habe. Die so plötzlich aufkeimt, dass sie mich selbst total überrennt und für einen Moment völlig einnimmt. Ich traue mich kaum, zu denken, was da in meinem Kopf entsteht. Das wäre zu respektlos, aber ich kann es nicht aufhalten.

»Wenn du das machst, verlierst du mich«, meine ich klipp und klar. Ich war noch nie bei irgendwas so klar. Aber eins ist sicher. Sollte er dich in eine solche Situation bringen, werde ich dich schnappen und mit dir abhauen.

Er stockt, denn damit hat er nicht gerechnet. Ich habe selbst nicht damit gerechnet. Keiner von uns hat damit gerechnet. »So dumm wärst du?«, fragt er mit hochgezogener Braue, ehrlich überrumpelt.

»Ja«, antworte ich sofort, ohne zu zögern. Denn egal, ob er es dumm nennt, ich würde dich nie in so eine Situation bringen, wenn ich es verhindern kann.

»Du würdest all das für sie aufgeben?« Er deutet unwirsch ins Büro. Ich wurde erzogen, es als Traum zu werten. Dass das hier alles ist, was ich zu wollen habe. Ein Teil von mir will das auch wirklich. Aber der größere Teil gehört dir.

»Ja«, sage ich also wieder.

Er schnaubt ungläubig und wir sehen uns ein paar Sekunden an. Seine eisblauen Augen blitzen heftig, so heftig, wie selten zuvor. »Vielleicht habe ich damals doch einen Fehler gemacht«, murmelt er mit verengten Lidern und lehnt sich hart zurück. Ich weiß nicht genau, was er meint, und ich frage auch nicht.

»Tu ihr einfach nicht weh«, antworte ich und lehne mich auch zurück.

»Dann halte dich an die Regeln.«

»Das tue ich doch immer«, sage ich glatt.

»Eben nicht. Sonst hättest du sie nie angefasst.«

Ich bin immer hier, wenn er mich ruft. Ich mache alles, was er will. Von meiner Haltung bis hin zu der Art, wie ich sitze und mich ihm gegenüber gebe. Er bekommt immer, was er von mir will. Bei ihm funktioniere ich so, wie er es möchte, nicht, wie ich bin. Und sein Problem bist du?

»Zwei Wochen, und vergiss dich nicht noch einmal so. Keine Frau der Welt ist das wert.« Deshalb ist er jetzt auch allein, nicht wahr? Ich zucke bei dem Gedanken fast zusammen und bin so froh, dass er nicht in meinen Kopf sehen kann. Ich habe noch nie so negativ von ihm gedacht wie in diesem Moment.

Ich senke langsam das Kühlpad und lege es auf den Tisch. Meine Wange ist ganz taub. Dad reibt sich über die Stirn, als hätte er Kopfschmerzen, und ich habe Magenschmerzen. Ich hätte gar nicht herkommen sollen. In der Regel macht es das nicht besser. Wieso bin ich eigentlich hier?

»Klar«, antworte ich. »Kann ich jetzt gehen?«

»Ja.« Das kommt etwas bitter. Ich stehe mit einem Ruck auf, wende mich ab und verlasse sein Büro. Fast im gleichen Moment klingelt mein Handy und ich ziehe es hervor, während ich seine Tür hinter mir schließe.

Es ist anonym. Ich überlege kurz, ob ich jetzt sprechen will, doch eigentlich will ich das gar nicht. Allerdings gehe ich immer an mein Handy, also nehme ich ab, während ich das Foyer durchquere.

»Ja?«

»Sergio?« Es ist dein Vater. Ich verlasse das Haus und trete in den Sonnenschein, weshalb ich etwas blinzeln muss.

»Ja?«, frage ich wieder, die Treppenstufen hinabsteigend.

»Wo bist du?«

Die Antwort, die mir gerade auf der Zunge liegt, ist nicht schön und ich werde sie nicht laut sagen. Ich werde nicht sagen, dass ich im Haus des Todes bin, denn so habe ich die Villa bisher nicht gesehen.

»Ich war bei meinem Vater«, antworte ich also und gehe über den Kies zu meinem Auto. »Bin gerade raus.«

»Komm nach Hause, wenn du Zeit hast«, sagt er und mein Blick schweift rüber zu dem weißen Haus auf der anderen Seite.

Ich seufze tief. Ich will da jetzt nicht hin. »Ich komme später«, erwidere ich also und lüge ihn nicht an, indem ich vorgebe, noch irgendwas erledigen zu müssen, denn ich lüge ihn nie an.

»Okay«, antwortet er widerwillig. Ich weiß, dass er wahrscheinlich mit mir sprechen will, denn höchstwahrscheinlich wissen drüben auch alle Bescheid und höchstwahrscheinlich ist der Carter-Dad damit beschäftigt, Zayden runterzubringen. »Nur so viel – ich hab es schon länger gewusst und verurteile dich nicht deswegen. Also versteck dich nicht vor mir.« Mir war klar, dass er von uns wusste. Er weiß alles. Aber es gefällt mir trotzdem nicht. Es gefällt mir nicht, dass ich irgendwas hinter seinem Rücken gemacht habe.

»Okay«, antworte ich trotzdem und setze mich in mein Auto. Das ist so falsch.

»Okay«, wiederholt er seufzend. »Dann erwarte ich dich heute noch.« Noch eine Standpauke, Rosalie.

»Bis später.« Ich muss jetzt irgendwo absacken, in einem der Clubs Downtown oder so. Ich brauche jetzt irgendwas, was mich ablenkt. Irgendwas, wo ich hinsehen kann, auch wenn es mich nicht berührt. Irgendwelche Menschen, die schlimmer dran sind als ich, damit ich mir einreden kann, dass ich es doch so gut habe.

»Okay, bis dann.« Er legt auf und ich schmeiße mein Handy in die Mittelkonsole.

Zwei Wochen, Rosalie.

Und ich bin nicht bereit, für nichts davon.

So nicht bereit.

12. Macht, Sergio

XX

Rosalie

Ich habe geduscht und liege hellwach im Bett, obwohl es gleich vier Uhr morgens ist.

Ich kann die ganze Zeit nur daran denken, was die letzten Tage passiert ist. Erst gestern hast du mir mitgeteilt, dass du Selina heiraten musst. Gerade sie! Und das schon so bald. Gerade mal zwei Monate und drei Wochen. Dann wirst du hier wegziehen. Dann wird unsere Zeit enden. Und wir hatten nicht viel davon. Wir hatten einen Wimpernschlag dessen, was ich eigentlich mit dir will und wovon ich seit Jahren träume. Was kurz zum Greifen nahe war und mich so glücklich gemacht hat, was uns *beide* so glücklich gemacht hat, wird sich bald so weit entfernen wie eine andere Galaxie. Und ich ahne, dass du dich sehr bald noch viel weiter von mir entfernen wirst. Ich habe Angst davor, was sich alles ändern wird. Ich habe Angst davor, den wichtigsten Menschen in meinem Leben zu verlieren – für immer. Ich kann mit wirklich vielem umgehen, aber das könnte ich nicht ertragen.

Und dann heiratest du auch noch diese falsche, manipulative Schlange. Ich habe genau in ihren Augen gesehen, dass sie Zayden, wie schon so oft, gegen dich aufgehetzt hat. Sie weiß einfach genau, wie sie mit ihm umgehen muss. Er ist viel zu verblendet. Er *will* ihr alles glauben, was sie ihm weismacht, und nur auf diese Art hat sie ihn so weit gebracht, dass er mitten in der Schule dermaßen ausgerastet und auf dich losgegangen ist. Dass er einen der wichtigsten Menschen in seinem Leben so verletzt hat. Ich weiß, dass Zayden dich über alles liebt und dass er das alles bereuen wird. Dass er irgendwann klar sehen wird, aber nicht jetzt. Jetzt ist er weit davon entfernt, und es gibt praktisch nichts, was ihn zur Vernunft bringen könnte. Das war schon immer so. Wenn er sich in etwas verrennt, dann richtig. Ich denke da nur an dieses Haus ohne Zaun, das du mal gewagt hast zu malen, als wir noch so jung waren – noch nicht mal sechs. Er kam ewig nicht darüber hinweg und hat einfach darauf bestanden, dass ein Haus einen Zaun haben muss. Er hat sogar mitten in der Nacht, ein Jahr später, das Bild vom Kühlschrank genommen und einen Zaun darum gekritzelt, denn wenn etwas in seinem Kopf eine bestimmte Form angenommen hat, dann hat es auch in der Realität so zu sein. Er glaubt, Selina zu lieben, dann liebt er sie auch und tut alles für sie. Es ist gleichermaßen treu wie gefährlich, wenn man diese bedingungslose Liebe jemandem wie ihr gibt. Jemandem, der nicht damit umzugehen weiß und der sie gar nutzt, um anderen zu schaden.

Ich bin nach eurer Auseinandersetzung im Schulflur zu Selina gegangen und habe sie gefragt, ob sie jetzt hätte, was sie wollte. Sie hat mich angelächelt, hat mir ihr wahres, so falsches Gesicht gezeigt, und verkündet, dass das noch lange nicht der Fall ist.

Sie hasst mich. Und ich hasse sie.

Vielleicht, weil ich mit Zayden zusammenwohne und ihm etwas bedeute? Sie kann keinerlei Frauen in seiner Nähe ertragen, egal, ob verwandt oder nicht. Das ist nicht schwer zu erkennen, denn sie dreht wirklich total durch, wenn sich Zayden irgendjemand nähert. Besonders Irina. Die ist Selina ein Extra-Dorn im Auge und ich ahne, wieso. In Selinas Denken gehört Zayden ihr. Nur ihr. Außerdem weiß Selina genau, dass sie mit all dem, was Irina hat – ein Herz, eine Seele, ein Gewissen, zum Beispiel –, niemals mithalten könnte und im Arsch sein wird, sollte Zayden das einmal wirklich erkennen. Sollte er Irina nur einmal wirklich *sehen*. Und ich weiß, dass diese Selina-Schlange gerade erst angefangen hat, Zwietracht zu säen und ihre ganz persönlichen Spiele zu spielen. Selina Sanchez wird alles, was einst so paradiesisch war, in eine Hölle auf Erden verwandeln, denn sie ist die Schlange und vergiftet alles mit ihren Lügen und Intrigen. Ich weiß, dass das noch richtig üble Ausmaße annehmen wird und ich habe wirklich Angst davor.

Angst, Zayden zu verlieren.

Angst, dass ihr euch verliert.

Angst, dich zu verlieren.

Das Problem daran ist, wenn man ein Gewissen hat und gutmütig ist, dass man mit solchen Menschen wie Selina nur schlecht umgehen kann, weil man einfach nicht in der Lage ist, sich in sie hineinzuversetzen – weil man nie ahnt, was sie als Nächstes tun werden … Aber eins weiß ich, man sollte sie nicht unterschätzen. Man sollte nicht unterschätzen, was so ein Mensch imstande ist, aus so jemanden wie Zayden zu machen.

Ich drehe mich auf die Seite und denke daran, was er vor der ganzen Schule verkündet hat und dass er mir geraten hat, die Beine zusammenzuhalten. Ja, einen Moment wollte ich einfach nur im Boden versinken, auch wenn ich mich für dich nicht schäme. Ich will nicht, dass Zayden eine Hure in mir sieht oder denkt, dass du mich nur ausgenutzt hast, dass er denkt, dass das zwischen uns nicht echt ist, denn das ist es. Es ist das Echteste, was ich je erlebt habe, und ich bereue keine Minute davon. Ich würde alles wieder tun, jede Sekunde mit dir immer und immer wieder wiederholen. Ich will nicht, dass jemand das, was wir haben, in den Dreck zieht. Und er hat auch nicht das verdammte Recht dazu, unser Geheimnis einfach vor allen so …

Meine Tür wird aufgerissen, weswegen ich in meinem Bett hochfahre. Du bist es, der in mein Zimmer taumelt, bevor du die Tür ungewohnt laut hinter dir schließt. Ein kurzer Blick reicht und ich bemerke, dass du total betrunken bist. Du trägst immer noch deine Schuluniform, aber ohne Cardigan oder Krawatte. Dein Hemd ist zerknittert und schaut halb aus der Hose. Deine dunkelbraunen Haare sind ein Chaos. *Du* bist ein Chaos, Sergio. Dein rechtes Auge ist blau verfärbt. Ich hasse

Selina gerade dafür, dass sie Schuld daran hat, dass du so aussiehst und dich so fühlst, wie du dich fühlen musst.

Ich stehe auf, während du dich an die Tür lehnst und die Hände hinter dem Rücken daran legst. Mein Herz verkrampft sich, denn wenn ich etwas nicht ertragen kann, dann, dass es dir schlecht geht und ich dagegen nichts tun kann.

Tief atme ich durch und komme auf dich zu. Mit nackten Füßen schreite ich über den beigen Teppich. Ich habe gewusst, dass du erstmal Zeit für dich brauchen wirst, deshalb habe ich dir erst gar nicht geschrieben oder dich angerufen. Du musst so was immer erstmal mit dir ausmachen, aber du siehst nicht so aus, als hättest du das wirklich getan.

»Ops, das war wohl das falsche Zimmer«, meinst du trocken und ich verziehe das Gesicht. »Wie soll ich das nur Zayden erklären?« Du greifst hinter dich und schließt ab. Du gehst immer mit Zynismus gegen Situationen an, die dich überfordern. Ich seufze schwer. Der Geruch von Alkohol, deinem Parfüm und Gras strömt mir entgegen, als ich näherkomme und du mich aufmerksam aus trüben Augen musterst. Du wirkst so erschöpft und ein paar Strähnen fallen dir in die Stirn. Das Kreuz um deinen Nacken ist verrutscht und auf deinen Wangen bilden sich allmählich dunkle Stoppeln.

»Warst du schon mal so müde, dass du hellwach warst?«, fragst du mich als Nächstes sinnierend und legst den Kopf schief, während du langsam an meiner Tür nach unten sinkst, bis du auf dem Boden sitzt. Ich kann es noch weniger ertragen, dich am Boden zu sehen, auf welche Art auch immer – und mein Herz verkrampft sich noch etwas mehr. Du hast die Beine von dir gestreckt und den Hinterkopf an die weiße Tür gelehnt.

»Ja, das war ich.« Ich hocke mich vor dich und drehe sanft dein Gesicht an deinem Kinn zur Seite. Du lässt mich und dein tiefer, ruhiger Atem erfüllt die Stille zwischen uns. Das sieht übel aus, aber Zayden war echt total entfesselt und hat sich kein bisschen zurückgehalten. Nach der Schule war er die ganze Zeit mit seinem echt wütenden Vater unterwegs. Ich weiß nicht, was genau mein Onkel mit Zayden besprochen oder gemacht hat, aber ich kann es mir vorstellen. Onkel Carter kann es nicht ertragen, wenn irgendjemand von uns den anderen willentlich verletzt. Uns wurde beigebracht, immer zusammenzuhalten, egal, was kommt, und aufeinander aufzupassen. Nicht gegeneinander zu arbeiten oder gar von einem Außenstehenden das zerstören zu lassen, was wir haben. Du, Zayden und ich waren immer eine untrennbare Einheit. Natürlich hatten wir öfter mal Stress, aber es hat sich niemals so widerlich zwischen uns angefühlt. Niemals so sehr kaputt. Ich bin nach seinem Ausraster Zayden aus dem Weg gegangen, denn ich bin echt sauer auf ihn. Dabei geht es nicht um mich, sondern um dich und darum, wie leicht er Selina glaubt.

Du betrachtest mich immer noch und senkst dann meine Finger von deinem Kinn, bevor du den Kopf wieder zu mir drehst, ohne ihn von der Tür zu nehmen.

»Ich muss in zwei Wochen ausziehen«, verkündest du einfach so und beobachtest mich sehr genau, soweit dein Zustand das zulässt. Ich erstarre und erst jetzt verkrampft sich mein Magen richtig. Wie bitte? »Er will nicht, dass es sich noch weiter aufbauscht zwischen Zayden und mir wegen Selina.« Mich durchfährt ein Stich. Wenn wenigstens dein Vater in diesem ganzen Wahnsinn etwas vernünftig wäre, aber er macht alles noch schlimmer und zettelt es eigentlich erst an. Ihm ist es egal, wie du dich fühlst, wie kaputt dich das alles macht, bevor es so richtig begonnen hat. Stück für Stück nimmt er dir alles, was dir wichtig ist. Jetzt auch noch schneller als geplant, als könnte er es gar nicht erwarten, dich komplett zu brechen. Mit einem Mal hasse ich nicht nur Selina und atme tief durch. *Ausflippen bringt nichts. Hassen bringt nichts. Jetzt den Kopf zu verlieren, bringt nichts, Rosalie.* Immer wieder sage ich mir das. *Wenn alles um dich herum im Chaos versinkt, musst du umso mehr der Ruhepol sein, Rosalie*, höre ich die Stimme meines Vaters … »Zwei Wochen?«, frage ich ungläubig. Zwei Monate und drei Wochen waren schon der Horror, aber das ist jetzt das Worst-Case-Szenario.

Du nickst langsam. Deine dunkelblauen Augen sind so trüb und überhaupt nicht fokussiert. Wenn dein Vater dich fertig macht, kommst du öfter so nach Hause. »Was denkt dein Vater denn, was sich dann ändern wird?«, frage ich dich und fühle, wie die Verzweiflung sich in mir breitmacht. Ich bin so machtlos. Das sind wir alle.

Du streichst dir die Haare aus der Stirn und murmelst etwas in dich hinein, was ich nicht verstehe. Dann seufzt du und berührst kurz meine Hand.

»Wir müssen aufhören«, meinst du dann und siehst mich direkt an. Jetzt ist dein Blick klarer, aber immer noch nicht nüchtern. Ich ziehe die Augenbrauen ungläubig zusammen. »Wir müssen aufhören, sonst wird alles nur noch schlimmer.« Du deutest etwas unkoordiniert zwischen uns hin und her, doch ich kann dir nicht ganz folgen. Dann runzelst du angestrengt die Stirn, als würdest du versuchen, dich an etwas zu erinnern.

Ich weiß nicht, was dein Vater dir erzählt hat und wieso du jetzt auf einmal von *aufhören* sprichst.

Du nickst. »Könige und Bauern.« Dann wedelst du mit der Hand, um das zu unterstreichen, in der Luft herum. Okay, du bist wirr. Du bist betrunken. Unter normalen Umständen liebe ich das, aber nicht jetzt. Nicht so. Nicht, wenn ich dir so gar nicht folgen kann und wenn du sowas sagst. Aber eines weiß ich – tief in mir …

Ich nehme dein Gesicht in meine Hände und du zuckst etwas zusammen, obwohl ich sehr sanft bin und auf deine rechte Seite Rücksicht nehme. »Wir beide sind das Einzige, was das Ganze irgendwie besser machen könnte«, sage ich sehr eindringlich. Du hörst mir sehr konzentriert und aufmerksam zu. Dabei siehst du aus, als würdest du versuchen, eine unlösbare Gleichung zu bewältigen.

Ein paar Sekunden bist du still, dann packst du meine Handgelenke und richtest dich auf die Knie auf. Sehr eindringlich siehst du auch mich an und schwankst etwas, hältst dich aber an mir fest, bevor du fallen kannst.

»Nein, du verstehst das nicht …«

Etwas zweifelnd schaue ich zu dir hoch, weil ich das wirklich nicht tue. »Dann erklär es mir.«

»Ich kann nicht«, antwortest du sofort und siehst mich voller Bedauern an. »Ich bin betrunken, falls du das noch nicht zur Kenntnis genommen hast. Es ist alles …

chaotisch … hier drin.« Du löst eine Hand von meinem Arm, um dir mit dem Zeigefinger an die Stirn zu tippen.

»Okay. Dann erklär es mir später«, biete ich an, weil ich dein Chaos nicht noch schlimmer machen will und weil das momentan auch nichts bringen würde.

Du nickst zustimmend und ich streiche mit dem Daumen über deine stoppligen Wangen. Ich hasse es, dass du so verletzt bist. Ich hasse es, dass ich dich nicht heilen kann. Deine vom Alkohol trüben Augen starren in meine. Die Stimmung zwischen uns ändert sich und raubt mir den Atem.

»Okay, ein Mal noch«, meinst du dann und legst deine Hand an mein Kinn. Deine Finger drücken sich in meinen Kiefer, du ziehst meinen Kopf heran, und ich kann gar nicht mehr weiter denken, wie immer, als du deine Lippen auf meine presst. Sie landen etwas hart auf meinen, aber das ist okay. Das ist genau das, was ich jetzt brauche. Dich. Pur. So nah und lebendig es geht.

Du fängst an, mich zu küssen, und schmeckst nach Whisky sowie Gras. Ich liebe es, weil das zu dir gehört und weil immer auch etwas von deinem eigenen Geschmack dabei ist, der mich ab dem ersten Kuss süchtig gemacht hat. Während wir uns küssen, muss ich daran denken, dass du schon bald gehen wirst, dass du bald weg sein wirst und dass ich das hier vielleicht nie wieder haben kann. Deine Zunge streicht über meine und ich komme ihr hart entgegen, greife mit einer Hand fest in deinen Nacken und fahre hoch in dein Haar, wo ich mich festkralle.

Ich kann dich nicht gehen lassen!

Dein Kuss wird drängender, fordernder, genau wie meiner. Du stöhnst in meinen Mund, worauf sich alles in mir zusammenzieht. Ich liebe es, wenn du mich hören lässt, was ich mit dir tue. Am Anfang war das immer total unglaublich für mich, weil du so perfekt und ich eben so … ich bin. Ich habe meine Macken und bin äußerlich sowie innerlich alles andere als perfekt, aber du lässt mich immer genau richtig fühlen. Als wäre ich alles, was du je wirklich gewollt hast, und das Perfekteste, was du je angefasst oder betrachtet hast. Ich vertraue dir zu hundert Prozent. Egal, um was es geht. Deswegen kam niemals ein anderer Mann als du für mich infrage. Keinem könnte ich mich jemals wieder so vorbehaltlos hingeben wie dir. Deswegen und weil sich mein Körper ab dem Moment nach dir verzehrt hat, als ich dich das erste Mal mit anderen Augen gesehen habe.

Du lässt deine andere Hand an den Saum meines Nachthemdes gleiten, bevor du deinen Kopf zurückziehst und es über meinen zerrst. Der weiße Stoff segelt auf den Boden. Ich kann kaum einen Atemzug nehmen, dann küsst du mich schon wieder. Härter diesmal, während du mich mit deinem Körper zurückdrängst und einen Arm um meine Taille schlingst. Sanft lässt du mich nur in Höschen auf den Boden sinken, bis ich auf dem Rücken liege. Fahrig öffne ich währenddessen die Knöpfe deines Hemdes, denn ich brauche deine Haut, ich brauche deine Wärme. Du hilfst mir und reißt den Rest auf. Du bist genauso ungeduldig wie ich und das bist du sonst nicht so oft.

Ich kann das nicht verlieren!

Wenn ich dich tatsächlich verliere, dann entreiße ich mir mein eigenes Herz, denn es hat nie gelernt, ohne dich zu schlagen, Sergio.

Mein Kuss wird noch drängender, verzweifelter, fast panisch, während ich dir den Stoff von den Schultern und Armen streife. Das Herz beginnt, hart in meiner Brust zu rasen. Du zerrst den Ärmel über deine Uhr und schmeißt das Hemd weg. Dann stemmst du dich mit beiden Händen neben meinem Kopf ab. Das schummrige Nachtlicht erhellt dein perfektes, imperfektes Gesicht und du ziehst den Kopf zurück. Sanft streiche ich mit meinen Fingerspitzen über deine Schläfe und Wange, spüre jeden Zentimeter deiner Haut so überdeutlich.

Ich brauche das.

In deinen dunkelblauen Augen lodert jetzt das gleiche Verlangen, das ich auch empfinde, während du mich betrachtest. Dein Atem geht schwer, deine klar definierte Brust hebt und senkt sich schnell. Dein goldenes Kreuz baumelt zwischen uns.

Ich brauche dich.

Du bist mein Zuhause.

Pure Verzweiflung wallt weiter in mir auf, wenn ich mir vorstelle, nie wieder deine Haut unter meinen Fingerspitzen zu spüren. Mit meiner Hand streiche ich deinen Hals herab, über dein Schlüsselbein, du packst sie und platzierst sie an deinen Gürtel, bevor du deine Lippen wieder auf meine senkst.

Ich zerre das Leder aus der Schlaufe. Meine Hände sind hektisch, mein Herz schlägt schneller und du bewegst mir deine Hüften drängend entgegen, weswegen ich stöhnen muss. Ich liebe es, wenn du so entfesselt bist, aber gleichzeitig verkrampft sich alles in mir etwas mehr.

Ich kann nicht ohne das hier leben.

Ich kann nicht ohne deine Leidenschaft leben.

Ich kann nicht ohne deine Berührungen leben.

Ich kann nicht ohne dich leben.

Deine Lippen streichen jetzt über meinen Mundwinkel und mein Kinn hinab zu meinem Hals. Ich erschauere, als ich deinen Atem spüre. Gleichzeitig öffne ich den Knopf deiner Hose und ziehe den Reißverschluss herab. Du nimmst wieder mein Handgelenk, weshalb du nur noch auf einen Arm aufgestützt bist, und schiebst meine Hand einfach in deine Boxershorts. Wieder muss ich stöhnen, als ich dich umfange. Du stöhnst ebenfalls an meinem Schlüsselbein und bewegst deine Hüften meiner Hand entgegen. Du machst mich wahnsinnig, das tust du immer. Jedes einzelne Mal mit dir ist absolut berauschend und versetzt mich in eine andere Welt. Deine Finger spinnen einen Bann um mich, dem ich mich seit dem ersten Moment nicht entziehen kann, und mein Körper reagiert auf jede noch so kleine Berührung von dir. Es ist so leicht für mich, dir ohne Bedenken und Vorbehalte zu folgen, mich dir völlig zu öffnen, denn ich weiß, dass du nie etwas tun würdest, was mir schadet. Das basiert auf lebenslang aufgebautem Vertrauen. Auf lebenslanger Liebe.

Du hältst immer noch mein Handgelenk und steuerst meine Bewegungen etwas. So hast du mir das alles damals auch beigebracht. Die Ungeduld breitet sich immer heftiger in mir aus. Als du zufrieden mit meinem Tempo bist, lässt du meine Hand los, schiebst zwei Finger in die Seite meines Slips und ziehst heftig an dem Stoff, bis er mir von den Hüften reißt. Du stöhnst wieder und ich keuche, als ich plötzlich ganz nackt auf dem Teppich liege. Dein linker Arm, auf den du dein Gewicht verlagert hast, ist angespannt und deine Muskeln schimmern in dem gelblichen Schein der Nachttischlampe. Mit einer Hand kralle ich mich in deinen Unterarm neben meinem Kopf, den ich etwas hebe, um dich tiefer küssen zu können.

Ich brauche dich. So sehr.

Du summst zufrieden an meinem Mund und ruckst wieder mit deinen Hüften nach vorn, meiner Hand entgegen, wobei du mich zwischen den Beinen berührst. Sofort geht ein Stromstoß durch meinen Körper und ich biege meinen Rücken durch. Mit der rechten Hand packst du meine Kniekehle und drückst meinen Oberschenkel hinauf, gegen meinen Bauch. Ich kann es kaum erwarten, dich zu spüren, und gleichzeitig würde ich am liebsten schreien, weil alles so falsch ist, obwohl es so richtig ist. Weil sich das hier nach Abschied anfühlt.

Du schiebst deine Hand zwischen uns und zwei Finger in mich. Schnell küsse ich dich tiefer, um mein Stöhnen an deinen Lippen zu dämpfen. Dein Atem geht noch etwas hektischer und meine Bewegungen an dir werden arrhythmisch, als du deine Finger in mir bewegst.

»Gott!«, keuche ich in deinen Mund, weil ein wahrer Lustregen durch mich hindurchrieselt und jede einzelne meiner Zellen in Brand setzt. Du lächelst zufrieden in den Kuss, während mein Becken sich jetzt auch mit dir bewegt und ich es nicht mehr kontrollieren kann.

Ich bin völlig berauscht.

Völlig entrückt.

Völlig verloren.

Immer – wenn du mir so nahe bist.

Hart und gezielt stößt du deine Finger in mich und Schweiß glänzt auf deiner Stirn. Du willst, dass ich komme, und du weißt auch, wie. Innerhalb von einer Minute explodiere ich heftig. Du ziehst schnell deine Finger zurück und schiebst dich stattdessen hart und tief in mich, sodass ich gerade so meine Hand von dir nehmen kann. Wir stöhnen beide auf und ich kralle meine Finger in deine Schulterblätter.

Ich liebe es, wenn du in mir bist.

Das ist so perfekt.

Wir sind perfekt, Sergio.

Deine andere Hand landet nun auch neben meinem Kopf und du fängst sofort an, dich zu bewegen, während ich noch komme und meine Muskeln sich heftig verkrampfen. Du treibst dich hart und fordernd in mich und ich habe Mühe, nicht zu laut zu sein. Während du in mich stößt, packst du mein Knie, um es höher zu drücken, und krallst deine Finger hinein. So bist du noch tiefer, als ob das möglich wäre, und du stöhnst erneut. Genau wie ich. Deine Stirn sinkt an meine Halsbeuge und ich schiebe meine Finger in deine Haare, während dein hektischer Atem über meine Haut streift. Das Herz rast noch schneller in meiner Brust und ich glaube, ich zerspringe gleich.

Vor Verzweiflung.

Vor Lust.

Vor Liebe.

Vor Schmerz.

Du ziehst dich fast ganz aus mir zurück und schiebst dich dann langsam wieder Stück für Stück in mich, sodass ich dich noch intensiver spüren kann. Alles mit dir ist so intensiv und verzehrend. Wenn du mir nahe bist, dann lebe ich. Ohne dich fühle ich mich wie tot, weswegen ich dich wahrscheinlich niemals wirklich werde gehen lassen können.

Ich kralle mich in deine Haare. Du ziehst meine Wade über deine Taille und schiebst deine Hand unter meinen Rücken an meinen Hintern, um ihn etwas zu heben. Ich schlinge auch das andere Bein um dich und du atmest mit einem Stoß aus.

Mir entkommt dein Name, atemlos gehaucht, wie ein Gebet. Du bewegst dich drängender und hebst langsam wieder deinen Kopf. Dann lehnst du deine Stirn an meine und dein hektischer Atem streift meine Wangen. Dein Duft umnebelt mich, du umnebelst mich, deine Nähe lässt meinen Kopf schwirren, genau so, wie mein Körper brennt. Ich fasse mit einer Hand an deinen linken Kiefer. Am liebsten würde ich für immer so mit dir bleiben – auf diesem Boden. Mit dir vereint. Mir egal, wo. Hauptsache zusammen.

Aber ich ahne, dass es ein Für-immer tatsächlich nicht geben wird. Ich weiß es und würde am liebsten schreien, denn ich liebe dich wirklich, wie noch nie ein Mensch einen anderen auf dieser Welt geliebt hat, und diese Erkenntnis zerschmettert mich gerade völlig.

Du stößt nochmal hart in mich und lässt mich ein weiteres Mal kommen. Dann presst du schnell deine Lippen auf meine, weil mir tatsächlich ein kleiner Schrei entweicht.

Während ich explodiere und die Wellen der Lust mich durchrauschen, vermischen sie sich mit Verzweiflung, Panik, Liebe und Schmerz.

Du wisperst »Fuck, fuck, fuck, fuck, fuck« an meinen Lippen und hältst völlig still. Deine Augen sind fest zusammengekniffen und du mahlst mit den Kiefern, weshalb du aufhörst, mich zu küssen. Ich komme so heftig und so lange, dass ich mich fühle, als würde ich in tausend Einzelteile zerspringen. Das tue ich auch immer irgendwie unter dir. Aber das ist okay, denn ich weiß, dass du mich immer zusammenhalten wirst, wenn es darauf ankommt. Das wirst du doch, oder Sergio?

Erst, als das Zucken bei mir nachlässt, bewegst du dich wieder. Jetzt so schnell und getrieben, dass ich weiß, dass du es nicht mehr aushältst und auch gleich kommst. Deine Finger bohren sich fest in mein Fleisch und ich hebe dir mein Becken noch etwas entgegen. Du stöhnst wieder und richtest dich auf, sodass du zwischen meinen Beinen kniest. Dann packst du meine beiden Kniekehlen und ziehst mich näher.

Gott!

Ich kann dich nur anstarren, feststellen, wie schön du bist, wie schön, wie verzweifelt und getrieben.

Dein Kopf fällt in den Nacken und deine Gestalt wirft einen Schatten auf die gegenüberliegende Wand. Dein Bizeps zuckt und du stöhnst erneut. Jedes Mal, wenn du das tust, reagiert mein Körper. Es ist, als wären wir durch unsichtbare Fäden verbunden. Und wenn wir so zusammen sind, dann müssen wir beide nicht mehr denken, nur noch fühlen … Nur noch sein.

Keuchend sehe ich, wie deine Schultern sich anspannen und du gepresst durch die Nase ausatmest. Du wisperst nochmal: »Fuck!« Dann stößt du hart und gezielt genug in mich, sodass ich ein letztes Mal mit dir zusammen komme, wobei du dich tief in mich gedrückt hältst und deine Finger sich grob in meine Schenkel bohren.

Ich presse meinen Hinterkopf in den harten Teppich und erzittere am ganzen Körper, während du erschauerst. Meine Lider wollen zugleiten, aber ich lasse sie offen. Ich will alles von dir sehen, spüren, haben – solange ich es noch kann. Ich spüre, wie du kommst und kommst und kommst … und noch mehr kommst, weswegen ich nochmal etwas ungläubig stöhnen muss. Du keuchst, während dir der Schweiß über den Körper und deine perfekten Muskeln rinnt, die bis zum Zerbersten angespannt sind. Du erschauerst erneut, genau wie ich. Du bist so unglaublich. Ich habe noch nie etwas Heißeres gesehen als dich beim Orgasmus, weil du dich dann völlig verlierst und jegliche Kontrolle von dir abfällt.

Dann atmest du mit einem Stoß aus und deine Schultern sacken etwas nach unten. Auch ich entspanne mich endlich unter dir und bekomme kaum Luft. Meine Lungen brennen und das Blut rauscht nur so durch meinen Körper. Jede einzelne meiner Gliedmaßen prickelt.

Du verharrst noch ein paar Sekunden so. Dann atmest du tief durch. Ich würde dich am liebsten bitten, einfach so zu bleiben, aber das tue ich nicht. Träge öffnest du die Augen und siehst zu mir runter, während du langsam die Finger von meinen Beinen löst.

Dein Blick schweift über mein Gesicht.

»Verlass mich nicht«, entkommt mir heiser, obwohl ich das gar nicht geplant habe. Du ziehst die Augenbrauen zusammen und senkst meine Beine sanft auf den Teppich, bevor du dich vorsichtig aus mir zurückziehst und deine Hose schließt. Ich beiße mir auf die Unterlippe. Du kniest immer noch zwischen meinen Beinen. Schwer atmend lässt du dich neben mich auf den Rücken fallen. Du wirkst jetzt etwas klarer, aber total müde.

Ich brauche noch ein paar Sekunden, um zu Atem zu kommen und die wirren Gedanken in meinem Kopf zu ordnen. Mit einer Hand tastest du nach deinem Hemd und reichst es mir dann. Ich richte mich auf, um es mir überzuziehen, bevor ich zwei Knöpfe schließe und meine Haare aus dem Kragen befreie. Mein Herz rast immer noch und ich bin überwältigt, wie immer, wenn wir Sex hatten. Sanft nimmst du mich am Unterarm und ziehst mich auf deinen Schoß, sodass ich breitbeinig darauf sitze. Du lässt deine Finger über mein Handgelenk streichen und legst dir meine Hand auf die Brust, direkt auf dein rasendes Herz. Es rast genau so wie meins. Unsere Herzen schlagen im Gleichtakt, weil sie verbunden sind. Deine Haut ist so warm und vertraut unter meinen Fingern, und obwohl ich sie schon oft gespürt habe, kribbelt es jedes Mal aufs Neue, wenn ich dich berühre. Du schaust zu mir hoch, während die Uhr laut im Hintergrund tickt und es draußen langsam hell wird.

Ich kann dich nur anstarren.

Deine Haut unter meinen Fingern spüren. *Dich* spüren.

Dann richtest du dich auf die Ellbogen auf und legst den Kopf schief. Wieso bist du denn so schön? Deine verschwitzen Haare fallen dir wieder in die Stirn und ich streiche sie dir etwas zurück. Du atmest tief durch.

Ein paar Sekunden verharren wir so. Ich will nicht sprechen. Ich will einfach nur mit dir zusammen sein. Außerdem fühle ich, dass mir nicht gefallen wird, was du zu sagen hast. Am liebsten würde ich dir einfach wieder den Mund zuhalten und gar nichts hören wollen.

»Hat meine Mutter dir schon mal gesagt, dass es für manche Dinge manchmal nicht der richtige Zeitpunkt ist?« Deine Stimme ist heiser und noch immer vom Alkohol getränkt, aber schon klarer, als du schließlich ansetzt.

»Ständig«, antworte ich sanft und du nickst.

»Was, wenn ich dir sagen würde, dass für uns jetzt nicht der richtige Zeitpunkt ist.«

»Dann würde ich dich fragen, wieso du das denkst«, erwidere ich leise. Du richtest dich noch etwas mehr auf und stützt dich hinter dir auf deine Hände, sodass du mir noch näher bist. Was ein bisschen unfair ist, weil ich dann nicht so gut denken kann, Sergio.

Du scheinst dir deine Worte sehr genau zu überlegen, bevor du wieder sprichst.

»In nächster Zeit werden sich sehr viele Dinge ändern. Ich weiß noch nicht ganz genau, was auf mich zukommt, wenn ich drüben lebe, auch wenn ich eine Vorstellung davon habe. Ich weiß nur, dass es anders wird. Ich weiß, dass *ich* anders sein muss, um das zu schaffen. Ich kann nicht …« Du stockst und legst den Kopf nach hinten. Ein paar Sekunden siehst du an die Decke und ich versuche, ruhig zu bleiben. Dein Atem hat sich mittlerweile normalisiert und langsam wird mir auch etwas kühl. Das

Feuer erlischt nach und nach in mir. Dann richtest du deine Augen wieder in meine. »Ich kann nicht der Sergio sein, der ich dort sein muss, und gleichzeitig der, der ich hier bin. Das sind zwei verschiedene Welten.« Ich verkrampfe mich immer mehr und mir wird noch kälter. »Ich kann nicht hundertprozentig sein Sohn sein und dich gleichzeitig …«, du stockst erneut und mein Herzschlag setzt für einen Moment aus. Und mich gleichzeitig *WAS*? *Mich lieben?* » … sein, was du brauchst. Ich brauche …« Jetzt beißt du deine Zähne zusammen und atmest hart aus der Nase aus. Ich halte den Atem an und wappne mich, denn ich ahne, dass jetzt der wirklich widerliche Part deiner Rede kommt. »Abstand. Von dir.«

Du siehst mir weiter direkt in die Augen, während ich versuche, nicht an dem zu ersticken, was du gerade gesagt hast.

Abstand.

Wir hatten noch *nie* Abstand.

Abstand ist falsch!

Ich spüre, wie langsam das Feuer in mir ganz erlischt.

»Glaub mir, ich will das nicht. Aber ich brauche es, um klarzukommen, weil wir beide so auf keinen Fall bestehen können und weil du die Einzige in meinem Umfeld bist, die die Macht darüber hat, wie kontrolliert und bedacht ich handle oder nicht. Ich kann jetzt nicht unfokussiert und unkonzentriert sein. Ich muss jetzt sein, was ich zu sein habe. Und ich denke … du wirst es verstehen.«

Das Problem ist, dass mein Kopf es sehr wohl versteht. Dass ich genau wusste, dass dieser Tag irgendwann kommen wird. Wir alle haben das gewusst. Wir haben alle damit gerechnet, dass du dich irgendwann von uns abwenden wirst, um zu deinem Vater zu ziehen und das zu tun, was du tun musst. Mir war klar, dass es niemals wirklich eine Zukunft für uns gibt – allein schon wegen unserer Nachnamen. Und dass du mich verlieren musst, um das in dir zu finden, womit du dort bestehen kannst.

Du kannst nicht gleichzeitig mein Sergio mit dem riesigen Gewissen sein, der immer genau das Richtige tut und mit vollem Herzen liebt und fühlt, und ein eiskalter Mafiaboss, der über Menschenleben entscheidet und sich Tag für Tag mit Psychopathen abgibt.

Aber mein Herz sagt, dass ich das nicht so hinnehmen soll. Dass ich kämpfen soll. Dass wir einen Weg finden, wenn wir es nur wollen. Dass du mich *gerade* dann brauchen wirst und dass ich da zu sein habe, wenn der Zeitpunkt gekommen ist. Genau wie du bei mir. Ich muss das alles kurz ordnen, bevor ich tief durchatme und mich schließlich für den Kopf entscheide.

»Ich verstehe dich … und …« Meine Stimme ist heiser. Alles in mir sträubt sich, nachzugeben, dem zuzustimmen. Am liebsten würde ich dich einfach irgendwie an mich ketten und dir sagen, dass ich dich nicht gehen lassen kann, weil es zu sehr wehtut und mich zerreißen wird, dich zu verlieren.

»Ich sage nicht, dass du dich ab sofort von mir fernhalten musst. Das würde ich selbst nicht schaffen«, unterbrichst du mich, weil ich wohl ziemlich gequält aussehen muss. »Schritt für Schritt. Wir haben noch zwei Wochen.«

Zwei Wochen ... Zwei Wochen im Gegensatz zu einem ganzen Leben. Das ist so niederschmetternd.

»Wie bei einem Entzug?«, frage ich und bemerke, wie meine Kehle enger wird, allein, wenn ich mir vorstelle, diesen Entzug wirklich durchzuziehen. Du schnaubst humorlos und klemmst mir ein paar Haare hinter das Ohr, wofür du das Gewicht auf einen Arm verlagerst.

»Ja, genau so.«

»Aber vielleicht will ich diese Sucht gar nicht aufgeben?« Und vielleicht *kann* ich das auch gar nicht, egal, wie sehr ich das wollen würde. Du bist wahrscheinlich die erste Droge dieser Welt, die einem anderen Menschen guttut. Wie soll ich jemals auf das verzichten, was du mir gibst und wie du mich fühlen lässt?

Du beugst dich vor und lehnst deine Stirn an mein Schlüsselbein. Deine Nase streicht über meinen Hals.

»Je weniger du es willst, desto dringender ist es nötig«, flüsterst du an meiner Haut »Aber ...« Du küsst dich an mein Ohr. »Ich verspreche dir, es ist nicht für immer.«

Ich schließe die Augen und streiche wieder durch dein Haar. »Wirklich?«, frage ich zittrig an deiner Schläfe und eine kleine Flamme der Hoffnung keimt wieder in mir auf, gerade, als das Feuer gänzlich zu erlöschen drohte. Du hast mir noch nie gesagt, dass wir tatsächlich irgendwann eine Zukunft haben könnten, und mir wird in diesem Moment klar, was ich alles für eine Zukunft mit dir auf mich nehmen würde. Für eine Zukunft mit dir könnte ich es sogar ertragen, dich eine Zeit lang zu verlieren. So irre das klingt.

»Wirklich, wenn du auf mich wartest«, bestätigst du.

Jetzt muss ich schnauben. Du hast echt keine Ahnung, was ich für dich empfinde, sonst würdest du das nicht sagen. Du hast keine Ahnung, wie lange ich warten würde und wie tief meine Gefühle für dich gehen, Sergio de Luca. Denn sonst wüsstest du, dass ich keine andere Wahl habe, als auf dich zu warten, wenn ich auch nur den Hauch einer Chance sehe, dich zurückzubekommen – weil wir einfach unwiderruflich zusammengehören.

»Ich weiß nicht …«, flüsterst du weiter und küsst dich sanft über meine Schulter, wobei du das Hemd, das ich von dir trage, nach unten streichst. »Was passieren wird. Ich weiß nicht, zu wem ich werde …« Du öffnest den ersten Knopf des Hemdes. »Aber …« Dann den zweiten. »Du hast die Macht, egal, wer ich bin, was ich mache, mit wem, wo, was, mich zurückzuholen. Vergiss das nicht.« Du streichst mir das Hemd von den Schultern und ich schlucke. »Versprich, dass du mich zurückholst.« Jetzt siehst du wieder zu mir hoch und deine dunkelblauen Augen glühen. »Und dafür verspreche ich dir, dass es nicht für immer sein wird und ich irgendwann ganz zu dir zurückkomme.« Ich schlucke und lehne wieder meine Stirn an deine. Du atmest zittrig aus und streichst mit den Fingerspitzen über meine Wirbelsäule.

»Ich verspreche es«, murmle ich inbrünstig, ohne weiter darüber nachzudenken, an deinem Gesicht, weil ich keine andere Wahl habe. Ich werde so oder so immer dir gehören.

Ich spüre, wie du die Augenbrauen zusammenziehst, und als du mich diesmal küsst, stecken all die Dinge in der Berührung unserer Lippen, von denen ich weiß, dass du sie mir nie sagen würdest. Aber ich verstehe dich. Ich verstehe dich so, wie ich dich immer verstehe. Weil wir auf eine Art verbunden sind, die keiner Worte bedarf. Durch ein unsichtbares Band. Und solange ich weiß, dass das besteht, kann ich es auch etwas lockerer lassen. Aber eins werde ich nie tun: Es loslassen. *Dich* loslassen. Denn sonst würde ich den wichtigsten Teil von mir selbst verlieren – und der bist du. Warst du schon immer und wirst es auch immer sein.

Weil du mein *immer* bist, und das wird sich nie ändern, Sergio.

Egal, was uns auch trennen wird.

13. Ein Grab, Selina

XX

Zayden

Ich habe drei Joints intus und es ist jetzt mitten in der Nacht.

Seit der Auseinandersetzung mit Sergio sind mehr als zwölf Stunden vergangen und ich habe mich immer noch nicht beruhigt. Deshalb die Joints, die ich mir vorhin im Poolhaus reingezogen habe. Ich betrete das Haupt-Haus erstmal nicht, weil ich meinem Bruder nicht über den Weg laufen will.

Jetzt sitze ich neben meinem Vater in seinem Auto. Ich habe meine Schläfe auf die Faust gestützt und meine Lider sind schwer. Das ist gut. Je bekiffter ich bin, desto weniger kann ich meinen eigenen Bruder killen. Natürlich weiß ich, dass ich das nicht tun kann, weil es mir früher oder später leidtun würde. Also fange ich dieses ganze Umbringzeug gar nicht erst an. Obwohl ich mir heute ein paar Mal ausgemalt habe, wie ich ihm eine Kugel verpasse. Wegen dir, Selina. Ich bin echt sauer auf ihn. Aber mein Körper spielt da gerade nicht mit. Ich gähne laut und rutsche etwas tiefer in meinen Sitz. Ich wurde mit Dad weggeschickt, weil man sauer auf mich ist. Was auch immer. Ich erwarte nicht, dass das jemand versteht.

Dad hat mich die Drecksarbeit im Südviertel machen lassen. Natürlich hat er das. Er hat mich ausgepowert wie einen Hund, den man stundenlang beschäftigt, damit er ausgeglichen ist. News Flash: Ich bin nicht ausgeglichen. Aber dieser Pub, in dem wir waren, weil der Besitzer Scheiße gebaut hat, ist jetzt in seine Einzelteile zerlegt und ich bin bekifft bis oben hin.

Die hellblauen Babychucks, die an Dads Rückspiegel hängen, und mal mir gehört haben, schwanken hin und her und hypnotisieren mich. Meine Lider werden immer schwerer und nach ein paar Sekunden fallen sie zu, während mein Kopf gegen das Fenster sinkt.

Ich atme tief und behaglich aus, während ich spüre, wie mein Körper sich endlich entspannt und das Gras meine Glieder lahmlegt. Allerdings zucke ich wieder hoch, als etwas hart gegen meine Schläfe prallt, und reiße die Lider auf.

»Au, fuck!« Verstört und irritiert wende ich meinen Blick nach links zu meinem Vater. Er schnippt mir gleich nochmal gegen die Stirn. »AU!«, rufe ich jetzt lauter und reibe mir darüber. Was zum Teufel, Selina?

»Wer seinen Bruder schlägt, pennt nicht in meinem Auto.« Der Blick aus seinen türkisen Augen ist heute äußerst hart.

»Du hast deinen Bruder bestimmt noch nie geschlagen«, murmle ich angepisst und sehe wieder aus dem Fenster. Geschwister prügeln sich eben manchmal.

»Hab ich. Oft«, gibt er ungeniert zu. »Das ist aber keine Freikarte für dich. Und es kommt immer auf die Gründe an.« Wir verlassen das Südviertel und fahren aus der Stadt, den Berg hinauf.

Du bist Grund genug für mich, Selina, um alle umzunieten.

»Klar«, murmle ich und schniefe träge. Mom sagt, dass es keinen Grund gibt, seinen Bruder zu schlagen. Mom hat keinen Bruder. Mom hat Glück. Mom weiß nicht, wie das ist.

»Klar«, meint auch mein Vater. Wir fahren immer weiter nach oben, während die Stadt zu unserer Rechten funkelt. Scheiße, will er mich jetzt den Berg runterschubsen oder was?

»Wohin fahren wir?«, frage ich müde.

»Ich will dich oben im Wald verbuddeln«, antwortet er genervt. Tja, das Problem, Selina? Ich glaube ihm das. Meinem Dad kann man alles zutrauen, wenn er angepisst ist.

»Scheiße«, erwidere ich schleppend und sehe durch die Windschutzscheibe.

»Aber erstmal beseitigen wir diesen Buchmacher im Kofferraum«, erklärt er weiter. Ich hatte diesen Typen, der in Malerfolie gewickelt hinten drin liegt, fast vergessen. Die anderen Bosse machen so was nicht selbst, aber mein Dad liebt das. Er ist gern auf der Straße. Er kümmert sich gern selbst um alles. Und er liebt es, sich die Hände dreckig zu machen.

»A ja.« Wir halten ziemlich weit oben an einem Waldweg. Zu unserer Rechten befindet sich eine Ruine mit Ausblick auf das funkelnde Chicago und zu unserer Linken ein dichter, dunkler Wald. Der Himmel ist sternenklar und der Mond scheint hell, als Dad den Motor abstellt und einfach mitten auf der verlassenen Straße stehen bleibt. Während er aussteigt, werfe ich einen schnellen Blick auf mein Handy, um zu sehen, wann du zuletzt online warst. Vor fünf Minuten, Selina. Willst du mich anpissen? Es ist mitten in der Nacht.

Wieso bist du wach und mit wem schreibst du?, tippe ich, bevor ich schnell das Handy wieder wegstecke, während Dad den Kofferraum öffnet.

»Wird es heute noch was?«, ruft er mir auch schon zu und ich steige schnell aus. Ehrlich, Selina, wenn du nicht wegen mir online bist, solltest du nicht online sein. Schon gar nicht an einem Montag mitten in der Nacht.

Ich lasse meine Tür offen stehen und trete in die kühle Herbstnacht, als auch schon mein Handy vibriert. Ich werfe einen kurzen Blick zu meinem Vater, der mich mit erhobenen Brauen mustert. Gerade zündet er sich eine Zigarette an. Scheiße, okay, ich kann jetzt nicht nachsehen.

Also bewege ich mich zu ihm und er nickt zum Kofferraum. Er quält mich heute in einer Tour und ich darf alles selbst machen. Juhu.

Genervt schiebe ich mich an ihm vorbei und betrachte kurz angeekelt die von innen mit Blut beschmierte Folie. Dann schiebe ich meinen Arm unter den schweren, laschen Körper und hieve ihn über meine Schulter, weshalb ich keuchen muss.

Dad zieht die Schaufel hinaus und legt sie sich auch über die Schulter. Mit der Kippe im Mundwinkel schließt er den Kofferraum und schlendert über die Straße zum Wald. Ich folge ihm und überlege, welche Schuhgröße dieser Buchhalter wohl haben mag. Er hatte echt große Füße, obwohl sein Körper so klein ist.

»Dieses Waldstück gehört übrigens Tom Miller. Der existiert gar nicht wirklich«, informiert mein Vater mich. »Aber wenn diese Leichen mal gefunden werden, gehören alle ihm. Dein Onkel ist manchmal ein bisschen schlau.«

Ein bisschen zu schlau und ich will ihm gerade gar nicht unter die Augen treten. Er liebt meinen Bruder ja so sehr und lässt nichts auf ihn kommen. Genau wie Mom.

Okay. Ich denke jetzt nicht über so was nach.

Du hast mir geschrieben, Selina, und ich kann nicht nachsehen. Das macht mich verrückt. Ich hoffe, dich auch. Vielleicht denkst du ja, ich vögle gerade eine andere. Das ist auch gut so. Manchmal brauchst du das.

Mein Dad schnippt die Zigarette auf den Asphalt, bevor wir den Wald betreten und zwischen den hohen Bäumen entlangspazieren. Der Buchhalter wackelt auf meiner Schulter und ich schiebe ihn weiter hoch. Er ist ziemlich schwer, das werden sie immer, wenn sie tot sind. Gut, dass er noch nicht starr ist. Es ist immer gut, sie sofort zu entsorgen.

»Hier ist doch gut!«, meine ich genervt und müde.

»Nope.« Dad spaziert weiter und ich keuche. Langsam wird mein Rücken feucht, und weil ich so bekifft bin, ist es nicht leicht, meine Muskeln anzuspannen. Der Boden ist uneben und es knackt immer wieder unter unseren Sohlen.

Wenn ich stolpere, fallen der Buchhalter und ich vermutlich direkt in Dads Rücken, und dann würde er mir die Schaufel über den Kopf ziehen. Sie blitzt immer wieder unheilvoll im Mondlicht auf. Ansonsten verschmilzt Dad in der schwarzen Lederjacke und der gleichfarbigen Hose mit der Dunkelheit.

»Findest du das eigentlich normal?«, frage ich jetzt keuchend.

»Was ist schon normal?« Er sieht mich ungerührt über die Schulter an.

»Sicher nicht, dass du deinen siebzehnjährigen Sohn eine Leiche schleppen lässt!«, beschwere ich mich. Nein, das macht mir nichts aus, das habe ich tausendmal gemacht. Aber ich kann nicht mehr. Ich bin müde. Ich will dich ficken, Selina. Jetzt. Hier, in diesem Wald, und du irres Stück würdest es wahrscheinlich lieben. Ich könnte dich sogar auf einem Friedhof direkt auf einem Grab ficken oder in der Familiengruft der de Lucas. Du wärst sofort dabei. So verdorben.

»Ich weiß nicht, ob du jetzt mit mir darüber reden willst, was normal ist oder nicht«, meint mein Dad und ich zucke zurück.

»Was?«, frage ich, weil ich keine Ahnung mehr habe, worüber er spricht.

»Ich erinnere dich an deinen letzten Pilztrip.«

»Was hat der jetzt mit … was auch immer zu tun?« Scheiße, Selina, ich weiß gar nicht mehr, worüber wir geredet haben. Du mit deinem Wunderkörper lenkst mich echt ab.

Er seufzt schwer und schenkt mir einen trockenen Blick über die Schulter. Ich zucke meine freie. »Was?«

»Trag einfach.« Oh, er ist so genervt.

Ich nutze es, dass er vor mir hergeht, und ziehe schnell mein Handy hervor, weil ich es nicht mehr aushalte. Ich öffne deine Nachricht.

Mir war langweilig und ich konnte nicht schlafen, hast du geantwortet.

Ich ziehe genervt die Brauen zusammen. *Schön, und mit wem hast du geschrieben?*

Kurz betrachte ich dein Profilbild genauer. Du sitzt in der Nacht auf dem Dach eures Hauses. Es zeigt dich im Profil. Deine schwarzen Haare sind offen und der Mond scheint über dir. Episch, Selina. Sehr episch.

Mit niemandem.

Du gehst also in den Chat, um mit niemandem zu schreiben, in der Nacht?!, tippe ich nun und hieve den Buchhalter wieder höher auf meine Schulter.

Ich wollte sehen, wann du online warst, antwortest du nun und ich mahle mit den Kiefern.

Schön.

Irgendwie zweifle ich immer an dir, auch, wenn ich das nicht will und selbst davon genervt bin. Es ist so ein Gefühl in meinem Bauch. Tante Alayna sagt, man solle immer darauf hören. Ich habe mittlerweile Übung, es zu ignorieren.

Bist du jetzt wütend?, fragst du und ich überlege kurz. Eigentlich schon, eigentlich bin ich echt angepisst, Selina.

Japp.

Wieso?, willst du wissen.

Was würde ich finden, wenn ich jetzt dein Handy von meinem Onkel hacken lasse? Egal, was du löschst, er findet es, schreibe ich spontan.

Ein paar Dinge, die dich noch wütender machen würden, meinst du und ich spüre plötzlich, wie die Wut sofort wieder heiß in meinem Bauch aufwallt.

WAS DENN?, schreie ich dich in Großbuchstaben an und du gehst offline.

Fuck, Selina, du kleines Miststück. Willst du mich jetzt verarschen?

»Wir sind da«, sagt mein Vater, weshalb ich mit einem Ruck stehen bleibe, immer noch auf mein Handy sehe, aber ich muss mich ja jetzt zusammenreißen, also atme ich gepresst und stecke das Gerät in meine hintere Hosentasche, bevor ich aufblicke.

Mein Dad betrachtet mich mit erhobenen Brauen und ich ziehe meine ebenfalls hoch. »Was ist?«, fragt er nachdrücklich.

»Nichts. Schaufelst du jetzt?«

»Nein, leg ihn hin«, fordert er und ich lasse den Buchhalter einfach fallen, sodass er hart im Laub landet, und massiere mir stöhnend die Schulter.

Mein Dad setzt sich auf einen umgefallenen Baum und hält mir die Schaufel entgegen. »Echt jetzt?«, frage ich gereizt.

»Schaufeln ist eine sehr gute Therapie, hat mal jemand gesagt.« Er findet das wohl lustig, Selina.

Ich reiße ihm die Schaufel aus der Hand. »Ich brauche keine fucking Therapie, okay!«

»Jeder Mensch braucht eine fucking Therapie«, meint er ungerührt und zieht seine Zigarettenschachtel aus der Hosentasche. Aber er zündet sich keine Kippe an, sondern einen Joint.

Währenddessen stemme ich hart die Spitze der Schaufel in die Erde und drücke sie mit meinem Fuß tiefer, sodass es knirscht, als die Erde sich lockert.

»Ich wollte meinen Bruder auch mal wegen einer Frau umbringen. Sie hieß Melissa«, erklärt er nun und betrachtet die Tüte sinnierend, deren Glut in der dunklen Nacht flackert.

»Klingt nach einer Hure.« Ich schippe die Erde von mir und spucke den Dreck, der mir dabei ins Gesicht fliegt, auf den Boden neben den Buchhalter.

»Das war sie. Sie hat ihm einen geblasen und ich habe sie dabei erwischt.«

Oh, Selina. Diese Bilder. Ich stelle mir sofort vor, wie du das Gleiche mit Sergio tust und ich ins Zimmer komme. Mir wird noch etwas heißer.

»Fuck, kannst du damit aufhören?«, frage ich ihn und reiße mir den Pullover über den Kopf, sodass ich nur noch mein schwarzes Muskelshirt trage.

»Nein«, sagt er locker. Ich schnaube und stemme die Schaufel härter in die Erde. »Der Knackpunkt ist, dass ich das nie von ihr erwartet hätte. Ich dachte, sie liebt mich. Ich dachte, sie tut alles für mich. Ich dachte, sie ist genau das, was ich in ihr sehe. Dabei habe ich nur das auf sie projiziert, was ich gerne gehabt hätte. Und dann, als der Schwanz meines Bruders in ihrem Mund war, habe ich gesehen, dass sie nur eine manipulative Schlampe war, wie so viele. Ich hab sie dann ausgesetzt. Am Highway. Das hat gutgetan«, erzählt er und ich wische mir den Schweiß von der Stirn, während ich weiterschaufle und spüre, wie meine Muskeln zucken. »Aber du hast Glück, dir wird das nicht passieren. Weil dein Bruder nie etwas berühren würde, was dir etwas bedeutet.«

Bitter schnaube ich und werfe ihm einen Blick über die Schulter zu.

»Was?« Er zieht wieder und es knistert, als die Glut sich durch das dünne Paper frisst. Der Geruch des Joints strömt in meine Nase. Er hat ein Bein angewinkelt und den Unterarm mit der qualmenden Tüte in der Hand auf sein Knie gestützt.

»Nichts«, presse ich hervor und buddle weiter. Ich grabe und grabe. Und irgendwie fühlt es sich fast an, als würde ich das Grab nicht für diesen Typen schaufeln. Der Schweiß rinnt über meinen Rücken. »Wusstest du vorher schon, dass er Rosalie vögelt?«, frage ich, ohne Dad anzusehen. Natürlich, nachdem ich das hinausposaunt habe, wissen es auch unsere Eltern, da der Rektor angerufen hat.

Es knackt, was wahrscheinlich Dads Nacken ist. Er wusste es also nicht.

»Aha.«

»Nein, das wusste ich nicht.«

»Weil er nie etwas anfassen würde, was uns was bedeutet, nicht wahr?«, sage ich abfällig und hieve wieder etwas Erde aus dem Boden.

»Hast du etwas dagegen, dass er …« Er bricht ab.

»Ja, hab ich. Was ist das für eine Frage?« Ungläubig sehe ich ihn an.

»Wieso?«, will er wissen.

»Wieso?« Ich habe das Gefühl, das ist gar nicht mein

Vater. »Bist du etwa Onkel Caden, Dad?«, frage ich lauernd, weil er viel zu vernünftig ist.

»Vielleicht«, meint er mystisch.

»Verarsch mich nicht.« Sie haben mich schon so oft verarscht, Selina.

Er dreht sein Gesicht, sodass ich die Narbe an seiner Schläfe sehen kann. Es ist mein Dad. »Ich will natürlich nicht, dass sie von irgendwem angefasst wird, aber wenn ich es mir aussuchen könnte, dann würde ich immer Sergio wählen. Da weiß ich wenigstens, woran sie ist, und dass es keinen Mann dieser Welt gibt, dem sie mehr bedeutet als ihm.«

Du hast mir öfter mal gesagt, Selina, dass du das Gefühl hast, dass Sergio mit allem davonkommen würde, während ich für alles bestraft werde, und dass er alles kriegt, was er haben will, nur weil er diesen Nachnamen hat. Davor habe ich gar nicht wirklich darauf geachtet, aber als du es mir gesagt hast, ist es mir auch aufgefallen.

»Natürlich würdest du das«, antworte ich und stocke kurz unter meinem schweren Atem, weil meine Muskeln schon zittern. Ich hebe das Muskelshirt und wische mir damit über das Gesicht, während die klare Luft in meine Nase zieht. Kurz stütze ich mich auf die Schaufel und gönne mir ein paar Sekunden Pause.

»Denkst du denn, dass er etwas tun würde, was du nicht willst, das deiner Cousine passiert?«, fragt er mich nun.

»Ich denke, er kann nichts dafür, wo er herkommt, doch irgendwann wird er dorthin zurückkehren müssen und dann wird sie in die de Luca-Scheiße reingezogen. Wirst sehen.« Ich nicke bedeutungsvoll. Mein Bruder kann wirklich nichts dafür, wer er ist, und ja, er unterscheidet sich von seinem Vater, aber er kann auch nichts dafür, wer er bald sein muss, und Rosalie wird so tief drinstecken. Ist doch klar, oder?

Ich fahre damit fort, zu schaufeln.

»Denkst du nicht …«, meine ich nun, während ich weiterschaufle. »Dass er sich um ihretwillen von ihr hätte fernhalten sollen?«

»Ja, das hätte er«, stimmt mein Dad mir zu. »Aber so ritterlich sind nur die Wenigsten.« Sogar dafür gibt es eine Entschuldigung. »Ich hätte das nicht geschafft. Du?«

»Muss es nicht probieren. Habe nichts mit der Sippe da drüben zu tun«, antworte ich knapp.

»Und das ist auch gut so«, sagt mein Vater. »Es ist jetzt so, wie es ist, und wir können es nicht ändern. Aber was ich mich frage, ist, wie es in der Schule dazu kam.«

Als ich daran denke, grabe ich noch etwas härter und der Schweiß steht mir im Nacken.

»Meinst du, Sergio hat versucht, seinen Vater umzustimmen wegen Selina und dieser Ehesache?«, frage ich, ohne ihn anzusehen.

»Ich denke, dass Donovan deinen Bruder zu sehr unterdrückt und nach seinen Vorstellungen geformt hat, sodass Sergio sich nicht traut, ihm gegenüber ehrlich die Meinung zu äußern. Noch nicht. Aber ich weiß auch, dass dein Bruder versuchen wird, aus dieser Scheiße das Beste für euch alle zu machen und dich nicht willentlich zu quälen oder es dir noch schwerer zu machen.«

Ich denke daran, wie er dir gedroht hat, dir das Leben zur Hölle zu machen, Selina. Seitdem empfinde ich noch mehr Widerstand, dich zu ihm zu lassen. Ich will nicht, dass er seinen Frust an dir auslässt, nur, weil er dich für etwas hält, was du nicht bist. Nur, weil er die berechnende Hure in dir sehen will, die hinterhältige Schlampe, die an unseren Fäden zieht. Das bist du nicht. Er kennt dich nicht so gut wie ich. Er hat keine Ahnung, was du durchgemacht und erlebt hast und was du für mich bist.

»Sicher!« Ich schmeiße die Schaufel weg, als das Loch tief genug ist, und gehe daneben in die Hocke, bevor ich nach unten schaue. So tief, dieses Loch.

Seufzend packe ich das Bein des Buchhalters und ziehe ihn näher, bis er in das Grab rollt und mit einem dumpfen Aufprall in der Dunkelheit verschwindet. Staub wird aufgewirbelt und ich ziehe den Kopf zurück.

»Wenn es eines gibt, was ich sicher weiß, dann, dass dein Bruder dich liebt und es Zeiten geben wird, in denen du nichts weiter haben wirst als das. Und dass es kein stärkeres Band gibt als das zwischen Geschwistern. Ich kann verstehen, dass du sauer auf ihn bist. Ich kann verstehen, dass es echt beschissen ist, was gerade passiert. Aber nichts davon ist seine Schuld. Er hat sich das nicht ausgesucht, er würde sich nie was aussuchen, was dich verletzt. Und das weißt du.«

Ich lasse die Erde mit einem Schub meines Unterarmes auf den Buchhalter sinken und sehe zu ihm runter, obwohl ich ihn gar nicht mehr erkennen kann.

»Man weiß es nicht«, meine ich nachdenklich. »Manchmal ändern sich Dinge einfach so.« Dieser Buchhalter zum Beispiel, wusste sicher nicht, dass er heute stirbt.

Dad steht auf und tritt neben mich, bevor er den Joint

wieder anzündet, der mittlerweile ausgegangen ist. Er legt mir eine Hand auf die Schulter und reicht mir die qualmende Tüte, die ich mit zwei Fingern entgegennehme. Ich bin immer noch in der Hocke, einen Unterarm auf mein Knie gestützt, und sehe runter in das tiefe Loch.

»Nicht das«, antwortet Dad. »Das wird sich niemals ändern. Wenn es darauf ankommt, wird es immer gleich sein. Ich spreche aus Erfahrung. Ich habe meinen Bruder auch ein paar Mal zu hassen geglaubt. Jetzt mach die Scheiße zu.«

Ich glaube nicht, dass ich Sergio hasse. Das könnte ich gar nicht. Aber ich bin unsicher und Unsicherheit macht mich aggressiv. Wie bei einem Hund, Selina.

Ich klemme mir den Joint zwischen die Lippen und stehe auf, bevor ich wieder nach der Schaufel greife und anfange, mein Loch zuzubuddeln.

Einfach verschwinden zu lassen, was eben noch da war. Und die Oberfläche zu glätten, sodass alle zufrieden sind. Aber was darunter in der Dunkelheit verborgen liegt, das wissen nur die Würmer, Ratten und Maden.

Nicht wahr, Selina?

* * *

Eine Stunde später kommen wir zu Hause an und ich folge Dad die Stufen zur Haustür nach oben. Es ist mittlerweile vier Uhr in der Nacht. Sergios Auto steht auch wieder vor der Tür. Er war den ganzen Tag nicht da, aber er hat sich bei meinem Dad gemeldet.

Die Haustür wird uns von Tony, einem unserer Bodyguards, aufgehalten und wir treten ins warme Foyer, woraufhin ich die mit Erde bedeckten Schuhe von meinen

Füßen schiebe. Ich trage immer noch nur das Muskelshirt und schwarze Jeans, mein Pullover hängt über meiner Schulter. Dad schlüpft aus seiner Jacke und zieht seine Schuhe aus. Dann schmeißt er die Schlüssel in die Schale auf der Kommode neben der Tür, während Mom aus der Küche kommt. Gähnend.

Sie hat ihren schwarzen Cardigan an der Brust zusammengezogen und ihr schwarzes Haar ist etwas chaotisch. Sie sagt irgendwas, aber ich verstehe es nicht, weil sie dabei immer noch gähnt.

Dad betrachtet sie zweifelnd, aber mit diesem warmen Glanz in den Augen, der da ist, seit ich denken kann.

Sie hört endlich auf zu gähnen und stellt sich auf die Zehenspitzen, um ihm einen Kuss auf den Kiefer zu hauchen. Dann richten sich ihre grünen Augen auf mich und sie lässt sie über meine Gestalt schweifen.

»Du stinkst«, sagt sie.

»Und er ist voller Erde«, fügt mein Vater hinzu und ich sehe ihn trocken an. Wieso nur? Wieso bin ich nur voller Erde? Aber wir sprechen darüber nicht vor Mom.

Die sieht nochmal forschend über mein Gesicht und ich hebe abwehrend die Hände. »Mir geht's gut. Ich hab mich abgeregt, alles super.«

Sie glaubt mir offensichtlich nicht. Das verraten mir ihre Augen. »Ja, wir reden nachher nochmal.«

»Okay …« Ich schlendere an ihr vorbei und will hoch, aber sie hält mich auf.

»Schlaf doch heute im Poolhaus«, schlägt sie locker vor und ich runzle etwas irritiert meine Stirn.

»Wieso?«, frage ich lauernd.

»Weil ich keine Spannungen hier will. Und außerdem will Donovan dich sehen. Später«, fügt sie hinzu. Was auch immer sie zu vertuschen versucht, sie lenkt galant davon ab. Mein Vater, der gerade auf seinem Handy getippt hat, stockt, genau wie ich.

»Was?«, frage ich genervt und sie seufzt tief. Dad hebt eine Augenbraue.

»Ja, er hat angerufen, weil …«

»Er hat angerufen?«, unterbricht mein Vater sie ungläubig.

»Ja, Caden war dabei.« Mom zieht die Brauen zusammen.

»Wird das jetzt zur Gewohnheit? Dass er jeden Tag einen anderen von uns zu sich in den Thronsaal zitiert?«, spottet mein Dad und Mom sieht genervt zu ihm hoch.

»Keine Ahnung. Frag ihn doch selber, wenn du mit Zayden hingehst«, schlägt sie vor.

»Gut, wenn er dich das nächste Mal anruft, sag ihm, wenn er … ach, ich sage es ihm selber.« Dad winkt ab. Er hat verständlicherweise eine Abneigung gegen Donovan de Luca und dagegen, dass er meine Mutter anruft. Immerhin ist der ihr Exmann.

»Das *habe* ich ihm gesagt. Ich habe ihm gesagt, dass er das mit dir und Zayden klären soll.« Mom hebt fast herausfordernd eine Braue und ihr Blick macht deutlich: *Was denkst du denn?*

Dad bleibt unbeeindruckt und ungerührt. »Hm-hm, und er?«

»*Er* hat gesagt, dass er sich mit mir unterhalten will, weil Zayden und Sergio beide meine Söhne sind«, antwortet sie glatt. Zu glatt.

Jetzt schiebt Dad sein Handy in die hintere Hosentasche und seufzt. »Geh ins Poolhaus, Zayden«, meint er unheilvoll, ohne den Blick von Mom zu nehmen. Ich nicke und wende mich sofort ab. Jetzt will ich gar nicht mehr freiwillig in diesem Haus sein.

Ich verlasse es und gehe durch den Garten Richtung Poolhaus. Der kühle Wind streift meinen verschwitzten Rücken und mein Gesicht. Aber die Abkühlung tut mir gerade gut. Ehrlich gut.

Fuck Donovan.

Fuck de Luca-Scheiße.

Fuck Haus auf der anderen Seite.

Fuck Sergio.

Und du, Selina? *Fick dich selbst.*

14. Die Überhand, Selina

Zayden

Ich habe nicht sehr viel geschlafen. Das lag nicht nur daran, dass mein Vater in der Nacht eine Leiche mit mir verbuddelt hat, sondern auch daran, dass mich die Bilder von dir mit irgendwelchen Typen verfolgt haben. Keine Ahnung, Selina, ob da was mit anderen läuft, aber manchmal gibst du mir das Gefühl, und das kotzt mich echt an. Ich bin kein Mensch, der die Ungewissheit mag. Nicht in solchen Belangen. Ich liebe das Risiko. Ich liebe es, mich kopflos irgendwo reinzustürzen und auf mein Herz zu hören. Aber ich liebe es nicht, keine Ahnung zu haben, woran ich bei jemandem bin.

Ich habe von dir und Sergio geträumt. Und mir ist klargeworden, dass ich ein wenig Angst habe, obwohl mein Onkel immer sagt, dass Angst ein unnötiges und lähmendes Gefühl ist. Allerdings kann man manchmal nichts dagegen tun und sie nicht aufhalten. Und ja, ich habe Angst, dass du mich ficken könntest. Das würde mich ehrlich zerbrechen, Selina, und ich mag es nicht, zerbrochen zu werden. Ich will nicht an so was glauben. Ich weiß, wer du bist. Ich kenne dich. Ich weiß, was du fühlst und was du denkst. Ich weiß, was in dir vorgeht, wenn du mir in die Augen siehst. Ich weiß, dass du mich liebst. Das tust du doch, oder?

Heute fahre ich allein zur Schule. Ich will weder Rosalie noch Sergio in meinem Auto haben. Catalina meidet mich gerade, weil ich aggressiv bin, und Sophia findet man da, wo Catalina ist, also sitze ich Gott sei Dank allein im Wagen. Ich habe auf das Frühstück verzichtet. Ich will meinen Bruder nicht sehen. Es ist gut, wenn wir uns aus dem Weg gehen. Denn immer, wenn ich an ihn denke – nur denke –, fällt mir zuerst seine Drohung ein. Und dann frage ich mich, wie er dir denn das Leben zur Hölle machen will, Selina.

Was ich mit ihm tun soll, wenn er das macht.

Ich fahre gerade den Waldweg entlang und die Sonne strahlt zwischen den immer kahler werdenden Bäumen hervor. Der Herbst bricht an und bald kommt der Winter. Die Kälte, die Dunkelheit. Das erste Mal, als ich dich geküsst habe, war es auch Winter. Es war eiskalt. Nur deine Lippen waren warm. Die Laternen im Garten waren ausgefallen. Es war so dunkel. Ich habe nur deinen Körper gespürt und er war perfekt. Du warst perfekt, und ich weigere mich, irgendwas anderes zu glauben. Kann sein, dass mein Vater auch einmal Probleme mit meinem Onkel wegen einer Frau hatte, aber ich glaube kaum, dass diese Frau, diese Melissa, dir auch nur im Geringsten das

Wasser reichen kann. Das kann meiner Ansicht nach niemand.

Ich biege auf die Hauptstraße und zünde mir eine Zigarette an. Es ist ein einziges Stop-and-Go, weil alle zur Arbeit oder zur Schule fahren.

Es ist kaum zu glauben, was gerade passiert. Noch vor Kurzem war alles so normal, so geregelt, und jetzt herrscht das Chaos. Und begonnen hat es damit, dass mein Bruder bald achtzehn wird. Dass dieses Alter einiges bei ihm ändern würde, wusste ich schon vorher. Ich hasse es nur, wie viele da jetzt mit reingezogen werden. Du, ich, Rosalie. Das ist so was von falsch. Ich lauere nur darauf, dass Donovan de Luca seine Tochter auch für sich beansprucht. Das ist es ja, was er tut. Er beansprucht sein Blut für sich. Und ich weiß nicht, wie ich es finden würde, wenn er mir auch noch meine kleine Schwester nimmt, nachdem er meinen Bruder aus seinem Zuhause reißt. Egal, wie sehr mich Sergio gerade anpisst, seinen Vater hasse ich immer ein bisschen mehr. Im Gegensatz zu Donovan weiß ich, dass Dad mit einer Sache recht hat – Sergio würde eigentlich nicht mutwillig etwas tun, was uns verletzt.

Aber was, wenn er doch mehr nach seinem Vater kommt? Manchmal zeigt sich der Einfluss der Gene erst später. Und wenn er irgendwo in sich auch nur den Hauch dieser heimtückischen Art besitzt, die zutage tritt, wenn man in einem dunklen Haus voller Dämonen lebt, was dann?

Was, wenn er seinen ganzen Frust darüber, wie sein Leben gerade läuft und was gestern in der Schule passiert ist, tatsächlich an dir auslässt, Selina? Und damit meine ich nicht, dass er dich schlagen würde. So was würde er nie tun. Auch nicht, dass er dich zu irgendwas zwingen würde, was du nicht willst. Aber er kann Köpfe ficken, wenn er es wirklich darauf anlegt. Ich habe es schon ein paar Mal gesehen. Was, wenn er deinen Kopf fickt? Oder noch schlimmer, was, wenn du Gefallen an ihm findest und dich in ihn verliebst?

Seit wann bin ich überhaupt so unsicher, wenn es um dich geht? Du bist nicht meine fucking Freundin. Wir vögeln. Und ja, ich liebe dich, aber ich weiß nicht, was das in dieser Welt eigentlich zu bedeuten hat. Ich weiß nicht, wie wichtig das in diesen Kreisen eigentlich ist. Um so eine Ehe zu führen wie mein Onkel und Tante Alayna oder Mom und Dad muss man wie Tante Alayna oder Mom sein. Es funktioniert nicht anders. Nicht nur der Mann muss für seine Frau kämpfen, so läuft das schon lange nicht mehr. Mittlerweile müssen die Frauen auch um ihre Männer kämpfen.

Würdest du kämpfen, Selina?

Ich blinzle und schnippe die Zigarette aus dem Fenster, als das weiße Tor mit dem hohen Zaun, der das Schulgelände umgibt, in Sicht kommt. Ich schüttle all das ab, was mich momentan beschäftigt. Ich bin hier bei den anderen nicht als tiefgründiger Denker bekannt. Mehr als: *Schau ihn lieber nicht an*. Japp, ich bin kein Musterschüler. Und nein, ich beachte keine Regeln. Eigentlich tue ich sogar immer genau das, was ich nicht darf, weil ich das liebe. Ich liebe diesen Nervenkitzel. Ich liebe es, mit dem Feuer zu spielen. Ich liebe es, genau das zu tun, was sich kein anderer traut, weil alle sich an die Regeln halten. Sie halten sich so hart an ihre süßen Regeln, als würde sie das irgendwo hinbringen. Niemand ist berühmt, reich oder bekannt geworden, indem er Regeln befolgt hat. Aber so ist das hier. Sie sind alle kleine Soldaten und werden von ihren Vätern zu etwas getrimmt, was sie zu sein haben. Du, Selina, du wurdest auch getrimmt, aber du liebst das Verbotene genau so wie ich. Wahrscheinlich gerade deswegen. Deshalb passen wir so gut zusammen. Ich weiß, dass wir die totale Zerstörung sind, aber wer hat eigentlich beschlossen, dass Zerstörung immer schlecht sein muss? Manchmal ist sie auch zu etwas gut.

Ich parke auf meinem üblichen Platz, auf den sich sonst niemand traut. Sergios Wagen ist nicht da und ich frage mich, ob er überhaupt kommen wird.

Meine Wange ist noch etwas gerötet, aber er hat nicht so fest zugeschlagen wie ich. Er hat sich kontrolliert, denn das ist es, was sein Vater ihm als Erstes beigebracht hat. Sich immer zu kontrollieren. Mein Bruder flippt nicht aus. Er wird kurzzeitig wütend und dann schluckt er es runter. Ich habe ihn nur sehr wenige Male wirklich ausflippen gesehen. Aber das ist schon lange her. Entweder betrinkt er sich, wenn er nicht weiterweiß, oder er macht es einfach mit sich selbst aus. Schluckt es, verdrängt es, sagt sich, dass er so oder so zu sein hat.

Ich stelle meinen Motor ab und steige aus. Heute habe ich mir einen weißen Pullover über die dunkelrote Uniformhose gezogen und nicht mein Hemd. Und es ist mir egal. Ich kann diese Hemden echt nicht ertragen, also variiere ich immer mal wieder mein Outfit. Wie gesagt, Dad war hier und niemand beschwert sich darüber. Es sei denn, es handelt sich um einen neuen Lehrer, der keine Ahnung hat, wen er da anspricht.

Ich verriegle mein Auto und schiebe eine Hand in die Hosentasche, bevor ich den Blick schweifen lasse. Ich habe vor, dich heute zu ignorieren, denn das hast du ja vergangene Nacht auch getan. Kurz wollte ich dich anrufen, aber dann habe ich mich dagegen entschieden. Du kannst mich nicht so ficken, Selina. Ich bin nicht der, der gefickt wird. Ich bin der, der fickt. Und ich mag es nicht, wenn du so was tust. Mir nicht antwortest, mich reizt und einfach offline gehst. Wenn du ominöse Andeutungen machst über andere Typen. So habe ich dich nicht kennengelernt. Ich kann es nicht ausstehen. Und das sollst du spüren.

Also schlendere ich los. Ich schlendere über den Hof und alle machen mir, wie immer, Platz. Manche tuscheln wegen dem, was gestern war. Für Rosalie wird das kein leichter Tag, so viel weiß ich. Aber was auch immer sein mag, ich niete einfach alle um. Das passt dann schon.

Ich entdecke dich relativ schnell. Du lehnst an der Wand neben der Tür zum Haupteingang und hältst dein Handy in der Hand. Dieses Handy wird heute noch im Klo dieser Schule verschwinden, Selina. Das kannst du mir glauben. Ich betrachte dich kurz in deinen Stiefeln und dem knappen, dunkelroten Rock. Deine Haare sind zusammengebunden und du beachtest mich nicht.

Schön. Dann spielen wir eben dieses Spiel. Aber ich weiß, dass du mit Ablehnung nicht so gut umgehen kannst wie ich. Wieso fängst du Spiele an, die du verlieren wirst?

Ich wende den Blick wieder ab. Zurzeit bin ich echt genervt von dir, Selina. Und gleichzeitig so abhängig von dir. Ich vermisse dein eigentliches Ich.

Ich gehe an dir und auch an der Treppe vorbei, weil ich beschließe, noch eine zu rauchen, bevor es klingelt. Dein Duft steigt in meine Nase und ich spüre, wie meine Brust sich zusammenzieht. Es wäre ja alles viel einfacher, wenn ich nicht so verrückt nach dir wäre.

»Hey!«, rufst du mir nach. Ich wende meinen Blick träge über die Schulter und hebe fragend eine Braue.

Du überschaust mich kurz und wirkst irritiert. »Mein Vater ist gestern in mein Zimmer gekommen.«

»Und bis morgens um sechs geblieben?«, frage ich hart, bevor ich mich ganz zu dir umdrehe.

Du siehst dich kurz um, dann kommst du etwas näher. Ich beobachte dich dabei genauestens. Du wirkst müde, aber trotzdem perfekt wie immer. »Ich hab Ärger gekriegt und danach habe ich vergessen, dir zu antworten.« Ich weiß, wie streng dein Vater ist. Wenn er nur wüsste, was du so treibst. Gut, dass er es nicht weiß, sonst müsste ich ihn killen. »Es tut mir leid.«

Hallo, ich habe eine Leiche verbuddelt und dir gleichzeitig geschrieben. Aber gut.

»Okay«, meine ich immer noch etwas angepisst, weil es nicht nur diese Sache mit dem Nichtantworten war, sondern das, was du vorher geschrieben hast. Wenn ich nur daran denke, sammelt sich wieder die heiße Wut in meinem Bauch. »Gut, war's das dann?«, frage ich drängend.

Jetzt wirkst du noch irritierter und ich sehe, wie Dads schwarzer BMW auf den Parkplatz fährt. Offensichtlich kommt Sergio heute wirklich nicht, denn Dad bringt Rosalie, Sophia und Catalina, obwohl Rosalie einen Führerschein hat. Aber Onkel Caden mag es nicht, wenn die Mädchen ohne einen von uns unterwegs sind. Sie sind einfach viel zu kostbar.

Ich betrachte kurz meinen Vater, wobei ich mich mit der Schulter an eine Säule der Überdachung lehne. Er schaut zu mir zurück und wirkt nicht zufrieden mit dem, was er sieht.

»Willst du mich loswerden?«, fragst du mich, weshalb ich meinen Blick von ihm losreiße und dir zuwende.

»Du mich?«, hake ich ernsthaft interessiert nach und hebe meine Brauen.

»Nein!«, erwiderst du sofort defensiv und deine dunklen Augen blitzen auf. In dem Moment schlendert Irina Terekov unbekümmert wie eh und je an mir vorbei in die Richtung meiner Cousine, die gerade aus dem Auto steigt. Ihr hellblonder Zopf schwingt hin und her.

»Schau woanders hin, du Schaf!«, ruft sie einem Kerl zu. Welches Mädchen nennt einen anderen Typen bitte Schaf? Mit den Augen folge ich ihrem Blick und entdecke den Angesprochenen. Aarik Wolkov. Der russische Mafiasohn grinst ihr hinterher. Nur ist er kein Schaf – das trifft eher auf Irina zu –, sondern ein Wolf, und das mag ich irgendwie nicht. Ein Wolf sollte kein Schaf fressen. Noch bevor ich ihn genauer ins Visier nehmen kann, schnippst du mit deinen Fingern vor meinem Gesicht und ich zucke zurück.

»Tu das nie wieder!«, fahre ich dich sofort an, denn ich bin nicht deine kleine Bitch, Selina, bevor ich grob deine Hand senke.

Nun zuckst du etwas zurück. Ab und zu, Baby, muss ich dich in deine Schranken weisen. »Dann schau keinen anderen Frauen hinterher!«

»Ach.« Ich lehne meine Schläfe an die Säule. »Das Thema? Jetzt? Bist du dir sicher, dass du das willst?« Ich hebe fragend eine Augenbraue. Du siehst nicht so aus, als wärst du dir sicher, dass du das willst. Damit macht sich eine sehr bittere Ahnung in mir breit. »Scheiße, du fickst mit anderen, oder?«, frage ich ungläubig.

»Nein!«, antwortest du sofort genervt. Ich hasse Lügen, Selina.

»Lügst du mich an? Denn wenn ich so was rauskriegen sollte und du mich angelogen hast, bist du gestorben für mich.«

Jetzt blitzt Panik in deinen dunklen Augen auf und ich fühle mich endlich wieder etwas überlegen. Ja, ich brauche das. Ich muss mich überlegen fühlen. Ich mag es nämlich wirklich nicht, an der Nase herumgeführt zu werden, Selina. Und auch, wenn du mich liebst, bist du in letzter Zeit viel zu provokant und darauf aus, mich zu reizen. Normalerweise beschwichtigst du mich immer. All das ist mir in der letzten Nacht nach meinem Traum durch den Kopf gegangen.

»Zayden«, sagst du jetzt sanfter. »Ich habe keinen Sex mit anderen.« Ich sehe in deine Augen. Du schaust unerschrocken zurück und streichst über meinen Kiefer. Ich lasse dich und höre, wie die letzte Tür knallt, als wahrscheinlich meine Schwester oder Sophia aussteigt. »Wieso sollte ich?«

Ich atme tief durch und lasse zu, dass deine Fingerspitzen mich etwas beruhigen. Denn ich liebe es, wenn du mich so anfasst, und das weißt du.

»Ich will nur dich«, murmelst du. Ich kann keine Lüge in deinen Augen erkennen. Dein Blick ist so sehnsüchtig und weich. Fast schon ehrfürchtig. Es ist der Blick, mit dem du mich süchtig nach dir gemacht hast.

»Okay«, meine ich, lasse aber trotzdem die letzte Skepsis in meiner Stimme mitschwingen. Dann nehme ich dein Handgelenk und senke deine Finger sanft, bevor ich mich abstoße. »Okay.«

»Okay«, wiederholst du etwas verunsichert. Ich frage mich, ob du dich so unsicher fühlst wie ich gestern und wie sich das bei dir auswirkt.

»Ich hab Mathe.« Mit dem Daumen deute ich zu dem Gebäude, in das ich muss. »Bis später.«

»Bis dann«, seufzt du. Ich nehme einen tiefen Atemzug, dann schaue ich nochmal zu Dads Wagen, der gerade an mir vorbeirollt. Dad salutiert locker und ich hebe zwei Finger zum Abschied. Dann wende ich mich ab und gehe.

Ich gehe weg von dir, aber es ist nicht für immer, Selina. Ich gehe immer nur vorübergehend und das weißt du. Das ist gut so. Denn du gehörst mir und ich dir, und egal, wie sehr du mich anpisst, das wird sich nie ändern.

15. Der Caden-Modus, Selina

XX

Zayden

Ich hatte heute nur bis zwölf Uhr Schule, weil die letzten zwei Stunden ausgefallen sind. Du musst noch bis vier bleiben, weil du Spanisch hast. Als bräuchtest du das als Kolumbianerin.

Mein Dad hat mich angerufen und mir gesagt, dass wir uns gleich nach dem Unterricht bei Donovan treffen. Es ist so falsch, sich bei diesem Mann zu treffen. Aber der große Boss hat gesprochen und will mich sehen. *Buhu*.

Also fahre ich zum dunklen Haus auf der anderen Seite des Sees – der Dämonenseite. Dorthin, wo die Engel auf den Säulen des Tores eines Teufelshauses sitzen. Was für eine Tarnung. Vielleicht ist der Bossyboss ja einfach nur total lustig und steht auf Ironie. Oder er glaubt wirklich daran, dass seine schwarze Seele irgendwann mal in den Himmel findet. Ganz sicher nicht, Sir. Sie werden in der Hölle schmoren, Sir. Das schwarze Tor gleitet auf. Die Herbstsonne bleibt hinter den hohen Dächern verborgen, sodass das Haus einen Schatten auf den Brunnen wirft, der ebenfalls von Engeln und Teufeln gesäumt wird. Wäre ich jetzt ein Psychologe, würde ich mich fragen, was dieser Mann da drin uns damit sagen will. Ob er einen Drang hat, nach außen hin den Engel zu spielen und von allen geliebt zu werden. Tja, Zug abgefahren, Sir. Niemand liebt Sie. Sie sind böse und der Teufel.

Ich parke quer und total schief, was ich mit Absicht tue, und somit mehrere Parkplätze blockiere. Dad ist wohl schon da, denn sein schwarzer BMW steht unter dem Kirschbaum. Ich steige aus und schlage meine Tür zu. Laut. Sodass alle auf mich aufmerksam werden. Dann schiebe ich die Hände in meine Hosentaschen und schlendere über den Platz am Brunnen vorbei und zu der Treppe, die in die Hölle führt. Ich will nicht darüber nachdenken, dass du hier leben wirst, Selina. Oder dass mein Bruder hier bald leben wird. Denn diese Dunkelheit, so sehr du sie auch liebst, sie wird dich verschlingen. Diesmal endgültig, ich spüre es.

Ich gehe die Stufen hoch und mir wird die Tür aufgehalten. Dann schlendere ich hinein. Es ist mit einem Mal so dunkel. Ich hasse dieses Haus.

Mit lautlosen Schritten durchquere ich das Foyer und Giovanni, der vor der Tür des Bossybosses steht, grinst mir leicht zu. Ich hebe auch einen Mundwinkel, bevor ich in einem altbekannten Takt anklopfe.

»Ja?«, kommt es genervt seufzend von drinnen. Er wollte mich ja sehen. Selbst schuld. Ich öffne die Tür und trete ein. Mein Vater steht vor dem dunklen Mahagonitisch und hat seine tätowierten Hände darauf gestützt. Der schwarze Pullover spannt sich über seinen breiten Rücken und ist bis zu seinen Ellbogen nach oben gekrempelt, sodass seine tätowierten Unterarme zu sehen sind. Momentan sind sie etwas angespannt, genau wie er am ganzen Körper. Oops, da bin ich wohl in eine heikle Situation gestolpert. Tragisch, Selina.

Donovan de Luca thront auf seinem Thron und lehnt sich gerade zurück. Er ist so makellos. Er und mein Vater starren sich an. »Mach dir keine Sorgen, Prinzessin«, säuselt Donovan de Luca. Ich schlendere auf den Tisch zu und switche in einen anderen Modus. Das mache ich öfter. Momentan begebe ich mich ganz in die Rolle von Onkel Caden, weil ich mit Donovan de Luca anders nicht umgehen kann. Wenn ich bleibe, wie ich eigentlich bin, erschieße ich ihn.

»Okay, aber du solltest dir Sorgen machen, falls du mit der Scheiße nicht aufhörst, Tesoro«, meint mein Vater und stößt sich vom Tisch ab. Geht wohl um Mom, ist unschwer zu erkennen. Dad bleibt mit verschränkten Armen stehen und ich stocke direkt neben ihm, immer noch mit den Händen in den Hosentaschen.

»So unbeugsam, diese Rush-Männer«, murmelt Donovan de Luca. Ich hasse ihn, wie er da sitzt, aber ich zeige es ihm jetzt nicht. »Ihr könnt natürlich auch gerne stehen bleiben«, meint er. Nur deshalb nehme ich Platz, auf der linken Seite, sodass ich vor meinem Vater sitze, und lehne mich zurück. Donovan de Luca betrachtet mich und ich sehe ungerührt zu ihm zurück. Diese hellblauen Augen. Ich hasse diese hellblauen Augen. Und das Schlimmste ist, dass ich sie jeden Tag beim Frühstück im

Gesicht meiner Schwester sehe. Ich wünschte, sie würde nicht wie er aussehen.

»Er sieht aus wie du, Carter«, stellt Donovan unbeeindruckt fest.

»Wäre mir gar nicht aufgefallen«, antwortet Dad tonlos.

Ich sehe abwartend in sein perfektes Gesicht. Alles Tarnung, wie die Engel. Je unaufgeräumter man innerlich ist, desto glatter ist man es nach außen hin.

Donovan lehnt sich vor und verschränkt die Finger auf dem Schreibtisch. »Ich weiß, dass du deinen Bruder liebst«, beginnt er. »Das ist einfach nicht zu übersehen. Auch, wenn du eine komische Art hast, deine Liebe zu zeigen.« Er sieht so aus, als würde er sich an etwas zurückerinnern, aber ich habe keine Ahnung, an was. »Du hast ihn immer so fest umarmt, dass er fast erstickt ist.« Ja, das klingt nach mir, und ja, Donovan weiß tatsächlich, wovon er spricht, denn wir haben auch eine Geschichte … Die ersten vier Jahre unseres Lebens haben Sergio und ich in diesem Höllenhaus verbracht. Erst, als Catalina auf die Welt kam, hat Mom sich von diesem Dämon getrennt und wir sind rübergezogen. Ich kann mich nicht mehr so wirklich daran erinnern und weiß das Meiste nur aus Erzählungen.

»Ich weiß, dass du kein gutes Gefühl im Einschätzen davon hast, was Sergio schadet oder nicht.« Als hätte er ein Gefühl für irgendwas, was seinen eigenen Sohn angeht. Aber gut. Nicht mein Problem. »Aber so etwas wie gestern in der Schule darf nicht nochmal passieren. Ihr seid jetzt beide keine Kinder mehr. Wenn ihr Probleme habt, dann tragt das unter vier Augen aus.«

Mein Vater stützt hart seine Hände auf meine

Stuhllehne, sodass ich sie an meinem Rücken spüre. »Sind wir jetzt wirklich hier, weil du ihm eine verfickte Standpauke halten willst? Hättest du Selina nicht mit Sergio verlobt, wäre es gar nicht so weit gekommen. Oder wenn du irgendein Gefühl dafür hättest, was ihm schadet oder nicht.« Somit hat mein Dad alle meine Gedanken in wenigen Sätzen zusammengefasst.

Donovan de Luca sieht genervt hoch zu meinem Vater und hebt eine Braue. Natürlich spricht niemand so mit ihm. Nur Mom und Dad tun das hin und wieder. Oder mein Onkel. Lustigerweise.

»Es ist eine Tatsache«, erklärt Dad ungerührt.

»Es ist Ansichtssache«, entgegnet Donovan de Luca. »Aber ich bin nicht hier, um mit dir zu diskutieren, wie ich meinen Sohn erziehe.« Als hätte er seinen Sohn erzogen. Das haben Dad, Onkel Caden, Mom und Tante Alayna getan. Nur deshalb ist Sergio, wer er ist.

»Fängst ja früh damit an«, meint Dad und in den eisblauen Augen uns gegenüber blitzt es.

»Manche Menschen sind eben dankbar, wenn man ihnen einen Gefallen tut, und andere nicht«, entgegnet Donovan nun. Jetzt weiß ich nicht mehr, worum es geht und kann nicht ganz folgen. Ich spüre, wie die Hände meines Vaters sich hinter mir anspannen.

»Sag einfach, was du sagen wolltest, Donovan«, knurrt Dad. Ich bemerke, dass er die Zähne kaum auseinanderbekommt und eigentlich was anderes sagen wollte. Also lehne ich mich etwas mehr gegen seine Hände, damit er sich beruhigt, und höre, wie er gepresst durchatmet und seine Finger etwas entspannt.

»Okay, also?«, frage ich und spreche somit das erste Mal, seit ich hier bin.

»Also.« Donovan starrt noch kurz meinen Vater an und wendet sich dann mit blitzenden Augen mir zu. Ich bleibe ruhig. »Lass die Finger von Selina Sanchez.« Selina. Als könnte dieser Pisser mir sagen, mit wem ich ficke und mit wem nicht. Was glaubt er, wer er ist, die Sexpolizei?

»Sicher«, antworte ich trotzdem, weil es das ist, was er hören will. Keine Sorge, Baby, das wird natürlich nicht passieren.

»Und arbeite an deiner Selbstbeherrschung.«

»Wieso? Ich muss ja nicht hierherziehen«, murmle ich leicht irritiert. »Ich muss mich nicht beherrschen.«

»Keine Auseinandersetzungen in der Öffentlichkeit. Kein Rumbrüllen, mit wem mein Sohn schläft.« Das stört ihn wirklich, Selina. In diesem Moment wird mir das klar. Es stört ihn am meisten, weil Rosalie eine Rush ist, und nicht, weil ich Sergios Sexleben preisgegeben habe. Das würde ja noch männlich erscheinen in den Augen dieser Typen, die teilweise Sergios zukünftigen Geschäftspartner sind.

Ich hebe wissend einen Mundwinkel und seine Augen blitzen noch mehr. »Okay«, antworte ich sanft. »Ich erzähle niemandem, dass Sergio mit Rosalie schläft.« Obwohl es mich selbst so rasend macht, kann ich es mir nicht nehmen lassen, Donovan noch rasender zu machen.

Kurz verhärtet sich sein Kiefer und mein Vater schnaubt.

»GUT!«, blafft Donovan de Luca mich an und ich hebe meinen zweiten Mundwinkel.

Bingo. Es ist nicht leicht, diesen Mann aus der Reserve zu locken, aber ich habe es geschafft.

»Das war es dann!« Er sieht aus, als könnte er es nicht erwarten, dass wir sein Büro verlassen. »Ihr kommt heute Abend übrigens zu mir zum Essen.« Das richtet er wieder an meinen Vater, und ich weiß, dass der brodelt.

»Schön«, meine ich und stehe auf.

»SO schön!«, bestätigt mein Dad genervt.

»Ja, Rosalie und Sergio werden sich sicher freuen«, murmle ich in mich hinein und schiebe meine Hände wieder in die Hosentaschen. Eine Ader an Donovan de Lucas Schläfe fängt langsam an zu pochen und ich grinse meinen Vater an. »Gehen wir!«

Dad schmunzelt fast. Fast. Dann folgt er mir zur Tür. »Ciao, Tesoro. Pass auf, dass du nicht platzt«, sagt er noch über seine Schulter und zieht die Tür hinter uns zu.

Dad nickt Giovanni zu und folgt mir dann durch das dunkle Foyer nach draußen. Zurück in die Sonne. Ich liebe die Dunkelheit, Selina, aber manchmal braucht ein Mann einfach die warme Sonne und das Licht.

Dad und ich gehen zu unseren Autos, während er mich kurz ansieht. »Gut gemacht.«

Nachdem ich mit zwei Fingern salutiert habe, steigt er ein. Ich hingegen bleibe neben meinem Auto stehen und sehe nochmal zu Donovans Bürofenster. Ich werde so was von nicht tun, was er sagt. Ich werde so was von nicht die Finger von dir lassen. Ich werde so was von nicht damit aufhören, zu provozieren. Jetzt erst recht. Er hat diesen Krieg angefangen, als er dich an meinen Bruder verschachert hat. Dann soll er ihn jetzt auch austragen. Denn meiner Meinung nach, Selina, kommt dieser Mann viel zu oft ungeschoren davon.

16. Ruhepol, Rosalie

Sergio

Ich verzichte heute auf nervtötenden Unterricht. Das wird meinem Vater nicht gefallen, aber ich kam heute Morgen nicht aus dem Bett. Als ich die schweren Lider erneut öffne, ist es sechs Minuten nach zwölf am Mittag. Ihr seid alle in der Schule, soweit ich weiß, und das Haus ist still.

Ich fühle mich wie Scheiße. Wie unverdaut ausgekotzt. Hinter meinen Schläfen pocht es. Ich habe wirklich keine Ahnung, wie ich es gestern in mein Bett geschafft habe. Vielleicht hast du mich gerollt. Ansonsten weiß ich leider noch viel zu viel von gestern. Ich kneife die Augen wieder zusammen, als ich mich daran erinnere.

Dann drehe ich mich auf den Bauch. Die Sonne scheint auf meinen Rücken und ich schließe die Augen nochmal, denn sie brennen, vor allem die Stelle, an der mein Bruder zugeschlagen hat. Ich will gar nicht wissen, wie es aussieht, und taste es jetzt auch nicht ab. Heute Morgen habe ich meine Mutter angerufen und ihr gesagt, sie solle in der Schule Bescheid geben, dass ich krank bin. Ich konnte nicht mal aufstehen. Sie hat kurz gezögert, aber dann nachgegeben. Wenn mein Vater mich deshalb anpisst, macht es jetzt auch nichts mehr. Ich habe noch zwei Wochen, um ein Chaos zu sein. Und das bin ich gerade. Ein echtes Chaos.

Mit einer Hand taste ich nach meinem Handy und finde es auf der anderen Bettseite unter den vielen Kissen. Dann öffne ich ein Auge und betrachte das Display. Ich habe ein paar Nachrichten. Eine von dir, eine von Savio und eine von ... *Camillo*.

Camillo habe ich gestern bei meiner Sauferei kennengelernt. Ich erinnere mich allerdings nur noch sehr verschwommen daran. Ich glaube, er hat einem Kerl auf die Fresse gehauen. Außerdem hat er was davon gesagt, dass er aus Lugano kommt und in Amerika ist, weil ihm Europa zu langweilig war.

Ich öffne deine Nachricht. *Gib ein Lebenszeichen von dir, wenn du wieder lebst,* hast du geschrieben.

Ich tippe: *Ich lebe* und schicke die Nachricht ab. Ich weiß genau, was ich gestern zu dir gesagt habe. Leider ist das nicht so verschwommen wie alles andere. Ich wünschte, es wäre so, und ich könnte es zurücknehmen, aber das wäre äußerst dumm. Auch, wenn es nicht leicht für mich ist, muss ich leider zugeben, dass mein Vater in einigen Punkten recht hat. Ich weiß, was auf mich zukommt und wie wenig das mit uns harmonieren würde. Ich weiß das alles, trotzdem hätte ich es niemals geschafft, dir das zu sagen, wenn ich nicht in dem gestrigen Zustand gewesen wäre.

Die anderen Nachrichten ignoriere ich erstmal und lausche stattdessen auf Geräusche im Haus. Von unten hört man nun den Staubsauger dröhnen. Die Schlafzimmertür meiner Mutter und vom Carter-Dad klackt gerade und die Schritte, die ertönen, sind von meiner Mom. Sie geht nach unten. Dein Dad ist wohl über mir in seinem Büro, wie immer.

Mein Handy vibriert und ich nehme es in die Hand.

Wurdest du schon mal von einer Kuhherde angestarrt?, hast du geschrieben und ich runzle die Stirn. Mein Gehirn ist heute nicht so schnell.

Nein. Du?, frage ich und drehe mich wieder auf den Rücken.

Ja. Sie starren. Du sendest ein Foto. Darauf sieht man die anderen Schüler, die nicht gerade unauffällig in deine Richtung schauen.

Ich streiche mir über das Gesicht und stöhne, als ich mein Auge berühre.

Starr einfach zurück. Das mögen sie nicht, rate ich dir.

Sie mögen es auch nicht, beim Starren fotografiert zu werden.

Wo ist Zayden?, frage ich dich nun, denn egal, wie wütend er in der Regel ist, er passt immer auf dich auf. Niemand würde dich anstarren, wenn er bei dir wäre.

Er hat schon Schluss, antwortest du und ich seufze.

Wie geht es dir?, willst du wissen. Darauf habe ich nur eine Antwort:

Total beschissen und dir?

Ein bisschen besser als dir, erwiderst du und ich hebe einen Mundwinkel zu einem trägen Lächeln.

Das ist auch nicht sehr schwer, schreibe ich.

Lass dir einen Drink von Onkel Carter mixen, meinst du und ich denke an die legendären Carter-gegen-Kater-Smoothies, die er macht und die echt helfen. Es sind Placebos, Rosalie, das wissen wir alle. Trotzdem glauben wir daran. So ist das eben manchmal. Man weiß, dass etwas nicht funktioniert, dennoch hat man diesen Funken Hoffnung, bis dir jemand sagt, dass das alles Bullshit ist.

Es klopft an meiner Tür. Ich sperre mein Handy und schiebe es unter ein Kissen, bevor ich mich aufrichte, sodass ich mit dem Rücken am Kopfteil des Bettes lehne. Ich trage kein Hemd, kein Muskelshirt, nichts von dem, was ich gestern anhatte, außer meiner dunkelblauen Uniformhose.

»Ja?«, frage ich heiser und greife nach der Flasche Wasser auf meinem Nachttisch, bevor ich sie öffne und der Sonne ausweiche, weil sie mich blendet. Während ich trinke, sehe ich zur Tür, die sich öffnet. Onkel Caden kommt rein.

Oh scheiße, ich bin ihm so gut ausgewichen, doch jetzt ist er hier. Ich setze die Flasche nicht ab, obwohl ich keinen Durst mehr habe, einfach, um nicht reden zu müssen, während ich ihn mustere.

Er sieht frisch wie immer aus. Seine schwarzen Haare sind nach hinten gekämmt und er ist glatt rasiert, die türkisen Augen klar und wach wie immer. Egal, wie wenig er schläft, er sieht immer so frisch aus. Wie mein Vater. Sie haben viel gemeinsam und gleichzeitig gar nichts. Sein weißer Pullover sitzt perfekt, genau wie seine dunkelblaue Levis mit dem schwarzen Ledergürtel.

Er schließt die Tür leise hinter sich. Ich stelle das Wasser ab, weil ich sonst kotze, und wische mit dem Handrücken über meinen Mund. Wieder zische ich dabei, weil ich die Platzwunde an meiner Lippe vergessen habe. Verdammter Zayden.

Als Erstes kippt Onkel Caden das Fenster an. Sofort dringen die Männerstimmen von unten an meine Ohren und frische Luft in meine Nase, was echt guttut.

Er geht die paar Schritte zu meinem Schreibtisch und setzt sich dort auf den Stuhl. Dann lehnt er sich vor und stützt seine Ellbogen auf die Oberschenkel.

»Du siehst echt scheiße aus«, bemerkt er und ich warte. Ich warte auf die Standpauke. Nicht wegen Zayden. Nicht wegen irgendwas. Sondern wegen dir. Wenn er es noch nicht wusste, weiß er es jetzt, und ich wette, es passt ihm nicht. Sein Verhältnis zu mir ist eine Sache, aber du bist eine andere. Ich verstehe schon. Wirklich, ich verstehe das. Ich würde auch nicht wollen, dass meine Tochter mit einem Typen aus einer solchen Familie zu tun hat. Aus einer Familie mit diesem Namen, der nur Gefahr und Dunkelheit bedeutet. Macht und Gier.

Seine Augen sind so klar und offen wie immer und er hat die tätowierten Finger locker ineinander verschränkt. »Ich hab es schon bemerkt, als du nicht mal eine Ahnung davon hattest«, informiert er mich ruhig und ich hebe meine Augenbrauen. Meint er etwa uns? »Du hast dich immer als Erstes versichert, wie es ihr geht, wenn du einen Raum betreten hast, in dem sie auch war. Du hast sie immer auf dem Radar gehabt und deine erste Sorge galt immer ihr, nicht dir, nicht einmal deinem Bruder. Und andersherum war es auch der Fall. Ich erkenne den Blick eines Mannes, der etwas betrachtet, was ihm die Welt bedeutet. Ich hab gewusst, dass das irgendwann zwischen euch mehr werden wird, genau wie deine Mutter. Aber sie hat mir nie etwas davon gesagt und ich ihr auch nicht. Ich weiß genau, wer du bist. Ich kann mit einigem Stolz sagen, dass ich dich unter anderem zu dem gemacht habe, wer du heute bist. Ich kann sogar behaupten, dass ich dich für Rosalie geformt habe und deine Mutter sie für dich. Es gibt kein perfekteres Paar als euch. Ihr seid *wirklich* füreinander geschaffen, also war es klar, dass ihr euch irgendwann näherkommt, und ich mache dir keinen Vorwurf. Du bist jung, du hast Hormone. Und du wirst noch lernen, sie unter Kontrolle zu bekommen.« Das klingt jetzt wie eine Drohung. Als sollte ich das besser lernen. »Ich weiß auch, dass du sie nie wissentlich in Gefahr bringen wirst und dass du sie *immer* schützen wirst, komme, was wolle, und das ist es, was im Endeffekt für mich zählt. Also beende jetzt diesen elendigen Fluchtmodus.« Das ist jetzt eine wirkliche Drohung. Ich atme tief durch und spüre, wie meine Schultern sich langsam wieder entspannen. Okay, er ist nicht angepisst, das ist gut. Auch, wenn es mich überrascht. Denn bei allem, was er so sagt – und was ich ihm auch glaube –, ist da immer noch die Sache mit meiner Herkunft.

Ich streiche mir vorsichtig über die Augen und durch das Haar. Dann reibe ich meine Hände aneinander, während ich sie betrachte, und überlege angestrengt, wie ich formulieren soll, was in mir vorgeht. Mein Vater hat mir früh beigebracht, dass es wichtig ist, immer erst gut nachzudenken, bevor ich was sage, nicht impulsiv zu handeln und zu sprechen.

Also überlege ich ein paar Sekunden, bis ich meine Gedanken einigermaßen gesammelt habe. Dein Vater kennt das schon von mir und er wartet geduldig. Erst dann hebe ich den Blick wieder in sein Gesicht.

»Er will, dass ich in zwei Wochen schon nach drüben ziehe«, erkläre ich erstmal und das irritiert ihn kurz. »Er will nicht, dass es sich zwischen Zayden und mir weiter aufbauscht wegen Selina.« Diese Selina, Rosalie. Ich werde sie so dafür bluten lassen. Ich habe nicht nur diese Seite, das weiß sie nur noch nicht. Denn ich bin ihr immer großzügig aus dem Weg gegangen, wie jedem Menschen, den ich nicht leiden kann.

»Sicher will er das nicht«, meint er ziemlich bitter und zynisch. Natürlich weiß auch ich, warum mein Vater das eigentlich tut.

»Ich werde dann erstmal …« Meine Finger knacken, als ich sie drücke. »Abstand halten. Ich will nicht, dass sie da mit reingezogen wird.«

Onkel Caden atmet durch. Die Sonne scheint auf sein makelloses Gesicht. Er wirkt nachdenklich und überlegt auch, bevor er spricht. »Wenn dein Vater nicht wäre, würde ich dir sagen, dass du gerade jetzt keinen Abstand halten und dich an allem festhalten solltest, was dir etwas Halt gibt und was dich aufbaut. Denn du wirst oft genug das Gefühl haben, auseinanderzufallen. Und jeder Mann braucht dann diesen einen Gefühlskompass, was unsere Frauen nun mal für uns sind. Besonders in dieser Welt. Aber dein Vater könnte tatsächlich ziemlich gefährlich werden. Er besitzt nicht sehr viel Skrupel, wenn er etwas durchsetzen möchte.«

Es ist nicht schön, so was über seinen Vater zu hören. Ein Junge, auch, wenn er zum Mann wird, will eigentlich nur hören, was für ein unglaublich starker Held sein Vater ist. Und ich denke, auch jedes Mädchen will das. Was wird wohl Catalina denken, falls sie es irgendwann erfährt? Falls sie irgendwann erfährt, dass ihr Vater nicht der Held ist, den sie in Carter-Dad kannte, sondern der Bösewicht von der anderen Seite des Sees?

Ich versuche, diese Gedanken abzuschütteln. Ich weiß, dass mein Vater auch andere Seiten hat und so sein muss, wie er ist, weil man anders in dieser Welt nicht besteht. Deshalb versuche ich, über vieles einfach hinwegzusehen. Deshalb sage ich mir immer wieder, dass es nicht er ist, sondern das, was passiert, wenn man da drüben ist. Das, was dieses Haus, diese Welt, diese Position mit einem macht. Und wenn ich mal so werden sollte, bin ich deiner nicht mehr würdig. Wirklich nicht.

All das weiß dein Vater natürlich auch. Er ist rational genug, das zu wissen, und kennt mich gut genug, damit ihm klar ist, dass er offen und ehrlich mit mir sein kann.

»Ich weiß«, meine ich schließlich seufzend. »Ich werde mich fernhalten. Ich will nicht, dass er irgendwas Dummes tut, weil er sie und mich nicht zusammen sehen will.« Ich denke wieder an seine Drohung und daran, dass er gemeint hat, er würde dich verheiraten, wenn ich meine Finger nicht von dir lasse. Aber was ich gesagt habe, meinte ich auch ernst. Dann habe ich die längste Zeit Rücksicht darauf genommen, wieso er tut, was er tut. Dann breche ich mit ihm, und ja, das kriege ich schon irgendwie hin.

»Das ehrt dich«, erwidert er schließlich. »Es wird eine Zeit kommen, in der wird alles anders aussehen.«

»Ich weiß«, meine ich wieder und denke an die Worte meiner Mutter. Sie sagt immer, dass am Ende alles gut wird, und wenn es nicht gut ist, ist es nicht das Ende. Sie sagt auch immer, dass manche Dinge ihre Zeit brauchen. Zeit, um aufzublühen. Eine Rose wächst schließlich nicht über Nacht. Man muss Geduld haben. Und dann genießen, wenn sie erblüht. Für manche Dinge ist es manchmal nicht die richtige Zeit, hat sie mir damals, als ich sieben war und ihr im Rosengarten geholfen habe, gesagt. Wie für Rosen im Winter.

Und ich weiß, dass sie recht damit hat. Sie hat mit so vielem recht.

»Zwei Dinge«, betont dein Vater jetzt. »Erstens: Auch, wenn du da drüben wohnst, sind wir trotzdem noch deine Familie. Ich will, dass du das nicht vergisst. Und zweitens: Gib nicht die Hoffnung auf, egal, wie aussichtslos es dir vielleicht auch erscheinen mag. Egal, wie dunkel es wird, und egal, wie sehr du denkst, dich verirrt zu haben. Aus jedem Labyrinth führt ein Weg hinaus.«

Ich atme tief und nicke langsam. »Ich ... habe Angst«, gebe ich dann zu und das würde ich nur bei ihm zugeben. »Weil ich weiß, dass ich mich verändern muss, und ich habe Angst, dass ich mich dann nicht mehr finde.« In dem Moment fällt mir wieder ein, was ich gestern zu dir gesagt habe. Dass du mich zurückholen sollst, wenn ich mich zu sehr verliere. In dem Moment war die Verzweiflung so groß, weil ich die ganze Nacht an nichts anderes gedacht habe, als daran, dass ich irgendwann nichts mehr habe, weil ich alles von mir stoße, wie *er* es tut. Alles, was gut ist, wegwerfe und mit Füßen trete, weil ich nicht sehe, wie gut es ist und wie sehr ich es brauche. Und dann, wenn ich es in zwanzig Jahren bemerke, was dann?

»Jeder Mensch verändert sich im Lauf seines Lebens, aber solange …« Er rollt mit dem Stuhl näher und tippt mir an die Brust, wo mein Herz schlägt. »Das hier gleich bleibt, solange du weißt, wofür es schlägt, und solange es jemanden gibt, der dich immer wieder daran erinnert, wie wichtig dein Herz ist und dass es noch *da* ist, wirst du dich nicht selbst verlieren, obwohl du dich verändern musst. Und auch, wenn das vielleicht kurzzeitig passiert, bist du zu stark in deinem Inneren, und es gibt zu viele Menschen, die dich immer wieder daran erinnern werden, worauf es ankommt und wer du bist.«

Seine Worte beruhigen mich etwas, wie immer, und ich nicke leicht. Das klingt logisch und es klingt richtig. Es klingt in meinem Kopf genauso plausibel wie in meinem Herzen. Tief in mir weiß ich, dass ich immer wieder den Weg zurückfinden werde, solange du ihn mir erleuchtest.

Alles andere behalte ich für mich. Ich sage ihm nicht, wie unsicher ich bin, weil das hier mein Zuhause ist. Weil das Zimmer bei meinem Vater immer nur das Zimmer bei meinem Vater war und nicht mein Zuhause. Ich sage ihm nicht, dass ich nicht weiß, wie ich klarkommen soll, weil ich euch alle jeden Tag um mich herum habe und sich das ändern wird. Weil diese Wärme von eisiger, einsamer Kälte abgelöst werden wird. Wie ein eiskalter Tornado nach vierzig Grad Hitze und Sonne am Meer Siziliens.

Ich sage ihm all das nicht.

»Und zu deiner Angst«, meint er noch und legt seine Hand in meinen Nacken, wie er es schon immer getan hat. Sofort entspanne ich mich unter seiner Berührung, wie ich es immer getan habe. »Deine Angst ist gut«, sagt er leise. »Nimm sie an. Sie zeigt dir, dass du lebst. Sie zeigt dir, dass dein Herz noch da ist. Wenn du irgendwann keine Angst mehr vor und um nichts empfindest, dann solltest du dir Sorgen machen.«

Sofort denke ich an meinen Vater, der vor gar nichts Angst zu haben scheint. Er meistert jede Situation, ist allem gewachsen, kommt mit allem klar, und ich frage mich, wann er das letzte Mal wirkliche Angst empfunden hat.

Ich schaue hoch in Onkel Cadens Augen und nicke. »Danke«, sage ich und bedanke mich für mehr als die Worte. Das weiß er auch.

Er verzieht das Gesicht und lehnt kurz seine Stirn an meine. Das hat er auch schon immer getan. Irgendwie hat er echt heftige Vibes, die mich immer sofort auf den Boden zurückholen, wie es niemand schafft. Wenn ich unsicher bin, reicht ein Blick zu ihm und ich kenne den richtigen Weg oder die richtige Antwort. Wenn ich gestürzt bin, reicht ein Tippen seines Fingers an meine Schulter, damit es nicht mehr wehtut. Wenn ich wütend bin, reicht ein fester Griff in meinen Nacken, der mir zeigt, dass er mich auffängt. Ich fühle mich auch aufgefangen und geführt bei ihm wie bei sonst niemandem.

»Immer«, meint er und drückt nochmal meinen Nacken. Dann weicht er zurück und lässt mich los. Aber ich fühle mich schon gleich viel besser und von dem Kopfschmerz ist nichts mehr übrig.

Ich lächle leicht.

»Deine Tante hat dir Frühstück warmgestellt. Du musst es essen, sonst werden wir alle sterben.« Er sieht mich bedeutungsvoll an, als er aufsteht, und ich spüre, was für einen Hunger ich habe.

»Okay, ich gehe nur schnell duschen«, meine ich noch.

»Das ist eine sehr gute Idee.« Ich scheine echt zu stinken, Rosalie.

Aber ich fühle mich wirklich besser. Für einen Moment ist alles Negative und jede Sorge einfach verpufft. Ich kann kurz so tun, als wäre alles normal.

Unten knallt die Haustür und ich weiß sofort, dass der Carter-Dad da ist. Die Stimmen, die nun ertönen, weisen aber auch auf Zaydens Ankunft hin und ich lasse meinen Nacken knacken. Ich werde ihm aus dem Werg gehen. Denn ich bin echt angepisst, immer noch, und wenn ich ihm nicht aus dem Weg gehe, geht diese Schul-Sache zu Hause weiter und wir bringen uns um.

Onkel Caden sieht nochmal zu mir und ich erwidere seinen Blick sofort. »Er ist so verblendet, dass du gerade der Klügere sein musst.«

Ich nicke, denn daran habe ich auch schon gedacht. »Ja, aber ich muss mich selber erstmal abregen. Ich bin echt angepisst.« Und ich werde Selina um jeden Preis von ihm fernhalten, wenn ich die Macht darüber habe. Es wird ihn anpissen, aber er wird schon bemerken, dass es ihm besser ohne sie geht.

»Das ist klug. Abregen ist immer klug. Je mehr Carter aufdreht, desto ruhiger werde ich. Geheimrezept, die Waage muss sich ausgleichen.«

Ich grinse halb. »Ich weiß.« Das machst du auch, Rosalie, wenn ich wütend werde. Dann bist du auf einmal die Ruhe in Person.

»Okay«, seufzt er und geht zur Tür.

»Ich komme gleich runter.« In jeder Hinsicht.

»Sehr schön. Ich bin dann lieber auch unten.« Normalerweise würde ich ihm jetzt sagen, dass ich das schon mache, aber ich nicke diesmal. Denn es ist wirklich besser, wenn jemand zwischen Zayden und mir steht.

Er nickt auch und verlässt mein Zimmer, während ich zurück in die Kissen sinke und die Augen schließe. Eben war da noch alles schwarz, Rosalie, aber jetzt sehe ich die hellen Punkte der Sonne durch die dünne Haut meiner Lider schimmern.

Und solange ich noch im Paradies bin, werde ich versuchen, die Sonne zu genießen. Werde versuchen, die saftigen Äpfel einfach zu essen und nicht darüber nachzudenken, wie es außerhalb von Garten Eden aussieht. Und wie es sein wird, das Tor der Hölle zu passieren. Auch, wenn diese Hölle ebenfalls mein Zuhause ist und zu mir gehört, ist es immer noch die Hölle. Wer würde die wählen, wenn er im Paradies aufgewachsen ist?

17. Ich kann nicht, Rosalie

XX

Sergio

Wir sind bei meinem Vater eingeladen. Eingeladen heißt, wir *müssen* zu ihm fahren, ob wir wollen oder nicht. Zum Essen. Das habe ich erst relativ spät erfahren. Und so sind wir jetzt auf dem Weg. Der Carter-Dad mit Mom, Zayden und Catalina. Zayden und ich fahren bei so was normalerweise immer zusammen, aber jetzt ist er gezwungen, auf dem Rücksitz mit unserer Schwester zu sitzen. Dass er allein fährt, wollte Carter-Dad nicht. Lohnt sich nicht, hat er gemeint, und Zayden war echt angepisst. Catalina muss natürlich auch mit, weil mein Vater seine monatliche Dosis von ihr braucht, obwohl er sie nur ansehen und nicht das tun kann, was er sonst so gern tun würde. Ihr sagen, wie sich ein Mädchen ihres Standes zu benehmen hat, zum Beispiel, oder sie verheiraten. Man weiß es nicht bei ihm.

Du sitzt mit deinen Eltern und Sophia im Auto vor mir und ich rolle ganz hinten über die Brücke. Die Sonne geht unter und schimmert über dem See. Die Bäume sind bunt verfärbt und ihre Äste biegen sich im chicagoer Wind.

Ich habe es geschafft, zu duschen, mein Haar zu richten, zwei Tabletten zu nehmen und zu essen. Jetzt fühle ich mich schon besser und sehe auch ziemlich ordentlich aus, wenn man von meinem Veilchen absieht. Aber das gibt mir das gewisse Etwas, die Rebellion auf die sie stehen, diese Mädchen und Frauen. Hat was von ›*Rebel without a cause*‹ und ich bin fucking James Dean.

Mein Auge tut nicht mehr so weh, obwohl ich nur blinzle.

Heute ist der erste Tag seit dem Sommer, an dem ich eine Jacke trage, wenn es auch nur die dünne, dunkelbraune Lederjacke ist, und ich habe mich natürlich auch rasiert. Meine Uniformhose habe ich endlich gegen eine schwarze Jeans eingetauscht und es auch bewerkstelligt, einen gleichfarbigen Pullover anzuziehen. Ich sehe wie ein Mensch aus. Das ist schon mal gut, wenn ich da rüber muss. Wieso mein Vater uns zu sich bestellt hat, weiß ich nicht. So was sagt er mir nicht, er tut es einfach, und meistens verheißt es nichts Gutes. Aber ich bin gerade relativ ruhig und ausgeglichen. Immer noch wegen Onkel Cadens Vibes und dem Gespräch mit ihm.

Ich bin Zayden weiterhin aus dem Weg gegangen, aber ich habe seine Blicke in meinem Rücken gespürt. Er tüftelt und überlegt, was ich seiner heiligen Selina wohl antun werde. Das werde ich ihm natürlich nicht verraten. Aber er wird mir irgendwann dankbar sein. Ich tue das nur für ihn. Denn dass sie weiter in seiner Nähe ist, bedeutet nur noch mehr Zerstörung, und ich werde nicht zulassen, dass sie meinen Bruder ganz kaputt macht. Gut, mein Vater will, dass ich sie heirate. Gut, er will, dass ich da in zwei Wochen rüberziehe und sie wahrscheinlich gleich mit. Gut, dann mache ich das Beste daraus. Ich werde sie einsperren, Rosalie. Ich werde dieses aufmerksamkeitssüchtige, kleine, manipulative Wesen so bestrafen, wie es für sie am schlimmsten ist – in meinem Schlafzimmer, während ich nicht da bin. Denn das Lustige in dieser Welt ist, dass der Mann mit seiner Frau machen kann, was er will. Vor allem, wenn die so einen Vater hat wie Selina, dem es egal ist, was mit seiner Tochter passiert, solange sie Profit einbringt. So sind eigentlich fast alle Väter hier. Die Rushs bilden da wie bei so vielem anderen die Ausnahme.

Nicht, dass ich das gut finde. Doch, in diesem Fall schon. Sie wird so leiden und dafür muss ich nicht mal irgendwas tun. So genial wie einfach. Das sind die besten Pläne.

Ich bremse ab, als der weiße und der schwarze BMW vor mir es ebenfalls tun, weil wir vor dem Tor angekommen sind, was sich langsam öffnet. Kurz sehe ich an dem dunklen Haus hoch, wie ich es immer mache, dann gebe ich etwas Gas und wir rollen über die gekieste Einfahrt. Der Carter-Dad und Onkel Caden parken etwas weiter entfernt. Ich reihe mich direkt neben dem Auto meines Vaters ein, wie ich es immer tue. Neben ihm parkt sonst niemand. Die Männer haben viel zu viel Angst, sie könnten irgendwie aus Versehen sein Auto beschädigen oder es auch nur falsch ansehen und erschossen werden. Mein Vater ist sehr heikel bei seinem Auto und jeder weiß das.

Ich habe davor keine Angst. Ich habe vor anderen Dingen Angst. Vor bedeutenden Dingen und nicht vor dem Zorn meines Vaters. Der flößt mir Respekt ein und keine Angst. Dazwischen existiert ein schmaler Grat und den gilt es, niemals verschwimmen zu lassen. Wenn aus Respekt einmal Angst wird, kommt der Respekt nie wieder zurück.

Ich stelle den Motor ab und höre die Autotüren der anderen bereits zuschlagen. Dann schiebe ich mein Handy in meine Hosentasche und richte den Kragen meiner Lederjacke, bevor ich aussteige und in den frischen Abend trete. Es riecht nach Zigarettenrauch und feuchter Erde.

Mom und der Carter-Dad gehen voran Richtung Haus, er hat einen Arm locker um ihre Schultern gelegt. Meine Schwester wartet noch auf Sophia, die gerade aussteigt und nachdenklich am Haus hochsieht. Wahrscheinlich mal wieder abgedriftet in irgendwelche Tagträumereien und Fragen, die sie in der Nacht nicht schlafen lassen.

Catalina neben diesem Brunnen vor diesem Haus stehen zu sehen, lässt meinen Magen kurz zusammenkrampfen. Ich betrachte sie mit ihren langen, schwarzen Haaren, die glatt über einer Schulter liegen, und mit ihren großen, hellblauen Augen, die vielleicht die gleichen meines Vaters sind, aber niemals den gleichen Ausdruck haben. Ihre schwarzen Wimpern und die Lippen, die immer voller und weiblicher werden, je älter sie wird. Sie ist nicht geschminkt, das ist sie nie, und an ihren Ohrläppchen schimmern kleine goldene Perlen. Sie ist wieder etwas gewachsen und somit nur noch einen halben Kopf kleiner als Mom. Ich denke nicht, dass sie sehr viel größer als unsere Mutter wird. Sie trägt dunkelblaue Jeans und einen weißen Pullover, ebenfalls mit einer Lederjacke darüber, und schiebt gerade ihre Hände in deren Jackentaschen, während sie wartet. Ihre Figur wird immer femininer und das Rundliche in ihrem Gesicht nimmt von Monat zu Monat langsam etwas mehr ab. Ich habe schon eine Ahnung, wie sie aussehen wird, wenn sie zwanzig ist.

Sie ist ein Engel. Ein weiterer Engel in diesem Höllenschlund. Ich hoffe, sie wird hier nie landen. Ich hoffe, sie wird nie erfahren, wer wirklich ihr Vater ist. Ich weiß zwar, dass er sie liebt, das sehe ich in seinen Blicken, wenn er sie anschaut. Aber trotzdem ist es bei ihm nun einmal so, dass seine Gefühle keine Bedeutung haben, wenn es ums Geschäft geht.

Als Sophia endlich fertig mit Starren ist, nickt sie sich selbst zu – sie ist wirklich eine totale Träumerin, Rosalie, aber ich liebe sie, weil sie so unbedarft und rein ist, wie nichts anderes, was ich neben meiner Schwester kenne. Dann schiebt sie sich neben Catalina, die geduldig gewartet hat, dass Sophia ihre Gedanken beendet, und die beiden folgen Mom und dem Carter-Dad.

Ich schlendere auch Richtung Treppe, als deine Eltern sich ins Haus begeben, und sehe über die Schulter zu dir. Du telefonierst ans Auto deines Vaters gelehnt. Dein dunkelrotes Baumwollkleid liegt eng an und deine dunkelbraunen, langen Haare sind halb zusammengerafft. Du bist leicht geschminkt und trägst flache Stiefel, die über deinen Knien enden, darüber einen schwarzen, dünnen Trenchcoat.

Ich frage mich, mit wem du da sprichst. »Warte kurz«, flüsterst du mir zu, als ich gerade die Stufen hochsteigen will. Ich stocke und drehe mich ganz zu dir um, wobei ich mich mit der Schulter an den Brunnen lehne, der leise plätschert.

Ich warte, worauf auch immer. Es wird wahrscheinlich einen Grund geben, irgendwas, was du mit mir besprechen willst.

Zayden steigt gerade aus. Ich verschränke meine Arme vor der Brust und sehe ihn nicht an. Echt jetzt, er hat über den Flur posaunt, was wir miteinander haben und damit zu viel Aufmerksamkeit auf dich gelenkt. Zu viel Stoff zum Reden gegeben und zu viele Bilder in zu vielen Köpfen entstehen lassen.

Das mag ich nicht. Also ignoriere ich ihn noch ein bisschen.

»Rosalie!«, blafft er dich an.

Du siehst mit einer hochgezogenen Augenbraue zu ihm und ich muss an mich halten, ihn nicht in seine Schranken zu weisen. »Ich komme gleich«, meinst du genervt.

Zayden schnaubt und murmelt etwas von *Vögeln* vor sich hin, bevor ich seine Schritte verebben höre. Weise Entscheidung. Ich will das nämlich nicht hier auf dem Hof weiterführen, weil mein Vater ihn dann endgültig erschießen lässt.

»Okay, mach ich«, sagst du in den Hörer. »Ja, mach du das auch. Ciao.« Du legst auf und schiebst dein Handy in deine Handtasche. Ich werde langsam ein wenig unruhig, weil ich meinen Vater warten lasse und er das hasst. Seine Vibes machen mich immer etwas nervös. Ich wette, er weiß das und verströmt sie deshalb. Ich wette, er kann sogar das kontrollieren. Kontrollieren, was andere von ihm empfangen.

Kurz überschaust du mich, genau wie ich dich. Wir haben uns heute noch nicht gesehen. Als du von der Schule kamst, war ich schon für meinen Vater unterwegs, und als ich kam, warst du unter der Dusche, wie ich gehört habe. Du hast gesungen. Ich liebe es, wenn du singst, weil du eine Engelsstimme hast.

»Du musst wahrscheinlich später wieder los, oder?«, fragst du leise und ich schaue über deinen Kopf hinweg zu den Männern, die hier herumtigern. Ja ja, sie sehen uns nicht an, aber sie hören uns und erstatten ihre Berichte, das weiß ich. Ich war oft genug dabei, wenn sie das bei meinem Vater getan haben.

»Ja.« Ich räuspere mich und schaue wieder runter zu dir.

»Okay.« Du atmest durch und in deinem Blick steht Unentschlossenheit, aber schließlich scheinst du dich zu entscheiden. Ich versuche jetzt schon, mich zu wappnen, denn ich weiß, dass, was auch immer du mir zu sagen hast, es wieder einmal an meiner Selbstbeherrschung nagen wird. Du bist die größte Probe daran.

»Ich hab nochmal über das nachgedacht, was du gestern zu mir gesagt hast. Und ich denke, dass es nicht gut ist, wenn wir uns aufgeben. Wir können immer noch füreinander da sein, auch, wenn du hier bei deinem Vater wohnst. Auch, wenn wir nicht mehr jeden Tag zusammen sind. Ich kann darauf nicht verzichten. Ich kann auf dich nicht verzichten. Und ich will dich auch nicht alleine lassen«, sagst du leise und ich atme tief aus. Deine Worte schaffen es sofort wieder, dass ich weich werde. Du machst mich immer so weich und das mochte ich eigentlich immer. Ich mag es immer noch, ich kann es mir nur nicht mehr leisten. In so einer rauen Welt tut es gut, jemanden zu haben, der einem etwas Wärme und Weichheit, etwas Licht gibt.

Aber ich weiß natürlich, dass das ein absolutes Tabu ist und auf dieser Seite des Sees Lichter nicht lange leuchten.

Ich räuspere mich erneut und versuche hart, meine Maske aufzubehalten oder überhaupt aufzusetzen. Mir ist klar, dass ich daran noch zu feilen habe. Dass ich daran arbeiten muss, mir meine Gefühle nicht ansehen zu lassen. Bei anderen schaffe ich das ganz gut, aber bei dir nicht.

»Ich kann das hier nicht machen, wenn ich uns nicht für eine gewisse Zeit aufgebe«, meine ich schließlich mit heiserer Stimme. »Ich kann das nicht unter einen Hut bringen, noch nicht. Und ich will auch nicht, dass du zu tief in all das hier verwickelt wirst. Es ist nicht gut für dich. Ich bin nicht gut für dich, solange ich hier bin. Aber ich habe dir versprochen, dass es nicht für immer sein wird und ich halte meine Versprechen.« Ich würde gern deine Hand nehmen, aber das kann ich hier nicht einfach so tun, also verschränke ich meine Arme etwas fester ineinander.

Resignation flackert durch deine Augen und ich hasse das.

»Glaub mir, ich kann auch nicht auf dich verzichten«, füge ich hinzu. »Aber ich muss.«

»Kannst du es nicht versuchen?«, fragst du brüchig und siehst zu mir hoch. Oh fuck, ich hasse das so sehr. Ich hasse es, dass ich dir wehtun muss, obwohl ich es nicht will. Das ist alles so verworren.

Ich könnte es versuchen. Ich könnte versuchen, alles unter einen Hut zu bringen, und austesten, wie lange mein Vater sich das ansieht, bevor er dich an den nächstbesten Typen verschachert, damit du und ich uns nicht mehr näherkommen können, doch *das* will ich auf keinen Fall riskieren. Das würde ich mir nie verzeihen. Dass du unglücklich wirst, nur weil ich mich nicht zusammenreißen kann. Denn ja, du würdest unglücklich werden, wenn du mit jemandem zusammen sein müsstest, den du nicht liebst. Im Grunde deines Herzens bist du eine Träumerin wie deine Schwester, wenn auch in eine andere Richtung. Und du hast hohe Ideale.

Ich schweige ein paar Sekunden und du flehst mich mit deinen Augen an, was es mir nur noch schwerer macht. Ich will dir jetzt nicht sagen, dass mein Vater der Grund für all das hier ist. Dass er dich nicht an meiner Seite will. Dass er mir gedroht hat, sonst was mit dir zu tun, wenn ich dich nicht aufgebe und loslasse. Und abgesehen von alldem, will ich dich wirklich nicht reinziehen und zur Zielscheibe machen, schon gar nicht bei ihm. Was dich angeht, hasse ich ihn wirklich.

»Wir können auch einfach die nächsten zwei Wochen ausnutzen«, meine ich sanft. »Und ich scheiße auf alles und bin jede Nacht bei dir. Aber alles, was danach kommt …« Ich stocke kurz, all das kommt nur sehr widerwillig über meine Lippen. »Danach geht es nicht mehr«, ende ich schließlich leiser.

Jegliche Hoffnung in deinen Augen stirbt mit einem Mal. Ich wollte eigentlich nicht derjenige sein, der dich deiner Hoffnungen beraubt. Eigentlich wollte ich derjenige sein, der deine Hoffnungen wahrmacht. Aber das kann ich nicht, das verstehe ich jetzt auch.

Du atmest zittrig aus und senkst den Blick, bevor du ein Mal nickst, und ich kann es nicht verhindern. Wie immer, wenn es um dich geht, habe ich keine Kontrolle über meinen Körper oder mein Handeln. Ich löse eine Hand von meinem Arm und hebe mit zwei Fingern dein Kinn, weil ich es nicht mag, wenn du den Blick senkst. »Es ist nicht für immer«, erinnere ich dich.

Du wirkst so zerrissen, aber du atmest durch, versuchst, dich zu fangen, obwohl die Gefühle in dir toben, während mein Herz sich zusammenzieht und mein Magen sich umdreht. Gott, ich habe noch nie etwas so sehr gehasst.

»Okay«, gibst du schließlich geschlagen nach. Ich streiche dir nochmal mit dem Daumen über dein Kinn und deine Lider gleiten etwas zu. Dann atme auch ich durch und lasse meine Hand sinken, was fast wehtut. »Gehen wir«, meinst du heiser.

Ich nicke und trete zur Seite, damit du vorbeikannst, während ich mir über das Gesicht streiche und meine Schultern straffe, genau wie du. Du gehst vor mir her und ich folge dir am Brunnen vorbei und die Treppe nach oben.

Die Tür wird uns sofort aufgehalten und noch, bevor ich eintreten kann, höre ich, wie das Bürofenster meines Vaters geschlossen wird, als hätte er einen Punkt hinter unsere Aussagen gesetzt. Fuck. Hat er jetzt alles mitgehört? Ich meine, wir haben über nichts gesprochen, was ihm aufstoßen könnte, aber er hegt sowieso genug Groll gegen euch alle, und ich will das eigentlich nicht noch schlimmer machen. Schon gar nicht, was dich betrifft. Und ich weiß, dass es alles andere als gut ist, dass mein Vater irgendwas von diesem Gespräch mitbekommen hat. Denn er versteht alles so, wie er es verstehen will, und das hier will er einfach nicht verstehen.

Das ist das Problem, Rosalie.

18. Die Sache mit dem Groll, Rosalie

Sergio

Wir treten ins Foyer und mein Vater kommt zeitgleich aus seinem Büro. Ich lasse schnell meinen Blick über ihn gleiten, um seine Stimmung einzuschätzen. Er trägt einen cremefarbenen Pullover und sieht wie immer makellos aus. Sein Gesicht macht mir sofort klar, dass er alles gehört hat. Er seufzt unzufrieden. So hat er immer geseufzt, wenn ihm was an mir nicht gefallen hat. Was ihm jetzt an mir nicht gefällt, bist du, und eigentlich ist mir das egal. Aber nicht, wenn es dich in irgendeiner Art und Weise gefährdet.

Wir bleiben vor ihm stehen. Die anderen hört man bereits im Esszimmer, sie wurden wahrscheinlich schon begrüßt.

»Rosalie«, meint er mit kaum verhohlener Abneigung in der Stimme, was mich echt wütend macht. Ich mag es nicht, wenn jemand so mit dir spricht, auch er nicht, aber ich reiße mich zusammen. Natürlich tue ich das. Was sonst?

Er hält dir seine Hand entgegen. Seinen Ring müssen alle küssen, weil er ja der Oberboss ist. Frauen dürfen ihn normalerweise nicht mal ansprechen oder ansehen, aber ihr seid die Ausnahme. Wie gnädig von ihm. Ich mag es nicht, dass du seinen Ring küssen musst. Das mochte ich nie. Es stuft dich unter ihm ein, und ich mag es auch nicht, wenn jemand auf dich herabsieht.

Du tust es, ohne eine Miene zu verziehen. Ich versuche ebenfalls, mein Gesicht unbewegt zu halten, und schiebe die Jacke von meinen Schultern, bevor ich sie über den freien Haken der Garderobe neben mir hänge.

»Hallo, Mr. de Luca«, sagst du höflich und ziehst auch deinen Trenchcoat aus. Ich nehme ihn dir automatisch ab und hänge ihn ebenfalls auf.

Mein Vater räuspert sich. Es gefällt ihm nicht, dass wir wie eine Einheit auftreten. »Dann gehen wir mal.«

Ich folge dir wieder und schiebe meine Hände in die Hosentaschen. Mein Vater geht hinter mir her und Giovanni steht bereits am Durchgang zum Essbereich. Er lächelt dich an, während er dir zunickt, und ich weiß, dass du zurücklächelst, auch wenn ich es nicht sehen kann.

Wir betreten das Esszimmer, wo sich eine endlos lange, dunkle Tafel erstreckt, auf der brennende Kerzen in Kerzenständern flackern und der dunkelrote Tischläufer sich in der Mitte erstreckt. Polierte Kristallgläser beinhalten zum Teil bereits ausgeschenkte Getränke. An den Wänden hängen ein paar Ahnenbilder in goldenen, antiken Rahmen eingefasst. Die hellblauen und teils dunkelblauen de Luca-

Augen sehen auf den Tisch und die Gäste herab. Das Fischbeinparkett ist makellos poliert und wird immer wieder aufbereitet. Das hier ist der einzige Raum, der etwas heller ist und wo öfter die Sonne hereinfällt.

Ich überblicke kurz die anderen. Deine Eltern sitzen auf der linken Seite, Sophia zwischen ihnen. Sie träumt wieder vor sich hin und ihre undefinierbaren Augen schimmern heute besonders grünlich. Sie mustert das Gemälde meines Vaters, als er jünger war, gegenüber von sich. Du gesellst dich an die andere Seite deines Vaters und er legt einen Arm über deine Stuhllehne, sobald du sitzt, denn er spürt die Feindseligkeit meines Vaters ebenfalls. Natürlich, er lässt sie euch auch spüren. Du bist das schon gewohnt und lässt es nach außen hin an dir abprallen. Deine Haltung ist perfekt und dein Kinn gehoben, so wie meine Mutter es dir beigebracht hat.

Daneben sitzen der Carter-Dad und Mom. Auf seiner linken Seite hat mein Bruder Platz genommen und auf Moms rechter Seite Catalina, die gerade herzhaft gähnt, wobei sie sich eine Hand vor den Mund hält. Ihr dunkelroter Nagellack ist ein wenig abgeblättert. Mom flüstert ihr was zu, woraufhin Catalina sie aus dem Augenwinkel ansieht und kichert. Mom lächelt und Carter-Dad schmunzelt in sich hinein. Zayden ist genervt von allem, aber das bemerkt man nicht. Er sieht gerade aus wie dein Vater und ist total unbewegt und ungerührt.

Mein Vater setzt sich an den Kopf des Tisches und ich nehme neben ihm Platz. Dieser Stuhl gehört mir, seit ich denken kann. Getränke stehen auf dem Tisch und es gluckert, als Sophia sich Wasser einschenkt und dir dann die Flasche rüberschiebt. Du tust es ihr nach.

Mein Vater seufzt schwer und betrachtet euch. Ich beobachte ihn dabei genauestens, denn jeder Blick von ihm hat eine Bedeutung, wenn man genau hinsieht. Sein Blick zu Mom sagt: *Ich muss wirklich angestrengt über etwas nachdenken, wenn ich dich ansehe.* Ich weiß aber nicht, worüber genau er da nachdenkt.

Sein Blick zu Catalina sagt: *Hast du das wirklich verdient?* Während meine Schwester unbekümmert ihre Fingernägel betrachtet und nichts davon mitbekommt.

Sein Blick zu Carter-Dad sagt: *Ich bin so viel besser als du und du bist nichts.*

Sein Blick zu Sophia sagt: *Was zum Teufel denkt dieses Kind?*

Sein Blick zu deinem Vater sagt: *Ich wüsste zu gerne nur ein Mal, was in deinem Kopf vorgeht, Caden Rush.*

Sein Blick zu deiner Mom sagt: *Dich mag ich und ich weiß nicht, wieso.*

Sein Blick zu dir sagt: *Halt dich von meinem Sohn fern.*

Und sein Blick zu Zayden sagt: *Was wirst du heute wohl für Ärger machen?*

Mich sieht er nicht an und das ist gut. Er trinkt von seinem Rotwein. »Ihr könnt die Vorspeisen bringen«, wendet er sich dann sanft über die Schulter an die Hausmädchen und lehnt sich zurück, beide Arme auf den Armlehnen liegend.

Ich falte meine Hände auf dem Tisch. Er wirkt völlig entspannt. Noch. »Und, wie geht es euch so?«, erkundigt er sich jetzt gelassen.

»Uns geht es sehr gut, und dir, Donovan?«, fragt dein Vater höflich. Er ist immer der, der die Gespräche führt.

»Bis auf ein paar kleine Punkte kann ich mich nicht beklagen, Caden«, antwortet mein Vater genauso.

Meine Schwester zappelt unter dem Tisch mit dem Fuß und der Blick meines Vaters gleitet kurz aus dem Augenwinkel zu ihr. Als ich noch klein war, hat er mir schon mit drei eingebläut, dass ich nicht zu zappeln habe. Dass ich kein Fisch am Haken bin. Das kann er zwar bei ihr nicht, aber ich will trotzdem nicht, dass er sich vergisst und irgendwas sagt oder tut, was alles zunichtemacht. Also lege ich ihr unter dem Tisch eine Hand auf ihr Knie. Sie hält inne und sieht etwas verärgert zu mir hoch, zappelt aber nicht mehr. Sie lässt sich nicht gern was sagen. Da ist sie hier ja an der richtigen Adresse.

»Tja, man kann eben nicht alles haben«, meint dein Vater nun.

»Man kann schon«, erwidert meiner und seufzt. Die Hausmädchen stellen die Vorspeisen vor uns ab. Man kann schon, Rosalie. So ist das also. Man kann, wenn man er ist.

»Sollte man vielleicht aber nicht, selbst, wenn man es kann«, kontert dein Dad und schiebt sich eine getrocknete Tomate in den Mund. Ich spieße eine gefüllte Peperoni auf und beiße etwas davon ab.

Mein Vater isst auch einen Bissen. »Hier sind doch mindestens zwei Personen am Tisch, denen es total egal ist, was man sollte und was nicht. Nein, ich korrigiere mich. Es sind *drei*.« Ich weiß sofort, wen er meint. Den Carter-Dad, Zayden und deinen Vater.

»So macht das Leben eben viel mehr Spaß«, meint Onkel Caden.

»Macht euer Leben euch Spaß?« Mein Vater stützt interessiert sein Kinn auf seine Faust und betrachtet Catalina, die gerade dabei war, die Kerne mit der Gabel aus den schwarzen Oliven zu pulen, weil sie es nicht mag, sie aus ihrem Mund zu nehmen. Sie stockt, als mein Vater sie anspricht, und sieht langsam zu ihm hoch. Sie hat Angst vor ihm, er war immer der böse Mann von gegenüber, als sie noch jünger war. Das hat ihr zwar niemand so eingetrichtert, ganz im Gegenteil, aber es muss wohl seine Aura sein, die sie spürt. Sie kann extrem feinfühlig für die Stimmungen anderer sein und weiß immer genau, wem sie aus dem Weg gehen sollte und wem nicht.

Der Carter-Dad streckt einen Arm über ihre Lehne und ihr Blick wird lauernd, denn jetzt wird sie wohl seine Anspannung spüren. Dann nickt sie langsam. Sie würde jetzt alles abnicken, wie ich sie kenne. Plan B wäre, aus dem Fenster zu springen.

Mom sieht sie aus dem Augenwinkel an und mein Vater isst amüsiert weiter. Sein Blick wird immer etwas weicher, wenn er Catalina betrachtet. Jetzt atmet sie leise aus und pult weiter.

Mein Vater isst auch eine Olive. »Es ist schön, wenn sich alle wohlfühlen. Fühlst du dich wohl, Rosalie?«

Jetzt spanne ich mich an und lege meine Gabel weg. Meine Augen schweifen zu dir. Ich mag es nicht, wenn er das macht. Wirklich nicht. Du stockst kurz, du hast gerade eine Tomate zerschnitten, dann hebst du deinen Blick in die

Augen meines Vaters und du schaffst es, deine Gefühle völlig zurückzuhalten.

»Es könnte immer etwas besser sein«, antwortest du diplomatisch und isst dann das Stück Tomate.

Mein Vater scheint das kurz zu überdenken. »Was hast du denn für ein Problem, vielleicht kann ich dir ja helfen?«

Mom sieht ihn jetzt warnend an, weil sie auch bemerkt, was er tut, und sie würde nichts auf dich kommen lassen, niemals. Sie liebt dich viel zu sehr, als wärst du ihre eigene Tochter.

»Schon okay, Donovan, ich kümmere mich um meine Tochter.« Dein Vater hat nun einen etwas schärferen Unterton in der Stimme und ich mahle mit den Zähnen. Es ist so widerlich, nichts sagen zu dürfen. So abartig, derart machtlos zu sein.

»Hast du eigentlich mal darüber nachgedacht, sie zu verheiraten? Sie kommt ja bald ins richtige Alter.« Mein Vater legt interessiert den Kopf schief und trinkt noch einen Schluck Wein, während ich jetzt meine Hände zu Fäusten balle. Wieso. Muss. Er. Immer. So. Sein? Fuck. Ich weiß schon, was er gerade tut. Die Nachricht geht an mich, damit ich mich von dir fernhalte. Aber ich kann solche Nachrichten nicht ausstehen. Ich bin ein Fan von Angesicht zu Angesicht und kann seine Spielchen nicht leiden. Absolut nicht. Denn ich bin nicht irgendein Geschäftspartner, den er einschüchtern muss. Ich bin sein verfickter Sohn.

»Ich habe nicht darüber nachzudenken«, meint dein Vater jetzt eindeutig angepisst.

»Wirklich? Du hast sicher sehr viele Anfragen für sie.« Jetzt brodelt es in meinem Bauch, Rosalie. Du weißt, was das heißt. Es könnte mein jährlicher Ausflipper folgen, wenn er nicht aufhört. Ich flippe nicht oft aus, aber ab und zu kann ich mich nicht zurückhalten. Dann reiße ich alles mit, ohne Rücksicht auf Verluste.

»Sergej hat mich angesprochen«, erzählt mein Vater nun einfach weiter und ignoriert völlig die ganzen Vibes an diesen Tisch und wie warnend der Blick deines Vaters bereits geworden ist. Er ist zum Glück eine sehr geduldige Person und bleibt gelassen, während Carter-Dad den Nacken knacken lässt. Hörbar. Und ich zu Eis erstarrt bin.

»Mich auch. Ich habe Nein gesagt«, erklärt Onkel Caden.

»Aber vielleicht solltest du das nochmal überdenken«, gibt mein Vater den gutgemeinten Rat und nickt dabei sinnierend.

Weil er einfach nicht aufhören kann und mein Puls in einem sehr ungesunden Bereich liegt, drehe ich langsam den Kopf steif in die Richtung meines Vaters und mustere ihn mit zusammengebissenen Zähnen. Er spürt meinen Blick wohl, denn er sieht mich nun auch an. Ich tue so was eigentlich nicht. Ich fordere ihn nicht mit meinen Blicken heraus. Ich zeige ihm nicht meine Wut. Ich sage ihm nicht meine Meinung. Aber er soll ruhig lernen, dass alles anders ist, wenn es um dich geht, und dass ich gleich diesen Tisch umschmeißen und ihn darunter begraben werde. Respekt hin oder her. Ich kenne keine Grenzen, wenn es um dich geht.

Seine hellblauen Augen fangen an zu funkeln, aber auf eine ungute Art und Weise. Etwas Unglauben mischt sich hinein. Ich nehme den Blick nicht von ihm. Normalerweise sehe ich immer als Erster weg. Das ist eine Respektsache, aber wie soll ich so jemanden respektieren? Es ist wie bei Hunden, Rosalie. Dominanzverhalten. Unterwerfung.

»Willst du etwas dazu sagen?«, fragt er gefährlich leise und es ist eine einzige Drohung.

Ich höre mich sprechen, bevor ich darüber nachdenke. Und das passiert mir wirklich nie. »*Willst* du, dass ich vor ihnen etwas dazu sage?«

Kurz ist es sehr still und alle halten den Atem an. Die Spannung im Zimmer ist kaum zu ertragen und sie steigt immer höher. Aber wir nehmen nicht die Blicke voneinander. Ich sehe, dass mein Vater wirklich, wirklich wütend wird, mit jeder Sekunde, die ich ihn länger betrachte, ein bisschen mehr. Ich unterwerfe mich ihm gern. Aber nicht, wenn es um dich geht.

»Donovan, weißt du noch, als ich mit Isabelle in diesem Keller war?«, fragt Carter-Dad nun aus dem Nichts.

Wir ignorieren ihn beide und starren uns immer noch an.

»Sergio.« Das ist meine Mutter und ihre Hand legt sich auf meinen Arm. »Nicht.«

Ich schiebe ihre Finger von mir, sie versteht das nicht. Keiner hier versteht das. Ich kann jetzt nicht nachgeben, denn ich darf nicht zulassen, dass er glaubt, mit dir tun zu können, was er will. Du bist das Einzige in meinem Leben, worüber er nicht bestimmen darf. Ich erlaube es nicht.

»Wenn du mit den Konsequenzen leben kannst, dann sprich«, meint mein Vater endlich und ich lasse meine Schultern rollen, wobei es knackt.

»*Dito.*«

Rosalie, wenn er irgendwas Dummes tut, packe ich dich und wir verschwinden, denn wenn ich das nicht will, findet er mich nicht. Die Welt ist fucking groß und ich habe nichts zu verlieren, wenn ich dich bei mir habe.

»Donovan, bei allem Respekt, trag das nicht jetzt aus«, höre ich deinen Vater nach ein paar weiteren atemlosen Sekunden sagen. Meiner schnaubt und betrachtet mich noch etwas länger mit dem kältesten Blick, den ich je von ihm erhalten habe. Ist okay, Rosalie. Es ist nicht so, als hätte er mich jemals mit irgendeiner Wärme angesehen. Dafür ist er viel zu rational.

»Du hast natürlich recht, wie immer, Caden«, sagt er, ohne den Blick von mir zu nehmen. Dann seufzt er und löst die Augen als Erster, bevor er sich in seinem Stuhl zurücklehnt und ich meinen nach hinten schiebe, mit einem Ruck aufstehe, ihn umrunde und dann das Esszimmer verlasse. Ich muss hier raus. Hinter mir knalle ich die Haustür, bevor ein Bodyguard sie leise schließen kann.

Ich brauche Luft, Rosalie. Ich muss atmen.

Mit beiden Händen stütze ich mich an dem Brunnen ab und ziehe tief die frische, kühle Luft ein. Mittlerweile ist die Sonne untergegangen und die Beleuchtung des Brunnens strahlt mir entgegen. Ich sehe runter in das Wasser und atme. Ich atme, aber meine Hände sind total verkrampft. Ich war gerade kurz davor, ihm eine reinzuhauen. Seinen Kopf gegen den Tisch zu schmettern. Ich war gerade so kurz davor wie noch nie. Eigentlich beherrsche ich mich für mein Alter ziemlich gut. Aber wenn es um dich geht, muss ich meinen Standpunkt bei ihm wirklich deutlich machen. Ich ertrage keine einzige Drohung, kein bisschen Risiko. Nicht so.

Ich atme.

Ich meine, es reicht doch, dass ich herziehen muss. Ich wusste das und ich tue es. Es reicht, dass ich alles aufgeben muss, und es reicht, dass ich diese verlogene Schlange heiraten muss. Es reicht, dass ich deshalb mit meinem Bruder zerstritten bin, und es reicht, dass wir alle wissen, wie sehr er euch in der Hand hat. Wie leicht er euch alles nehmen kann, wenn er will.

Es reicht doch irgendwann, oder?

Ich höre die Tür sich öffnen und schließen. An den Schritten erkenne ich, dass es dein Vater ist, der sich mir nähert.

Vor meinem Gesicht erscheint kurz darauf eine brennende Zigarette und ich löse eine verkrampfte Hand vom Brunnen und nehme sie entgegen. Ohne aufzublicken, ziehe ich tief daran.

»Ich dachte kurz, ich muss ihn erschießen«, meint er und ich nicke zustimmend.

»Ich auch.« Meine Stimme bebt vor Zorn. Wenn ich jetzt nicht aufpasse, könnte ein falsches Wort die Explosion herbeiführen.

»Er wird ihr nichts tun«, beruhigt er mich.

»Wird er nicht.« Ich schaue hoch zu Onkel Caden. »Sonst verliert er mich und das muss er jetzt begreifen.«

»Er ist auf einem Weg dahin«, meint er bedeutungsvoll. »Auch, wenn er es noch nicht ganz verstanden hat.«

»Weil er mich nicht ernst nimmt«, entgegne ich angepisst und ziehe nochmal. Er hat mich noch nie ernst genommen, aber langsam komme ich in ein Alter, in dem er das durchaus tun sollte.

Dein Vater nickt nachdenklich. »Er nimmt nur sehr wenige Menschen wirklich ernst.«

»Sagen wir es doch, wie es ist. Er nimmt nur sich selber ernst.« Ich stoße mich vom Brunnen ab und ziehe wieder hart. Während ich spreche, verlässt der Rauch meine Nase und meinen Mund. »Ich versuche es. Ich versuche es, seit ich laufen kann. Aber es reicht ihm nicht. Es ist nie genug. Es ist nie richtig. Es ist nie ausreichend. Es ist nie mehr als ein Abnicken wert. Er gibt einen *Scheiß* darauf, was mir wichtig ist.«

»Weil er Erwartungen an die Menschen um ihn herum stellt, die sie gar nicht erfüllen können. Er hat ein Bild von dem, wie es sein soll. Ein konkretes Bild. Und alles, was abweicht, stört ihn mehr als alles, was an diesem Bild richtig ist. Das ist aber nicht dein Fehler, sondern seiner. Und das wird ihm früher oder später zum Verhängnis werden.«

Ich lege den Kopf in den Nacken, wobei ich noch einmal tief ziehe und den Rauch in den Himmel stoße. Vielleicht hat er recht. Aber vielleicht auch nicht. Vielleicht ist mein Vater einfach ein Egoist, der einzig das sieht, was er richtig und andere falsch machen.

Ich schnippe die Zigarette von mir und werde jetzt sicher nicht abhauen. Ich werde das hier jetzt durchziehen, weil ich niemand bin, der verschwindet, wenn es brenzlig wird. Da es nur ein Zeichen von Schwäche wäre.

Also atme ich gepresst aus. »Gehen wir rein«, meine ich knapp und wende mich um. Dein Vater folgt mir hörbar die Treppe hinauf ins Haus zurück, wo ich gleich das Foyer durchquere und das Esszimmer wieder betrete, ohne zu stocken.

Mein Vater hat sich zurückgelehnt und ich lasse mich wieder neben ihm nieder, ohne ihn anzusehen. Jetzt haben wir uns genug angesehen.

Du schaust kurz zu mir und versuchst, mich mit deinem Blick etwas runterzubringen. Das wird jetzt aber leider nicht funktionieren.

Ich schiebe meinen Teller von mir. Mir ist schlecht.

Der Hauptgang steht mittlerweile auf dem Tisch, aber es wird nicht wirklich gegessen. Es wird gestarrt. »Gut, dann komme ich einfach dazu, weswegen ich euch *eigentlich* eingeladen habe.« Mein Vater hat sich auch etwas beruhigt, aber er kann den leicht gereizten Unterton nicht ganz aus seiner Stimme raushalten. Der Blick aus seinen hellblauen Augen schweift zu meiner Mutter. »Isabelle. In drei Tagen kommen die Sanchez', dann wird der Vertrag aufgesetzt und die Verlobung wasserfest gemacht.«

Okay, das passiert jetzt schneller, als ich dachte, aber ich bin wenig überrascht. Irgendwann musste es ja kommen, und ob in drei Tagen oder drei Monaten, ist eigentlich auch nicht mehr relevant. Passieren wird es so oder so. Was es nicht besser macht, natürlich nicht.

Ich weiß, wie meine Familie zu dem steht, was hier geschieht. Es gab nächtelange Diskussionen darüber, aber ändern können sie auch nichts.

Mom versteckt ihre Unzufriedenheit nicht und der Blick aus ihren grünen Augen ist kühl, als sie meinen Vater ansieht und knapp nickt. Sie weiß, dass sie nichts tun und nichts sagen kann. Das wissen wir alle.

Zayden spannt seine Schultern an und die Hand auf dem Tisch ballt sich zur Faust, aber er sagt auch nichts. Alles andere wäre auch äußerst dumm. Ich habe meinen Vater genug gereizt und es sollte jetzt niemand noch einen draufsetzen.

»Ich sage dir dann noch Bescheid, wann genau«, meint mein Vater noch zu meiner Mutter, die wieder nickt. Carter-Dad atmet durch, verbeißt sich aber einen Kommentar. Bei solchen Familienzusammenkünften sind immer beide Elternteile anwesend. Auch, wenn im Grunde die Mutter nicht viel dazu beizutragen hat, doch ihre Unterschrift unter dem *Kaufvertrag* ist dennoch wichtig.

»Sie wird dann natürlich auch gleich hier einziehen, wenn du hier einziehst.« Mein Vater sieht mich knapp von der Seite an. Das habe ich mir bereits gedacht. Es überrascht mich nicht. Also noch etwas weniger als zwei Wochen. Ich sehe zu meinem Bruder, dessen Gesicht völlig ausdruckslos ist, aber seine türkisen Augen liegen auf meinem Vater und funkeln fast mordlustig.

Ich bemerke, wie du deine Schultern straffst und Zayden auch musterst.

»Gut«, meine ich und sehe knapp zu meinem Vater zurück.

Zaydens Augen schweifen jetzt zu mir, wie ich es erwartet habe. Sein Blick ist warnend. Vor was warnt er mich denn? Denkt er echt, ich will diese kleine, billige Schlampe? Denkt er wirklich, dass so ein Flittchen auch nur annähernd eine Chance bei mir hätte? Dass ich sie auch nur mit der Pinzette anfassen würde? Deswegen braucht er sich keine Sorgen zu machen.

»Gut«, sagt jetzt auch mein Vater und isst noch ein Stück Fisch.

Meine Schwester beugt sich zu Mom und wispert ihr etwas zu. Sie nickt und Catalina steht auf, bevor sie lautlos den Raum verlässt. Kurz darauf klackt die Toilettentür im Erdgeschoss.

»Du solltest ihr etwas weniger Freiheiten gewähren«, wendet sich mein Vater nun an meine Mutter, nachdem er meiner Schwester einen Moment hinterhergesehen hat.

Ich schaue langsam zu meiner Mutter, die gerade den nachdenklichen Blick von ihrem Teller hebt. Carter-Dad stellt sein Glas laut auf dem Tisch ab.

»Bei allem Respekt, Donovan, sag meiner Frau nicht, was sie zu tun hat und was nicht.« Sein Blick ist unnachgiebig und ich hebe meine Augenbrauen. Das ist nicht gut, heute wird mein Vater noch explodieren, ich sehe es schon.

Der wendet seine Aufmerksamkeit nun Carter-Dad zu und legt langsam sein Besteck beiseite. Mom beschwichtigt niemanden. Sie tupft sich den Mund mit einer Serviette ab und lehnt sich dann zurück.

»Ich denke, dass ich an meinem Esstisch Isabelle fragen und mit ihr besprechen kann, was ich will.«

Mom seufzt und sieht zu Sophia, bevor sie sich über den Tisch lehnt. »Süße, geh doch ein bisschen mit Catalina in den Garten, wenn sie fertig ist, okay?«

»Okay«, meint Sophia leise und steht auf. Sie geht, ohne nochmal zu Onkel Caden zu sehen. Ich weiß, dass Mom verhindern will, dass die einzigen beiden an diesem Tisch, die noch nichts von Catalinas wahrer Herkunft wissen, etwas mitbekommen.

Wir sind alle still, bis zuerst die Toilettentür klackt und dann die Haustür.

Dann beugt Mom sich vor und faltet die Hände auf dem Tisch, während Carter-Dad sich zurücklehnt. Sie sieht meinem Vater direkt in die Augen. »Du wolltest ein freies Leben für sie, da hast du es«, speit sie aus.

»Sie ist zu wild.«

»Ich glaube nicht, dass du das beurteilen kannst«, kontert sie sofort.

»Ich bekomme ein Mal die Woche einen Anruf vom Schulleiter.«

Mom schnaubt. »Und du denkst, dass du dir ein Urteil aufgrund der Einschätzung eines Schulleiters über meine Tochter bilden kannst?«

»*Unsere* Tochter. Und ich denke, dass es nicht angemessen ist, was sie so tut.«

»Wirklich, Donovan, was tut sie denn?«, fragt Mom interessiert.

»Sie schwänzt die Schule, um mit einem gewissen Rush-Terekov-Abkömmling herumzuscharwenzeln.«

Mom seufzt genervt. »Das ist ein Mal passiert. Ein Mal in dreizehn Jahren. Und es war sogar gut, dass sie an diesem Tag geschwänzt hat, denn da hatten ihre Brüder die Auseinandersetzung auf dem Flur. So hat sie es wenigstens nicht mitbekommen. Sie hat mir schon alles gebeichtet und sich entschuldigt und ich war sogar schon mit ihr beim Rektor. Sie hat zugegeben, geschwänzt zu haben, und wird zwei Stunden nachsitzen dafür. Noch was?«

»Ja. All die anderen Dinge, Isabelle.«

Ich sehe, wie Mom brodelt, aber sie wird jetzt nicht ausflippen, wie ich sie kenne. Keiner hier mischt sich ein. Keiner ist so wahnsinnig. Und keiner isst. »Tja, das Recht, bei ihrer Erziehung mitzumischen, hast du verwirkt, als du beschlossen hast, dass Carter ihr Vater sein soll. Du kannst froh sein, bei dem Trip, den du gerade schon wieder fährst, dass ich sie mit hierhernehme. Also beschwer dich nicht über ihre Art. Sie ist der liebenswerteste und aufrichtigste Mensch an diesem Tisch.«

Jetzt blitzen die Augen meines Vaters erst richtig, aber Mom bleibt ungerührt davon. »Du hast es mir zu verdanken, dass du überhaupt etwas im Leben meiner Tochter entscheiden darfst, Isabelle. Und ich kann das auch sehr schnell wieder ändern, egal, ob die Vaterschaft anerkannt wurde oder nicht.«

»Das würde genau in mein derzeitiges Bild von dir passen«, meint sie abfällig. »Widerliche, hinterhältige Aktionen zu planen und über die Köpfe der anderen hinweg zu entscheiden.« Sie lehnt sich zurück und verschränkt die Arme vor der Brust. »Du wolltest es so. Du kannst einen Vogel nicht aus dem Käfig lassen und ihn dann wieder einfangen, weil dir einfällt, dass du ihn doch zu Hause haben willst.«

»Doch, das kann ich.«

Mom schnaubt wieder. »Dann mach es doch einfach. Bitte.« Sie macht eine ausladende Handbewegung Richtung Foyer. »Reiße sie aus ihrem Umfeld. Kümmere dich um sie. Umsorge sie. Bring sie zum Arzt, wenn sie krank ist. Das hast du ja noch nicht mal bei deinem Sohn geschafft. Die Zeit, die du mit ihm verbracht hast, hat sich immer nur um das hier gedreht.« Jetzt deutet sie unwirsch in das Haus. »Denkst du also wirklich, du kannst ein emotional so zerbrechliches Mädchen zu einer richtigen Frau erziehen? Wenn ja, dann bitte. Bring sie in dein Büro und sag ihr die Wahrheit.«

»Das werde ich natürlich nicht tun«, meint mein Vater nur oberflächlich ruhig. »Ich halte, was ich gesagt habe. Aber du solltest dich auch daran halten, was du zu mir gesagt hast.«

»Das tue ich doch«, entgegnet sie kühl. »Ich tue genauso viel, wie ich dir versprochen habe. Ich bin hier und sie ist hier. Du darfst sie sehen. Solange du ihr nicht schadest, wie du ihm schadest.« Sie nickt in meine Richtung.

»Ich werde mit dir jetzt keine Grundsatzdiskussion führen.«

»Wie schön.«

»Bring sie einfach unter Kontrolle.«

»Nein«, antwortet sie bitter. »Ich werde sie nicht unter Kontrolle bringen. Ich werde sie nicht zwingen, still zu sitzen, und ich werde ihr nicht verbieten, ein junges

Mädchen zu sein, solange sie ihre Grenzen kennt, und das tut sie. Ich werde sie nicht einsperren. Ich werde sie nicht darauf trimmen, eine gute Ehefrau zu sein. Sie hat Manieren und kennt die Gepflogenheiten und das reicht. Keine Kontrolle. Denn ich will nicht, dass sie ihren Frust in sich hineinfressen muss wie er.« Sie nickt wieder in meine Richtung. »Und irgendwann daran kaputtgeht wegen dir.«

Ich weiß nicht, ob irgendwer am Tisch atmet, Rosalie, und werfe dir einen kleinen Blick zu. Du hast die Augenbrauen hochgezogen und siehst zwischen den beiden hin und her. Dein Vater ist zurückgelehnt, betrachtet das und spielt mit den Haaren deiner Mutter. Er wirkt entspannt, weil er meiner Mutter vertraut. Also versuche ich das auch.

»Catalina ist, wer sie ist. Auch, wenn ihr Nachname gerade der Falsche ist. Und sie wird früher oder später auch durch den Namen die werden, die sie ist. Ich will, dass sie darauf vorbereitet ist.«

Mom stemmt ihre Hände auf den Tisch, bevor sie sich daran hochzieht und zu ihm runterschaut. »Schon ein zweites Mal in einer Woche, Isabelle«, bemerkt er und sieht ungerührt zu ihr hoch, aber sein Blick ist kalt und hart. Carter-Dad würde sie nie aufhalten oder irgendwas sagen.

»Weißt du was, ich muss gar nicht viel tun. Du wirst schon ganz von selbst dafür sorgen, dass deine Kinder dich hassen, Donovan.« Damit schiebt sie den Stuhl mit den Kniekehlen weiter nach hinten. »Wann hast du eigentlich beschlossen, dass die Welt sich um dich dreht?« Sie wendet sich ab und geht zur Tür.

»Als ich im Gefängnis war!«, ruft er ihr nach.

»Vielleicht hättest du da drinbleiben sollen!«, meint sie noch über die Schulter. Mein Vater steht auch mit einem Ruck auf und will Mom hinterher, als die Haustür bereits ins Schloss fällt. Carter-Dad schiebt sich ihm in den Weg und schüttelt langsam den Kopf.

»Lass es«, warnt er meinen Vater leise.

»OKAY, wir gehen jetzt. Danke für das Essen, Donovan!« Auch dein Vater erhebt sich, genau wie alle anderen von euch, während mein Vater nur Carter-Dad anstarrt. Ich sitze dazwischen und rühre mich nicht. Ich weiß, dass er jetzt nicht wollen wird, dass ich mit euch zurückfahre.

Deine Mom und du folgen meiner Mutter. Du siehst nochmal kurz zu mir, wie ich im Augenwinkel bemerke. Ich bin allerdings zu fixiert auf den Carter-Dad und meinen Vater – bereit, im Notfall mittenrein zu springen.

»Carter, komm«, sagt Onkel Caden. Ich strecke meine Hand aus und berühre seinen Ellbogen, damit er aus dem Moment gerissen wird. Er atmet mit einem Ruck aus und sieht kurz zu mir runter. Hart beißt er die Zähne aufeinander und mustert nochmal meinen Vater.

»Verlier nicht das letzte bisschen Ehre, das du dir noch irgendwie erhalten hast, Donovan.« Damit wendet er sich ab und rauscht aus dem Raum. Ich stehe ebenfalls auf und sehe nochmal zu Onkel Caden.

»Ich rufe dich an«, sagt er zu mir und ich nicke.

»Bis später«, verabschiede ich mich schnell, weil ich nicht will, dass die beiden auch noch aneinandergeraten, auch, wenn ich ihn damit quasi wegscheuche.

Er wendet sich ebenfalls ab, schüttelt den Kopf und schlendert aus dem Raum. Mein Vater steht noch da und starrt an die Stelle, wo meine Mutter und Carter-Dad verschwunden sind. Ich stehe schräg neben ihm und falte meine Hände hinter dem Rücken. Erst spiegeln sich in seinem Gesicht nur Wut, Hass und Groll. Dann taucht eine neue Entschlossenheit auf seinen Zügen auf.

Aus irgendeinem Gefühl heraus weiß ich, dass das unser aller Untergang sein wird, Rosalie. Dass jetzt eine neue Epoche anbricht, der Beginn eines endlosen Abgrundes, in den wir früher oder später alle stürzen werden. Und der erste Schritt wird mein Auszug aus eurem Haus sein.

19. Die Opfer, die wir bringen, Rosalie

XX

Sergio

Dieses Haus hat eine Seele.

Und diese Seele ist dunkel und kaputt.

Ihr seid alle zurückgefahren und ich bin geblieben, weil ich weiß, dass mein Vater das so will. Erstmal. Er hat sicher noch irgendwas für mich zu tun, aber er hat sich, genau wie ich, erstmal zurückgezogen. Ich muss runterkommen, genau wie er, denn ich bin viel zu aufgewühlt. Immer, wenn ich das Haus betrete, fühle ich mich so anders.

Jetzt bin ich in meinem Zimmer und versuche, meine Gedanken zu sortieren, was gar nicht so leicht ist. Denn da bist du, Mom, Catalina und all die Frauen in meinem Leben, die hier unter seiner Macht so fehl am Platz sind. Ich könnte es nicht ertragen, sollte er meine Schwester herholen oder sie verheiraten. All diese Dinge, die ich gerade erlebe, soll sie nicht erleben. Sofern ich weiß, ist das auch der Grund dafür, dass sie in dem Glauben aufwächst, Carter-Dad sei ihr Vater. Ich hoffe, mein Vater hat nicht vor, dazwischenzufunken und alles kaputt zu machen.

Der Gedanke löst rasende Wut in mir aus, mehr, als es gut für mich ist. Ich muss irgendwie lernen, damit umzugehen, ich darf nicht ständig so ausflippen. Das tue ich auch sonst nicht oft, aber in letzter Zeit kann ich mich kaum zügeln.

Regel Nummer eins als Mann in diesem Leben ist, sich seine Gefühle nicht anmerken zu lassen. Keine Schwäche zu zeigen. Das ist es, was mein Vater mir mitunter als Erstes beigebracht hat. An den Wochenenden, wenn er mit mir auf diesem Steg draußen stand und wir zu dem anderen Haus geschaut haben. Ich sehe ihn bis heute vor mir, die Hände hinter dem Rücken, immer so besonnen, ruhig und geduldig, und ich als kleiner Scheißer, der an seinen Lippen hängt. Bis heute arbeite ich daran und bis heute mache ich immer wieder Fehler. Ich bin eben auch der Sohn meiner Mutter und versuche immer wieder, die Flammen zu löschen, wenn sie bei mir auflodern. Ob aus Wut oder anderen Gründen, ist egal. Doch geht es um dich, sind die Flammen nicht aufzuhalten.

Wenn ich die Macht hätte, hier was zu ändern, wie mein Vater, würde ich alles ändern. Ich frage mich, ob er das damals auch gedacht hat, in einem anderen Leben, als ich noch nicht mal eine Vorstellung war. Ich frage mich, was er verändert hat, wenn er es denn getan hat. Ich frage mich, wann er sich verändert und seine Flammen gelöscht hat.

Hier hat sich nichts verändert. Ich bin in meinem Zimmer. Es ist das Zimmer neben seinem und es ist immer noch eingerichtet wie früher, als ich öfter hier war. Über meinem Schreibtisch hängt immer noch das Gemälde Siziliens, das die Bucht, an der du und ich immer Krabben gefangen haben, zeigt.

Wenn ich auf den Balkon trete, kann ich direkt zu dem Haus gegenüber schauen, über den See und den Steg, das Labyrinth und den Pavillon. Sowie den riesigen Park.

Mein Blick gleitet zu der Kapelle, die mein Vater in seinem Garten hat errichten lassen, damals, als seine Eltern starben. So hat er es mir erzählt.

Hier ist keiner ohne Sünde und doch tragen alle das Kreuz.

Hier hat keiner mehr Leben in den Augen und doch atmen alle.

Hier hat keiner mehr ein Gewissen und urteilt doch über Recht und Unrecht.

Irgendwo auf dem Weg haben die Menschen hier ihr Herz verloren. Ich wüsste gern, ob mein Vater noch eins hat. Er ist so undurchschaubar. Ich weiß eigentlich gar nicht wirklich, wer er ist. Ich weiß nicht, wer ihm noch was bedeutet und wer nicht. Nicht mal, ob ich es tue. Er hat seine Gefühle normalerweise perfekt unter Kontrolle und beherrscht sich. Wenn er überhaupt noch was empfindet.

Ich sehe aus dem Fenster. Mir ist nie aufgefallen, wie schön es hier ist. Ich frage mich, wie viel Leben diese Schönheit wohl gekostet haben muss. Wie viel Opfer dafür gebracht wurden. Schönheit hat immer ihren Preis. Alles Gute hat seinen Preis. Eine Hand gibt und eine nimmt. Das hat mir mein Vater sehr früh beigebracht. Der Teufel macht dir ein Angebot und du verkaufst ihm dafür etwas. Und wenn du ganz schlau bist, bist du der Teufel und nimmst dir, was du willst, bevor es dir jemand anderes wegnehmen kann. Das kann man tun, wenn man gewissenlos ist, und das muss man auch sein. Ich weiß nur nicht, ob ich das jemals hinbekommen werde.

Es klopft an meiner Tür, weshalb ich aus den Gedanken gerissen werde und den Blick über die Schulter richte. Mein Vater öffnet und lehnt dann im Türrahmen. Er wirkt schon etwas gefasster und eigentlich warte ich noch auf die Standpauke über Respekt, den ich ihm definitiv beim Essen nicht erwiesen habe. Das erste Mal.

»Störe ich?«, fragt er ruhig.

»Nein«, antworte ich leise und wende mich ihm halb zu.

Er nickt in den Flur. »Gehen wir eine Runde.« Kurz mustere ich ihn forschend, weil ich seiner Ruhe noch nicht ganz traue. Es ist gerade eben einfach zu viel passiert, als dass er entspannt sein kann. Er war zwar die letzten zwanzig Minuten in seinem Büro, aber ich weiß nicht, was er darin getan hat.

Schließlich wende ich mich vom Fenster ab und gehe auf ihn zu.

»Ich will dir ein bisschen dieses Haus näherbringen, weil es mal deins sein wird. Dieses Haus und dein Erbe.« Irgendwie schmecken diese Worte bitter und klingen falsch. Nicht, dass ich das nicht wollen würde. Ich meine, mir wurde beigebracht, das zu wollen. Ich habe mir nie etwas anderes für die Zukunft ausgemalt. Aber der Gedanke, hier zu leben, wirklich ein Teil davon zu sein, mich voll und ganz darauf einzulassen, ist noch zu weit weg und gewöhnungsbedürftig.

Ich schweige und er sieht sich kurz im Raum um, während ich mir durch das Haar fahre und warte. Kurz zucken seine Lippen zu einem traurigen Lächeln hoch, als er zum Kamin schaut und sich anscheinend an etwas erinnert. Ich kommentiere das nicht weiter.

Dann mustert er mich. »Dein Zimmer hat mal deinem Onkel Dorian gehört. Er war in vielerlei Hinsicht wie du. Nicht nur optisch. Und doch bist du auch ganz anders.« Ich runzle meine Stirn und falte meine Hände hinter dem Rücken, während ich ihm zuhöre. »Deine Mom hat darin gewohnt, als er noch mit ihr verheiratet war.«

Diese Information schafft es tatsächlich, mich kurz aus dem Moment zu reißen, und ich kann die Verwirrung darüber kaum verbergen. Ich wusste nicht, dass sie mal mit meinem toten Onkel verheiratet war, und es ergibt auch keinen Sinn für mich.

»Was?«, frage ich also.

»Sie wurde gezwungen wegen einer Vereinigung der Familie. Es war keine Heirat aus Liebe. Zu dem Zeitpunkt hat sie mich geliebt und ich sie«, erklärt er etwas rau und ich lasse meinen Blick durch das Zimmer schweifen. Das ist so absurd, Rosalie, und ich verstehe es nicht.

»Wir haben deinem Onkel das Leben ziemlich schwer gemacht und einiges in ihm zerbrochen, noch bevor es richtig entstehen konnte. Er hatte Gefühle für deine Mutter, die er sich aus Selbstschutz nie wirklich eingestehen konnte.«

Ich drehe mich wieder zu ihm. Jetzt verstehe ich. »Du hattest eine Affäre mit ihr und sie waren verheiratet«, schlussfolgere ich.

»Ich hatte eine Affäre mit ihr, noch bevor sie verheiratet waren. Und danach habe ich nicht aufgehört.« Das kommt fast etwas reumütig. Ich denke darüber nach, was er da sagt. Ich versuche, mich in seine Lage hineinzuversetzen. Wenn du nicht mit Zayden verwandt wärst und er dich lieben würde, du ihn heiraten müsstest, aber mich lieben würdest, genau wie ich dich ... das klingt vielleicht etwas fremd in deinen Ohren, Rosalie, aber ich würde dich nicht anfassen. Ich könnte ihm das nicht antun und würde lieber leiden, als ihn leiden zu lassen. Mit Selina ist es anders. Sie liebt ihn nicht, sie tut ihm nicht gut.

»Verstehe«, meine ich und versuche, ihn nicht zu verurteilen, weil ich nicht dabei war und dazu kein Recht habe.

»Ich habe einfach gewusst, dass sie mit ihm nicht glücklich werden würde. Und er war kein Gentleman im Umgang mit Frauen.« Auch das verstehe ich, Rosalie. Sehr gut sogar, aber ich kommentiere es nicht weiter. Meine Mutter sagt immer, man solle nicht urteilen, wenn man nicht selbst in der Lage war.

»Ich habe ihm immer gesagt, dass deine Mutter das Wichtigste für mich ist und ich sie über alles stelle. Ich saß aber noch viele Nächte hier und habe mich gefragt, ob das so richtig war.«

»Offensichtlich nicht«, entkommt es mir und ich stocke, weil ich das nicht beabsichtigt habe. »Ich meine, sonst wäre sie nicht dort und du hier. Man sollte keinen

Menschen über seine Familie stellen, wenn er nicht das Gleiche für einen tun würde.« So oder so ähnlich, Rosalie, sehe ich die Sache mit dir.

»Offensichtlich«, meint er etwas spöttisch und ich atme tief durch. Ich muss heute wirklich etwas aufpassen, wie ich mit ihm spreche. »Es gab dann den einen Punkt in meinem Leben, in dem ich gemerkt habe, dass du wahrscheinlich recht hast. Das war im Gefängnis.« Ich habe eben beim Essen schon diese Gefängnissache zur Kenntnis genommen, aber nicht weiter darüber nachgedacht, weil die Diskussion mit Mom zu hitzig war.

»Wurdest du verraten?«, tippe ich, weil kein Mafiaboss geschnappt wird, wenn er nicht verraten wurde.

»Es gibt sehr wohl einen Grund, weshalb ich einen Groll gegen die Rushs hege. Ja, das wurde ich. Von Carter und Caden Rush, die damals zu meinen wichtigsten Männern gezählt haben.« Das mag ich nicht, Rosalie. Ich mag es nicht, wenn die Namen der beiden so befleckt werden, weil sie für mich die aufrichtigsten Personen in meinem Umfeld sind, und instinktiv weiß ich, dass das kein Verrat im üblichen Sinne war, also drehe ich den Kopf zu meinem Vater.

»Wieso?«

»Ich wollte deine Mutter nicht gehen lassen«, erklärt er reuelos und ich nicke langsam. Wieso kommt es mir vor, als würde sich alles in seinem Leben um meine Mutter drehen? Vielleicht sollte er so viel Elan in andere Menschen stecken, Menschen, die sich noch nicht völlig von ihm abgekapselt haben wie sie. Denn sie spricht zu Hause nicht von ihm. Sie ist glücklich. Erfüllt. Sie bereut nichts. Und sie würde auf den Tod nicht hierher zurückkehren. All das sage ich ihm natürlich nicht.

»Ich verstehe«, wiederhole ich und glaube langsam, dass er echt besessen von Mom ist. Auch, wenn er das die letzten Jahre gut unter Kontrolle hatte.

»Komm, gehen wir.« Dad stößt sich ab und schlendert den Gang entlang. Ich folge ihm lautlos über den roten Teppich.

Ich denke immer noch über seine Worte nach und sehe die Geister förmlich vor mir hier oben herumspuken. Natürlich wusste ich, dass Mom und Carter-Dad eine Affäre hatten, anders wären Zayden und ich nicht gleichzeitig entstanden, aber ich wusste nichts von dem Drumherum. Jetzt fügen sich Puzzleteile zusammen, die vorher keinen Sinn ergaben.

»Die Rushs sind eigentlich wegen ihrem Großvater bei uns gelandet. Keaton J. Rush. Mein Vater wollte sie als Druckmittel gegen ihn verwenden.« Ach ja, Keaton J. Rush. Dein Uropa, der jetzt in der Karibik lebt und sich von all dem abgesetzt hat. Ich habe ihn nur ein Mal gesehen und das war ein Mal zu viel. Der Typ kann einem echt Angst einjagen. »So kam es, dass Carter und Caden in diesem Haus gelandet sind.«

Ich nicke verstehend. »Und dann war sie mit deinem Bruder verheiratet und hatte eine Affäre mit dir und dem Carter-Dad?« Okay, jetzt verstehe ich doch gar nichts mehr.

Wir gehen weiter und er öffnet eine der letzten Türen im Gang. »Das hier war das Zimmer deiner Großeltern. Sie wurden bei einem Angriff der Familie de Luzio getötet. Im

Bett erschossen.« Ich wusste ein bisschen was davon, keine Details. »Ich habe alles übernommen, als dein Großvater gestorben ist. Mein Bruder wurde einige Zeit davor auch erschossen und so fiel deine Mutter mir zu und musste mich heiraten. Da hatte sie aber schon länger eine Affäre mit Carter Rush. Der wurde bei dem Angriff der de Luzios auf dieses Haus auch schwer verletzt. Ich habe ihn gefunden, ihn ins Krankenhaus gebracht und dafür gesorgt, dass er überlebt. Ich frage mich bis heute noch, ob das die richtige Entscheidung war.«

Für mich gäbe es kein Zögern, wenn es um eine Person ginge, die du liebst. Egal, auf welche Art. Ich könnte dir das nicht antun. »Es ist sehr ehrenhaft«, meine ich nachdenklich.

»Es war das, was mein Instinkt mir gesagt hat.«

»Dann also das Richtige.« Zumindest, wenn man deinen Vater fragt, Rosalie.

»Unsere Instinkte können unsere größten Verbündeten, aber auch unsere größten Feinde sein.« Er schließt leise die Tür, und ja, da muss ich ihm recht geben.

Aber erfahrungsgemäß weiß ich eines: »Der Kopf ist der größere Feind.«

»Nicht in dieser Welt.« Wir setzen uns wieder in Bewegung und gehen nach unten. Er stößt eine Tür im zweiten Stock auf. Es sieht aus, als würde jemand hier drin wohnen, aber es ist niemand da. »Das war Caden Rushs Zimmer, als er noch einer meiner Männer war. Als er mir noch seinen Eid geschworen und seine Loyalität versprochen hat. Das war, bevor er Kameras in meinem Haus installiert hat, damit er Beweismittel sammeln konnte, die mich ins Gefängnis brachten.« Ich würde mir gern die Ohren zuhalten, als er mir das erzählt. Ich mag es nicht, mir all das vorzustellen. Aber ich merke es mir und werde noch einmal mit deinem Vater und meiner Mom darüber sprechen. Es ist immer gut, eine Geschichte von beiden Seiten zu hören.

»Auf den Balkon hat deine Mom sich geschlichen, um sich mit Carter zu treffen. Dort wurde sie auch angeschossen, als sie gerade mit ihm zusammen war. An dem Tag des Angriffs. Sie ist fast gestorben.« Ich zucke zusammen, weil sofort Bilder durch meinen Kopf rauschen. Ich will mir gar nicht vorstellen, dass meiner Mutter irgendwas passiert. Du, sie und meine Schwester seid die wichtigsten Frauen in meinem Leben. Ich könnte nie wieder richtig atmen, wenn einem von euch was zustoßen würde.

»Gehen wir weiter.« Er geht die Treppe runter und ich folge ihm ins Erdgeschoss. Direkt ins Esszimmer. »Hier haben wir immer alle an einem Tisch gesessen und ich habe mir Tag für Tag angeschaut, wie meine Frau von ihm mit den Augen ausgezogen wurde. Zu der Zeit habe ich mir am meisten gewünscht, dass ich sie nicht lieben würde und dass ich sie nie so nahe an mich rangelassen hätte. Kein schönes Gefühl, das wünsche ich dir nicht. Niemals.« Das lasse ich unkommentiert. Ich weiß, wie sehr der Carter-Dad und Mom sich lieben, und wenn man so tief füreinander empfindet, tut man sicherlich auch mal Dinge, die über Grenzen gehen. Natürlich mag ich die Vorstellung nicht. Natürlich kann ich mir denken, wie viel das zu dem beigetragen hat, wie mein Vater jetzt ist. Und doch kann ich sie dafür nicht verurteilen.

Wir treten hinaus auf die hintere Terrasse. Die Luft ist kühl und Laub schimmert feucht im Schein der Laternen. Wir schlendern über den Rasen zum See und zu dem Steg, der über das schwarze, leise plätschernde Wasser hinausragt. »Hier wurde dein Onkel erschossen. Genau hier.« Er bleibt in der Mitte des Stegs stehen und wendet sich mir zu. Der See in seinem Rücken, genauso wie das Haus, in dem ich aufgewachsen bin.

»Von wem?«, frage ich, weil er mir das nie erzählt hat.

»Von einem Mann, von dem er dachte, er wäre sein Freund«, sagt er kryptisch, aber ich habe das Gefühl, da ist noch mehr. Allerdings bohre ich jetzt nicht. Nach allem, was ich gerade gehört habe, glaube ich nicht, dass ich es so genau wissen will. »Deswegen pass auf, wen du Freund nennst. Denn dein engster Freund ist manchmal dein größter Feind und die Liebe für die größten Schmerzen verantwortlich, die man empfinden kann.«

Ich atme tief durch und sehe mich um. Der Frieden wirkt genauso trügerisch, wie er sich für mich anfühlt. Ich denke darüber nach, was mein Vater so alles durchgemacht hat, und wahrscheinlich ist das nur ein Zehntel von dem, was in seinem Leben wirklich passiert ist. All der Tod, der Verrat, der Verlust, der Betrug. Ich verstehe langsam, was ihn so gemacht hat. Das heißt aber nicht, dass ich es gut finde.

»Liebst du sie trotzdem noch?«, frage ich und sehe an ihm vorbei zum anderen Haus.

»Ich werde sie immer lieben, aber ich werde mich nie wieder selbst für diese Liebe aufgeben.«

Ich blicke zurück in seine Augen. Ich frage mich, ob er das nicht schon getan hat. Sich selbst aufgegeben.

»Ich musste es durch eine harte Lektion lernen und will sie dir ersparen.«

Ich lege den Kopf nachdenklich schief und lasse seine Worte so stehen. Ich sehe das alles ganz anders. Ich muss mich für dich nicht aufgeben. Ich muss dich aufgeben, um funktionieren zu können. Du bist es, die mich zu dem macht, was ich sein will. Also kann ich das, was er sagt, so nicht bestätigen.

»Wie machst du das?«, frage ich trotzdem und sehe wieder zu dem Haus, weil ich nicht weiß, wie ich mich von dir distanzieren soll und mir dabei selbst vertrauen kann, damit ich nicht wieder rückfällig werde. Dabei weiß ich sehr genau, dass ich das muss. Dass ich mich distanzieren muss.

»Ich belüge mich selbst und verbiete mir jeden Gedanken an meine Gefühle für sie. Ich rede es mir so lange ein, bis ich es selber glaube.« Seine Stimme ist heiser. »Und meistens glaube ich es auch.« Ich versuche, mir testweise zu sagen, dass du mir egal bist. Es funktioniert nicht.

»Es erfordert jede Menge Übung und das wird nicht von jetzt auf gleich gehen«, meint mein Vater, als hätte er meine Gedanken gehört. Es widerstrebt mir fast, nachzugeben. Am liebsten würde ich ihm entgegenbrüllen, dass ich das nicht mache, und es mir egal ist, was er sagt. Tja, aber die Wahrheit ist, es ist mir nicht egal. Es bedeutet mir sogar viel zu viel.

Ich lasse den Nacken knacken und sehe ihn wieder an. »Ich glaube nicht, dass wir in der Hinsicht so gleich sind und ich das schaffe«, entgegne ich vorsichtig.

»Hauptsache, du hörst nicht auf, es zu versuchen.«

Wenn ich könnte, würde ich jedes Lachen, jede Sekunde mit dir und jedes Wort, was wir gesprochen haben, seit wir sprechen können, in eine Truhe packen und sie verschließen, sodass du immer noch da bist, aber ich dich nur dann raushole, wenn es für mich passt. Im Moment bist du überall und nicht in einer Truhe. Ich kann dich nicht wegpacken. Und ich hasse es, dass er mir sagt, ich solle es versuchen. Ich weiß, dass ich es muss. Doch vor allem versuche ich, diesen Teil in mir zurückzudrängen, der meinen Vater dafür hasst, was er hier von mir einfordert.

»Ich werde es versuchen«, sage ich halbherzig und sehe wieder rüber zu dem Haus. Deine Balkontüren stehen offen.

Mein Vater legt seine Hand auf meine Schulter, und seine Finger an dieser Stelle wecken dieses Gefühl in mir, wie sie es immer getan haben. Ich beruhige mich und fühle mich fast zufrieden. Als hätte ich irgendwas getan, irgendwas, was richtig war. Wie ein Hund, der ein Leckerli erhält.

»Das ist das Problem bei uns de Lucas. Einmal sein Herz verschenkt, bleibt es für alle Zeit bei dieser einen Person. Egal, wer danach noch kommen mag. Deswegen solltest du wirklich aufpassen, wem du dein Herz gibst. Denn nicht jeder geht gut damit um und hat es verdient.«

Ich sehe ihn kurz an. »Ich weiß«, meine ich und wende diesmal als Erster den Blick wieder ab. Denn ich weiß es wirklich, Rosalie. Ich weiß genau, wer in meinem Leben gut mit meinem Herzen umgeht und wer nicht.

Und ich weiß, dass mein Herz für immer dir gehören wird. Aber das darf auch nicht an erster Stelle stehen. Nichts davon. Ab sofort werde ich danach leben müssen.

Ich vergrabe die Hände in den Hosentaschen. Mein Vater lässt die Hand von meiner Schulter sinken, setzt sich wieder in Bewegung und nimmt den Weg durch den Park. Unsere Schritte knirschen auf dem feuchten Boden und irgendwo hört man ein paar Männer lachen.

Wir folgen den Pflastersteinen, bis die kleine Kapelle in Sicht kommt, worin drei Kerzen brennen, wie immer. Eine für meinen Opa, eine für meine Oma und eine für meinen verstorbenen Onkel Dorian. Wir betreten den kühlen Holzbau. Mein Vater bleibt vor dem kleinen Altar und den Kerzen stehen und ich an der Tür, in deren Rahmen ich mich lehne. Mein Blick bleibt an den flackernden Flammen der Kerzen hängen.

Er dreht sich zu mir um und ich atme tief ein, bevor ich ihn wieder anschaue und die Arme vor der Brust verschränke.

»Dein Uropa kam aus Sizilien hierher, weil Amerika für alle der große Traum war. Raus aus dem Dreck und dem Staub, hinein in diese Welt des Prunks, des Geldes und der Macht. Er hat ganz klein angefangen als Schuhputzer und er hat all diese italienischen, teuren Lederschuhe geputzt und sich mit den Leuten unterhalten. Er hat Dinge gehört und Informationen gesammelt. Er hat das Vertrauen von all diesen lederschuhtragenden Männern gewonnen. Irgendwann hat er angefangen, mit diesen Informationen zu handeln, während er ihre Schuhe geputzt hat. Schon bald wurde er eingeladen und nicht als Schuhputzer vorgestellt, sondern als *Freund der Familie*. Er war von vielen Familien der Freund. Und konnte sich bald seine Freundschaft etwas kosten lassen. Einen Gefallen, ein Geschäft, einen Deal. Seine Freundschaft war zu der Zeit kostbarer als Gold, und kurz darauf war man nur etwas, wenn man mit ihm befreundet war. Irgendwann konnte er sich das erste Paar italienischer Lederschuhe leisten, zusammengetragen von all diesen kleinen Gefallen. Seine Gabe war das Zuhören, das Einnehmen von Menschen und das Zusammensetzen von Puzzlestücken, und diese Gabe hat er genutzt. Er war eines Abends wieder bei einem dieser italienischen Lederschuhträger und er lernte die Tochter von ihm kennen. Sie hieß Amalia. So unschuldig, so verboten. So zerstörbar. Und er wusste, er musste sie zerstören, um an das zu kommen, was er wollte. Er hat es getan. Radikal. Denn er hatte einen Traum. Durch die Hochzeit mit ihr hatte er genug Geld, um das erste Casino in Chicago zu eröffnen, dann die Universität von Chicago bauen zu lassen und sich als Wohltäter der Stadt zu präsentieren. Denn er hat schon immer gewusst, der Schein ist das, was zählt. Das Geschäft ist das, was zählt. Nicht die Liebe. Nicht irgendwelche Gefühle. Keine Frau. Sie war seine größte Sünde, denn sie wurde für all diese Geschäfte geopfert. Sie ging an seiner Seite ein, immer mehr, bis nichts mehr übrig war, denn sie war zu zart, um an der Seite des Mannes zu bestehen, der er sein musste. Nicht einmal ihre Kinder konnten ihr den Lebenswillen erhalten und sie hat sich umgebracht. Sie sprang von diesem Balkon da oben …« Er deutet am Haus hoch in den dritten Stock und ich erschauere eiskalt. »Sie hat sich geopfert, aber dieses

Imperium war gegründet. Darauf baut unsere Familie auf.« Ich höre ihm aufmerksam zu und im Schein der flackernden Kerzen kann ich die Bilder genau vor mir sehen.

»Ein Mann in unserer Position wird in seinem Leben sehr viele Sünden begehen«, fährt er fort. Und du bist meine größte, Rosalie. Das weiß ich jetzt schon. »Das wusste dein Großvater damals genauso, wie ich es jetzt weiß und wie es dir auch sehr bald klar werden wird. Wir tun Dinge, die unverzeihlich sind. Wir nehmen Menschenleben. Wir leben dafür, der Familie zu dienen. Und wir tun alles für diese Familie. Mein Vater hat das getan. Ich tue das. Und ich weiß, dass du dazu bereit bist, das auch zu tun. Dafür musst du etwas von dir aufgeben.« Er spricht ruhig und sieht mir konstant in die Augen. Ich denke sofort wieder an dich. »Du musst dafür aufgeben, was dich schwach macht. Was dich zu viel fühlen lässt. Du kannst dieses Leben voller Sünden nicht ertragen, wenn du fühlst.«

Das wusste ich bereits, aber die Eindringlichkeit, mit der mein Vater spricht, macht es mir nochmal sehr viel deutlicher.

»Ich weiß, dass es nicht immer funktioniert, diese Empfindungen von sich zu schieben. Manchmal kann man nur noch um Vergebung beten. Ich tue das hier, Nacht für Nacht.« Er sieht kurz runter. Ich schlucke und schaue über seinem Kopf zu dem goldenen Kreuz an der Wand. »Aber ich weiß, wofür ich das tue, und ich hoffe, dass mein Vater stolz auf mich wäre.« Jetzt schaut er zu einer flackernden Kerze auf dem Altar. »Ich weiß, dass du mich auch stolz machen wirst. Und dass du bereit sein wirst, wenn ich nichts anderes bin als eine flackernde Kerze auf diesem Altar.«

Der Gedanke verursacht mir kurz eine leichte Übelkeit und ich lasse meine Augen wieder zu ihm gleiten.

»Aber dafür musst du es loslassen.«

Dich loslassen, Rosalie. Weil du meine einzige Schwäche bist.

»Alles loslassen, was dich ablenkt.«

Ich schlucke und nicke knapp.

»Und vielleicht irgendwann ...«, meint er nachdenklich und sieht zu der Kerze daneben. »Wirst du doch das bekommen, was du wirklich brauchst, wenn du es am wenigsten erwartest.«

Ich räuspere mich. Ich versuche noch, den Gedanken zu verarbeiten, dich wirklich loszulassen. Aber er hat recht, ich muss, und das wusste ich die ganze Zeit. Ich muss alles loslassen, was mich ausmacht, und ein neues Ich werden.

Ich nicke wieder und meine Hände in den Hosentaschen balle ich zu Fäusten. Ich darf mir keine Fehler mehr erlauben.

Er überschaut mich kurz. »Egal, was auch passiert, ich werde da sein«, sagt er schließlich. Ich schlucke fest und atme tief aus.

»Ich weiß«, antworte ich dann leise. Nur beruhigt mich dieser Gedanke nicht. Ganz im Gegenteil, mir wird mit jedem Wort kälter, während mein Blick in der Kerze versinkt. In der dritten Kerze, die am meisten runtergebrannt ist.

Das sind sie also, Rosalie. Die Opfer, die wir bringen. Die Menschen, die wir verlieren, und die Herzen, die wir brechen, um zu sein, wer wir sein müssen.

Um zu tun, was wir tun müssen.

Es führt kein Weg daran vorbei. Egal, wie hoch gestellt du bist. Als ich wieder in sein Gesicht sehe, wird mir klar, dass er auch nur eine Marionette ist. Eine Marionette, deren Fäden von der sogenannten Familie gezogen werden. Auch, wenn er über ihnen steht, so hat er diese Erwartungen zu erfüllen, und Freiheit? Freiheit ist ein Gerücht. Freiheit wird es für einen de Luca nicht geben. Der letzte freie de Luca hat sich selbst für ein Leben mit Fesseln entschieden.

Somit schließt sich der Kreis und alles ist so, wie es zu sein hat. Aber nichts ist so, wie es sein soll.

20. Ausweglos, Selina

XX

Zayden

Drei Tage, Selina.

Ich habe nicht gedacht, dass alles jetzt so schnell gehen wird.

Drei Tage, dann sollen deine Eltern unterschreiben.

An diesem Tisch zu sitzen und meinen Mund zu halten, war die größte Herausforderung meines Lebens, und jetzt geht es mir richtig scheiße.

Drei Tage, dann wirst du diesen Ring tragen. Drei Tage, dann wirst du versprochen sein. Verlobt mit meinem Bruder. Zwei Wochen, dann wirst du in diesem Höllenhaus da drüben leben. Und es wird dich verschlingen.

Das Einzige, was mich stillhalten lassen hat, war meine Mutter, weil sie so vieles gesagt hat, was mir auf der Zunge lag – wenn es auch um meine Schwester ging und nicht um dich. Das Einzige, was mich hat stillhalten lassen, war die – zugegebenermaßen – Angst darum, dass Donovan es an meinem Bruder auslässt, wenn ich mich jetzt falsch bewege. Oder an dir.

Ich weiß noch nicht, was jetzt auf uns zukommt. Ich weiß nicht, wie Sergio mit alldem umgehen wird. Ich weiß nicht, was es in ihm ausgelöst hat, was da in diesem Schulflur passiert ist. Und jetzt, da ich mich etwas beruhigt habe, ist mir natürlich klar, dass ich schuld daran bin, dass ihr schon in zwei Wochen da drüben wohnen werdet und nicht erst nach unserem Geburtstag.

Es macht mich wütend, Schuld zu empfinden. Ich mag es nicht, mir einzugestehen, dass ich irgendwas falsch gemacht habe.

Ich bin mit Dad zurückgefahren und habe die sieben Minuten, die es über die Brücke zu uns dauert, geschwiegen. Sogar meine Schwester hat die Anspannung gespürt und ist still geblieben, obwohl sie sonst so viel redet. Mom brodelt immer noch, weshalb auch sie schweigt, und Dad trommelt hart mit den Fingern aufs Lenkrad, während wir vor unserem Tor stehen und warten, dass es sich öffnet.

Ich muss jetzt zu dir. Ich muss dich sehen. Ich muss … keine Ahnung. Irgendwas tun. Dich packen und weglaufen? Das wäre ein guter Plan. Ich könnte dich einfach in mein Auto setzen und mit dir sonst wohin fliehen. Weg von hier. Dann könnten wir zusammen sein. Dann könntest du meine Mrs. werden und nicht seine. Ich weiß, dass du das nicht willst.

Der Motor surrt, als mein Vater wieder Gas gibt und wir auf den Hof fahren. Kaum haben wir das Tor passiert, reiße ich auch schon meine Tür auf und steige einfach aus, während der Wagen noch rollt.

Dads Fluch folgt mir noch, aber ich schließe die Tür und fuchtele ungeduldig meinen Autoschlüssel aus der Hosentasche, während ich den Platz mit ausschweifenden Schritten überquere. Onkel Caden und Tante Alayna sind mit Rosalie und Sophia offensichtlich schon da, denn der weiße BMW parkt auch gerade. Die Rücklichter erhellen meine Gestalt. In mir herrscht das pure Chaos. Mein Herzschlag vermischt sich mit dem tiefen, schnellen Atem, der meine Lungen flutet, während ich mich an zwei Autos entlang zu meinem schiebe und es entriegle.

Dann reiße ich die Tür auf, steige ein, starte den Motor, noch bevor ich sie richtig geschlossen habe, und lege den Rückwärtsgang ein, während ich das Piepen des Sensors ignoriere, das mich dazu auffordert, mich anzuschnallen. Ich setze viel zu schnell zurück, sodass das Laub mit dem Kies zusammen aufwirbelt. Im Rückspiegel sehe ich noch meine Eltern zur Tür gehen, Catalina, die ihnen folgt, und die anderen, die aussteigen und das Haus betreten.

Keiner von ihnen hält mich auf, aber ich bemerke, wie Rosalie stehen bleibt, die Hände in ihrem Trenchcoat, und mir nachschaut. Sie wirkt niedergeschlagen und seufzt schwer.

Ich gebe Gas, rausche gerade noch so durch das Tor, das dabei ist, sich zu schließen, und biege scharf auf die Brücke ab. Die grellen Scheinwerfer erhellen mir die Sicht auf die Straße. Der Sensor piept immer noch hysterisch und ich fuchtele eine Zigarette aus der Schachtel in der Mittelkonsole. Es ist die letzte. Ich schiebe sie mir zwischen die Lippen und taste nach einem Feuerzeug, ohne von der Straße wegzusehen.

Kein Feuerzeug. Mein Herz rast und die Gefühle vermischen sich zu einem heißen, brennenden Klumpen in meinem Bauch.

Mit einem Ruck trete ich auf die Bremse und die Reifen quietschen laut in der ruhigen Nacht. Ich rucke nach vorn, die Kippe immer noch zwischen meinen Lippen. Anschließend schlage ich hart auf den Schalter für das Licht über den Rückspiegeln und beuge mich Richtung Fußraum der Beifahrerseite, wo ich ein blaues Feuerzeug hervorhole.

Ich richte mich wieder auf und drehe das Rädchen viermal, bis die kleine, schwache Flamme entzündet wird. Dann inhaliere ich tief – so tief, dass die Zigarette augenblicklich heiß ist – und pfeffere das Feuerzeug wieder auf den Beifahrersitz, bevor ich Gas gebe.

Und jetzt, Selina?

Was mache ich jetzt?

Wenn du da drüben bist und verheiratet mit einem anderen Mann, was mache ich dann?

Hart ziehe ich nochmal und lenke nach links auf den Waldweg, ohne zu dem dunklen Haus zu sehen, das dein Zuhause werden wird.

Wir müssen hier weg. Ich muss dich einfach packen und mit dir weglaufen. Denn ich weiß nicht, wie ich es überstehen soll, wenn ich nicht mehr jeden Tag, außer in der Schule, in deine schwarzen Augen blicken kann. Wenn ich nicht mehr deine Lippen spüren und dein Lächeln sehen kann. Ich brauche das. Ich brauche dich in meinem Leben. Ich kann einfach nicht ohne dich. Dafür bist du schon zu lange da, zu tief in meinem Herzen. Ich brauche deinen

Duft, deine Hände und die Wärme deines Körpers, wenn ich dich an mir spüre. Ich brauche es, wie du mir durch das Haar streichst und dich an mich schmiegst. Wie sich deine Berührungen auf meiner Haut anfühlen. Es ist mir egal, was die anderen denken. Ich weiß, wer du bist, und ich liebe alles an dir. Auch die Dinge, die sie am meisten hassen oder die du selbst am meisten hasst.

Ich fahre viel zu schnell durch die Innenstadt und ziehe nochmal hart, bevor ich die Zigarette aus dem halb geöffneten Fenster schmeiße. Ich habe mit dir nicht mehr gesprochen, seit ich dich in der Schule habe stehen lassen, weil ich immer noch sauer bin, wegen dem, was du gesagt hast. Aber andererseits ist das jetzt so unwichtig geworden. Dieses Essen bei diesem Hurensohn hat mir die Augen wieder für das Wesentliche geöffnet. Und das bist du.

Ich scrolle über das Rädchen am Lenkrad. Das Piepen ist endlich verklungen und ich gehe mein Telefonbuch durch, bis zu deiner Nummer, bevor ich dich anrufe und eine gerade rot gewordene Ampel überfahre. Es hubt laut um mich herum, ich ignoriere das.

Es dauert etwas, bis die Leitung klackt, dann höre ich deine Stimme. »Ja?« Alles in mir verkrampft sich kurz.

»Wo bist du?«

»Zu Hause.«

»Okay, ich komme jetzt. Kannst du raus?«, will ich wissen, während ich Richtung Südseite fahre.

»Ja«, antwortest du und scheinst zu überlegen. Wenn dein Dad zu Hause ist, ist immer alles etwas schwierig. Ich hasse diesen schmierigen Bastard. »Wann?«

Ich werfe einen Blick auf die Uhr am Navigationsdisplay.

»Vierzehn Minuten«, meine ich, denn ich gebe sowieso viel zu viel Gas.

»Okay.« Das kommt etwas überrascht.

»Okay, bis gleich.«

»Bis gleich.« Wir legen auf und ich versuche immer noch, meinen Atem zu regulieren, während die Straßenlaternen an mir vorbeisausen, ich mitten durch die gehobene Gegend Chicagos rase und über die Gegenfahrbahn Autos überhole, deren Fahrer mir Lichthupen geben und ausflippen. Aber ich habe keine Zeit dafür.

Ich fahre den Berg hoch, immer höher und vorbei an den Villen und den modernen Häusern, bis sich eine weite, grüne Landschaft vor mir erstreckt. Die Bosse in der Stadt legen immer viel Wert darauf, dass ihre Häuser abgeschieden liegen. Ich fahre in meiner Geschwindigkeit etwa eine Minute die verlassene Landstraße entlang, bis die weiße Villa, die von einer dicken, gleichfarbigen Mauer umgeben ist, erscheint. Ich halte nicht an, da Wachen an dem Tor stehen. Ich bin ja nicht dumm.

Ein paar Meter von hier ist ein verlassenes Waldstück direkt an einem Teich, wo ich dich öfter mal treffe. Dort biege ich rechts ab und bremse scharf, bevor ich den Motor abstelle und mein Handy im Auto lasse. Ich brauche kein Handy, wenn du bei mir bist.

Du schiebst dich gerade zwischen den Bäumen hindurch, während ich aussteige und meine Tür leise schließe, damit man es nicht bis zu eurem Haus hört.

Du trägst schwarze Jeans und hältst deinen gleichfarbigen Mantel an der Brust zusammen. Dein schwarzes, langes Haar ist etwas feucht und du bist ungeschminkt.

»Was ist los?«, fragst du sofort, als du mich siehst. Ich lehne mich mit dem Steißbein an die warme Motorhaube. Wir sind hier vor Blicken geschützt und du kommst näher.

Ich packe dich am Oberarm und ziehe dich das letzte Stück zwischen meine Beine, weil mir das nicht schnell genug geht. Fragend siehst du zu mir hoch. Dein Blick aus dunklen Augen ist alarmiert und ich sauge deinen Duft ein, der so frisch und so süß ist.

»Wusstest du das?«, frage ich als Erstes und meine Stimme ist heiser.

Du runzelst die Stirn und bist eindeutig verwirrt, was mich etwas erleichtert.

»Ich meine, dass ihr in drei Tagen unterschreiben sollt.«

Jetzt sickert Erkenntnis in deinen Blick und du atmest aus. »Mein Vater hat es mir vorhin gesagt.« Er ist also zu Hause, dein Vater. Eine gute Gelegenheit, ihm eine Kugel zu verpassen und dann abzuhauen.

Ich klemme dir die Haare hinter das Ohr. Wieso bist du so schön? Wieso schimmern deine Augen immer so? Wieso machst du mich so süchtig? Und wieso wird dein Blick immer so schmachtend, wenn du mich betrachtest? Ich schiebe eine Hand in deinen Nacken und du legst deine Finger an meine Seiten unter meine Lederjacke. Ich liebe es, deine Hände an mir zu spüren.

Ich beuge mich zu dir runter und lehne meine Stirn an deine, meine Hand immer noch in deinem warmen Nacken. »Hau mit mir ab«, wispere ich an deiner Haut und ziehe tief deinen Duft ein.

Ich spüre, wie du deine Stirn runzelst. Dein: »Ich kann nicht« kommt etwas gequält.

Ich schlucke hart. Mit dem Daumen streiche ich über deinen Haaransatz. »Wieso nicht? Wir könnten einfach weg. Irgendwo neu anfangen. Ich brauche das alles hier nicht. Ich brauche *dich*.«

Du streichst über meinen Rücken und ich erschauere. »Wir sind hier zu Hause. Und mein Vater würde uns finden und beide umbringen.«

Ich ziehe meinen Kopf zurück. »Scheiß auf deinen Vater. Er findet uns nicht, wenn ich das nicht will. Und das hier ist kein Zuhause. Du wirst nur von einem Gefängnis ins andere verlegt. Checkst du das nicht?« Eindringlich sehe ich dir in die Augen und du verziehst dein Gesicht.

»Zayden«, meinst du leise und sehr eindringlich, die Vernunft in deiner Stimme treibt mich fast zur Weißglut. Das sind nicht wir, Selina. Wir sind nicht vernünftig. Nicht erwachsen.

»Du musst das nicht tun!«, sage ich drängender.

»Er wird uns finden!«, antwortest du genauso und dein Blick beschwört mich, nichts Dummes zu tun. Ich atme tief durch. »Wir werden trotzdem einen Weg finden.«

Jetzt mahle ich mit den Zähnen. Du verstehst das einfach nicht.

»Und das mit deinem Bruder ist nicht für immer.« Du streichst über meinen angespannten Kiefer und ich kann nur zu dir runtersehen.

»Also was? Willst du da rüberziehen und seine Frau spielen?«, frage ich ungläubig. »Und ich hab dich ab und zu in der Schule? Ich kann das nicht.« Jetzt sehe *ich dich* eindringlich an. In meinem Leben gibt es nur eine Sache, die ich absolut nicht kann. Und das ist, zu teilen, was ich liebe.

»Ich werde nicht wirklich seine Frau sein«, meinst du beschwichtigend. »Und es ist nicht für immer. Vielleicht kannst du mit deinem Bruder sprechen. Vielleicht lässt er uns trotzdem zusammen sein.«

Ich denke daran, wie abgefuckt das Verhältnis zwischen Sergio und mir zurzeit ist. Wie angepisst ich bin und wie angepisst er ist.

Diese Gewissheit, die Erkenntnis darüber, dass es wohl keinen Weg für uns gibt, und ich dich loslassen muss, reißt mir den Boden unter den Füßen weg und ich halte dich noch fester am Nacken. Es fühlt sich an, als würde ich dich verlieren.

»Wir finden trotzdem einen Weg«, versicherst du mir leise und stellst dich auf die Zehenspitzen, um deine Lippen sanft auf meine zu drücken. Ich atme leise durch die Nase aus, sobald ich deinen weichen Mund auf meinem spüre. Alles in mir krampft sich zusammen. Fuck, ich liebe dich so, und das wird mein Tod sein.

Ich ziehe dich näher und lasse meine Zunge über deine streichen, bevor ich dich noch tiefer küsse, wobei ich deinen Kopf etwas nach hinten drücke.

»Ich kann dich nicht verlieren«, wispere ich an deinem Mund. Allein die Vorstellung wirbelt alles in mir auf. Mir wird schlecht und heiß, wenn ich nur daran denke, Selina.

Du krallst dich in meinen Pullover und murmelst: »Ich dich auch nicht.«

Und eine Gewissheit habe ich: »Das wirst du nicht.

Niemals. Ich gehöre dir.« Dein heißer Atem bricht sich an meinen Lippen.

»Ich liebe dich«, flüsterst du. Deine Stimme schießt unter meine Haut, während meine Brust noch wärmer wird. Ich weiß einfach, dass es für mich keine andere als dich gibt. Dir gehört mein Herz und das verschenke ich nicht an jede. Ich habe es dir gegeben und nicht vor, jemand anderen jemals hineinzulassen, weil du alles für mich bist. Die Einzige. Mein Alles.

»Ich liebe dich auch«, antworte ich heiser und presse wieder meinen Mund auf deinen. Du kommst mir noch weiter entgegen und dein Atem geht schnell. Ein kühler Wind streicht über uns, während ich einen Arm um deine Taille lege und mich vom Auto abstoße. Ohne meine Lippen von deinen zu nehmen, gehe ich rückwärts und ziehe dich dabei mit, bis ich die hintere Tür meines Autos erreiche und sie öffne. Dann drehe ich uns und lasse kurz von dir ab, um dich sanft auf den Rücksitz zu bugsieren, sodass du darauf liegst.

Dein Atem geht schwer und deine schwarzen Haare verteilen sich auf dem Ledersitz. Du bist auf die Ellbogen gestützt und siehst mit deinen dunklen Augen zu mir hoch. Die Tür ist immer noch offen und ich beuge mich in den Wagen, um deine Hose zu öffnen und sie dir mit einem Ruck von den Beinen zu ziehen, wofür du deine Hüften hebst. Dein Mantel klafft auseinander und gibt den Blick auf den weißen Pullover preis, den du trägst.

Dann schiebe ich mich zwischen deine Beine, während die kalte Luft hereinströmt. Mit einer Hand stütze ich mich über deinem Kopf an der Halterung der Tür ab, mit der anderen öffne ich meine Hose, während ich meine Lippen wieder auf deine drücke und dich küsse. Du stöhnst in meinen Mund, als meine Knöchel dich streifen. Ich würde killen für dieses Stöhnen.

Sobald meine Hose offen ist, schiebe ich deinen schwarzen Slip zur Seite und dränge mich mit einem Stoß in dich. Wieder keuchst du auf und ich kneife meine Augen zusammen. Du fühlst dich wie der Himmel an.

Du winkelst ein Bein auf dem Sitz ab und ich stöhne auch, als ich tiefer in dich stoße. Meine Lederjacke reibt über deine Seite. Du greifst unter meinen Pullover und schiebst deine kalten Hände an meinen unteren Rücken.

Wieder stöhne ich und lasse meine Stirn an deine Schulter sinken. Mit der Nase streife ich über deinen Hals und bewege mich drängend in dir. Ich genieße das Gefühl, dich zu spüren. In dir zu sein. Dich zu riechen. Du bist genau richtig für mich. Du bist das Ideal einer Frau für mich. Und deshalb weiß ich, dass niemals jemand an dich herankommen wird.

Das Auto ruckelt etwas, als ich härter in dich stoße und du lauter wirst. Du kommst mir mit deinem Becken entgegen und ich erwische den Punkt in dir, der dich zum Kommen bringt. Ich liebe es, dich kommen zu spüren. Deine Fingernägel krallen sich tief in meinen Rücken und ich stöhne an deinem Hals, als du dich um mich herum zusammenziehst, ehe deine Muskeln sich anspannen. Ich bewege mich durch deinen Orgasmus, während du um mich herum zuckst und dein heißer Atem sich an meiner Schläfe bricht. Ich brauche das. Ich brauche deinen Atem an meiner Haut.

Ich könnte dich nie vergessen. Immer wieder erinnerst du mich daran, was es ist, das mich so an dich bindet. Und das ist so ungefähr alles. Dein Atem, dein Duft, deine Haut, deine Stimme, wie du stöhnst und wie du lachst. Deine Augen, deine Finger, dein Körper.

Ich kralle mich in der Halterung fest und hebe den Kopf, sehe in deine Augen. Sie brennen und du lässt sie über mein Gesicht schweifen.

Meine Lider gleiten zu, als es mich überkommt. Mit einem letzten Stöhnen halte ich mich tief in dich gedrückt und lasse los. Genau in dem Moment, als mein Handy schrill zu klingeln beginnt. Ich ignoriere es erstmal und du streichst über meinen Rücken, während ich komme. Ich bewege mich nochmal träge in dir, bis die letzte Welle verklungen ist. Genau wie das Klingeln meines Handys, das allerdings sofort wieder einsetzt.

»Fuck«, wispere ich schwer atmend und du lachst leise.

Ich bleibe in dir, strecke meinen Arm nach vorn und fische das Gerät mit den Fingerspitzen aus der Mittelkonsole. Der Anruf ist natürlich anonym.

Ich nehme ab, halte mir das Handy ans Ohr, während du mit den Händen unter dem Stoff meines Pullovers nach vorn über meinen Bauch streichst. Ich bin immer noch in dir und stütze mich jetzt mit der freien Hand neben deinem Kopf ab, bevor ich meine Brust auf deine sinken lasse, sodass meine Lippen über deinen schweben.

»Hm?«, frage ich ungeduldig in den Hörer. Du hebst deinen Kopf und gleitest mit deinem Mund über meinen Kiefer, weshalb ich meinen etwas neige und die Augen schließe. Ich werde wieder hart, Selina, das ist nicht gut und du gibst ein leises, genüssliches Geräusch von dir, als du es spürst.

»JAPP?!«, fragt mein Onkel genervt. Wenn es um dich geht, kann nicht mal er meinen Ständer blockieren. Ich bewege mich ein bisschen in dir. Du stöhnst leise in mein anderes Ohr.

»Japp?«, wiederhole ich heiser und räuspere mich.

»Hol Rosalie und deine Schwester ab«, fordert er etwas steif, weil er wahrscheinlich an meiner Stimme bemerkt, was ich gerade tue.

Ich schiebe mich tiefer in dich und beiße die Zähne zusammen, um nicht zu stöhnen. Du beißt aus dem gleichen Grund in meinen Hals. »Wo denn?«, frage ich angespannt mit geschlossenen Lidern.

»TEREKOVS!«, ruft er mir ins Ohr.

»Ja, gut, okay«, wimmle ich ihn ab.

Er stöhnt genervt und legt auf. Ich schmeiße sofort mein Handy in den Fußraum, schiebe meine Hand unter deinen Hintern und dränge mich dann tief und fest in dich.

Fuck, Selina. Was ist es nur mit dir, dass ich nie genug kriege? Und was ist es nur mit dir, dass alles andere so verblasst und egal wird, sobald du da bist?

21. Familie, Selina

Zayden

Es dauert noch fünfundvierzig Minuten, weil ich mich nur schwer von dir lösen kann, und sobald ich es tue, fühle ich mich wieder so leer. In der falschen Welt. Sobald ich es tue, wird mir wieder klar, dass ich dich verlieren werde. Dass du bald noch unerreichbarer für mich sein wirst. Dass ich machtlos bin. Und wie wütend mich das macht.

Aber ich kann dich nicht dazu zwingen, mit mir abzuhauen. Ich verstehe, was du sagst. Doch ich wünschte auch, du würdest mir etwas mehr vertrauen, denn ich weiß, wie ich mich verstecken muss, um unentdeckt zu bleiben. Ich weiß, was ich tue, und wenn wir abhauen würden, würde uns niemand finden.

Wir haben uns wieder angezogen und stehen beide neben dem Auto. Du rauchst noch eine Zigarette. Ich habe meine bereits weggeschnippt und meine Hände nun in den Jackentaschen vergraben, während ich dich beobachte.

Du siehst nachdenklich in den Himmel, wo die Sterne glühen. Es muss jetzt etwas nach zehn sein und es ist mitten in der Woche. Ja, ich hätte meine Schwester und Rosalie vor einer Stunde abholen sollen. Wahrscheinlich sind sie nicht selbst gefahren, sonst müsste ich sie ja nicht einsammeln. Fuck, ich reibe mir über das Kinn.

»Ich muss jetzt los. Rosalie und meine Schwester abholen«, meine ich mit noch leicht belegter Stimme.

Du runzelst deine Stirn und siehst zu mir auf. »Wo denn?«

»Bei den Terekovs.« Rosalie ist öfter bei Irina und meine Schwester nimmt sie dann immer mit, weil diese zu Ilian will. Ich ahne, worauf das hinausläuft, aber ich denke nicht viel darüber nach.

Du hebst eine Braue über den sofort blitzenden Augen und ziehst nochmal an der Zigarette. Ich mustere dich abwartend. Ich weiß, wie sehr es dich ankotzt, wenn ich in Irinas Nähe bin.

»Dann sehen wir mal, wie sich die kleine Elfe heute an dich ranschmeißen wird.«

Ich runzle meine Stirn. »Sie schmeißt sich nicht an mich ran.« Denn das tut sie wirklich nicht. Ich weiß, dass sie auf mich steht, aber sie ist nicht der Typ Mensch, der sich an jemanden ranschmeißt. Dafür ist sie viel zu schüchtern und unsicher. Sie ist nicht so wie du.

»Sicher tut sie das, und dieses süße Getue ist ihre Masche, Zayden.« Du ziehst und stößt den Rauch in den Himmel.

Ich verdrehe leicht die Augen. »Kann ja sein. Es interessiert mich sowieso nicht.« Weil mich niemand interessiert außer dir, und das solltest du mittlerweile wissen.

»Dann ist es ja gut.«

Seufzend beuge ich mich nochmal zu dir runter und küsse dich auf die weichen Lippen. Du schmiegst dich sofort eng an mich und ich ziehe mich zurück, bevor es wieder eskalieren kann. Ja, wir sind sehr körperlich.

Du seufzt und ich ziehe meine Tür auf. »Dann bis morgen«, meinst du leise, während ich einsteige.

»Bis morgen.« Ich schließe meine Tür und starte den Motor, weshalb du ein paar Schritte zurücktrittst. Ich mag es nicht, dich hier so stehen zu lassen, aber ich weiß, dass dir nichts passieren wird. Dein Haus ist praktisch direkt neben uns, und wenn du schreien würdest, würde man es hören.

Du ziehst deinen Mantel wieder zusammen, meine Scheinwerfer erhellen dich. Du wirkst nicht sehr glücklich und das bin ich auch nicht, Selina. Das bin ich nie, wenn ich mich von dir trennen muss.

Mit einem Ruck reiße ich meinen Blick von dir los, bevor ich rückwärts auf die Straße zurückfahre und dann wende. Ich sehe doch nochmal über die Schulter. Du stehst immer noch da, drehst dich jetzt aber um und gehst, verschwindest zwischen den Bäumen wie ein Geist. Wenn ich deine Lippen nicht immer noch auf meinen spüren würde, weil du so intensiv bist, würde ich nicht glauben, dass du gerade da warst. Außerdem rieche ich dich noch an mir und in meinem Auto.

Schließlich gebe ich Gas und fahre den Berg noch etwas weiter hoch. Die Terekovs leben am obersten Punkt und können von ihrem Haus aus direkt runter auf Chicago sehen. Wobei *Haus* untertrieben ist, sie leben in einem wahren Schloss.

Ich greife nach hinten und taste nach meinem Handy, während ich beschleunige, und es dann hervorziehe. Es hat vorhin bei Runde drei nochmal geklingelt und auch, wenn die Nummer unterdrückt ist, weiß ich, dass es mein Onkel war. Du hast mich sehr effektiv davon abgehalten, abzuheben, denn du hattest mich gerade im Mund, während ich auf dem Sitz hinten saß und eine geraucht habe. Du hast gesagt, wenn ich rangehe, hörst du auf, mir einen zu blasen. Also bin ich nicht rangegangen.

Ich rufe ihn über die Freisprechanlage zurück und fahre die enge, gewundene Straße weiter hinauf. Die Sterne scheinen näherzukommen und der Mond steht hell am schwarzen Himmel. Ich lehne meinen Kopf an den Sitz.

»Ja?«, geht Onkel Caden angepisst ran.

»Ja?«, frage ich betont gelassen zurück.

»Bist du jetzt fertig mit dem, was du so tust, und hast Zeit für deine Familie oder sind sie dir immer noch scheißegal?«, fragt er schneidend und ich straffe die Schultern etwas. Er spricht nicht oft so mit mir, fast nie.

»Ich bin schon unterwegs. Bin fast da«, weiche ich aus und beschleunige noch etwas mehr.

»Okay, das nächste Mal, wenn du keine Zeit für deine Schwester oder Cousine hast, sag es mir einfach, dann kümmere ich mich selbst.«

Ich beiße meine Zähne aufeinander, weil das schlechte Gewissen mich überkommt, und das pisst mich an. »Ja, okay. Sorry. Ich bin jetzt gleich da.«

»Okay. *Danke*«, meint er zynisch und legt auf. Mein Magen zieht sich zusammen. Irgendwie fühlt es sich an, als würde ich meine Familie verlieren. Erst das mit Sergio, dann das hier. Ich meine, fuck, das war das erste Mal, dass ich bei so was nicht gleich reagiert habe. Es ist nicht so, als würde ich meine Schwester, Rosalie oder Sophia sonst jedes Mal warten und stehen lassen.

Das beleuchtete *Schloss* der Terekov-Familie kommt in Sicht und ich bremse etwas ab, als ich vor dem goldenen Tor halte. Dimitri, der heute Wache schiebt, sieht kurz ins Auto und winkt, damit mir geöffnet wird.

Ich fahre die Allee entlang, die mit Birken gesäumt ist. Es dauert ewig, bis ich am Haus bin, im Gegensatz zu der Einfahrt bei uns. Ich parke etwas schief neben dem Brunnen, der prunkvoll beleuchtet in die Höhe ragt. An der Spitze thront ein Pferd, das auf den Hinterhufen steht. Das ist das Kitschigste, was ich je gesehen habe.

Ich stelle den Motor ab, schiebe mein Handy in die hintere Hosentasche und steige aus, bevor ich mit schnellen Schritten zur Tür gehe, wo auch hier einer der Wachen mir sofort öffnet. Dann trete ich ins warme Foyer, das ebenfalls riesig ist und in dem der Kronleuchter natürlich auch nicht fehlt.

Einige Stimmen kommen aus dem Salon, weshalb ich mich gleich auf den Weg dorthin mache und mich in den Raum schiebe. Kurz überblicke ich alles.

Sie sitzen in dem Lounge-Bereich neben dem Kamin. Meine Schwester ist eingeschlafen. Ihr Kopf liegt auf Rosalies Schoß und sie atmet tief. Ilian sitzt bei ihren Füßen und hat eine Hand auf ihre Wade gelegt, während er auf seinem Handy scrollt. Rosalie unterhält sich mit Irina, die auf dem Sessel neben ihr thront, die Beine angezogen und den weiten, weißen Pullover darüber gespannt hat. Ihre hellblonden Haare sind auf ihrem Rücken verteilt. Sie ist völlig ungeschminkt und hat eine Schläfe auf die Faust gestützt. Ilja, ihr Bruder, befindet sich auf dem anderen Sofa und hat die Beine auf dem Couchtisch überkreuzt. Ivan, Ilians Vater, ist entweder oben oder wahrscheinlich noch unterwegs, genau wie sein Opa Sergej.

Ich trete näher. Sie haben mich nicht bemerkt, außer vielleicht Ilian, denn er ist ein sehr guter Beobachter, das wissen nur nicht viele. Ich liebe diesen Scheißer ein bisschen. Und noch mehr, weil seine Mutter, meine Tante, eine dumme Schlampe ist, die ihn im Stich gelassen hat. Über die Jahre wurde er für mich mehr als nur ein Cousin, eher wie ein kleiner Bruder, und ich würde ihn vor allem beschützen, egal vor was, wem, oder wann.

»Hey, Zayden«, schockt er alle und grüßt mich, ohne aufzusehen. Seine dunkelblonden Haare sind etwas zerzaust. Er schläft auch schon halb, weshalb seine undefinierbaren, braunblaugrünen Augen immer wieder zufallen. Er ist tief in die Couch gerutscht und wahrscheinlich nur wach, weil Catalina noch da ist.

Man kann sagen, was man will, aber meine Schwester ist bei ihm so sicher wie bei sonst niemandem. Nicht mal ihrem eigenen Vater.

»Hey.« Ich drehe den Schlüssel zwischen meinen Fingern und alle sehen zu mir, während ich mir mit der Hand durch die zerzausten Haare fahre. Mein Blick schweift zu Rosalie. Die ist natürlich noch angepisst wegen der Schulsache. Ich erinnere mich sofort daran, dass sie sich von meinem Bruder vögeln lässt, und hebe eine Braue, weil ich auch sofort wider angepisst bin. »Fahren wir?«

»Ja«, meint sie müde und ich sehe zu Catalina, die sich nicht rührt. Also wird es wohl darauf hinauslaufen, dass ich sie trage. Auch nicht schlimm.

Irina gähnt. »Okay, Süße, jetzt mach dir keinen Kopf mehr, wir besprechen den Rest morgen«, meint sie zu Rosalie, während ich an Ilja vorbeigehe und mich bücke, um meine Unterarme unter Catalina zu schieben. Sie murmelt irgendwas Protestierendes, lässt sich aber von mir an meine Brust ziehen. Ihre Schläfe sackt dagegen und sie schwingt einen Arm um meinen Nacken, bevor sie schmatzt. Jetzt wird sie gleich meinen Pullover vollsabbern.

Sie riecht an mir und verzieht das Gesicht. Riecht sie dich etwa, Selina? Aber sie ist zu müde, um irgendwas zu sagen. Zum Glück trägt sie ihre Schuhe schon. Rosalie verabschiedet sich von Ilja, Ilian und Irina. Ilian tätschelt halb schlafend ihren Rücken und ich trete einen Schritt zurück.

»Dann gute Nacht«, murmelt Rosalie und geht vor. Ich werfe nochmal einen Blick über die Schulter und bemerke Irina. Sie sieht mich mit funkelnden, dunkelgrünen Augen ertappt an und wird etwas rot, weshalb ich die Augen verdrehe.

»Okay, dann einen schönen Abend noch!«, meint sie und will sich lässig an die Couchlehne stützen, wobei sie abrutscht und Ilja sie abfängt, bevor sie zu Boden gehen kann. »Ops. Kannst du jetzt bitte gehen?«, fragt sie mich hektisch und mit vor Scham knallroten Wangen.

Ich glaube kurz, mich verhört zu haben, und sehe sie verwirrt an.

»Sonst wird das noch peinlicher. *Geh jetzt!*«, ruft sie und scheucht mich verzweifelt mit einer Hand davon. Ich seufze schwer, schaue nochmal kurz zu Ilian und zwinkere ihm zu.

Er salutiert müde mit zwei Fingern und überblickt nochmal Catalina, deren Kopf nach hinten gefallen ist. Er schiebt ihn mit zwei Fingern wieder in die richtige Position. »Gute Nacht, Babygirl«, murmelt er rau, dreht sich um und geht.

Er hört ihr genuscheltes: »Gute Nacht« nicht mehr. Mein Mundwinkel zuckt und ich folge Rosalie aus dem Salon und durch das Foyer. Sie hält mir die Tür auf und schmeißt Catalinas Mantel über sie, als wir raustreten. Auf dem Weg zum Wagen bleibe ich kurz stehen und schiebe meine Hüfte zu Rosalie, damit sie den Schlüssel rausnehmen kann. Sie tut es und entriegelt das Auto, bevor sie die hintere Tür aufhält.

Ich setze Catalina sanft auf den Sitz hinter mich und schnalle sie an, bevor ich die Jacke über ihre Schultern lege und meine eigene ausziehe. Ich stopfe sie unter ihren Kopf, sodass er nicht gegen die Scheibe prallen kann, sie seufzt wohlig und schmatzt wieder.

Rosalie ist schon eingestiegen, während ich Catalinas Tür schließe und mich dann auf den Fahrersitz setze. Dann schnalle ich mich an, damit das Signal nicht wieder durchdreht.

»Kannst du das bitte wegnehmen?«, fragt meine Cousine genervt, während ich den Motor starte, und deutet auf den Fußraum neben ihren Schuhen. Ich folge ihrem

Blick und hebe eine Braue. Selina, warum liegt da dein schwarzes Höschen?

Seufzend beuge ich mich über Rosalie und angle mit dem Zeigefinger nach deinem Slip, bevor ich ihn in das Seitenfach neben mir stopfe. Sie atmet durch und schnallt sich an. Ich lasse das unkommentiert, während ich ausparke und die Allee entlangfahre.

Ich schalte die Heizung ein und lehne mich zurück. Eine Weile sprechen wir nicht, auch nicht, als ich das Tor passiert habe und auf den Waldweg biege. Meine Scheinwerfer fluten den Asphalt vor uns. Ich würde am liebsten die beiden zu Hause absetzen und wieder zu dir fahren. Ich kriege einfach nicht genug von dir, niemals.

Rosalie atmet tief durch. »Okay, reden wir jetzt einfach darüber«, meint sie schließlich aus dem Nichts.

Mein Blick schweift in den Rückspiegel, aber meine Schwester schläft tief. Also sehe ich zu meiner Cousine und sie zu mir. Unsere gleichen türkisen Augen treffen aufeinander. »Okay.«

Fest mustert sie mich.

»Ich werde mich nicht dafür entschuldigen, denn ich liebe ihn.«

Klasse. Ich lasse den Blick wieder nach vorn gleiten. »Super«, antworte ich knapp. »Und wie stellst du dir das jetzt vor? Denkst du, dass er mit dir in den Sonnenuntergang reiten wird?«

»Nein, das denke ich nicht, Zayden. Ich bin in einer genauso beschissenen Situation wie du und mir geht es richtig scheiße. Du bist nicht der Einzige, der gerade leidet«, meint sie klar und deutlich.

Jetzt atme *ich* tief durch. Eine Technik, die wir alle von meiner Mom haben. Wenn es zu viel wird, einfach atmen. Weiteratmen und darauf konzentrieren, *wie* du atmest. Ich atme noch einmal und würde gern eine rauchen, tue es aber nicht, weil Catalina im Auto ist.

»Also. Bitte können wir uns nicht auch noch gegenseitig das Leben schwer machen? Ich brauche dich jetzt«, fordert sie versöhnlicher.

Mein Magen zieht sich zusammen und ich erinnere mich daran, wie oft sie für mich da war. Ich erinnere mich daran, wie sehr sie in den Hintergrund gerückt ist, wann immer du da bist. Natürlich weiß ich, dass das nicht richtig ist. Und ich will es auch nicht. Ich versuche, nicht wütend wegen der Sache mit Sergio zu sein. Was auch immer war, es hat sich jetzt sowieso ausgespielt, denn ich weiß, dass sein Vater eine Beziehung zu Rosalie niemals unterstützen würde.

Also seufze ich und schiebe meine Hand auf ihr Knie, bevor ich es leicht drücke. »Okay.«

Jetzt entspannt sie sich sofort merkbar und atmet aus. Sie legt ihre Finger kurz auf meine und drückt sie ebenfalls. »Okay. Und jetzt? Was tun wir jetzt?«

Und so einfach geht das zwischen uns.

Ich lenke mit einer Hand den Wagen weiter den Hügel hinab. Eure Villa erstreckt sich zu meiner Linken und ist hell erleuchtet. Es ist nicht leicht, einfach weiter auf das Gas zu drücken, und ich werfe einen Blick hoch zu deinem Fenster. Es ist dunkel. Wahrscheinlich schläfst du schon und ich schaue wieder nach vorn.

»Wir hauen ab«, schlage ich vor und Rosalie lacht.

»Du und ich?«

»Klar.« Ich schnaube. »Wir würden wenigstens klarkommen.«

»Wohin?«, fragt sie mich sofort und ich überlege.

»Italien?«

Sie nickt nachdenklich. »Du weißt aber, dass wir nicht ohne Sergio gehen können, oder?«

»Ich hole ihn dann, wenn wir alles geregelt haben«, meine ich.

»Okay, dann bin ich dabei. Wann geht es los?«

Im Rückspiegel schaue ich nochmal zu eurer Villa. »Von mir aus sofort«, antworte ich leise.

Rosalie verzieht ihr Gesicht und ich bremse etwas ab, als ich den Weg zur Hauptstraße erreiche. »Wieso liebst du sie?«, fragt sie nach ein paar Sekunden und betrachtet mich forschend.

Ich gebe wieder Gas und biege ab, sodass ich Richtung Stadt fahre. Warum liebe ich dich, Selina? Das ist eine gute Frage.

»Ich meine, was gibt sie dir? Außer Sex.«

Darüber muss ich wirklich lange und intensiv nachdenken, weil mir erstmal nichts einfällt. »Ich liebe sie einfach«, erwidere ich schließlich. »Das muss man nicht begründen, es ist einfach so. Es ist das Gefühl.«

»Sicher muss man das nicht begründen, aber ich habe mich nur gefragt, was es bei euch ist. Ich könnte dir sofort fünfzig Gründe nennen, weshalb ich ihn liebe: Weil er immer für mich da ist. Ich über alles mit ihm reden und ihm tausendprozentig vertrauen kann, egal, worum es geht. Weil er das reinste Herz hat, das ich kenne, und ich mich bei ihm so wohl fühle wie bei niemandem sonst. Ich habe mich gefragt, ob irgendwas davon auch bei dir zutrifft.«

Ich denke darüber nach. Das gefällt mir nicht, Selina. Es gefällt mir nicht, mir einzugestehen, dass diese Gründe bei uns nicht zutreffen. Ich vertraue dir nicht und du mir auch nicht. Du bist nicht immer da, aber das ist okay. Ich weiß, dass es an deinem Vater liegt.

»Es ist einfach, wie ich mich fühle, wenn sie da ist.«

Sie nickt langsam. »Ich will nur nicht, dass du durch irgendwen vergisst, wer du bist, wer dich liebt. Und wer dich alles braucht.« Sie sieht nach hinten zu meiner Schwester und ich atme tief durch. »Catalina braucht dich genauso wie dein Bruder. Und ich weiß, dass du gerade deine Probleme mit ihm hast, aber ihr seid alle beide in einer Scheißsituation, die ihr euch nicht ausgesucht habt. Du warst es schon immer, auf den er gehört hat und den er immer gebraucht hat, selbst, wenn alle anderen nicht zu ihm durchgedrungen sind und er wird dich wieder brauchen.«

»Ich vergesse es nicht«, meine ich mit einem Stich in meiner Brust, weil ich es schon vergessen habe. Irgendwie ist es schleichend passiert und ich habe mich abgekapselt. Von meiner Familie. Nach und nach. Immer weiter distanziert. Der Gedanke tut mir weh. »Ich vergesse es nicht«, wiederhole ich.

»Okay, weil ich es echt nicht ertragen könnte, von dir vergessen zu werden.«

Ich halte vor unserem Tor, das Jaxon aufgleiten lässt, und seufze tief. »Ich vergesse dich nicht«, meine ich mit einem eindringlichen Blick zu ihr und drücke nochmal ihre Hand. Sie lächelt mich an.

»Und wenn du es doch tun solltest, werde ich dich daran erinnern«, entgegnet sie sanft.

»Ich weiß.« Ich fahre auf den Hof zu meiner Parklücke, und mit einem Mal will ich heute einfach nur zu Hause bleiben und nicht mehr weg.

Rosalie schnallt sich ab. »Danke«, sagt sie und küsst mich auf die Wange. Dann steigt sie aus, genau wie ich. Sie geht bereits zur Tür, während ich noch meine Schwester aus dem Auto hieve und Rosalie folge. Sie hat meinen Schlüssel mitgenommen und verriegelt den Wagen. Die Bodyguards öffnen uns die Tür und wir treten ins Foyer, das so warm ist. Im Salon hört man den Fernseher laufen. Die Stimmen meiner Mom und meiner Tante ertönen.

Ich gehe gleich zur Treppe, während Rosalie in den Salon schreitet, und bringe meine Schwester hoch, direkt in ihr Zimmer, wo ich sie sanft in ihr Bett lege und noch ihre Schuhe abstreife. Dann muss sie eben mit Jeans schlafen oder ich sage Mom, dass sie sie ausziehen soll.

Ich lege die Decke über sie, bevor ich tief seufze und ihr Zimmer leise verlasse. Sie hat sich nicht einmal gerührt. Sie schläft wie ein Stein. Schon früher ist sie immer überall auf Dad oder Onkel Caden eingeschlafen. Einfach so. Mitten in einer Aktivität. Als ich in mein Zimmer gehen will, öffnet sich die Schlafzimmertür meiner Eltern und Dad kommt raus. Nur in einer dunkelgrauen Jogginghose und mit nassem Haar. Ein paar Tropfen schimmern noch auf seinem mit Maori-Tattoos bedeckten, trainierten

Oberkörper, an dem kein einziges Gramm Fett existiert. Ich stocke mitten im Gang und er sieht von seinem Handy auf.

»Oha«, sagt er, als er mich erblickt. »Scheiße.«

»Was?«, frage ich unsicher.

»Geh in dein Zimmer«, murmelt er aus dem Mundwinkel und ich runzle die Stirn, weil ich keine Ahnung habe, was los ist. »Komm!«, meint er jetzt. Er bewegt sich zu mir, packt mich am Oberarm und zieht mich in mein Zimmer.

»Er ist echt angepisst!« Er deutet zur Decke und jetzt weiß ich, wen er meint. Meinen Onkel, der mich gerade wohl hasst. »Geh ihm heute einfach aus dem Weg. Ich bleibe mit dir hier, wenn du willst.«

Ich sehe zu ihm und streiche mir die Haare aus der Stirn. Wieder spüre ich diesen Stich in meiner Brust. Verdammte Rosalie. Und ich frage mich, ob ich wirklich alles so sehr vergessen habe, ohne es zu bemerken.

»Findest du, ich habe mich von euch entfernt?«, frage ich meinen Dad mit zusammengezogenen Brauen etwas zusammenhanglos.

Er zieht seine auch zusammen, atmet durch und streicht sich durch das nasse, schwarze Haar. Dann geht er die zwei Schritte und setzt sich auf meine Bettkante. Er nickt mir zu, dass ich neben ihm Platz nehmen soll, und ich tue es. Sein vertrauter Duft steigt in meine Nase, während er seine tätowierten Hände knetet und kurz überlegt.

Schließlich mustert er mich und ich kann irgendwie seinem Blick kaum standhalten. »Dinge, die uns süchtig machen, lassen uns schnell vergessen, was wirklich im Leben zählt. Ich weiß genau, wovon ich rede.«

Darüber muss ich kurz nachdenken, weshalb ich auf den Boden sehe und mit meinen Schuhspitzen durch den Teppich fahre. Schließlich zucke ich mit den Schultern. Ich kann nicht gut zugeben, wenn ich etwas falsch mache.

»Die Menschen, die dich wirklich lieben, werden dir das nicht nachtragen. Aber alleine, dir diese Frage zu stellen, ist gut«, meint er noch sanft. Was bringt die Frage, wenn man die Antwort doch nicht hören will? Ich kann dich nicht loslassen, Selina. Das geht nicht.

Ich hebe wieder den Blick in seine Augen, die so vertraut sind und mich gerade so geduldig mustern. Ohne jegliche Wertung. »Es tut mir leid«, sage ich schließlich. »Ich wollte niemanden hängen lassen.« Ich will nicht, dass meine Familie darunter leidet, was ich für dich empfinde. Wir sind eine eigene Sache und ich will niemanden mit reinziehen, Selina.

»Ich weiß, dass es dir leidtut. Es ist okay.« Er fasst in meine Haare und zerwühlt sie etwas. »Ich liebe dich, egal, was du tust. Das tun wir alle.«

Ich atme tief durch und meine Schultern entspannen sich etwas.

»Vielleicht schaffst du es ja, das mal bei Gelegenheit deinem Onkel zu sagen und mit deinem Bruder zu reden. Er wird nicht mehr lange hier sein. Und danach wird sich alles für euch beide ändern, da sollte eure Beziehung wenigstens gleich bleiben.«

Ich nicke, ohne laut zu antworten. Ich weiß, dass ich mit Sergio reden muss. Ich weiß, dass ich das mit ihm regeln muss. Aber nicht jetzt.

Mein Vater schwingt mir den Arm um die Schultern. »Wenn du willst, gehen wir eine Runde Leichen verbuddeln.«

Ich muss lachen. »Nein, danke.«

»Gut, dann musst du jetzt mit mir runterkommen und diesen kitschigen Scheißfilm mit deiner Mom und Tante mit anschauen.«

Diese Vorstellung war in meinem ganzen Leben noch nie so einladend und ich verdrehe die Augen, aber ich liebe das.

»Okay«, meine ich und Dad steht auf.

»Wenn du Glück hast, macht dir Alayna diese Marshmallow-Scheiße.« Er sieht so aus, als würde er das auch wollen, und ich erhebe mich ebenfalls.

»Klingt perfekt.«

Und wirklich, Selina. Das klingt perfekt. So perfekt, dass ich nicht mal mein Handy mit nach unten nehme. So perfekt, dass ich erst jetzt bemerke, wie sehr ich das gebraucht habe. Und so perfekt, dass ich die nächsten drei Stunden nicht an dich denke, was ich sonst praktisch den ganzen Tag tue.

So perfekt.

22. Geschäft abgeschlossen, Rosalie

XX

Sergio

Von dieser Seite des Sees wirkt das Haus gegenüber viel friedlicher. Von dieser Seite des Sees wirkt es fast wie ein paradiesischer Ort, an den man nur unter gewissen Bedingungen kommt. Von dieser Seite des Sees wirkt das Haus da drüben so warm, wie ein Feuer im tiefsten Winter.

Ich stehe auf dem Balkon meines Zimmers bei meinem Vater und rauche eine Zigarette. Vor einer Stunde bin ich von der Schule gleich zu ihm gefahren, denn heute ist der Freitag, an dem die Sanchez' zum Unterschreiben kommen.

Die letzten drei Tage war ich kaum zu Hause. Mein Vater hat mich total eingespannt, sodass ich immer absolut erledigt um drei Uhr in der Nacht Schluss machen und rüberfahren konnte. Zweimal habe ich es nicht geschafft und bin hier eingeschlafen, weil ich einfach zu müde war. Und das eine Mal lagst du in meinem Bett, als es mir doch gelungen ist.

Ich hatte immer nur maximal drei Stunden Schlaf, bevor ich wieder in die Schule musste, wo ich unter dem monotonen Gerede der Lehrer immer wieder in einen Sekundenschlaf gedriftet bin. Nach dem Unterricht hat Dad mich immer gleich wieder zu sich gerufen. Ich werde heute einfach nach dieser Unterschrift gehen. Ich brauche ein bisschen Zeit bei meiner Familie. Ich brauche ein bisschen Schlaf, Ruhe und dich. Außerdem muss ich mich ein wenig anstrengen, was die Schule betrifft, weil nächstes Jahr die Abschlussprüfungen anstehen. Ich werde zwar nicht auf eine Uni gehen, aber ich brauche trotzdem meinen fucking Abschluss. Und das nicht mit einem schlechten Durchschnitt. Ich bin zu intelligent dafür.

Ich habe ein paar Klamotten hier und werde mich gleich umziehen, weil ich immer noch meine Uniform trage. Ich wollte nur eine rauchen und mich dann noch ein bisschen hinlegen, bevor sie kommen.

Das kotzt mich so an.

Dass ich an dieses Biest gebunden werde, kotzt mich so an.

Zayden hat mich gestern und heute in der Schule immer wieder angesehen. Ich glaube, er wollte mit mir reden, aber es kann auch sein, dass ich mir das eingebildet habe. Schlafmangel kann einen echt ficken. Du hast auf jeden Fall wieder normal mit ihm gesprochen und das ist gut so. Ich kläre meinen Scheiß selbst mit ihm.

Ich schnippe gerade meine Zigarette den Balkon hinab, als das Tor sich öffnet, weshalb ich den Blick vom in der Herbstsonne glitzernden See nehme und zum Tor schaue.

Moms schwarzer BMW rollt ein und ich runzle die Stirn, weil die Sanchez' erst um vier kommen wollten und Mom eigentlich noch nicht hier sein sollte. Vielleicht hat mein Vater was damit zu tun.

Ich stütze meine Unterarme auf das Geländer und falte meine Hände ineinander. Es ist etwas kühler heute, aber die Sonne scheint warm auf mein Gesicht. Mom parkt sanft, dann dauert es ein bisschen, bis ihre Tür sich öffnet. Sie stemmt einen Fuß in ihrem High Heel auf den Boden, lehnt sich aber sichtbar nochmal zurück, um nach etwas zu greifen. Erst dann steigt sie ganz aus. Ich betrachte sie kurz. Denn wenn sie hier irgendwas tut, wovon der Carter-Dad nichts weiß, werde ich es gleich in ihrem Gesicht ablesen können. Damit meine ich nicht, dass sie ihn hintergeht. Aber manchmal schleicht sie sich her, weil sie was mit meinem Vater klären will, und Carter-Dad wird immer ziemlich wütend, wenn sie ihm nichts davon erzählt, was sie nicht macht, weil *sie* nicht will, dass er sich aufregt. Es ist ein Teufelskreis.

Als sie sich umdreht, überblicke ich sie schnell. Sie wirkt nicht, als würde sie was Heimliches tun. Ihr Gesicht ist total glatt, wie immer, wenn sie hier ist. Sie ist dezent geschminkt, ihre Lippen schimmern wie meistens rot und das schwarze Haar hat sie im Nacken zu einem perfekten Dutt gerollt. Das ist nicht typisch für meine Mutter. Das ist die Maske, die sie hier trägt. Ich würde dir das nicht antun wollen. Hier zu leben und diese Maske tragen zu müssen.

Sie hat ein schwarzes Etuikleid mit langen Ärmeln an und wühlt in ihrer Handtasche, während sie, ohne hinzusehen, die Stufen hochgeht. Und fast in meinem Vater rennt, der gerade nach draußen tritt, weshalb sie stutzt, genau wie ich. Ich werde hier natürlich jetzt nicht weggehen, sondern genau zuschauen. Sie bemerken mich sowieso nicht.

Mom lässt ihre Tasche sinken und sieht auf, bevor sie rückwärts eine Stufe nach unten geht und Abstand zwischen sich und meinen Vater bringt.

»Tesoro, schön, dass du da bist«, begrüßt mein Vater sie sanft und lehnt sich seitlich mit der Hüfte ans Geländer. Ich mag es nicht, wenn er diese Schiene bei ihr fährt. Das ist so respektlos, denn sie ist verheiratet. Doch ihm ist das total egal. Aber seiner Geschichte nach zu urteilen, hat er darauf ja auch vorher nicht so viel wert gelegt, als sein Bruder noch gelebt hat.

Mom seufzt und lehnt sich mit der Schulter an die Säule, die die Überdachung der Treppe hält. »Wieso sollte ich früher kommen?«, fragt sie leise, sodass ich mich etwas vorlehnen muss, um sie besser zu verstehen.

»Weil ich noch etwas mit dir besprechen muss«, meint er mit einem amüsierten Funkeln in den hellblauen Augen. Anscheinend hat er das, was letztens zwischen ihnen war, schon hinter sich gelassen. Aber ich weiß, dass meine Mutter das nicht getan hat. Sie ist sehr nachtragend.

»Das dachte ich mir. Was denn?«, fragt sie ungeduldig und schultert ihre Handtasche. Ihr goldener Ehering und die feine, goldene Uhr blitzen im Sonnenlicht.

Mein Vater seufzt und zieht sein Zigarettenetui aus der hinteren Hosentasche seiner schwarzen Jeans. Er nimmt sich eine heraus und hält ihr dann das Etui entgegen. Sie lehnt mit einer Handbewegung ab. Er lässt es wieder zuklacken und zündet sich in aller Ruhe eine Kippe an.

Gemächlich zieht er tief und stößt den Rauch in den Himmel. Dann lehnt er sich mit der Hand, in der er die Zigarette hält, ans Geländer. »Weißt du, was ich immer besonders an uns geliebt habe? Außer dem Offensichtlichen.« Seine Stimme ist etwas heiser geworden und ich ziehe meine Augenbrauen zusammen, während ich mich aufrichte und die Hände auf das Geländer stütze. Wenn er zu anzüglich wird, platze ich einfach dazwischen. Das ist der Plan.

Mom hebt fragend die perfekt gezupften, dunklen Brauen.

»Unsere Kämpfe. Streitigkeiten. Wenn du mit mir diskutiert und mir Waffen an den Kopf gehalten hast. Das war echt ziemlich heiß, Isabelle.« Bedeutungsvoll mustert er sie und ich lasse jetzt nicht den Nacken knacken, weil das zu laut wäre. »Ich habe über die letzten Jahre gemerkt, dass mir das ziemlich gefehlt hat. Genau wie ein paar andere Dinge, die dich betreffen.«

Ich hebe eine Augenbraue. Das hier spannt mich echt an.

»Ich habe wirklich lange und intensiv gegrübelt und mich gefragt, ob das wirklich alles gewesen sein soll. Und ob ich dich, ihn und sie nicht zu schnell aufgegeben habe. Ich habe jetzt all die Jahre meine Füße stillgehalten, ich habe mich an die Abmachung gehalten, aber Zurückhaltung war noch nie wirklich meine Stärke. Und selbst nach all den Jahren stehe ich am Morgen als Erstes auf den Balkon und schaue zu dir rüber. Selbst nach all den

Jahren denke ich noch jeden Abend darüber nach, was du wohl machst und wie es dir geht. Und selbst nach all den Jahren bist du nicht aus meinem Kopf und meinem Herzen verschwunden. Also dachte ich mir, es wäre nur fair, wenn ich dir mitteile, dass ich noch einmal um dich kämpfen werde.«

Wenn es nicht zu auffällig wäre, würde ich jetzt runterspringen und meine Hände um seinen Hals legen. Fuck. Was soll das? Wieso macht er das jetzt? Und wenn er sie herholt? Damit könnte ich echt nicht umgehen. Dafür braucht er ja nicht mal ihr Einverständnis in seiner Position.

Mein Blick schweift zu Mom. Sie ist blass geworden und ihre Finger sind um die Träger ihrer Handtasche verkrampft. Einer der Männer schlendert an den beiden vorbei, um das Haus zu verlassen, aber sie starrt nur meinen Vater an und er sie, während er noch einmal an der Zigarette zieht und sie dann wegschnippt.

Er tritt einen Schritt näher und sie macht noch einen zurück, weshalb sie zwei Stufen unter ihm steht. Dann schüttelt sie warnend den Kopf. Er sieht sie mit einem Blick an, den ich nur sehr selten bei ihm bemerkt habe.

»Ich weiß, dass du manchmal einen kleinen Anstoß brauchst, also schlage ich dir einen Deal vor. Dein Sohn muss diese – wie hast du sie genannt? Schlange? – nicht heiraten. Er kann vorerst bei den Rushs drüben bleiben. Zumindest so lange, bis er die Schule beendet hat. Er kann noch etwas länger frei sein. Dafür gibst du mir eine Nacht, in der du dich mir wirklich öffnest und dich daran zurückerinnerst, wer wir waren und was wir hatten.«

Ich bin so überrannt, dass ich nicht mal brüllen kann, dass er es lassen soll. Dass er meine Mutter nicht mit hineinziehen soll und ich tue, was auch immer er will, wenn er sie dafür in Ruhe lässt. Sie und ihre Ehe mit dem Carter-Dad.

Ich hoffe, Mom wird jetzt nicht wieder zum Märtyrer. Das wird sie nämlich gern und öfter mal. Sie starrt ihn an und blinzelt. Sie wirkt genauso ungläubig, wie ich mich fühle.

»Ich werde ihn nicht betrügen«, stößt sie dann aus.

»Du kannst es ihm ja sagen.« Mein Vater ist völlig ungerührt. »Er tut doch immer so, als würde er Sergio so sehr lieben.«

Mom schüttelt langsam ihren Kopf. »Weißt du, was du da tust? Du verlangst etwas für das Wohlergehen deines Sohnes. Das sollte eine Selbstverständlichkeit sein!«

»Ich verlange etwas dafür, dass ich eine Partnerschaft aufgebe, die extrem wichtig für das Geschäft ist.«

Mom hebt eine Braue. »So wichtig kann sie ja nicht sein, wenn du mir das vorschlägst.«

»Nein, weil du das Wichtigste für mich bist«, antwortet er glatt.

»Dein Sohn sollte wichtiger sein als ich, Donovan.«

»Dir auch, oder?«, fragt er mit erhobenen Brauen und sie sieht ihn nur mit blitzenden Augen an.

»Ich werde es nicht tun.«

»Nein?«, erkundigt er sich sanft und ich krampfe meine Hände etwas fester um das Geländer. Sie muss dabei bleiben. Er wird sowieso einen Weg finden, zu kriegen, was er will. Mich zu verheiraten, die Partnerschaft zu schließen. Sie sollte dafür Carter-Dad nicht hintergehen.

»Nur eine einzige Nacht.« Seine Stimme wird leiser und einschmeichelnder. »Nur ein Mal noch fühlen, wie es ist, unter mir zu sein. Ich wette, wir kommen auf zehn.«

Oh mein Gott, Rosalie, ich flippe gleich aus. Ernsthaft. Ich bringe ihn gleich um. Wie gut, dass ich meine Waffe nicht hier habe.

Mom geht eine Stufe hoch. »Nein«, speit sie ihm dann entgegen, wobei ihr Kopf nach vorn ruckt. »Ich bin glücklich. Ich liebe meine Familie. Und ja, ich liebe meinen Sohn, aber deswegen werde ich nicht zur Betrügerin. Du solltest die richtigen Entscheidungen für ihn treffen, ohne dafür was von mir zu verlangen.«

»Beantworte mir diese eine Frage. Denkst du manchmal noch daran?«, will er wissen und sieht sie sehr durchdringend an.

Sie legt eine Hand auf seine Brust. »Ich denke manchmal daran, wie du warst. Ja.« Damit nimmt sie die Finger von ihm.

Er umfasst ihre Hand einfach und legt sie auf seine Brust zurück. »Ich kann wieder so werden. Ich kann nur mit dir wieder so werden.« Er hält ihre Finger mit seinen an Ort und Stelle. »Ich habe gemerkt, dass ich das ohne dich nicht schaffe.« Seine Stimme wird leiser, als würde er eine Schwäche zugeben.

Sie sieht ihm ein paar Sekunden in die Augen. Dann lächelt sie und zieht ihre Hand unter seiner hervor. »Du willst so nicht mehr sein? Dann wirst du so nicht mehr sein. Und wenn du einen Grund dafür brauchst, dein Herz zu öffnen, wirklich zu öffnen und nicht, was vorzuspielen, dann hast du zwei sehr gute Gründe. Du brauchst mich nicht. Ich werde nicht zurückkommen«, meint sie klar und deutlich. Ich atme erleichtert aus, weil ich schon dachte, dass sie jetzt einknickt.

»Vielleicht will ich das mehr, als du denkst«, sagt er und tritt einen Schritt zurück.

»Dann musst du an dir arbeiten, an deinen Entscheidungen. Das kann dir keiner abnehmen, auch ich nicht. Ich war noch nie stark genug, um dich wirklich aufzufangen.« Sie hebt einen Mundwinkel. »Mach dich nicht zu jemandem, der du nicht bist. Das hast du lange genug getan.«

»Wie hast du gesagt? Das habe ich doch schon lange vergessen. Wer ich bin. Ich dachte, du kannst mich daran erinnern.«

Jetzt lächelt Mom wirklich. »Brauchst du eine Erinnerung daran, wer du einmal warst? Verbring Zeit mit deinem Sohn.«

»Er hat mich nie so kennengelernt«, entgegnet er.

»Aber er trägt alles Gute von dir in sich. Alles, was du mal warst. Und wenn du dich auf ihn einlässt, ist er genau das Licht, was du brauchst. Er wird dich immer lieben. So oder so.« Tja, das stimmt leider, Rosalie.

Mein Vater mustert sie ein paar Sekunden nachdenklich. Dann atmet er tief durch. »Ich weiß, dass er etwas Besonderes ist. Aber er kann mir trotzdem nicht das geben, was du mir gegeben hast. Das kann keiner, keine, niemand. Ich habe es die letzten Jahre versucht zu finden, und habe es nicht geschafft.«

Mom runzelt die Stirn. »Was habe ich dir denn gegeben? Außer Unsicherheit, Schuldgefühle und

Herzschmerz?«

»Denk doch an die Zeit vor deinem Carter. Da hast du mir alles gegeben, was ein Mann sich wünschen kann«, sagt er und öffnet die Tür ins Foyer.

»Das ist vorbei«, meint sie sanft.

»Das ist es nicht, Tesoro.«

Ich höre, wie Mom tief durchatmet. Dann geht sie wortlos ins Foyer. Bevor er ihr folgt, sieht er zu mir hoch. Ich hätte mir denken können, dass er mich bemerkt hat, aber das ist ganz gut so.

Mein Blick ist warnend und seiner völlig reuelos, bevor er eintritt und die Tür hinter sich schließt. Das, Rosalie, ist der eigentliche Beginn vom Ende. Alles andere scheint auf einmal total nebensächlich und so was von unbedeutend klein.

Denn wenn er das tut … wenn er Mom irgendwie hierherlockt, wenn irgendwas zwischen ihnen läuft, zerstört er damit mehr als nur eine Beziehung. Er zerstört die ganze Familie. Und das ist etwas, was ich bei aller Liebe niemals verzeihen könnte.

* * *

Ich lege mich nicht hin. Gleich nach diesem Gespräch, das ich da belauscht habe, gehe ich duschen und ziehe mich um. Ich will die beiden nicht zu lange allein lassen. Es dauert sowieso noch eine Weile, bis die Sanchez' kommen. Ich schließe meinen Gürtel über der schwarzen Jeans, während ich mein Handy anstarre, das auf meinem Bett liegt.

Etwas in mir will drüben anrufen und es einfach erzählen. Nur, um vorzubeugen. Aber ich warte noch. Ich gebe erstmal Mom die Chance, es selbst zu sagen. Denn das geheim zu halten, wäre wirklich sehr dumm. Ich würde schon wissen wollen, wenn dein Ex an dir rumtatscht und all diese Dinge zu dir sagt. Dann könnte ich nämlich entsprechend reagieren und das Vertrauen etwas herunterschrauben. Sprich, kontrollieren. Ja, das muss man bei meinem Vater. Kontrollieren, was er tut.

Also werde ich das jetzt machen.

Ich greife nach dem dunkelroten, dünnen Pullover und ziehe ihn über mein Muskelshirt. Dann sehe ich nochmal in den Spiegel und richte meine feuchten Haare. Das Veilchen ist etwas abgeschwollen und mittlerweile nur noch gelblich und bläulich schimmernd. Ich habe mich rasiert. Nur meine Haare sind etwas chaotisch. Sie sind nicht so leicht zu bändigen, also streiche ich nochmal hindurch, bevor ich in meine Schuhe schlüpfe und das Zimmer verlasse. Kurz sehe ich mich hier oben um. So ein langer Gang für so wenige Menschen. Hier ist Platz für mindestens noch zehn Personen.

Ich laufe die Treppe nach unten ins Foyer. Giovanni steht im Durchgang zum Esszimmer, weshalb mein Vater wohl darin sein wird. Ich gehe an ihm vorbei, er wirkt heute sehr steif, und betrete den Raum. Mom und Dad sitzen am Esstisch. Das ist nicht richtig. Mom und Dad gehören nicht zusammen an diesen Esstisch.

Er sitzt auf seinem Platz am Kopf und sie hat ein paar Stühle entfernt Platz genommen. Gut so. Sie schaut von ihrem Handy auf, als sie mich bemerkt. Bestimmt bekommt sie Terrornachrichten vom Carter-Dad. Noch besser.

Ich stütze mich an ihrer Rückenlehne ab und beuge mich runter, um sie auf die Wange zu küssen, die sie mir hinhält. Dabei mustere ich sie prüfend. Ich suche nach Schuld in ihren Augen oder irgendwas anderem, das andeuten könnte, dass sie bei meinem Vater angebissen hat. Aber sie wirkt ganz klar, als sie zu mir hochschaut. Ihr Parfüm streift meine Nase. Sie streicht mir durch das Haar, weil ich immer noch nach unten gebeugt bin, und ihre Augen fragen mich, ob ich das schaffe, und liegen prüfend auf mir. Ich hebe träge einen Mundwinkel und sie seufzt unzufrieden, bevor ich mich abstoße und zu meinem Platz neben Dad schlendere, wo ich mich hinsetze. Auf dem Tisch stehen Tassen und italienisches Gebäck. Mein Vater nimmt sich gerade abwesend eins der Stücke und schiebt es sich in den Mund, während er auf sein Handy schaut.

Manchmal ist es echt gruselig, wenn er was Menschliches tut, wie zum Beispiel essen, Rosalie.

Ich sehe über die Schulter zu einem Hausmädchen, das in der Nähe steht, falls wir was brauchen. Wie immer. Als könnte ich meinen Scheiß nicht selbst holen. Daheim holen wir uns unseren Scheiß auch selbst, außer deine Mom tut es, weil sie es liebt, uns zu bedienen und zu umsorgen.

»Kann ich einen Espresso haben?«, frage ich leise und halte ihr meine Tasse hin.

Sie nickt, nimmt sie mir ab und verschwindet in die Küche. Mein Handy klingelt, als ich mich wieder dem Tisch zuwende, und ich ziehe es aus meiner Jeans.

Auf dem Display erscheint dein Name und ich nehme ab, bevor mein Vater ihn lesen kann, und halte mir das Telefon an das andere Ohr, damit er nicht mithören kann.

»Japp?«

»Hey«, sagst du leise und ich seufze. Ich habe deine Stimme die letzten Tage nicht sehr oft gehört.

»Hi.« Ich versuche, unauffällig zu klingen. Jetzt aufzustehen, wäre noch auffälliger.

»Du bist nicht alleine, oder? Sag ja, wenn es so ist«, meinst du und ich muss etwas lächeln.

»Japp.«

»A ja. Okay, ich liege in deinem Bett und habe mir gedacht, ich rufe dich an. Mach hmhm, wenn du das gut findest.« Jetzt muss ich lachen.

»Hmhm.«

Du lachst auch. Dann seufzt du und es raschelt. »Okay, wieso ich dich eigentlich anrufe – heute Abend ist eine Party bei den Terekovs und ich wollte dich fragen, ob du auch kommst.«

Eigentlich habe ich keine Ahnung, ob das klappt, weil man Vater wahrscheinlich wieder irgendwas mit mir vorhat, aber ich habe mir ja gesagt, dass ich heute einfach gehe. »Ich weiß nicht«, meine ich schleppend, wenn ich an dieses kitschige Schloss denke. Ich würde so viel lieber einfach gar nichts tun. »Gehst du hin?«

»Ich muss. Diese Irina hat Geburtstag.«

Ich nicke verstehend. Irina ist deine beste Freundin. »Gut, dann sehen wir uns da«, meine ich.

»Okay. Wir können von dort auch früher verschwinden.« »Das auf jeden Fall«, meine ich, weil ich es sicher nicht schaffe, bis fünf zwischen diesen Alkoholopfern zu versacken. Ich bin viel zu erledigt und erschöpft.

»Okay, dann treffen wir uns da.«

»Gut, bis später«, meine ich noch.

»Okay, bis dann. Bye.«

Ich lege auf und schiebe das Handy wieder in meine Hosentasche, als auch schon mein Espresso kommt, ich mich bedanke und Zucker hineinkippe. Dabei spüre ich sehr wohl den Blick meines Vaters.

»War das Zayden?«, fragt Mom und beugt sich vor, um sich den Zucker heranzuziehen.

»Japp«, spiele ich ihr Spiel mit. Ich weiß genau, dass sie weiß, dass du es warst.

»Schön, dass ihr euch vertragen habt.« Sie kippt auch Zucker in ihre Tasse.

»Ach wirklich?«, fragt mein Vater mit mäßigem Interesse.

Ich muss ihn anlügen, sonst wird er mir heute wieder Steine in den Weg legen und ich komme hier nicht weg. »Japp.« Ich rühre in meinem Espresso.

»Das ist ja schön.« Mein Vater trinkt von seinem eigenen Espresso. Giovanni steckt den Kopf ins Esszimmer.

»Die Sanchez' kommen, Sir.«

»Lass sie rein«, befiehlt Dad und ich verkrampfe mich etwas. Das hier ist, wie in seine Zelle im Gefängnis geführt zu werden.

Meine Mutter steht auf, nimmt ihren Espresso und setzt sich auf meine andere Seite, sodass ich zwischen ihnen bin. Mein Vater schiebt die Unterlagen näher zu sich heran, während Mom meinen Unterarm sanft drückt und ihre Hand dann zurückzieht. Ich versuche, mir den Widerwillen nicht zu sehr ansehen zu lassen.

Dann geht die Tür im Foyer auf und sie kommen rein.
Diego Sanchez als Erster. Er ist echt übel und der Boss der Kolumbianer. Mit ihm ist nicht zu spaßen, absolut nicht. Er ist radikal, frauenverachtend und ein Bastard. Ein Mann ohne Seele. Wie so viele hier.

Valentina, seine Frau, sieht hübsch und rassig aus wie ihre Tochter und sie hasst meine Eltern. Ich weiß aber nicht, wieso.

Selina kommt als Letzte, den Blick gesenkt. *So* unschuldig, *so* schüchtern. Ich werde schon dafür sorgen, dass sie in Zukunft nur noch so durch die Gegend läuft. Niemand fickt mit dir oder meinem Bruder, und wenn doch, muss derjenige mit den Konsequenzen leben.

Sie trägt ein schwarzes Kleid, so dunkel, wie ihre Seele, das sich eng um ihre Kurven schmiegt. Natürlich, sie muss ja immer zeigen, was sie hat. Und das tut sie nicht gerade subtil. Sie ist dezent geschminkt. Dezent. Mit ihren Blowjoblippen, mit denen sie wahrscheinlich heute Morgen noch jemandem einen geblasen hat, diese Hure.

Wir erheben uns alle drei fast zeitgleich. Mein Vater und Diego schütteln sich die Hände. Danach begrüßt er mich. Ich nicke ihm zu und verschränke meine Hände demonstrativ hinter dem Rücken. Ich möchte ihm nicht die Hand geben.

Ein Muskel an Diegos Wange zuckt. Buhu.
Mein Vater grüßt Selinas Mutter mit einem Nicken. Sie muss nicht seinen Ring küssen. Ich sehe sie gar nicht erst an. Sie ist eine Hure wie ihre Tochter. Irgendwo muss die es ja herhaben.

Selina nickt schüchtern in die Runde und ich bin schon genervt von ihr, bevor sie ein Wort gesagt hat. Wie kann Zayden nur auf so was reinfallen? Wirklich jetzt.

»Setzt euch«, fordert mein Vater und alle nehmen Platz. Ich lehne mich zurück und betrachte Selina, während ich lautlos mit den Fingern auf den Tisch trommle.

Sie hat ihren Blick konzentriert auf die Tischplatte gerichtet. Gut.

»Also, wir haben ja schon alles Wichtige besprochen«, kommt mein Vater ohne Umschweife auf den Punkt. »Hier ist der Vertrag.« Mit zwei Fingern schiebt er die Unterlagen zu Diego. Der lehnt sich in seinem Stuhl zurück und schnippt das erste Blatt fast abfällig nach hinten.

»Sieht gut aus«, stellt er dann fest.

»Sicher.« Mein Vater ist sein trockenstes Ich. So wird er immer, wenn er es mit Idioten zu tun hat. »Dann wollen wir mal.« Mein Vater schiebt einen seiner heiligen schwarzen Kugelschreiber zu Diego. Der nimmt ihn und unterschreibt. Natürlich tut er das, das hier ist ein Jackpot für ihn. Aber auch mein Vater profitiert nicht schlecht davon.

Diego reicht die Unterlagen an seine Frau, die sofort unterschreibt und den Vertrag dann wieder meinem Vater übergibt. Er nimmt ihn, ohne sie anzusehen, genau so wie den Kugelschreiber. Kurz zögert er, was mich zwar verwundert, aber ich zeige es nicht. Dann setzt er einfach seine Unterschrift unter die anderen und atmet durch, bevor er die Papiere meiner Mutter zuschiebt.

Diese nimmt den Stift mit zwei Fingern von ihm entgegen. Dabei mustert er sie nochmal sehr, sehr eindringlich. Sein Blick sagt: *Mach mir jetzt keinen Strich durch die Rechnung, Isabelle.*

Mom währenddessen sieht nur mich forschend an. Sie will das hier nicht und sie versteckt es nicht. Als sie tief seufzt, fängt Diego an, hart mit seinen Fingern auf den Tisch zu trommeln, bis mein Vater seine Hand ins Visier nimmt. Diegos Finger stocken. Mom sieht weiterhin nur mich an und spricht Italienisch mit mir, damit die anderen es nicht verstehen.

»Du musst das nicht tun«, erinnert sie mich noch einmal und schaut mir in die Augen. »Du hast was Besseres verdient.« *Das* sagt sie nicht auf Italienisch und Valentinas Augenbrauen fahren in die Höhe.

Ich atme tief durch und sehe zu Selina rüber. Ich weiß, dass ich was Besseres verdient habe. Sie aber nicht. Sie hat meinen Bruder nicht verdient. Ich gebe ihr genau das, was sie verdient.

Also schaue ich wieder Mom an und nicke ihr zu. Sobald ich das getan habe und sie in meinen Augen gelesen hat, dass es mir nichts ausmacht, zögert sie keine Sekunde mehr und unterschreibt. Hätte sie einen Funken Ablehnung in meinen Augen bemerkt, hätte sie auch nicht unterschrieben. Das wird mir mit einem Mal klar und meine Brust wird warm. Es ist gut zu wissen, dass – auch, wenn ich keine Wahl habe – meine Mutter mir eine lässt und bereit ist, dafür die Konsequenzen zu tragen.

»Gut.« Nur Mom und ich hören die Anspannung in der Stimme meines Vaters. Er zieht schnell die Papiere an sich. Vielleicht hat er ja Angst, dass Mom ihre Unterschrift wieder durchstreicht.

Dann winkt er Giovanni mit zwei Fingern heran. Er tritt vor und legt eine Samtschatulle auf den Tisch. Ach ja, die Handschellen, die hätte ich fast vergessen.

Mit jeder Sekunde wird mein Hass auf Selina etwas brennender, dabei hasse ich eigentlich nicht. Es sei denn, man legt sich mit meiner Familie an.

Mein Vater macht eine ausladende Handbewegung. Ich schiebe meinen Stuhl zurück und nehme die kleine, schwarze Schatulle, bevor ich den Tisch umrunde.

Selina steht auch auf. Ich beobachte sie ganz genau, als sie sich mir zuwendet. Sie sieht mich nicht an. Ich will aber, dass sie es tut. Ich will, dass sie sieht, wie sehr ich sie hasse. Ich will auch, dass ihr Vater das sieht.

Sie hält mir ihre Hand entgegen. Jetzt schaut sie doch auf, weil ich nicht reagiere. Ihre schwarzen Augen durchzuckt Unsicherheit, weshalb ich einen Mundwinkel hebe.

Dann nehme ich ihre Hand, sodass mein Daumen auf ihrem Handrücken liegt, und ziehe den Ring hervor. Es ist der typische de Luca-Ring, den auch schon meine Mutter getragen hat.

Ich hebe ihre Hand etwas höher und schiebe ihr den Ring mit einem Ruck über den Finger, bevor ich sie abfällig wieder loslasse. Sie ekelt mich so an. Ich will gar nicht wissen, wie viele Schwänze sie schon in dieser Hand hatte. Sie schluckt und strafft sich etwas, bevor sie den anderen Ring aus der Schatulle zieht und mir die Hand hinhält.

Widerwillig hebe ich meine und sie streift den Ring über meinen Finger. Quälend langsam. Dann lässt sie meine

Hand wieder los und ich drehe mich um, gehe die zwei Schritte zurück und nehme wieder auf meinem Stuhl Platz.

Sie setzt sich auch.

»Gut, dann haben wir das also geklärt!«, meint mein Vater stirnrunzelnd und sieht auf seine Uhr. Mom schnaubt und Diego Sanchez ist angepisst. Was pisst ihn denn so an? Ich kann ihm ja mal sagen, was mich so anpisst. »Gut, wir sehen uns dann im Casa del Nero. Der Einzug findet in neun Tagen statt.«

Diego nickt knapp und mein Vater erhebt sich. Die Sanchez' tun es ihm nach. Valentina Sanchez funkelt meinen Vater an. Er ignoriert das völlig, als würde sie nicht existieren. Ich bleibe sitzen, genau wie meine Mutter, und mein Vater bringt die anderen noch zur Tür, lässt seine Hand hart auf Diegos Schulter krachen und murmelt ihm was zu. Mom sieht mich an, aber sie tadelt mich nicht. Sie hält mir keine ihrer legendären Reden. Sie schaut mich einfach nur an, als würde sie etwas sehen, was ich nicht sehe. Dann seufzt sie und steht auf, bevor sie sich nochmal bückt und mich auf den Kopf küsst.

»Erzähl es ihm«, sage ich leise und sie verharrt mit den Lippen an meinem Scheitel.

»Natürlich tue ich das«, meint sie nach einigem Zögern. Dann wendet sie sich ab und der Laut ihrer klackenden High Heels verklingt im Foyer.

Jetzt ist es offiziell, Rosalie. Ich werde Selina heiraten. Aber ich mache das Beste daraus. Und wenn ich mich schon nicht selbst retten kann, dann wenigstens meinen Bruder.

Ich habe auch schon eine Idee, wie.

23. Schonungslos, Sergio

XX

Rosalie

Sergej und Swetlana Terekov sind nicht zu Hause. Sie sind in einem Spa und verbringen dort das Wochenende. Ivan Terekov ist auch nicht da. Dafür sind wir da. Mit *wir* meine ich mich und sehr viele andere Menschen. Teilweise kenne ich sie von der Schule, teilweise nicht. Onkel Carter hat Ilian zu sich geholt, weil es hier etwas eskalieren könnte. Die Russen übertreiben immer, egal bei was. Also verbringt Ilian das Wochenende drüben bei uns, bei Catalina, wie so oft. Der riesige Festsaal des Terekov-Anwesens ist voll mit Leuten. Rauch wabert in der Luft, Musik dröhnt aus den Boxen. Das Licht ist gedimmt. Überall gibt es kleine Sitzecken. An der Bar kriegt man alles, was man unter achtzehn nicht trinken darf. Und auch alles andere, was illegal ist. Ich halte mich an meinem Wodkashot fest. Ich weiß nicht genau, der wie vielte es ist, aber Irina drückt mir immer wieder einen neuen in die Hand und ich muss ihn trinken, *weil sie Geburtstag hat*. Heute muss ich alles tun, was sie will, *weil sie Geburtstag hat*. Jeder muss heute alles tun, was sie will. Das ist ihre Geburtstagsregel. Sie hat wirklich Glück, dass sie so süß ist, sonst hätte ich ihr beim Übernachten schon längst mal ein Kissen aufs Gesicht gedrückt.

Zayden ist auch da. Er sitzt mir gegenüber auf einer Couch und hat einen Arm über die Lehne geschwungen, hält einen Joint zwischen Daumen und Zeigefinger, den Hinterkopf an die Lehne gelegt, und zieht gerade so tief, dass die Glut sich heftig durch das Paper frisst. Ich betrachte das etwas zweifelnd, während sein schwarzer Pullover, den er an den Ärmeln hochgekrempelt hat, etwas an seinem Bauch hochrutscht und seine gebräunte Haut entblößt. Er stößt den dichten Rauch an die Decke, sodass man sein Gesicht ein paar Sekunden nicht sieht. Irina neben mir ist unruhig und schaut nun flehend nach oben, während sie murmelt: »Irgendwann sterbe ich, einfach so.« Dann bekreuzigt sie sich, steht auf und geht einfach. Oder besser gesagt, sie schwebt in ihrem weißen schulterfreien Kleid davon. Wobei sie gleich von einer Gruppe aufgehalten und aufgefordert wird, zu trinken. Oh nein, das wird heute kein gutes Ende nehmen. Sie verträgt zwar einiges, aber das heute wird selbst ihre russisch abgehärteten Grenzen sprengen. Zayden reicht den Joint weiter an Jason aus unserer Klasse. Der nimmt ihn träge und nickt zustimmend, bevor er daran zieht.

Zayden gibt ein träges Brummen von sich und sieht sich im Raum um. Er checkt die Frauen ab, offensichtlich. Denn Selina ist nicht hier. Natürlich ist sie das nicht. Irina würde sich eher jeden Finger einzeln mit einem rostigen

Buttermesser abhacken, bevor sie Selina auch nur in die Nähe dieses Hauses lässt. Irina kann Selina nicht ausstehen, aber ich kann ihre Gründe nachvollziehen. Wenn ich mein Leben lang von Selina tyrannisiert worden wäre, so wie Irina, dann würde ich sie ebenfalls abgrundtief hassen. Okay, das tue ich auch so. Ganz ohne Mobbing und Tyrannei. So offensichtlich hätte Selina sich das bei mir nie getraut, weil sie weiß, wie wichtig ich Zayden bin, und dass du dann durchgedreht wärst. Aber an diese widerliche Selina will ich gerade nicht denken, also exe ich meinen nächsten Shot. Zayden deutet mit einem trägen Fingerzeig auf Zara Laurentis, die in unsere Parallelklasse geht. Ihre schwarzen wallenden Haare liegen über einer Schulter und sie erwidert seinen Blick. Er winkt sie mit einem Finger heran und ich seufze schwer.

»Willst du nicht mal was anderes als Huren ausprobieren?«, frage ich ihn. Unzufrieden runzelt er die Stirn und schaut zu mir.

»Was?« Mit einem Auge hängt er immer noch an Zara, die sich langsam nähert. Sein türkiser Blick wirkt träge und ist gerötet.

»Du bist langweilig, Zayden.«

»Ich zeig dir gleich, wie langweilig ich bin«, murmelt er in sich hinein.

»Ist so.« Ich zucke mit den Schultern.

»Was willst du von mir?«, fragt er genervt und ich nehme abwesend von Jason den Joint, als er ihn mir reicht. Zayden sieht kurz über seine Schulter zu Zara, die neben ihm zum Stehen kommt. »Warte kurz, Baby. Muss hier was klären.«

Dann schmeißt er einen Unterarm über seinen Kopf, weshalb sein Pullover etwas weiter hochrutscht. »WAS?«

»Hast du es nicht satt?«, frage ich interessiert und ziehe an dem Joint. Wow, der ist echt stark. »Immer diese Frauen zu vögeln, wo jeder schon mal drin war?« Zayden runzelt die Stirn noch etwas mehr und ich blinzle ihn interessiert an. Er schaut wieder zu Zara, die mich dank der lauten Musik nicht gehört hat, und wenn, wäre es mir auch egal. Er legt eine Hand an ihren nackten Schenkel und streicht damit unter ihr Kleid, bevor er mich wieder ansieht.

»Nein«, meint er und zieht sie breitbeinig auf seinen Schoß, sodass ich ihren Rücken betrachten kann und nicht mehr sein Gesicht.

»Das ist widerlich«, informiere ich ihn und schaue dann von ihm weg. Das muss ich mir nicht geben, ich will nicht kotzen. Stattdessen reiche ich den Joint weiter an Marius, stehe auf und gehe mehr oder weniger geradeaus zur Bar. Linda spielt heute Barkeeperin. Sie ist eine andere gute Freundin von Irina, auch Russin.

»Gib mir irgendwas ohne Alkohol, bitte.«

»ABSINTH!«, ruft sie begeistert und reißt die blauen Augen auf.

»Nein.« Ich schüttle den Kopf und schiebe mich auf einen Barhocker.

»Wodka-Lemon.«

»Linda. Bitte …«

»Whisky.« Ihr Blick wird todernst.

Ich schaue sie einfach nur an und esse eine Salzstange.

»Ich hab's!«, ruft sie dann und greift unter die Bar nach einer Flasche.

»OUZO!«

»Und ich dachte, du magst mich«, erwidere ich trocken.

»Ich *liebe* dich.« Sie schenkt mir Ouzo ein und schiebt mir das Shotglas zu. Ich rühre es nicht an.

»Gib mir alles andere, aber nicht das.«

Sie seufzt und trinkt es selbst aus, ohne eine Miene zu verziehen. Das sind Russen, sie können alles trinken, ohne eine Miene zu verziehen. Sie will sich gerade bücken, um etwas rauszusuchen, als Michael von hinten an sie herantritt und einen Arm um ihren Bauch schlingt. Er ist ihr Freund und sie kichert. Ihr hellblonder Bob schwingt etwas hin und her, als sie erschauert und er sie in den Nacken küsst, während er ihr etwas zumurmelt.

Ich seufze schwer und reibe mir über das Gesicht. Verdränge den Stich in meiner Magengegend und ziehe mir jetzt freiwillig die blöde Flasche Ouzo heran, die sie hat stehen lassen. Ich kann dieses ganze Fluff-Liebeszeug gerade echt nicht ertragen und schenke mir was ein.

»Ich wusste gar nicht, dass du es griechisch magst«, raunst du von hinten in mein Ohr und dein Atem streift meinen Hals. Jetzt erschauere ich und erschrecke mich etwas. Sofort erwacht mein Körper mit einem Prickeln zum Leben.

Du greifst über meine Schulter nach dem gefüllten Shotglas. Ich sehe nur deine Hand mit dem Siegelring. Dann verschwindet es aus meinem Blickfeld und ich folge der Bewegung mit den Augen, wobei ich den Kopf etwas drehe. Du stehst direkt hinter mir, ohne mich zu berühren, denn das dürfen wir ja nicht. Deine dunkelbraunen Haare sind nach hinten gekämmt, keine Strähne steht ab, deine dunkelblauen Augen sind klar und fokussiert. Du bist rasiert und trägst eine dunkelblaue Jeans sowie einen dunkelbraunen Gürtel. Dazu ein royalblaues Longsleeve, das sich eng um deine Muskeln schmiegt. Die Goldkette liegt über dem Stoff, dessen Farbe perfekt zu der deiner Augen passt. An deinem Handgelenk funkelt deine Uhr. Du. Bist. So. Perfekt. Gerade trinkst du meinen Ouzo aus und ich schaue deine Hand an. Sofort. Du trägst keinen Ring, außer deinen Siegelring, und Erleichterung flutet mich, so blöd es auch ist, denn heiraten musst du sie ja trotzdem. Du stellst das Glas wieder auf der Bar ab, bevor du dich mit dem Rücken neben mich lehnst und die Unterarme darauf abstützt.

Ich nehme die Flasche und schenke wieder nach.

»Und?«, frage ich betont nicht total niedergeschlagen und wende mich dir etwas zu.

»Alles klar, Bro?«, ruft Steven aus unserer Klasse und geht rückwärts an dir vorbei. Du ziehst die Augenbrauen zusammen.

»Bro mich nicht an, Steven.« Ich trinke den Ouzo und du siehst zu mir, während er weitertorkelt und ich das Gesicht verziehe, weil das Gesöff echt widerlich schmeckt.

»Und?«, fragst du zurück, dein Duft strömt in meine Richtung. Ich würde am liebsten mit meiner Nase über deinen Hals streichen und … Nein, ich denke jetzt nicht daran, dass wir nur noch ein paar Tage haben, und dann … Dann ist alles vorbei.

Maria und Natascha gehen mit einander eingehakten Armen an dir vorbei und werfen dir Blicke zu, die du gar nicht bemerkst. Maria kichert. »*Hey, Sergio*«, haucht

Natascha anzüglich lächelnd. Du ignorierst sie und siehst immer noch zu mir, weil du auf eine Antwort wartest. Ich atme durch, widerstehe dem Drang, Natascha ihre Hier-bin-ich-fick-mich-Stimme in den Arsch zu schieben, und schaue wieder zu dir.

»*Und* ich betrinke mich.« Ich zeige dir die Flasche. »Dabei mag ich eigentlich keinen Ouzo.« *Und eigentlich hasse ich mein Leben gerade und ertrage das alles nicht.*

»Ich weiß.« Du beugst dich über die Bar, wo Linda und Michael gerade total wild rummachen, ignorierst das aber völlig und siehst dir kopfüber die Flaschen unter der Theke an, bevor du eine hervorziehst und mir Grappa hinstellst.

»Das ist schon besser!« Du schenkst mir ein und schließt dann die Flasche wieder. Dein Blick schweift über meinen Kopf hinweg und du hebst eine Braue. Höchstwahrscheinlich siehst du zu Zayden, der ganz sicher immer noch rummacht.

»Alles ist besser als …« Ich verstumme, weil ich ja gar nicht an *sie* denken wollte. Deine Augen landen wieder bei mir.

»Ich weiß«, meinst du erneut und greifst nach einem weiteren Shotglas hinter der Theke, das gespült dasteht, bevor du dir Grappa einschenkst, und ich den anderen Shot trinke. Gott, okay, jetzt reicht es langsam.

»Wie war es?«, will ich dann wissen, obwohl ich eigentlich mit mir selbst ausgemacht habe, dass ich es einfach ignoriere und nicht an diese Selina-Sache denke oder daran, dass ihr heute eure VERLOBUNG besiegelt habt. Aber ich kann nicht anders.

»Widerlich«, antwortest du und ext deinen Grappa.

»War sie das Reh oder der Vamp?« Nein, ich stelle mir jetzt nicht vor, wie du ihr den Ring angesteckt hast. Das ist so falsch, Sergio. Ich bin die Einzige, bei der du das tun solltest.

»Das Reh natürlich.« Du schenkst dir nach, ich mir nicht.

»Sicher …« Dein Blick ist etwas kälter geworden und ich würde so gern etwas tun, um diese Kälte zu vertreiben. Aber das kann ich jetzt nicht. Schon bald kann ich da gar nichts mehr machen, und immer, wenn ich daran denke, verkrampft sich mein Magen zu einem harten Knoten. Du wirst weg sein, außerhalb meiner Reichweite – und wir werden uns nicht mal ein paar geheime Momente klauen können. Wobei das zwischen uns ja nicht mehr wirklich geheim ist.

Ich bemerke, dass uns immer wieder mal welche ansehen, wegen dem, was Zayden auf dem Schulflur hinausgebrüllt hat, wobei es nicht mehr so schlimm ist wie die ersten Tage. Mittlerweile bin ich an einem Punkt angelangt, an dem es mir egal ist, wer von uns beiden weiß. Dad und Onkel Carter haben es erstaunlich gut aufgenommen. Ich war total verwundert. Keine stundenlange Predigt. Kein Hausarrest. Kein Rumgebrülle. Nichts! Das heißt, die beiden wussten es wahrscheinlich schon die ganze Zeit und haben sich nichts anmerken lassen. Sie haben uns verarscht, so, wie wir sie verarschen wollten. Tja, so kann es gehen bei uns zu Hause.

Seufzend überblicke ich die Menge.

Irina steht bei einer Gruppe und unterhält sich. Die Lichter tanzen über ihr perfektes, strahlendes Gesicht. Ich sehe hier genau zwei Arten von Menschen. Die einen, die mit sich selbst im Reinen sind, weil sie Irina wirklich mögen, obwohl sie perfekt und reich ist, und die anderen, deren Lächeln falsch ist und die hinter vorgehaltener Hand sofort über sie lästern werden, sobald sie sich umgedreht hat. Die einen, die das brauchen, um mit sich selbst klarzukommen, und diejenigen, die sich akzeptieren, wie sie sind, und anderen ihr Glück auch gönnen.

Kurz darauf ist Irina auf dem Weg zu uns. Du betrachtest sie und sie lächelt dich breit und strahlend an. Sie strahlt immer. Ich liebe das und bei ihr bin ich auch nicht eifersüchtig, wenn sie dich mit ihren unglaublich schönen Strahlern so anstrahlt, weil ich weiß, dass ihr beide euch niemals anfassen würdet. Eher würdet ihr euch die Finger abhacken.

»Hallo! Ich hab Geburtstag«, informiert sie dich sofort und du musst lachen. Du fährst dir durch die Haare, du Supermodel, dann beugst du dich zu ihr runter und küsst sie auf die Wange.

»Alles Gute.«

»Danke! Du musst heute alles tun, was ich will«, informiert sie dich sofort. Das ist Irina Terekov, wie sie leibt und lebt. Ihr ist es egal, wen sie vor sich hat, für sie sind alle einfach nur Menschen. Egal, ob sie vor dem Papst steht, einem Mafiaoberboss oder der Reinigungskraft in einer Tankstelle, bei ihr sind alle gleich – und allein deswegen liebe ich sie. Du schmunzelst und lehnst dich wieder mit dem Rücken an.

»Was willst du denn, Irina Terekov?«

Ich weiß genau, was sie will, aber darum kann sie dich

nicht bitten. Es ist 1,91 groß, hat türkise Augen und ein echtes Sexproblem.

Sie überlegt, während du deinen Grappa leerst und dein Handy klingelt, aber du ignorierst es. Ich habe schon bemerkt, dass du die letzten Tage total unter Strom und nur unterwegs warst, weil dein Vater dich so in Beschlag genommen hat. Wahrscheinlich will er nicht, dass wir Zeit miteinander verbringen. Vielleicht ist er es, der anruft. Dein Vater ist ein Arschloch.

»Ich glaube, ich hebe es mir auf.« Irina grinst mystisch. »Das macht man doch so, mit den Gefallen und Wünschen.«

Du hebst einen Mundwinkel. »Gut.«

»Gut.« Sie schaut durch den Saal, als Aarik Wolkov gerade reinkommt. Der älteste Sohn von Alexander Wolkov, einem anderen hohen, russischen Mafiaboss. Verrückt nach Irina, seit ich denken kann.

»Oh Scheiße«, murmelt sie und zieht den Kopf ein, als könnte man sie so nicht sehen.

»Soll ich ihn dir vom Hals halten?«, fragst du. »Aber dann hast du keinen Gefallen mehr offen.«

»Nein, ich flüchte einfach. Das mache ich immer so.« Sie winkt ab.

»Wieso? Stehst du nicht auf meinen Bruder, der da gerade …« Du siehst an Irina vorbei. »Einen Trockenfick auf deiner Couch hinlegt, an deinem Geburtstag.« Jetzt schaust du wieder Irina an, die vehement nicht in Zaydens Richtung starrt.

»Nein, ich stehe nicht auf Zayden Rush.« Sie schafft es kaum auszusprechen, ohne dabei zu schmelzen und zu kichern – alles in einem. Du verdrehst die Augen, genau wie ich.

»Wenn du willst, dass er dich beachtet, solltest du dich mit Aarik Wolkov unterhalten und nicht vor ihm flüchten. Ist nur ein Tipp. Damit wäre der Gefallen auch aufgebraucht.« Du schenkst dir Grappa nach. Irina ist verwirrt.

»Wieso sollte ihn das interessieren?« Du seufzt.

»Weil er es liebt, wie verrückt du nach ihm bist, und er würde es nicht ertragen, dass du nach jemand anderem verrückt sein könntest, ob er dich nun will oder nicht.« Jetzt sieht sie zu mir, weil sie das überprüfen muss.

Ich nicke. Genau so tickt Zayden.

Das überdenkt sie kurz.

»Okay, aber ihr seid schuld, wenn … Aarik mich verschleppt.« Und leider ist das ernst gemeint, denn Aarik fackelt nicht lange, wenn er etwas wirklich will. Er hat sie schon mal einfach einen ganzen Tag mit sich in einem Zimmer eingesperrt, bis Ilja es gemerkt hat …

»Keine Sorge, ich passe auf dich auf.« Du salutierst mit zwei Fingern. »Wenn ich nicht zu betrunken bin.« Dann leerst du den nächsten Grappa.

»Okay.« Irina ist entschlossen und im Kampfmodus, stellt sich demonstrativ ein paar Schritte weg.

»Hey, Aarik!«, rufst du und winkst ihn mit zwei Fingern heran, weshalb Zayden auf uns aufmerksam wird und den Kopf von der Tussi zurückzieht, die gerade an seinem Hals herumleckt. *Wäh.*

Aarik steht bei einem Grüppchen, das ihn begrüßt, und lacht gerade, bevor er über die Schulter zu uns sieht. Zu dir und dann zu Irina. Seine braunen Augen verdunkeln sich, wie bei einem Raubtier auf der Jagd. Er sagt noch was zu den anderen, dann schlendert er mit einer Hand in der Hosentasche auf uns zu.

Du drehst dich weg, sodass Irina ihm ausgeliefert ist. Ich greife nach den Salzstangen, ohne wegzuschauen, und schenke uns beiden Grappa nach. Er schiebt sich vor sie an die Bar, so dass wir sie nicht mehr sehen können.

»Oh Mann …«, meine ich enttäuscht und nippe an meinem Grappa. Das hier lenkt mich wenigstens ab. Du ext dein Glas ebenfalls und beobachtest Zayden. »Jetzt überlegt er, ob er erst ficken oder Aarik von ihr wegnehmen soll.«

Zayden hat Zara an ihrem Kopf zur Seite gezogen, damit er besser zu Irina sehen kann und er verengt die Lider, aber Zara bewegt sich hart auf seinem Schoß.

»Er wird sie ficken und dann nach Aarik schauen, er ist ein schwanzgesteuerter Lutscher.« Du nimmst dir eine Salzstange und tatsächlich merke ich in dem Moment, wie Zaydens Kopf nach hinten fällt und er resigniert stöhnend die Augen schließt.

»Ich hoffe, dass er kommt, bevor Aarik sie irgendwo hinschleppt, das hat er schon mal gemacht. Er ist ein Neandertaler«, murmle ich.

»Wird schon nicht passieren«, meinst du zuversichtlich.

»Weißt du eigentlich, was mit deiner Mom ist? Sie hat sich mit Onkel Carter gestritten, als sie heimkam«, erkundige ich mich, als es mir wieder einfällt.

Du verziehst das Gesicht. »Ja, aber können wir jetzt nicht darüber sprechen?«, fragst du, bevor du deinen Nacken knacken lässt und deinen Grappa trinkst. Oha …

Es hat sicher was mit deinem Vater zu tun. Wie immer. Alles Unangenehme hat immer mit deinem Vater zu tun.

»Okay«, meine ich und trinke auch. »Gehen wir rüber.« Ich schaue, ob Zayden noch da ist, doch er ist verschwunden. Er ist so ein Idiot, dass es manchmal wehtut. Ehrlich. Du nickst mich vor und ich schiebe mich vom Hocker, wobei ich die Flasche mitnehme. Du folgst mir zu der Sitzecke, die dein Bruder vorhin genutzt hat, genau wie die Blicke einiger Anwesenden. Aber es ist sowieso egal. Nicht wahr? Wir setzen uns auf einer der weißen Couchen und alle sehen weg, als du den Blick hebst und einen Arm über die Lehne streckst. Ich würde mich so gern an dich schmiegen, ein bisschen mit dir rummachen, einfach das tun, was man so auf Partys macht, aber das geht nicht. Das ging noch nie. Wir konnten nie ein normales Paar sein und so wie es aussieht, werden wir das auch nie sein können.

Von hier aus behalte ich trotzdem noch Irina im Blick. Sie sitzt auch auf einem Hocker, Aarik lehnt seitlich neben ihr, einen Unterarm auf die Theke gestützt und sie fühlt sich sichtlich unwohl. Sie kann ihre Emotionen nicht verstecken. Man kann ihr alles am Gesicht ablesen, dabei habe ich schon so oft mit ihr geübt, wie sie sich verstellen kann. Aber keine Chance.

Ich denke daran, dass Zayden gerade tatsächlich mit einer anderen Frau als Selina auf die Toiletten oder sonst wohin verschwunden ist. Das hat er eigentlich noch nie gemacht, seit er mit ihr was Festes am Laufen hat. Es wäre ehrlich gut, wenn er langsam anfangen würde, sich von Selina abzukapseln. Und wenn er dafür ganz Chicago unter sich haben muss, bis er die Richtige findet, ist das auch okay.

Jason hält mir schon wieder eine Tüte hin und du streckst deine Beine von dir, während ich eines auf die Couch ziehe und das schwarze Kleid etwas weiter runterschiebe, weil es hochgerutscht ist. Ich ziehe nur ein Mal an den Joint und halte ihn dann dir entgegen, weil ich sowieso schon stoned und angetrunken genug bin. Du nimmst ihn, betrachtest ihn kurz und reichst ihn weiter. Kein benebelter Kopf heute?

Ich würde so gern mit dir darüber reden, wie es dir geht, aber andererseits weiß ich, dass du einfach nur abschalten willst und das hier auch nicht der richtige Ort wäre.

»Hey, de Luca!« Sam grüßt dich überschwänglich, als er an uns vorbeigeht. Er hat mich vorhin noch ziemlich eindeutig angesehen, aber das würde er sich jetzt nicht mehr trauen. Du hebst kurz den Blick und lehnst dich mit deinem Glas in der Hand wieder zurück. Träge hebst du einen Finger in seine Richtung. Du nimmst diese ganzen Highschool-Typen nicht mal ansatzweise ernst. Das hier ist für dich der reinste Kindergarten. Aber das ist klar, sie haben nun mal ein ganz anderes Leben und andere Probleme als du. Selbst die Mafiasöhne haben nicht so eine Position wie du und so eine Verantwortung zu tragen, wie du es bald tun wirst.

»Eine Stunde, okay?«, versichere ich dir. Du nickst und stellst dein leeres Glas auf den Tisch vor uns, als Zayden wieder reinkommt. Offensichtlich war er draußen. Zara folgt ihm und wischt sich noch mit dem Daumen über die Unterlippe. Mich schüttelt es. Ich kann nicht verstehen, wie man sich hier irgendeinem Mann an den Hals werfen kann, der einen danach wie Müll behandelt. Zayden schlendert mit den Händen in den Hosentaschen durch den Saal und stockt, als er uns sieht. Seine türkisen Augen funkeln etwas hart, aber ich bin mir sicher, dass es sich diesmal nicht auf dich bezieht, sondern auf sich selbst. Ich deute ihm, dass er sich nicht so anstellen soll und er lässt sich hart auf das Sofa gegenüber fallen. Erste Kontaktaufnahme, jetzt keine falsche Bewegung machen. Er beugt sich vor und nimmt seine Zigarettenschachtel, die er vorhin hat liegen lassen, bevor er sich eine davon zwischen die Lippen schiebt und sie mit seinem Feuerzeug anzündet.

Du musterst ihn träge. Ich schenke mir jetzt doch noch Grappa ein und fülle auch dein Shotglas. Er überblickt deine Hand, an der du den Verlobungsring nicht trägst. Zum Glück. Dann sieht er dir wieder ins Gesicht. Ich weiß, dass er ähnlich verzweifelt ist wie ich. Er geht nur ganz anders damit um.

Du hältst den Blickkontakt zu ihm und ich trinke angespannt von meinem Grappa. Dein Blick ist ruhig, während seiner abwechselnd in deinen Augen nach etwas sucht. Ich hoffe, dass er darin nie das finden wird, was er befürchtet. Du legst den Kopf schief. Ich würde Zayden so gern klarmachen, wirklich begreiflich machen, dass du sie niemals anfassen würdest, und dass sie es nicht wert ist, ihn nicht verdient hat, dass er viel zu gut für sie ist.

»Sie kam, sie haben unterschrieben, sie sind gegangen«, antwortest du auf eine Frage, die er nicht laut gestellt hat. »Fertig.«

Zayden beißt die Zähne hart aufeinander.

»Sie wird in neun Tagen einziehen.« Mein Magen verkrampft sich und ich halte mein Glas etwas fester. »Und das war's.«

Du hebst die Augenbrauen und Zayden mahlt mit den Kiefern.

Ja, das war's.

Dein Leben bei uns.

Unser Leben zusammen.

Wir.

Du, so wie du bist.

»Das war's?«, fragt Zayden angepisst. »Das war's nicht!«

»Nein, du hast Recht, das war's nicht!« Du beugst dich vor und stützt deine Unterarme auf die Oberschenkel. »Ich bin so froh, dass ich sie endlich heiraten darf. Ich stehe schon seit Jahren auf sie. Sie ist meine große Liebe und ich werde ihr ganz viele kleine de Luca-Babys machen. Klingt das jetzt besser?«, fragst du bitter und abfällig. Ich spanne mich an. Genau wie Zayden, der die Hände zu Fäusten ballt.

»Ich …«, fährst du fort, »hasse Selina. Da hast du's. Ich hasse sie, weil sie eine intrigante, hinterhältige, berechnende Hure ist. Und ich habe mindestens fünf Videos auf meinem Handy, die dir genau das beweisen können, wenn du es sehen willst und ertragen kannst, Zayden.« Gut, Sergio. Jetzt werden wir alle sterben, so geht das natürlich auch. »Also hör auf, dich an etwas zu klammern, das dir weder etwas bringt noch dich in irgendeiner Art und Weise liebt. Das tut sie nämlich nicht.«

Zaydens Augen blitzen und seine Faust pumpt hart.

»Weil du ja so viel von Liebe weißt«, antwortet er abfällig und ist an der Grenze seiner Selbstbeherrschung angelangt.

»Aber du?« Du hebst deine Brauen. »Du liebst sie ja so sehr, aber lässt dir von der Hure da vorne einen blasen? Du liebst sie nicht und sie liebt dich nicht. Sieh es endlich ein. Du liebst nur ihre goldene Pussy. Aber da kannst du dich mit der Hälfte des Saales ja zusammensetzen. Da bist du nämlich nicht der Einzige.«

»Fuck, halt die Klappe!«, zischt Zayden durch zusammengebissene Zähne.

»GUT!« Du lehnst dich hart wieder zurück und er zieht fest an der Zigarette, bevor er sie fahrig ausmacht. »Ich höre auf. Hör du auch auf.«

»Okay, dann soll ich das alles einfach hinnehmen, so, wie es alle tun? Soll ich dabei zusehen, nicken, euch gratulieren und alles toll finden?«, zischt Zayden.

»Niemand findet das toll. Du bist nicht der Einzige, der Probleme damit hat, okay? Ich muss aus diesem Fuckhaus ziehen, mein ganzes Leben dreht sich um und ich lasse es nicht an den anderen aus, also reiß dich verdammt nochmal zusammen. Ich kann nichts dafür, dass ich sie heiraten muss. Ich will sie nicht. Ich würde sie nicht einmal mit der Kneifzange anfassen. Oder hat sie dir was anderes erzählt, hm?« Interessiert legst du den Kopf schief. *Jetzt* kommen wir der Sache näher.

»Hast du zu deinem Vater nur ein einziges Mal *nein* gesagt?«, fragt Zayden und du lachst zynisch.

»Klar, und dann habe ich ihm gesagt, er soll mir eine Villa auf Bali kaufen, mich enterben und mich in Ruhe leben lassen. Er hat das alles natürlich abgenickt und wird es tun. Kennst ihn ja, meinen Vater.«

»Vielleicht müssten wir nicht alle so nach seiner Pfeife tanzen, wenn wir ihm mal zeigen, dass er uns nicht so ficken kann, nur weil er es kann«, meint Zayden dunkel.

Du siehst aus, als würdest du etwas antworten wollen, lässt es dann aber und sagst offensichtlich etwas anderes.

»Klar, und dann setzen wir uns in einen Therapiekreis mit ihm, erzählen ihm unsere Sorgen und er macht sie alle weg. Verwechsle unsere Väter nicht, Zayden. Es ist ihm scheißegal, was ich will, was du willst und was *sie* will sowieso.«

»Okay, und jetzt? Sitzen wir dann in Zukunft alle zusammen? Du mit Selina? Rosalie mit irgendeinem neuen Macker, ich mit irgendeiner anderen Bitch? Oder wie hast du dir das vorgestellt?«, fragt Zayden und ich sehe ihn etwas zweifelnd an. Ich will keinen verdammten anderen Macker!

»Sie muss nicht heiraten. Denkst du etwa, dafür habe ich nicht gesorgt, oder was?«, zischst du und Zayden schnaubt. Ich erstarre, weil ich nicht weiß, was du meinst.

»Und denkst du, daran hält er sich?«, will mein Cousin spöttisch wissen.

»Ja, weil der Preis zu hoch ist, den er sonst zahlen muss.«

»Ach ja? Was interessiert ihn denn so sehr?« Das würde ich auch gern wissen.

»Sein Erbe«, meinst du ungerührt.

»Sein Erbe?«, fragt Zayden jetzt angepisst.

»Ich und dass ich sein fucking Erbe antrete.«

Der Atem stockt in meiner Kehle. Was?

»Du hast ihm also gesagt, er muss auf dich verzichten, wenn er Rosalie verheiratet?«, will Zayden wissen und mein Gesicht wird immer ungläubiger.

»Japp.« In mir wird mit einem Mal alles ganz warm. Ich habe nicht gewusst, wie weit du für mich gehen würdest. Vielleicht geahnt. Aber das ist der Beweis, dass du wirklich alles für mich tun würdest. Denn ich weiß, wie wichtig es bei euch ist, dass du einmal alles von deinem Vater übernimmst. Obwohl du deine Probleme mit ihm hast, bedeutet es dir extrem viel. Aber damit ich nicht heiraten muss, würdest du darauf verzichten. Deswegen liebe ich dich gleich noch ein bisschen mehr. Du bist der Wahnsinn, Sergio de Luca.

»Wenigstens warst du da vernünftig«, meint Zayden jetzt etwas versöhnlicher. Du schnaubst.

»Wo war ich denn nicht vernünftig?«, willst du interessiert wissen.

»Als du dich entschieden hast, Rosalie zu …« Zayden verstummt, bevor er es ganz aussprechen kann, was auch wirklich besser so ist.

»Das geht dich einen Scheiß an«, konterst du hart.

»Das geht mich keinen Scheiß an.«

Du bist genervt und ich seufze schwer. »Was geht es dich denn an? Wie beeinflusst das jetzt dein Leben? Zayden, bitte erklär mir das«, willst du sarkastisch wissen.

»Sie ist meine Cousine und ich will nicht, dass ihr Herz gebrochen wird.«

Ich mische mich jetzt nicht ein, sondern lasse euch das klären. Es ist wichtig für euch.

»Tja, du bist mein Bruder und ich will nicht, dass dein Herz gebrochen wird. Was machen wir denn jetzt?«, fragst du höhnisch und erinnerst mich dabei an deinen Vater.

»Wenn du jemand anders wärst, würde ich dir dafür aufs Maul hauen!«, fährt Zayden dich warnend an.

»Hast du doch«, gibst du unbeeindruckt von dir.

»Hast du aufgehört?« Zayden hebt die Augenbrauen.

»Nein«, gibst du ungeniert zu und ich trinke. VIEL. Fuck, Sergio! »Aber ich werde aufhören, also scheiß dich nicht ein, okay? Ich muss.«

Daran will ich nicht denken, ehrlich nicht.

»Wenn du es nie getan hättest, würdest du ihr Herz nicht damit brechen, weil du *aufhören* musst«, erklärt Zayden.

Du siehst ihn ein paar Sekunden nur an. Dann schnaubst du ungläubig, während ich immer noch meine Klappe halte und Zayden jetzt nicht sage, dass ich tausend Mal lieber ein gebrochenes Herz haben werde, als dich niemals gespürt zu haben. Als niemals gefühlt zu haben, was zwischen uns ist. Als niemals wahre Liebe erfahren zu haben.

»Ich verstehe ja, dass du einen Schuldigen brauchst, um zu rechtfertigen, was auch immer diese Schlampe tut … Aber lass deinen Frust nicht an mir aus. Ich hab zurzeit genug Scheiße um die Ohren.« Genau das habe ich gestern leicht abgewandelt auch zu Zayden gesagt.

»Nenn sie nicht Schlampe!«, braust er sofort auf.

»ZAYDEN!«, rufst du und machst eine typisch italienische erklärende Handbewegung. »Josh da vorne. Sie hat ihm gestern in der Umkleide einen geblasen.

Terence und Brad hatten sie zu zweit in der Dusche. Vor einer Woche, auf dieser Party. Sebastian …« Mit zwei Fingern zeigst du zur Bar, wo Besagter steht » … hatte sie in seinem Auto vor zwei Wochen. Ich habe ihre Handys gehackt, von mehreren. Ich hab Videos von der Umkleide, der Gemeinschaftsdusche, der Schultoilette, der Cafeteria, dem Parkplatz, diverser Klassenzimmer und der Bibliothek. *Sie liebt dich nicht, versteh das endlich*! Ich habe lange genug meine Klappe gehalten und dabei zugesehen, wie sie dich kaputt macht. Lange genug für mich behalten, was ich über sie weiß. Es wird Zeit, dass du deine Augen aufmachst. Du bist Carter Rushs Sohn, du bist kein Trottel! Also lass dich nicht von ihr zu einem machen.«

Zayden ist starr geworden, seine Hände sind zu Fäusten geballt, und ich habe keine Ahnung, was er jetzt tun wird. Er regt sich nicht, nur seine Augen funkeln zunehmend unheilverkündend.

»Sie holt nur das Schlimmste aus dir heraus. Sie. Ist. Nicht. Gut. Für. Dich. Zayden! Und du bist *zu gut für sie*«, endest du mit deiner schonungslos offenen Rede und ich sehe angespannt zu Zayden. Er fixiert dich mit seinem starren Blick und atmet gepresst durch die Nase wie ein wütender Stier. Sein Blick ist völlig durchdringend und seine Augen lodern auf. Seine Kiefer mahlen und sein Atem geht immer schneller. Ich weiß, wie schwer das für ihn sein muss. Niemand will das von der Person hören, die er liebt und von der er sich einredet, dass sie auch Gefühle für ihn hat. Einem anderen würde mein Cousin sicher nicht glauben. Aber es kommt von dir und du erzählst ihm nie Bullshit. Er vertraut dir normalerweise.

Im nächsten Moment fährt er in die Höhe.

»FUCK!«, zischt er durch zusammengebissene Zähne, wirbelt herum und marschiert nach draußen, wobei er ein paar Typen anrempelt, die ihm nicht rechtzeitig Platz machen. Keiner beschwert sich oder würde es wagen, ihn aufzuhalten.

»Fuck ...«, murmle auch ich und atme schwer aus.

»Das musste sein«, erklärst du reuelos und siehst ihm mit gerunzelter Stirn nach.

»Ich weiß.«

Gott, ich hasse es so sehr, wenn Zayden leidet.

»Er wird jetzt sowieso nicht mehr an sie rankommen.« Das scheint dich zu beruhigen, du nickst mehr für dich, dann greifst du nach der Flasche Grappa und schenkst dir nach.

»Wieso?«, hake ich skeptisch nach.

»Weil ich sie nicht mehr aus dem Haus lassen werde.« Das kommt wie eine total offensichtliche Selbstverständlichkeit. Du trinkst ungerührt einen Schluck. »Außer zur Schule. Und da wird ihr einer meiner Bodyguards am Arsch hängen. Immer.«

»Du willst sie daheim einsperren?«, frage ich mit einer erhobenen Braue.

Du nickst. »Ja. Ich werde ihr jede Möglichkeit nehmen, meine Familie weiter zu zerstören.« Ich sehe nachdenklich in die Richtung, in die Zayden gerade verschwunden ist.

»Er wird dich dafür hassen«, murmle ich mehr für mich.

»Das ist es mir wert. So kriegt er seinen kalten Entzug und den braucht er auch.« Ja, so weit bist du bereit, für die, die du liebst, zu gehen. Du nimmst sogar ihren Hass auf dich, wenn es sein muss. Wenn es ihnen dadurch besser geht und Zayden dadurch von diesem Gift wegkommt, das sein Leben schon so lange verpestet. Ich muss sagen, dass mir die Vorstellung natürlich nicht gefällt, dass sie bei dir sein wird. Denn sie wird *alles* versuchen, um dich zu manipulieren und ihren Willen zu bekommen. Allerdings weiß ich, wie charakterstark du bist, und ich vertraue dir. Ich seufze schwer und du legst wieder den Arm auf meine Lehne. Ich lasse mich etwas dagegen sinken. Ich brauche das gerade. Mir scheißegal. Fühlen, dass du da bist und dass du mir gehörst. Noch.

»Dann hoffen wir, dass er auch wirklich von ihr loskommst. Denn so ist es wenigstens zu etwas gut«, sage ich zu dir.

»Er *wird*. Es wird dauern, aber er wird«, versicherst du mir entschlossen. Ich nicke in mich hinein und betrachte dich, während du zur Decke siehst, den Kopf angelehnt. Ich lasse meinen Blick über dein perfektes Profil schweifen und fühle wieder mal einen Stich in der Brust.

Ja, jetzt wird sich bald wirklich alles ändern.

Wenn Zayden Glück hat, wird er sich tatsächlich von Selina lösen können und von dem fortkommen, was ihn so kaputt macht. Und wenn ich Glück habe, werde ich *dich* dabei nicht verlieren. Aber ich glaube, mein Glück ist fast aufgebraucht, und bald gibt es nichts mehr als Leid … Ein endloses Meer voller Leid, das drohen wird, mich zu verschlingen und dieses Feuer in mir endgültig zu löschen. Diese Flamme, die dort für dich brennt.

Aber noch nicht jetzt.

Nicht jetzt, Sergio …

24. Zu viel, Selina

XX

Zayden

Ich habe in all der Zeit, in der du in meinem Leben bist, nicht eine einzige andere Frau angefasst, Selina. Zumindest nicht, seitdem ich dich das erste Mal berührt habe. Du warst anfangs immer dieser unerreichbare Engel in Schwarz für mich – mit deinen wallenden, langen Haaren und deinen so dunklen Augen. Und als ich dich endlich hatte, wusste ich instinktiv, dass ich nichts anderes mehr brauche. Du warst perfekt. Deine Haut unter meinen Fingern war perfekt. Wie du mich angesehen hast, war perfekt. Ich hatte nicht einmal das Bedürfnis nach einer anderen, obwohl ich – zugegebenermaßen – total triebgesteuert bin. Vor dir gab es so viele. So verdammt viele, deren Gesichter ich nicht einmal mehr zuordnen kann. Ich weiß nicht mal mehr, mit wem ich mein erstes Mal hatte, weil ich da total zugedröhnt war. Aber mit dir in meinem Leben wurden sie alle nebensächlich und sind verblasst.

Heute haben deine Eltern unterschrieben. Heute haben sie festgelegt, wie deine Zukunft aussehen soll. Heute wurdest du zu *seiner* Verlobten. Ich habe zwar keinen Ring an seinem Finger gesehen, aber das heißt nicht, dass es nicht passiert ist. Wahrscheinlich hat er ihn einfach nur abgenommen, bevor er herkam.

Jetzt bist du verlobt und ich bin hier. Ich konnte es nicht anders ertragen. Ich musste irgendwas Dummes tun. Ich brauche das. Etwas Dummes zu tun, wenn ich nicht weiterkomme. Vielleicht versuche ich auch mal wieder, mir selbst einen Strich durch die Rechnung zu machen. Vielleicht ist es leichter für mich, wenn du mich hasst und dich von mir fernhältst, weil ich alles andere dann nicht miterleben muss.

Ich sitze auf der Bank draußen etwas abseits des Brunnens, die Ellbogen auf die Oberschenkel gestützt und mein Gesicht in den Händen vergraben. Kurz habe ich gedacht, ich würde jetzt völlig ausflippen und dieses ganze Anwesen niederbrennen, aber das ist nicht passiert. Sobald ich den Raum verlassen habe, habe ich mich gefühlt, als hätte jemand meine Batterien rausgenommen – einfach leer. Eigentlich war mein erster Impuls, zu dir zu fahren. Dann, dich anzurufen. Aber ich tue nichts von alldem.

Ich habe zu viel Angst davor, dass mein Bruder recht hat. Ich habe zu viel Angst davor, was du mir sagen würdest, wenn ich dich jetzt anrufen würde. Ich will nicht, dass das wahr ist. Um mich herum bricht sowieso gerade alles zusammen und du darfst nicht darunter fallen. Du darfst nicht von dem Sockel stürzen, auf den ich dich gestellt habe. Du bist mein perfekter, schwarzer Engel. Und der bleibst du, wenn es nach mir geht.

Ich reibe mir über das Gesicht und atme einfach. Aber manche Dinge kann man nicht wegatmen. Manche Dinge sitzen zu tief. So wie du. Ich will dich nicht verlieren. Ich will dich nicht fragen, ob es stimmt, was Sergio gesagt hat. Ich will nicht darüber nachdenken, dass da diese Stimme in meinem Kopf ist, die ihm alles abkauft, was er erzählt hat. Das ist dieses Vertrauen. Ich weiß, wann er lügt. Aber vielleicht sind das auch nur Gerüchte. An diese Videoscheiße will ich gar nicht denken, das kann auch alles gefakt sein. Du bist diese Eine, die alle wollen, also wieso sollten sie nicht dafür sorgen, dass du für sie zu haben bist? Vielleicht muss ich einfach nur ein paar Köpfe rollen lassen, damit das aufhört.

Ich bin völlig stoned und betrunken. Mein Kopf schwirrt und die Gedanken überfordern mich genau wie die Gefühle, die so wirr in mir sind. Ich kann sie nicht zuordnen. Ich kann mich gerade nicht so gut fangen. Dabei tue ich das eigentlich immer. Ich fange mich immer selbst auf. Und wenn es gar nicht mehr geht …

Ich zücke mein Handy und entsperre es mit einem Knopfdruck. Du bist auf meinem Hintergrund und strahlst mich an. Allein dein Anblick verursacht mir ein heftiges Ziehen in der Brust. Ich kann nicht auf dieses Strahlen verzichten. Ich kann nicht auf dich verzichten.

Ich atme aus und scrolle durch mein Telefonbuch, während ein kühler Wind meine Wangen streift und ich fröstle. Dann drücke ich den grünen Knopf und halte mir das Handy ans Ohr. Es gibt Situationen, da brauche ich meinen Onkel, weil mein Kopf überfordert ist, und es gibt Momente, da brauche ich meinen Dad, weil mein Herz nicht mehr mitkommt. Das ist so einer. Ich will gerade nicht auf meinen Kopf hören. Der ist viel zu klar, obwohl ich so benebelt bin. Und was ich denke, mag ich nicht.

Dad nimmt nach dem vierten Klingeln ab. »Was?!«, fragt er genervt, wie immer. Natürlich weiß er nicht, wer dran ist, weil ich meine Nummer unterdrückt habe.

Ich überlege, was ich jetzt sagen soll, und bin kurz still.

»Jaaa?«, drängt er ungeduldig. »Scheiße, nicht schon wieder. Ich habe nein gesagt!« Ich weiß nicht, wovon er da spricht.

»Ich bin's«, erlöse ich ihn schließlich.

»Ah, zum Glück«, seufzt er. »Ich habe eine Stalkerin.« Das würde mich normalerweise zum Lachen bringen, aber mir ist gerade nicht danach. »Was ist los?« Ich höre, wie eine Autotür hinter ihm zuschlägt.

»Das kann ich nicht so gut erklären«, meine ich nachdenklich und versuche, meine Gedanken zu unterdrücken. Ich will das alles gar nicht wissen.

»Du musst es nicht erklären. Sag einfach, wie es ist.«

Das will ich nicht. Genau das ist ja das Problem. Ich denke schon wieder viel zu lange darüber nach, was ich sagen soll, weil ich es nicht sagen *will*. Ich schlucke.

»Hat es was mit ihr zu tun?«, fragt Dad weicher.

»Ja«, antworte ich dankbar, dass ich irgendwas bejahen kann. In meiner Welt hat alles immer mit dir zu tun, Selina.

»Hat sie dich verletzt?«, will er nun wissen.

»Das weiß ich noch nicht«, meine ich und verdränge wieder diese Stimme in mir, die alles sehr genau weiß.

»Und ich glaube, ich will es auch gar nicht wissen. Ach … ich weiß nicht.« Mit einer Hand greife ich mir ins Haar und kralle mich darin fest.

Er schweigt ein paar Sekunden und scheint das wohl zu überdenken. »Es gibt Momente im Leben, da ist man nicht bereit für die Wahrheit. Da fährt man mit der Lüge besser. Aber sie lässt sich nicht ewig verdrängen, denn die Wahrheit bleibt die Wahrheit, auch wenn du sie jetzt gerade vielleicht nicht kennen willst.«

»Aber vielleicht ist es nicht die Wahrheit«, erwidere ich nachdrücklich.

»Wie fühlt es sich denn für dich an, wenn du spontan antworten müsstest?«

Ich mahle mit den Zähnen, weil alles, was Sergio mir gesagt hat, mich zwar echt gefickt hat, aber es hat sich wahr angefühlt. Dieser ganze Zwiespalt und das Misstrauen dir gegenüber haben mit einem Mal Sinn ergeben. Und genau das hasse ich. Weil ich dich liebe und so nicht von dir denken will. Weil ich hoffe, dass Sergio sich täuscht. Vielleicht lügt er ja nicht, ist aber selbst von einer Lüge überzeugt, ohne es zu wissen.

Ich antworte nicht.

»Du wirst nicht erfahren, was stimmt, wenn du sie nicht fragst. Obwohl ich denke, dass eine Antwort, egal welcher Art, bei dir momentan nicht viel ändern wird. Ehrlich gesagt.«

»Ich liebe sie, Dad«, entgegne ich sofort und meine Stimme ist heiser. Mein Magen zieht sich zusammen, als ich das laut ausspreche.

»Liebe ist ein Gefühl, das man sehr leicht verwechseln kann. Das ist mir selber schon sehr oft passiert. Manchmal verwechselt man es mit Leidenschaft, Verlangen. Mit Abhängigkeit. Mit Gewohnheit. Ich habe auch schon oft gedacht, dass ich liebe, aber wirklich erfahren, was Liebe ist, habe ich erst, als ich deine Mutter kennengelernt habe. Weißt du, wieso? Es gab mit einem Mal, nachdem ich es mir eingestanden habe, keinen einzigen Zweifel mehr. Ich denke, du liebst die Vorstellung davon, sie zu lieben, sonst würdest du nicht zweifeln, und es ist okay, wenn du das brauchst. Aber es wird dich nicht glücklich machen. Denn es ist nicht real. Ich weiß, dass du das jetzt nicht hören wolltest, aber ich musste es dir trotzdem sagen. Weil ich immer ehrlich zu dir bin.«

Sie verstehen das nicht, Selina. Niemand versteht das. Niemand nimmt das ernst, wie sehr ich dich wirklich liebe und wie real es ist. Wie weit ich für dich gehen würde.

»Du solltest einfach mit ihr reden. Vielleicht stimmt es ja nicht, ich würde es dir wünschen.«

Ich will nicht, Selina. Ich will nicht mit dir reden. Denn wenn du mir das bestätigst, muss ich Konsequenzen ziehen, und das will ich noch weniger.

»Es gibt nicht sehr viele Frauen wie Mom oder Tante Alayna, Dad«, meine ich also leise.

»Aber es gibt sie und die Kunst ist es, sie zu finden und zu erkennen. Denn sie sind selten.«

Ich nicke langsam, weiß aber, dass wir in einer anderen Generation leben als unsere Eltern. In einer reizüberfluteten, konsumgeilen Gesellschaft, die nie genug kriegt. Deshalb ist es nicht mehr so einfach, in einer Bar auf den richtigen Schoß zu fallen, wie es Mom bei Dad passiert ist. Oder die süße Barkeeperin zu beobachten und zu wissen, man will sie, wie bei meinem Onkel und Tante Alayna.

»Aarik, lass mich jetzt in Ruhe!«, höre ich plötzlich Irina Terekovs Stimme knurren und sehe auf. Sie kommt gerade aus dem Saal gefegt. Aarik Wolkov folgt ihr. Ich habe sie vorhin schon an der Bar reden gesehen und war kurz davor, mal nachzuschauen, ob alles okay ist. Aber mit Zara auf dem Schoß war das nicht so einfach. Als ich mit ihr fertig war, wollte ich wieder zu Aarik und Irina, hatte dann jedoch diese Auseinandersetzung mit Sergio und habe alles andere aus den Augen verloren.

Ich kenne Irina jetzt schon, seit wir Kinder waren, und ich mag es einfach nicht, wenn dieser Aarik sie anquatscht. Er ist wie eine Klette. Bin ich auch so bei dir, Selina?

Der Gedanke lässt mich kurz stocken. Ich will kein Aarik Wolkov sein, wirklich nicht.

»Jetzt warte.« Aarik packt ihren Oberarm und dreht sie zu sich herum.

Ich seufze genervt.

»Zayden?«, fragt mein Vater alarmiert, während Irina zu Aarik hochfunkelt.

»Nimm. Deine. Finger. Von. Mir«, sagt sie klar und deutlich mit hochgezogenen Augenbrauen.

»Ach, ich muss auflegen, Dad«, verkünde ich träge.

»Okay … Ruf mich dann später an«, meint er noch leicht irritiert.

»Hmhm. Bis später.«

»Wieso sollte ich?«, fragt Aarik und drückt Irina jetzt gegen die Wand. Ich lege auf und schiebe das Handy wieder in meine Hosentasche. Er ist so ein penetranter Penetrator, dieser Aarik Wolkov.

Er stützt einen Unterarm neben ihrem Kopf ab und flüstert ihr was zu. Gleich wird er versuchen, sie zu küssen, ich ahne es schon. Sie wird den Kopf wegdrehen. Ich kenne das alles bereits.

»Weil ich dir gleich in die Eier trete!«, zischt sie.

Ich stehe auf und ziehe dabei meine Waffe aus dem hinteren Bund meiner Hose, bevor ich auf Aarik und Irina zuschlendere. Das alles passiert völlig gelassen und träge. Ich habe keine Kraft, mich weiterhin aufzuregen, Selina. Ich fühle mich gerade echt ausgelaugt.

Keine Eile, weil er sich sowieso gleich einnässen wird. Ich bin wütend genug, um eine Armee auszuschalten, sobald ich aus dieser Trägheit finde. Von hinten trete ich an Aarik heran und Irina sieht über seine Schulter zu mir. Ihre dunkelgrünen Katzenaugen weiten sich leicht.

Dann drücke ich ihm den Lauf meiner Waffe in den Nacken und er erstarrt, gerade, als er wieder was zu ihr sagen will. Er hat mich nicht mal gehört, weil er so auf sie fixiert war. Regel Nummer eins: Lass dich niemals ablenken.

»Hallo, Aarik«, begrüße ich ihn sanft.

»Nimm deine Scheißwaffe von mir!«, zischt er. Seine Arme sind unter dem dunklen Shirt straff und angespannt.

»Ja, okay, nimm deine Scheißhände von ihr. Ist das ein Kompromiss?«, frage ich genervt und er sieht über seine Schulter irritiert zu mir.

»Was interessiert es dich, wo ich meine Scheißhände habe?«, knurrt er.

Oh, jetzt muss ich schon wieder irgendwas tun, worauf ich überhaupt keine Lust habe. Ich stöhne frustriert, bevor ich die Waffe hebe und ihm den Lauf mit einem Ruck gegen seine Schläfe schlage. Wer nicht hören will, muss fühlen.

»Es interessiert mich brennend!«, informiere ich ihn, während er keucht und die Hand von Irina nimmt, um sich damit an die Schläfe zu fassen, und einen Schritt wegtaumelt.

»BIST DU IRRE?«, ruft er fassungslos und seine dunkelbraunen Augen funkeln aufgebracht.

»Bist *du* irre? Weißt du, wer ihr Bruder ist und ihr Vater?« Ich hebe eine Braue. »Ich tue dir einen Gefallen. Verpiss dich jetzt, bevor dich wirklich jemand erschießt!«

Zwei Bodyguards der Terekovs nähern sich bereits, während ich meine Waffe wieder im Hosenbund verstaue und Aarik auffordernd ansehe, damit er sich endlich vom Acker macht. Sonst lasse ich noch meine ganze Wut an ihm aus. Und dann hat mein Vater ein Problem mit den Wolkovs, weil ich Aarik totgeschlagen habe. Nicht gut.

Ein paar Sekunden sieht er mich eiskalt an. Dann wendet er sich ab und geht mit harschen Schritten rein.

Ich sehe runter zu Irina. »Alles klar?«, frage ich und überblicke sie schnell.

»Ja, sicher. Er ist einfach ein Vollhonk«, meint sie kopfschüttelnd. Ungläubig mustert sie mich und scheint erst jetzt zu bemerken, dass wir allein sind, was nicht sehr oft passiert. Sie stockt. Ich hebe eine Braue und lasse mich mit dem Steißbein an den Brunnen sinken, sodass ich dagegen lehne. »Ähm … danke«, meint sie dann etwas zerstreut.

Ich hebe träge einen Mundwinkel, während ich meine Zigarettenschachtel aus der Hosentasche ziehe und eine Kippe rausnehme. »Klar.«

»Na ja, so klar ist das gar nicht«, überlegt sie laut. Ich mache mir die Zigarette an, biete ihr aber keine an, weil sie nicht raucht.

»Also, was tust du hier? In die Büsche kotzen?«, fragt sie einfach und stemmt sich neben mich auf den Brunnenrand. Das weiße Kleid liegt eng an ihrem Körper und sie stützt die Hände links und rechts neben sich ab. Ihre hellblonden Haare sind heute in den Längen gelockt, etwas zerzaust und ihre dunkelgrünen Augen leicht betont. Sie trägt einen rötlich schimmernden, leichten Lippenstift, der fruchtig aussieht, auf ihren vollen Lippen.

Sie mustert mich unbekümmert. So unbekümmert. Gleichzeitig fasziniert. Ich frage mich, was sie an mir gerade so fasziniert, und wende den Blick wieder der Zigarette zwischen meinen Fingern zu, von der der Qualm in den Himmel steigt.

»Ich habe ein bisschen frische Luft gebraucht.«

»Kann ich verstehen. Dimitri hat Bohnen gegessen«, sagt sie jetzt düster. »Er furzt die ganze Zeit und glaubt, keiner merkt das!«, erklärt sie echt empört, und ich muss lachen, was mich verärgert. Ich bin hier gerade eigentlich total down und will nicht lachen. »Ich meine, ich habe Geburtstag, und er kommt daher und begeht so eine Körperverletzung. Dimitri ist raus. Er wird nie wieder eingeladen.«

Ich mustere sie etwas zweifelnd und bemerke erst nach ein paar Sekunden, dass ich noch lächle, weshalb ich schnell damit aufhöre. Sie betrachtet mich mit schief gelegtem Kopf. »Mach das nochmal.«

»Was denn?«, frage ich irritiert.

»Lächeln.«

»Ah, ich weiß nicht, das tut mir im Gesicht weh«, meine ich bedeutungsvoll, weil ich normalerweise nie lächle. Aus Prinzip.

»Ich habe Geburtstag!«, ruft sie frech. Ich seufze und ziehe einen Mundwinkel in die Höhe. »Okay, und jetzt noch den anderen.«

Jetzt verdrehe ich meine Augen und hebe auch den zweiten. Sie seufzt und ich bringe mein Gesicht wieder unter Kontrolle. Das ist ja kaum auszuhalten. »Ich finde es schöner, wenn es echt ist«, meint sie und sieht wieder nach vorn.

»Manchmal hat man aber nicht viel zu lächeln.« Ich ziehe tief und die Glut knistert.

»Echt? Ich dachte, du hast eigentlich ein ziemlich gutes Leben. Mit deinem Vater, deiner Mutter, deiner Tante. Und Rosalie und deinem Onkel. Der ist so witzig, wenn er sich nicht bewegt und erstarrt«, überlegt sie. Aber Selina, ich fühle mich innerlich trotzdem leer. So viele Menschen um mich herum und ich bin immer allein. So viel Lärm, aber in mir ist es immer still. Deshalb brauche ich so viel von dir. So viel von dir, wie ich kriegen kann.

»Ja, meine Familie ist der Hammer«, erwidere ich und sehe hoch in den sternenklaren Himmel.

»Es gibt wirklich schlimmere Familien.« Sie klingt sehr bedeutungsvoll, aber ich weiß, dass sie nicht ihre eigene meint, denn die ist genau wie meine. Laut, lachend, chaotisch, liebevoll und warm. »Aber ich weiß schon, was du meinst. Manchmal spürt man die Sonne gar nicht mehr, wenn man zu lange den Strahlen ausgesetzt ist.«

Ich betrachte sie von der Seite und denke über ihre Worte nach. Schließlich nicke ich langsam. »Weil Menschen sich zu schnell an das Gute gewöhnen und es dann nicht mehr schätzen.« Das, Selina, ist die Story meines Lebens.

Irina seufzt und sieht weiter nach vorn. Ihr Profil ist so akkurat und geradlinig. Ihr Gesicht gleichzeitig so weich und zart, wie gemalt. Ihre pechschwarzen Wimpern wirken von der Seite noch voller und länger. Sie ist wirklich schön. Wie das völlige Gegenteil von dir. Wie ein echter Engel und kein schwarzer.

»Was war dein größter Wunsch an deinem letzten Geburtstag?«, fragt sie und sieht zu mir.

Ich hebe wieder einen Mundwinkel. »Ich wünschte, ich könnte mich noch daran erinnern«, sage ich leise.

»War Dimitri auch da und hat dich vergast?«, fragt sie mitfühlend.

Ich lache wieder. »Nein, aber ich habe meine erste Line gezogen und war wirklich hinüber. Mein Vater hat mich kotzend im Rosengarten gefunden. Danach weiß ich nichts mehr.« Du warst auch da, Selina. Du hast mir den Koksspiegel gehalten.

»Dein armer Vater. Und die armen Rosen.«

»Meinem Vater macht so was nichts aus. Und für die Rosen war das Dünger.«

»Wenn sein Sohn Drogen nimmt?«, fragt sie zweifelnd und ich stocke kurz, weil ich das so noch nicht gesehen habe. Weil ich noch nie darüber nachgedacht habe, wie er sich fühlen muss, wenn er mir bei alldem zusieht, was ich so tue. Und fuck, ich hab echt viel getan im letzten Jahr, seit ich dir nähergekommen bin.

»Okay, jetzt kriegst du Falten«, meint sie, als ich die Stirn runzle, weil die Schuldgefühle mich überschwemmen. Ich hasse Schuldgefühle. »Hier.« Sie tippt zwischen meine Augenbrauen und ich sehe sie wieder an.

»Ich hab gehört, bei Männern ist das sexy.«

»Bei dir ist alles ... total ekelhaft«, meint sie schnell und wird mal wieder etwas rot. Ich verdrehe amüsiert die Augen. Keine Ahnung, was sie an mir findet und wieso sie so verrückt nach mir ist. Ich habe weiß Gott nie irgendwas getan, um das zu verdienen.

Sie seufzt und überschlägt ihre Knöchel andersherum. »Ja, ich sage manchmal dumme Sachen!«

»Dass ich ekelhaft bin?«, frage ich mit hochgezogenen Brauen.

»Ja, zum Beispiel.«

Ich schmunzle und will gerade was erwidern, als mein Handy klingelt. Ein paar Sekunden sind wir beide verwirrt, dann will Irina aufstehen, als ich sie mit einer Handbewegung davon abhalte. »Du kannst ruhig bleiben«, meine ich leise und ziehe das Handy aus meiner Tasche. Keine Ahnung, wieso ich das jetzt sage. Ich sage es einfach.

Auf dem Display leuchtet dein Name und Irina bleibt sitzen. Sie taucht ihre Finger ins kalte Wasser des Brunnens und streicht hindurch.

Ich spüre, wie sich sofort alles in mir zusammenzieht und anspannt, aber ich kann deinen Anruf nicht ignorieren und nehme ab.

»Ja?«

»Hey!«, sagst du angepisst und ich hebe langsam meine Augenbrauen. *Du* bist angepisst, obwohl *ich* all diese Dinge über dich gehört habe. Das ergibt keinen Sinn, Selina. Du darfst jetzt nicht angepisst sein, weil ich hier bin und du nicht.

»Hey.«

»Und, wie ist die Party so?«, fragst du spöttisch und ich schlucke hart. Vielleicht sollte ich dir einfach sagen, was ich getan habe. Vielleicht reizt es dich genug, damit du dich verplapperst. Vielleicht ertrage ich die Wahrheit ja doch.

»Gut. Zara hat mir einen geblasen.« Das habe ich nur getan, weil ich mich so fucking machtlos fühle. Weil ich nicht weiß, wie es mit uns weitergeht, und das Einzige, was ich in einer solchen Situation kenne, ist, mich wegzupumpen oder Druck abzulassen. Hat beides nichts gebracht, Selina. Und jetzt habe ich es dir auch noch verraten.

»Sie hat *was*?« Das kommt kaum beherrscht und ich atme tief durch.

»Sie hat mir einen geblasen an einem der Autos auf dem Parkplatz.«

»*Wieso*?«, speist du aus. Ich spüre, wie es in mir wieder heißer wird und die Trägheit langsam schwindet.

»Und du?«, frage ich einfach und folge meinem Instinkt. »*Wieso?*«

»Was ich? Ich sitze hier und denke darüber nach, was du wohl gerade tust! Während du dir von irgendeiner Schlampe einen blasen lässt?!«

»Ich kenne das Gefühl«, meine ich sehr leise. Ich kenne es tatsächlich, Selina.

»Ich ficke niemanden!«, rufst du aus.

»WIRKLICH NICHT?«, blaffe ich dich jetzt an. »Denn ich habe dir gesagt, du sollst ehrlich zu mir sein, bevor ich es selber rausfinde, nicht wahr?!«

»Ich. Ficke. Niemanden!«, antwortest du eindringlich. »Wie kommst du darauf?«

Ich schlucke hart und sehe ein paar Sekunden hoch in den Himmel. »Was würdest du tun, wenn ich dir sagen würde, dass ich die Aufnahmen aus der Schule kenne«, teste ich dich.

»Dann würde ich dir sagen, dass sie wahrscheinlich Fake sind und irgendwer dich verarscht! Welche Aufnahmen überhaupt?«, zischst du, während mein Magen sich immer weiter zusammenzieht. »Irgendjemand, der nicht will, dass wir uns lieben. Der es dir nicht gönnt. Was weiß ich!« Selina, du verhaspelst dich. Und wie. Ich schweige ein paar Sekunden. Hättest du nichts Verbotenes getan, hättest du dich jetzt nicht sofort verteidigt, noch bevor du weißt, wovon ich spreche. Du hättest nicht mal gewusst, wovon ich spreche.

»Fick dich, Selina«, wispere ich heiser, während mein Herz sich verkrampft.

»Fick dich selber, Zayden.«

Du legst auf und ich betrachte mein Handy ein paar Sekunden. Ich bin erstarrt. Hat Sergio am Ende recht, was dich betrifft? Fuck, wenn ich mir das nur vorstelle, reißt es mir den Boden unter den Füßen weg. Was ist das, Selina? Ich dachte, das mit uns wäre echt. Ich dachte, du würdest es auch fühlen. Ich dachte, du würdest mich niemals hintergehen.

Außerdem solltest du mich gut genug kennen, um zu wissen, dass du so was niemals bei mir tun solltest. Dass du niemals das Gespräch einfach so beenden solltest. Denn wenn du mich schneidest, bedeutet das für mich, dass du keinen Kontakt zu mir willst oder brauchst. Und wenn das so ist, laufe ich dir auch nicht hinterher. Du erreichst damit nichts bei mir außer noch mehr Abwehr. Egal, wie sehr ich dich liebe, Selina, egal, wie süchtig ich nach dir bin. Auch ich habe meine Grenzen, und ich kann nicht die Augen verschließen, wenn du Fehler machst. So funktioniert das nicht. Wir spielen dieses Spiel zu zweit und du musst die richtigen Züge machen. Das weißt du doch.

Ich stecke mein Handy wieder ein und schnippe meine Zigarette weg. Es bringt mir jetzt nichts, mir weiter vorzustellen, dass du mich hintergehst. Nein, wir sind nicht zusammen. Wir führen keine Beziehung. Aber trotzdem dachte ich, du würdest mir gehören. Denn ich hätte dich nie hintergangen, weil ich dir gehöre.

Ich lehne mich wieder an den Brunnen. Irina räuspert sich, während ich mir die nächste Zigarette anzünde. Nein, ich habe sie nicht vergessen. Ich werde jetzt nicht darüber nachdenken, ob du lügst oder nicht. Ich werde jetzt nicht darüber nachdenken, was du empfindest. Ich habe dir das mit Absicht erzählt. Einfach, weil ich wissen wollte, wie du darauf reagierst. In mir sind zwei Seiten, die gegeneinander kämpfen. Ich lasse sie einfach und mische mich nicht ein.

»Jetzt verstehe ich das mit den Drogen«, sagt Irina und ich hebe den Blick wieder zu ihr. Sie schaut in das Wasser, das seinen Schein auf ihr Gesicht wirft.

»Was meinst du?«, frage ich immer noch etwas heiser und räuspere mich.

»Ich glaube, dass du das ohne gar nicht ertragen würdest«, antwortet sie – den nachdenklichen Blick immer noch auf das Wasser gesenkt.

Mein erster Impuls ist es, dich zu verteidigen, weil ich weiß, was sie von dir denkt. Aber ich habe einfach keinen Elan. Heute habe ich einfach keinen Antrieb dazu. Ich kann nicht sagen, dass du nicht so bist, wie sie glaubt. Ich kann gar nichts sagen. Ich bin mit einem Mal so müde von alldem.

»Und was hast *du* dir am meisten zu deinem Geburtstag gewünscht?«, gehe ich nochmal auf das vorherige Thema ein und versuche, mich ein wenig abzulenken. Ich will jetzt nicht darüber sprechen, was zwischen uns steht, Selina. Es wird mich früh genug wieder einholen.

Ihre Finger im Wasser stocken. »Das sage ich dir nicht.«

»Wieso nicht?« Ich ziehe an der Zigarette und stoße den Rauch von ihr weg, bevor ich sie wieder betrachte. Sie sieht immer noch nach unten und mustert jetzt sehr angestrengt ihre Finger.

»Weil es extrem peinlich und demütigend wäre«, antwortet sie sehr ruhig.

»Ich verrate es keinem«, meine ich halb lächelnd.

»Es reicht schon, wenn du es weißt.« Kurz sieht sie mit ihren dunkelgrünen Augen zu mir, dann sofort wieder ins Wasser. Sie wirkt so verletzlich.

»Ist dir schon mal aufgefallen, wie extrem unfair es ist, durch die Gegend zu rennen und alles Mögliche einzufordern, nur weil du Geburtstag hast, und selber nichts zu geben?«, frage ich mit hochgezogenen Brauen.

Jetzt blickt sie mich länger an, und zwar kämpferisch. »Ich bin dreihundertvierundsechzig Tage im Jahr der pure Geber. Und an diesem einen Tag darf ich nehmen. Das ist so.«

»Hast du auch mal darüber nachgedacht, wie wenig ein Wunsch in Erfüllung gehen kann, wenn man ihn nie äußert?« Ich ziehe nochmal und lasse die Zigarette dann zu Boden fallen, bevor ich sie austrete.

»*Das* wird sowieso nie in Erfüllung gehen«, murmelt sie und ist etwas atemlos. Ich verschränke die Arme vor der Brust, während sie den Blick wieder senkt.

»Ist es, dass dieses ekelhafte Pferd von diesem Brunnen wegkommt? Denn das kann ich bewerkstelligen.« Ich deute zu der goldenen, wasserkotzenden Pferdestatue auf dem Brunnen über uns und sie lacht. So heftig, dass ihr die Tränen in die grünen Augen steigen, während sie auch hochsieht. Sie hat ein schönes Lachen, es ist so echt.

»Das wäre mein zweiter Wunsch. Aber nein!« Ihr ganzes Gesicht strahlt, wenn sie lacht. Sie ist wie eine Sonne.

»Ist es, dass Dimitri keine Bohnen mehr isst?«, tippe ich weiter, drehe mich seitlich zu ihr und stütze meine Hand ab, sodass ich mit der Hüfte angelehnt bin.

»Das würde ich mir wünschen, wenn ich extrem sozial wäre! Nein, Sir.« Sie hebt die Brauen und ihre Augen funkeln. Dieses Spiel scheint ihr Spaß zu machen.

»Okay, sag es mir einfach!« Ich schaue ihr fordernd in die Augen und sie erstarrt etwas. Ihr Dunkelgrün sieht direkt in mein Türkis.

»Okay, aber halte mich jetzt nicht für einen noch größeren Idioten, als ich es sowieso schon bin, wenn du in meine Nähe kommst«, bittet sie und ich verdrehe die Augen.

»Okay!«, meine ich besänftigend. Ich halte diese irre Stalkerin gar nicht für einen Idioten, Selina.

Kurz sieht sie in meine Augen, bevor ihr Blick zu meinen Lippen zuckt und wieder hochschießt. Und mit einem Mal kenne ich ihren Wunsch. »Ich habe mir gewünscht, dass du mich küsst«, kommt es schnell aus ihr rausgeschossen. Sie wird ganz rot und verzieht ihr Gesicht, als würde sie sich wünschen, dass sie es nicht gesagt hätte, während ich ganz locker bleibe und sie geduldig betrachte. »Siehst du, manche Dinge gehen nicht in Erfüllung, nur weil man sie ausspricht. Das ist falsch. Ich habe es gesagt, jetzt tu so, als hättest du es nicht gehört!«

Ich lege den Kopf schief. »Aber ich *habe* es gehört«, meine ich ehrlich. Ich will ja nicht zum Lügner werden.

Düster sieht sie mich an und ich muss etwas lächeln. Okay, ich weiß, dass sie total verrückt nach mir ist. Das wäre sie nicht, wenn sie mich besser kennen würde. Ich meine, *wirklich* kennen. Dann würde sie wahrscheinlich schreiend davonrennen.

»Deswegen sollst du so tun, als hättest du es nicht gehört«, wiederholt sie sehr langsam und deutlich. Ich seufze leise. Ich verstehe nicht, wieso sie sich das von mir wünscht. Da drin sind sicherlich fünfunddreißig Saubermänner, die echt sauber sind. Ich bin kein sauberer Saubermann. Ich bin genau das Gegenteil davon. Äußerlich und innerlich. Und jeder einzelne da drin würde sie wahrscheinlich sehr gern küssen.

»Wenn ich so tue, als hätte ich es nicht gehört, geht dein Wunsch nie in Erfüllung«, informiere ich sie und beschließe einfach, ihr den Gefallen zu tun. Was ist das für ein Wunsch, Selina? Und wer wäre ich, den abzuschlagen? Ein Kuss ist bedeutungslos für mich und wird mich nichts kosten.

Sie stockt und mustert mich kritisch. »Man macht keine Späße mit solchen Wünschen.«

»Ich bin nicht so der Typ für Späße. Ich weiß nicht, ob du das schon gehört hast«, sage ich bedeutungsvoll und mit einem eindringlichen Blick.

»Ist mir zu Ohren gekommen«, antwortet sie etwas starr und ich stoße mich vom Brunnen ab.

»Also soll ich dich jetzt küssen?«, gehe ich sicher und hebe eine Braue. Sie sieht mich nur an und ich glaube nicht, dass sie je wieder etwas sagen wird, weil sie erstarrt ist. So erstarrt. Ihr Blick wirkt, als hätte man sie hypnotisiert, und ich glaube, ihr Puls rast.

Also mache ich den einen Schritt zu ihr und stelle mich zwischen ihre Beine. Hörbar zieht sie den Atem ein, während ich etwas näherkomme und eine Hand neben ihr am Brunnenrand abstütze. »Sicher, dass du dir das wünschst?«, frage ich leise und zweifelnd.

Sie nickt gebannt. »Aber du hast doch eine Freundin«, wispert sie noch, weshalb sich wieder kurz mein Magen zusammenkrampft. Aber das Bild von dir blockiert mich diesmal nicht. Wahrscheinlich, weil ich enttäuscht und wütend genug bin, um es beiseitezuschieben.

»Sie ist nicht meine Freundin«, höre ich mich zurückflüstern und schiebe meine Hand seitlich in ihr Haar, sodass meine Fingerspitzen an ihrem Hinterkopf liegen. Ihr schneller Atem geht zittrig. Sie schluckt hart und sieht von meinen Lippen wieder in meine Augen. Ihr süßlicher Duft streift meine Nase. Sie riecht wie der Sommer.

Schließlich nähere ich mich ihrem Gesicht und senke dabei langsam meine Lider, ohne sie ganz zu schließen, sodass ich sie noch sehen kann. Sie kneift ihre Augen zusammen und ich lege einfach den Kopf schief und führe meinen Mund auf ihren. Ich habe schon so viele Frauen geküsst, dass das hier wahrscheinlich genauso an mir vorbeiziehen wird.

Der Atem stockt in ihrer Kehle, sobald unsere Lippen sich berühren. Kurz halte ich still und schließe meine Augen ganz, während meine Finger sich etwas in ihren weichen Strähnen verfangen. Ich beginne, mich zu bewegen und sie zu schmecken. Zu erforschen und zu spüren. Sie schmeckt nach Kirschen und Wodka. Ihre Lippen sind weich und warm und sie kommt meinen Bewegungen zaghaft entgegen. Fast etwas unsicher. Ich ziehe meine Augenbrauen zusammen und muss zugeben, dass sich das hier ganz gut anfühlt, und nicht unter *unwichtig* verbucht wird. Nicht, dass ich besonders gut darin wäre, etwas weiter zu denken, als bis zu diesem Moment. Das tue ich nicht. Ich fühle einfach. Und es fühlt sich gut an.

Ich lasse meine Zunge sanft in ihren Mund gleiten und streiche damit über ihre. Jetzt stockt sie kurz, dann berührt sie meine Zunge mit ihrer und ein leises Stöhnen entkommt mir. Sie fühlt sich wirklich gut an.

Ich küsse sie langsam, weil sie mir nicht das Signal gibt, als würde sie es schneller wollen. Nach ein paar Sekunden kommt sie mir etwas entgegen und stöhnt leise. Ihr Kuss ist immer noch forschend und zurückhaltend, weshalb mir ein Gedanke kommt, den ich jetzt aber nicht laut sage. Ich schmecke sie einfach.

Ich lege meinen anderen Arm um ihren Rücken und ziehe sie näher. Sie schmiegt sich an mich und ich bemerke, wie mein Atem schneller geht. Meine Lippen berühren ihre in einem konstanten Rhythmus und sie legt eine Hand an meine Wange. Ihre Finger sind klein und weich. Ihre Berührung so sanft und nicht fordernd oder stürmisch. Ganz im Gegenteil. Ich habe schon viele Frauen geküsst, aber keine hat mich so geküsst oder berührt. Zugegeben, ich bin etwas überwältigt. Außerdem habe ich seit Jahren keine Frau mehr einfach so geküsst, ohne dass es auf etwas anderes hinausgelaufen ist.

Ein kühler Wind streicht durch unsere Haare und sie beugt sich mir noch etwas weiter entgegen. Mein Mund streift nochmal über ihren, während ihr Atem schneller geht.

Dann ziehe ich langsam meinen Kopf zurück und sie bleibt etwas in der Luft hängen. Wenn ich jetzt nicht aufhöre, überschreite ich wieder alle Grenzen, wie ich es immer tue, doch bei ihr will ich das nicht.

Mein Arm liegt immer noch um ihren Rücken. Nur sehr zaghaft öffnet sie die Lider und sieht mich an, als wäre sie gerade in eine andere Welt abgetaucht. Ihre Lippen sind gerötet, der Atem geht schnell und ihr Blick ist völlig benebelt. Sie schaut mich an, als hätte sie alles außer mir vergessen oder als hätte es an Bedeutung verloren. Das ist nicht gut.

»War das dein erster Kuss?«, wispere ich heiser und streiche ihr die Haare hinter das Ohr, während sie langsam die Hand von meiner Wange nimmt.

»Ja«, antwortet sie und Schuld blitzt in ihren Augen auf, was ich überhaupt nicht verstehe oder zuordnen kann. Noch weniger kann ich verstehen, dass sie noch nie jemanden geküsst hat.

»Das war dein erster Kuss?«, hake ich nochmal ungläubig nach und hebe dabei eine Braue.

»Ja«, sagt sie nochmal und nickt. Man sieht, wie unangenehm es ihr ist. Und ich kann nicht glauben, dass sie noch niemand geküsst hat. Oder mehr. Oh *fuck*.

Mit einem Mal wird mir klar, dass ich gerade einen ganz großen Fehler mache. Sie ist viel zu unberührt, viel zu sanft, viel zu rein für mich. Ich sollte ihre Hoffnung wirklich nicht schüren. Ich sollte sie nicht verderben. Das ist es, was ich tue. Ich kann nicht mit reinen Wesen umgehen. Mit so was Zartem und Unberührtem. Etwas so leicht Zerbrechlichem. Ich brauche das Extreme. Ich brauche jemanden, der mir standhalten kann, und das kannst du, auch wenn ich dich gerade hasse, Selina.

Außerdem liebe ich Irinas Familie. Ich liebe ihre Eltern und ihre Brüder. Ich würde ihnen das wirklich ungern antun. Ich will nicht derjenige sein, der so jemanden, so einen strahlenden Engel, mit in die Tiefe reißt. Das ist nicht richtig.

Also lasse ich meine Hand sinken und lächle nochmal. »Na dann, happy Birthday«, sage ich leise.

»Grazie«, antwortet sie mit einem halben, kleinen verträumten Lächeln und ich trete einen Schritt zurück, weg von ihr.

»Falls es dich beruhigt, das war ein verdammt guter erster Kuss«, lasse ich sie noch wissen, während ich rückwärts Richtung Tür gehe.

»Ich habe es gespürt«, meint sie lächelnd. Ich erwidere es, wobei sie mich genauer betrachtet. »So ist es perfekt«, lässt sie mich noch wissen und deutet auf mein Lächeln.

Jetzt muss ich lachen, dann wende ich mich mit einem Ruck ab und gehe wieder in den Festsaal.

Ich bin verwirrt, Selina. So verwirrt. So überwältigt. Und so was von wütend auf dich. Es ist einfach zu viel. Und alles, was ich jetzt noch will, ist nach Hause zu fahren. Nach Hause zu fahren, mir eine fette Tüte reinzuziehen und zu schlafen, bis all das hier vorbei ist. Einfach vorbei. Bis ich es nicht mehr fühlen muss. Bis ich es nicht mehr sehen muss. Bis all das nur noch eine verblasste Erinnerung ist.

25. Gegen seine Regeln, Selina

Zayden

Heute regnet es und die dicken Tropfen prasseln auf die Windschutzscheibe meines Wagens. Ich stehe auf dem Schulhof. Rosalie ist mit Sergio gefahren, Catalina und Sophia sind bei mir schon ausgestiegen und so sitze ich hier und sehe den Tropfen dabei zu, wie sie über die Scheibe rinnen.

Ich habe das ganze Wochenende nichts von dir gehört und mich auch nicht bei dir gemeldet. Am Samstag war ich die ganze Nacht für meinen Dad unterwegs, der zurzeit ziemlich mies drauf ist. Er hat Stress mit meiner Mutter. Aber ich habe nicht weiter nachgefragt. Ich weiß, wann ich fragen kann und wann nicht. Und wann ich was tun kann und wann nicht. Es ist okay, sie werden sich schon wieder einkriegen. Das ist immer so.

Gestern war ich mit ein paar Typen in der Stadt und habe mich so vollgedröhnt, dass ich mich kaum mehr bewegen konnte. Das habe ich getan, damit ich nicht zu dir fahre. Damit ich nicht wieder einknicke. Ich versuche die meiste Zeit, nicht darüber nachzudenken, was mein Bruder gesagt hat. Nicht darüber nachzudenken, was du am Telefon gesagt hast. Das ist nicht so leicht, Selina. Weil mein gesamtes Denken sich um dich dreht. Deshalb sitze ich immer noch hier, während der Schulhof immer leerer wird, weil die Massen sich beeilen, in ihre Gebäude zu kommen.

Ich lasse den Kopf gegen die Lehne sinken und schließe die Augen, während ich dem Prasseln lausche. Entweder steige ich jetzt aus und treffe auf dich. Entweder sehe ich dir wieder in die Augen und vergesse alles andere. Oder ich lege den Rückwärtsgang ein und fahre wieder zurück. Weg hier, keine Ahnung, wohin. Aber erstmal weg.

Es klopft an meiner Scheibe, weshalb ich zusammenzucke. Das passiert mir normalerweise nicht. Ich drehe den Kopf nach links. Mein Bruder steht da, mit einem schwarzen Schirm über seinem Kopf und in seinem schwarzen Mantel, dessen Kragen hochsteht.

Ich seufze und lasse das Fenster einen Spalt herunter. Außer dem, was wir auf der Party besprochen haben, haben wir nicht nochmal miteinander geredet. Ich weiß, dass ich Scheiße gebaut habe. Ich weiß, dass ich mich entschuldigen muss. Er weiß, dass ich das nicht kann. Ich weiß, dass es okay für ihn ist.

»Was wird das?«, fragt Sergio und seine dunkelblauen Augen mustern mich aufmerksam.

»Ich glaube, ich werde wieder fahren«, informiere ich ihn und sehe an ihm vorbei zu dem hohen, weißen Schulgebäude.

Er schweigt ein paar Sekunden, weshalb ich ihn nun doch wieder anschaue. Es macht mich nervös, wenn er schweigt.

Schließlich seufzt er und tritt einen Schritt zurück. Ich beobachte etwas kritisch, wie er meinen Wagen umrundet und den Schirm dann schließt, bevor er die hintere Tür öffnet und ihn auf den Rücksitz schmeißt. Dann steigt er einfach auf den Beifahrersitz und zieht die Tür hinter sich zu.

Ich betrachte ihn stirnrunzelnd und er schnallt sich in aller Seelenruhe an. »Okay, fahren wir«, meint er und macht es sich in seinem Sitz bequem.

Ich bin immer noch irritiert, aber ich widerspreche nicht und starte den Motor, während er nach einer meiner Zigaretten angelt.

Ich verlasse rückwärts den Parkplatz und der Rauch steigt in meine Nase, nachdem sein Zippo geklackt und er sich die Kippe angezündet hat. Er öffnet das Fenster einen kleinen Spalt und sitzt da, als wäre das alles ganz normal.

Ich nehme es mal so hin.

Dann lenke ich den Wagen vom Schulhof und rolle direkt an Mr. Dawson vorbei, der die Hände hebt, als würde er uns fragen wollen, was zum Teufel das schon wieder soll.

Sergio seufzt und nimmt sein Handy raus. Wahrscheinlich wartet er auf den de Luca-Anruf, der ganz sicher folgen wird. Ich könnte ihm jetzt anbieten, ihn rauszulassen, damit er keinen Ärger kriegt. Aber ich tanze nicht nach Donovan de Lucas Pfeife.

Die Scheibenwischer kämpfen hektisch gegen den Regen, während ich auf die Hauptstraße biege. »Und? Wohin?«, frage ich, weil ich keinen Plan habe.

Er schaut auf und betrachtet kurz nachdenklich die Straße. »Fahr ins Westviertel.«

»Okay.« Ich will nicht wissen, warum. Das tue ich nie bei ihm. Normalerweise. Mir ist schlecht, Selina. Wenn ich daran denke, dass ich mich gerade wieder freiwillig von dir entferne und du da irgendwo bist.

»Und, hast du mit ihr geredet?«, fragt mein Bruder, zieht noch zweimal hintereinander an seiner Zigarette, bevor er sie aus dem Spalt des Fensters segeln lässt und den Rauch ausstößt.

»Nein.«

Er sieht mich wieder an. »Nein?«

Meine Hände krampfen sich um das Lenkrad herum. »Kurz.«

»Und?«, drängt er zu wissen.

Und, Selina, du hast dich verhaspelt. Und, Selina, ich glaube, du fickst mich hinter meinem Rücken. Und, Selina, ich bin wütend, weil du mein Bild von dir kaputt machst. Wer hat dir das Recht dazu gegeben? »Sie meint, es ist alles Fake.«

»Was glaubst du?«, fragt er weiter und öffnet mein Handschuhfach, bevor er darin herumwühlt und ein paar Kaugummis findet. Er schmeißt sich zwei in den Mund.

»Ich glaube ihr natürlich«, meine ich und versuche wirklich, daran zu glauben.

Mein Bruder nickt. »Dann ist ja alles klar.«

Er macht mich schon wieder aggressiv, Selina. »Kannst du mich bitte jetzt nicht anpissen?«, frage ich genervt.

Er macht eine Kaugummiblase. »Hatte ich nicht vor. Ich freue mich, dass alles so klar bei dir ist. Ehrlich, ich bin dein Bruder. Ich wünsche dir nur das Beste.«

»Und in deinen Augen ist sie nicht das Beste für mich. Verstehe schon.«

»In meinen Augen ist niemand gut genug für dich«, meint er ungerührt und stützt seinen Ellbogen in den Fensterrahmen, während ich an einer roten Ampel halte. Der Regen peitscht gegen die Glasfronten der hohen Gebäude.

Ich schweige und sage nichts dazu. Er seufzt. »Ich wollte dir das alles nicht so hinknallen«, setzt er das Gespräch sanfter fort. »Ich wollte dir das alles eigentlich gar nicht sagen.«

Warum hat er es dann gemacht? »Ich weiß.« Okay, ich weiß es wirklich. Mein Bruder ist nicht mutwillig böse, wie sein Vater. »Was ist jetzt mit euch?«, frage ich. »Wie wird das, wenn Selina bei dir einzieht?«

Er stützt seine Schläfe auf seine Faust. »Was meinst du?«

»Du weißt, was ich meine.« Meine Stimme ist etwas härter geworden.

»Ich habe kein Interesse daran, sie anzufassen. Sie wird nicht in meinem Bett schlafen. Kein Sex, keine Sorge.« Er schmunzelt, als hätte er gerade an was sehr Amüsantes gedacht. Dann schüttelt er den Kopf. Ich frage nicht weiter. Aber das erleichtert mich schon einmal. »Du machst dir viel zu viele Gedanken. Es wird schon alles gut.«

»Ehrlich?«, erkundige ich mich zweifelnd. »Es wird schon alles gut? Bist du jetzt Mom?«

Er nickt nachdenklich. »Es wird alles gut.«

»Du meinst, für dich und *sie*?« Wahrscheinlich hat er schon den Masterplan für sich und Rosalie.

»Oh nein, das wird nicht gut«, meint er trocken. »Aber alles andere wird gut.«

Ich betrachte ihn kurz von der Seite. Er hat immer noch die Schläfe aufgestützt und sieht nach geradeaus. Ich weiß, was er da tut. Er ist emotional überfordert und wird sein zynischstes Selbst.

»Liebst du sie?«, frage ich schließlich und sehe wieder nach vorne.

»Du musst hier rechts.« Er nickt in die entsprechende Richtung. »Dann die Straße durch und nach links.«

Aha.

Ich fahre rechts und die Straße durch nach links. Er hat mir immer noch nicht geantwortet.

»Oh mein Gott, du liebst sie, oder?«, hake ich entrüstet nach, weil er mich zu auffällig ignoriert und die Frage einfach übergeht. Deshalb hat er also dieses Opfer gebracht und seinem Vater gedroht, dass er ihn verliert, wenn Donovan Rosalie anrührt.

Er öffnet den Mund, als sein Handy klingelt, und seufzt erleichtert. Ehrlich? Ein Anruf von seinem Vater ist einfacher für ihn, als die Wahrheit zu sagen? Das ist echt frustrierend.

»Japp?«, fragt er und sieht abwartend in den grauen Himmel.

Gedämpft dringt Donovan de Lucas Stimme durch das Telefon. »Was denkst du, was du da tust?«

Ich sehe genau, wie mein Bruder sich verändert und seine Schultern etwas nach unten sacken. »Ich muss noch was mit Zayden erledigen, danach gehe ich wieder in die Schule.«

»Du hast nur noch ein paar Monate in dieser Schule. Was musst du denn jetzt erledigen?« Donovan de Luca ist nicht amüsiert.

»Ein Typ schuldet uns noch Geld«, lügt Sergio. Ich wusste gar nicht, dass er so gut lügen kann. Wirklich nicht.

»Wer ist *uns*?«, fragt Donovan de Luca weiter.

»Dem Carter-Dad.«

»Das ist nicht *uns*.«

Ich schnaube. Mein Bruder gehört zu uns und nicht zu ihm. Was glaubt er eigentlich, was *er* da tut? Dieser arrogante, widerliche Bastard. Ich hasse ihn so sehr, Selina. Ich würde ihn so gern einfach erschießen.

Sergio sagt dazu nichts.

»Das ist das letzte Mal, dass ich so etwas toleriere. Du hast eine halbe Stunde. Und das nächste Mal lass die Rushs ihre Sachen selbst erledigen.«

Die Rushs, Selina.

Sergio ist mehr Rush als de Luca.

Ich sehe, wie er mit sich kämpfen muss, wie sich seine Hand zur Faust ballt und sein Blick so distanziert wird. Ich sehe, wie er jede Antwort herunterschluckt und mit den Zähnen mahlt. Ich sehe, wie dieser Mann ihn kaputt macht. Er hat meinen Bruder gar nicht verdient. Auch er verdient nur das Beste. Und das ist mein Dad. Mein Dad ist genau das Richtige für Sergio. Mein Onkel ist genau das Richtige für Sergio. Aber dieser Mann ist das pure Gift für eine Seele wie die meines Bruders.

»Komm gleich nach der Schule nach Hause und nimm schon mal ein paar Sachen mit.«

»Ich hab noch vier Tage.« Sergio Stimme ist heiser geworden und ich krampfe meine Hände um das Lenkrad.

»Dann verhalte dich angemessen und nutze diese vier Tage nicht zum Schuleschwänzen.«

Mit einem Ruck trete ich auf die Bremse, sodass wir quietschend zum Stehen kommen, und reiße Sergio das Telefon vom Ohr. Er zischt und sieht mich warnend an, aber ich beachte ihn gar nicht.

»Jetzt hör mir mal zu, du gottverdammter, arroganter Mistkerl!«, knurre ich ungehalten. Sergio wedelt vor meinem Gesicht herum und versucht, mir das Handy zu entreißen. Ich steige einfach schnell aus und verriegle das Auto, sodass Sergio nicht rauskann. Er brüllt und hämmert wild. Der Regen prasselt hart auf mich herab und ich schiebe mich unter eine Überdachung.

»Es ist mir egal, was für Blut du hast. Es ist mir egal, wie dein fucking Name ist. Es ist mir egal, welchen Stand zu hast. Es ist mir egal, wie viel Geld du hast und wie viel Macht. Wenn du nicht aufhörst, meinen Bruder kaputt zu machen, und wenn du nicht aufhörst, deine Finger in die Angelegenheiten meiner Familie zu stecken … Bringe. Ich. Dich. Um. Ich werde jetzt dieses Handy entsorgen und Sergio wird kommen, wenn er kommen will. Weil du nicht sein fucking Boss bist und schon gar nicht sein Vater!«

Damit lege ich einfach auf. Dann hole ich aus und schmeiße das Handy weit von mir, sodass es auf den Boden knallt, zersplittert und anschließend vom Regen geradewegs in den Gulli daneben gespült wird.

»ZAYDEN!«, brüllt Sergio durch das Auto. »FUCK, WILLST DU UNS ALLE UMBRINGEN?«

Wow, das hat echt gutgetan, Selina. Ich weiß natürlich, dass es nicht schlau war. Aber ich kann mir das nicht mehr mit ansehen. Ich kann mir nicht mit ansehen, wie dieser Mann Stück für Stück alles kaputt macht, was ich liebe, und über alles bestimmt.

Ich atme tief durch und streiche mir den Regen aus dem Haar.

Dann umrunde ich das Auto, entriegle es und steige ein.

Sergio ist still geworden und leichenblass. Er starrt mich an und steht völlig unter Schock.

»So«, meine ich und starte den Motor. »Und jetzt machen wir uns einen fucking schönen Bro-Tag.«

* * *

Wir sind den ganzen Tag unterwegs gewesen und nach zwei Stunden habe ich es sogar geschafft, dass Sergio abschaltet. Wir haben ein paar Tüten geraucht, sind durch die Stadt gefahren, haben uns mit ein paar Leuten getroffen. Jetzt ist es sowieso egal, Selina. Wir sind beide gefickt, also konnten wir auch unseren Tag genießen.

Da er mit mir gefahren ist, steht sein Wagen immer noch auf dem Schulhof, aber dort bringe ich ihn jetzt nicht hin, sondern direkt nach Hause. Zu uns. In sein wahres Zuhause. Wir haben das beide gebraucht. Wir haben es beide gebraucht, einfach mal siebzehn zu sein. Ich habe es gebraucht, nicht an dich zu denken, und er hat es gebraucht, kein de Luca zu sein. Ich überlege wirklich, diesen Donovan zu erschießen, dann wären wir unsere ganzen Sorgen los. Fürs Erste. Dann müsste sich zwar alles erst wieder einpendeln, okay, aber das würde schon klappen.

Ich rolle auf den Vorplatz über den Kies. Es ist schon dunkel und die Laternen leuchten. Ich habe mein Handy ausgeschaltet, also habe ich keine Ahnung, ob mich jemand angerufen hat. Ich war sogar kurz davor, einfach mit Sergio abzuhauen. Die Stadtgrenze zu passieren und nicht mehr zurückzukommen. Mein Auto hat kein GPS, mein Onkel hat es ausgeschaltet. Doch mein Bruder hat mich gewarnt, das jetzt nicht zu tun. Also habe ich es nicht getan. Natürlich.

Ich parke und stelle den Motor ab, dann sehe ich zu Sergio rüber. Er erwidert meinen Blick und streicht sich durch das Haar. Es ist etwas chaotisch. *Er* ist etwas chaotisch. Das ist okay, das darf er auch mal sein.

»Wir sind so was von geliefert«, meint er.

»Aber das war es wert.«

Er lächelt leicht. »Ja, das war es.« Dann seufzt er und sieht an unserem Haus hoch.

»Wir gehen da jetzt einfach rein«, sage ich. »Und bringen es hinter uns.«

Er nickt entschlossen, dann öffnet er seine Tür. Ich tue es ihm nach. Der Boden ist noch nass, der Regen hat erst vor Kurzen aufgehört, und es riecht nach feuchtem Laub. Ich warte auf meinen Bruder, woraufhin wir gemeinsam die Stufen zur Veranda erklimmen und Jaxon an der Tür uns öffnet. Er sieht uns beide etwas mitleidig an und ich seufze. Das wird jetzt nicht schön. Aber wir schaffen das schon.

Also betreten wir das warme Haus, das so vertraut riecht, und stocken beide, bevor wir uns umsehen. Es ist gespenstig still hier drin und Sergio spannt sich an, während er sich die Schuhe abstreift, genau wie ich.

Die Zimmer sind alle erleuchtet. Wir bewegen uns gemeinsam Richtung Salon und treten ein. Niemand ist hier.

»Okay, Bro, vielleicht hat er alle abgeschlachtet«, meint Sergio und ich sehe ihn trocken an.

»Sicher nicht. Komm jetzt. MOM?«, rufe ich im gleichen Atemzug und sehe durch den Salon, während wir uns wieder umdrehen und beide stocken.

Mein Onkel lehnt mit der Schulter im Türrahmen, seine schwarzen Haare sind wirr und er hat die Arme in dem weißen Pullover vor der Brust verschränkt. Sein Blick ist kühl und wir straffen uns beide noch etwas mehr.

»Setzt euch«, sagt er gefährlich leise und sanft.

Das verheißt nichts Gutes, aber wir wenden uns gleichzeitig um, gehen in den Salon und nehmen Platz, ohne unsere Jacken ausgezogen zu haben. Onkel Caden folgt uns und setzt sich in einer geschmeidigen Bewegung in den Sessel, den sonst immer Dad nutzt. Er lehnt sich zurück und wir regen uns beide nicht. Seine Fingerspitzen trommeln langsam auf der Lehne. Irgendwie wirkt das echt bedrohlich.

»Ich war oben in meinem Büro. Ich wollte gerade ein paar Verträge aufsetzen. Es hat geregnet. Ich mag es, wenn es regnet, wenn ich oben in meinem Büro bin, und alles so schön ruhig ist. Dann kam Donovan de Luca durch das Tor gefahren.« Er macht eine Pause und Sergio und ich weiten unsere Augen. Donovan de Luca bewegt sich nicht freiwillig hierher. »Und er war außer sich. Hatte ein paar Männer dabei. Es wurde etwas unschön. Er hat deinen Vater fast erschossen.« Er sieht mich an und mein Herzschlag setzt für ein paar Sekunden aus. Mein Blick schnellt zur Decke, dann wieder zu meinem Onkel. »Ihm geht es gut bis auf ein paar blaue Flecken und die wenigen gebrochenen Rippen. Alayna und deine Mutter waren auch dabei. Ich konnte Donovan gerade so davon abhalten, meinen Bruder zu erschießen.« Mein Onkel spricht extrem ruhig und leise. Er ist extrem starr. Und ich werde auch langsam starr. Was fällt diesem Bastard ein, in dieses Haus zu kommen und meinen Vater erschießen zu wollen? Irgendjemand muss ihn wirklich von seinem Trip runterholen. Und ich bin so kurz davor wie noch nie.

»Es folgte das übliche Blabla. Wenn wir in seiner Stadt sind, sollen wir uns auch an seine Regeln halten. Wenn wir das nicht können, sollen wir gehen oder er wird dafür sorgen. Fazit von dem Ganzen ist, du …« Er nickt in Sergios Richtung. »Wirst morgen ausziehen. Und du …« Nun schaut er mich an. »Musst höchstwahrscheinlich nach New Orleans gehen. Und es gibt nichts, was wir dagegen tun können. Also Zayden, bitte. Ich will es nur verstehen. Erklär mir jetzt, wieso du ihm gedroht hast, ihn umzubringen. Das wollen wir alle, glaub mir. Wirklich sehr gern. Aber so etwas darf man einfach nicht zum Oberboss sagen.« Er betrachtet mich mit diesen aufgewühlten und doch so stechenden Augen und ich spüre Sergios Blick auf meinem Profil, da er das Telefonat ja gar nicht richtig mitgehört hat. Währenddessen nage ich noch daran, dass ich nach New Orleans soll. Was soll ich denn da? Meine Schule ist hier, meine Familie. Was zum Teufel soll ich in New Orleans?

Ich sehe meinem Onkel direkt in die Augen. »Das war keine Drohung. Wenn ich ihn erwische, bringe ich ihn um. Und das meine ich ernst.«

»ZAYDEN!«, entkommt es ihm jetzt lauter und seine Augen blitzen auf.

»ER HAT MEINEN VATER VERLETZT! ER MISCHT SICH IN MEINE FAMILIE EIN! ER WILL MEINEN BRUDER ZERSTÖREN! ER WILL MEINE FRAU! ER WILL MEINE MUTTER! SONST NOCH WAS, DU HURENSOHN?«, brülle ich Richtung Foyer. »GLAUBT IHR, DER WIRD SICH ÄNDERN, WENN MAN EINFACH NICHTS TUT? ICH HASSE DIESEN BASTARD UND ICH WERDE IHN KILLEN. ICH WERDE IHN ERSCHIESSEN, EGAL, WELCHE KONSEQUENZEN ES HAT!«

»Die Konsequenzen sind, dass dein Bruder dann die ganze Scheiße da drüben übernehmen muss!«, blafft er mich untypisch an und deutet mit dem Zeigefinger rüber zum anderen Haus. »Du kommst hier nicht weiter, indem du ausflippst, indem du nicht nachdenkst und dich von deiner Wut leiten lässt! Dadurch machst du alles noch schlimmer! Er hat zu viele Leute in der Hand. Bei dem Versuch, ihn zu erschießen, gehst du wahrscheinlich selber drauf. Er wird noch mehr Groll entwickeln und das alles an denen auslassen, die du liebst! Willst du das?«

Ich schnaube. »Nicht, wenn er nicht mehr atmet.« Und das wird er nicht, Selina, nicht mehr lange. Das ist ein Versprechen.

»Er ist nicht der einzige de Luca. Du beseitigst nicht dieses Problem, indem du ihn beseitigst, vertrau mir.«

»Tja, dann spalten sich unsere Meinungen dahingehend wohl!«, zische ich.

»OKAY! Aber du wirst dich nicht noch einmal dermaßen vergessen und damit die gesamte Familie in Gefahr bringen oder du kriegst ein ernstes Problem mit mir, und glaub mir, das willst du nicht!«, fährt er mich an, ungewohnt außer sich.

»Keine Sorge, ich werde mich nicht nochmal vergessen«, antworte ich äußerst leise. Das nächste Mal wird sehr viel durchdachter sein.

Onkel Caden atmet durch und streicht sich durch die Haare.

Sergio währenddessen steht mit einem Ruck auf, die Hände zu Fäusten geballt, und stürmt aus dem Salon. Seine forschen Schritten hallen über den Boden, dann knallt die Haustür. Onkel Caden seufzt und atmet ein paarmal durch. Er scheint zu überlegen, ob er ihm hinterher soll. Aber schließlich bleibt er, wo er ist und wendet sich wieder an mich.

»Ich verstehe, dass du dich hilflos fühlst und das nicht so hinnehmen willst«, sagt er jetzt bemüht gefasst. Draußen quietschen Reifen. »Aber so kommst du gegen ihn nicht an.«

»Was soll ich in New Orleans?«, frage ich und verschränke die Arme vor der Brust.

»Ich weiß es nicht. Wir sind nicht bereit, darauf einzugehen. Allerdings entscheidet er.« Und genau das, Selina, muss ein Ende finden. Er ist nicht Gott. Im Endeffekt ist er auch nur ein Mensch mit einem schlagenden Herzen. Nicht wahr?

»Ich denke, er will dich einfach von deinem Bruder fernhalten. Und von ihr.«

Von dir, Selina.

Wie ironisch.

Also könnte mich irgendwas von dir fernhalten.

»Aber das war erstmal nur eine Drohung.«

Ich nicke. »Schön.«

»Das nächste Mal, wenn du glaubst, du hältst es nicht mehr aus, dann denk daran, dass unter jedem Ausflipper irgendjemand leiden wird, den du liebst.«

»Das werde ich«, sage ich ernst und er reibt sich müde über die Stirn.

»Du kannst jetzt gehen.« Er winkt nachlässig ab.

Ich erhebe mich ruckartig und verlasse dann den Salon, um nach oben zu verschwinden. Es gibt viele Dinge, die ich mir vornehme und nicht durchziehe. Das passiert manchmal bei mir. Aber ich schwöre bei Gott, sollte ich auch nur die Gelegenheit *wittern*, sollte ich auch nur drei Sekunden allein mit diesem Mann sein, wird mich nichts davon abhalten, ihm ins Herz zu schießen.

Und ich weiß, der Tag wird kommen, Selina. Der Tag der Abrechnung kommt immer. Für jeden. Und seine Abrechnung mache ich höchstpersönlich.

26. Ein paar Regeln, Rosalie

XX

Sergio

Was würden diese Engel auf diesen Säulen wohl sagen, wenn sie sprechen könnten?

Ich starre sie an, während ich warte, dass das Tor sich öffnet. Das Tor meines Vaters. Das Tor zur Hölle. Das Tor, das ich ab morgen jeden Tag passieren soll.

Ich würde jetzt gern Zayden die Schuld dafür geben, dass ich keine Zeit mehr mit dir habe und morgen schon ausziehen muss. Aber das kann ich nicht. Ich verstehe seine Frustration. Ich verstehe, wie machtlos er sich fühlt. Und ich weiß, dass er meinem Vater wegen mir nichts antun würde. Deshalb nehme ich seine Drohungen erstmal nicht ernst. Was mich viel mehr beschäftigt, ist die Tatsache, dass mein Vater drüben eingelaufen ist. Dass er den Carter-Dad hat angreifen lassen. Er hat eine Grenze überschritten, die ich nicht bereit bin, hinzunehmen.

Respekt hin oder her. Das ist meine fucking Familie. Das ist mein zweiter Dad. Vielleicht sogar mein erster, denn er hat mir die Schuhe gebunden und er hat mir aufgeholfen, wenn ich gefallen bin. Und niemand – wirklich niemand – hat das Recht, ihm irgendwas anzutun. Egal, was die Vorgeschichte dazu ist. Mein Vater will mich wohl verlieren. Nun, er ist auf dem besten Weg dorthin. Ich tue alles, was er will, aber nicht, absolut nicht, wenn er einen von euch angreift. Dann kann er mich vergessen. Und das sollte er langsam verstehen. Also fahre ich weiter und parke einfach direkt vor dem Brunnen. Ich habe einen von Onkel Cadens weißen BMWs genommen, weil mein Auto noch auf dem Schulparkplatz steht. Eigentlich wollte ich Zayden nur beistehen. Ich wollte verhindern, dass Selina ihn erwischt. Als er heute Morgen in dem Auto saß und vor sich hingestarrt hat, hat Selina ihn nämlich gerade anvisiert und wollte ihn wahrscheinlich wieder um den Finger wickeln. Ich bin einfach an ihr vorbeigegangen und habe sie dabei hart angerempelt, bevor ich selbst in das Auto meines Bruders gestiegen bin. Ich werde ihr keine Gelegenheiten bieten. Das habe ich ja angekündigt.

Es ist kühl, als ich aussteige, und es riecht nach feuchter Erde. Der Regen hat aufgehört, allerdings tropft er noch von der Dachrinne. Ich trage nach wie vor meine Schuluniform und meinen Mantel, als ich die Stufen erklimme und das Haus betrete. Ich gehe mit ausschweifenden, herrischen Schritten. Ich glaube nicht, dass ich jemals so wütend auf meinen Vater war und dass mir jemals die Konsequenzen so egal waren wie jetzt. Er muss unbedingt damit aufhören, mir demonstrieren zu wollen, dass er über mir oder meiner Familie steht. Das weiß ich bereits, aber es bringt ihm nichts in diesem Fall. Nicht, wenn es um mich geht.

Ich durchquere das dunkle Foyer. Giovanni steht vor der Bürotür. Seine Knöchel sind aufgeschürft und ich betrachte mit hochgezogener Braue seine Hände. Hat er echt Giovanni auf den Carter-Dad angesetzt?

Die Wut pumpt heiß durch meine Venen. Wenn ich da gewesen wäre, hätte ich alle erschossen. Einfach so. Ehrlich, weil meine Grenze erreicht ist, wenn es um diese Menschen geht.

Ich balle eine Hand zur Faust und hämmere an seine Tür.

»Ja«, sagt mein Vater hart und ich reiße sie auf und trete ein, bevor ich sie laut hinter mir zuschlage. Er sitzt in seinem Bürostuhl, hat sich zurückgelehnt, und zieht die Augenbrauen nach oben. Mein erster Impuls ist es, ihm meine Faust ins Gesicht zu schmettern, sodass er seine Brauen nicht mehr so warnend und abfällig heben kann.

Aber das mache ich erstmal nicht. Stattdessen gehe ich auf seinen Tisch zu und stemme meine Hände hart und laut darauf.

»Willst du mir jetzt auch drohen?«, fragt er scheinbar gelassen.

Ich mustere sein perfektes Gesicht und seine hellblauen Augen, die mich distanziert fixieren. »Ich sage dir das jetzt ein Mal. Und nur ein Mal«, meine ich sehr eindringlich und ruhig, aber die Wut schwingt in meiner Stimme mit. »Ich werde dir hier das Leben zur Hölle machen. Ich werde gegen alles rebellieren, was dir wichtig ist. Ich werde alles tun, um dir einen Strich durch die Rechnung zu machen.

Du kannst das von mir haben. Du kannst das volle Programm kriegen. Solltest du noch einmal einen Fuß in dieses Haus da drüben setzen, wirst du dir wünschen, mich nie in deines geholt zu haben. Du willst den fügsamen Sohn? Dann tu was dafür. *Und halt dich von meiner Familie fern*«, sage ich leise und die letzten Worte presse ich durch zusammengebissene Zähne hervor. »Denk nicht, dass du mich hast, wenn ich hier bin. Ich kann mich auch noch sehr viel weiter entfernen.«

Er wirkt unbeeindruckt, natürlich. Weil er wahrscheinlich schon mit so was gerechnet hat. »Du wirst selber merken, wenn du irgendwann auf diesem Stuhl sitzt, dass du keine einzige Drohung und keine einzige Respektlosigkeit durchgehen lassen kannst. Von wem auch immer. Denn wenn du das ein Mal tust, werden sie das als Schwäche sehen. Und wenn sie das ein Mal gesehen haben, werden sie damit arbeiten. Ich lasse mir nicht drohen. Von keinem. Egal, ob es dein Bruder ist oder sonst jemand. Und ich lasse mir auch nicht von dir drohen, ob du mein Sohn bist oder nicht. Ich lasse mir von dir nicht vorschreiben, wie ich meine Männer zu bestrafen habe. Es war die Entscheidung der Rushs, in Chicago zu bleiben und mir zu unterstehen. Sie haben die Regeln anerkannt, dann sollen sie auch danach spielen oder die Konsequenzen tragen.«

Ich stoße mich vom Tisch ab und sehe zu ihm runter. »Erstens drohe ich dir nicht. Ich sage dir nur, was passieren wird, wenn du noch einmal meine Familie anfasst. Zweitens ist mir das alles scheißegal. Es ist mir scheißegal, wer dir untersteht. Es ist mir scheißegal, wie deine Regeln sind. Wenn du diese Menschen anfasst, ist mir alles egal. Versteh das. Diese Welt interessiert mich nicht, dieser Stuhl interessiert mich noch weniger. Du willst Respekt? Dann tu etwas, wofür man dich respektieren kann, statt immer nur zu nehmen und die anderen auszubeuten. Denk nicht, dass ich immer still bin und dir gehorche, oder nicht stark genug bin, mich gegen dich durchzusetzen. Das liegt einzig an meiner Erziehung da drüben. Einzig daran, dass ich weiß, wer du bist, und das respektiere. Aber ich werde nicht still sein, wenn du deine Finger nicht da raushältst. Ich werde nicht still sein, wenn du meinen Bruder wegschickst oder sonst etwas tust, was gegen diese Familie geht. Du hast entschieden, mich bei ihnen aufwachsen zu lassen. Damit hast du selber dafür gesorgt, dass ich eine Bindung zu ihnen aufbaue. Jetzt leb damit. Es ist nicht sie oder du. Die Frage hat nie existiert.« Ich bin so geladen und wütend. Ich weiß gar nicht, wie ich das ablassen soll. In letzter Zeit fühle ich mich machtloser denn je, und er macht es mir zunehmend schwerer, ihn zu lieben.

»Dann sorg dafür, dass sie mich nicht dazu zwingen, zu reagieren«, meint er unnachgiebig.

»Sorg du doch dafür, dass du nicht solche Anrufe kriegst wie von Zayden«, speie ich aus. Ich weiß, dass mein Bruder übertrieben hat. Aber ich weiß auch, dass mein Vater niemandem einen Grund dazu gibt, anders über ihn zu denken, als sie es tun.

»Es ist nicht meine Sache, dass dein Bruder so ungezügelt ist. Er ist einer der zukünftigen Bosse in der Stadt, mit dem ich dann zusammenarbeiten muss. Ich kann mir so was von ihm nicht jetzt schon bieten lassen.«

»Wenn er das Geschäft übernimmt, wirst du schon nicht mehr hier sitzen, sondern ich.«

»Das weißt du nicht«, antwortet er sofort und ich schnaube.

»Glaub mir, wenn ich es mir aussuchen könnte, würde es nicht passieren. Nichts davon. Glaub nicht, dass ich wirklich hier sitzen will. Das ist das, was ihr mir eingetrichtert habt. Aber wenn der Preis dafür so hoch ist, weiß ich nicht, ob ich ihn zahlen will.«

»Tja, das will keiner freiwillig«, meint er.

»Und trotzdem würdest du mir das niemals abnehmen, nicht wahr?«, frage ich wissend und hebe die Brauen.

»Weil manche Dinge so sind, wie sie sind, und man sie nicht ändern kann. Das wirst du schon noch selber merken.«

»Und das von einem Mann, der die Welt in seinen Händen hält«, entgegne ich und gehe rückwärts zur Tür. »Ich werde morgen einziehen. Ich werde alles sein, was du von mir erwartest. Solange du auch hältst, was ich von dir erwarte.«

»Dann haben wir kein Problem.« Seine Haltung ist völlig steif, sein Blick eiskalt.

»Wie. Schön«, speie ich aus. Unser Gespräch könnte unterkühlter nicht sein. Und nein, so rede ich normalerweise wirklich nicht mit ihm. Dafür habe ich eigentlich viel zu viel Respekt. Viel zu viel Hemmungen. Aber ich verliere den Verstand, Rosalie, wenn es um euch geht. Ich verliere den Verstand, wenn ich daran denke, dass ich mich von euch trennen muss. Ich verliere den Verstand, wenn ich auch nur eine Sekunde lang zulasse, dass ich diese Schwelle übertreten und in dieses bodenlose Loch fallen muss.

Ich verliere den Verstand, während ich daran denke, dass ich dich verlassen muss.

Es wird Zeit, dass ich ihm auch mal meine andere Seite zeige. So ist das mit dem Dominanzverhalten, Rosalie. Auch ein Hund, der sich in die Enge getrieben und verunsichert fühlt, beißt irgendwann zu. Rein instinktiv. Und ich kann nichts dagegen tun.

* * *

Es ist spät, als ich wieder nach Hause komme.

Vielleicht ist es für eine unbestimmte Zeit die letzte Nacht, in der ich es betrete – als ein Teil davon. Ich fühle mich nicht gut bei dem Gedanken, auszuziehen und all das hinter mir zu lassen.

Es ist still, das Abendessen schon vorbei. Ich war nicht da. Langsam streife ich mir die Schuhe ab und fahre mir durch das Haar, bevor ich den Mantel abnehme. Ich bin immer noch nicht ganz auf dem Boden zurück, sondern aufgewühlt. Ich bin immer noch aufgewühlt. Ich habe immer noch nicht nach dem Carter-Dad gesehen. Ich weiß genau, dass es mich innerlich auffressen wird, wenn ich ihn sehe.

Meine Mom kommt die Stufen herunter, als ich gerade hochwill. Sie hält ihr Handy am Ohr und telefoniert augenscheinlich. Ihre schwarzen Haare klemmen im Kragen ihres gleichfarbigen Cardigans. Ihre grünen Augen schweifen zu mir, als sie mich bemerkt, und sie bleibt stehen, eine Hand auf das Geländer gestützt.

Ich bleibe ebenfalls stehen.

»Ja, okay. Ich rufe dich wieder an«, sagt sie leise, dann beendet sie das Telefonat und verstaut ihr Handy in der hinteren Hosentasche ihrer Jeans.

Ich betrachte sie aufmerksam, genau wie sie mich, und lehne mich seitlich an das Geländer. Es ist ungewohnt ruhig hier. »Wie geht es ihm?«, frage ich leise.

Sie sieht kurz über ihre Schulter und dann wieder zu mir. »Besser«, meint sie schließlich. Ich sehe, wie sie versucht, mir nicht zu zeigen, was in ihr vorgeht. Aber ihre Augen funkeln so wütend. Ich schätze, jetzt kann mein Vater seine Hoffnung auf einen Neuanfang mit meiner Mutter endgültig begraben. Nicht, dass diese Hoffnung jemals begründet gewesen wäre, denn selten habe ich zwei Menschen gesehen, die sich so lieben und zusammenhalten, wie der Carter-Dad und Mom.

»Wie geht es dir?«, fragt sie und kommt noch zwei Stufen weiter runter, sodass sie auf der vorletzten steht und so groß ist wie ich. Dann streicht sie mir die Haare nach hinten.

Ich räuspere mich. »Gut.«

»Sicher.« Sie hebt einen Mundwinkel und ich weiß, dass ich meine Emotionen gerade genauso wenig wie sie verbergen kann. »Wenn ich irgendwas tun könnte, damit das nicht passiert, würde ich es tun«, sagt sie sanft. »Bis auf *das.*«

Ich weiß, was sie meint. »So was würde ich auch nie von dir verlangen.«

»Ich weiß«, seufzt sie. »Ich würde dir gerne sagen, dass er nur gerade eine schwere Phase durchmacht, aber das wäre eine Lüge. Du wirst es nicht leicht haben. Ich will trotzdem, dass du weißt, dass du immer herkannst. Ganz egal, was los ist, wie es dir geht, was du brauchst. Das hier wird immer dein Zuhause bleiben.«

Ihre Worte tun gut, auch wenn ich das innerlich schon weiß. Aber es zu hören, bekräftigt mich etwas. Sie betrachtet mich noch eine Weile, bevor sie eine Hand an meine Wange legt und mit dem Daumen über meine Haut streicht. Ich entspanne meine Schultern etwas. »Versuch, es nicht persönlich zu nehmen. Was auch immer er tut. Er kann auch anders, er hat es nur verlernt. Und ich will nicht, dass du denkst, er liebt dich nicht. Das tut er. Auf seine Weise.« Sie runzelt die Stirn und senkt ihre Hand.

Schwierig, das zu glauben, aber ich versuche es trotzdem, weil meine Mutter ein gnadenlos ehrlicher Mensch ist. Wenn sie so was sagt, dann stimmt es. Sonst würde sie schweigen.

»Du wirst nicht dahin zurückgehen, oder?«, frage ich leise und sie zieht fast schon ungläubig ihren Kopf zurück.

»Wieso sollte ich das tun?«

»Weil er immer kriegt, was er will. Und er will dich.«

Sie nickt langsam und lehnt sich ebenfalls ans Geländer. »Ja, er denkt, mich zu wollen. Das ist eben dein Vater. Eigentlich will er ganz was anderes, aber darauf soll er selbst kommen. Ich bin kein Therapeut.« Sie lächelt und ich muss auch lächeln.

»Wirklich nicht?«

»Wirklich nicht.« Sie denkt kurz darüber nach. »Obwohl ich echt noch reicher wäre, wenn ich Geld von euch allen für die Stunden berechnen würde, die ich in euer Seelenheil investiere.«

»Du liebst es doch, das zu machen«, weise ich sie hin.

»Das stimmt.« Sie lacht, aber es erreicht ihre Augen nicht. Das hasse ich. »Mach dir keine Sorgen um uns. Und schon gar nicht darum, dass ich irgendwo hingehe. Mein Herz ist hier und ich bin jemand, der seinem Herzen folgt.« Wie beneidenswert. Trotzdem bin ich froh, dass sie das kann.

Ich fühle mich jetzt etwas erleichterter, denn ein kleiner Teil in mir hatte wirklich Angst, dass er sie rumkriegt. Ich weiß ja nicht, wie genau das damals mit ihnen war, wie intensiv und ob sie sich mittlerweile losgelassen haben. Wie stark die Verbindung war und die Liebe. Ich weiß nur, dass du mich jederzeit zurückbekommen könntest, wenn du es darauf anlegen würdest.

»Okay«, meine ich leise.

»Okay.« Sie lächelt mir nochmal zu und macht mir Platz, damit ich hochkann. Ich schiebe meine Hände in die Hosentaschen und mache die wenigen Stufen an ihr vorbei, als sie mich nochmal aufhält.

»Sergio?«

Ich stocke und drehe den Kopf über die Schulter. »Ja?«

Sie betrachtet mich ein paar Sekunden. »Ich weiß, es ist nicht leicht, und ich weiß, du bist wütend, aber versuch trotzdem, dich nicht selbst zu verlieren und nicht zu jemandem zu werden, der du nicht bist. Ich will nur, dass du dir das merkst, falls du das Gefühl hast, dass du anders nicht weiterkommst. Es ist okay, sich den Umständen anzupassen, aber versuch trotzdem, den Zugang zu deinem Herzen nicht zu verlieren.«

Ich denke einen Moment darüber nach, denke an dieses Haus da drüben und wie kalt es ist.

»Es ist immer gut, jemanden zu haben, bei dem man sein Herz aufbewahren kann, wenn es gerade stört. Jemanden, der gut damit umgeht und es einem zurückgibt, wenn es nötig ist und man es braucht.«

Mir ist klar, dass sie dabei an dich denkt. Sie war schon immer irgendwie mit einem Auge bei uns und weiß sicher schon länger, was da läuft. Vielleicht sprichst du auch mit ihr darüber, keine Ahnung.

»Okay«, meine ich leise.

»Okay.« Sie atmet nochmal tief und betrachtet mich. »Du wirst noch ein richtig ehrenwerter Mann werden, wenn du auf diesem Weg bleibst«, sagt sie dann. »Als du klein warst, habe ich oft überlegt, in welche Richtung du dich entwickeln wirst, weil du so viele Facetten in dir trägst. Und die Wahrheit ist, eigentlich kann man dich gar nicht zuordnen. Also lass dir das nicht nehmen. Werde nicht zu ihm oder zu sonst irgendjemandem in diesem Haus.« Damit wendet sie sich ab und verschwindet in die Küche, wo ich höre, dass sie den Kühlschrank öffnet.

Ich sehe ihr nach, als sie schon lange weg ist. Sehe an die Stelle, an der sie stand. Ich werde alles versuchen, wirklich alles, um nicht aufzugeben, wer ich bin. Und nicht zu vergessen, wo ich herkomme. Denn im Endeffekt ist das alles, was uns ausmacht. Nicht, als wer wir geboren wurden, sondern woher wir kamen.

Und ich, Rosalie, ich komme von hier.

27. Der rote Ballon, Sergio

XX

Rosalie

Heute war hier die Hölle los, aber als ich nach Hause gekommen bin, war dein Vater zum Glück schon wieder weg. Allerdings hat meine Mom gerade verärgert und fluchend das Blut von meinem Onkel im Foyer aufgewischt. Alle saßen im Salon und waren echt aufgewühlt. Mein Onkel musste meinen Vater beruhigen. Und das kommt nur sehr selten vor. Eigentlich ist mein Dad der, der immer alle runterbringt. Aber diesmal war er völlig außer sich, weil Donovan seinem Bruder echt übel zugesetzt hat. Ich konnte es mir gar nicht ansehen und war völlig geschockt.

Angeblich hatte Zayden irgendwas zu Donovan am Telefon gesagt, woraufhin dieser hier aufgetaucht ist. Aber das ist noch lange kein Grund, jemanden zusammenzuschlagen. Was denkt sich dieser Mann dabei, mit fünf seiner Männer herzukommen und so etwas zu tun?

Ich könnte es ja verstehen, wenn ihr jemanden umgebracht hättet, obwohl … Nein, selbst dann nicht. Es gibt nichts, was es rechtfertigen würde, dass die, die ich liebe, verletzt werden. Natürlich hat mein Onkel mir hundert Mal versichert, dass es ihm super geht, aber das tut es nicht. Dafür hasse ich deinen Vater noch ein bisschen mehr. Mein Onkel darf nicht verletzt werden, er darf nicht schwach sein. Das geht gegen jedes Naturgesetz.

Wieso kommen die miesesten Menschen immer mit allem davon, während diejenigen, die rein und gut sind, immer in die größte Scheiße gelangen?

Natürlich reicht es nicht, dass wir uns mit deinem Vater herumschlagen müssen. Da gibt es noch Selina. Selina, die heute in der Schule echt angepisst war. Und die mich die ganze Zeit mit verengten Lidern angestarrt hat. Tja, ich kann nichts dafür, dass sie eine Schlampe ist. Ich bin froh, dass du Zayden auf der Party all das gesagt hast. Auch, wenn es ihn im ersten Moment wirklich zugesetzt hat. Das habe ich genau gesehen. Deshalb bin ich ihm nach ein paar Minuten auch gefolgt, aber als ich das Haus der Terekovs verlassen habe, *war* er schon abgelenkt. Von Irina. Und ihrem Mund. Ich bin erstarrt und ganz langsam rückwärts wieder zurückgegangen. Ich würde mir so wünschen, dass er sich für sie öffnet, weil sie die absolut perfekte Frau für ihn wäre, genau das, was er wirklich braucht. Genau das, was ihm guttun und aus dieser Dunkelheit holen würde, in die Selina ihn immer wieder zieht. Sodass er gar nichts mehr wirklich wahrnimmt, nur noch sie. Nur noch ihre Abgründe. Das tut ihm absolut nicht gut. Er war schon immer ein Rebell und hat Scheiße gebaut, hat Ärger angezogen, aber seit er diese Schlange kennt, überschreitet er alle Grenzen und ist völlig entfesselt, zügellos, und verliert immer mehr sein Gewissen. Zayden verliert sich selbst durch sie. Sie saugt alles aus ihm, was ihn ausmacht, und formt ihn zu etwas, das er nicht ist. Und das er auch nie sein wollte. Das weiß ich. Tief in sich will er das alles nicht, aber er weiß auch nicht, wie er das stoppen kann.

Natürlich wird er sich von Irina jetzt erst recht fernhalten, weil ihn so etwas Strahlendes nach all der Schwärze extrem einschüchtert. Er ist wie ein halb verhungertes, kaputtes Wesen, das sich ein Leben lang in einer dunklen Höhle versteckt hat, und das erste Mal herauskommt, das erste Mal in die Sonne sieht, und die Freuden des Lebens misstrauisch erkundet. Er wird anfangs immer wieder zurückschrecken und sich in seine Dunkelheit verkriechen wollen, aber ich weiß genau, wie hartnäckig Irina ist, und dass sie ihn nicht aufgeben wird, obwohl sie ihn noch nicht mal hat. Irina Terekov ist eine der treusten Seelen, die ich kenne, und sie hat sich schon sehr früh dazu entschlossen, dass es entweder Zayden Rush oder keiner sein soll. Sie ist ein unglaublicher Mensch, so treu, offen und einfach liebenswert. Deswegen würde ich Zayden auch wünschen, dass er es irgendwie schafft, sich für sie zu öffnen.

Wie auch immer.

Das Ende von dieser ganzen Geschichte heute ist, dass du ausziehst. Nicht in vier Tagen, sondern morgen.

Ab morgen werde ich dich nicht mehr am Frühstückstisch sehen. Du wirst nicht mehr hier nach Hause kommen. Ich werde nicht mehr in dein Zimmer gehen können, wenn es mir scheiße geht oder wenn ich mich einfach mit irgendwem unterhalten will. Du wirst mir nicht mehr im Garten über den Weg laufen oder mir auf der Treppe im Foyer entgegenkommen und mir zuzwinkern. Du wirst nicht mehr irgendwo lehnen und mich beobachten. Du wirst nicht im Poolhaus sitzen und einen Joint rauchen, während ich schwimme. Du wirst einfach weg sein. Diese Vorstellung ist total deprimierend und ich versuche, nicht daran zu denken. Ich versuche, diese widerliche Kälte in mir zu vertreiben, wenn ich mir vorstelle, dass ich nicht weiß, wie lange ich ohne dich leben muss. Wie lange es dauern wird, bis zu unserem *irgendwann*. Wer weiß, vielleicht wird dich diese Dunkelheit da drüben so einnehmen und verändern, dass ich immer mehr verblasse, bis ich gar keine Bedeutung mehr für dich haben werde, wir uns wirklich verlieren und du wirklich nicht mehr zu mir zurückkommst. Und dann? Was mache ich dann?

Ich muss mit deiner Mutter sprechen, das ist klar. Denn ich kann das nicht mehr mit mir allein ausmachen. Das probiere ich schon die ganze Zeit. Ich rede mit niemandem darüber. Mit dir nicht, weil ich weiß, dass du selbst genug damit zu tun hast, mit den Veränderungen in deinem Leben klarzukommen. Mit Zayden nicht, weil es bei ihm ähnlich ist. Mit Dad nicht, weil ich seine Meinung nicht hören will. Er ist zu ehrlich und schonungslos, und wenn er mir sagt, dass wir niemals eine Chance haben, dann breche ich zusammen.

Ich will einfach keinen aus der Familie belasten, weil es mir im Gegensatz zu euch eigentlich wirklich gut geht. *Ich* muss hier nicht ausziehen. *Ich* muss nicht zu meinem irren Vater. *Ich* muss nicht zu einem Mörder werden, zu einem Boss. *Ich* werde nicht *alles* verlieren, was ich liebe. Ich sollte mich nicht beklagen, also tue ich das auch nicht. Sondern mache die Dinge mit mir aus. Immer.

Es rumpelt in deinem Zimmer und ich schließe die Lider. Du packst und ich würde gern zu dir rübergehen, aber ich kann das nicht sehen. Ich kann nicht mit ansehen, wie du für immer verschwindest.

Also bin ich hier und höre Musik, während ich an die Decke starre und Schritte im Flur ertönen. Kurz darauf klopft es an der Tür.

»Ja?«, sage ich, ohne den Blick von der Decke zu nehmen, die Hände hinter dem Kopf verschränkt. Die Tür öffnet sich und ich wende träge meinen Kopf in die Richtung. Es ist deine Mom. Sie hat ihren Kopf hereingesteckt und ihre schwarzen Haare fallen über eine Schulter.

»Wie geht es ihm?«, frage ich sofort. Ihre grünen Augen mustern mich, wie ich hier in der Dunkelheit liege. Sie knipst das Licht an, weswegen es kurz in meinen Augen sticht und ich sie unwillig zusammenkneife.

Sie will gerade was sagen, als eine andere Tür aufgeht, weswegen sie mit gerunzelter Stirn über ihre Schulter sieht.

»Ich hab die Schere unten vergessen«, murmelt Catalina. Wahrscheinlich schlafwandelt sie mal wieder. Das tut sie mindestens einmal die Woche. Ich habe sie schon mal in der Nacht auf dem Küchenboden gefunden, mit lauter Essen um sich herum. Am nächsten Tag wusste sie nichts mehr davon. Und einmal im Garten, wo sie Blumen gepflückt hat – für Ilian, natürlich. Auch daran konnte sie sich nicht erinnern.

»Oh nein«, murmelt deine Mom. »Nein, Schätzchen, du brauchst jetzt keine Schere. Geh wieder ins Bett, okay?«

»Aber sonst kann ich das Geschenkpapier nicht zurechtschneiden«, nuschelt Catalina.

»Wir machen das morgen zusammen, okay? Leg dich jetzt einfach wieder ins Bett.« Sie grummelt unwillig, bevor sich ihre Schritte entfernen und eine Tür zuklackt.

»Himmel Herrgott, sie ist echt gruslig«, flüstert deine Mutter und schiebt sich in mein Zimmer. Ich setze mich auf und meine Haare sind ein einziges Chaos, während sie die Tür schließt.

»Ja, das ist sie«, gebe ich ihr nickend recht. Verdammt, irgendwann stand sie mit ihren schwarzen Haaren und geschlossenen Augen vor meinem Bett. Einfach so, ohne sich zu bewegen. Ich habe das halbe Haus zusammengebrüllt. Davon ist sie wach geworden und hat mitgebrüllt, weswegen ihr alle reingestürmt seid und uns beruhigen musstet. Danach hat sie in meinem Bett geschlafen, weil sie sich so erschreckt hat, und sich an mich geklammert. Damals war sie sieben und ich elf. Ich erinnere mich bis heute noch daran, wenn ich mich gruseln will.

Deine Mom lehnt sich mit dem Steißbein an meine Schreibtischkante und zieht den schwarzen Cardigan an ihrer Brust zusammen.

»Es geht ihm nicht sehr gut, natürlich«, sagt sie verzögert und ich verziehe das Gesicht. Ich *hasse* es, wenn Onkel Carter irgendwie verletzt ist.

Ich nicke. »Aber das würde er natürlich niemals zugeben.« Sie lächelt und rückt die Stifte auf meinem Tisch etwas gerade. »Tja, das Gute ist, jetzt hat er unseren Streit vergessen. Das Schlechte ist, ich würde lieber mit ihm streiten, als ihn so zu sehen.« Ja, der Streit. Er ging über Tage und handelte auch von deinem Vater, oh Wunder.

»Natürlich würde er das nicht zugeben.« Vorher würde er sich lieber sonst was abhacken.

»Ich habe ihn mit Schmerztabletten vollgestopft, er schläft endlich», erklärt deine Mom nun.

»Das ist gut.«

»Jetzt müssen wir nur noch deinen Vater runterbringen, bevor er in seinen Modus fällt. Er ist kurz davor.« Sie deutet einen kleinen Abstand an.

»Ich weiß.« Ich bin nur noch am Schleichen, wenn Dad in der Nähe ist. Deswegen kann ich mich auch so lautlos bewegen, wenn es sein muss. Weil ich gelernt habe, wie wichtig es sein kann, meinem Vater nicht aufzufallen. Aber wenn es um seinen Bruder geht, hört bei ihm alles auf. Auch der klare Menschenverstand. Dann wird Dad echt gefährlich.

Deine Mom stößt sich von meinem Schreibtisch ab und hebt einen gelben BH auf, der auf dem Boden liegt, um ihn über den Sessel meiner hellen Couchecke zu hängen. Dann kommt sie weiter auf mich zu und setzt sich auf meine Bettkante. Ich ziehe meine Beine seitlich etwas an, damit sie Platz hat, und streiche mir die Haare hinter das Ohr.

»Wie geht es dir?«, fragt sie sanft und ich atme tief durch. Es rumpelt wieder bei dir. Du verschiebst wohl etwas. Nimmst du deine Möbel auch mit, Sergio?

»Nicht so gut«, gebe ich ehrlich zu, weil ich ihr sowieso nichts vormachen kann. Erstens durchschaut sie mich immer. Zweitens gibt es dazu keinen Grund. Ich muss mich vor ihr nicht verstellen. Das war ihr immer besonders wichtig.

Sie seufzt schwer. »Als ich neunzehn war und schwanger, war ich mit Donovan verheiratet, aber ich hatte eine Affäre mit Carter. Donovan hat ihn nach New Orleans geschickt, um uns voneinander zu trennen.« Das klingt nach ihm. Ich habe mir schon gedacht, dass damals irgendwas zwischen meinem Onkel, deiner Mutter und deinem Vater gelaufen sein muss, auch, wenn ich die genauen Umstände nie so genau erfahren habe. Jetzt will dein Vater Zayden auch wegschicken, das habe ich mitbekommen, und das gefällt mir nicht. Gar nicht. Es macht den Anschein, als würde er uns alle total zerschlagen wollen. »In New Orleans ist der andere Teil von Donovans Familie«, erklärt sie. »Ich war am Boden zerstört. Ich wusste nicht, wie ich klarkommen soll ohne Carter. Obwohl Donovan mich begleitet hat, seit ich laufen konnte, wollte ich keinen Schritt weitergehen ohne Carter an meiner Seite. Die Bindung zu ihm war eine ganze andere.« Ich weiß genau, was sie gefühlt haben muss, denn so geht es mir auch. »Tja, die Wahrheit ist, irgendwie geht es immer weiter, auch, wenn man sich nicht vorstellen kann, dass es das tut.« Das kann ich momentan wirklich nicht. Mein grandioser Plan ist, hier zu liegen, zu gammeln, einfach zu existieren. Fertig. »Ich hab das jetzt schon mehrmals erfahren, ich …« Sie stockt und sieht zu mir. Ich betrachte sie aufmerksam und ihr Blick ist abwägend, weswegen ich die Augenbrauen zusammenziehe. Schließlich seufzt sie. »Scheiß drauf«, seufzt sie dann. Sie zieht ein Bein auf mein Bett. »Ich sollte Dorian de Luca heiraten, das war Donovans Bruder. Der ist gestorben, als wir noch sehr jung waren.« Meine Augen werden groß. Heilige Scheiße, *was*? »Zu der Zeit hatte ich allerdings mit Donovan das, was du mit Sergio hast. Ich konnte praktisch nicht ohne ihn atmen. Er war immer der Anker, der mich überall rausgerissen hat. Donovan war ein guter Mensch. Und er hat mich geliebt, wie mich niemand geliebt hat. Ich war süchtig danach, wie er mich geliebt hat. Und ich habe ihn auch geliebt.« Ich kann mir gar nicht vorstellen, dass dein Vater mal ein guter Mensch war, aber wenn das deine Mutter sagt, dann ist das so. Dann zweifle ich es nicht an. »Er war wie Sergio, so gutherzig. Er wusste immer genau, was richtig und falsch ist. Und die Leute zu beschützen, die er liebt, war für ihn wichtiger als irgendwas anderes. Als es dann allerdings darum ging, bei unseren Vätern für mich einzustehen, damit ich Dorian nicht heiraten muss und wir zusammen sein können, hat er mich im Stich gelassen. Er hat behauptet, es wäre nur Sex zwischen uns. Damit hat er mir den Boden unter den Füßen weggerissen und ich bin in der gleichen Nacht weggelaufen, weil ich keinen Ausweg mehr gesehen habe.« Das kann ich verstehen. Ich würde auch weglaufen, wenn ich jemanden heiraten müsste, den ich nicht liebe. Allerdings kann ich mir nicht vorstellen, dass du das zulassen würdest, wenn du etwas daran ändern könntest. Niemals. Du würdest mich nie so verraten. Wir sind anders als deine Mom und dein Vater. »Ich bin mit Dorian und Donovan aufgewachsen und ich kenne beide sehr gut. Ich würde gerne die Schuld für alles, was danach passiert ist, auf die beiden schieben, aber … sie waren gar nicht schuld. Im Nachhinein, jetzt, wo ich älter bin, weiß ich, dass Dorian nicht der bösartige Mann gewesen wäre, der er bei mir war, wenn ich ihn nicht hintergangen hätte. Wer will schon von seinem eigenen Bruder und der Frau hintergangen werden, die er heiraten soll? Und ich weiß auch, dass ich viel dazu beigetragen habe, dass Donovan jetzt der ist, der er ist.« Ich nicke langsam und verstehend, während ich ihr aufmerksam zuhöre. »Ich wollte das nicht, niemals. Aber als ich Carter kennengelernt habe, als ich mich in ihn verliebt habe, wusste ich instinktiv, dass es für mich keinen anderen mehr geben wird, auch, wenn ich dann nach Dorians Tod Donovan heiraten musste. Damit hätte unsere Geschichte beendet sein können, wir hätten unser Happy End gekriegt. Aber dieses Happy End wollte ich gar nicht mehr. Ich wollte nur noch deinen Onkel. Und es hat sich bis heute nicht geändert. Also hat Donovan das mit uns erlebt, was sein Bruder früher mit mir und ihm erlebt hat.«

»Karma«, entkommt es mir und sie lächelt schwach.

»Vielleicht. Ich … konnte danach beobachten, wie sich etwas in ihm verschlossen hat. Etwas in ihm, was seine Kinder niemals kennenlernen werden, weil ich es ihm genommen habe. Allerdings habe ich keinen anderen Ausweg gesehen. Er hat mich nicht gehen lassen, also hat dein Onkel mich rausgeholt. Damit ich mein Happy End mit Carter bekommen konnte, mussten wir einige Jahre lang leiden und uns voneinander fernhalten. Manchmal ist es nicht der richtige Zeitpunkt für zwei Personen und manchmal muss man die Zeit einfach ihre Arbeit machen lassen und die Füße stillhalten. Ich denke nicht, dass es, um ehrlich zu sein, förderlich für Sergio und dich ist, dass er da drüben leben wird. Aber ich glaube daran, dass ihr beiden zusammengehört. Und eins habe ich in all diesem Chaos damals gelernt: Was zusammengehört, findet einen Weg. Wenn nicht jetzt, dann in ein paar Jahren. Aber es ist ein Gesetz des Universums, dass zwei Teile, die zusammengehören, zusammenfinden. Egal unter welchen Umständen. Deswegen hoffe ich, dass du ihn jetzt nicht aufgibst oder die Hoffnung verlierst. Sieh es einfach als Unterbrechung, als eine Probe an euch beide. Er wird sicher einiges tun, was dich sehr verletzen wird, und er wird sich auch immer wieder selber verlieren. Die Männer in diesem Haus verlieren sich ständig selber, aber ich habe auch beobachtet, dass du ihn immer wieder zurückholst. Das hast du getan, als er mit sieben von seinem Vater nach Hause kam und niedergeschlagen war, und das tust du noch heute. Ihr beide seid füreinander gemacht.« Sie lächelt, und tatsächlich geben mir ihre Worte Hoffnung. Ich vertraue ihr. Ich vertraue darauf, dass sie die Lage immer richtig einschätzt und weiß, wovon sie spricht. Ich vertraue darauf, wenn sie sagt, dass ich nicht aufgeben soll, weil es sich zu kämpfen lohnt. Ich weiß sowieso nicht, was du alles tun müsstest, damit ich dich wirklich aufgebe.

Aber eine Sache beschäftigt mich. »Wenn du sagst, dass Donovan mal wie Sergio war … denkst du dann nicht, dass Sergio auch wie er werden könnte?«, frage ich leise.

»Nein«, antwortet sie sofort. »Denn Donovan hat den Anker, der ich für ihn war, losgelassen, weshalb ich ihn

nicht mehr zurückholen konnte. Sergio wird dich nie wirklich loslassen. Außerdem hatte Sergio eine ganz andere Kindheit als Donovan. Donovan hatte nicht diesen Ausgleich, den Sergio hatte. Donovan hatte nur die strenge Hand seines Vaters, der zwar liebevoll, aber immer darauf bedacht war, ihn darauf vorzubereiten, was ihm bevorsteht, weshalb er nie wirklich Kind sein konnte. Wenn Donovan mit mir zusammen war, konnte ich immer wieder mal seine verspielte Seite hervorkitzeln. Immer mal wieder was aus ihm rausholen, was man sonst nicht gesehen hat, und weshalb ich mich in ihn verliebt habe. Ich weiß nicht, aber irgendwie habe ich das immer wieder geschafft. Bis unser Band gerissen ist. Und solange euer Band nicht reißt, wird Sergio auch nie ganz loslassen, was du aus ihm machst.«
Ich nicke verstehend. »Ich will nicht, dass du dich selber aufgibst oder dein Leben darauf ausrichtest, für Sergio da zu sein und für ihn zu atmen. Ich will, dass du in erster Linie darauf achtest, dass es *dir* gut geht. Lass einfach nur nicht los. Und das sage ich nicht, weil ich seine Mutter bin und will, dass es ihm gut geht. Sondern weil es eine wahrhafte Verschwendung wäre, wenn ihr beide euch loslassen würdet. Ich habe selten eine Verbindung gesehen, die stärker ist, als die zwischen euch.« Wieder nicke ich. »Du musst dir das vorstellen wie einen roten Ballon, den du an einer Schnur hältst. Manchmal lockert sie sich und er steigt in die Luft, weht ein bisschen umher, aber wenn du fest genug ziehst, kommt er zu dir zurück. Solange du diese Schnur nicht loslässt, niemals, kommt er auch zu dir zurück.«

»Ich werde nicht loslassen«, sage ich. Meine Stimme ist entschlossen und heiser. Besonders nicht, wenn du mich dafür brauchst, nicht zu deinem Vater zu werden. »Aber ich verstehe schon, ich werde trotzdem mein Leben leben.« Obwohl es sich komisch anfühlt, wenn ich mir das ohne dich vorstelle.

Deine Mutter lächelt mich an. »Als deine Mutter in deinem Alter war, na gut, etwas älter als du … hat sie sich ein ganz neues Leben in Kentucky aufgebaut. Ein ganz normales Leben. In einer kleinen Wohnung, mit einem schönen Job und ihrem Vater in der Nähe, den sie immer wieder besucht hat. Dann kam dein Dad und hat an ihrer Tür geklingelt. Sie hat alles stehen und liegen lassen und ist mit ihm in dieses Haus da drüben zurückgegangen. Sie hat ihr Leben gelebt, sie hat sich um sich selber gekümmert, sie hat zu sich selber gefunden, nachdem sie das erste Mal mit deinem Vater zusammen gewesen war, und erst, als sie wirklich bereit dafür war, ihn aufzufangen und die Frau zu sein, die er braucht, und er der Mann, den sie braucht, haben die beiden gekämpft. Seitdem haben sie sich auch nicht wieder losgelassen. Nicht einmal.« Das klingt nach Mom und Dad. »Deine Mutter hätte all das hier aber nicht tun können, wenn sie nicht die paar Monate für sich gehabt hätte. Zeit zu reifen, Zeit, sich selber wirklich kennenzulernen und zu verstehen. Bei mir war das was anderes, ich wurde in diese Welt geboren, ich kannte nichts anderes. Aber sie hat sich all das hier erkämpft und sie hat nie losgelassen, egal, was dein Vater gemacht hat, und er hat echt viel gemacht.« Sie sieht verärgert zur Zimmerdecke, worüber Dads Büro liegt. Ich glaube, ich will es gar nicht wissen. Denn ich weiß, wie ekelhaft er werden kann, und kann mir vorstellen, dass das früher noch schlimmer war, da sie ihn jetzt gut im Griff hat.

Ich verstehe, was deine Mutter meint.

»Dein Vater ist mehr der Typ: Ich lasse dich gehen, weil ich dir nicht guttue. Deine Mutter ist mehr so der Typ: Du hast mir nicht zu sagen, wann ich gehe und wann nicht und was mir guttut. Die Waage sollte immer ausgeglichen sein.« Sie streicht mir durch die Haare und ich lächle leicht.

»Das klingt nach ihnen.«

»Tja, und da du solche Gene hast, weiß ich, dass du stark genug bist. Ich hab dir so viel beigebracht. Ich hab so sehr versucht, dich so weit zu bekommen, dass du in dieser Welt bestehen kannst. Das Gleiche versuche ich auch bei Catalina und Sophia. Aber im Endeffekt zählt das Herz. Und das hast du von deiner Mutter und Sergio von mir. Von deinem Vater hast du den Kopf und Sergio von seinem. Ihr seid perfekt füreinander.«

»Ich liebe das«, sage ich ergriffen, als ich mir das genauer überlege. Sie lächelt, genau wie ich.

»Ich liebe das auch.« Deine Zimmertür klackt, bevor deine Schritte ertönen. Ich sehe auf und atme tief durch.

Deine Mutter erhebt sich, ihr Blick schweift aus dem Fenster. Ein paar Sekunden beobachtet sie hinter meinem Vorhang den Garten. Dann dreht sie sich zu mir um.

»Ich weiß, er denkt, er will gerade allein sein, aber eigentlich will er das gar nicht«, meint sie bedeutungsvoll und richtet meinen Vorhang wieder.

Ich seufze, das ist so typisch für dich. Deine Mom geht zur Tür.

»Ich wünschte, Zayden hätte auch so ein Glück«, murmelt sie mir zu.

»Ich auch«, antworte ich inbrünstig, weil ich mir das wirklich wünsche. Sie seufzt, dann verlässt sie mein Zimmer. Sofort stehe ich auf und schaue aus dem Fenster. Im Poolhaus brennt Licht. Jetzt weiß ich auch, wieso deine Mutter in den Garten gesehen hat. Du gehst öfter dahin, wenn du nachdenken und allein sein willst. Aber du wirst leider noch oft genug allein sein, und solange du hier bist, werde ich meine Zeit mit dir nutzen. Wir haben nur noch diese eine Nacht.

Also schlüpfe ich in meine Sneaker, nehme aus einem Impuls heraus das schwarze Paket, das unter meinem Bett liegt, und verlasse leise mein Zimmer, bevor ich die Treppen leise hinabsteige und das Foyer durchquere. Mom sitzt im Salon auf dem breiten Sofa und liest. Ich gehe kaum hörbar hintenherum raus.

»Zieh dir was über!«, ruft sie mir nach. Natürlich hat sie bemerkt, dass ich da bin. Sie kennt das Herumgeschleiche schon von meinem Vater. Seufzend gehe ich nochmal zurück, nehme mir eine der Jacken, die hier gleich am Haken für die Raucher hängen. Sie ist von Onkel Carter. Ich hülle mich in seinen vertrauten Duft, durch den ich mich allein schon geborgener fühle. Dann verlasse ich erneut das Haus und trete in die Kälte. Der Himmel ist sternenklar und die Nacht so friedlich. Es ist, als wäre die Zeit stehen geblieben. Oder als wäre das hier die berühmt-berüchtigte Ruhe vor dem Sturm. Der Mond ist voll und leuchtet heute besonders helle auf den See, während ich über den feuchten Rasen auf das Poolhaus zugehe und dabei die

Jacke enger an meiner Brust zusammenziehe. Der Sommer und der Herbst sind wirklich vorbei. Langsam spürt man den Winter in der Luft. Alles wird erfrieren, vereisen und wieder auftauen, wenn es wärmer wird. Vielleicht wie unsere Herzen. Wenn wir Glück haben, werden sie wieder auftauen. Ganz sicher sogar, glaube ich den Worten deiner Mutter. Ich werde mich daran festhalten. Ich werde kämpfen, selbst, wenn es ein stiller Kampf wird, nur in mir drin geführt, von niemandem gesehen … Ich werde nicht aufgeben. Denn wenn ich eines gelernt habe, dann ist es, stark zu sein.

Stark für dich. Stark für mich. Stark für uns, Sergio.

28. Sempre, Sergio

XX

Rosalie

Leise betrete ich das Poolhaus und sehe mich um. Im Kamin knistert ein Feuer. Du sitzt mit dem Rücken zu mir auf der weißen Couch – die Arme über die Lehne gestreckt, den Kopf nach hinten gelegt und die Füße auf dem Tisch, auf dem eine Flasche Limoncello und ein Aschenbecher stehen. Deine Augen sind geschlossen. Kurz nehme ich mir einen Moment und betrachte, wie der weiße Pullover sich über deine Arme spannt und das Feuer über dein ebenmäßiges Gesicht tanzt. Das Veilchen ist kaum noch sichtbar. Deine Wimpern sind schwarz und lang und jeder einzelne Gesichtszug ist perfekt. Ich beobachte dich, wie du da jetzt sitzt und erinnere mich, wie du vor zwei Jahren hier saßt. Oder vor zehn. Und ich weiß, dass ich dieses Bild ab morgen nicht mehr zu Gesicht bekommen werde. Du wirst verblassen und die Couch wird leer sein.

Mein Magen zieht sich zusammen bei diesen Gedanken und mein Herz verkrampft sich schmerzhaft.

Noch einmal gehe ich auf dich zu. Noch einmal setze ich mich einfach neben dich und lege das Paket auf den niedrigen Couchtisch aus Glas.

Noch einmal sage ich: »Hey.«

Du hältst deine Augen geschlossen und greifst, ohne hinzusehen, nach meinem Unterarm, bevor du mich an deine Seite ziehst. Da, wo ich hingehöre. Ich schmiege mich sofort an dich und atme aus, als ich dich spüre. In deinen Armen zu sein ist immer wie nach Hause kommen. Du legst einen Arm um mich. Mein Kopf passt perfekt an die Kuhle unter deinem Schlüsselbein und ich sauge tief deinen vertrauten Duft ein, während du mir die Haare aus dem Nacken streichst. Das Feuer wärmt uns und knistert leise. Ich lege meine Hand an deine Brust, genau dahin, wo dein Herz schlägt. Ich liebe es, das zu spüren. Dein Herzschlag ist wie der Takt, zu dem ich lebe.

Du lässt deine Nase durch mein Haar streichen und atmest tief ein. Genau wie ich. Ich entscheide mich, nicht zu grübeln oder daran zu denken, was morgen ist, sondern so zu tun, als gäbe es nur das Heute. Nur diesen Moment. Weil das alles ist, was uns noch bleibt. Und ich weiß nicht für wie lange. Ich seufze tief und streiche über deine Brust, spüre dich unter meinen Fingerspitzen. Eine Zeit lang sitzen wir so da und genießen einfach nur die Nähe des anderen. Wir sprechen nicht. Wir *sind* nur, und in mir breitet sich ein endloser Frieden aus, wie immer, wenn ich in deinen Armen bin.

»Ich gebe dir jetzt dein Geburtstagsgeschenk«, murmle ich nach einiger Zeit.

»Ich hab doch erst in anderthalb Monaten Geburtstag«,

sagst du, ohne die Augen zu öffnen.

»Das ist mir egal«, antworte ich träge. Du seufzt, bevor du zu mir runtersiehst und ich in deinem dunklen Blau versinke. So tief. So perfekt. Du klemmst mir die Haare hinter das Ohr.

»Okay«, sagst du schließlich leise.

»Okay.« Ich richte mich etwas auf und greife nach der Box auf dem Tisch, bevor ich sie dir reiche und versuche, meinen Herzschlag zu beruhigen. »Hier.«

Du nimmst sie und stellst deine Füße auf den Boden. Ich straffe mich etwas und verschränke die Finger ineinander, während du den Deckel öffnest und ich den Atem anhalte. Dann ziehst du das schwarze Papier zur Seite. Darunter blitzt es silbern auf. Ich werde immer aufgeregter, während du den Kopf schief legst und meiner sich ebenfalls automatisch neigt. Vorsichtig nimmst du die silberglänzende Waffe aus der Packung und hältst sie am Griff. Mit dem Zeigefinger der anderen Hand streichst du über das »*Sempre*«, das ich habe im Lauf eingravieren lassen.

Weil du mein *Immer* bist.

Eine Weile siehst du sie dir an und ich werde zunehmend nervös. Ich war mit Zayden ewig unterwegs, um die ideale Waffe für dich zu finden. Schließlich wurden wir in einem winzig kleinen Geschäft fündig und sie war perfekt.

Du lächelst etwas, doch dein Blick ist so niedergeschlagen, das hasse ich. Dann ziehst du mit zwei Fingern das Kärtchen aus der Box. Kurz wünschte ich mir, ich hätte es nicht da reingelegt. Es war spontan. Ich wollte einfach, dass du es weißt. Auch, wenn das alles irgendwie nur noch schlimmer macht, so macht es das vielleicht auch leichter.

Mein Herz schlägt jetzt immer schneller, denn auf diesem Kärtchen steht: »*Ich liebe dich. Sempre*.« Das haben wir uns noch nie gesagt. Ich verlange es auch nicht von dir. Ich weiß auch so, was du empfindest. Du ziehst die Augenbrauen zusammen und legst die Waffe zurück in die Box, bevor du das Kärtchen dazupackst und mich wieder ansiehst. Dein Blick ist jetzt so unglaublich gequält. Ich atme aus, als sich in mir alles verkrampft.

»Ich weiß«, hauche ich, weil ich gerade die gleiche Verzweiflung spüre, weil ich genauso fühle, wie ausweglos es ist, und weil ich weiß, was du empfindest, aber nicht sagen kannst, also beuge ich mich vor und küsse dich. Mit einer Hand greifst du sofort in mein Haar und krallst dich darin fest. Ich lege meine an deinen Unterarm, die andere an deine Brust. Dein Kuss ist so verzweifelt, aber du murmelst: »Sempre.« Und mir steigen die Tränen in die Augen, weil die Gefühle mich überfluten, weil sie in mir explodieren, weil das hier so richtig und doch bald zu Ende ist.

Weil ich dich so sehr liebe und dich doch nicht haben kann.

Deine Zunge streicht über meine. Dein Atem geht schwer und gepresst durch deine Nase. Ich sauge alles von dir auf, was ich kriegen kann, und kralle meine Faust in deinen Pullover. Du streifst mir die Jacke von den Schultern und ich schüttle sie ab. Währenddessen hörst du nicht auf, mich zu küssen. Unsere Zungen tanzen leidenschaftlich umeinander, bevor du meine Hand nimmst und sie an deinen Gürtel legst. Immer, wenn du das tust, explodiert etwas in mir. Ich öffne ihn fahrig, während du mir fester ins Haar greifst und ich den Kopf weiter beuge. Dann zerre ich deine Hose auf und du schiebst meine Hand in deine Boxershorts, wo ich dich umfange, weshalb du stöhnst. Dein Atem geht etwas schneller. Die Lust vermischt sich mit der Verzweiflung und bringt alles in mir durcheinander. Alles wirbelt auf.

Dein Kuss wird noch intensiver und du hältst mich so eng an dich gepresst, dass ich mich kaum bewegen kann, aber das will ich auch nicht.

Es geht nicht nah genug.

Denn schon bald wirst du sehr weit weg sein. Unerreichbar.

Ich bewege meine Hand etwas schneller und du stöhnst wieder, weswegen mir auch ein Stöhnen entkommt und die Gefühle noch intensiver durch mich rauschen. Mit einem Griff um mein Handgelenk stoppst du mich schließlich und ziehst meine Finger aus deinen Shorts. Du hältst den Arm fester um mich und ziehst mich auf deinen Schoß, sodass ich auf dir sitze. Mein Atem geht noch schneller und deine Arme legen sich beide um meinen Rücken, während du den Kopf nach vorn beugst, um mich tiefer zu küssen. Deine Hand streicht dabei über meinen Rücken nach unten. Fest fahre ich in dein Haar, als du deine Finger auf meinen Hintern legst und mich noch näher ziehst. Ich stöhne leise in den Kuss, genau wie du. Das macht mich wahnsinnig.

Du packst meinen Pullover am Saum und ich hebe die

Arme, als du ihn mir über den Kopf streifst und deine Hände auf beiden Seiten meiner Taille entlanggleiten. Heiße Schauer durchrauschen mich und da, wo deine Finger mich berühren, prickelt es heftig. Du schiebst wieder eine Hand an meinen Rücken und siehst mir nur in die Augen, als du mit zwei Fingern die BH-Häkchen aufschnippst und mein Herzschlag sich fast überschlägt. Mit dem Zeigefinger streichst du die Träger von meinen Armen und schmeißt den BH zur Seite.

Du atmest fast genüsslich aus und lehnst den Kopf zurück.

Ich. Bin. Atemlos.

Immer wenn du mich halbnackt betrachtest würde ich mich am liebsten winden, aber ich bleibe still, weil ich dir vertraue.

Meine Haare fallen über eine Schulter und du schiebst sie auf meinen Rücken. Deine flache Hand fährt von meinem Brustkorb zwischen meinen Brüsten hinab und über meinen Bauch, bis zum Saum meiner Jeans, wo du den Knopf öffnest.

Du schaust zu mir hoch und ein paar Sekunden versinken unsere Blicke ineinander. Dann beugst du dich wieder vor, um mich zu küssen. Ich komme dir entgegen und deine Lippen werden drängender, genau wie meine. Fest packe ich den Saum deines Pullovers. Ich brauche deine Haut unter meinen Fingern, ich brauche dich, ohne jegliche Barrieren. Noch ein Mal. Du ziehst kurz den Kopf zurück und stülpst dir den Stoff in einer schnellen Bewegung darüber, genau wie das Muskelshirt. Ich streiche fast erleichtert mit den Fingerspitzen über deine klar definierte Brust, worauf du schluckst und die Augen schließt. Du bist so schön. Der Feuerschein tanzt über deine Muskeln. Ich gleite weiter hinab über deinen Bauch und du hältst still, die Hände auf meinen Oberschenkeln. Dann beuge ich mich wieder vor und küsse dich, weil ich mehr von deinem Geschmack brauche. Du umfängst mich mit einem Arm und drehst uns, bis ich auf dem Rücken liege.

Keuchend lande ich auf den warmen Polstern. Eine Hand stützt du neben meinem Kopf ab, sodass dein Arm durchgestreckt ist, die andere gleitet über meinen Bauch und direkt in meine Hose. Ich stöhne und du küsst mich tiefer, während deine Finger in mein Höschen und über meine empfindliche Haut streichen. Du stockst kurz an meinen Lippen und küsst mich dann stürmischer, während die Lust immer höher steigt und mich immer weniger klar denken lässt.

Ich fahre über deinen Rücken, während deine Finger anfangen, sich auf mir zu bewegen, und ich ziehe die Augenbrauen zusammen, weil sich das so verdammt gut anfühlt. So perfekt, so richtig. Du schiebst deine Hand weiter in mein Höschen, weshalb die Jeans ein Stück nach unten rutscht, und zwei Finger in mich. Ich stöhne deinen Namen und du lässt deine Lippen über meinen Kiefer gleiten. Das Prickeln, das sie hinterlassen, ist alles verzehrend.

Mein Kopf fällt zurück. Ich bäume mich unbeherrscht auf, als die Lust mich flutet und du tastest dich vor, bis zu dem Punkt, über den du streichst, und der mich erzittern lässt, als du dich zurückziehst und noch einmal ruckartig dagegen drückst. Während deine Lippen über meinen Hals geistern, dränge ich mich dir entgegen und explodiere. Die heißen Wellen durchrauschen mich und du hältst deine Finger in mir ganz still, als ich komme und du dich zwischen meinen Brüsten bis über meinen Bauch entlangküsst. Mein Herz rast so schnell, dass es fast meine Brust sprengt, und mein ganzer Körper spannt sich an. Mit einer Hand halte ich mich an deinem Unterarm fest und du ziehst deine Finger aus mir zurück. Ich zucke ein wenig zusammen und sehe atemlos zu dir hoch, während du deine Hand aus meinem Höschen nimmst und mich dabei streifst. Dann packst du mit beiden Händen meine Jeans und meinen Slip und reißt sie mir von den Beinen. Jetzt liege ich nackt da und habe nicht mal das Bedürfnis, mich vor dir zu bedecken.

Deine Augen wandern über meinen Körper und mir wird sofort noch ein bisschen heißer. Obwohl ich weiß, dass ich nicht perfekt bin. Du siehst mich so an, als wäre ich es und das gibt mir so viel Mut und Selbstvertrauen. Du schiebst dich nach unten, ziehst meine Wade über die Rückenlehne der Couch, bevor du dich zwischen meine Beine sinken lässt und zu mir hochschaut. Das Feuer brennt in deinen Augen und für diesen Anblick würde ich töten. Ich fasse dir in dein dichtes Haar und streiche genüsslich hindurch. Deine Zungenspitze gleitet über meinen Lustpunkt und ich stöhne wieder leise, als ich sie spüre, so intensiv, so berauschend. Meine Finger krallen sich automatisch fest und mein Rücken beugt sich erneut durch, als ich mich der Leidenschaft ergebe. Du legst dir mein anderes Bein über die Schulter und wieder baut sich die Lust in mir auf. Deine

Zunge kreist etwas härter und du drückst wieder zwei Finger in mich.

Ich stöhne lauter und halte mich mit einer Hand an der Couchlehne über mir fest. Du bewegst deine Finger träge, aber deine Zunge schnell. Ich spüre, wie ich anfange, mich zusammenzuziehen, und die Lust hart und unnachgiebig durch meinen Körper pocht, weshalb ich mich fester in dein Haar kralle. Als du bemerkst, dass ich gleich komme, ziehst du dich zurück und ich keuche.

Du schiebst deine Boxershorts runter und beugst dich wieder über mich. Ich bin total berauscht, als du eine Hand unter meinen Hintern legst und fest in mich stößt. Zeitgleich komme ich und stöhne deinen Namen.

Deine Stirn sinkt an meine Schulter und du hältst still, während ich um dich herum zucke, und ich spüre, dass du dich anspannst. Mein Bein rutscht von der Lehne auf deine Hüfte und du stemmst dich hoch. Eine Hand an meinem Knie, die andere neben meinen Kopf gestützt. Die Wellen durchrauschen mich heftig und reißen jedes Bedenken und jeden Zweifel mit sich mit, bis sie wieder abebben. Ich streiche über deinen Arm und du siehst mir in die Augen, als du dich langsam anfängst, zu bewegen.

Der orangefarbene Schein der Flammen tanzt über dein Gesicht und deine makellose Haut. Deine Muskeln spielen und deine Lider schließen sich, als du deinen Kopf sinken lässt. Ich streiche über deinen Rücken und sauge deinen perfekten Anblick in mich auf. Und das Gefühl von dir so tief in mir. Ich weiß, so tief wie du wird niemals wieder irgendein Mensch in mich gelangen. Auf welche Art auch immer, Sergio.

Du hebst meinen Hintern noch etwas mehr und stößt tiefer, wobei du heiser stöhnst und deine Lippen sich einen Spalt öffnen.

Ich stöhne auch, als es erneut in meinem Bauch hochlodert.

Deine Stirn sinkt wieder an meine Schulter und deine Finger bohren sich in mein Knie, genau wie meine in deinen Rücken. Ich drücke meine Hacke in deinen Oberschenkel. Du ziehst dich aus mir zurück, ruckst dann aber wieder hart in mich, presst dich erneut an den Punkt, der mich völlig unverhofft noch einmal kommen lässt. Diesmal hältst du nicht still und bewegst dich weiter. Das fühlt sich so unglaublich gut an. Deine Lippen gleiten über meinen Hals und du atmest hektisch an meiner von Schweiß benetzten Haut. Mein Puls rast und du bewegst dich durch meinen Orgasmus hindurch, während ich mich mit einer Hand in dein Haar kralle.

Mich an dir festhalte und weiß, dass ich dich doch loslassen muss, wenn das hier vorbei ist.

Du küsst mich wieder, noch stürmischer. Deine Stöße werden schneller und härter. Ich komme dir mit meinem Kopf entgegen und küsse dich drängend zurück. Du hebst meinen Hintern noch etwas mehr und kniest dich zwischen meine Beine. Ich öffne meine halb geschlossenen Lider und du ziehst deine Lippen von meinen.

Oh mein Gott. Du bist so unglaublich.

Dein Kopf fällt nach hinten, als du uns mit einem gezielten Stoß noch einmal zusammen kommen lässt und ich völlig auseinanderfalle.

Und falle.

Und falle.

Und falle.

Ein letztes Mal.

Du sackst nach vorn und stöhnst noch einmal heiser an meinem Hals, bevor du dich komplett entspannst und ich mit dir.

Das Blut rauscht so laut durch meinen Körper, dass ich es hören kann. Meine Brust hebt und senkt sich schnell. Dein Herz hämmert im Gleichtakt mit meinem und ich bin völlig überwältigt. Deine Finger an meinem Bein entspannen sich etwas. Ich löse meine Fingernägel langsam aus deinem Rücken und du atmest mit einem Stoß aus. Mit geschlossenen Augen streiche ich deine Wirbelsäule hinab. Du versteifst deine Schultern ein wenig und ich spüre an meiner, dass du schluckst.

»Nicht«, murmle ich an deiner Schläfe, weil ich weiß, was du tust. Du verschließt dich vor mir. »Noch nicht«, ergänze ich, denn die Nacht ist noch nicht vorbei.

Du atmest erneut tief, dann entspannen sich deine Schultern ein wenig. Ich streiche mit meiner Nase durch dein Haar und rieche an dir. Du lässt deine Hand über meine Seite nach oben gleiten, schiebst den Unterarm unter meinen Rücken und presst mich fest an deinen Körper. Es ist, als könnte ich erst jetzt den ersten, richtigen Atemzug meines Lebens nehmen und gleichzeitig den letzten. Auch dein Atem geht ein wenig zittrig.

Du hebst deinen Kopf nicht und regst dich auch sonst kaum.

Ich streiche mit meiner Nase über deine Haut und mit einer Hand über deinen Rücken. Du verlagerst dein

Gewicht ein wenig zur Seite, sodass ich besser Luft kriege, aber ziehst dich immer noch nicht zurück.

Mein Atem beruhigt sich langsam und mein Herz schlägt nicht mehr so hart. Endloser Frieden durchflutet mich gleichzeitig mit Resignation.

Das soll also alles gewesen sein?

Du drehst den Kopf und küsst meinen Hals.

Ich ziehe die Augenbrauen etwas zusammen und eine Gänsehaut bedeckt meinen Körper. Wie soll ich das ertragen, dich nicht mehr so nah zu spüren?

Du atmest noch einmal tief ein, bevor du dich langsam aus mir zurückziehst und zwischen uns greifst, um deine Hose zu schließen. Dabei stützt du dein Gewicht auf deinen Unterarm neben meinem Kopf und hebst den Blick in meine Augen.

Der Atem stockt in meiner Kehle und du lehnst deine Stirn an meine und schließt die Augen, genau wie ich. Ich spüre deinen wieder regelmäßigen Atem auf meinen Wangen und rieche deinen Duft. Es ist so perfekt wie vernichtend.

Deine warme Brust presst sich immer noch an meine. Ich glaube, wir waren uns noch nie so nahe. Du beugst dich vor und küsst mich nochmal sanft. Ich lege meine Hand an deine überhitzte Wange, während sich meine Lippen ebenfalls langsam bewegen.

»Ich sollte das nicht mehr tun«, flüsterst du und klingst ganz heiser.

»Wenn es nach mir geht, schon«, antworte ich leise und räuspere mich, weil meine Stimme auch belegt ist.

Du ziehst den Kopf zurück und streichst mir eine

Strähne aus der Stirn. Du bist so weit geöffnet, dass ich alles in deinen Augen sehen kann, was du nicht sagst.

»Wir sollten jetzt reden«, meinst du etwas geschlagen und ich atme tief durch, weil ich genau weiß, was jetzt kommen wird.

Das ist es also.

Das Gespräch.

Der Abschluss.

Für den ersten Akt.

»Okay«, sage ich so gefasst, wie ich es gerade schaffe. Ich habe momentan auch sämtliche Barrieren fallen lassen, sodass ein falsches Wort mich zerschmettern würde, aber ich weiß, dass du mir nie mit Absicht wehtun würdest, Sergio.

Du stützt dich auf die Hände und ziehst dich zurück, bevor du mir deinen Pullover reichst. Ich streife ihn mir über und tauche in deinen Duft ein. Den Pullover werde ich behalten.

Du musterst mich kurz und ziehst meine Haare aus dem Kragen, bevor du deine Hüfte hebst und Zigaretten aus deiner Tasche angelst. Du sitzt neben mir, die Ellbogen auf die Knie gestützt und dein Zippo klackt, als du dir eine anmachst.

Ich lehne den Rücken an die Armlehne und ziehe die Beine in einen Schneidersitz. Der weiße Pullover fällt über meine Knie. Ich streiche die Haare über eine Schulter und über meinen verschwitzten Nacken. Du hältst mir dein Etui hin und ich nehme eine Zigarette heraus, bevor du mir Feuer gibst. Tief ziehe ich den beruhigenden Rauch ein und stoße ihn dann nach oben aus.

Du siehst nach vorn ins Feuer. Zwischen zwei Fingern qualmt deine Zigarette und mit deiner freien Hand drehst du den Siegelring abwesend an deinem Finger.

Ich warte. Du ziehst ebenfalls und stößt den Rauch zum Kamin, sodass er in den Flammen verpufft. Der orangefarbene Schein tanzt über deinen nackten Oberkörper, auf dem der Schweiß noch leicht schimmert.

Schließlich atmest du tief durch und streichst dir mit den Handballen über das Gesicht. Ich straffe mich innerlich ein bisschen und du siehst kurz über die Schulter zu mir und wieder ins Feuer, bevor du dich vorlehnst und in den Kristallaschenbecher abaschst.

»Ich bin noch nicht dort, wo mein Vater ist«, sagst du schließlich. »Und jeder Tag ist ein Kampf, bei dem ich versuche, den richtigen Weg zu finden.« Du ziehst wieder und drehst langsamer an dem Siegelring, bevor du auf ihn runtersiehst und über die zwei XX streichst. Ich hasse diese XX.

Aber ich lasse dich reden und warte.

Du schaust wieder nach vorn. »Dieses Leben da drüben ist ein anderes als hier. Die Ansprüche sind andere als hier und die Aufgaben andere als hier. Ich muss fokussiert sein.« Du ziehst und aschst wieder in den Aschenbecher. Ich glaube, ich kann mir nicht mal ansatzweise vorstellen, wie das sein muss. »Ich will mich nicht verlieren …« Du scheinst an etwas zu denken und atmest tief durch. »Aber ich kann so, wie ich jetzt bin, nicht tun, was ich tun muss. Ich kann diese zwei Welten nicht miteinander vereinbaren. Jeder Gedanke an dich, jeder Gedanke an diese Familie, jeder Gedanke an meine Gefühle, lenkt mich ab und macht mich wahnsinnig, sodass ich blockiert bin. Also …« Du siehst an die Decke. »Ich weiß genau, dass ich nicht stark genug sein werde. Ich habe zu viele Schwächen und ich habe die Selbstbeherrschung nicht dafür, mich von dir fernzuhalten. Ich weiß nicht, was jetzt auf mich zukommt und ob ich nicht irgendwas tun werde, was dich verletzt, um dich von mir zu stoßen, weil ich es anders nicht schaffe. Das will ich nicht. Ich will dir nicht wehtun.« Du siehst mich an. »Nicht noch mehr«, meinst du dann eindringlich und drehst wieder an dem Ring. »Ich hasse es, aber ich muss den Abstand zu dir wahren. Für dich. Für die anderen und für mich. Erstmal.« In mir verkrampft sich alles bei deinen Worten.

Du machst die Zigarette aus. Meine ist zwischen meinen Fingern verglüht, weil ich dir so gebannt gelauscht habe und dich so sehr verstehen will. Auch wenn mein Herz bricht.

Du nimmst sie mir ab und schmeißt sie auch in den Aschenbecher, bevor du dich mir ein wenig zu mir drehst. »Ich bin zu schwach, also musst du für mich stark sein und dich von mir abwenden. Dich von mir fernhalten und mich abweisen, egal, was ich tue.«

Eindringlich siehst du mir in die Augen. »Ich werde dich immer wieder brauchen, aber wenn ich versuche, mich dir auf diese Art zu nähern, solltest du mich dringend abblocken, weil das alles nur noch schlimmer machen würde. Ich vertraue mir selber nicht, ich kann mich zurzeit auch nicht einschätzen.«

Du atmest tief aus und deine Schultern sacken etwas nach unten.

Mein erster Impuls ist es, dir zu sagen, dass ich das niemals tun kann, niemals tun werde, weil du mein Leben bist und weil allein der Gedanke, mich von dir abzuwenden und dich abzublocken, mich zerreißt, aber ich verstehe dich. Ich verstehe, was du durchmachst. Und ich verstehe, wieso du das von mir brauchst. In mir zerbricht etwas, als ich den Entschluss fasse, dir zu geben, was du brauchst. Wieder mal.

»Ich hasse das«, sage ich leise. »Aber ich werde versuchen, mich von dir fernzuhalten.« Doch loslassen werde ich dich nie.

Du hebst mein Kinn und siehst mir tief in die Augen. »Irgendwann, Tesoro.«

Mir treten Tränen in die Augen und alles in mir zieht sich zusammen. Ich werde daran glauben. Das muss ich. »Irgendwann«, sage ich geschlagen und du beugst dich vor und küsst mich.

Ich lege meine Hand an deine Wange und die Tränen laufen über, weil ich weiß, dass das hier der letzte Kuss sein muss. Das letzte Mal, dass du mir so nahe bist. Das letzte Mal, dass wir so zusammen sind. Das letzte Mal, dass du mir gehörst und ich dir. Das letzte Mal, dass ich wirklich diese Gewissheit habe. Denn ab morgen wird sich alles ändern. Alles bis auf mein Herz, Sergio. Das wird immer dir gehören. Diese eine Sache wird sich nie ändern, egal, was auch immer passiert.

Mein Herz gehört dir.

Sempre, Sergio.

29. *Immer, Rosalie*

XX

Sergio

Ich ziehe heute aus.

Es ist Dienstag.

Ein grauer Septembertag.

Der Himmel ist dunkel, obwohl es morgens ist. Ich werde nicht in die Schule gehen. Mein Vater weiß Bescheid und hat mich entschuldigt.

In den letzten Wochen, wenn ich bei meinem Vater übernachtet habe und telefonieren musste, stand ich auf meinem Balkon und habe über den See gesehen. Ich habe immer geschaut, ob deine Lichter an oder aus sind. Nun frage ich mich, ob mein restliches Leben so verlaufen wird.

Nach unserer letzten Nacht, wegen der du heute auch zu Hause bist, fühle ich mich leer und wie ausgebrannt. Resigniert.

Mittlerweile bin ich wieder klarer, abgeschotteter, verschlossener. So muss ich sein, weil ich es anders nicht schaffe.

Ich streife gerade meinen Mantel über und stehe unten im Foyer, während Giovanni mein Gepäck in den SUV lädt. Da hat sich echt einiges angesammelt. So ein Leben lässt sich nicht nur in einen Koffer packen.

Selina wird am Sonntag bei meinem Vater einziehen und ich habe ihr vorher noch ein paar Takte zu sagen. Wegen ihr treffe ich mich morgen mit Sancho Esteban. Aber darüber denke ich jetzt nicht nach.

»Das wär's dann«, meint Giovanni, der gerade wieder reinkommt, und ich drehe mich zu ihm um.

»Du kannst schon vorfahren, ich komme dann nach.«

Er nickt und wendet sich ab, bevor er das Haus verlässt und die Tür hinter ihm zufällt.

Ich stehe nach wie vor im Foyer. Hier bin ich groß geworden. Durch diese Hallen bin ich gerannt, gehüpft, geschlendert, geschlichen, getorkelt, gefallen. Hier hat Mom diese Vase nach dem Carter-Dad geschmissen, die an der Wand neben der Haustür zerschmettert ist. Hier hat Zayden nach einer Party auf den Boden gekotzt, sobald wir die Haustür aufgeschlossen hatten. Hier hat Tante Alayna all die Preisschilder von ihren neuen Klamotten entsorgt, bevor sie Letztere gefaltet und in einem Wäschekorb nach oben getragen hat, damit Onkel Caden nicht bemerkt, dass sie shoppen war. Er hat es trotzdem gewusst. Er weiß alles.

Hier hast du mich das erste Mal angelächelt. Auf die andere Art und Weise, als man es in der Familie tut. Ich stand genau hier, kam gerade von meinem Vater zurück und war noch ein bisschen in Gedanken, weil er mir wieder so viel zu denken gegeben hat. Und du warst da oben am

Geländer wie ein Stalker, den Unterarm aufgestützt und das Kinn darauf und hast gelächelt. Einfach gelächelt, Rosalie, und meine Welt hat sich völlig umgedreht.

Ich stand da noch zehn Minuten, nachdem du weg warst, und habe an die Stelle gestarrt, an der du mich angelächelt hast.

Ich schiebe meine Hände in die Manteltaschen und gehe ein paar Schritte. Das Esszimmer ist leer, aber hier habe ich die besten Momente erlebt. Gelacht, gebrüllt und gestritten. Mit Essen geschmissen, mir eine Ohrfeige von Mom gefangen und dabei zugesehen, wie Carter-Dad den Tisch umgeschmissen hat, weil Onkel Caden ihn so gereizt hat.

Hier hast du diesen Saft auf mir verschüttet und ihn dann wieder abgetupft. Ich war wie erstarrt, weil du *überall* getupft hast. Damals war ich fünfzehn und du so unbekümmert. Du hattest keine Ahnung, was du gerade mit meinem Körper anstellst.

Ich schaue zur Treppe, wo ich mich mal mit Zayden geprügelt habe, und wo Mom einmal so gestolpert ist, dass sie sich das Genick gebrochen hätte, hätte Carter-Dad sie nicht aufgefangen. Zur Treppe, wo Zayden und ich, als wir noch klein waren, mit dem Bob runtergefahren sind. Du hast oben geklatscht und uns angefeuert. Hier hat Catalina ihre ersten Schritte gemacht und Sophia sich das erste Mal die Knie aufgeschürft. Hier hat Ilian den Boden präpariert, sodass Onkel Caden ausgerutscht ist. Wieder war es der Carter-Dad, der ihn aufgefangen hat. Lachend. Tränen lachend. Er hat sich gar nicht mehr eingekriegt, während llian unschuldig auf dem Boden saß, die Beine von sich gestreckt, und den Gatsby gelesen hat.

Ich gehe hoch und gleich noch eins weiter zu Onkel Cadens Büro, in dem er wahrscheinlich wieder sitzt.

Ich klopfe zweimal. »Japp?«

Leise öffne ich die Tür und trete ein, bevor ich sie hinter mir schließe und warte, weil er im Moment nicht so gut auf mich zu sprechen ist, nachdem ich mit Zayden einfach abgehauen bin und alles nur noch schlimmer gemacht habe. Er sieht von einer Mappe zu mir auf und lehnt sich dann zurück, wie mein Vater es immer tut. Er ist meinem Vater sogar ein bisschen ähnlich. Nur hat er sein Gewissen nicht verloren und sein Herz.

»Fährst du?«, fragt er. Er hat das mit dieser ausdruckslosen Miene ebenfalls perfektioniert. Je weniger man in seinen türkisen Augen ablesen kann, desto mehr fühlt er.

»Ja, ich fahre gleich«, sage ich und trete etwas näher.

Er nickt und ich bleibe neben seinem Schreibtisch stehen und stütze meine Hand darauf. Hier war ich als Kind ständig, habe über den Tisch gelugt und wollte wissen, was er da macht. Und er hat mir alles bis ins kleinste Detail erklärt. *Hier bestelle ich gerade die und die Waffe, das und das Kaliber, die Durchschlagskraft ist am besten, das ist totaler Mist.* Manchmal saß ich dabei auch auf seinem Schoß und habe mit seinem Siegelring gespielt, während er mir das alles erklärt hat. Und manchmal saßen wir auch bis tief in die Nacht hier und haben Schach gespielt. Immer, wenn Mom kam, haben wir es weggepackt und so getan, als würden wir arbeiten. Ich habe mich kaputtgelacht, weil sie es jedes Mal geglaubt hat. Scheinbar.

Dein Vater steht auf und ich blicke von dem Schreibtisch hoch in seine so vertrauten türkisen Augen. Dann atme ich tief durch. Das hier wird die Hölle, ich spüre es jetzt schon. Und ich denke an alles, was so passiert ist. An dich und an die Sache mit Zayden. An all das, was falsch gelaufen ist.

»Ich wollte dich nicht enttäuschen«, sage ich dann. »Ich …«

»Das hast du nicht«, unterbricht er mich. »Auch du darfst einfach mal unbekümmert sein.« Eigentlich nicht. Eigentlich darf ich genau das nicht.

Ich schiebe meine Hände in meine Manteltaschen. »Ich habe sie nie ausgenutzt, ich will nur, dass du das weißt. Ich bin nicht mein Vater.« Den letzten Teil sage ich eindringlich und sehe ihm dabei in die Augen. Ich will einfach nicht mit ihm verglichen werden. »Ich würde nie ihr Vertrauen ausnutzen. Und deshalb halte ich mich auch fern.«

»Oh, du hast ziemlich viel von deinem Vater, aber das ist nicht schlecht. Dein Vater wäre ein bewundernswerter Mann, wenn er sich nicht zu sehr verloren hätte. Aber ich weiß, du bist trotzdem nicht er und wirst es nie sein. Und … ich schätze es, dass du dich von ihr fernhältst. Manchmal muss man sich einfach fernhalten.«

Ich nicke langsam. »Ich weiß.«

Er seufzt tief. »Ich weiß, was dir bevorsteht. Und dass dieses Haus da drüben einen lockt und einen dazu bringt, seine Seele zu verlieren. Aber vergiss nicht, dass jedes Mal, wenn es dir da drüben zu dunkel wird, du auch hierherkommen kannst. Und dass du hier immer einen

Platz haben wirst, egal, was passiert«, wiederholt er fast das Gleiche, was Mom gesagt hat. Die beiden sind sich in vielerlei Hinsicht sehr ähnlich. Deshalb schaffen sie es auch immer, sich gegenseitig zu beruhigen, auch, wenn es kein anderer schafft.

Ich atme tief aus und versuche, den Krampf in meinem Magen zu unterdrücken. »Danke«, entgegne ich leise. Wenn er mir so was sagt, bedeutet es mir immer die Welt.

»Versuch einfach, nicht zu vergessen, wer du bist. Denn wie du gesagt hast, du bist nicht dein Vater.«

Ich nicke und er zieht mich einfach in seine Arme, die Hand an meinen Nacken. Sofort erwidere ich die Geste und entspanne mich. Ich entspanne mich immer, wenn Onkel Caden mich umarmt. Das ist wie ein Naturgesetz. Es ist seine Aura und das grenzenlose Vertrauen, was ich in ihn habe. Und ich genieße jede Sekunde, in der er mich festhält, wie ich es immer tue. Ich bin verwundert, dass er überhaupt zurzeit zu so was fähig ist, da er gerade mit so viel emotionalem Müll umgehen muss und hier alles drunter und drüber geht.

Dann lässt er mich los.

»Tu mir einen Gefallen. Verabschiede dich von ihr«, sagt er leise und ich runzle etwas verwundert die Stirn. Niemals würde ich gehen, ohne mich von dir zu verabschieden. Dabei weiß ich allerdings, dass es das wahrscheinlich für dich noch schwerer machen wird.

»Sicher?«, frage ich hohl.

»Sie würde daran zerbrechen, wenn du gehst, ohne Tschüss zu sagen. Auch wenn es keiner merken würde.«

Ich nicke. »Mache ich.«

»Okay, dann … sehen wir uns.«

Ich betrachte ihn mit schief gelegtem Kopf. »Beim nächsten Essen im Casa del Nero.« Rückwärts gehe ich zur Tür, während mein Herz ein bisschen bricht. Wenn es nach mir ginge, würde ich hier nie ausziehen.

»Richtig.« Sein Lächeln ist bitter und traurig in einem und ich reiße mich mit einem Ruck los und verlasse sein Büro. Wobei ich nicht nochmal zurücksehe. Das hier bedeutet mir mehr, als irgendwer weiß. Dein Vater bedeutet mir mehr, als irgendwer weiß. Für mich war er immer mehr als ›Onkel Caden‹.

Dann laufe ich runter und bin froh, dass der Carter-Dad heute da ist, denn ohne einen Abschied von ihm, hätte ich wirklich nicht gehen können.

Er ist in seinem Schlafzimmer, weil er noch mit seinen Verletzungen kämpft. Ich klopfe an seiner Tür, eine Hand in der Manteltasche, und warte, dass er reagiert. Dabei wappne ich mich, denn ich habe ihn noch nicht gesehen, seit mein Vater hier war. Und ich will jetzt nicht wieder wütend werden. Das wäre nicht gut.

Mom öffnet sie, sie hat sich schon fertig gemacht und geschminkt. Kurz überschaut sie mich, sieht über die Schulter und wieder zu mir, bevor sie einen Schritt zurücktritt, sodass ich reinkann. Dann zieht sie ihren Cardigan vorn fester zu und verlässt wortlos das Zimmer, sodass wir allein sind. Die Tür schließt sich leise hinter ihr und ich richte den Blick zu der Sofaecke, wo er auf dem Sessel sitzt. Carter-Dad trägt eine Trainingshose und einen schwarzen, leichten Pullover. Seine schwarzen Haare sind chaotisch. Er hat ziemlich üble Verfärbungen um die

Augen, an den Wangen und am Kiefer. Ich weiß, wie unverwüstlich er ist. Ich weiß, dass er Giovanni in den Boden geprügelt hätte. Aber mein Vater hat sicher verboten, dass er sich wehrt. Was für ein Kampf. Einer darf sich nicht wehren und der andere darf draufschlagen. *So* männlich. *So* überhaupt nicht feige. *So* ehrenhaft.

Okay, ich darf mich da jetzt nicht reinsteigern.

Aber wir wissen doch alle, dass wenn Carter-Dad einmal ausflippt, er jeden Mann da drüben mit einer Hand auseinanderreißen könnte. Und einem wie ihm die Möglichkeit zu nehmen, sich zu wehren, ist mehr als widerlich.

Er legt sein Handy auf den Couchtisch und verzieht etwas das Gesicht, als er sich vorbeugt. Ich mache die wenigen Schritte zu ihm.

»Hey«, sagt er locker und ich hebe eine Braue, weil er versucht, sich nicht anmerken zu lassen, was für Schmerzen er hat.

»Hey«, antworte ich.

»Setz dich.« Er kann nämlich nicht aufstehen, aber das würde er auch nie zugeben. Also setze ich mich auf die Couch neben ihm.

»Und?«, fragt er seufzend.

»Und wir hatten ein interessantes Gespräch und ich denke, wir haben unsere Standpunkte klargemacht«, fasse ich das zusammen, was gestern im Büro meines Vaters passiert ist.

»Ich liebe es, wenn du deinen Standpunkt klarmachst. Fast so sehr, wie wenn das deine Mutter tut.« Er grinst mich an und zuckt dann wieder etwas zusammen. Seine

Augen sind trüb. Sicher hat Mom ihn heimlich mit Medikamenten vollgestopft, weil er freiwillig keine nehmen würde.

»Habt ihr euch vertragen?«, frage ich.

»Ehrlich gesagt habe ich den Streit ein bisschen vergessen«, meint er und ich seufze tief. »Manchmal braucht man eben ein paar Schläge auf den Kopf, um sich daran zu erinnern, was wirklich zählt.«

»Also hat sie mit dir gesprochen?«, hake ich nach.

»Ja.« Das kommt sehr unzufrieden. »Das hat sie.«

»Ich habe das Gespräch zwischen ihr und meinem Vater mitgehört«, meine ich.

Er brummt genervt. »Und, was hast du gehört?«

Ich betrachte ihn aufmerksam und denke mir, dass ich jetzt einfach mal offen mit ihm sprechen sollte. Weil ich ihn kenne und er gern vor Schwierigkeiten wegrennt.

»Mom will ihn nicht. Sie will nicht dahin zurück. Sie will nicht mit ihm zusammen sein. Ich glaube nicht mal, dass sie ihn großartig liebt. Ich will nur nicht, dass du darauf reinfällst, was er gerade tut. Er spaltet alles, und wenn du jetzt darauf eingehst und mit Mom streitest, sie von dir stößt, nur weil mein Vater mein Vater ist, dann wirst du es bereuen«, sage ich sehr eindringlich. »Ich war dabei. Sie *will* ihn nicht.«

Er lehnt seine nicht verfärbte Schläfe auf seine Faust. »Ich glaube, ich könnte deine Mutter bis in die Antarktis stoßen und sie wäre am nächsten Tag trotzdem wieder da«, antwortet er etwas träge. »Mach dir keine Sorgen um uns. Wir sind keine zwanzig mehr.«

Ich atme tief durch. »Okay«, seufze ich dann. »Lass dich einfach nicht von ihm reizen.«

»Daran arbeite ich noch«, meint er. »Lass du dich nicht von ihm reizen. Oder, nein warte, *lass* dich von ihm reizen und gib ihm Kontra. Er braucht das.«

Ich nicke. Das werde ich tun, aber wohldosiert und nicht alles auf einmal.

»Also du weißt, dass du mindestens einmal die Woche hierher zum Essen kommen musst. Und mindestens jeden zweiten Tag entweder mit mir oder Caden telefonieren musst. Glaub nicht, dass du uns jetzt los bist.« Er mustert mich mit hochgezogenen Brauen.

»Glaubt *ihr* nicht, dass ihr mich jetzt los seid«, sage ich bedeutungsvoll.

»Das glauben wir nicht.«

»Ich liebe es, wenn du im *Wir* über euch sprichst«, meine ich belustigt und seufze dann, bevor ich mich langsam aufrichte. »Ich muss jetzt los.«

»Ich weiß.« Er beißt die Zähne zusammen und steht auf, bevor ich ihm sagen kann, dass er sitzen bleiben soll. Es tut mir weh, dass es ihm wehtut. Ich mache den einen Schritt zu ihm und er zieht mich in seine Arme, wobei ich sehr vorsichtig vorgehe und ihn kaum berühre, weil ich ihm nicht wehtun will.

Er schnaubt und drückt mich fest an sich und ich seufze. Sein vertrauter Duft steigt in meine Nase. Ich reiße mich zusammen. Carter-Dad ist so verdammt gut darin, Gefühle hervorzukitzeln. Da ist er wie sein Vater Mason Rush.

»Hier wird immer eine Portion Fleischklößchen mit Tomatensoße auf dich warten«, murmelt er mir zu und ich schlucke hart. Mein Magen zieht sich zusammen, genau wie meine Augenbrauen, und ich inhaliere nochmal seinen vertrauten Duft.

»Ich weiß«, wispere ich.

»Fucking gut.« Damit lässt er mich los und ich lächle ihn an, während ich rückwärts zur Tür schlendere.

»Ich bin stolz auf dich«, sagt er noch. Ich liebe es, diese Worte von ihm zu hören und atme tief. Obwohl ich nicht weiß, wieso er stolz ist, aber ich nehme es so hin. Ich brauche es. »Sieben Minuten.«

Ich lächle. »Sieben Minuten.«

»Und egal, was ist, ich komme.«

»Ich auch«, meine ich.

»Hoffentlich verfehlen wir uns nicht«, antwortet er. Ich bemerke jetzt nicht zum ersten Mal, dass er Schmerzmittel intus hat, und lache.

»Dich kann man ja gar nicht übersehen, du Prolo.«

»Nein, wirklich nicht«, meint er unbekümmert und setzt sich wieder. »Vergiss nicht, wer du bist und woher du kommst«, murmelt er mir noch zu.

»Erinnere mich einfach dran«, murmle ich zurück.

»Da kannst du Gift drauf nehmen«, droht er mir und ich lächle, bevor ich die Tür erreiche und mit zwei Fingern locker in seine Richtung salutiere.

»Ah, scheiße«, murmelt er. Ich schmunzle ein bisschen und verlasse sein Schlafzimmer. Es ist nicht für immer, sage ich mir.

Dann atme ich erstmal tief durch und setze mich langsam in Bewegung, vorbei an Zaydens Zimmer und zu deinem. Ich stocke und starre diese Tür an, durch die ich schon so oft gegangen bin. Ich kann das jetzt nicht weiter hinauszögern.

Also atme ich noch einmal durch und klopfe, bevor ich mich umentscheiden kann.

»Ja?«, fragst du leise.

Ich zögere fünf Sekunden, dann drücke ich die Klinke runter. Du liegst auf deiner Couch, die Knie angewinkelt, den Laptop auf den Beinen, und siehst auf, als ich reinkomme. Deine Finger über den Tasten stocken. Dein Haar ist feucht und du trägst einen weiten, dunkelblauen Pullover und Leggins. So ein selbstverständlicher Anblick, der sowas von weit entfernt sein wird.

Ich schließe leise die Tür und lehne mich dagegen, bis sie klackt. Deine türkisen Augen sehen mich so durchdringend an und du klappst langsam den Laptop zu, legst ihn zur Seite und richtest dich auf.

Wir starren uns an und ich weiß nicht, was ich sagen soll. Ich überschaue dein Gesicht, bevor meine Augen automatisch in deinen landen. Auch du siehst mich einfach nur an und überfliegst mein Gesicht. Wieder nehme ich einen tiefen Atemzug, dann zwinge ich mich, mich von der Tür abzustoßen. Dein Blick folgt jeder meiner Bewegungen. Ich umrunde die Couch und setze mich einfach vor dich auf den Tisch, die Ellbogen auf die Knie gestützt. Mein Mantel breitet sich um mich herum aus.

Ich reibe die Hände aneinander und du schaust auf meine Finger, dann wieder in meine Augen. Ich hebe den Blick ebenfalls und sehe dich direkt an.

Schmerz zuckt durch deine türkisen Tiefen und ich seufze schwer.

»Ich wollte nicht gehen, ohne mich zu verabschieden«, sage ich, meine Stimme ist rau.

»Danke«, antwortest du leise und ich falte meine Hände ineinander, wobei ich dich weiterhin direkt ansehe. Ich weiß nicht, wann ich das wieder so ohne Weiteres machen kann. Und ich halte meine Gefühle zurück, die drohen, dabei hochzukochen.

»Kannst du mir einmal sagen, was du denkst?«, fragst du hoffnungsvoll.

»Es würde dir sowieso nicht gefallen«, murmle ich mit einem kleinen Lächeln.

Du ziehst die Augenbrauen zusammen. »Okay«, brummst du etwas unzufrieden.

»Menschen, in denen man nicht lesen kann, sind viel interessanter.«

Du lächelst und ich lächle auch. »Soll ich dich dann Mr. Mysterium nennen?«, fragst du träge.

»Du kannst mich nennen, wie auch immer du willst.«

»Nein, kann ich nicht«, meinst du etwas gequält.

»Du darfst mich auch beleidigen, wenn du das willst«, biete ich einladend an und hebe eine Braue.

»Das ist sehr verführerisch.« Du lächelst breiter und ich hebe einen Mundwinkel. Dann sehe ich runter auf deine Hände. Dieses Lächeln macht mir alles nur noch schwerer. Es ist so offen. Zu offen. Und ich versuche doch gerade, mich zu verschließen.

»Egal, was ist, ich komme, wenn du mich brauchst«, sage ich und schaue wieder auf. »Du kannst mich immer anrufen. Du kannst immer rüberkommen. Oder mich hierherholen. Ich bin nur sieben Minuten entfernt.«

»Mach ich«, erwiderst du leise und traurig lächelnd. »Kannst du mir was versprechen?«

»Alles«, antworte ich, ohne zu zögern.

»Vergiss mich nicht.«

Meine Augenbraue gleitet ungläubig nach oben. »Das ginge nicht mal, wenn ich es drauf anlegen würde.« Ich kann nicht fassen, dass du das immer noch nicht verstehst.

Du schluckst hart. Ich strecke die Hand aus und streiche mit dem Daumen über dein Kinn, wie so oft. Tränen steigen beinahe augenblicklich in deine Augen und ich verziehe das Gesicht etwas. Ich hasse es, wenn du weinst. Das tust du nicht oft, aber wenn doch, hat es was zu bedeuten und zerreißt mich.

»Tut mir leid, ich wollte nicht heulen.« Du schniefst.

Ich ziehe die Brauen zusammen. »Ich verstehe nicht, worum du weinst, aber bei mir kannst du tun, was auch immer du tun willst. Ohne Entschuldigung.« Ich nehme meine Hand von deinem Kinn und ich fange eine Träne auf. Du solltest wirklich nicht um mich weinen. Das ist es nicht wert.

»Ich weine um meinen besten Freund. Um meinen engsten Vertrauten und den Mann, den ich liebe«, antwortest du sehr leise und wischst dir unter den Augen entlang.

Ich erstarre innerlich, als du das sagst. Es auf einem Kärtchen zu lesen oder zu hören, sind zwei verschiedene Dinge. Ausgerechnet jetzt solltest du dir das eigentlich nicht eingestehen. Und ich sollte nicht all das empfinden, was ich gerade empfinde.

Tief atme ich und stehe vom Tisch auf, bevor ich mich nach vorn lehne und meine Hände links und rechts neben deinem Kopf an die Rückenlehne stütze. Ich lege meine Stirn an deine und atme tief ein, genau wie du. Dein vertrauter Duft steigt in meine Nase.

»Ein Anruf. Sieben Minuten«, flüstere ich und spüre dein Nicken.

»Bitte pass auf dich auf.«

Meine Lippen streifen kurz deine Stirn, bevor ich den Kopf zurückziehe und mich aufrichte, weil ich mich sonst nie wieder aufrichte.

»Immer.«

Du lächelst zittrig, während mehr Tränen aus deinen Augen laufen und ich die Zähne zusammenbeiße. »Komm zurück zu mir.«

Ich lege den Kopf schief. »Immer«, wiederhole ich und lächle auch ein bisschen, bevor ich die Spitzen meines Zeige- und Mittelfingers küsse und sie sanft an deine Lippen presse. »Immer«, wiederhole ich erneut, dann gehe ich rückwärts durch das Zimmer zur Tür, wo ich nochmal kurz verharre, ohne dich aus den Augen zu lassen.

»Pass auch auf dich auf. Lass dich nicht verarschen«, sage ich noch. Du schüttelst den Kopf und kämpfst sichtbar mit dir, weshalb ich hier schnell rausmuss. Denn ich ringe selbst mit mir. »Gut.«

Tief atme ich ein, dann reiße ich die Tür auf und schiebe mich so schnell wie möglich raus. Raus, raus, raus.

»Fuck«, flüstere ich atemlos und stütze eine Hand an die Wand. Ich schließe die Augen. Ich atme. Ich atme nochmal. Und noch einmal. Erst dann fühle ich mich wieder ruhig genug, nicht völlig Amok zu laufen, obwohl mein Herz immer noch droht, einfach auseinanderzufallen.

Aber ich darf jetzt nicht einknicken, Rosalie. Ich darf jetzt nicht zurück in dein Zimmer. Ich muss jetzt gehen.

Ich muss jetzt einfach dieses Haus verlassen und gehen. Für, wie es aussieht, immer.

Zayden, Catalina und Sophia sind in der Schule und das ist gut. Denn meine Selbstbeherrschung hängt gerade an einem seidenen Faden.

Ich schaffe es nicht, mich abzustoßen, und verharre noch ein paar Sekunden so, bis ich die Hand meiner Mutter an meinem Rücken spüre und aufschaue.

Der Blick aus ihren grünen Augen ist so gequält, wie ich mich fühle. Sie schluckt und nimmt einfach meine Hand. »Es ist nicht für immer«, erinnert sie mich. »Komm, wir machen das jetzt zusammen.«

Ich nicke träge und ausgelaugt, dann lasse ich es zu, dass sie mich hinter sich herzieht. Wie sie es so oft gemacht hat, wenn ich nicht allein weiterkonnte.

Sie bringt mich nach unten. Bis zur Tür. Dann nimmt sie mich noch einmal in den Arm. Lange genug, dass der Faden zu reißen droht. Ich genehmige mir ein paar Sekunden, in denen ich sie an mich drücke und mich an ihr festhalte, obwohl sie so klein ist.

Und als ich sie loslasse, fühlt es sich an, als würde ich alles loslassen. Ich setze einen Fuß über die Schwelle nach draußen und der Sturz in das bodenlose Loch beginnt. Nicht mal Mom, die mit mir hinaustritt, kann ihn aufhalten.

30. Geister der Vergangenheit, Rosalie

XX

Sergio

Ich fahre zusammen mit meiner Mutter, die später sicher abgeholt wird, sonst bringe ich sie nach Hause. Sie sitzt neben mir und Giovanni folgt uns in seinem SUV über die Brücke. Die Sonne scheint auf den See und das Laub vermehrt sich immer weiter. Die Tage werden immer kühler und bald bricht der Winter an. Wie passend.

»Ich muss Carter anrufen«, murmelt Mom, die wohl spontan entschieden hat, mit mir mitzukommen.

Ich sehe im Augenwinkel, wie sie ihr Handy hervorkramt und es sich kurze Zeit später ans Ohr hält. »Was?«, höre ich Carter-Dad gedämpft blaffen.

»Ich bin's.«

»Äh ja?«, meint er nun etwas irritiert und ich muss schmunzeln. »Willst du wieder Telefonsex mit mir, obwohl du ein Stockwerk unter mir bist?« Moms Gesicht wird ausdruckslos, genau wie meines. Ehrlich jetzt, Rosalie?

»Nein, ich wollte dir nur sagen, dass ich mit Sergio rüberfahre. Caden muss mich dann abholen.« Sie spricht vorsichtig und sieht hinaus auf den See.

Kurz ist es still, bis auf das Geräusch meiner Reifen, die über den Boden rollen. »Wieso bist du denn mit Sergio rübergefahren?«, fragt er nun. Ich verstehe immer noch jedes Wort.

»Ich ... es ging ihm nicht so gut. Ich konnte ihn jetzt nicht einfach alleine gehen lassen«, sagt sie sanft und ich höre ihn seufzen. »Ich will nur ein paar Dinge klarstellen, dann lasse ich mich von Caden holen, okay? Aber ich kann das nicht so stehen lassen, ohne vorher nochmal mit ihm zu reden.« Mit Dad meint sie wohl.

Es ist kurz still. »Okay.« Das klingt alles andere als zufrieden, aber er gibt nach.

»Okay.« Mom grinst.

»Ich hab ein Zielfernrohr im Keller. Ich komme damit locker über den See!«, droht er. »Und ich erschieße ihn, wenn er irgendwas tut, was mir nicht gefällt.«

»Okay, ich sage ihm, er soll winken.« Mom verdreht die Augen.

»Sag ihm einfach, er soll seine schmierigen Itakafinger bei sich behalten.«

»Du bist echt rassistisch!«, ruft sie aus.

»Ja, und?«, will er locker wissen.

»Ach, vergiss es.« Mom schnaubt. »Bis später!«

»Ja, bis dann!«, ruft er angepisst. »Und du wirst es wiedergutmachen.« Er legt auf und Mom verdreht nochmal die Augen, bevor sie ihr Handy verstaut.

»Du hättest das nicht tun müssen«, sage ich leise. »Wenn es Ärger bedeutet.« Ich halte vor dem Tor und Giovanni hinter uns.

»Ich tue das hier ja nicht mit hinterhältigen Absichten. Es ist schon okay.« Sie winkt ab und sieht wieder nach vorn, als wir das Tor passieren. Ich entspanne mich noch etwas mehr. Mittlerweile bin ich mir wirklich sicher, dass, egal, was mein Vater tut, er niemals einen Keil zwischen die beiden treiben kann.

Schließlich halte ich auf meinem gewohnten Parkplatz und stelle den Motor ab. Wir bleiben noch ein paar Sekunden sitzen, in denen ich die Hände auf dem Lenkrad halte und nach vorn schaue. Wenn ich jetzt aussteige, fängt ein neues Leben für mich an. Und ich frage mich immer wieder, wie es so schnell dazu kam.

»Du schaffst das«, sagt Mom sanft. »Und wenn du nicht mehr weiterweißt, sind es tatsächlich nur sieben Minuten. Okay?«

Ich lasse den Kopf in ihre Richtung gleiten und begegne ihrem zuversichtlichen Blick. »Okay.«

»Okay, also steigen wir jetzt einfach aus und gehen da rein.« Sie deutet auf das Haus. »Und wenn er irgendwas tut, was uns nicht gefällt, erschießen wir ihn einfach. So sagt es Carter immer.« Sie hebt einladend die Augenbrauen und ich muss lachen. Ihr Mundwinkel zuckt auch. »Also, *avanti*!«

Ich seufze tief, dann schnallen wir uns beide ab und steigen zeitgleich aus. Die Sonne scheint auf den Brunnen, aber nicht auf das dunkle Haus. Mom wartet, bis ich den Wagen umrundet habe. Anschließend schiebt sie sich an meine Seite, während Giovanni die Koffer auslädt und sie seinem Sohn Savio reicht, der sie hineinbringt.

Moms Absätze knirschen auf dem Kies und ich schiebe meine Hände in die Manteltaschen, ehe sie sich bei mir unterhakt und ihr vertrauter Duft in meine Nase steigt. Sie betrachtet stirnrunzelnd die Engel auf dem Brunnen und ich frage mich, wie sie für sie aussehen.

Wir steigen die Treppe hinauf und ich bleibe vor der Tür stehen, weshalb sie auch stockt und mir die Zeit gibt, die ich brauche. Die Tür wird uns aufgehalten und ich sehe hinein in das dunkle Foyer, genau wie sie.

»Man kann aus allem neue Erinnerungen bauen«, meint sie dann nachdenklich. »Auch aus dem hier.«

Ich atme tief durch. Neue Erinnerungen, Rosalie. Ohne dich. Bringt mir nichts.

Dann schreite ich weiter und sie setzt sich auch in Bewegung und hinein ins Foyer. So falsch, so falsch, so falsch. Ich lasse den Nacken knacken und sie sieht zu mir hoch.

»Schau, in dem Keller wurde Zayden gezeugt!«, lenkt sie mich ab und nickt zum besagten Keller. Sie schafft es wirklich, dass ich kurz alles andere vergesse und sie angewidert ansehe, weshalb sie lacht und ihre Schulter gegen meinen Oberarm stößt. Dorian de Lucas Augen verfolgen uns wie immer höhnisch vom Porträt aus.

»Auf dieser Treppe saß ich mit Alayna, als wir auf Caden gewartet haben, weil er betrunken in einem Streit mit ihr davongefahren ist.« Ich folge ihrem Blick zur besagten Treppe und muss ein wenig lächeln.

»Und hier hat Zayden seine ersten Schritte gemacht.« Sie zeigt in eine Richtung im Foyer. »Das war, weil Caden reinkam und er unbedingt zu ihm wollte.« Ich kann es fast vor mir sehen und mein Herz erwärmt sich.

»Und du hast immer versucht, diese Tür zu öffnen, wenn er nicht da war.« Sie deutet zum Büro meines Vaters. »Ich glaube, Zayden hat dich dazu angestiftet.«

»Das passt zu ihm«, murmle ich und wir bleiben vor der Tür stehen. Mom klopft dreimal, weil ich keine Anstalten mache, meine Hände aus den Taschen zu nehmen.

»Ja?«, ertönt Dads genervte Stimme und ich höre sofort, dass ihn irgendwas angepisst hat, genau wie Mom. Wir treten aber trotzdem wagemutig ein und sie schließt die Tür hinter uns.

Er sieht von seinem Monitor auf. Neben ihm steht eine Flasche Cognac und ein halb leeres Glas, obwohl es erst zehn am Morgen ist.

Dann runzelt er die Stirn, genau wie ich und Mom.

Wir sehen uns kurz alle drei an und sind eindeutig verwirrt. Mom zieht ihren Arm aus meiner Armbeuge und ich gehe langsam zum Tisch und setze mich. Genau wie sie. Sie folgt mir etwas misstrauisch und lässt sich neben mir nieder.

Dads Blick folgt ihr und Moms Braue hebt sich.

»Was ist los?«, fragt sie sofort, während ich mich zurücklehne.

Immer noch stirnrunzelnd lehnt er sich ebenfalls zurück, nimmt sein Glas und trinkt einen Schluck. »Bist du hierhergekommen, um mich zu fragen, was los ist?« Oh, er ist in *dieser* Stimmung. Interessant.

»Nein, ich bin hierhergekommen, um ein paar Worte mit dir zu wechseln. Aber wenn ich schon mal da bin und du so fertig aussiehst, kannst du es mir ja auch einfach sagen.« Mom nickt zur Flasche.

»Alles ist bestens, Isabelle«, entgegnet er monoton und lässt die Flüssigkeit im Glas schwenken.

»Donovan, weißt du«, setzt sie genervt an. »Statt mich anzulügen, kannst du mir auch einfach sagen, dass du nicht darüber sprechen willst. Du lügender Lügner.«

»Ich will nicht darüber sprechen«, wiederholt er emotionslos.

»Gut.« Mom lehnt sich auch zurück und überschlägt die Beine. Dann scheint sie angestrengt zu überlegen und zu kalkulieren. »Weißt du was? Vielleicht sollte ich die Tage nochmal wiederkommen.« Sie bemerkt wohl, dass sie heute nicht weit bei ihm kommen wird. Er lässt den Cognac weiter in seinem Glas schwenken.

»Das solltest du auf jeden Fall, aber du kannst mir trotzdem jetzt verraten, was du von mir willst.«

Mom seufzt und sieht kurz zu mir. Ich lehne meine Schläfe auf die Faust und mustere meinen Vater, der meine Mutter betrachtet.

»Sergio«, sagt sie schließlich.

»Wird jetzt hier einziehen und sein Erbe antreten. Und du bist hier, weil du mir dazu ein paar Worte sagen willst.

Nicht wahr, Isabelle?« Wie ein Musterschüler blickt er sie an.

Mom beugt sich über den Schreibtisch, die Unterarme darauf abgestützt, und sieht ihm eindringlich und tief in die Augen. »Ich will nur, dass du begreifst, dass er nicht ein normaler fast Achtzehnjähriger ist. Er ist verletzt und sucht gerade seinen Platz, und wenn du ihm jetzt den falschen Weg weist, verläuft er sich für immer. Und ich kann nichts tun, außer zuzusehen.« Sie spricht langsam und klar. »Ich vertraue ihn dir nicht an, damit du ihn hier koksen und Nutten vögeln lässt.« Ich schaue kurz etwas pikiert zu Mom, weil ich das nicht vorhatte. »Ich vertraue ihn dir nicht an, damit du ihn verkorkst und ihm beibringst, sich selbst kaputt zu machen.«

Dad lehnt sich auch vor und faltet die Hände auf dem Tisch. »Nein. Er ist kein normaler Achtzehnjähriger. Da hast du recht. Er ist mein Sohn. Er lebt auch nicht in einer normalen Welt. Sein Weg ist vorherbestimmt. Also kann er sich schlecht verlaufen. Des Weiteren habe ich auch nicht vor, ihn sich seinen Verstand durch derartige Dinge benebeln zu lassen, und vertraue ihm, dass er intelligent genug ist, seine Grenzen zu kennen.«

»Wir wissen alle, zu was Verzweiflung einen treiben kann, und wir wissen alle, nach wem er kommt. Also.«

»Vögelt sie mit seinem Bruder?«, fragt mein Vater locker und ich bin total verwirrt.

»Nein«, entgegnet Mom hart und wird ein bisschen rot vor Wut. A ja, hier geht es wohl um diese ganze Dorian-Donovan-Sache, die er mir erzählt hat. »Unter seiner Oberfläche ist er sensibel und weich. Er ist eigentlich ein

Herzmensch und kein Kopfmensch und *ich weiß* ...« Sie hebt eine Hand, als er zum Sprechen ansetzt, und er zieht eine Braue hoch. »Dass er hier mit dem Kopf funktionieren muss, aber ich will nicht, dass er sich deshalb selber verliert. Er kann das hier. Er kann das hier auch mit seinem Herzen. Ich vertraue ihm. Donovan, wenn er sich jetzt verliert, verliert er sich für immer«, sagt sie und ich habe keine Ahnung, ob ihr noch klar ist, dass ich neben ihr sitze. An Dad scheint das vorbeizugehen. Er hat mich nicht einmal angesehen, sondern ist nur auf sie fixiert. »Du kannst ihn leiten und ihm den richtigen Weg weisen, und das wissen wir beide, weil er auf dich hört. Und auf alles, was du ihm sagst.«

»Isabelle, kein Mann besteht hier mit seinem Herzen«, meint er eindringlich.

»Dann bring ihm bei, mit beidem zu funktionieren. Du bist sein Vater, benimm dich endlich wie einer.« *Ouuu, Mom.*

»Er muss das selber herausfinden. Ich werde auf ihn aufpassen, dass es nicht zu gefährlich für ihn wird. Soweit ich das kann. Aber mehr kann ich nicht tun.«

»Du kannst und das wissen wir beide.« Mom flippt gleich aus. Ich schiebe mit zwei Fingern den Locher auf dem Tisch außerhalb ihrer Reichweite, weil sie gern mit Gegenständen wirft, wenn sie wütend wird.

»Ich werde ihm beibringen, ein Mittelmaß zu finden. Aber nicht, ausschließlich ein Herzmensch zu sein.« Das müsste er mir nicht einmal beibringen. Ich weiß, wie man mit dem Herzen funktioniert. Das könnte *ich ihm* beibringen. Mom sieht aus, als würde sie das Gleiche denken.

Eine Weile betrachtet sie ihn, dann resigniert sie und lehnt sich zurück. »Okay. Aber wenn er sich auch nur ansatzweise verliert, ziehe ich dich dafür zur Rechenschaft, und nur dich.«

Er atmet aus. »Botschaft angekommen«, sagt er, lehnt sich ebenfalls zurück und trinkt sein Glas leer. »Willst du auch einen Cognac?«

»Nein. *Was ist los mit dir?*« Mom ist echt am Rande ihrer Selbstbeherrschung angelangt. Ich verstehe schon, wie schwierig das hier für sie ist.

Dad öffnet den Bumbler und schenkt sich nach. Dann zieht er sich das Glas heran. »Nur ein paar Geister der Vergangenheit, Isabelle.«

Mom zieht eine Braue hoch und sieht ihn fragend an, während ich ihm jetzt auch den Blick zuwende. Immer noch die Schläfe auf die Faust gestützt. Ich weiß nicht, was er meint.

»So fordernd«, sagt er, als er ihre erhobene Braue bemerkt, und trinkt.

Er nimmt gleich noch einen Schluck und streicht mit dem Zeigefinger über das Glas, während er nachdenklich hineinsieht. »Ich hab hier eine Videoaufnahme, die jemanden zeigt, der aussieht wie mein Bruder.«

Oh.

Kurz ist es still und ich runzle meine Stirn, während Mom fast die Augen aus dem Kopf fallen. Ich sehe förmlich, wie sie versucht, das zu begreifen. Okay, sein Bruder ist tot, das ist unmöglich.

»Dein Bruder?«, fragt Mom heiser und räuspert sich.

»Mein. Bruder. Dorian de Luca. Du erinnerst dich? Groß, breit gebaut, immer miese Laune?« Meine Mutter wird etwas blass. Ich beobachte das Ganze und versuche, mir einen Reim darauf zu machen.

»Wo?«, fragt sie nun.

»Baton Rouge«, antwortet er. Blitzschnell gehe ich meine Kenntnisse über Baton Rouge durch. Dort lebt die Familie de Luzio. Ihr Oberhaupt ist eine Frau, Maria de Luzio. Sie hat zwei Kinder. Einen Sohn, eine Tochter.

»Hast du dir die Aufnahme angesehen?«, will Mom jetzt wissen.

»Natürlich.«

»Und? Sieht er wirklich so aus?« Jetzt klingt sie etwas panisch.

Dad schaut aus dem Fenster, wie so oft. »Die Aufnahme ist verpixelt und es kann nicht sein.« Seine Stimme wird etwas rauer, bevor er sich räuspert. Oh, sind das etwa Gefühle, die da mitschwingen? »Dorian ist tot.«

Mom blinzelt. »Wir haben ihn beerdigt, er kann das nicht sein«, bestätigt sie steif.

»Er ist es auch nicht«, meint er nachdrücklich, als würde er sich selbst davon überzeugen und jegliche Hoffnung im Keim ersticken wollen, bevor er sein Glas leert.

»Na ja, einige Mafiosi haben sich bisher tot gestellt«, murmle ich nachdenklich. »Das ist doch fast schon ein Trend.«

Mein Vater wirft mir einen kleinen angepissten Blick zu und ich hebe abwehrend eine Hand. Okay, dann eben nicht tot gestellt. Sorry, wollte keine Hoffnungen schüren. Trotzdem wäre er nicht der Erste.

Mom legt den Kopf schief. »Und wenn er es doch wäre, was würde das für dich ändern?«, fragt sie nun.

»Alles.« Ja, das glaube ich ihm. Für mich würde es auch alles ändern. Wenn Dorian Kinder hat, müsste ich das hier nicht übernehmen, zum Beispiel.

»Hast du dich eigentlich jemals von ihm verabschiedet?« Mom runzelt ihre glatte Stirn. »Wirklich verabschiedet?«

»Nein.«

»Dann solltest du das tun und ihn gehen lassen. Vielleicht in deiner kleinen Kapelle da draußen.« Sie sieht aus dem Fenster, aber nicht zur Kapelle, sondern zum Steg. Mein Vater hat mir erzählt, dass sein Bruder dort erschossen wurde, und ich frage mich unweigerlich, ob Mom dabei war. Sie sieht auf jeden Fall so aus. Sie ist ganz blass.

»Ich werde meinen kleinen Bruder nie gehen lassen«, sagt Dad und ich verstehe ihn. Das würde ich bei Zayden auch nicht tun können. Der bloße Gedanke lässt mein Herz zusammenziehen. »Es ist nicht so meine Stärke, Menschen gehen zu lassen.«

»Dann solltest du es allmählich lernen«, erwidert Mom seufzend und greift nach ihrer Handtasche.

»Vielleicht sollte ich das«, meint er nachdenklich. »Aber nicht jetzt.«

»Wann auch immer du bereit dazu bist. Pass auf meinen Sohn auf.« Sie erhebt sich und ich sehe an ihr hoch, während sie mir nochmal durch das Haar streicht.

»Das habe ich vor, aber erst will ich noch kurz was alleine mit dir besprechen.« Auffordernd sieht mein Vater zu mir und ich sehe fragend zu meiner Mutter.

Diese zieht ihre Finger aus meinem Haar und nickt mir zu. Erst dann erhebe ich mich und schiebe mich an ihr vorbei.

»Ruf mich an«, sagt sie sanft. Ich küsse sie auf die Schläfe und nicke, dann gehe ich zur Tür und verlasse das Büro, bevor ich sie leise hinter mir schließe.

Natürlich werde ich die beiden jetzt nicht allein lassen. Nicht wirklich. Ich vertraue meinem Vater nicht, wenn es um meine Mutter geht.

Deshalb gehe ich vorn aus dem Haus raus und auf die Veranda, wo ich mir eine Zigarette anmache und mich seitlich an das Geländer lehne, sodass ich durch das gekippte Bürofenster alles hören und sehen kann.

» ... und deshalb muss ich jetzt wirklich los«, meint Mom, die ihre Tasche schultert.

»Aber du machst doch gar nichts, Isabelle.« Mein Vater sitzt immer noch auf seinem Stuhl und ich ziehe an meiner Zigarette,

»Nein, ich mache auch nichts.«

»Wie schade!« Er seufzt und lehnt sich zurück.

»Ich geh jetzt. Trink nicht so viel.« Mom wendet sich ab und geht zur Tür, während ich sehe, was sie nicht sieht, nämlich, dass mein Vater sich erhebt und ihr folgt. Sie bleibt stehen und schaut über die Schulter.

»Hast du über mein Angebot nachgedacht?«, fragt er und kommt näher. Mom dreht sich ganz um und sieht zu ihm hoch. Der Blick aus ihren grünen Augen ist eine einzige Warnung.

»Ich hab dir doch gesagt: nein«, antwortet sie. Dad stützt sich über ihrer Schulter an der Tür ab und streicht ihr zu allem Überfluss auch noch die Haare zurück. Sie zieht ihren Kopf zurück und ich mahle mit den Zähnen.

»Und. Wann. Bekomme. Ich. Eine. Ehrliche. Antwort. Isabelle?«, raunt er sehr betont und nahe an ihrem Gesicht. Ich überlege, zurück ins Büro zu stürmen.

Sie drückt ihren Zeigefinger gegen seine Brust. »Ich. Mache. Es. Nicht. Donovan.« Damit versucht sie, ihn wegzuschieben. Er lässt es nicht geschehen und bleibt, wo er ist. Dann beugt er sich an ihr Ohr und sie sieht genervt und ungeduldig zur Zimmerdecke.

»Wirklich? Willst du nicht noch eine letzte Nacht?«, fragt er rau.

Mom hebt ihre Hand und tätschelt sanft seine Wange. »Nein. Jetzt geh weg von meinem Körper, bitte.«

Er atmet seufzend durch, was er an ihrem Ohr tut, dann stößt er sich ab und tritt einen Schritt zurück.

Sie sieht ihn mit hochgezogenen Brauen an. »Du solltest wirklich damit aufhören.«

»No«, antwortet er unbekümmert und Mom schüttelt ihren Kopf.

»Pass auf ihn auf«, sagt sie noch.

»Si.«

Sie seufzt und verlässt sein Büro dann. Ich beobachte noch, wie er seine Stirn gegen die Tür fallen lässt. »Ciao, Tesoro«, murmelt er, eine Hand auf das Holz gestützt, und kurz schafft er es tatsächlich, dass ich ihn bemitleide.

Mom kommt im selben Moment raus, das Handy am Ohr. »... und beeil dich, okay?«, sagt sie gerade und stellt sich auf die Zehenspitzen, um mich auf die Wange zu küssen. Ich küsse sie auch. »Okay, ich komme dir entgegen.« Sie geht schon die Stufen runter. »Japp. Bestell mir auch was. Ja, du weißt ja, was ich mag!« Sie lacht, während sie Richtung Tor verschwindet.

Ich sehe ihr nach und bin glücklich darüber, dass sie auf der anderen Seite des Sees leben kann. Sie gehört nicht zu den Teufeln, hat sie nie getan.

Sie gehört da drüben ins Paradies, genau wie du, Rosalie. Genau wie jeder einzelne, den ich liebe.

31. Bilder im Kopf, Selina

Zayden

Ich habe heute Catalina und Sophia mitgenommen. Die anderen sind zu Hause geblieben. Mein Bruder zieht heute aus und ich habe ihn nicht gesehen, als ich das Haus verlassen habe. Das ist auch gut so. Ich kann das nicht besonders gut mit dem Verabschieden. Auch, wenn er nur auf der anderen Seite des Sees lebt.

Heute scheint die Sonne. Wie meine Mutter immer sagt, kommt nach Regen die Sonne. Das halte ich für eine fucking Lüge, aber gut.

Ich sitze im Unterricht in der hintersten Reihe, wie immer, und lasse meinen Bleistift gegen mein Pult trommeln, während die Uhr tickt und tickt und tickt. Wir haben Geschichte, aber ich höre nicht zu. Ich brauche das nicht. Mein Onkel hat mir all das schon vor drei Jahren beigebracht. Wenn ich mich nur ein bisschen anstrengen würde, wäre ich ein Einserschüler. Aber das tue ich nicht. Dazu habe ich keine Lust. So, wie auf gar nichts.

Die Sonne scheint durch die hohen Fenster auf die Tische der anderen Schüler. Ich bin weit in meinem Stuhl nach unten gerutscht und immer noch ziemlich angespannt, weil ich an gestern denken muss und daran, was dieser Pisser von Donovan meinem Vater angetan hat. Was er meinem Bruder antut. Ich komme einfach nicht darüber hinweg und jeden Tag wird mein Groll gegen ihn etwas größer.

Du sitzt eine Reihe vor mir, Selina, und dein Fuß wippt nervös. Du hast die Beine überschlagen. Dein schwarzes, im Nacken zusammengerafftes Haar schimmert rötlich im Sonnenlicht. Am Freitag in der Schule habe ich dich zuletzt gesehen und dich nach dem Telefonat mit dir bei den Terekovs nicht nochmal angerufen. Ich finde es nicht fair, was du machst. Und auch, wenn es mir alles abverlangt, versuche ich, nicht auf dich zuzugehen. Das ist nicht sehr leicht, weil dein Duft in meine Nase strömt, immer, wenn du dich bewegst, aber ich halte mich zurück.

Sergios Platz ist leer. Genau wie Rosalies. Ansonsten sind alle Schüler da. Das hier fühlt sich nicht richtig an ohne meinen Bruder und meine Cousine.

Mein Blick schweift zu Irina in der ersten Reihe. Sie trägt ihre Uniform so ganz anders als du. Während bei dir die Knöpfe oben offen stehen, sind sie bei ihr geschlossen. Während du deinen Rock hast kürzen lassen, sitzt ihrer bis über die Knie und straff um ihre schmale Taille. Während du Kniestrümpfe anhast, trägt sie eine schwarze Strumpfhose und Stiefeletten, im Gegensatz zu dir mit den Stiefeln. Während du fast einschläfst, sitzt sie gerade und lauscht aufmerksam. Ihre hellblonden Haare sind zu einem hohen Zopf gebunden.

Ich habe sie geküsst. Und ich habe nicht weiter daran gedacht. Jetzt kaut sie nachdenklich auf ihrem Stift und ich lege den Kopf schief und frage mich, worüber sie so angestrengt grübelt. Sie tippt mit dem Stift gegen ihre Lippen und dreht sich dann zu ihrem Bruder Ilja, der hinter ihr sitzt, um ihm was zuzuflüstern. Er muss ein Lachen unterdrücken und verdreht die Augen. Sie muss auch schmunzeln, bevor sie wieder nach vorn schaut. Immer noch vor sich hin lächelnd, blickt sie auf ihr Blatt hinab und ihre dunkelgrünen Augen funkeln.

Ich kann es immer noch nicht glauben, dass ich der Erste war, der sie geküsst hat.

Und *dass* ich es gemacht habe.

Sie war immer die kleine anhängliche Klette, die mich überall hin verfolgt hat. Die alles für ein wenig Aufmerksamkeit von mir getan hat. Sie hat immer versucht, mit den anderen Mädchen irgendwie zu konkurrieren und ist kläglich gescheitert, weil sie einfach zu rein und zu wenig Nutte ist. Sie ist so anders als die anderen.

Ich betrachte sie immer noch. Das ist irgendwie entspannend. Ich halte sogar den Stift in meinen Fingern still. Die Sonne scheint auf ihr Profil, lässt ihr Haar glänzen und ihre tiefschwarzen Wimpern leicht schimmern. Sie schreibt etwas auf ihren Block und hat Mühe, ihre Lippen vom Lächeln abzuhalten. Worüber will sie denn jetzt lächeln? Und wieso interessiert mich das?

Du seufzt hörbar und ich betrachte Irina noch ein paar Sekunden, bevor ich meinen Blick zu dir schweifen lasse. Du hast dich etwas seitlicher hingesetzt und einen Ellbogen über die Rückenlehne gelegt.

»Willst du dir jetzt von ihr auch einen blasen lassen?«, murmelst du mir zu. Wieso bist du denn so schön? Ich lasse meinen Blick über deine schwarzen Augen und deine vollen Lippen streichen, die schon überall an mir waren. Und scheinbar auch an anderen, Selina. Wer hätte das gedacht.

Ohne zu antworten, sehe ich von dir weg und zur Tafel. Sobald ich auch nur daran denke, zieht sich alles in mir zusammen und ich will einfach nicht mit dir reden.

Ich beginne wieder, mit dem Stift zu spielen.

Du atmest durch. »Du kannst mich nicht ewig ignorieren.«

Jetzt sehe ich wieder zu dir und versuche, mir vorzustellen, dass du all das getan hast, was Sergio sagte. Der Gedanke lässt mich innerlich erfrieren und die Fragen, was und wann du mit wem gemacht hast, fluten meinen Kopf.

Ich seufze, stütze meinen Ellbogen auf die Armlehne und meine Schläfe auf die Faust, während ich dich nur ansehe, aber nichts sage.

»Ich liebe dich«, flüsterst du und schaffst es wieder einmal, dass mir innerlich ganz warm wird. Aber ich rege mich nicht. »Tu das nicht«, fügst du flehend hinzu. »Wir müssen reden«, sagst du dann, bevor du aufstehst und das Klassenzimmer verlässt. Wir dürfen auf die Toilette gehen, ohne es anzukündigen. Ich sehe dir nach, als die Tür klackt und du verschwindest. Es ist natürlich klar, dass ich dir jetzt folgen werde, nicht wahr? Dass ich dir alles glauben will und werde, weil ich dich brauche. Und das, Selina, ist für uns beide nicht gesund.

Ich seufze tief, dann schiebe ich meinen Stuhl zurück und erhebe mich langsam, bevor ich eine Hand in die Hosentasche stecke und den Gang entlanggehe. Irina wendet sich zu mir um und ich betrachte sie, während ich die Tür ansteuere. Sie senkt den Blick, noch bevor ich irgendwas in ihren Augen lesen kann, und ich belasse es dabei. Es ist gut, wenn sie sich von mir fernhält.

Dann verlasse ich das Klassenzimmer und sehe mich im Flur um. Du lehnst neben der Tür. Ich gehe zwei Schritte weiter, damit man uns nicht hört, und drehe mich zu dir um, bevor ich die Schulter an die Wand lehne und dich anschaue.

Du atmest durch und dein Blick wirkt etwas diffus, während du in meine Augen siehst. »Ich kann dich nicht verlieren. Ich drehe durch, wenn ich nur daran denke. Und ich würde alles dafür tun, dass du bei mir bleibst.«

Jetzt lehne ich auch meine Schläfe an und verschränke die Arme vor der Brust. Dabei denke ich an Rosalies Worte. An die Gründe, weshalb sie meinen Bruder liebt. Und an die Gründe, die ich nicht aussprechen konnte, weil sie nicht existiert haben.

»Fickst du mit anderen?«, frage ich noch einmal.

Du siehst mir direkt in die Augen. »Nein, tue ich nicht. Wieso sollte ich?« Ich weiß es nicht, das ist ja das Problem. »Ich brauche das nicht.«

Tief atme ich durch. Ich versuche, dir zu glauben, auch wenn dieser eine Zweifel einfach nicht verschwinden will. Aber diesmal werde ich nicht so schnell klein beigeben. Ich kann dich auch nicht verlieren. Es macht mich wahnsinnig, mir das nur vorzustellen, aber das musst du nicht wissen. Nicht in diesem Augenblick.

»Zeig es mir«, meine ich glatt. »Zeig mir, dass du mich liebst. Beweis es. Und zeig mir, was du mir gibst.«

Du siehst mich ein paar Sekunden nachdenklich an und ich warte geduldig. Dann trittst du näher und ich lasse dich, als du dich auf die Zehenspitzen stellst. »Okay, wir laufen weg«, wisperst du in mein Ohr und eine Gänsehaut zieht sich über meinen Rücken. »Egal, wohin. Ich gehe mit dir.« Du streichst mit deinen Lippen über meinen Kiefer. Ich atme zittrig aus und unterdrücke den aufkommenden Schauer. »Ich würde mit dir überall hingehen.« Sanft küsst du mich unterhalb des Kiefers. Deine Worte machen mich etwas stutzig und sofort spüre ich, wie sich alles in mir zusammenzieht. Weglaufen mit dir, Selina. Einfach weg.

»Wenn du mir hier nicht glauben und vertrauen kannst, dann lasse ich für dich alles hinter mir und wir gehen«, murmelst du an meiner Haut und dein Atem streift darüber.

Ich atme tief durch, dann löse ich meine Arme und greife dir mit einer Hand ins Haar, bevor ich deinen Kopf etwas daran zurückziehe und dir in die Augen schaue. Ein entschlossener Ausdruck liegt in deinen dunklen Tiefen und ich atme hart aus. Dann wirble ich uns herum und drücke dich an die Wand, immer noch mit meiner Hand in deinem Haar. Du fährst mit deinen Fingern über meine Oberarme, während mein Atem schneller geht und ich mich runterbeuge, um dich zu küssen.

Du kommst mir entgegen und deine Lippen schmiegen sich weich auf meine. Ich küsse dich fordernd und ungeduldig, wie immer, und du stöhnst in meinen Mund und schlingst dein Bein um mich, was ich sofort packe, bevor ich mich enger zwischen deine Schenkel dränge. Du stöhnst auf und bewegst dein Becken direkt an mir, weshalb ich auch stöhnen muss. Ich streiche mit der Zunge über deine und du gleitest mit einer Hand unter mein Hemd am Rücken, weshalb ich erschauere.

»Ich liebe dich«, murmelst du an meinen Lippen und fährst mit deinen Fingern nach vorn. Deine Berührung hinterlässt eine brennende Spur auf meiner Haut. Mein Atem geht schwerer, während du einfach meinen Gürtel öffnest. Ich lehne meine Stirn an deine und stütze mich mit einer Hand über deinem Kopf ab. Schnell öffnest du den Knopf und den Reißverschluss und lässt deine Finger in meine Hose verschwinden. »Ich brauche dich«, murmelst du an meinem Mund und fängst an, mich zu massieren. Meine Lider gleiten zu, ich schlucke das Stöhnen herunter und atme gepresst durch die Nase. Du stöhnst wieder an meinen Lippen, als du spürst, wie heiß du mich machst, und massierst mich schneller.

Du küsst mich erneut und ich kann das aufkommende Stöhnen diesmal nicht unterdrücken. Du machst diese Sache mit deinem Daumen, von der du weißt, dass ich beinahe sofort komme. Mit einem Ruck packe ich dein Haar und drücke dich auf die Knie, bevor ich mich einfach hart in deinen Mund schiebe und meine Stirn an meinen Unterarm an die Wand lehne.

Kurz bist du erschrocken, dann funkeln deine Augen triumphierend und du berührst mich mit deiner Zunge. Ich kann nicht klar denken und stöhne wieder, bevor ich endlich komme und mich in deinem Mund bewege. Du schluckst alles und ich ertappe mich dabei, mich zu fragen, ob du das nicht doch bei jemand anderem in den letzten Monaten getan hast. Dieser Gedanke reißt mich kurz völlig raus und ich ziehe mich wieder zurück, sobald ich fertig bin, und schließe meine Hose.

Du wischst dir über den Mund und stehst auf. »Schwänzen wir.«

Ich sehe zum Klassenzimmer und dann zu dir. Irgendwas da drin will mich nicht schwänzen lassen. »Heute nicht«, meine ich und stoße mich von der Wand ab. Dann gehe ich zurück zur Tür, lege meine Hand an die Klinke und verharre noch ein paar Sekunden mit dem Rücken zu dir. Ich kann das nicht, Selina. Diese Fragen und Bilder lassen mich durchdrehen. Ich kann dich kaum ansehen. Ich kann dir nicht glauben. Ich kann dir nicht vertrauen. Ich kann dich aber auch nicht loslassen. Ich kann dich nicht lieben. Ich kann dich nicht hassen. Ich kann dich festhalten. Ich kann dich nicht teilen, aber auch nicht für mich behalten.

Ich weiß nicht, was das ist, aber es wird mich noch in einen richtigen Abgrund reißen, das verstehe ich jetzt auch. Dann drücke ich die Klinke herunter und gehe wieder rein. Sobald ich das Zimmer betreten habe, schüttle ich dich erst einmal von mir ab.

* * *

Wir sitzen in der Cafeteria. Rosalie kam zur dritten Stunde auch dazu. Jetzt haben wir Mittagspause und haben unseren üblichen Tisch belegt. Sergio ist nicht gekommen und das wird er wohl auch heute nicht mehr.

Irina steht noch in der Schlange der Essensausgabe. Mir gegenüber sitzt ihr Bruder Ilja und isst einen Müsliriegel, einen Arm über die Lehne geschmissen und die Beine auf den Stuhl neben sich gestreckt. Rosalie hat an meiner Seite Platz genommen und trinkt ihre Apfelsaftschorle. Du befindest dich auch an unserem Tisch. Auf irgendeine wunderliche Weise gehörst du dazu, obwohl die weiblichen Anwesenden dich nicht leiden können, aber das ist dir egal. Du tippst auf deinem Handy und schlürfst mithilfe des Strohhalms an deinem Milchshake, während ich in meinen roten Apfel beiße, so dass es knackt.

Aarik Wolkov kommt gerade mit seinem Tablett und setzt sich neben Ilja, nachdem er seine Füße vom Stuhl gefegt hat. Dann knallt er sein Tablett auf den Tisch. Er hat eine leichte Verfärbung an der Schläfe, die wohl noch von meiner Waffe kommt.

Rosalie mustert ihn etwas zweifelnd, weil sie schon wieder seine aggressiven Vibes nicht einschätzen kann. Aber dann wendet sie sich wieder ab und ich strecke einen Arm über ihre Lehne und beiße wieder in meinen Apfel.

Irina kommt jetzt auch mit ihrem Tablett und setzt sich auf Rosalies andere Seite, sodass diese zwischen uns ist. Du folgst ihr natürlich mit deinem Blick und schnaubst, bevor du wieder in dein Handy siehst. Mit wem schreibst du denn da, Selina? Mit einem deiner anderen Typen?

»Dieses Wochenende Hütte! Wir alle! Viel Alkohol und Gras«, erklärt Ilja eindringlich in die Runde. »Und Sergio natürlich.« Er deutet auf den leeren Stuhl meines Bruders.

Ich beiße wieder lautstark ab und sehe fragend zu Rosalie. Wir müssen uns immer erst absprechen, ob wir beide Lust haben. Sie wägt ab und zuckt mit den Schultern. Ich soll entscheiden.

»Sind dabei«, meine ich träge.

»Ich frage Dimitri«, meint Aarik. Irina und ich fangen an, zu lachen. Hoffentlich isst Dimitri keine Bohnen.

»Nein, lass das!« Irina schüttelt den Kopf. »Dimitri ist raus!«

»Dimitri ist raus«, wiederhole ich nickend und Aarik runzelt die Stirn.

»Wieso?«

»Er hat Blähungen!« Irina beißt in ihren Pfirsich. »Ich mag keine Leute in der Hütte, die Blähungen haben! Ihr habt alle Bohnenverbot.«

Ich schmunzle und schlucke mein Apfelstück herunter.

Aarik seufzt. »Gut, dann eben kein fucking Dimitri.« Er sieht auf sein Handy und ich schaue kurz zu Irina.

»Gott sei Dank«, flüstert sie mir zu und ich muss schon wieder lachen. Ich bin mal gespannt, ob mein Bruder an seinem Wachhund vorbeikommt. Ohne ihn sind solche Trips nicht das Gleiche. Er war bisher immer dabei.

Du funkelst mich über den Tisch hinweg an und ich rutsche tiefer in meinen Sitz, bevor ich den Rest des Apfels verspeise. Was dachtest du denn, Selina? Ein Blowjob und alles ist vergessen?

»Dabei dachte ich, dass du genauso in Dimitri verknallt bist wie in Zayden und jeden anderen Typen an der Schule«, sagst du trocken zu Irina, die sofort stockt und rot wird, ohne von deinem Handy aufzusehen.

»Verwechselst du da was mit dir selbst?«, fragt Rosalie sofort und rührt in ihrem Joghurt.

»Nein, ich hatte ja schon mal Sex, im Gegensatz zu ihr.«

»Ja, und zwar mit der ganzen Schule. Nicht wahr, Aarik?« Rosalie sieht interessiert zu Aarik.

»Scheiße, halt mich raus«, meint der genervt den Kopf schüttelnd und ich hebe eine Braue in deine Richtung, während mir wieder schlecht wird.

»Wenn du willst, kann ich euch ja noch was beibringen«, entgegnest du jetzt.

»Wie man sich Geschlechtskrankheiten einfängt.« Uh, Rosalie ist heute gut drauf und meine Hand ballt sich auf ihrer Rückenlehne zur Faust.

»Wie man jeden Mann halten kann«, sagst du bedeutungsvoll und ich hebe meine zweite Braue. Wirklich, Selina, du hast Taktiken, deine Männer zu halten? Vielleicht solltest du jetzt einfach aufhören, zu reden.

»Sieht nicht so aus, als hättest du das so gut drauf.« Rosalie bleibt unbeeindruckt.

»Wieso? Mein Mann ist doch da«, meinst du genauso unbeeindruckt. Irina isst derweil ihren zweiten Pfirsich und folgt dem Wortgefecht mit den Augen. Das passiert immer mal wieder zwischen Rosalie und dir.

»Welchen meinst du denn an diesem Tisch?« Rosalie sieht neugierig zu dir und jetzt muss ich mich fragen, was sie damit meint.

»Das weißt du ganz genau, auch, wenn es dir nicht gefällt«, zischst du sie an.

»Das reicht jetzt«, sage ich zu dir und meine Stimme ist schneidend. Ich kann mir das gerade nicht mehr anhören.

Du lässt deinen Blick zu mir gleiten und ich bin kaum in der Lage, dir in die Augen zu sehen, weil ich nur noch

Zweifel empfinde. Das, woran ich so fest geglaubt habe, ist mit einem Mal so verschwommen und brüchig. »Lass dir nur weiter was einreden«, sagst du zu mir und siehst dann wieder auf dein Handy.

»Ich nehme Haschisch aus Marokko mit«, meint Ilja leicht angespannt, um abzulenken. Ich lasse meinen Blick zu ihm schweifen. Hast du mit ihm auch schon gefickt? Sicher hast du das, oder? Forschend sehe ich ihn an und er wendet mir träge seinen Blick zu. Dann beugt er sich zu mir rüber. »Ich stehe nicht auf schwarze Haare«, erwidert er, bevor er sich zurücklehnt und ich tief durchatme. Soll das jetzt immer so laufen, Selina? Muss ich mich bei jedem überzeugen, dass du nicht unter ihm lagst? Oder täuschen mich meine Zweifel?

»Und die Playstation«, sage ich zu ihm.

»Und die Playstation«, wiederholt er.

»Wir können Super Mario spielen«, schlägt Irina begeistert vor und ich sehe stirnrunzelnd zu ihr. Das tun alle Männer am Tisch. »Was? Da ist Joshi. Der ist süß und grün. Und es ist ... *Kult.*« Irina wird mit jedem Wort unsicherer und kleinlauter und rutscht in ihrem Stuhl runter, dann strafft sie sich mit einem Ruck. »Und du hast es auch immer gerne gespielt!«, wendet sie sich anklagend an Ilja, als würde sie seine Superhelden-Identität entblößen.

»Als ich sieben war«, meint der kopfschüttelnd.

Sie seufzt und verschränkt die Arme vor der Brust. »Ihr wisst eben nicht, was gut ist.«

»In welche Hütte willst du?«, frage ich Ilja, weil die Terekovs mehrere besitzen.

»Die in den Bergen«, sagt er. Da waren wir schon mal vor zwei Jahren.

»Die mit dem Jacuzzi?«, erkundige ich mich interessiert.

»Genau die.« Er grinst mich an und ich hebe auch einen Mundwinkel.

»Klingt gut.«

»Wenn Dimitri dabei wäre, hätten wir sogar mehr Blasen«, murmelt Aarik trocken vor sich hin, immer noch auf sein Handy blickend, und ich unterdrücke das Lachen. Ich bin sauer auf ihn. Immer noch.

»Kein Dimitri!«, bestimmt Irina und steht auf. Dann bringt sie ihr Tablett weg. Meine Augen folgen ihr, obwohl ich das gar nicht beabsichtigt habe und das auch sonst nie passiert. Sie lächelt mich unsicher an und streicht sich die Haare hinter das Ohr. Ich weiß nicht, woher das kommt, aber ich zwinkere ihr zu und sie stolpert, weshalb ich grinsen muss. Auf Russisch fluchend verschwindet sie und Aarik folgt ihr kurz darauf.

Ich sehe wieder nach vorn.

Rosalie beugt sich zu mir rüber. »Sie ist schon ziemlich süß, oder? Nein, leugne es nicht, ich habe es gesehen«, säuselt sie mir zu.

Ich schiebe ihren Kopf von mir weg.

»Deine Augen haben gefunkelt!«, sagt sie trotzdem und ich verdrehe eben diese. »Ich liebe es, wenn deine Augen funkeln«, flüstert sie scheinbar schmachtend. Ich stöhne genervt und stehe auf.

»Du bist eine Plage.«

»Du liebst das!«

»Ein bisschen.« Damit nehme ich mein Tablett und sie reicht mir auch ihres, was ich darauf staple, bevor ich beide wegbringe und dann Richtung Ausgang gehe, weil ich noch eine rauchen will. Du folgst mir, Selina. Normalerweise folge ich immer dir. Ich habe echt keine Ahnung, was passiert ist. Aber es fühlt sich fast ein bisschen so an, als hätten wir die Rollen getauscht.

Ich schiebe mich um die Ecke und mache mir eine Zigarette an. Du stellst dich direkt neben mich und musterst mich fragend. »Du glaubst das jetzt aber nicht, oder?«

Da ist es also.

Ich atme einmal tief durch, dann wende ich mich dir zu. Du gehst ein paar Schritte und setzt dich auf die Mauer, während ich dich betrachte.

»Das sind alles Gerüchte. Vielleicht, weil sie sich das wünschen.« Du nimmst einen kleinen Joint aus deinem BH, bevor du ihn dir anzündest und tief den Rauch inhalierst.

»Wieso reden sie ausgerechnet über dich?« Wieso hätte mein Bruder mich anlügen sollen?

»Weil sie nicht mit meiner Art klarkommen. Ich bin nicht das kleine, liebe Mädchen, das einen auf Rehauge macht«, meinst du und ziehst nochmal. »Männer fühlen sich eingeschüchtert, sobald Frauen zu selbstbewusst sind. Und andere Frauen erst recht.«

Du schiebst deinen Fuß zwischen meine Beine und willst mich näher ziehen, aber ich senke ihn sanft. Ich mag es nicht, wie deine kleine Puppe behandelt zu werden.

»Wieso bist du so unentspannt?«, fragst du und hältst mir den Joint entgegen.

Ich ziehe an meiner Zigarette. »Ich bin nicht unentspannt. Ich bin einfach nur skeptisch«, erkläre ich.

»Okay, dann schau einfach die nächsten Tage und du wirst sehen, dass du dazu keinen Grund hast.« Du ziehst nochmal und pustest den Rauch in den Himmel.

»Das klingt nach einem Plan«, meine ich. »Warten wir doch einfach bis nach der Hütte ab.«

Du wirkst nicht zufrieden. »Okay«, sagst du aber trotzdem. Ich mache die Zigarette aus und gehe den einen Schritt zu dir, bevor ich deinen Kopf am Kinn hebe und dir in die Augen sehe. Mit meinem Daumen streiche ich über deine Unterlippe und du musterst mich forschend. »Ich liebe dich auch«, antworte ich auf deine längst vergangene Aussage. »Lass es mich nicht bereuen.« Damit lasse ich dich los und wende mich ab, bevor ich die Hände in die Hosentaschen schiebe und gehe.

Weg von dir.

Wieder.

Obwohl mich alles zu dir zieht.

Wie immer.

32. Einfach Sergio, Rosalie

XX

Sergio

Es ist mein erster Abend in diesem Haus. Zumindest als hier lebender, hier wohnender Sergio. Es gibt gleich Essen. Ich habe geduscht und bereits meine Sachen ausgepackt. Heute hat mein Vater mich nicht irgendwo hingeschickt und so konnte ich erstmal ankommen. Ich habe das Zimmer umgeräumt. Das Bett steht jetzt gegenüber vom Fenster, wie in meinem eigentlichen Zimmer, und der Schreibtisch neben der Tür. Ich habe sogar die Sofaecke umgestellt. Es sind andere Möbel und ein anderes Zimmer, aber wenigstens ist die Ordnung die gleiche. Ich habe meinen Schrank selbst eingeräumt und die Hausmädchen weggeschickt. Ich mag es, selbst zu wissen, wo genau meine Sachen liegen. Die restliche Zeit habe ich damit verbracht, zu schreiben.

Wenn ich sie nicht rauslassen kann, muss ich meine Gefühle irgendwo festhalten und einsperren. Das hat mir

Onkel Caden geraten. Er hat mich auch schon angerufen und ich habe eine halbe Stunde mit ihm gesprochen.

Jetzt verlasse ich das erste Mal mein Schlafzimmer, seit ich da bin, und gehe die Stufen nach unten, wobei meine Hand über das Geländer streicht. Ich trage natürlich den Verlobungsring wieder. Der Grund dafür ist mein Vater. Aber wenn er nicht da ist, nehme ich ihn ab. Denn Selina ist nicht die Richtige. Und der Ring ist auch nicht der richtige.

Morgen werde ich dich in der Schule wiedersehen. Obwohl alles irgendwie gleich geblieben ist, ist es so anders. Und das nur wegen des Hauswechsels.

Im Foyer tummeln sich ein paar Männer, die auf dem Weg ins Esszimmer sind. Sie machen Witze und lachen. Giovanni ist nicht mehr vor der Bürotür, was heißt, dass mein Vater schon am Tisch sitzt. Ich zupfe an den Ärmeln meines dunkelblauen Pullovers und komme im Durchgang zum Esszimmer an. Der riesige Tisch ist voll besetzt, was ich schon kenne, weil ich schon ein paar Mal hier gegessen habe. Die Hausmädchen schenken gerade Getränke aus.

Mein Blick schweift kurz über die Männer. Sie sind recht entspannt, also hat mein Vater sich nach dem Dorian-Thema abgeregt. Ich habe nicht weiter darüber nachgedacht. Es gibt nur zwei Möglichkeiten, wie die Bilder seines toten Bruders entstanden sein können, und egal, welche es ist, es ändert nichts an den Fakten.

Ich schaue an den Kopf des Tisches zu meinem Vater, der sich auf einen Ellbogen gestützt hat, während seine Wange auf der Faust lehnt, und er zu mir sieht.

Wir blicken uns kurz an und ich setze mich gerade in Bewegung, als mein Handy klingelt, weshalb ich stocke und den Schritt wieder zurückgehe, bevor ich es aus meiner Hosentasche ziehe. Es ist Camillo. Mein in einer Kneipe aufgegabelter Saufkumpel. Ich nehme ab und drehe mich weg.

»Camillo?«

»Hallo.« Das kommt sehr sachlich.

»Hallo.«

»Ich hab einen Anruf frei.«

»Ah, scheiße, haben sie dich eingebuchtet?«, frage ich, weil ich sofort verstehe.

»Ja.«

Augenverdrehend reibe ich mir über die Stirn. »Kaution?«

»Ja.«

Ich nicke. »Okay, gib mir eine Stunde.« Fuck, da kommt er aus Lugano, ist gerade mal ein paar Wochen hier und wird eingebuchtet. »Saubere Arbeit.«

»Sie war einfach … so … fickbar.«

»Du bist einfach so dumm.«

»Ich bin jung und wild und ich zahle es dir zurück, versprochen.«

Ich ziehe die Augenbrauen zusammen. »Beleidige mich nicht. Bis später.«

»Bis dann.« Er legt auf und ich stecke mein Handy kopfschüttelnd ein, bevor ich mich wieder umwende und ins Esszimmer trete. Diesmal setze ich mich, ohne zu zögern, neben meinen Vater und rücke an den Tisch heran.

Er mustert mich träge. Er ist augenscheinlich etwas betrunken. »Wer war das?«

»Camillo«, meine ich und greife nach meinem Glas, um einen Schluck Cognac zu trinken.

»Wer ist Camillo?«, will er wissen, als ich meinen Teller hingestellt bekomme und mich bedanke.

Dann sehe ich wieder in die trüben, hellblauen Augen meines Vaters. »Das weiß ich selber noch nicht so genau. Ich habe ihn in einer Bar aufgegabelt und er hat mich total volltrunken irgendwie nach Hause gebracht. Er kommt aus Lugano.« Ich greife nach meinem Besteck.

»Camillo ist ein Wildfremder, den du in irgendeiner Bar beim Saufen getroffen hast?«

Ich schneide meine Kartoffeln zurecht. »Ja, es war Zufall.«

Mein Vater seufzt schwer und schüttelt seinen Kopf. »Pass auf, wem du vertraust.«

»Klar«, meine ich und esse einen Happen. Ich weiß sehr genau, wem ich trauen kann, Rosalie. Giovanni greift an mir vorbei, um sich das Wasser heranzuziehen, und ich betrachte kauend seine aufgeschürften Fingerknöchel.

Mein Vater nimmt auch ein paar Bissen, während Savio lacht und sich zu seinem Dad beugt, um ihm irgendwas zu erzählen. Giovanni verdreht die Augen und isst weiter.

»Heute Nacht kommt eine Lieferung zu den Docks«, sagt mein Vater zu mir. »Nimm sie mit Paolo entgegen.«

Ich schlucke mein Essen herunter. »Was heißt heute Nacht?«

»Um halb drei.«

»Okay«, meine ich und denke darüber nach, wie ich es morgen in die Schule schaffen soll, weil das sicher eineinhalb Stunden dauern wird. Also werde ich nur zwei

Stunden schlafen können. Das sieht doch richtig rosig aus, Rosalie. Als hätte er nicht genug Männer für so was.

»Gut«, erwidert mein Vater und schneidet sich ein Stück Steak zurecht.

Mein Handy klingelt erneut und ich sehe kurz runter zu meiner Hosentasche, hinter der es blinkt. Mein Vater stockt kurz. Ich weiß, wie sehr er es hasst, wenn man am Tisch telefoniert. Keiner der Männer tut das.

Aber es könnte wichtig sein.

Trotzdem habe ich mir vorgenommen, ihn nicht unnötig zu verärgern. Also verlagere ich mein Gewicht, schiebe meine Hand in die Hosentasche und drücke den Stummknopf an der Seite des Handys.

Und wenn du es warst?

Fuck.

Was jetzt?

Okay, ich esse einfach und rufe dann zurück. Alles ist gut.

Mein Vater isst auch weiter, und zwar in aller Ruhe. Während ich immer nervöser werde und meinen Teller etwas schneller leere.

Am anderen Ende des Tisches wird gelacht und die Gläser klirren. Ich frage mich, was diese Männer so erfreut.

Sobald mein Teller leer ist, sehe ich zu meinem Vater, der abwinkt. Gut so.

Ich stehe auf und zücke mein Handy im Gehen. Es war Zayden. Mindestens genauso wichtig wie du.

Ich bleibe im Foyer, weil ich gleich zu Camillo will, und rufe meinen Bruder zurück. Er nimmt nach dem dritten Klingeln ab. »Japp?«

»Ich bin's«, sage ich und es raschelt bei ihm im Hintergrund.

»A ja. Und, wie geht es dir?«, fragt er als Erstes, während ich die Mäntel an der Garderobe durchgehe, um meinen zu finden. So viele Mäntel. Gleich schmeiße ich einfach alle auf den Boden, weil mir die Geduld ausgeht.

»Es geht schon«, meine ich. »Und bei dir?«

»Es geht schon«, wiederholt er und ich verdrehe die Augen. Ich weiß genau, dass es nicht geht, aber okay. »Ich wollte nur fragen, ob du am Wochenende dabei bist. Ilja will in die Hütte.«

Das klingt sehr verlockend. Aber ich kann jetzt nicht mehr einfach entscheiden, das weiß ich. »Wer kommt alles?«, erkundige ich mich und stöhne genervt, weil ich noch immer nicht meinen Mantel finden kann.

»Ilja, Aarik, ich, Rosalie, Irina, Selina.«

Wie sehr es mir doch auf der Zunge liegt, Selina zu verbieten, irgendwo hinzugehen, einfach, weil ich es jetzt kann. Aber sie soll ihre letzten Tage in Freiheit genießen, bevor sie am Sonntag hier einziehen muss und ich ihr gebe, was sie verdient.

»Ich klär das mit meinem Vater«, meine ich und seufze, als ich endlich meinen Mantel gefunden habe. Ich streife ihn über, wofür ich das Handy in die andere Hand nehmen muss.

Zayden schnaubt. Er mag diese Antwort genauso wenig wie ich. »Schön, dann sag mir Bescheid, damit wir das mit dem Fahren ausmachen können.«

»Okay, mach ich. Ich muss jetzt los, bis später.«

»Bis später.« Er klingt total unzufrieden und ich weiß, wieso. Sonst würge ich ihn nie ab, genauso wenig, wie er mich, aber jetzt ist alles anders. Ich spüre es schon.

Ich verstaue das Handy wieder in meiner Hosentasche. Dann sehe ich über meine Schulter zu Savio, der jetzt mein Bodyguard ist. Er steht sofort auf, tupft sich den Mund ab und schiebt die Waffe in seinen Hosenbund. Dann folgt er mir.

Wir verlassen das Haus, während er noch seinen Mantel anzieht. Eigentlich brauche ich keinen Bodyguard, denn die Männer von deinem Vater sind überall und ich immer sicher. Aber ich gehöre ja jetzt hierher. Außerdem ist mir klar, dass mein Bodyguard nur eine Tarnung ist, um mich im Auge zu behalten, weniger, um mich zu schützen. Eine Art männliche Nanny, die meinem Vater alles erzählt, was ich so treibe. So weiß er alles. Ist okay, Rosalie. Ich habe ja nichts zu verstecken. Ganz im Gegensatz zu ihm. Er versteckt zu viel. Und Menschen, die viel zu verbergen haben, leben immer gefährlich.

* * *

Camillo sitzt in meinem Auto und gähnt herzhaft.

Seine braunen Haare stehen wirr ab, ein paar Strähnen fallen ihm in die Stirn. »Und dann hat sie mir einen geblasen.«

Camillo wurde beim Geschlechtsverkehr in der Öffentlichkeit erwischt und verhaftet. Herzallerliebst.

Ich seufze und stelle die Heizung etwas höher. Wir fahren durch das nächtliche Chicago und die Laternen spiegeln sich in den gläsernen Hochhäusern. Savio folgt mir dicht mit seinem Audi.

Camillo gähnt nochmal und seine schwarze Lederjacke ist an einem Ärmel etwas verrutscht. Ich bin auf dem Weg zu dem Apartment, in dem er zurzeit wohnt, um ihn da abzulassen, nachdem ich ihn aus dem Knast befreit habe. So ein Schlawiner, dieser Camillo.

»Okay, merk dir: Kein Sex auf den Straßen Amerikas«, erkläre ich bedeutungsvoll.

»Ehrlich, die Amerikaner sind so verdammt prüde«, empört er sich ,seine dunkelbraunen Augen sind etwas trüb und müde. »Aber danke, dass du mich rausgeholt hast. Ich wollte meinen Vater lieber nicht anrufen.«

Ich sehe ihn aus dem Augenwinkel an. Ich weiß nicht sehr viel über Camillos wirkliche Herkunft. Nur über den Ort. »Er könnte auch schlecht von Lugano hierherkommen, um dich aus dem Knast zu holen, oder?«, taste ich mich voran.

»Er könnte. Er hat einen Jet. Aber dann würde er mich gleich einpacken und wieder mit zurücknehmen.« Er hat einen Jet, Rosalie. Das heißt, Camillo kommt aus einer reichen Familie. Die Gegend, in der sein Apartment hier in Chicago liegt, sieht aber nicht danach aus. »Besser, mein Vater kriegt gar nicht mit, wo ich bin«, murmelt er nun.

Ich werfe ihm einen weiteren Blick zu, als wir an einer roten Ampel halten, dessen Schein sein Gesicht und die stoppligen Wangen erhellt. »Okay, sag es mir einfach. Wer ist dein Vater?«, dränge ich nun ungeduldig.

»Pablo Cattaneo«, meint er abwinkend und ich stocke mit der Hand in der Luft, als ich mir gerade eine Zigarette aus meinem Etui nehmen wollte. Fuck, das glaube ich jetzt nicht. »Ja, jetzt mach hier keinen auf Drama. Genau deswegen habe ich dir das nicht gesagt, *du* bist nicht der einzige Promi.« Camillo nimmt die Zigarette für mich raus und drückt sie mir in die Hand.

Cattaneo. Von all den normalen Menschen in Chicago gerate ich ausgerechnet an einen Cattaneo, Rosalie.

Die Cattaneos sind eine mächtige, europäische Mafiafamilie, die ihren Hauptsitz in Lugano haben. Natürlich weiß ich genau, wo welche Familie auf dieser Welt lebt. Das war meinem Vater sehr wichtig, er hat es mir immer und immer wieder eingebläut.

Camillo hält mir das Zippo unter die Nase. Ich inhaliere tief und starre ihn immer noch entgeistert an. »Du bist ein verdammter Cattaneo?«

»Ja! Aber ich will kein verdammter Cattaneo sein. Ich habe auf diese ganze Scheiße keine Lust. Ich will das Geschäft nicht übernehmen!« Er schüttelt vehement den Kopf. »Also bin ich einfach abgehauen.«

Er hat also das gleiche Problem wie ich, nur, dass er mutig genug war, zu gehen. Aber was zum Teufel macht er ausgerechnet in Chicago?

»Mich hat da nichts gehalten, okay? Ich liebe meine Eltern. Sie sind echt in Ordnung. Aber trotzdem. Ich … will das nicht. Das ganze Drumherum, das ganze Verstellen. So viel Verantwortung. Eine falsche Entscheidung, und jemand ist tot. Nein, danke!«, steigert er sich hinein.

Ich weiß genau, was er meint. Und wenn man bedenkt, dass mir noch mehr Verantwortung zufällt, da ich Donovan de Lucas Sohn bin, der der Oberboss ist, der Boss aller Bosse, verstehe ich ihn sogar mehr als gut. Ein normaler

Mafiaboss zu sein, unterscheidet sich gravierend von dem, was mein Vater tut.

»Du wusstest also, wer ich bin?«, frage ich, als ich mich etwas beruhigt habe, und fahre wieder los, als es grün wird.

»Sicher. Zumindest beim zweiten Mal. Beim ersten Mal habe ich dein Gesicht nicht richtig gesehen. So besoffen, wie ich war. Aber mir ist es eigentlich echt scheißegal, wer du bist«, erklärt er und nimmt sich selbst eine Zigarette. »Du könntest auch der verfickte Papst sein.« Er zündet sie sich an und ich schnippe meine Asche aus dem kleinen Spalt des Fensters.

»Okay«, meine ich langsam. »Und du willst jetzt für immer in diesem Apartment leben?« Ich fahre Richtung Südviertel und Industriegebiet, wo er zurzeit unterkommt.

»Das weiß ich noch nicht.« Er kratzt sich am Kopf und seine dunklen Haare stehen noch ein bisschen mehr ab. »Ich habe den Plan nicht ganz ausgearbeitet.« Er muss mir auf jeden Fall sehr vertrauen, denn ich könnte ja auch seinen Vater einfach kontaktieren und für eine Information über seinen Sohn sonst was von ihm verlangen. Das ist es allerdings, worin ich mich von meinem Vater unterscheide. Solche Spiele spiele ich nicht.

»Du musst mir aber sehr vertrauen«, spreche ich meine Gedanken trotzdem laut aus.

»Einem Typen, der zu einem anderen bei einem Anruf aus dem Knast nur sagt: *Ich bin in einer Stunde da*, ohne Fragen zu stellen, muss man einfach vertrauen.«

Ich seufze und nicke verstehend. »So einem Typen würde ich wohl auch vertrauen, obwohl mein Vater der Meinung ist, ich soll aufpassen, wem ich vertraue.«

»Ich höre auf mein Bauchgefühl, weißt du«, meint er. »Das hat mir bis jetzt immer den rechten Weg gewiesen.« So ist er also hier gelandet.

Ich nicke wieder. »Klingt plausibel.«

»Das ist es«, bestätigt er ebenfalls nickend und ich seufze nochmal.

»Jedenfalls, wenn du Hilfe brauchst, ruf mich an.«

»Dito. Ich kann auch ein paar hübsche Sachen für dich machen, wenn du willst oder keinen Bock drauf hast.«

Ich muss lachen und sehe ihn wieder an. »Du bist also vor alldem abgehauen, um mir jetzt so was anzubieten.«

»Ja … vielleicht juckt es mich ein bisschen in den Fingern, ABER … ich bin nicht dafür verantwortlich, also ist es okay. Ich bin eher so der Folger. Nicht der Befehler.«

Ich sehe in den Rückspiegel, wo ich Savio entdecke, der mir nach wie vor folgt. »Also mehr so Typ Bodyguard und nicht Boss«, meine ich nachdenklich.

»Richtig.« Er nickt. Ich nicke auch und wir schweigen eine Weile. Dann dreht er mir langsam den Kopf zu. »Willst du mein Boss sein?«, überrascht er mich dann, was mich stocken lässt.

Ich runzle die Stirn. Eigentlich will ich kein Boss sein, aber ich werde so oder so einer sein, während Camillo es vorzieht, weiter die Drecksarbeit für die Mafia zu machen, anstatt selbst Befehle zu geben. Er kann nicht ganz ohne das Leben hier, aber auch nicht direkt mit. »Du willst für die de Lucas arbeiten?«, frage ich zweifelnd, weil ich noch nie verstanden habe, warum Männer sich das freiwillig antun.

»Nein. Für dich«, meint er sofort. »Du bist ja nicht *die de Lucas*. Du bist einfach Sergio.« Er schnippt seine Zigarette aus dem Fenster, genau wie ich, und wir lassen beide die Scheiben wieder hochfahren.

Mir gefällt, was er sagt. Mir gefällt es, nicht unter de Luca eingestuft zu werden, nicht unter Rush, nicht unter Marino oder irgendwas, sondern einfach unter Sergio. Wer auch immer ich bin, ich werde es noch rausfinden.

»Okay, ich spreche mit meinem Vater«, erwidere ich ohne zu zögern, denn auch mein Bauchgefühl sagt mir, dass ich ihm vertrauen kann.

»Okay, aber … ach, du machst das schon.«

Ich sehe ihn stirnrunzelnd an. »Was?«

»Nicht, dass mein Vater davon erfährt.«

»Ja, stimmt.« Ich nicke wieder. »Wir können dir einen falschen Namen besorgen.« Denn wenn mein Vater Camillos Nachnamen kennt, dann wird er sicher seinen Profit daraus ziehen und genau das tun, was jeder in dieser Welt tun würde – Camillo bei seinem Vater für einen Gefallen verraten.

Camillo nickt ebenfalls. »Das ist eine gute Idee. Hast du einen Vorschlag?«

»Klar«, meine ich und denke an deinen Vater, der mir sofort falsche Papiere erstellen kann, die sogar meinen eigenen Vater täuschen. »Welche Stadt in Italien ist deine Lieblingsstadt?«

»Volterra.«

»Camillo Volterra?«, überlege ich laut.

»Besser als Rom.«

Ich muss lachen.

»Volterra hört sich mächtig an«, erklärt er weiter und mein Mundwinkel zuckt erneut.

»Stimmt. Okay, ich kümmere mich darum. Wir machen das schon irgendwie.« Ich parke sanft vor seinem Apartment und er schnaubt ungläubig.

»Ich habe selten so einen Mann wie dich getroffen«, sagt er und ich grinse ihn leicht an.

»Dito.«

»Ich weiß, keiner hat so tolle Haare wie ich.« Er streicht sich durch das Chaos auf seinem Kopf und amüsiert mich schon wieder.

»Das ist es, was ich meine«, bestätige ich lachend und er grinst.

»Okay, ruf mich einfach an, wenn du irgendwas brauchst.« Er seufzt und öffnet die Beifahrertür.

»Ebenso.«

»Tue ich. Scheiße, du hast echt viele Gefallen bei mir offen. Schon jetzt. Aber ich begleiche meine Schulden.«

Ich lege ein Handgelenk über das Lenkrad, die andere auf den Schalthebel. »Sei einfach ehrlich zu mir, das reicht völlig.« Denn Ehrlichkeit gibt es in dieser Welt zu selten.

»Du wirst dir noch wünschen, das nicht gesagt zu haben.« Er salutiert locker mit zwei Fingern und steigt aus. Ich sehe ihm nach, als er in sein Wohnhaus verschwindet, und lehne meinen Kopf an.

Ist es nicht absurd, wie das Schicksal manchmal spielt, Rosalie? Und wie zwei Menschen aus den gleichen Kreisen in einer so großen Stadt und Welt unter solchen Umständen aufeinandertreffen? Vielleicht gewinnt man für jeden, den man verliert, immer jemand Neuen dazu. Ich würde gern daran glauben. Und solange ich darüber nachdenke, finde ich erstmal raus, wer dieser *Einfach Sergio* eigentlich ist.

33. Wie es jetzt läuft

XX

Sergio

Da ich die letzten drei Tage nicht in der Schule war, beträgt meine Fehlzeit mittlerweile eine Woche. Aber mein Vater hat für mich angerufen, was auch eine Krankmeldung überflüssig macht, weil ihm die Schule gehört. Heute ist Freitag und ihr wollt am Abend in die Terekov-Hütte, also muss ich allmählich mit meinem Vater darüber sprechen. Ich hatte, wenn ich ehrlich bin, bisher nicht die Zeit dafür. Onkel Caden kümmert sich gerade um die Unterlagen für Camillo. Er hat nicht groß gefragt, sondern einfach gesagt, dass er alles bis Sonntag fertig hat.

Ansonsten war ich nur unterwegs und habe im Schnitt drei Stunden die Nacht geschlafen. Sollte ich in die Hütte mitfahren dürfen, will ich einfach mit dir in einem der Betten liegen und schlafen. Nur das, sonst nichts.

Ich gehe durch das Foyer und Giovanni, der wie immer vor der Bürotür meines Vaters steht, nickt mir zu. Es ist erst mein vierter Tag hier, aber ich bekomme schon eine gewisse Routine. Damit bleibt mir keine Zeit, etwas zu vermissen, denn dafür müsste ich mal allein in meinem Schlafzimmer sein und dort nicht komatös ins Bett fallen.

Ich klopfe an die Bürotür. »Ja?«, fragt mein Vater etwas abgelenkt. Abgelenkt ist besser als genervt. Ich trete ein und bemerke schnell, dass er telefoniert. Er hat sich in seinem Sessel zurückgelehnt und wickelt die Schnur des Telefons um seinen Zeigefinger. Ich sehe ihn fragend an, ob ich störe, aber er deutet mir mit einem Nicken, dass ich näherkommen kann und verdreht die Augen, woraufhin ich die Tür schließe.

»Ja, natürlich«, meint er gerade. »Das ist empörend.« Er spricht italienisch. Ich setze mich ihm gegenüber, bevor ich die Schneekugel auf seinem Schreibtisch heranziehe, in der Chicago im Kleinformat eingefasst ist. Schon als Kind habe ich immer mit ihr gespielt. Sie ist schon seit Generationen in der de Luca-Familie.

»Wir kommen vorbei.«

Ich wette, das ist mein Opa, Rosalie, und zwar Moms Dad. Das bemerke ich an dem leicht genervten, unterschwelligen Ton in der Stimme meines Vaters.

»Und dann können wir alles besprechen. *Das* wäre vielleicht nicht ganz so ratsam.« Er lauscht. »Ich werde es ihr ausrichten.« Er wird es nicht tun, ich sehe es in seinem Blick. »Natürlich. Arrivederci.« Er legt auf und ich stelle die Schneekugel wieder an ihren Platz.

Dann sieht er zu mir. Alle hassen meinen Opa. Der hasst deine ganze Familie, Rosalie, und würde am liebsten den Hintern meines Vaters küssen, damit er wieder mit meiner Mutter zusammenkommt und sie eine de Luca wird.

»Wir dürfen deinen Opa besuchen. Mit deiner Mutter.«

Ich hebe eine Braue.

»Und deinem Bruder.«

Oh, Rosalie, du weißt, wie sehr Zayden unseren Opa liebt. Nämlich null Komma null. »Es geht ums Erbe. Deiner Oma geht es nicht gut.«

»Hm«, mache ich und nicke. Nicht, dass ich irgendeine tiefe Bindung zu meinen Großeltern hätte, denn sie sind beide auf ihre eigene Art Monster. Und ich mag grundsätzlich niemanden, der meiner Mutter schadet. »Stirbt sie?«

»Wahrscheinlich.« Er nickt und wirkt auch nicht so, als würde ihn das tangieren. »Dein Großvater diskutiert gerade mit ihr, weil er findet, dass du alles alleine erben solltest und deine Mutter und Zayden nichts.«

»Ich glaube nicht, dass meine Mutter und Zayden auf ihr Erbe bestehen«, meine ich spöttisch. »Sie haben genug.«

»Ist mir klar.« Er macht ein pikiertes Gesicht. »Aber er war es nicht leid, zu erwähnen, dass sie ihm selbst jetzt noch das Leben zur Hölle macht.«

»Und das, obwohl sie nicht mal zu deren Geburtstagen anruft«, murmle ich und streiche mir durch das Haar.

Er seufzt und zuckt mit den Schultern. »Auf jeden Fall müssen wir bald dahin.«

»Okay«, seufze ich. Das wird so lustig, Rosalie.

»Gut«, meint mein Vater. »Und was wolltest du?« Er klickt auf seine Maus, worauf sein Monitor anspringt und das Hintergrundbild von Sizilien zeigt.

»Zwei Sachen. Erstens …« Nein, ich erwähne jetzt weder dich noch Zayden. »Will Ilja Terekov, dass ich mit

Aarik Wolkov und dessen Bruder Victor dieses Wochenende in seine Hütte komme.«

Mein Vater überdenkt das kurz und ich weiß, dass er gerade nur die Nachnamen hört. Ich habe extra die Mächtigsten genannt. »Gut«, sagt er einfach, wie ich es mir bereits dachte.

»Okay, ich fahre heute Abend und komme am Sonntag zurück.«

»Nimm deine Verlobte mit. Ihr solltet euch langsam aneinander gewöhnen«, rät er mir.

»Jaja, die ist sowieso dabei. Die ist immer und überall dabei«, bemerke ich trocken.

»Es ist gut, wenn sie in den Kreisen bekannt ist.«

»Sie und ihre …« Ich verstumme. Ich werde jetzt nicht Pussy vor meinem Vater sagen. Aber es ist, wie es ist, Rosalie.

»Du musst sie ja nicht anfassen, wenn du nicht willst. Das würde ich verstehen«, meint er etwas steif.

»Oh, ich werde sie sicher nicht anfassen«, entgegne ich angewidert den Kopf schüttelnd.

Er nickt verstehend. »Ich hatte mit ihrer Mutter vor ein paar Jahren das Vergnügen. Es war sehr erfrischend, dabei war ich noch mit deiner Mutter verheiratet.«

»Deshalb mag sie dich nicht«, schlussfolgere ich.

»Ich habe sie in Unterwäsche aus meinem Haus geschmissen.«

»Ou.« Ich verziehe das Gesicht. »Da hat Selina das also her.«

»Sie saß einfach auf meinem Schreibtisch.« Mein Vater wirkt nicht gerade amüsiert, als er daran denkt. Ich betrachte den Schreibtisch und dann wieder ihn. »Er wurde desinfiziert, mehrmals.« Er ist sehr heikel, wenn es um sein Auto oder den Schreibtisch geht.

»Das ist wohl auch nötig gewesen«, meine ich immer noch angewidert.

»Ja.« Er sieht mich echt immer noch nicht amüsiert an. Verständlich. »Ich habe selten so etwas Dreistes erlebt.« Und verheiratet mich trotzdem mit ihrer Tochter.

Ich seufze. »Tja, manche Frauen sind eben so.«

Er seufzt ebenfalls. »Viele sind es. Aber du musst ja nicht auf ewig mit ihr verheiratet bleiben und kannst dir danach eine suchen, die besser passt.«

»Ich will nur eine, doch die willst du nicht, also hat sich das für mich erledigt«, sage ich klar und deutlich.

»Wir reden noch einmal in ein paar Jahren.« Nicht, dass sich dann meine Meinung über dich geändert haben könnte, Rosalie. Niemals.

Ich seufze wieder. »Jedenfalls ist da noch was anderes. Ich habe dir ja von Camillo erzählt.«

»Ja«, meint er. »Den du aus dem Gefängnis geholt hast wegen Erregung öffentlichen Ärgernisses?«

»Ja, genau der. Er war in der italienischen Schweiz als Bodyguard für die de Santis tätig. Er hat sich freigekauft, weil er nach Amerika wollte«, meine ich. Das ist, was dein Vater ihm in die Unterlagen gepackt hat, damit seine wahre Herkunft verborgen bleibt. Die de Santis existieren wirklich und sind Partner von Onkel Caden, weshalb keine Gefahr besteht, selbst, wenn mein Vater bei ihnen anruft und Erkundigungen einholt, was er Giovanni immer machen lässt, wenn neue Männer eingestellt werden. Dein Dad hat alles mit den de Santis abgesprochen.

»Und er will jetzt für mich arbeiten.«

Mein Vater überdenkt das kurz und nimmt sich einen Kugelschreiber. »Dann wird das der erste Mann, den du einstellst. Also musst du seine Loyalität testen und für ihn geradestehen«, meint er ruhig.

»Werde ich. Tue ich«, antworte ich sofort. Bei Menschen hat mein Gefühl mich bisher selten getäuscht.

»Gut.« Es widerstrebt ihm augenscheinlich etwas, weil das nach langer Zeit der erste Mann sein wird, den er in sein Haus lässt, ohne, dass er von ihm ausgesucht wurde. »Gib Giovanni seine Unterlagen.«

»Mache ich«, sage ich und werfe einen Blick auf die Uhr.

»Gut. Dann viel Spaß mit den Russen.« Spaß mit Russen habe ich auf jeden Fall immer. Also wirklich immer.

»Werde ich haben«, meine ich und stehe auf.

Er wendet sich seinem Monitor zu und klickt. »Und das nächste Mal sag mir früher Bescheid.«

»Wenn ich dich öfter zu Gesicht bekomme und nicht die ganze Zeit weg bin, werde ich das tun. Was ist eigentlich mit der Schule?«, fällt mir dann ein.

»Du wirst nach dem Halbjahr nicht mehr hingehen, aber deinen Abschluss trotzdem bekommen«, meint er, ohne mich anzusehen, und scrollt. Diese Information gefällt mir überhaupt nicht. Denn erstens: Ich sehe dich nur noch in der Schule. Und zweitens: Ich will meinen fucking Abschluss selbst machen.

Aber ich weiß, dass ich jetzt nicht zu diskutieren brauche. Ich hasse es, wenn Dinge über meinen Kopf hinweg entschieden werden.

Trotzdem wende ich mich ab und verlasse leise sein Büro. Denn im Endeffekt habe ich keine andere Wahl.

* * *

Ich tue es.

Am Abend hole ich tatsächlich Selina ab. Und das ist gut, denn ich will noch ein paar Worte mit ihr wechseln, bevor sie am Sonntag bei mir einzieht. Sie wird dann nach dem Wochenende gleich mit mir nach Hause fahren. Ihre Sachen werden in der Zwischenzeit gebracht. Das hat mein Vater mit Diego, ihrem Vater, ausgemacht. Das heißt, die Handschellen klacken bald für sie.

Savio und Costa, ein anderer Bodyguard, sitzen vor mir in ihrem SUV, während ich vor Selinas Haus warte, dass sie sich endlich erbarmt und rauskommt. Ich trage meinen Mantel und die Heizung ist eingeschaltet. Es wird wirklich immer kühler und es könnte sein, dass dort, wo sich die Terekov-Hütte befindet, bereits Schnee liegt.

Du fährst mit Zayden und Irina mit Ilja, Aarik und Victor. Dieses Wochenende werden viele Bodyguards dabei sein.

Ich trommle mit den Fingern auf das gepolsterte Lenkrad und sehe an der weißen Villa hoch, die hell erleuchtet ist. Es dauert noch ein paar Minuten, dann öffnet sich das kleine Tor und Selina kommt raus. Ein Bodyguard folgt ihr mit einer Reisetasche. Als hätte sie das kleine Teil nicht selbst tragen können. Ich drücke den Knopf für den Kofferraum und er verstaut dort das Gepäck, bevor er ihn wieder schließt und reingeht.

Selina steigt derweil auf meinen Beifahrersitz. Ich betrachte das abfällig. Ich mag sie nicht auf meinem Beifahrersitz. Vielleicht hätte ich sie in den Kofferraum zu ihrer Tasche legen sollen. Passen würde sie.

Sie mustert mich kurz und ich gebe ihr mit meinem Blick zu verstehen, dass sie das nicht zu oft tun soll. Mich ansehen.

Daraufhin schaut sie aus dem Fenster, während ich den Motor starte und Savio Lichthupe gebe, damit er losfährt. Selinas Parfüm breitet sich im Auto aus. Ich will diesen Geruch nicht in meinem Auto. Er widert mich regelrecht an. Ich könnte kotzen. Wirklich.

Wir fahren los, während ich in die Mittelkonsole greife, mein Etui aufschnippe und mir eine Zigarette herausnehme, die ich zwischen meine Lippen schiebe, bevor ich es wieder schließe und die Kippe mit meinem Zippo anzünde.

Selina hat ihren Verlobungsring abgenommen und spielt damit. Sie könnte ihn ja einfach verlieren. Die Strafe dafür ist sicher nicht schön.

Wir rollen durch die gehobene Gegend und meine Scheinwerfer fluten die hohen Umzäunungen der Villen. Ich ziehe tief und stoße den Rauch aus dem geöffneten Spalt des Fensters.

Dann lehne ich meinen Hinterkopf an und lenke das Auto mit einer Hand.

Jetzt wird es Zeit für das Gespräch. Darüber habe ich mir natürlich schon Gedanken gemacht.

»Wir werden ein paar Regeln aufstellen«, beginne ich ruhig. »Und solltest du die nicht befolgen, wirst du die

Konsequenzen tragen müssen. Wie du ja weißt, heiratest du in eine sehr mächtige Familie.« Ich sehe sie an und das hier beginnt, mir Spaß zu machen. »Das heißt, du musst dich deines Standes entsprechend verhalten«, wiederhole ich, was mein Vater immer so gern sagt und was ich eigentlich gar nicht vertrete. Aber für sie gelten die Regeln. Ich werde sie so knechten, Rosalie.

»Sicher«, meint sie klar.

»Schön, dass wir uns verstehen. Möchtest du die Regeln hören?« Interessiert neige ich ihr den Kopf zu und sehe dann wieder nach vorn.

»Sicher.«

Ich seufze, als wir auf die Hauptstraße biegen. »Das Wichtigste ist natürlich, dass du immer auf den Boden siehst. Ich mag es nicht, wenn du andere Männer angaffst und es heißt, meine Frau wäre eine Hure. Was ja bereits genug Leute über dich sagen. Also müssen wir an deinem Image arbeiten. Von der Oberhure zur artigen, züchtigen Ehefrau.« Ich nicke zufrieden über meine Formulierung und ziehe wieder tief an meiner Zigarette.

»Okay«, meint sie und wirft mir einen kleinen Blick aus dem Augenwinkel zu, bevor sie wieder nach vorn sieht. Ihr Gesicht ist völlig blank, die dunklen Augen leer.

»Du wirst mit mir noch dieses Halbjahr zur Schule gehen, danach wirst du nur noch zu Hause sein. Von jetzt an keine Partys mehr, keine Ausflüge, keine Shoppingtouren, keine heimlichen Treffen mit meinem Bruder – denn, mal ganz ehrlich, du tust ihm überhaupt nicht gut. Er braucht jemand ganz anderen als dich.« Ich biege hinter Savio rechts auf den Highway ab.

Nun stocken ihre Finger, die mit dem Ring gespielt haben. A ja, das passt der kleinen Partybitch natürlich nicht.

»Ab sofort wirst du in der Schule den ganzen Tag von einem Bodyguard meiner Wahl begleitet, der mir immer Bericht erstattet, was du getan hast. Also halt dich von Zayden fern. Außerdem wirst du deine Freizeit zu Hause verbringen. Du kannst dich auf dem Gelände frei bewegen, aber Ausflüge auf die andere Seite des Sees kannst du dir abschminken. Ich werde dein Handy kontrollieren und immer genau wissen, mit wem du Kontakt hast. Gelöschte Nachrichten lasse ich wiederherstellen. Solltest du mit jemandem telefonieren wollen, wird das immer in Begleitung passieren. Du weißt schon, wie im Gefängnis.« Ich winke ab. »Du kannst deine ganzen Klamotten verbrennen. Ab jetzt keine Schlampenröckchen mehr. Keine Stiefel. Keine offenen Blusen. Sprich, keine Freiheiten mehr für dich. Das hätte alles auch anders laufen können. Aber du hast dich dafür entschieden, meinen Bruder kaputt zu machen, weil du ein Narzisst bist, dem es egal ist, was andere fühlen. Es sei denn, es betrifft dich. Also drehen wir den Spieß um und du wirst nachempfinden, wenn jemand so mit dir umspringt. Und noch was.« Ich bremse sanft ab, als Savio das Tempo drosselt. »Solltest du dich noch einmal im Ton meiner Mutter gegenüber vergreifen, solltest du noch einmal versuchen, Zayden und Rosalie gegeneinander aufzuhetzen, oder Bullshit über meine Familie erzählen, schneide ich dir die Zunge raus, Selina.« Ich beschleunige wieder und wir rollen auf die linke Spur. »Haben wir uns verstanden?«

Sie schluckt und hält den Ring jetzt in ihren verkrampften Händen. Nach wie vor sieht sie starr nach vorn, doch ihre Augen sind nicht mehr leer. In ihnen schimmert das Feuer der Wut.

»Sicher«, zischt sie hart. Ich seufze und lege meine Hand auf ihr Knie, bevor ich es zu fest drücke und sie keucht.

»Und bei mir solltest du dich erst recht nicht im Ton vergreifen.« Ich ziehe meine Hand zurück.

Ihr Blick schießt zu mir. Rosalie, du weißt, dass ich kein Frauenschläger bin. Allerdings bin ich mir bei ihr für nichts zu schade, ganz ehrlich. Sie sieht mich mit einer Mischung aus rasendem Zorn und Unglauben an.

»Und solltest du vorhaben, dich jetzt gleich bei Zayden darüber auszuheulen, wie böse ich bin, zeige ich ihm die Videos. Jedes einzelne, und nein, bei denen kannst du wirklich nicht behaupten, sie seien Fake. Also. Halt. Dich. Von. Meinem. Bruder. Und. Meiner. Familie. Fern. Dann haben wir auch kein Problem. Und wenn ich dir mit der Zeit vielleicht ein bisschen vertrauen kann, kannst du dir etwas von deiner Freiheit zurückverdienen.«

Sie atmet gepresst durch die Nase. »Du verstehst das nicht«, sagt sie und sieht wieder nach vorn.

»Es ist mir auch egal«, meine ich, denn niemals war mir etwas so gleichgültig wie das, was sie denkt, empfindet oder tut. »Also noch einmal. Hast du mich verstanden? Das ist alles, was ich wissen will.«

»Ich habe sehr gut verstanden.«

»Wunderbar.« Ich drehe Musik auf, damit sie nicht auf die Idee kommt, mit mir zu sprechen. Und so, Rosalie, behandle ich Frauen, die mich ficken wollen. Oder dich. Oder meinen fucking Bruder.

34. Auf dem Kriegspfad, Sergio

XX

Rosalie

Wir fahren in die Berge. Ich sitze neben Zayden und es ist schon dunkel. Wir sind seit anderthalb Stunden unterwegs und ich habe das Radio aufgedreht. Wir hören Musik und ich singe ein bisschen dazu, während Zayden locker den Wagen lenkt und an seinem Colabecher von McDonalds nippt. Früher habe ich diese Ausflüge immer geliebt, oft sind wir spontan einfach weggefahren. In den Ferien sogar für mehrere Wochen. Für meinen Dad war das nie ein Problem und für Zaydens auch nicht. Wir mussten nur stündlich Updates geben, das alles okay ist. Der, der am nüchternsten war, hat angerufen und der andere musste ganz still sein. Nicht einfach, wenn Zayden gerade kotzen muss – er kotzt echt laut, wovon man einen Lachflash bekommt. Zum Glück hat es Onkel Carter mit Humor genommen und mir gesagt, ich solle es aufnehmen und ihm schicken. Das habe ich getan und über den Familienchat weitergeleitet.

Die Jüngeren sind natürlich nicht dabei, weil es bei diesen Wochenenden immer ausschweift, und wir wollen sie nicht bis an ihr Lebensende verstören, denn das werden sie schon früh genug. Hier gibt es keinen, der nicht verstört ist.

Ich wette, unsere Eltern haben Sophia und Catalina zu Ilian gesteckt und machen jetzt selbst lustige Sachen. Doch ich will nicht weiter darüber nachdenken, was zu Hause wohl los ist. Denn da sind diese Bilder in meinem Kopf und die werde ich nie wieder los. Eigentlich bräuchte ich einen Therapeuten, so wie wir alle. Nicht mal mit meiner Mutter konnte ich darüber reden, weil sie beteiligt war. Ich wollte doch nur, etwas zu trinken aus der Küche holen und da waren sie, auf der Treppe.

Mich schüttelt es immer noch, wenn die Bilder meinen Kopf fluten, also schiebe ich sie ganz weit von mir. Glücklich ist der, der aussortieren kann, woran er denkt. Das sagt mein Vater immer und er hat recht, wie bei so vielem.

Ich schalte weiter, weil das aktuelle Lied nervt, und Zayden stellt seine Cola in die Mittelkonsole und überholt einen Mini Cooper. Es sitzt ein Mann mit einem Schnauzbart darin und wirkt hochkonzentriert. Früher habe ich mit Sophia immer ein Spiel gespielt. Wir haben uns überlegt, wohin er wohl gerade fährt und was er vorhat. Damit war Sophia dann meistens noch bis in die Nacht beschäftigt und hat die Idee immer weiter gesponnen und aufgeschrieben. Am nächsten Tag hat sie sie mir gegeben. Mittlerweile habe ich so viele Geschichten von ihr, die ich alle gelesen habe. Noch heute liebe ich sie.

Ich nehme mir ein paar Gummibärchen aus der Verpackung in der Mittelkonsole und kaue darauf herum, während ich weiter die anderen Autofahrer beobachte und mich frage, was jetzt eigentlich mit Zayden und Selina ist. Die letzten Tage in der Schule ist sie ihm überall hin gefolgt, statt andersrum. Natürlich, sie kriegt allmählich Panik, weil sie bemerkt, dass er sich abwendet und sie durchschaut. Wurde auch langsam Zeit.

Du warst die letzten Tage nicht in der Schule, und da ich dir versprochen habe, dass ich mich fernhalte, habe ich dir nur eine Nachricht geschrieben und gefragt, ob alles okay ist. Ich denke mal, dass dein Vater dafür verantwortlich ist, dass du dem Unterricht fernbleibst und er schon jetzt beginnt, alle Stricke zu kappen, die dich noch in deinem alten Leben festhalten. Es ist so widerlich, was er tut. Dabei wäre es eigentlich gar nicht nötig. Du könntest auch sein Erbe antreten, ohne alles andere zu verlieren, was dir wichtig ist, wenn er nicht so ein einnehmender Egoist wäre, der dich ganz für sich will.

Aber du hast mich um was gebeten, also halte ich mich daran. Ich lenke mich ab. Lerne wie verrückt. Verbringe Zeit mit Zayden und Irina. Das ist sehr ablenkend. Sie hat mir sehr viel zu erzählen. Meistens geht es um meinen Cousin, wie er sie ansieht, wie oft er sie anschaut, dass er sie angelächelt und ihr *zugezwinkert* hat. Sie ist auf der Toilette in der Schule völlig durchgedreht, als sie von ihm geschwärmt hat. Ist rumgesprungen und hat gequietscht. Wenn das so weitergeht, brauche ich bald ein Hörgerät, aber sonst ist alles gut. Sie flippt regelmäßig völlig aus wegen Zayden. Und genau das hat er eigentlich auch verdient, denn durch all das, was er mit Selina durchmachen musste, hat er aus den Augen verloren, dass er auch eine andere Seite besitzt. Die ich im Übrigen sehr gut kenne. Ich weiß, dass er mitfühlend sein kann und sehr sensibel, und dass er für die, die er liebt, alles tut.

Er hat tatsächlich die letzten Tage öfter zu Irina gesehen als die ganzen Jahre zuvor. Deswegen ist dieser Ausflug perfekt. Vielleicht fängt er langsam an, den Unterschied zwischen Selina und Irina zu erkennen. Jetzt, da er beide einmal mit anderen Augen betrachtet und sie direkt vergleichen kann.

Vielleicht wird ihm klar, dass Selina Sanchez der Teufel ist und Irina Terekov ein Engel, und dass er ihr Licht braucht, um zu *leben*. Nicht zu *über*leben, wie er es mit Selina tut.

Der Tank neigt sich dem Ende zu und Zayden fährt bei einer Raststätte raus. Ich steige aus und strecke mich. Es ist heute ziemlich kalt und Zaydens Rücken knackt, als auch er sich erhebt und streckt. Dann umrundet er das Auto, öffnet den Tankdeckel und schiebt eine der Zapfhähne hinein, während er seine Karte nebenan in den Automaten schiebt.

»Willst du was?« Ich deute über meinen Rücken zum Kiosk. Er reicht mir seinen Geldbeutel, der total zerfleddert ist. Den hat er schon seit zehn Jahren.

»Grüne Gummischlangen.« Mein Gesichtsausdruck entgleist. Ich kann diese Gummischlangen nicht mehr sehen, aber er liebt sie, genau wie seine Mutter. Sie verstecken sie gegenseitig voreinander, wenn welche im Haus sind.

»Okay«, meine ich unwillig und wende mich ab.

»Und eine Coke!«, ruft er mir noch nach.

»Okay, keine grünen Gummischlangen und eine Coke!«

»Grüne Gummischlangen und eine Coke!«, erwidert er düster. Ich grinse in mich hinein und betrete die kleine Raststätte, wobei das kleine Glöckchen über der Tür bimmelt. Natürlich gibt es grüne Gummischlangen, ich kann ja nicht einmal Glück haben. Ich nehme ihm drei Packungen mit, ich bin ja nicht so, und außerdem noch einen Muffin für mich. Wir essen in dieser Familie äußerst gern süßes Zeug, aber das weißt du ja, Sergio. Du warst immer der Einzige, der verzichtet hat, während ich einfach für dich mitgegessen habe.

Dann nehme ich noch zwei Cokes und zahle, wobei ich noch eine Packung Kaugummis einpacke und den Blick des Kassierers auf meine Brüste ignoriere. *Männer.* Zumindest alle Männer außer dir. Anschließend verlasse ich mit vollen Händen wieder den Kiosk. Zayden ist fertig mit Tanken und sitzt bereits im Auto. Er ist immer so ungeduldig. Der Motor läuft schon, aber ich lasse mich nicht unter Druck setzen. Vor allem rutscht eine dieser blöden Gummischlangenpackungen und ich muss jeden Schritt sehr bedacht setzen, weil bei einer falschen Bewegung das ganze Konstrukt zusammenfällt, was ich mir auf die Arme geladen habe. Aber ich schaffe es zum Auto und er öffnet mir die Tür von innen, die ich noch mit dem Fuß weiter aufschiebe. Dann lasse ich mich in den Sitz sinken und schütte meine Arme aus.

»Bitte.« Er zieht eine der Packungen von meinem Schoß, klemmt sie zwischen seine Beine und reißt sie auf, während er losfährt. Ich sage es ja, keine Geduld, dieser Zayden. Er ist so anders als du.

Dann schiebt er sich eine der grünen Schlangen zwischen die Lippen und lehnt sich gemächlich zurück, während er sie immer weiter reinzieht, bis sie verschwindet.

»Und da haben wir sie wieder, die Zunge.« Ich öffne meine Cola-Dose und es zischt, bevor ich einen Schluck nehme, sie in die Mittelkonsole stelle, wo alles sowieso schon vollgestopft ist, und mich dann daran mache, meinen Muffin aus dem Papier zu schälen.

»Okay. Jetzt sag mir, wie es war«, fange ich einfach an, ohne ihn anzusehen.

»Was denn?«, fragt er leicht verwirrt.

»Sie zu küssen.« Darüber muss er kurz nachdenken, und ich lasse ihn und schäle in alle Ruhe weiter. Schließlich tritt die Erkenntnis in seine türkisen Augen.

»Ach so, du meinst Irina.«

»Ja, Irinaaaa. Diese kleine, heiße Blonde, die gar nicht weiß, wie heiß sie ist. Genau die.« Er nickt zustimmend. Ich nicke auch und beiße herzhaft in meinen Muffin.

»Es war interessant«, meint er stirnrunzelnd. »Wieso fragst du mich so eine Scheiße? Hast du keine Freundinnen, mit denen du über so was reden kannst?« Oh doch, und wir reden die ganze Zeit über nichts anderes, aber ich muss natürlich etwas für Irina und dieses Wochenende vorarbeiten. Das habe ich ihr hoch und heilig versprechen müssen. Fast mit der Knarre ihres Bruders am Kopf. Sehr radikal, diese Russen.

»Wieso interessant?«, frage ich nuschelnd mit vollem Mund und sehe ihn neugierig an.

»Es war ihr erster Kuss.« Er verdreht die Augen. Das weiß ich natürlich. Denn ihr Vater hat ihr gesagt: »Heb dich für jemanden auf, den du wirklich willst und der es wert ist.« Und sie hat meinen Cousin auserwählt, schon von einer Million Jahren, als er noch nicht mal Haare am Sack hatte und sie immer wieder von sich weggeschubst hat, weil er so genervt von ihr war. Und so darauf fixiert, Selina hinterherzulaufen, dass er Irina gar nicht gesehen hat, schon als Kind. Allerdings war es Irina egal, denn wenn sie sich einmal was in den Kopf setzt, zieht sie es auch durch. Dabei gab es wirklich einige Kerle, die es bei ihr probiert haben. Aber sie hat sie alle abblitzen lassen. Ohne einen Funken Reue oder Mitgefühl. Da ist sie knallhart.

»Und wie war es so, eine Kussjungfrau zu küssen?«, frage ich und esse eine Blaubeere, die ich aus dem fluffigen Teig picke.

»Komisch war es, denn meine letzte Kussjungfrau habe ich auch gleich das erste Mal gefickt. Also war es nur ein endloses jungfräuliches Geknutsche.« Er verdreht wieder die Augen. »Es war komisch. Ich küsse nicht einfach so. Ich küsse, um zu ficken. Du weißt schon … Vorspiel.« Ich nicke verstehend, denn ich kenne ihn leider in dieser Hinsicht und weiß genau, was er meint. Es ist manchmal nicht leicht, das Zimmer direkt zwischen euch zu haben. Aber das ist eine der Sachen, die ich auch so schön verdränge, wie vieles andere. »Ich meine, wer küsst heutzutage noch, ohne danach zu vögeln? Ich versteh das nicht.« Er schüttelt den Kopf, als würde er das wirklich nicht kapieren. »Es sei denn, man ist seit vierzig Jahren verheiratet, dann okay.«

»Hmmm … Vielleicht, damit man sich danach an das Gefühl erinnern kann, das einen immer wieder durchströmt, wenn man an diesen Kuss denkt. Zumindest, wenn es ein guter Kuss war«, überlege ich laut.

»Also so eine Scheiße habe ich ja noch nie gehört. Ganz ehrlich, Rosalie.«

Ich gebe ihm einen trockenen Blick und beiße wieder von meinem Muffin ab.

»Okay, vielleicht, um sich einfach heißzumachen?«

»Aber wofür, wenn man danach nicht vögelt?«, fragt er eindringlich mit hochgezogenen Brauen.

»Um zu wissen, wie der andere schmeckt und sich anfühlt? Als Kostprobe?«, biete ich an. Abwägend nickt er. Diese Antwort scheint ihn zufriedenzustellen. »Bei einem Kuss merkt man gleich, ob man harmoniert und ob man sich mehr vorstellen könnte.«

Er seufzt. »Jedenfalls wollte ich sie dann da nicht entjungfern, weil mir klar wurde, wenn sie noch nie geküsst hat, hat sie auch noch nie gevögelt. Also habe ich nichts gemacht …« Er hebt eine Hand. »Nichts gemacht.«

»Gar nichts?«, frage ich ehrlich entrüstet. Das ist so *nicht* Zayden.

»GAR NICHTS.« Das kommt wirklich empört.

»Du hattest Ehre«, sage ich zufrieden und beiße wieder ab. Genau das ist es, was Irina aus ihm macht. Schon mit nur einem Kuss.

»Ich hatte …« Er verstummt. »Ja, klar, Ehre.«

»Schiss?«

»Den Ständer meines Lebens.« Ich nicke und verziehe dabei das Gesicht.

»Und? Willst du mehr von ihr?«, frage ich.

»Nein.« Er fährt quer auf die rechte Spur und drosselt das Tempo, als das Ausfahrtsschild vor uns erscheint. Er startet immer echt gefährliche Manöver, aber das bin ich schon gewohnt.

»Wieso nicht?«

»Ich empfinde nichts für sie«, meint er klar.

»Und deswegen willst du nicht mit ihr schlafen?«, frage ich etwas weich, weil es ihm sonst auch scheißegal ist, ob er etwas für eine Frau empfindet oder nicht. Und wenn er bei ihr den *Ständer seines Lebens* hatte, dann erst recht. Was heißen muss, dass er *doch* was für Irina empfindet, aber es nicht zulässt.

»Ja, weil … sie echt viel zu …«

»Besonders?«

»Und hell ist.«

»Und du denkst, du hast es nicht verdient, richtig? Wieso?«

»Therapierst du mich gerade?«, fragt er mich genervt.

»Nein, ich schau dir zu, wie du diese Gummischlangen isst.« Er beißt gerade eine ab und kaut düster mit zusammengezogenen Brauen. »Und ich will dich verstehen, weil du mein Lieblingscousin bist.«

»Wir wissen alle, dass Ilian dein kleiner Lieblingscousin ist.« Er hebt eine Braue in meine Richtung.

»Ihr steht auf derselben Stelle im Lieblingscousinranking. Aber das ist doch jetzt egal …«

»Ist es auch.« Er rutscht tiefer in den Sitz.

»Also wäre es dir egal, wenn Aarik Wolkov sich heute Nacht in ihr Zimmer schleicht und da weitermacht, wo du aufgehört hast?«

Er stöhnt genervt. »Natürlich wäre mir das nicht egal. Aarik Wolkov ist auch nicht gut für sie. Es sei denn, sie will ihn.« Er runzelt die Stirn, doch ich kann ihm nicht verraten, wie sehr sie ihn nicht will. Aarik ist für sie das, was Irina für Zayden ist und Zayden für Selina.

Ich seufze schwer. »Hm.«

»Sie ist wirklich zu gut für mich«, meint er nun ernster und nimmt die geschwungene Ausfahrt, weshalb er noch etwas mehr abbremst.

»Ganz ehrlich? Sie ist die einzige Frau, die wirklich gut genug für dich ist und bei der du mindestens fünf Gründe hättest, wieso du sie lieben könntest.« Ich knülle das Papier zusammen und schmeiße es in die Plastiktüte in meinem Fußraum. Zayden denkt darüber kurz nach. Ich liebe das. Er lässt sich meine Worte immer durch den Kopf gehen.

Dann seufzt er. »Ich liebe sie aber nicht. Ich liebe jemand anderen, ob es euch passt oder nicht. Es ist so.« Ich seufze auch. »Egal, was gerade zwischen uns passiert und wie es weitergeht. Meine Gefühle sind trotzdem gleich.« Er will das so sehr. Er hat sich so darauf versteift.

»Ich weiß, aber ich wünsche dir jemanden, der dich mindestens genauso liebt, wie du ihn«, meine ich sanft.

»Sie würde bei mir immer an zweiter Stelle stehen. Es gibt niemanden, der Selina ersetzen könnte.« Gott, ich hasse diese Frau so sehr. Allein ihren Namen zu hören, macht mich aggressiv, weil sie einfach so ein widerlicher Mensch ist, aber ich halte mich jetzt zurück. Zudem hat er unrecht. Aber ich lasse ihm in den Glauben, denn er ist noch nicht so weit.

»Und was, wenn du es zulassen würdest?« Ich kann mich nicht beherrschen und hake noch ein bisschen nach.

»Ich kann sie nicht einfach vögeln und dann ... zurücklassen. Es wäre bei ihr wirklich eine Sünde.«

»Und genau deswegen, weil du das nicht kannst, wärst du der Richtige für sie.«

»Bullshit«, meint er und biegt auf eine abgelegene Landstraße.

»Ich erzähle nie Bullshit, außer ich habe geraucht oder getrunken, Zayden«, erkläre ich ihm äußerst ruhig, während das Navi zeigt, dass wir in zwanzig Minuten da sind und nehme mir auch eine von den Gummischlangen.

»Oder du versuchst, meine schlafwandelnde Schwester von etwas zu überzeugen, dann redest du auch Bullshit.«

»Oder in diesem Fall«, gebe ich ihm recht. Er nickt nachdrücklich und ich zucke mit den Schultern. »Schuldig im Sinne der Anklage, was soll ich sagen? Aber wenn es um Irina geht, rede ich keinen Bullshit.« Wir fahren bergauf und es wird immer kühler, weshalb Zayden das Fenster schließt und die Heizung weiter hochdreht. Es ist schon jetzt extrem kalt, obwohl wir erst Anfang Oktober haben.

Mein Herz schlägt etwas schneller, weil ich dich bald sehen werde, und ich habe keine Ahnung, wie es wird. Jetzt ist alles so anders, so neu und ungewohnt, aber wir werden schon mit dieser Situation klarkommen, wie wir mit allem klarkommen. Obwohl ich wirklich an mich halten muss, wenn ich dich sehe. Fernhalten heißt nicht berühren, und dich nicht zu berühren, muss ich erst wieder lernen. Ich atme durch und straffe meine Schultern, während ich die Gummischlange in meinen Mund schiebe. Ab und zu schimmern durch die Baumkronen schon die Lichter der Hütte und mein Herz rast geradezu.

Zayden sieht ebenfalls zur Hütte und drosselt das Tempo etwas. Die Temperaturanzeige verrät, dass es Minus zwei Grad sind. Die Straße schimmert ein wenig. Es ruckelt, als wir über ein Schlagloch fahren und wir nehmen die letzte weit auslaufende Kurve. Ich schaue nach rechts in den Abgrund, wo vereinzelt Häuser funkeln. Die umliegenden Berge sind von leichtem Nebel bedeckt. Dazwischen zieht sich der Highway entlang, durch die Lichter der Autos erhellt wie eine Blutbahn, die durch das Land führt.

Schließlich schaue ich wieder nach vorn und direkt auf die hell erleuchtete zweistöckige Hütte vor uns. Sie besteht komplett aus Holz und wird von einem dichten Wald gesäumt. Auf dem Parkplatz stehen bereits Iljas dunkelblauer Mercedes SUV sowie dein Audi. Wieder beschleunigt sich mein Herzschlag, als ob das noch möglich wäre. In der Hütte brennt Licht und an den Fenstern huschen Schatten vorbei. Es wundert mich nicht, dass wir die Letzten sind. Wenn wir unterwegs sind, halten wir immer sehr oft und trödeln, aber das wisst ihr alle. Tief atme ich durch und Zayden seufzt, bevor er ebenfalls auf den Parkplatz rollt und sich neben deinen Audi stellt.

»Irgendwie komme ich mir vor, als würden wir gerade in den Krieg ziehen«, sage ich leise.

»Ich mir auch.«

Und tatsächlich frage ich mich, ob dieses Wochenende nicht in einer riesengroßen blutigen Schlacht enden wird. Vielleicht sogar mit Toten, aber auf jeden Fall mit Verletzten. Das ist klar.

35. Teufel und Engel, Sergio

Rosalie

Zayden stellt den Motor ab und ich wische den Zucker, der von den Schlangen gerieselt ist, von meiner Jeans.

»Na dann.« Wir schnallen uns ab.

»Na dann«, meint er und steigt als Erster aus, nachdem er seine Zigaretten und sein Handy aus der Mittelkonsole gefischt hat. Er schlüpft in seine schwarze, dicke Winterjacke und ich angle nach meiner weißen vom Rücksitz, die ich mir auch überziehe, bevor ich aussteige. Währenddessen lehrt Zayden schon den Kofferraum. Wir haben immer viel Zeug dabei – und damit meine ich nicht Klamotten. Ich nehme eine Tüte und einen Koffer. Es knirscht, als ich mit meinen Boots über den frostigen Kies auf das Haus zugehe. Zayden folgt mir mit unseren restlichen Taschen. Schlendernd und lautlos.

Okay, du bleibst jetzt ganz ruhig.

Du tust jetzt einfach so, als würdest du ihn gar nicht wollen.

Als wäre er irgendwer.

Keiner, der dir alles bedeutet. Jemand, der dein Leben ist, den du küssen und umarmen willst und … Fuck! RUHE JETZT!

RUHE!

Wir erklimmen die Holzstufen, die zur umlaufenden Veranda führen, und ich öffne die Tür, bevor wir eintreten. Vor uns befindet sich ein Schuhmassaker und die Wärme schlägt uns entgegen. Die Hütte ist mit einem schummrig gedämmten Licht erhellt. Rechts von uns befindet sich eine offene Küche, die durch eine lange Holztheke vom Wohnbereich auf unserer Linken getrennt ist, zu dem man durch zwei hinabführende Stufen gelangt, weil dort der Boden etwas niedriger ist. Vor dem riesigen Kamin hockst du, Sergio, einen Unterarm auf dein angewinkeltes Knie gestützt, und entzündest gerade mit dem Rücken zu uns ein Feuer.

Scheiße, mein Herz! Es überschlägt sich förmlich in meiner Brust und in mir verkrampft sich alles. Wenn ich sterbe, allein durch deinen Anblick, dann bist du schuld.

Der cremefarbene Pullover spannt sich über deinen Rücken und dein Nacken ist vom Sommer immer noch gebräunt. Wir haben fast jeden Tag draußen verbracht, wenn wir Zeit hatten. Aber das ist jetzt vorbei.

Ich kann meine Augen nicht von dir abwenden. Kurz nehme ich mir die Zeit, um deinen Anblick in mich aufzusaugen wie eine Süchtige. Ich habe dich zwar nur vier Tage nicht gesehen, aber das kommt mir vor wie eine Ewigkeit.

Du bist so schön.

So perfekt.

So mein.

Und dann doch nicht.

Du rüttelst etwas an den Holzscheiten und eine kleine Flamme lodert langsam immer höher. Wie die Flamme in mir, wenn ich dich sehe.

»Es ist fucking kalt hier drin!« Ilja kommt sich die Hände reibend die Treppe herunter, die gegenüber von uns in den ersten Stock führt.

»Gleich«, murmelst du abgelenkt und fuchtelst noch etwas am Kamin herum, während Zayden unsere Taschen abstellt.

»Oh, habt ihr es auch mal geschafft?« Ilja geht an uns vorbei in die Küche und Zayden schiebt ihm eine Tasche über den Tresen zu.

»Kühlschrank.« Die Flaschen darin klirren.

Ich sehe mich nach den anderen um, aber die sind wahrscheinlich oben. Zumindest hört es sich so an, als Irina lacht und eine Tür zuknallt. Du stehst in der Zwischenzeit auf und ich öffne meine Jacke. Das Feuer knistert und endlich drehst zu dich zu mir um, während Zayden Ilja hilft, die Flaschen in den Kühlschrank zu sortieren, die wir mitgebracht haben. Es sind echt viele. Aber wir konnten uns eben nicht entscheiden.

»Das kommt in die Tiefkühltruhe.« Zayden drückt Ilja gerade eine Flasche in die Hand, dabei hat er noch nicht mal seine Jacke ausgezogen. Erst muss er sich um den Alkohol kümmern. Aber ich bekomme das alles nur am Rande mit, weil ich völlig in dir versinke. Du schiebst deine Hände in die Hosentaschen und ich ziehe mir meine Jacke aus, während du mich überblickst. Deine dunkelblauen Augen verlieren dabei etwas an Härte. Du wirkst heute besonders kühl und ich weiß nicht, wieso. Deine markanten Gesichtszüge sind rasiert und das goldene Kreuz an deinem Hals liegt über dem feinen Stoff des Pullovers.

»Hey«, seufze ich wie ein totaler Idiot erleichtert, und mustere dich gierig. Du lehnst dich mit der Schulter an das Treppengeländer, sodass wir uns gegenüberstehen. Mein dummes Herz schlägt noch schneller, allein, weil ich dich ansehe und dein Geruch langsam in meine Nase zieht.

Gott, habe ich dich so vermisst.

»Hey.«

Ich hänge meine Jacke zwischen den anderen auf. »Wie geht's dir?«, frage ich nebenbei.

»Gut«, meinst du, während die Toilettenspülung hinter dir im Bad betätigt wird. »Und dir?« Wieso ist es denn jetzt so komisch zwischen uns? Wie es mir geht, Sergio? Ich liege jede Nacht wach und denke darüber nach, was du wohl tust. Am Tag bin ich zwanghaft abgelenkt und versuche, nicht einzuschlafen, weil ich so fertig wegen des Schlafmangels bin. Ich versuche, nicht wahnsinnig zu werden. Versuche, nichts Dummes zu tun. Versuche, nicht zu dir rüberzufahren und dich anzuflehen, einfach mit mir abzuhauen, alles hinter uns zu lassen. Wobei ich das bei meiner Familie gar nicht wirklich könnte – und du auch nicht. Aber manchmal, wenn ich nicht schlafen kann und mein Hirn mich verrückt macht, dann stelle ich mir vor, wie es wohl wäre, wenn wir einfach gehen würden, um irgendwo neu anzufangen, ganz weit weg von hier und deinem Vater. Irgendwohin, wo wir frei und wir sein könnten. Wirklich wir.

»Mir geht's ganz gut«, lüge ich und du lächelst halb, genau wie ich. Natürlich weißt du genau, wie es mir wirklich geht. Ich konnte dir noch nie was vormachen.

Die Tür hinter dir wird geöffnet und Selina kommt raus. Juhu, auf Miss Oberbitch habe ich gerade noch gewartet. Ihr *Verlobungsring* blitzt auf, als sie sich die Hände trocken reibt. In dem Moment fällt mir wieder ein, dass sie am Sonntag bei dir einzieht und dass sie hier wahrscheinlich schon als deine *Verlobte* ist. Das alles ist einfach so unglaublich falsch. Sie trägt schwarze Jeans und einen gleichfarbigen Pullover mit V-Ausschnitt. Ihre goldene Uhr blitzt an ihrem Handgelenk und ihr schwarzes Haar fällt über ihren Rücken. Ich weiß schon, wieso fast jeder Mann auf sie steht. Sie sieht perfekt aus. Aber wenn das Innere so hässlich und verdorben ist, dann bringt jede äußere Schönheit nichts mehr. Dann ist diese Perfektion nichts wert. Ein hässlicher Charakter macht jede äußere Schönheit kaputt.

»Hi«, meint sie knapp und gewohnt arrogant.

»Nein, nein, nein, nein, nein. Das kommt nicht in den Kühlschrank!« Zayden entreißt gerade Ilja eine Flasche und Selinas Blick schießt sofort zu ihm. Ich ziehe eine Augenbraue hoch und jetzt ist dein Lächeln echt und vorfreudig, als würdest du was aushecken.

»Geh und begrüß ihn«, sagst du leise zu Selina. Deine Augen funkeln verspielt. Ich runzle etwas meine Stirn, weil ich keine Ahnung habe, was das jetzt soll. Sie sieht etwas unsicher zu dir und du nickst Richtung Küche. Dann atmet sie durch und strafft sich, bevor sie sich in Bewegung setzt und auf Zayden zugeht. Der hat sie noch nicht mal bemerkt und schließt gerade den Kühlschrank, während er über Ilja schimpft, weil er angeblich keine Ahnung von nichts hat. Ilja meckert zurück, weil er der Meinung ist, mehr zu wissen als Zayden. Sie gestikulieren wild vor ihren Gesichtern rum, unterstrichen von russischen und italienischen Gesten und Flüchen. »Stronzo« und »Suka« schmeißen sie sich um die Ohren, ehe Ilja mit seiner Brust gegen Zaydens prallt. Selina beobachtet das kurz und räuspert sich. Zayden schnaubt noch einmal durch die Nase, dann dreht er seinen Kopf zu ihr um. Er ist ganz rot geworden – wie Tante Isabelle –, weil er diskutiert und sich reingesteigert hat. Seine türkisen Augen fokussieren sich nur schwer auf Selina, bevor er blinzelt und einen Schritt zurückmacht. Ich beobachte, während ich mich an die Wand lehne, wie diese Schlange zu ihm hochschaut. Jetzt verändert sich sein Blick.

»Hi«, sagt sie leise, so unsicher tuend, diese Selina.

Zayden atmet tief durch. »Hey!« Seine Stimme klingt etwas rau. Dann kann ich genau beobachten, wie sie ihn mit ihrem Blick förmlich einsaugt und er völlig in ihr versinkt und fällt. Ich hasse es jedes Mal aufs Neue. Das zwischen ihnen ist keine Liebe, es ist Besessenheit und so krank.

»ILJA, HAST DU MEINE HOSE IN DEINEM KOFFER? ICH HAB SIE DIR HINGELEGT. BITTE SAG MIR, DASS DU SIE DABEIHAST!«, brüllt Irina durch das Haus, wie daheim auch immer. Zayden zuckt hoch und richtet den Blick zur Treppe, weg von Selina. *GUT.*

Wieder verändern sich seine Augen und funkeln voller Leben. Das ist, was Irina in ihm auslöst.

»BIN ICH DEIN FUCKING KOFFEREINPACKER ODER WAS?«, ruft Ilja genervt. »AUSSERDEM SAH DAS AUS WIE EINE PUPPENHOSE. WAS TRÄGST DU ÜBERHAUPT FÜR EINE GRÖSSE? EINS?«

Ich ziehe die Schuhe aus. Zayden wendet sich derweil von Selina ab und wieder den Flaschen zu, die er feinsäuberlich sortiert. Du ziehst einen Mundwinkel hoch und winkst Selina mit einem Finger heran, sobald Zayden wegsieht. Aaah, langsam verstehe ich, was das hier wird. Selina atmet durch und betrachtet Zayden noch ein paar Sekunden, bevor sie zu dir zurückkommt.

»ALSO HAST DU SIE NICHT DABEI, WILLST DU MIR DAS SAGEN? ICH DACHTE, DU LIEBST MICH.« Irina ist hörbar enttäuscht.

»ICH WEISS NICHT, WIE DU AUF SO WAS KOMMST!« Ilja packt die Süßigkeiten aus der Tüte, die neben dem Tresen steht. »Ich weiß echt nicht, wie sie auf so was kommt«, wiederholt er leise.

Du murmelst Selina etwas zu und ich bemerke, dass es ihr widerstrebt. Sie würde dir lieber eine nicht gerade freundliche Antwort geben, und ich bin gespannt, ob sie es tut. Du siehst sie mit einem Blick an, mit dem du mich noch nie angesehen hast. Er ist eisig. Deine Augen wirken wie erstarrt. Das ist nicht gut. Ich hoffe, dass du mich niemals mit diesem Blick anschauen wirst.

Schließlich ist sie doch nicht so dumm und wendet sich ab, geht in den Wohnbereich und lässt sich auf einen der weißen Sessel fallen, bevor sie die Beine überschlägt und ihr Handy aus der hinteren Hosentasche holt.

Du nickst zufrieden und siehst von ihr weg.

»Hast du jetzt vor, einen Roboter aus ihr zu machen?«, frage ich dich und deine Augen schweifen zu mir.

»Ja«, antwortest du selbstzufrieden. Ich nicke, denn das ist eine sehr gute Idee.

»Okay, wenn du diese Flasche noch einmal in den Kühlschrank stellst, schlage ich sie dir über den Kopf«, meint Zayden.

»Immer so aggressiv, der Italiener.«

»ICH BRING DICH UM, ILJA! WAS IST DAS HIER IN MEINEM KOFFER?«, brüllt es nun von oben. Du siehst pikiert über die Schulter, als hätte man dich bei irgendwas gestört. Du magst keine lauten Stimmen oder Gebrüll, wenn es nicht von meinem Onkel kommt. Das ist für uns normal.

»Hat nicht mehr bei mir gepasst«, verkündet Ilja locker.

»DAFÜR HAST DU MEINE ANDERE HOSE RAUSGETAN! ICH HABE KEINE HOSEN DABEI!«

»Ja, aber Lautsprecherboxen und die sind wichtig! Du brauchst keine Hosen, entspann dich!«

»Soll ich die ganze Zeit in Höschen rumrennen?«, ruft Irina den Tränen nahe.

»Nimm eine Jogginghose von mir!«, schlägt Ilja vor. »Rosalie hat bestimmt was für dich.« Ich seufze und habe mich schon in Bewegung gesetzt.

»Du kriegst was von mir, beruhige dich!«, rufe ich hoch und gehe zu meinem Koffer, den du dir schnappst und dann die Treppe nach oben bringst.

Ich folge dir und deinem kleinen knackigen Hintern die knarrenden Holzstufen hinauf und in den ersten Stock. Wobei ich an mich halten muss, um nicht wie ein Kerl bei seiner Bitch den Kopf schiefzulegen und dich abzuchecken. Die Zimmertüren stehen offen und du siehst über deine Schulter zu mir.

»In welches willst du? Das, das und das ist noch frei.« Du deutest auf drei Türen.

»Weit weg von Zayden, bitte.« Du nickst verstehend und gehst nach rechts über den beigefarbenen Teppich den Flur entlang zum letzten Zimmer im Gang. Dort wartest du und lässt mich vorbei. Ich betrete das Zimmer, und dein Duft steigt mir wieder in die Nase, weshalb ich tief durchatme. Ich kann gar nicht anders. Du stellst mein Gepäck auf den Boden und knipst das Licht an, bevor ich in die Hocke gehe und den Koffer öffne.

»Dann schauen wir mal, ob ich was für Irina habe«, meine ich zu dir. Ich muss meine Hände echt dringend beschäftigen, wenn du in der Nähe bist. Es ist so schwer, dich nicht einfach an mich zu ziehen und wenigstens kurz zu küssen, so ungewohnt. Du lehnst dich mit der Schulter in den Türrahmen und verschränkst die Arme vor der Brust, während ich in meiner Kleidung wühle, um meine Hände krampfhaft beschäftigt zu halten. Dabei versuche ich, nicht darüber nachzudenken, dass wir hier jetzt allein sind und ich nichts von dem tun darf, was ich tun will.

Es poltert ein paar Zimmer weiter. »Fuck, Bro. Pass doch auf!«, blafft Aarik seinen Bruder Victor an. »Scheiße, was machst du überhaupt in meinem Zimmer?«

»Ich brauch die Scheiße, halt die Fresse«, antwortet Victor Wolkov wie immer total aggressiv und ungeduldig. Es rumpelt, wahrscheinlich hat der eine den anderen geschubst. Ich mag es nicht, wenn Victor dabei ist. In seiner Gegenwart habe ich immer das Gefühl, noch mehr auf mich aufpassen zu müssen. Du siehst über deine Schulter, dann wieder zu mir.

Ich atme seufzend durch.

»Schließ einfach deine Tür ab, wenn du schlafen gehst«, meinst du hart.

»Das werde ich auf jeden Fall tun.« Ich muss daran denken, was Victor mit Marie im Ferienlager gemacht hat. Er hat sie vergewaltigt und es wurde von den Wolkovs vertuscht. Die jüngere Schwester von Aarik und Victor, Natalia, ist nicht dabei, weil sie erst vierzehn ist. Aber für ihr Alter ist sie schon ein richtig berechnendes Miststück, so wie Selina. Sie geht mit Catalina, Sophia und Ilian in eine Klasse und stiftet immer wieder mal Unfrieden zwischen ihnen. Genau so war Selina auch mit vierzehn, nur ist Natalia blond und nicht schwarzhaarig.

Schließlich werde ich fündig und ziehe die Jeans heraus, von der ich weiß, dass sie Irina wie angegossen passen wird. Wir tragen ungefähr die gleiche Größe, wobei meine Hüften etwas breiter sind als ihre. Sie hat die absoluten Modelmaße, aber sie würde deswegen niemals mehr von sich halten als von irgendjemand anderen. Sie ist perfekt, während ich seit Jahren mit meinem schwabbligen Hintern kämpfe, der einfach nicht straff wird. Egal, was ich tue. Genau wie meine Oberschenkel. Ich bin die Treppen im Haus einen ganzen Sommer lang jeden Tag eine halbe

Stunde hoch- und runtergehüpft wie ein Hase auf Speed. Immer dann, wenn du nicht da warst. Ein Mal hast du mich erwischt, als du gerade das Haus betreten hast, worauf du mich sehr skeptisch angesehen hast, während ich mitten auf einer Stufe mit ausgestreckten Armen bereit zum Sprung erstarrt bin. Ich habe dann einfach so getan, als wäre das völlig normal und bin runtergeschlendert, während ich dich gegrüßt habe und anschließend ganz schnell in den Salon verschwunden bin. Das waren noch andere Zeiten, so hell und voller Leben.

Ich stehe auf und gehe an dir vorbei, wobei es so schwer ist, nicht einfach die Hand nach dir auszustrecken. Wieso ist das nur so schwer? Du machst mir auch nicht sonderlich viel Platz, und ich muss mir meine Vorsätze vorbeten und daran denken, was du gesagt hast. Nämlich, dass du es nicht schaffen wirst, dich fernzuhalten. Ich muss es schaffen. Ich muss stark sein. Also gehe ich weiter, obwohl dein Duft und deine Nähe mich kurz total vernebeln, während ich deinen Blick in meinem Rücken spüre. Das Herz wummert wieder hart in meiner Brust.

»Ich bring ihr die Hose, bevor sie total ausrastet«, sage ich leicht atemlos und schaue über meine Schulter zu dir. Ich muss von dir weg. *Jetzt.*

»Sicher«, meinst du leise und dein Tonfall lässt alles in mir prickeln. Es ist der zieh-dich-aus-und-leg-dich-hin-Rosalie-Tonfall. Das Blut rauscht gleich etwas wärmer durch meine Adern, weil das automatisch passiert, wenn du so mit mir sprichst. Und DU WEISST DAS, SERGIO! Ich atme tief durch und nicke. Nein, ich werde mich jetzt nicht ausziehen und hinlegen. Nein, ich werde jetzt nicht deine

Lippen auf mir spüren und meine Finger in deinem Haar versinken lassen. Ich werde dich jetzt nicht gegen die Wand drücken und überfallen.

Nein, nein, nein, nein.

Pfui!

Aus!

»Sicher«, wiederhole ich beinahe keuchend und reiße meinen Blick schnell von dir und deinen dunkel glühenden Augen los. Ich höre dich seufzen. Dann deine Schritte Richtung Treppe. Hier herrschen nun ungefähr hundert Grad mehr. Ich bin so froh, als du nach unten gehst, deine Schritte verklingen und ich nicht mehr Gefahr laufe, mich auf dich zu stürzen und dich einfach in eines der Zimmer zu zerren. Wie soll ich ein ganzes Wochenende überstehen, wenn fünf Minuten schon die Hölle sind?

Mit der Jeans in der Hand klopfe ich an eine Tür, die wahrscheinlich in Irinas Zimmer führt, denn dahinter höre ich sie russisch fluchen.

»JA!«, ruft sie total hektisch. Ich öffne die Tür und trete ein. Überall im Zimmer liegen Klamotten. Irina sitzt mittendrin vor ihrem Koffer in einem Höschen, einem weißen Pullover und zerzausten blonden Haaren. Sie ist völlig verzweifelt und hat zwei Kleidungsstücke in der Hand. Ich muss lächeln und schließe leise die Tür hinter mir.

»Was soll ich damit? Das sind Bikinis«, beklagt sie sich.

»Wieso ziehst du dich überhaupt um? Was hattest du denn an, als du herkamst?«, frage ich verwirrt mit der Jeans in der Hand.

»Diese Hose.« Sie deutet in Richtung Balkon, wo eine nasse Hose gerade über dem Geländer hängt. »Kaffee, Ilja, irrer Autofahrer, Vollbremsung.«

Ich nicke verstehend, weil ich das schon von Zayden kenne und Irina und ich da wohl das gleiche Schicksal teilen, wie in so vielen anderen Dingen. Deswegen bin ich immer sehr vorsichtig, wenn ich etwas trinke, während Zayden Auto fährt.

»Okay, hier kommt die Rettung.« Ich schmeiße ihr die weiße Jeans zu, die meinen Hintern sowieso noch dicker erscheinen lässt, und sie fällt vor ihr auf den Haufen. »Du kannst sie behalten!«, knurre ich etwas vorwurfsvoll, als könnte sie was dafür, dass sie einen so perfekten Arsch hat und ich nicht.

»Danke«, meint sie inbrünstig. »Aber dein Arsch ist darin echt heiß«, versichert sie mir sofort, als hätte sie meine Gedanken gelesen. Zudem weiß sie, was ich für Probleme mit meiner Kehrseite habe. Ich lehne mich an die Tür.

»Irina … wenn ich darauf haue, schlägt er Wellen bis zu meinen Füßen. WELLEN, bis nach Timbuktu.« Ich deute diese Wellen mit meiner Hand an.

»Das ist doch lustig.«

Mein Gesicht wird völlig emotionslos und trocken. »Zieh dich einfach an, Zayden ist da.« Das reißt sie aus allem anderen heraus. Sie lässt die Kleidungstücke in ihrer Hand fallen und springt auf. »Ich empfehle den dunkelblauen Pullover zu der Hose.« Ich deute auf ihren schulterfreien Pullover, den ich im Haufen ausmachen kann und schon an ihr kenne, wie so ungefähr jedes Kleidungsstück, weil die

Hälfte mir gehört und ihre Klamotten zum Teil bei mir liegen.

»Männer lieben übrigens Wellen«, sagt sie und steigt in die Jeans. Sie muss sich gar nicht reinzwängen, sondern zieht sie locker flockig ohne Schweiß und Fluchen über ihren Hintern und schließt sie. Sie schließt sie einfach. Da ist sogar eine kleine Lücke zwischen ihrem Bauch und dem Saum. WEIL SIE IHR EIN BISSCHEN ZU GROSS IST, SERGIO! ZU GROSS. GRÖSSE 38! SERGIO!

»Sicher«, meine ich, so wie du eben, nur etwas bitterer und ohne den Sex in der Stimme. Anfangs, als ich mit dir geschlafen und mich nackt vor dir gezeigt habe, hatte ich damit wirkliche Probleme. Am liebsten hätte ich mich versteckt und das Licht immer ausgelassen. Ständig habe ich mich gefragt, ob ich dir gefalle, weil du ganz andere Körper gewohnt warst. Absolut makellose Körper ohne Dellen, ohne Fettpolster. Ich habe nur darauf gelauert, ob dich vielleicht etwas abstößt, so wie mich gelegentlich, wenn ich mich im Spiegel betrachte. Aber dein Blick war immer nur völlig verschleiert, wenn du mich angesehen hast. Du hast mir immer das Gefühl gegeben, ich sei absolut perfekt. Da war nicht einmal der Hauch eines Zweifels oder ein Zeichen von Missfallen oder Ekel in deinen Augen. Ganz im Gegenteil. Nach und nach habe ich bemerkt, dass du mich genauso willst, wie ich bin. Und nicht anders. Du warst sogar schon mal echt angepisst, als ich nach einer Radikal-Diät abgenommen habe, denn es hat dir nicht gefallen. Es war dir zu wenig auf den Hüften. Du hast gesagt, du würdest mich nicht mehr anfassen, bis ich die verlorenen Kilos wieder draufhätte. Also habe ich alles Mögliche in mich reingestopft. Das war eine schöne Zeit. Ich konnte einfach essen, was ich wollte. Ich *musste* sogar. Du hast mich beobachtet und mir jeden Tag einen Muffin oder ein Törtchen vors Zimmer gestellt. Dabei lag immer ein Zettel. *Noch drei Kilo … noch zweieinhalb …* Das letzte Geschenk war kein Muffin, sondern Unterwäsche. Und weißt du was? Da konnte ich mich zum ersten Mal richtig vor dir präsentieren ohne ein Fünkchen Unsicherheit, ob du mich nicht attraktiv findest. Durch dich habe ich so viel Selbstwertgefühl bekommen und angefangen, mich mit anderen Augen zu sehen. Und das ist nur einer der Gründe, weswegen ich dich über alles liebe, Sergio.

Dein Lachen ertönt in dem Moment von unten und ich spüre sofort kribbelnd, was es mit mir macht. Irina zieht den Pullover aus dem Haufen, als Zayden ruft: »Trink aus, Bro!«

Sie seufzt und zieht sich den Pullover über das Top. Im Nebenzimmer knallt eine Tür, während ich beobachte, wie Irina ihre hellblonden Haare über eine Schulter legt. Sie ist so viel schöner als Selina, weil sie von innen heraus strahlt. Weil ihre dunkelgrünen Augen immer lebendig sind und ihre vollen Lippen immer ein Lächeln ziert. Weil sie nicht so selbstüberzeugt ist, sondern auch mal unsicher, und so mitfühlend. So echt und pur, so unverfälscht. Ihr Charakter lässt sie doppelt so schön wirken. Irina muss keine knappen Sachen tragen, damit ihr jeder hinterherschaut. Sie muss nicht unbedingt sexy wirken oder einen auf Vamp machen. Sie hat einfach dieses gewisse Etwas und bemerkt es nicht mal, was sie nur noch schöner macht.

Ich kremple die Ärmel meines dunkelroten Pullovers etwas nach oben.

»Wieso nehmen wir eigentlich immer Victor und Aarik mit?«, fragt Irina, als die beiden hörbar durch den Flur und an der Tür vorbeitrampeln.

»Ich weiß nicht. Auf eine irre Weise gehören sie dazu. Du weißt schon … die Typen in der Gruppe, die man nicht mag. Man hat sich an sie gewöhnt, obwohl man sie nicht ausstehen kann. Wie Selina.« Sie ist auch immer dabei und ein Teil des Ganzen geworden, obwohl die meisten nicht mit ihr klarkommen.

»Es sind also die Quotenwichser«, stellt sie fest und streicht sich nochmal mit den Fingern durch die Haare. Ich nicke zustimmend.

»Genau«, erwidere ich, weil ich es nicht besser hätte ausdrücken können.

»Na dann, gehen wir.« Sie strafft sich. Ich halte sie nochmal auf und sprühe ihr etwas von ihrem Parfum, das auf der Kommode steht, an ihren Hals.

»Sonst noch was?« Sie ist ganz nervös, wie immer, wenn sie weiß, dass sie Zayden trifft. Ihr Blick ist wild und Aufregung funkelt in ihren Augen. Ich muss grinsen und richte ihre Haare nochmal, bausche sie etwas am Ansatz auf. Dann greife ich in meine Hosentasche, ziehe meinen brombeerfarbenen Lippenstift, den ich immer dabeihabe, raus und drücke ihn ihr in die Hand. Sie verschwindet brav ins Bad. Kurz darauf kommt sie wieder und ihre vollen Lippen schimmern in der der Beleuchtung der Deckenspots.

»Perfekt«, meine ich.

»Na ja, eher nicht.«

Ich sehe sie ungläubig an. Sie erwidert genauso ungläubig meinen Blick. Für ein paar Sekunden stehen wir so da, ohne uns zu rühren.

»OH FUCK!«, brüllt Ilja. »WIESO, ZAYDEN?« Zayden lacht und Irinas Blick wird sofort verträumt, weshalb ich amüsiert die Augen verdrehe und die Tür öffne.

»Gehen wir!«

»Okay, das ist der Letzte!«, ertönt deine Stimme. »Zayden, ich meine es ernst.« Wem sagst du das, Sergio? Denkst du wirklich, das hier wird der Letzte sein?

»DAS IST DER LETZTE!«, antwortet Zayden feierlich und ich nicke in mich hinein. Er wird alle so abfüllen. Er wird eskalieren, das ist jetzt schon klar, und eins weiß ich: Ein Zayden, der uns abfüllt, vier Tage von dir getrennt, und seit ich dich das letzte Mal gespürt habe, gemischt mit all diesen Schwingungen zwischen uns … Das kann nicht gut enden. Egal, ob ich es dir versprochen habe oder nicht.

Ich weiß nicht, ob ich wirklich so stark sein kann, wie du mich brauchst.

Ich weiß nicht, ob ich es schaffe, dir wirklich zu widerstehen, wenn du es darauf anlegst.

Ich weiß nicht, ob Selina es wieder schafft, Zayden um den Finger zu wickeln.

Oder ob Irina ihm endlich näherkommt, jetzt, da er sie einmal geschmeckt hat.

Aber ich werde es erfahren. Das ahne ich schon jetzt.

Und es wird höchstwahrscheinlich total eskalieren. So wie immer.

36. Wahrheit oder Pflicht, Sergio

Rosalie

Wir gehen runter und betreten den Wohnraum, in dem mittlerweile das Feuer im Kamin lodert. Aaarik sitzt auf einem der Sessel und hat die Füße auf den Tisch gestreckt, während er sein Handy in der Hand hält. Selina ist immer noch auf dem anderen Sessel, ebenfalls mit ihrem Handy beschäftigt. Victor fummelt am Fernseher herum und murmelt dabei ständig irgendwas Düsteres in sich hin. Du lehnst auf unserer Seite des Tresens, die Unterarme darauf abgestützt, und hältst ein Shotglas in beiden Händen. Zayden steht in der Küche und schenkt dir gerade nach, während Ilja die Shotgläser auf dem Couchtisch mit Wodka füllt. Der Tisch ist voll. Schon jetzt.

»Bist du diesmal der Barkeeper, Zayden?«, frage ich. Mein Cousin trägt immer noch seine Jacke, die vorn offen steht, und die Ringe an seinen Fingern glänzen im Küchenlicht.

»Trink!«, sagt er zu dir, bevor er mich ansieht. Du murmelst etwas in dich hinein und trinkst träge, bevor du das leere Shotglas zu ihm schnippst.

»Ja, ich …« Sein Blick schweift von mir zu Irina, die einen Schritt hinter mir geht. Er lässt seine Augen kurz über sie gleiten und ich spüre förmlich ihre Nervosität. Dann schaut er wieder zu mir.

»Ich muss ihn abfüllen. Ich. Muss. Ihn. Abfüllen.« Er klopft dir, ohne hinzusehen, auf die Schulter und du stöhnst genervt. Ich hoffe, Zayden füllt dich nicht ab, damit er Zeit mit Selina verbringen kann.

»Komm.« Ich nehme Irinas Hand und ziehe sie auch zu dem Tresen, wo ich mich mit dem Ellbogen aufstütze und sie neben mir parke. Zayden stellt uns zwei Gläser hin, während es im Wohnbereich klirrt und Victor laut auf Russisch flucht. Er beschimpft den Fernseher und schlägt dagegen. Selina zuckt zusammen, weil sie direkt danebensitzt.

Irina platziert ebenfalls einen Ellbogen auf dem Tresen und Zayden mustert sie fragend.

»Russisch oder italienisch?«

»Was für eine Frage«, nuschelst du angetrunken und schnaubst abfällig. Ich werfe dir einen kleinen irritierten Blick zu. Deine trüben Augen sehen zu mir, bevor du mit den Schultern zuckst. Zayden hat echt losgelegt, wir sind doch noch gar nicht so lange da.

Irina grinst und ihre strahlend weißen Zähne kommen zum Vorschein. »Italienisch.«

»WAS? Italienisch?«, ruft Ilja und Zayden hebt einen Mundwinkel.

»Sei still. Die Frau hat Klasse!« Damit schenkt er ihr Limoncello ein. »Trink«, säuselt er. Mich fragt er erst gar nicht, denn er füllt mir das Glas ebenfalls mit Limoncello. Im Zweifel immer Limoncello.

»Na dann«, seufze ich und weiß, dass ich dieses Wochenende mit dem Trinken etwas aufpassen muss.

»Salute!«, nuschelst du und schenkst dir nach. Wir stoßen an und kippen unsere Shotgläser runter.

»Ich schmeiße diesen Fernseher gleich aus dem verschissenen Fenster.« Es knallt, als Victor erneut das TV-Gerät schlägt. Du siehst über deine Schulter zu ihm, du bist echt kein Fan von ihm.

»Krieg deinen Bruder in den Griff«, sagst du zu Aarik. »Ich habe echt keinen Bock auf diese aggressiven Vibes.« Dann drehst du dich wieder um.

Aarik seufzt genervt. »Ilja, mach das.«

»Wieso ich?«

»Es ist deine Hütte«, ruft Aarik ungeduldig.

»Irina, mach das.«

Sie wirft ihm einen Ganz-sicher-nicht-Blick-zu und Zayden verdreht die Augen.

»Ihr seid alle solche Pussys!« Damit stellt er sein Glas ab und schlendert ins Wohnzimmer, bevor er sich am Fernseher zu schaffen macht, und zwar mit Engelsgeduld. Wenn es darauf ankommt, kann er so geduldig sein, zumindest dann, wenn er etwas wirklich will. Victor tritt an uns heran und greift an mir vorbei nach der Flasche. Du betrachtest tödlich seine Hand und ich rücke etwas ab, um ihm Platz zu machen.

»Und? Was geht?«, fragt er uns und öffnet den zuvor kühl gestellten Wodka. Dann lehnt er sich neben uns an die Bar. Du siehst ihn mit kaum verhohlener Abscheu an, denn du stehst nicht auf Vergewaltiger, Sergio. Das tun wir alle nicht.

»Hoffentlich nicht zu viel«, antwortest du und richtest dich auf. Ich werfe dir noch einen Blick zu, nehme Irina am Handgelenk und gehe mit ihr rüber. Ich will nicht in Victors Nähe sein. Die Vibes dieses Mannes verursachen mir ein echt mieses Bauchgefühl.

»Hey. Wieso geht ihr denn?«, ruft er uns nach.

»Jetzt lass die Frauen in Ruhe!« Aarik winkt genervt in seine Richtung ab.

Du lässt Victor nicht aus den Augen.

»Na also!« Zayden schmeißt die Fernbedienung auf die Couch, wo wir uns gerade hinsetzen, als der Fernseher aufflimmert.

»Geht doch!« Aarik nimmt sie und zappt durch die Kanäle. Ich lehne mich zurück. Zayden wird von Selina und Irina genauestens gemustert. Schließlich setzt er sich auf den Boden, lehnt den Rücken an den Sessel, auf dem Selina ist, und winkelt ein Bein an, bevor er sich die Flasche Whisky, die auf dem Couchtisch steht, heranzieht. Ich esse ein paar Chips und Irina nimmt die Flasche Wodka und füllt unsere Shotgläser. Zayden tippt derweil auf seinem Handy eine Nachricht und Selina sieht zu ihm runter.

»Wir könnten doch Wahrheit oder Pflicht spielen«, sagt sie und ich stöhne genervt.

»Nein.«

Zayden hält derweil sein Handy an die Lippen und macht eine Sprachaufnahme. »Nein, Dad, ich schwöre. Ich werde keine Drogen nehmen. Ich bin völlig nüchtern, wie du hörst. Jetzt tu, was auch immer du tust, wenn wir nicht da sind.« Es piept, als er die Nachricht abschickt, und Ilja zündet gleichzeitig den Joint an, den er gerade gedreht hat.

»Hast du mein Gras benutzt?«, fragt Zayden lauernd. »Ich will nicht deinen wild gemischten Russenscheiß.«

Ilja rutscht tiefer auf dem Sofa uns gegenüber und zieht, bevor er den Rauch über den Tisch ausstößt. »Nein, hab ich nicht. Der wild gemischte Russenscheiß haut wenigstens richtig rein.«

»Ja, weil nur Gott weiß, was da drin ist. Tote Katzen, Eichhörnchen, Ratten, Gift ...« Zayden fuchtelt mit seinen Händen und Irina muss lachen. Er sieht zu ihr, und sein Mundwinkel hebt sich. Ilja wirft ihr einen vorwurfsvollen Blick und sie zuckt mit den gebräunten Schultern, eine davon schaut aus dem Pullover.

»Manchmal riecht es echt nach toter Katze« verteidigt sich Irina nuschelnd und du kommst, dicht gefolgt von Victor, ins Wohnzimmer. Ihr setzt auch beide auf die Couch gegenüber.

»Also, wir spielen jetzt«, sagt Aarik einfach und du verdrehst die Augen, während Zayden seine Schachtel aus seiner Hosentasche nimmt und einen seiner eigenen Joints anzündet. Man könnte hier gar nicht nüchtern bleiben, selbst, wenn man es wollte. Allein durch den Rauch, der in der Luft hängt, wird einem ganz schummrig. Als Zayden den seinen ausstößt, lässt er den Hinterkopf gegen Selinas Armlehne sinken. Irina seufzt leise, kaum hörbar, während

Selina wieder auf ihn runtersieht und ihr kalkulierender Blick dann zu dir schweift. Du hebst warnend eine Braue und sie schnaubt. Dann rutscht sie vor, wobei sie sich erhebt, und schiebt etwas die Schachteln, Packungen und Flaschen auf dem Tisch aus dem Weg, bevor sie die leere Wodkaflasche nimmt und hinlegt. Ein paar stöhnen, und Zayden checkt ihren Arsch unverhohlen ab. Genau wie Victor. Ich esse noch ein paar Chips und halte das Schälchen auch Irina hin, während ich das angewidert betrachte. Irina schenkt sich noch Wodka ein und Selina dreht die Flasche. Sie rotiert heftig, während Victor sich nach hinten lehnt, um am Fernseher einen Musiksender einzuschalten. Ilja gibt seinen Joint weiter, im Gegensatz zu Zayden. Du ziehst tief und rutschst weiter in den Sitz. Zwischen uns steht schon der Rauch und Victor dreht die Musik etwas auf. Die Flasche stoppt und zeigt auf Irina. Natürlich tut sie das, und Selina muss ansagen. Ein Funkeln tritt in ihre dunkeln Augen, das nichts Gutes verheißt.

Zayden reicht seinen Joint an sie weiter, ohne hinzusehen. Sie zieht tief, bevor sie Irina fragt: »Wahrheit oder Pflicht?«, und interessiert den Kopf schief legt.

Irina seufzt schwer und bleibt zurückgelehnt. »Wahrheit«, sagt sie und verbirgt nicht, was sie von dem Ganzen hält. Nämlich gar nichts.

Selina lächelt und Zayden sieht zu Irina.

»Was ist zwischen dir und Zayden an deinem Geburtstag passiert?«, fragt sie schließlich. Irina versteift sich sofort etwas. Ich weiß es natürlich, aber Selina hat keine Ahnung davon, wahrscheinlich will sie so herausfinden, ob da was war. Irina zögert. »Du musst antworten, du kennst doch die Spielregeln«, säuselst Selina und Zayden spannt seine Schultern etwas an. Irina sieht nun fragend zu Zayden, der legt den Kopf in den Nacken und mustert Selina kühl.

»Ich habe sie geküsst!«

»BRO!« Ilja wirft die Arme von sich. »WIESO? SIE IST MEINE KLEINE SCHWESTER!«

»Wir waren beide ein bisschen betrunken. Es tut mir leid, okay?«

Ilja seufzt genervt und Irina atmet tief durch.

»Aha«, macht Aarik in Irinas Richtung. »Dachte, du bist so schwer zu haben.«

»Lass das!«, knurrt Ilja ihn sofort an.

»War nur eine Frage.« Aarik lehnt sich wieder zurück.

»Anscheinend nicht«, meint Selina, wobei sie Zayden angepisst anfunkelt. Der beachtet sie nicht und schenkt sich Whisky nach.

»Gut, der Nächste!« Selina winkt hart in die Runde und du lächelst zufrieden. Irina beugt sich vor und die Haare fallen ihr über eine Schulter, als sie dreht und noch daran nagt, was gerade rausgekommen ist. Ich weiß genau, wie unangenehm ihr das ist. Aber Zayden ist wieder völlig entspannt und seine einnehmende Art schafft es sogar, dass nicht mal ihr Bruder großartig sauer deswegen ist. Ich weiß, dass Ilja jedem anderen jetzt seine Waffe an den Kopf gedrückt hätte. Glück gehabt, dass Zayden Zayden ist.

Eins zu null gegen Selina, die sich ins eigene Fleisch geschnitten hat mit ihrer Frage.

Die Flasche stoppt jetzt vor dir und Irina sieht zu dir rüber.

»Super«, meinst du trocken und ziehst tief an dem Joint, bevor du Kringel mit dem Rauch formst. Irina grinst dich an.

»Und?«

»Pflicht!«, erwiderst du sofort. »Meine Geheimnisse bleiben, wo sie sind.«

»Okay.«

»Geh zu der Person im Raum, die du liebst, und sag ihr, wieso«, fordert Irina und ich sehe sie genervt von der Seite an. Sie zuckt unbedarft mit den Schultern und ist sich überhaupt keiner Schuld bewusst.

»Das ist echt fies.« Du ziehst nochmal tief und formst erneut Kringel mit dem Rauch, die du gegen die Decke schweben lässt.

»Wieso ist das fies?«, fragt sie unbedarft. Träge reichst du den Joint Ilja zurück und bist schon ganz hinüber, als du aufstehst. »Weil … ich mir darüber noch keine Gedanken gemacht habe, aber okay, ich mach das jetzt einfach.« Du schiebst eine Hand in die Hosentasche, schlenderst an Selina und Zayden vorbei, direkt zu mir. Scheiße … wieso … passiert das jetzt? Was? Ich bin total vor den Kopf gestoßen und das Blut fängt an, durch meinen Körper zu rauschen. Ich schaue etwas fassungslos zu dir hoch. Aber du nimmst einfach meine Hand und ziehst mich auf die Füße. Mein Herzschlag beschleunigt sich sofort noch mehr, was unmöglich gesund sein kann. Du siehst direkt in mich hinein und kurz steht die Zeit still.

»Weil … deine Augen mich immer runterbringen, egal, wie aufgebracht ich bin. Weil dein Geruch für mich Zuhause bedeutet, weil deine Hand immer warm ist. Egal, wie sehr ich friere. Weil ein paar Stunden mit dir jede Dunkelheit vertreiben. Weil du mein Licht bist. Meine Vergangenheit, Gegenwart und meine Zukunft.« Du ziehst meine Fingerknöchel an deine Lippen und küsst sie sanft, wobei du mir in die Augen siehst. Direkt in die Augen.

Im Raum ist es ehrfürchtig still geworden, während du das so locker von dir gegeben hast, als würdest du was aus einem Buch vorlesen. Ich schaue dich nur an, kann nicht atmen, kann nicht denken, mein ganzer Körper spielt total verrückt. »Sempre«, flüsterst du noch, sodass die anderen es nicht hören können, und ich lächle dich an. »Sempre«, antworte ich ebenso leise und weiß gar nicht, was ich sagen soll; weiß gar nicht, wie ich darauf reagieren soll. Ich spüre nur diese Wärme, die mich flutet; diese Wärme, die so wohltut und so einnehmend ist. Die mir sagt, dass alles gut wird, solange du so empfindest. Ich habe nicht gewusst, dass es so ist, dass du mich tatsächlich so liebst, wie ich dich, und dass du mir das hier vor den anderen gesagt hast, bedeutet mir die Welt. *Du* tust das.

Du bist meine Welt, Sergio.

Schließlich lässt du mich sanft wieder los, wendest dich ab und schlenderst auf deinen Platz zurück. Ich lasse mich total überwältigt auf meinen Sitz fallen wie ein Stein. Irina hält mir einen weiteren Shot entgegen, während Zayden dich mit zusammengezogenen Brauen konzentriert mustert. Er sieht fast so aus, als würde er sich fragen, wieso er nicht das Gleiche empfindet. Und das ist gut.

»Wie rührend«, meint Victor spöttisch.

»Mach dir nicht die Mühe zu versuchen, das zu verstehen. Das ist zu hoch für dich, Holzkopf.« Du beugst dich vor und drehst die Flasche.

Victor winkt ab.

Diesmal zeigt der Hals auf Zayden und du strahlst ihn an. Deine Augen funkeln wieder so verspielt, Sergio. Du siehst jetzt aus wie mein Vater, wenn er in seinen Spielermodus kommt. *Oh, oh.* Zayden stöhnt und du lehnst dich kurz zu Ilja rüber. Du murmelst ihm was zu, bevor du ihm beschwichtigend auf die Schulter klopfst. Dann siehst du wieder zu deinem Bruder.

»Wahrheit oder Pflicht?«, fragst du.

»Pflicht«, antwortet Zayden sofort. Sein Blick wird warnend, obwohl er im Normalfall bereit ist, *alles* zu tun. Auch nackt durch den Schnee laufen. Das hatten wir alles schon.

»Zeig uns, wie du Irina Terekov geküsst hast.« Ilja legt den Kopf zurück und die Hand über seine Augen, wobei er was Russisches in sich hineinmurmelt. Wieder klopfst du ihm mitleidig auf die Schulter, nimmst aber nicht den Blick von Zayden. Selina explodiert gleich und das hast du auch beabsichtigt. Wenn du jemanden quälst, dann richtig. Zayden lässt den Blick zu Irina schweifen. Die ist wie erfroren und starrt ihn reglos an. Er grinst und steht auf. Ihr Kopf ruckt hoch und er macht die zwei Schritte zu uns. Ich rutsche weg, während Zayden sich nach vorn beugt und seine Hände an die Rückenlehne der Couch stemmt.

»Gott im Himmel«, wispert Irina völlig gebannt und starrt wie hypnotisiert mit ihren dunkelgrünen, schimmernden Augen zu ihm hoch. Die beiden sehen echt verdammt perfekt miteinander aus. Hell und dunkel. Verrucht und rein. Sünder und Heilige.

Zayden beugt die Arme, wie bei Liegestützen, neigt den Kopf, legt ihn etwas schief und drückt seine Lippen einfach auf Irinas, während er ihre Hand nimmt und sie sich in den Nacken zieht. Dann stützt er sich wieder hinter ihr ab. Sie keucht an seinem Mund. Du lehnst deine Schläfe auf die Faust und beobachtest die beiden interessiert, als würdest du eine Dokumentation betrachten. Ich tue es dir gleich und analysiere. Irina sieht nicht, dass Zayden seine Augenbrauen zusammenzieht, weil sie die Augen geschlossen hat, und dass seine Hand zwischen unseren Köpfen sich verkrampft und zur Faust ballt. Ihre Finger in seinem Nacken greifen etwas fester zu und er atmet hart durch die Nase aus. Nach kurzem Zögern kommt sie ihm sogar entgegen und der Kuss wird tiefer. Es ist, als hätten sie alles um sich herum vergessen. Sie versinken völlig ineinander. Er atmet hart aus und zieht mit einem Ruck seinen Kopf zurück. Sein Blick ist völlig vernebelt, genau wie ihrer. Atemlos sieht sie zu ihm hoch und er zu ihr runter.

Ja, Zayden, das ist Liebe.

»Wow, da funkt es ja richtig«, kommentierst du, du Kommentator. Zayden bleibt noch ein paar Sekunden so abgestützt und starrt zu Irina runter, als hätte er noch nie eine Frau gesehen – und das hat er auch nicht. Sie schluckt und ich ahne, dass ihr Körper gerade völlig durchdreht und sie nicht weiß, wie ihr geschieht. Zaydens Blick zeigt mir eindeutig, dass er mehr empfindet, als er weiß oder zugibt. Und das ist gut so. Ich liebe dich, weil du das vorgeschlagen und ihn einfach ins kalte Wasser geschubst hast.

Schließlich stößt er sich ab und Irina lässt sich steif zurück an die Lehne sinken. Jetzt halte *ich ihr* ein gefülltes Shotglas hin. Sie nimmt es und trinkt, ohne irgendwo hinzusehen. Zayden setzt sich wieder auf den Boden neben Selinas Sessel, beugt sich vor und dreht die Flasche mit einem Ruck, während er sich mit dem Handrücken über den Mund wischt. Selina explodiert gleich. Sie hat die Beine überschlagen und ihr Fuß wippt auf und ab. Du siehst auf ihren Fuß, dann in ihre Augen. Sie erdolcht dich geradezu mit ihrem Blick, weshalb deiner noch kühler wird und du warnend eine Augenbraue hebst. Sie schnaubt und schaut nach unten. Ihre Finger verkrampfen sich in ihren verschränkten Armen.

»Selina, ist dir nicht gut? Willst du vielleicht hoch ins Zimmer gehen?«, fragst du mit einer kleinen Drohung in der Stimme.

»Nein, alles gut«, säuselt sie und schafft es kaum, den Zorn zurückzuhalten, aber sie tut es.

»Dann halt doch bitte still. Es stört mich.« Ihr Fuß stockt und du rutschst tiefer in den Sitz. Ich hebe die Augenbrauen und Zayden sieht etwas irritiert zwischen euch hin und her, sagt aber nichts. Das ist ein kleines Wunder … denn noch vor einem Monat hätte er jetzt sofort den Tisch umgeschmissen und wäre ausgerastet. Er löst sich wirklich langsam von ihr.

Die Flasche stockt vor Victor, der den dunklen Blick zu ihm hebt. Zayden nimmt den Joint, ohne hinzusehen, aus dem Aschenbecher und zündet ihn wieder neu an, bevor er den Rauch ausstößt und zu Victor schaut.

»Wahrheit oder Pflicht, Bro.«

»Wahrheit«, meint Victor abfällig und wirkt nicht so, als würde ihn irgendwas hier wirklich beeindrucken.

»Ein mutiger Mann«, murmelt Zayden.

»Oder auch schamlos«, fügst du hinzu und schenkst dir nach. Ich ziehe ein Bein auf die Couch.

»Schon mal das Vergnügen mit einer der Frauen im Raum gehabt?« Zayden weiß natürlich, dass ich noch nie was mit Victor hatte und Irina noch Jungfrau ist, also zielt die Frage wohl auf Selina ab.

Victor nickt. »Ja. Mit ihr.« Er deutet tatsächlich schamlos auf Selina, die dieses Spiel niemals hätte vorschlagen sollen. Das sollte man nicht, wenn man so viel zu verbergen hat.

»Wirklich?«, fragt Zayden und seine türkisen Augen blitzen. »Wann denn?«

»Vor ein paar Monaten, was weiß ich.« Victor tangiert das alles gar nicht. Langsam lässt Zayden seinen Blick über die Schulter zu Selina schweifen. Noch nie in seinem Leben habe ich seine Ozeanaugen so arktisch gesehen, schon gar nicht, wenn er sie anschaut. Sie murmelt ihm was zu und er löst sich vom Sessel und rutscht weiter Richtung Couch, auf der du sitzt. Dann schiebt er sich hoch auf die Armlehne. Selina bliebt in ihrem Sessel sitzen, während Victor die Flasche mit einem harten Schnippen dreht. Zayden ist immer noch nicht ausgeflippt und langsam macht mir das Angst.

Die Flasche rotiert und rotiert und rotiert, bevor sie auf Aarik zeigt.

Aarik verdreht die Augen. »Wahrheit«, sagt er, bevor Victor fragen kann.

Victor und Aarik sind gleichermaßen genervt. »Schon mal eine Pussy entjungfert?«

»Das weißt du, das haben wir zusammen.« Aarik sieht ihn an, als wäre Victor dumm.

Du schnaubst. »Weiß die Glückliche denn was davon oder habt ihr sie auch vergewaltigt? Salute!« Du trinkst einen Schluck.

»Bro …« Zayden sieht dich warnend an.

»Was? Ich dachte, ihr wolltet eure Wahrheit. Dann sollen sie sie auch sagen.« Du bist dir keinerlei Schuld bewusst.

Victor seufzt genervt. »Eigentlich war ich da zuerst drin.« Er übergeht deinen Kommentar.

»Also wusste sie nichts davon«, informierst du niemand Bestimmten. Aarik schaut dich genervt an.

»Wer weiß, vielleicht machen wir heute ja etwas Ähnliches«, meint Victor angepisst.

»Wer weiß, vielleicht schieße ich dir in deine kleinen verkommenen Eier«, antwortest du und knallst deine Waffe auf den Tisch. Es ist die, die ich dir geschenkt habe.

»OKAY!« Ilja hebt die Hände wie ein Schiedsrichter. »AUSZEIT. DREH, AARIK, MEIN FREUND!« Er deutet galant zur Flasche. Aarik, sein Freund, dreht, sieht dich aber noch ein paar Sekunden mit blitzenden, fast schwarzen Augen an, was dich völlig kaltlässt. Victor zündet sich eine Zigarette an und grinst in sich hinein.

Die Flasche stoppt bei Selina, die immer noch wütend ist und mit ihren Gedanken anscheinend ganz woanders. Sie bemerkt erst nach einem Moment, dass der Hals auf sie deutet, sieht dann abgelenkt zu Aarik und mustert ihn fragend und gleichermaßen genervt.

»Wahrheit oder Pflicht?«, erkundigt er sich sanft.

»Pflicht«, meint sie sofort, was klar war. Wahrheit wäre ja tödlich für so eine verlogene Schlange.

»Ehrlich?«, fragt Aarik und muss ein bisschen lachen.

»Ja, ehrlich. Was willst du?« Selina kann ihren Missmut wirklich nicht verbergen. Fällt sie etwa aus ihrer Rolle? *Na, na, na, nicht gut, Selina.* Aarik legt den Kopf schief.

»Bist du gereizt heute?«, will er wissen und zieht seine Wade über seinen Oberschenkel.

»Ja, bin ich«, gibt sie zu und Victor hebt eine Augenbraue. In der Wolkov-Familie spricht keine Frau so mit dem Mann. Es ist ihnen strengstens untersagt, Widerworte zu geben oder respektlos zu werden, was auch immer diese Männer unter respektlos verstehen, ebenso wird ihnen untersagt, eigenständige Entscheidungen zu fällen, zu atmen ... Eben all die Dinge, die man so tut.

Aariks Augen blitzen bei Selinas Tonfall unheilvoll und er starrt sie an. Irina hebt die Augenbrauen. Sie ist die Einzige, die so mit Aarik spricht und bei der es ihn nicht stört.

»Schön. Steh auf.«

Du beobachtest das total interessiert und mischst dich überhaupt nicht ein, während Zayden sich anspannt und seine Zähne mahlen. Er wirft einen Blick zu Aarik und zieht tiefer an seinem Joint. Selina atmet genervt aus und erhebt sich.

»Jetzt geh zu dem einzigen Mann im Raum, den du noch nicht gefickt hast …« Sein Blick wird herausfordernd und nun spanne ich mich auch an. Zayden strafft seine Schultern und bläht die Nasenflügel. Eine seiner Hände ballt sich zur Faust, während sich mein Magen verkrampft. Du lässt den Hinterkopf an die Lehne sinken. Selina zögert kurz, während Zayden sie nur anstarrt. Sie bewegt sich nicht.

»Ach, hast du *ihn* jetzt auch schon rumgekriegt?« Aarik deutet mit dem Daumen auf dich und ich verkrampfe mich noch etwas mehr. Zayden knallt den Joint in den Aschenbecher. Ich sehe, wie schwer es ihm fällt, nicht den Tisch umzuschmeißen. Die Enttäuschung in seinen Augen trifft sogar mich, obwohl sie mir nicht gilt. Ich bemerke, wie seine Armmuskulatur sich anspannt, und atme durch. Ich hasse es, dass sie die Macht besitzt, ihn so zu ficken. Und ich hasse es, dass Aarik jetzt dich mit reinzieht. Kann er sich nicht jemand anderen suchen? Er ist so ein Mistkerl!

»Was soll ich machen? Sag es einfach!«

»Geh zu ihm!«, speit Aarik aus. Sie rollt ihre Schultern und atmet durch, bevor sie sich in Bewegung setzt und wahrscheinlich noch mehr verflucht, dieses Spiel vorgeschlagen zu haben. Sie geht widerstrebend auf dich zu und mein Magen verkrampft sich immer mehr.

»Versuch, ihn anzumachen«, befiehlt Aarik und schmeißt einen Arm über die Rückenlehne. Er wirkt, als wüsste er ganz genau, dass Selina gleich eine Abfuhr kassiert, und das will ich hoffen, weil ich etwas anderes nicht ertragen könnte und höchstwahrscheinlich zusammenbrechen würde. Ich will dich nicht mit einer anderen Frau sehen, erst recht nicht mit IHR. Du schaust zu ihr hoch und sie mustert dich mit ihren dunklen Augen, denen jeder Mann ja so verfallen ist. Zayden rührt sich nicht. Er ist völlig angespannt und ich weiß, wieso. Nicht mal seinen Atem kann ich ausmachen. Mein Magen ist zu einem harten Klumpen verkrampft und ich klammere mich an meinem Glas fest. Am liebsten würde ich brüllen, dass wir diese Scheiße hier besser lassen. Aber ich tue es nicht. Ich kann auch nicht wegsehen.

Selina macht noch die zwei Schritte zu dir und legt den Kopf etwas schief, sodass ihr schwarzes Haar über ihre Schulter und ihre perfekten Brüste fällt. Sie lächelt dich an und will sich gerade zu dir neigen. Du stemmst deine Hände in die Couch, beugst dich vor und schaust zu ihr hoch.

»Nicht mal über meine fucking Leiche, verpiss dich!«, befiehlst du heiser und wirkst mit einem Mal viel klarer. Nicht mal Drogen und Alkohol schaffen es, dich dazu zu bringen, Zayden zu hintergehen oder so was vor mir zu tun.

»Uuuh«, macht Victor und Selina beißt die Zähne aufeinander.

»Gott sei Dank«, murmelt sie und tritt zurück.

»*Sicher.*« Du schnaubst und lehnst dich wieder zurück. Mit einem Ruck steht Zayden auf und rauscht aus dem Wohnzimmer, bevor die Haustür knallt. Du siehst ihm nach, ebenso wie Selina. Sie überlegt offensichtlich, ihm nachzugehen, und macht einen Schritt in Richtung Haustür.

»Setzen!«, forderst du glatt, ohne sie anzusehen. Sie erstarrt. Ihre Augen lodern jetzt wirklich und sie lässt sich hart in den Sessel fallen.

»GUT!« Sie lässt die Flasche wirbeln und ich nehme mir eine der Schachteln, die auf dem Tisch liegen, und fische mir eine Zigarette raus. Ich brauche das gerade. Genau in dem Moment, als ich sie anzünde, deutet der Hals der Flasche in meine Richtung und ich erstarre. Stöhnend betrachte ich Selina, bevor ich das Feuerzeug zurück auf den Tisch schmeiße. Zu Selina, die mich nun anfunkelt wie der Teufel in Person. Das wird jetzt nicht schön, aber wenn es gewisse Grenzen überschreitet, tue ich es nicht. Das tue ich nie, egal, wie betrunken ich bin. Ich zeige weder meine Brüste noch ziehe ich mich aus oder mache mit irgendwelchen Typen rum.

Sie lächelt mich an.

»Wahrheit oder Pflicht?«, fragt sie mich. Ich habe keine Geheimnisse, nicht mehr, seit das mit uns rausgekommen ist. Also sage ich: »Wahrheit, ich habe ja nichts zu verbergen im Gegensatz zu dir«, und ziehe nochmal an meiner Zigarette.

»Wusstest du eigentlich, dass wir innerhalb von einem Jahr Erben zeugen müssen? Sergio und ich?«, fragt sie mich einfach so. Das zieht mir den Boden unter den Füßen weg. Davon wusste ich nichts. Mein Blick schweift zu dir.

»Wo hast du *den* Scheiß denn her?«, erkundigst du dich träge.

»Hat mein Vater mit deinem besprochen.«

»Da kann mein Vater dir ja die Erben zeugen.« Du nimmst den Joint vom Tisch und ich entspanne mich sofort wieder. »Ich fasse dich nicht an, Selina.«

»Ich weiß, du stehst ja eher auf Kleinkinder als auf eine richtige Frau.«

»Eine richtige Frau definiert sich nicht darüber, wie viele Schwänze sie in den Arsch und in den Mund gefickt haben, Selina. Darüber definieren sich Huren. Du bist eine Hure. Eine widerliche, ausgenutzte, dreckige Hure. Und ich würde dich nicht mal anfassen, wenn mein Vater mir eine Knarre an den Kopf halten würde. Also miss dich nicht mit Frauen, die wirkliche Frauen sind, wenn du nicht weißt, was eine echte Frau ist.« Oh, jetzt hat sie dich aber ganz schön angepisst, Sergio. Normalerweise bist du nicht so radikal in deiner Wortwahl, aber du scheinst die Nase echt voll von ihr zu haben. Nach einem Tag. Ich will gar nicht wissen, wie es erst nach einer Woche oder gar einem Jahr werden wird. Ich will nicht wissen, was sie alles aus dir rausholen könnte.

»Natürlich, du hast recht. Wie immer.«

»Natürlich hab ich das. Jetzt halt deine kleine Klappe, lehn dich zurück und sei still. Ich kann deine Stimme nicht mehr hören und du wirst *sie* auch nichts mehr fragen. Mach!« Du nickst mir zu. Offenbar bist du echt gereizt, was sie angeht. Ich warte noch mit dem Drehen, bis sie sich wirklich zurückgelehnt hat, und stoße die Flasche an, bevor ich abasche. Die Haustür fällt zu, während die Flasche sich dreht, und Zayden kommt zurück. Er bringt kalte Luft und den Geruch von Zigaretten mit. Dann lässt er sich auf den Boden neben deinem Sofa sinken und streckt seine Beine aus. Er hat sich nicht wirklich abgeregt, das sehe ich sofort. Aber das ist klar, mit dieser Frau kann man sich ja gar nicht abregen.

Die Flasche zeigt nun auf Irina, weswegen ich ihr meine Aufmerksamkeit zuwende.

»Wahrheit oder Pflicht?« Ich grinse sie an.

»Mir egal, entscheide du.« Sie winkt ab und ich verdrehe die Augen. Sie vertraut mir und weiß, dass ich nichts tun oder verlangen würde, was sie demütigt oder verletzt.

»Fünf Kriterien für deinen Traummann. Zähl sie auf, los!«, feuere ich auf sie ab und sehe demonstrativ auf meine Uhr. Sie strafft sich und versucht, ihre Gedanken zu ordnen, die vom Alkohol sicherlich auch schon etwas getrübt sind, genau wie ihr Blick.

»Ähm …« Sie überlegt sichtlich und schaut an die Decke. »Ich … ähm … Er muss mich zum Lachen bringen. Und immer für mich da sein. Und ehrlich sein und treu. Und außerdem heiß«, endet sie und wischt sich theatralisch über die Stirn. Ich muss lachen.

Irina ist mit dem Drehen dran, beugt sich vor und stößt die Flasche an, wobei sie immer noch den Kopf schüttelt. Zayden winkelt ein Bein an und legt seinen Unterarm darüber. Ihr Blick gleitet über den Tisch zu ihm, auch mein Cousin betrachtet sie gerade. Das Prickeln, das dabei entsteht, ist kaum zu ignorieren, selbst für einen Außenstehenden. Kurz scheint es, als könnten sie gar nicht voneinander wegsehen, während das Feuer über ihre Gesichter tanzt. Sie versinken … auf eine gute Art.

Erst, als Ilja seufzt, bemerke ich, dass die Flasche auf ihn deutet. Irina reißt sich von Zayden los und schaut zu ihrem Bruder. Er sieht sie genervt und abwartend in einem an und sie grinst. Er wirkt wie ein Boxer, der auf den K.O.-Schlag wartet.

»Pflicht!«, sagt er sofort und Irina tippt sich nachdenklich an die Unterlippe, während sie sich irgendeine Gemeinheit überlegt.

»Zieh dich bis auf die Boxershorts aus, fahr zur nächsten Tankstelle und kauf für hundert Dollar Duftbäume für das Auto. Sag der Verkäuferin, dass du nicht darüber reden darfst. Und das Ganze musst du filmen.« Ich muss lachen, genau wie Zayden und du. Aarik tätschelt Iljas Rücken mitleidig.

»NEIN!«, ruft der. »Irina!« Er zischt was auf Russisch, worauf sie antwortet und mit den Schultern zuckt.

»Pflicht ist Pflicht.« Sie blinzelt ihn mit ihren langen Wimpern übertrieben unschuldig und gleichzeitig frech an.

»Ich komme mit!«, beschließt Aarik. »Irgendjemand muss das ja filmen. Nicht, dass du noch schummelst.« Ilja stöhnt genervt und erhebt sich geschlagen.

»Du bist der Teufel!«, knurrt er seine Schwester an.

»Bin ich nicht«, antwortet sie ungerührt und trinkt ihren Shot aus. Dann folgt Aarik ihm lachend Richtung Tür, die kurze Zeit später zufällt.

»Das ist eine echt verrückte Idee«, sage ich anerkennend.

»Er beschwert sich immer, dass er keine Duftbäume hat.« Irina lehnt sich zurück. Ich nehme Zaydens Tüte aus dem Aschenbecher und zünde sie nochmal an. Alles, was mich etwas betäubt, ist gut, denn du bist gerade mal drei Schritte entfernt. Drei Schritte, die sich anfühlen, als würden sie in eine andere Welt führen. Und das ist jetzt auch irgendwie der Fall.

Du bist so nah und warst noch nie so weit entfernt. Ich sehe zu dir rüber und du nimmst ebenfalls sofort Blickkontakt auf. Während unsere Augen ineinander versinken, frage ich mich, wie weit wir uns noch voneinander entfernen werden. Und ob wir tatsächlich irgendwann wieder zusammenfinden können, oder ob es von jetzt an immer so sein wird. Du auf der einen Seite. Ich auf der anderen. Und zwischen uns nur ein kleiner Abstand, der doch ein ganzer Ozean zu sein scheint.

37. Eiszeit, Selina

XX

Zayden

Es ist drei Uhr nachts und die meisten sind schon abgestürzt.

Meinen Bruder habe ich so abgefüllt, dass er in einen komatösen Schlaf gefallen ist. Dass er den nötig hat, habe ich sofort gesehen. Wahrscheinlich hält sein Vater ihn auf Trab, weshalb er die letzten Tage auch nicht in der Schule war.

Rosalie hat sich vor einer halben Stunde zurückgezogen. Aarik und Ilja kamen von ihrem Trip zurück und wir haben uns das Video angesehen. Danach hat Ilja allen Duftbäume angedreht, zwischen denen er mittlerweile nur in Boxershorts eingeschlafen ist. Irgendwer hat ihm eine Jacke übergeschmissen. Aarik und Victor sind raufgegangen. Das Licht ist noch an und durch das gekippte Fenster dringen ihre Stimmen aus Aariks Zimmer.

Irina ist ebenfalls in ihrem Zimmer, ist aber noch wach, wie das Licht verrät.

Ich stehe auf der Veranda, habe die Kapuze meiner Jacke über meinen Kopf gezogen, die Unterarme aufgestützt, und sehe in den Wald, der an die Hütte grenzt, während ich eine rauche. Es ist kaum zu glauben, aber der erste Schnee rieselt gerade vom dunklen Himmel und schimmert im Schein der gelblichen Laternen.

Hier oben auf den Bergen ist es natürlich kälter. Eiszeit. Meine Lieblingsjahreszeit.

Ich ziehe tief an meiner Zigarette und stoße den Rauch, der meinen Lippen dicht entweicht, gen Himmel. Mittlerweile werde ich langsam wieder nüchtern und die Kälte vertreibt jede Schummrigkeit aus meinen Gedanken. Das ist nicht gut, denn ich will eigentlich nicht nachdenken. Aber natürlich kann ich nicht verhindern, dass die letzten Stunden sich in meinem Kopf wiederholen.

Du, Selina …

Du hast es geschafft, dass alles in mir erfroren ist, wie die kahlen Zweige der Bäume vor mir. Du hast es geschafft, dass ich vereist bin. Wenn ich nicht innerlich erstarrt wäre, wenn ich nicht alles, was hochgekocht ist, mit eiskaltem Wasser gelöscht hätte, wäre ich verbrannt. Ich wäre ausgeflippt. Und ich hätte den letzten Funken Verstand verloren. Kann es wirklich sein, dass ich mich so sehr in dir getäuscht habe? Kann es wirklich sein, dass ich meine Augen und meine Ohren dafür verschlossen habe, was jeder andere wusste? Kann es wirklich sein, dass deine Dunkelheit mich blind gemacht hat? Ich will das nicht. Ich will das alles nicht von dir wissen oder glauben. Aber jetzt kann ich es nicht mehr rückgängig machen. Einmal der Wahrheit ins Gesicht gesehen, lässt sie sich nicht mehr vertreiben, egal, wie sehr ich es versuche. Weil ich dich eigentlich zu sehr liebe, um dich aufzugeben.

Mein Bruder ist zurzeit nicht sehr gut auf dich zu sprechen. Ich habe schon bemerkt, was er tut. Dass er dich von mir fernhält. Unter normalen Umständen hätte ich ihm dafür eine verpasst. Aber ich konnte nicht. Meine Zunge war wie gelähmt, als ich etwas sagen wollte. Solange er dir nicht wehtut, sehe ich keinen Grund, ihn von dem abzuhalten, was er macht. Denn die letzten Tage, in denen wir uns einander nicht genähert haben, haben sich angefühlt, als hätte man mir einen Schleier von den Augen genommen. Plötzlich war alles so viel klarer. Nur blöd, wenn man die Klarheit nicht mag. Wenn man es vorzieht, verschwommen zu sehen.

Ich ziehe noch einmal und schnippe dann die Zigarette von mir, bevor ich tief die frische Luft einatme und meine Hand ausstrecke, sodass die kühlen Flocken darauf rieseln. Der Schnee bleibt auf dem Boden liegen und häuft sich nach und nach.

Die Tür hinter mir klackt und ich weiß sofort, dass du es bist. Ich spüre dich immer. Spürst du mich auch? All das, was Sergio über Rosalie gesagt hat, empfindest du das auch für mich? Und ich für dich?

Ich reibe meine Hände aneinander, und als ich den Kopf leicht hebe, um in den Himmel zu sehen, sinkt die Kapuze und ein paar Strähnen fallen mir in die Stirn.

Du stellst dich neben mich und ich lasse es zu. Es ist nicht so leicht für mich, wie es aussieht, dich von mir wegzustoßen. Ehrlich gesagt ist es die größte

Herausforderung meines Lebens. Dein Duft strömt in meine Nase und ich sauge ihn tief ein.

Du streichst mit den Fingerspitzen über die leichte Schneeschicht auf dem Geländer vor uns und ich falte meine Hände ineinander und höre, wie du durchatmest.

»Ich weiß, dass ich dich eigentlich nicht verdient habe«, sagst du leise. Deine Stimme, die so sanft ist, schießt mir unter die Haut. »Ich weiß, dass ich sehr viele Fehler habe und dass ich es dir nicht leicht mache, mich zu lieben. Und ich weiß auch … dass du eigentlich jemand anderen als mich verdient … hättest.« Das kommt stockend, fast widerstrebend. »Aber ich kann dich nicht gehen lassen. Ich kann aber auch nicht aus meiner Haut. Ich weiß nicht, was ich tun soll.«

Ich höre mir das alles an und mit jedem Wort verkrampft sich mein Magen etwas mehr. Dann richte ich den Blick auf dich. Du siehst nach vorn in die mit Schnee bedeckten Baumwipfel. »Ich war nie für irgendjemanden … richtig. Oder gut genug. Du bist der erste Mann, bei dem ich es gerne wäre.«

Ich sehe, wie schwer es dir fällt, so offen zu sprechen, und ich weiß, dass du nicht gut darin bist, deine Gefühle zu zeigen, aber das war nie ein Problem für mich. Ich war immer das Herz für uns beide und es hat mir gereicht. Es reicht mir noch, Selina. Aber ich weiß nicht, wie ich dir je wieder vertrauen soll. Ich weiß nicht, wie ich dich noch ansehen soll, nach allem, was ich erfahren habe. Und ich weiß nicht mal, ob ich dir all das glauben kann.

»Du hast mir immer so gereicht, wie du warst«, antworte ich und meine Stimme ist heiser. Du schluckst und ich wende den Blick wieder von dir ab. Dein perfektes Profil erschwert mir das Denken. Alles an dir, das so irritierend perfekt ist, erschwert mir das Denken. Und das Fühlen. »Du hast mich angelogen.«

»Ja«, sagst du leise. »Ich hatte Angst davor, dich zu verlieren.«

Das ergibt keinen Sinn für mich. »Wenn du Angst davor hattest, wieso hast du mich dann so verarscht? Wieso diese ganzen Typen? Ilja? Aarik? Ehrlich?« Ich sehe dich ungläubig an. Ich kann das einfach nicht verstehen, denn abgesehen von diesem Ausrutscher an Irinas Geburtstag mit Zara habe ich mit keiner anderen irgendwas gemacht, seit ich es mit dir getan habe. Du wärst auch die Einzige, für die ich betrügen würde, weil du alles für mich bist.

»Wir waren da noch nicht sehr lange … zusammen. Ich wusste nicht mal, ob wir wirklich zusammen sind oder nicht«, meinst du etwas stockend. »Ich habe einfach etwas gesucht, was ich im Endeffekt nur bei dir gefunden habe. Es tut mir leid.«

Ich atme tief durch und senke den Blick auf meine Hände. Rosalie hat mich gefragt, wieso ich glaube, kein Licht verdient zu haben. Das glaube ich, weil ich mit Strahlendem nicht mithalten kann. Weil ich neben der Sonne nicht so bestehen kann wie im Schatten. Denn die Sonne offenbart all die Abgründe und Makel, während der Schatten sie verschlingt und versteckt.

»Ich … will das alles nicht mehr. Das ist so falsch«, sagst du und atmest durch, bevor du dich mir etwas zuwendest und ich wieder den Kopf zu dir drehe. Dein dunkler Blick ist jetzt so offen und flehend, dass mein Herz sich verkrampft. Du wirkst verzweifelt. So habe ich dich noch nie gesehen. »Bitte lauf einfach mit mir weg. Gehen wir, lassen wir das hinter uns und … fangen neu an. Ohne das alles. Probieren wir es wenigstens. Und wenn du es nicht kannst, kommen wir wieder zurück. Egal was, ich tue es.«

Vor zwei Wochen hätte ich jetzt deine Hand genommen, wäre mit dir in mein Auto gestiegen und gefahren. Ich hätte auf die Bodyguards im Nebengebäude geschissen, auf meinen Bruder, meine Cousine, meine Familie, und ich wäre einfach gegangen.

Aber diesmal, jetzt, als ich dir in diese tiefen Augen sehe, in denen Tränen schimmern, empfinde ich Angst. Mit dir wegzulaufen und alles hinter mir zu lassen, macht mir Angst, Selina. Und das empfinde ich nicht gern.

Aber dich weinen zu sehen, zerbricht mich fast noch mehr. Ich würde dir das alles so gern glauben. Ich würde so gern die Zeit zurückspulen und wieder blind sein. Aber ich sehe so klar, zu klar. Obwohl mein Herz nur dich will.

Ich lege eine Hand an deine Wange und streiche mit dem Daumen unter deinem Auge entlang. Du schmiegst dich in meine Berührung und ich ziehe die Brauen zusammen, weil der Schmerz in mir so überwältigend ist.

»Ich liebe dich«, murmelst du und ein paar Tränen lösen sich aus deinem Augenwinkel. »Das tue ich wirklich. Du bist das Einzige, was ich wirklich liebe. Ich liebe nicht einmal mich selbst.« Alles in mir reißt auseinander, als du das sagst. Ich hasse es, dich so verwundbar zu sehen.

»Lass mich darüber nachdenken«, erwidere ich heiser und senke langsam meine Hand. »Ich … muss das erstmal verdauen und mit dieser ganzen Scheiße klarkommen.«

Du nickst und atmest zittrig durch, bevor du dir die Tränen von den Wangen wischst und versuchst, dich wieder zu sammeln. »Geh hoch«, flüstere ich.

Deine forschenden Augen gleiten über mein Gesicht. »Irgendwas ist anders«, murmelst du. Ja, ich spüre es auch, Selina. Irgendwas ist anders.

Ich schweige, weil ich nicht weiß, was ich jetzt darauf antworten soll. Am Sonntag wirst du sowieso zu meinem Bruder ziehen und was danach kommt, weiß ich noch weniger. Diese Ungewissheit bringt mich irgendwann um.

»Geh jetzt schlafen«, wispere ich.

»Hast du Gefühle für sie?«, fragst du einfach weiter. Ich weiß natürlich sofort, wen du meinst. Natürlich habe ich keine Gefühle für Irina. Sie lässt mich gut fühlen. In ihrer Gegenwart ist alles irgendwie leicht, und ja, sie zu küssen, auch heute, war verdammt großartig. Aber …

»Nein«, antworte ich seufzend und schiebe meine Hände in die Jackentaschen.

Ein paar Sekunden musterst du mich noch und wirkst verloren. Ich weiß aber nicht, wie ich dir den Weg zeigen könnte. Ich kenne den richtigen Weg gerade selbst nicht. Eine Seite in mir will diese ganzen Typen aus ihren Betten prügeln und umbringen, dich zur Rechenschaft ziehen und fertigmachen. Die andere Seite will dir einfach glauben und fortfahren wie vorher. Und dann ist da noch die Seite, die zu erschöpft für all das ist.

»Okay«, murmelst du. »Gute Nacht.«

Ich atme tief die kalte Luft ein. »Gute Nacht, Selina.«

Du wendest dich ab und verschwindest lautlos nach drinnen. Ich schaue dir nach, als du schon lange weg bist, und bleibe hier stehen, bis ich wirklich erfroren bin und weder innen noch außen zu viel empfinde.

Ich kann nicht, Selina.

Ich falle nicht mehr, denn ich bin bereits aufgeprallt und weiß nicht, ob ich mich von diesem Sturz jemals erholen werde.

38. Du, Zayden

Irina

Mein Vater hat immer zu mir gesagt, dass ich, egal, was ich auch tue, egal, wo ich auch bin, und egal, mit wem ich zusammen bin, einfach immer ich selbst sein soll. Mich für niemanden verbiegen soll. Mich niemals für mich selbst schämen soll. Mir von niemandem weismachen lassen soll, dass ich schlecht bin, so, wie ich bin. Dass ich niemals denken soll, dass ich weniger oder mehr wert bin als irgendjemand sonst. Mein Vater hat immer gesagt, wer mich nicht genauso liebt oder mag, wie ich bin, hat mich auch nicht verdient. Dass ich auf die Menschen verzichten kann, die nicht mein wahres Wesen akzeptieren, und dass ich mich niemals für irgendwen verstellen soll. Wahre Freunde werden mich genau so nehmen, wie ich bin.

Es ist aber gar nicht so leicht, man selbst zu sein, wenn alle um dich herum so anders sind. Wenn du dazugehören willst und gar nicht richtig weißt, wie du das tun sollst, weil du ganz anders denkst als alle anderen. Wenn du in dieser einen Phase bist, in der du dich erstmal selbst kennenlernen musst. Meine Mutter hat gesagt, das sei normal, das gehe vorbei. Ich solle einfach weitermachen und das tun, was sich gut für mich anfühlt. Also mache ich einfach weiter und tue Dinge, die sich gut für mich anfühlen. Dich küssen zum Beispiel.

Ich mache weiter … und versuche dabei, an die Worte meines Vaters zu denken. Es hat nicht lange gebraucht, um zu erfahren, wer wirklich zu meinen Freunden zählt. Wer mich so nimmt, wie ich bin. Wer mit meinen chaotischen Seiten klarkommt, wer mit mir lacht und nicht *über* mich, und wer auf mich herabsieht oder mich gar ausnutzen will, weil ich einen Nachnamen habe, der in dieser Welt etwas bedeutet.

Die meisten Menschen, mit denen ich hier in dieser Hütte in den Bergen bin, gehören zu meinen Freunden. Du bist auch dabei, Zayden. Und ich frage mich immer wieder, ob du mich so akzeptierst, wie ich bin. Ob du eigentlich ein Freund von mir bist oder nicht. Ob mein wahres Wesen gut genug für dich ist. Und was dir wirklich wichtig ist bei einem anderen Menschen. Wenn ich mir die Leute so ansehe, die dir nahestehen, dann bin ich echt verwirrt. Denn einerseits sind da Rosalie und Sergio. Zwei Menschen, die nur das Beste für dich wollen. Zwei Menschen, die einfach gut sind. Und die dir guttun. Auf der anderen Seite sind da Selina und Victor, die aus allen um sich herum immer das Schlechteste rausholen. Die dir deinen Glanz nehmen, die dich zu Dingen verführen, die nicht zu dir passen und die niemandem guttun. Weder dir noch den Menschen in deinem Umfeld.

Ich beobachte schon seit Jahren, wie du SIE ansiehst. Wie du willst, dass sie dich will. Wie du sie mit den Augen förmlich verschlingst, und ich frage mich immer wieder, was sie hat, was ich nicht habe. Außer ihrem Aussehen, als wäre sie von irgendeinem italienischen Künstler gezeichnet worden, ist da nichts. Wenn ich in ihr Gesicht schaue, dann ist da nur Leere. Vielleicht saugt sie dich deswegen so aus, damit sie diese Leere in sich irgendwie füllen kann. Mit Teilen von dir.

Ich würde natürlich niemals etwas sagen oder mir gar anmaßen, mich einzumischen. Ich habe in deinem Leben keinen Stellenwert, während du in meinem Leben so einen großen Teil einnimmst, ohne es zu wissen. Ja, ich bin vielleicht ein bisschen krankhaft, aber ich bin das aus Liebe. Ich liebe es nun mal, dich zu beobachten. Ich liebe es, wenn du lachst. Ich liebe es, wenn du strahlst, und ich liebe es auch, dich bei allem anderen zu beobachten, was du so tust. Du faszinierst mich, schon seit ich klein war. Ich habe keine Ahnung, wieso das so ist, aber natürlich ist mir klar, dass das niemals auf Gegenseitigkeit beruhen wird. Das verlange ich nicht. Mir reicht das, was ich habe, denn mein Vater hat mir auch beigebracht, obwohl wir in diesem riesigen Schloss wohnen, bescheiden zu sein. Mit dem zufrieden zu sein, was man hat. Also bin ich das. Ich bin zufrieden mit den paar Blicken, die ich von dir kriege. Ich bin mehr als zufrieden mit diesen zwei Küssen, die ich von dir bekommen habe. Wenn ich sterben würde, wäre ich zufrieden. Jawohl.

Es ist sowieso schon mehr, als ich mir je erhofft habe … Vor allem das Funkeln in deinen Augen, das da vorhin war, als du dich nach dem Kuss von mir gelöst und mich *wirklich* angesehen hast. Wirklich in meine Seele geschaut hast, als du wirklich *mich* angeschaut hast. Das ist mehr, als ich mir je erhofft hätte.

Ich blättere auf meinem Reader zurück und entscheide, den Abschnitt nochmal zu lesen, denn meine Gedanken waren ganz woanders. Rosalie ist vorhin hochgegangen, genau wie Sergio, der betrunken in sein Zimmer getorkelt ist. Aarik und Victor haben sich ebenfalls zurückgezogen und ich habe mich hier verbarrikadiert. Denn sonst kommt Aarik wieder und ich habe gerade keinen Nerv dafür. Er stalkt mich seit Jahren und versucht, mich dazu zu überreden, mich auf ihn einzulassen. Das will ich aber nicht.

Du bist rausgegangen, also habe ich mich dazu entschieden, in meinem Zimmer ein wenig zu lesen. Schlechte Idee, wenn man angetrunken ist und die Buchstaben nicht mehr richtig entziffern kann. Also lege ich seufzend den Reader weg und starre an die Decke.

Nur der Schein des brennenden Kamins spendet flackerndes, warmes Licht. Ich frage mich, was du tust. Vielleicht bist du wieder mit ihr zusammen, obwohl du vorhin so wütend auf sie warst. Was ich auch wirklich verstehen kann. Sie ist so gewissenlos … und überrennt alles ohne jegliche Reue. Sie hat bereits so lange ihre Krallen tief in dich geschlagen, dass du wahrscheinlich gar nicht mehr weißt, wie es ist, ohne sie zu leben. Und ohne diesen Schmerz zu sein. Brauchst du Schmerzen, Zayden?

Schon bevor ihr euch nahekamt, hatte sie dich an der Angel, an der sie dich hat zappeln lassen. Ich habe das alles beobachtet, ich habe dich studiert, ich kenne dich, Zayden Rush.

Aber es bringt mir nicht viel, denn oft genug konnte ich mir anhören, wie sie bei dir war und was ihr so tut. Sie hegt einen ganz besonderen Groll gegen mich und hat es auf mich abgesehen. Wann immer ich bei Rosalie zuhause war, war *sie* bei *dir*. Wenn du mich früher auch nur einmal angeschaut hast, hat sie sofort deine Aufmerksamkeit auf sich gelenkt. Bei anderen Frauen ist sie nicht ganz so schlimm. Ich habe keine Ahnung, wieso sie gerade gegen mich so hart vorgeht. Ich weiß nicht, wieso sie mir bei jeder Gelegenheit weismacht, wie wenig wert ich bin, indem sie mir ein Bein stellt, mir irgendwelche Sachen, zum Beispiel blutige Tampons, in den Spint legt … Vor einiger Zeit hat sie mir Videos von euch geschickt oder Nachrichten von dir weitergeleitet, wenn du ihr gesagt hast, wie sehr du sie liebst. Ich weiß nicht, wieso sie so sehr darauf aus ist, mich zu foltern. Und das ist Folter. Ich versuche natürlich, das alles nicht an mich ranzulassen. Was gar nicht so leicht ist. Als ich vierzehn war, hat sie von mir Fotos beim Umziehen in der Umkleide gemacht und an alle Jungs der Schule außer an dich geschickt. Das hast du nicht mitbekommen. Natürlich. Denn sie versucht, diese sadistische Seite von sich vor dir zu verstecken. Und ich renne sicher nicht zu irgendwem und beschwere mich über sie. Die Blöße gebe ich mir nicht. Ilja weiß aber davon, weil er mich beim Weinen erwischt hat. Er hat mit ihr geredet. Danach hat sie es heimlich getan, aber natürlich nicht gelassen. Sie ist besessen davon, mir das Leben zur Hölle zu machen, genauso, wie sie besessen davon ist, dass du ja nicht in meine Nähe kommst. Dabei würde ich niemals versuchen, dich von etwas wegzubringen, was du liebst, selbst, wenn es dir nicht guttut. Das ist nicht mein Recht. Ich bin nicht so wie sie.

Ein süßlicher Duft strömt durch das gekippte Fenster in mein Zimmer und ich seufze. Ich kann sowieso nicht schlafen. Vielleicht ist mein Bruder ja wieder aus dem Wunderbaum-Koma erwacht. Also stehe ich auf und ziehe mir den leichten weißen Morgenmantel, den ich dabeihabe, über, bevor ich in meine Sneaker schlüpfe und auf den Balkon trete. Ich fröstle, es ist eiskalt. Weiße Flocken fallen vom bedeckten Himmel. Das verwundert mich etwas, denn eigentlich ist es noch zu früh für Schnee. Der legt sich jetzt als weiße, reine Schicht über die Baumwipfel und auf das Geländer des Balkons, an das ich trete und hinabschaue.

Du stehst da, mit dem Rücken zu mir. Deine Unterarme sind auf die schneebedeckte Abgrenzung der Veranda gestützt und deine schwarze Winterjacke spannt sich über deine breiten Schultern. Deine schwarzen Haare sind völlig durcheinander und über deinen Kopf hinweg steigt der dichte Rauch eines Joints, während du in den Schnee siehst. Ich lege einen Unterarm auf das Geländer und mein Kinn auf meinen Handrücken. Ich liebe es, dich zu beobachten. Ich könnte das den ganzen Tag tun. Jede kleine Bewegung von dir in mich aufsaugen und dabei dieses warme Gefühl in meinem Bauch spüren, das über die Jahre immer stärker geworden ist, anstatt irgendwann nachzulassen. Du bist so unglaublich schön, selbst von hinten.

Du ziehst wieder und eine neue Rauchwolke steigt zu mir hoch. Ich seufze leise und zerfließe fast über dieses Geländer. Deine Schultern heben und senken sich, dann lässt du den Kopf dazwischen sinken. Das mag ich nicht. Ich mag es nicht, wenn du so zerbrechlich wirkst, so fertig. Zu gern würde ich dir über den Nacken streichen und dir sagen, dass alles irgendwie gut wird.

Schließlich atmest du nochmal durch und richtest dich auf, bevor du den Stummel, der vom Joint übrig ist, im Schnee ausdrückst und dich umdrehst. Ich bin so in meinen Beobachtungen versunken, dass ich mich gar nicht zurückziehe, als du dich umdrehst. Du siehst direkt zu mir hoch, bevor du dich von hinten mit den Ellbogen ans Geländer lehnst. Die umstehenden Laternen tauchen dein perfektes Gesicht in einen leichten gelblichen Schimmer und der Wind, der geht, lässt mein Haar etwas wehen.

»Hi«, sage ich total verträumt. Ich hätte wirklich nicht so viel trinken sollen. Du hebst eine dunkle Braue und deine türkisen Augen sind leicht gerötet und trüb. Auch du bist nicht nüchtern.

»Stalkst du mich?«, fragst du mit rauer Stimme.

»Ja«, gebe ich einfach zu, weil es ziemlich offensichtlich ist.

Du schüttelst leicht den Kopf und betrachtest mich. »Ist es nicht ein bisschen kalt für dich da oben?« Deine Jacke steht auf und gibt den Blick auf deinen schwarzen Pullover frei. Wieder fährt ein Wind in mein Haar und ich fröstle.

»Eigentlich schon«, gebe ich zu, bewege mich aber nicht.

»Und trotzdem stehst du da und stalkst mich.«

»Ich bin ein bisschen verrückt.« Verrückt nach dir, Zayden.

Du seufzt, dann stößt du dich ab, packst eine der tragenden Säulen und steigst auf das Geländer, ohne ein einziges Mal zu wanken. Deine Bewegungen sind geschmeidig und sicher. Ich zucke erschrocken hoch und Panik durchzuckt mich. Wenn du jetzt stirbst, dann sterbe ich auch. Du hältst dich mit einer Hand immer noch an der Säule fest und gehst leicht in die Hocke.

»Was machst du?«, rufe ich leise schreiend. Du nimmst Schwung und springst vor, bevor du dich mit beiden Händen an meinem Geländer festhältst. Ich keuche auf und schlage die Hände vors Gesicht. Oh mein Gott, oh mein Gott, oh mein Gott!

Du siehst zu mir hoch.

»Bring mich jetzt nicht zum Lachen«, sagst du grinsend und hebst ein Bein, um Halt zu finden, dann ziehst du dich hoch und schwingst dich einfach auf meinen Balkon, Zayden.

Ich bin fassungslos.

»Du hättest sterben können!« Anklagend starre ich dich an und du siehst unbeeindruckt zu mir runter.

»Ich lebe ja noch«, meinst du locker und schlenderst an mir vorbei in mein Zimmer, ziehst aber zuvor deine Schuhe auf dem Balkon aus. Ich bin völlig fassungslos und schaue nochmal nach unten, bevor mir klar wird, dass du hier in meinem Zimmer bist. Bist du gerade ernsthaft auf den Balkon geklettert? Und überhaupt, *was tust du hier*?

GOTT IM HIMMEL!

Ich folge dir hinein in die wohlige Wärme, die auf meinem Gesicht prickelt, und kann es immer noch nicht glauben.

Ich meine: WAS TUST DU HIER?

ZAYDEN!

Du ziehst deine Jacke aus und hängst sie über den Sessel, während ich jetzt total cool bleibe. Ich bleibe cool und schließe einfach die Balkontür, tue so, als wäre es völlig normal, dass ich hier mit dir in den Bergen in dieser einsamen Hütte, allein in diesem Zimmer, vor diesem Kamin bin. Völlig normal.

Lässig streife ich mir die Schuhe von den Füßen.

Ganz cool, Irina. BLEIB UM HIMMELS WILLEN COOL!

Du lässt dich auf dem künstlichen weißen Fell direkt vor dem Kamin nieder und winkelst die Beine an, die Unterarme darüber gelegt und ein Handgelenk mit der anderen Hand umfangen, sodass deine Finger im Schein des Feuers schimmern.

Gott im Himmel, du bist so perfekt. Hast du eigentlich eine Ahnung davon, was du einer Frau allein mit deinem Anblick antust? Meine Knie werden weich. Aber ich schaffe es und mache die paar Schritte zu dir, ohne wie ein totaler Vollidiot zu stolpern.

Sehr gut.

Dann setze ich mich einfach neben dich. Du atmest tief und blickst ins Feuer, das über dein makelloses Gesicht tanzt. Deine Finger sind von der Kälte draußen gerötet, genau wie deine Wangen.

»Ich sollte vermutlich nicht hier sein.« Und wie du hier sein solltest. Genau hier.

»Vermutlich nicht«, antworte ich, ziehe ein Bein an und bette mein Kinn auf meinem Knie, während ich auch nach vorn sehe. Denn wenn ich dich anschaue, kann ich nicht klar denken. Dann sage und tue ich dumme Sachen.

UND ICH DARF JETZT NICHTS DUMMES TUN!

Du drehst den Kopf zu mir und ich spüre deinen Blick auf meinem Profil brennen, wie die Flammen des Kamins vor uns. Es ist so friedlich, das Feuer knistert, aber in mir ist alles in Aufruhr, während außerhalb alles so ruhig wirkt.

Du machst mich nervös.

So verdammt nervös.

»Wieso?«, fragst du schließlich. Ich überlege, ob ich meine Gedanken aus Versehen laut ausgesprochen habe. Das passiert mir manchmal. Ich bemerke es dann immer erst, wenn die Leute hochgradig irritiert sind. Ich hoffe, dass ich das gerade nicht laut gesagt habe, und sehe weiterhin einfach nach vorn, das ist am sichersten.

»Wieso was?«, erkundige ich mich.

»Wieso willst du mich so sehr?« Nun siehst du auch wieder nach vorn und reibst deine Hände aneinander. Ich kann nichts gegen das Schnauben tun, das mir entkommt.

»Also bitte …« Ich sehe dich an und du erwiderst meinen Blick etwas irritiert. »Warst du mal mit dir zusammen?«

»Jeden Tag«, antwortest du bedeutungsvoll. »Nicht schön.«

Ich seufze, weil ich *alles* dafür tun würde, jeden Tag mit dir zusammen sein zu können. Dann räuspere ich mich und versuche, meine Gedanken zu ordnen. Das kann ich wirklich nicht, wenn ich dich ansehe, genauso wenig wie ich näher auf deine Frage, warum ich dich so sehr will, eingehen kann, während du mich mit deinen tiefen türkisen

Augen so durcheinanderbringst. Also schaue ich wieder ins Feuer.

»Das Herz will, was es will«, sage ich schließlich nur, weil die Liste wirklich endlos wäre und ich nicht das völlige Ausmaß meiner Besessenheit vor dir ausbreiten will. Sonst rennst du schreiend davon.

»Dein Herz will mich?«, fragst du zweifelnd. Ich wundere mich, dass du das in all den Jahren nicht bemerkt hast. Aber wie hättest du das auch tun sollen? Du hast ja nicht auf mich geachtet.

»Ja«, gebe ich leise zu, weil eine Lüge nichts an der Tatsache ändern würde.

Du musterst mich ein paar Sekunden.

»Ich bin launisch. Ich mache Dinge kaputt, wenn ich wütend bin, und ich kann echt fies werden. Ich liebe es mehr, Dinge zu zerstören, als sie zu reparieren, und … ich kann zu einem richtigen Verräter werden, wenn es mir passt. Ich bin nicht der weiße Prinz, als den du mich gerne sehen würdest.«

»So sehe ich dich gar nicht.«

»Sondern?«

»Du bist einfach du, und so, wie du bist, bist du richtig. Ich weiß, dass keiner perfekt ist«, antworte ich, ohne dich anzusehen, denn vieles, was du gerade aufgezählt hast, habe ich schon beobachtet. Ja, du hast eine wirklich fiese, sadistische Seite an dir, die manchmal zum Vorschein kommt. Aber nur, weil sie existiert, heißt es nicht, dass du ausschließlich aus dieser bestehst. Ausschlaggebend ist, was man hervorkitzelt und sich verdient. »Ich weiß, dass du niemals irgendjemandem gegenüber mutwillig böse wärst, den du magst.«

»Ich bin egoistisch und … trample über Gefühle, um zu kriegen, was ich will.«

»Ja, das kann alles sein. Aber es ist mir egal. Ich urteile nicht über dich, nur, weil du nicht nur gute Seiten hast. Das hat keiner von uns.« Du siehst mich wieder an und ich habe dir auch meinen Kopf zugewendet. Dein Blick ist so tief, so forschend, und er geht mir direkt unter die Haut. Ich verstecke nichts, denn ich war nie gut darin, etwas zu verstecken. Das habe ich auch nie für nötig gehalten. Entweder so, wie ich bin, oder gar nicht.

»Das sollte dir aber nicht egal sein, Babygirl«, wisperst du und ein kleiner Schauer rieselt mein Rückgrat herab, als du mich so nennst.

Was passiert hier?

Die Zeit scheint mit einem Mal langsamer zu vergehen.

Du schiebst deine Hand seitlich in mein Haar. »Aber wie ich sagte, ich bin egoistisch.« Damit beugst du dich vor und küsst mich einfach. Du raubst mir den Atem. Damit habe ich nicht gerechnet. Ich erstarre für ein paar Sekunden und frage mich, ob ich vielleicht doch eingeschlafen bin und jetzt träume. Dann bewegst du deinen Mund, sodass ich weiß, es ist kein Traum, denn tausend kleine Blitze schießen durch meinen Körper. Mit der Hand an meinem Hinterkopf ziehst du mich näher und ich folge, ich könnte mich gar nicht wehren. Ich könnte nicht zurückweichen, ich könnte nicht nein sagen, selbst, wenn mein Leben davon abhinge. Deine Zunge streicht über meine und dein Geschmack lässt alles in mir explodieren. Du zeigst mir genau, wie ich meine Zunge zu bewegen habe, und ich tue es, gehorche einfach meinem Instinkt und lasse mich fallen. Du schiebst dich näher an mich heran, sodass die Flammen uns äußerlich erwärmen, während dein Kuss innerlich alles in mir in Brand setzt. Ich hebe die Hand und lege sie zögerlich an deine Brust, spüre, wie dein Atem schneller geht, genau wie meiner. Dein Kuss bringt alles in mir zum Stillstand, jeden zusammenhängenden Gedanken. Du wendest dich mir jetzt ganz zu und ich lasse das Bein sinken, genau wie du deine, um mehr Spielraum zu haben. Dann legst du den freien Arm um meinen Rücken und ziehst mich einfach auf deinen Schoß. Das würde mich normalerweise total überrumpeln, aber ich stehe unter Flammen und liebe es, auf deinem Schoß zu sein. Deine Hand an meinem Rücken streicht nach vorn und du öffnest mit deinem Zeigefinger den Knoten meines Morgenmantels, während die andere immer noch in meinem Haar liegt.

Mein Atem beschleunigt sich rapide.

Willst du jetzt mit mir schlafen?

GOTT.

Schließlich streifst du mir den dünnen Stoff von den Schultern und ich sitze nur noch in dem seidigen weißen Nachthemd und einem Höschen auf dir, weswegen mein Puls kurzfristig aussetzt. Du küsst mich tiefer, ungeduldiger und wischst jeden Zweifel davon, wobei du deine Hand auf mein Knie legst. Deine große, beringte Hand auf meiner nackten Haut lässt mich heftig erschauern. Du streichst meinen Schenkel hinauf und ich fühle ein Prickeln, das deinen Berührungen folgt. Du stöhnst genüsslich. Dieser

Laut stellt unbeschreibliche Dinge mit mir an. Das Brennen in mir wird zu einem Brodeln, was mich zu schmelzen droht. Ich hätte nie gedacht, dass ich dich irgendwann so hören würde, so spüre würde … Du nimmst die Hand aus meinem Haar und legst sie an meinen unteren Rücken, wo du etwas mein Becken nach vorn bewegst. Jetzt entkommt mir auch ein Stöhnen, als ich spüre, wie bereit du bist und wie du dich zwischen meinen Beinen anfühlst. Der harte Jeansstoff schabt an meinem feinen Höschen und meinem Hintern, was ziemlich berauschend ist. Du bewegst meine Hüften mit einer Hand weiter, während die andere unter mein Nachthemd streift, die Seite meines Schenkels entlang. Mir entweicht erneut ein Stöhnen und ich fühle, wie etwas von mir abfällt und der Hitze weicht. Mit einem Mal ziehst du deinen Kopf zurück und siehst zu mir hoch. Deine türkisen Augen brennen förmlich vor Lust, während die Flammen über uns beide tanzen. Ich kann dich nur anstarren und wünsche mir, dass du nicht aufhörst. Du atmest schwer, genau wie ich, und unsere Blicke versinken ineinander.

»Ich sollte das wirklich nicht tun«, murmelst du heiser. Dann greifst du nach dem Saum meines Nachthemdchens und ziehst mir den seidigen Stoff mit einem Mal über den Kopf. Im ersten Moment versteife ich mich etwas. Deine Augen schweifen über meinen Körper. Mich hat noch nie ein Mann so betrachtet. Noch nie hat mich ein Mann so gesehen. Das Verlangen in deinem Blick wird größer und ich kriege keine Luft mehr. HILFE! »Wirklich nicht!«, murmelst du, umfängst mich mit einem Arm, wirbelst uns herum und legst mich auf das weiche Fell vor dem Kamin auf den Rücken. Meine Haare verteilen sich um mich herum und die Flammen erwärmen jetzt meine ganze Seite. Ich kann dich nach wie vor nur anstarren … und versuchen, nicht an meinem wild trommelnden Herzschlag zu sterben.

Du kniest dich zwischen meine Beine und überblickst mein Gesicht.

»Wenn ich aufhören soll, sag es mir jetzt.« Ich reiße die Augen etwas auf und schüttle den Kopf. Wenn du jetzt aufhörst, flippe ich aus. Das ist das, was ich schon so lange wollte. Ich will nicht an später denken oder an morgen. Ich will dich einfach. So sehr.

Du atmest tief durch, dann umfasst du den Saum deines Pullovers gemeinsam mit dem Muskelshirt und ziehst dir beides über den Kopf. Sofort lasse ich meinen Blick gierig über dich streichen. Das ist Körperverletzung. Du bist so perfekt. Deine Schultern sind breit und dein rechter Oberarm ist bis zum Ellbogen mit schwarzen Tätowierungen bedeckt. Deine Haut ist tief gebräunt, deine Muskeln klar definiert. Du bist viel massiver als dein Bruder, so männlich und für andere sicherlich einschüchternd. Was nicht für mich gilt. Dann beugst du dich runter und stemmst dich neben meinen Hüften auf die Hände, bevor du dich mit dem Körper nach unten schiebst. Du stützt dich auf einen Unterarm, hakst einen Zeigefinger in den Bund meines Höschens und rollst es mir ab, wofür ich die Beine hebe, während sich mein Atem fast überschlägt. Es ist gar nicht so leicht … mich jetzt einfach ausziehen zu lassen. Aber ich tue es trotzdem.

Anschließend fasst du an mein Knie und winkelst mein Bein an. Mein Puls rast noch schneller und ich kann nur zu dir runtersehen, als du deinen Kopf zwischen meine Beine senkst und deine Zungenspitze über meine Mitte gleitet. Ein Blitz zuckt durch mich hindurch, während ich dich da spüre und du stöhnst. Genau wie ich. Das habe ich nicht erwartet.

Gott, fühlt sich das genial an. Ich spüre deinen heißen Atem und kralle meine Hände in das Fell, während mein Atem immer schneller geht und sich in meinem Bauch ein heißer Knoten bildet. Du schiebst mein Bein noch etwas weiter zur Seite, und ich lasse es zu. Deine Zunge kreist konstant über meinen Lustpunkt und fühlt sich so unglaublich gut an. Ich kann mein Becken nicht davon abhalten, dir entgegen zu zucken, und verbeiße mir ein Stöhnen.

Was tust du nur mit mir?

Dann löst du deine Hand von meinem Knie und kurze Zeit später spüre ich deinen Zeigefinger an mir.

Gott …

Ich kneife die Augen zusammen und wappne mich.

»Entspann dich«, murmelst du zwischen meinen Beinen, und wie von Zauberhand lockern sich meine Muskeln, während du einen Finger gemächlich in mich schiebst. Es fühlt sich etwas befremdlich an, aber gleichzeitig auf gewisse Weise gut. Irgendwie verwirrend. Erregend. Du atmest sehr tief durch die Nase aus. Deine Zunge bewegt sich härter an mir und ich kann nicht anders, als zu stöhnen, während du deinen Finger auch etwas in mir bewegst und dich mit ihm vortastest.

Okay, das fühlt sich wirklich gut an. Ich spüre deine kühlen Ringe an mir, die im Kontrast zu den Flammen stehen, die mich zu verschlingen drohen. Du stöhnst wieder und ich sehe, dass Schweiß auf deiner Stirn steht.

Hast du dich jemals bei einer Frau so zurückgehalten?

Ich dachte nicht, dass du der Typ für Zurückhaltung bist.

Langsam tastest du nach etwas in mir, dann durchzuckt es mich unverhofft und intensiv. Ich stöhne erschrocken auf und mein Oberkörper ruckt nach oben. Lust durchrauscht mich wie ein Orkan, als du zeitgleich einen zweiten Finger in mich schiebst. Okay, das fühlt sich nicht gut an, sondern fantastisch.

GOTT.

Deine Stirn sinkt an meinen Unterbauch und ich stöhne jetzt lauter. Ich kann nicht anders, während du deine Finger weiter in mir bewegst, jetzt beide. Mein Becken drängt sich dir automatisch entgegen. Deine Lippen streichen über meinen Bauch, der sich wieder angespannt hat. Deine Zunge hinterlässt eine feuchte Spur auf meiner Haut. Du gleitest hoch zwischen meine Brüste und wie an unsichtbaren Fäden gehalten, setze ich mich auf. Mein Herz überschlägt sich geradezu, mir wird immer heißer und der Knoten in meinem Bauch zieht sich enger zusammen, bis er droht zu zerspringen. Du schiebst noch einmal deine Finger härter in mich und ich komme. Unverhofft. Intensiv. Stöhnend. Und völlig überwältigt. Wobei ich wieder auf den Rücken falle und mein Unterleib sich bewegt.

Du hältst deine Finger still, bis ich aufhöre zu zucken. Deine Lippen streichen währenddessen über meine Brust.

Gänsehaut überzieht meinen Körper und ich entspanne mich mit einem Ruck.

Oh mein Gott.

Was. War. Das? Außer dem besten Orgasmus meines Lebens.

Blinzelnd schaue ich zu dir und du ziehst deine Finger langsam aus mir zurück. Ich sehe, dass sie etwas blutig sind, als du die Hand neben meinen Kopf stemmst. Aber ich habe gar keinen Schmerz gespürt, du hast mich wahrscheinlich erfolgreich abgelenkt.

»Alles klar?«, fragst du mich bemüht beherrscht und deine türkisen Augen brennen vor Lust, wie ich sie noch nie gesehen habe.

Ich nicke langsam.

»Ja«, hauche ich mit belegter Stimme.

»Okay«, flüsterst du und greifst zwischen uns. »Nimmst du die Pille?«

»Ja.« Meine Mom hat mich mit sechzehn zum Frauenarzt geschleppt, obwohl ich ihr gesagt habe, dass das nicht nötig ist, da du mich ja sowieso nicht gesehen hast.

Ich höre, wie du deinen Gürtel öffnest, wobei du mir nur in die Augen schaust. Ich kann nicht wegsehen, wenn du das tust. Dann nimmst du mich immer gefangen.

»Letzte Chance«, meinst du heiser.

»Tu es.« Meine Stimme ist genauso heiser, doch ich bin entschlossen. Ich war noch nie so entschlossen wegen irgendwas. Hart atmest du durch die Nase aus und stemmst dich kurze Zeit später wieder mit der zweiten Hand neben meinen Kopf. Ich winkle meine Beine an.

»Okay, versuche einfach, entspannt zu bleiben.« Ich nicke, genau wie du, bevor du den Kopf zwischen deine Schultern senkst. Deine Haut schimmert im Feuerschein schweißnass und deine muskulösen Schulterblätter stechen hervor. Das goldene Kreuz baumelt zwischen uns und blitzt auf. Dann spüre ich dich an meinem Eingang und ich versuche wirklich, entspannt zu bleiben. Ich sehe, wie du die Zähne aufeinanderbeißt, und atme tief durch.

Du bewegst deine Hüften etwas nach vorn, weshalb du ein kleines Stück in mich gleitest. Du bist wirklich, wirklich groß und ich bin wirklich, wirklich unberührt. Du atmest hart und mit einem Stoß aus. Der Schweiß rinnt dir vom Nacken. Ich versuche, ebenfalls weiterzuatmen und nicht die Luft anzuhalten, auch wenn sich das wirklich ungewohnt anfühlt. Es tut allerdings nicht weh. Du ruckst noch weiter vor und hältst wieder still, als ich etwas zusammenzucke und Schmerz mich durchschießt. Dein Blick hebt sich in meine Augen. Ich sehe in deine und nicke. »Mach!«

Du ziehst die Augenbrauen gequält zusammen, nickst unter schwerem Atem, schiebst dich mit einem Stoß ganz in mich und stöhnst. Tief.

Okay, jetzt tut es weh. Scheiße!

Ich atme gepresst aus und versuche, mich daran zu gewöhnen, wie tief du in mir bist. Dein Kopf senkt sich und du schiebst eine Hand zwischen uns, den Mittelfinger wieder auf meinem Lustpunkt, den du sanft massierst, weswegen dieses alles verzehrende Feuer wieder anfängt, langsam in mir hochzusteigen, und sich meine Muskeln nach und nach entspannen. Es dauert etwas, dann fühlt es sich wieder gut an … und ich stöhne leise und zaghaft. Du ziehst deine Hand zurück und beginnst, dich in mir zu bewegen. Mit jedem sanften Stoß ist es ein bisschen weniger schmerzhaft. Du hebst erneut deinen Kopf, um mich anzusehen. Deine türkisen Augen sind lustverhangen und deine vollen Lippen stehen einen Spalt offen. Deine schwarzen Haare sind schweißnass und deine Bewegungen so beherrscht und langsam. Obwohl ich genau sehe, was es dir abverlangt. Ich liebe dich dafür, dass du dir gerade so viel Zeit lässt, dass du so einfühlsam bist. Ich lege eine Hand an deinen schweißnassen Rücken, streiche darüber und spüre, wie die Muskeln sich unter meinen Fingerspitzen bewegen. Ich habe davon geträumt, dich so anfassen zu dürfen, dich so zu spüren und dir so nahe zu sein, und jetzt kann ich es kaum glauben. Wieder senkst du deinen Kopf und küsst mich. Hart prallen deine Lippen auf meine – unbeherrschter als bisher.

Deine Bewegungen werden etwas schneller und es tut nicht mehr weh. Du stöhnst in meinen Mund und lässt dein Gewicht auf einen Unterarm sinken, bevor du mit einer Hand in mein Haar fasst. Ich lege die andere Hand an deine Wange und spüre dich so intensiv, während du deine Stirn an meine Schulter sinken lässt und deine Finger sich in meinem Haar verkrallen.

»Fuck«, flüsterst du. Du sagst es … Mir wird immer heißer und du immer härter und unkontrollierter. Es ist überwältigend, dich so zu spüren. Dein heißer Atem streicht über meinen Hals und ich kralle meine Finger in deinen Rücken, als mir noch heißer wird. Du schiebst wieder deine Hand zwischen uns und massierst mich, weswegen die

Lust durch meinen Körper schießt und ihn weiter entflammt. Deine Bewegungen werden nun etwas langsamer, während du deine Finger kreisen lässt. Ich stöhne und spüre, wie sich ein weiterer Orgasmus anbahnt, weswegen ich die Augenbrauen zusammenziehe und du den Kopf hebst.

Es ist so intensiv … Du bewegst deine Finger, bis ich noch einmal explodiere, was wieder völlig unverhofft passiert und mich zerreißt. Ich stöhne tief und laut. Ich kann nicht anders. Mein ganzer Körper erschauert und ich kralle mich an dir fest. Sobald du meinen Orgasmus spürst, ziehst du deine Finger zurück und bewegst dich wieder ungezügelter in mir. Du schaffst es nicht lange, mich anzusehen. Deine Lider fallen zu, während ich immer noch explodiere und nicht genügend Luft bekomme. Deine Lippen öffnen sich etwas mehr und du legst den Kopf in den Nacken. Dieses Bild werde ich nie wieder vergessen. Schweiß läuft über deine Schläfe und deine Wange, dann stöhnst du tief, stößt noch einmal hart in mich und kommst auch.

Du kommst in mir, Zayden.

Und ich liebe das.

Ich habe noch nie etwas so Heißes und Perfektes gesehen, geschweige denn gespürt, wie dich beim Orgasmus. Du kommst ein paar Sekunden tief in mir, dann atmest du fast schon zittrig aus und sinkst auf deine Unterarme. Deine nackte Brust legt sich auf meine und unser Atem vermischt sich miteinander. Unsere schweißnasse Haut berührt sich und unsere Herzen rasen im Einklang. Meine Lunge brennt, in mir herrscht ein einziges Chaos und dein hektischer Atem streift immer wieder über meine feuchte Haut. Ich streiche abwesend mit einer Hand über deinen Rücken und starre an die Decke, wo der Feuerschein spielt.

Du ziehst langsam deine Hüften zurück und ich zucke zusammen, als du aus mir gleitest. Mein Unterleib brennt wie die Hölle. Du hebst deinen Kopf und siehst zu mir runter. Ich wende dir meinen Blick zu und mustere dich überwältigt. Ich kann das nicht verstecken.

Wenn ich dich nicht schon über alles lieben würde, würde ich es jetzt tun.

»Alles okay?«, fragst du mit zusammengezogenen Brauen. Deine Stimme ist heiser.

»Ja«, antworte ich krächzend und räuspere mich. »Ja«, sage ich fester. Du greifst zwischen uns und schließt mit einer Hand deine Hose, bevor du dich zurückziehst und zwischen meine Beine kniest. Mir wird kälter, als dein Körper von mir weicht. Dein Blick schweift über das Fell, wo wahrscheinlich etwas Blut ist. Dann lehnst du dich nach hinten und tastest nach deinem Pullover, den du mir reichst. Ich nehme ihn dankbar und streife ihn mir über. Es ist etwas unangenehm, jetzt so halb nackt hier rumzuliegen. Ich ziehe den Stoff an meiner Schulter hoch und setze mich seitlich auf, weswegen ich kurz zusammenzucke, weil es wieder brennt.

Nochmal atmest du tief durch, dann tastest du nach deinen Zigaretten, die du aus der Hosentasche fischst.

»Ich gehe eine rauchen«, meinst du leise. Ich nicke und erhebe mich ebenfalls, während du auf den Balkon trittst. Oberkörperfrei in die Eiseskälte. Wahrscheinlich musst du dich abkühlen. Ich betrachte das Fell. Ja, das ist ein

Blutfleck drauf. Ich muss ihn verschwinden lassen, bevor ihn mein Bruder sieht. Auf immer noch wackligen Beinen gehe ich ins Bad und säubere mich kurz, wobei es wieder brennt, aber das wusste ich vorher. Ich richte etwas meine Haare und ziehe mir dann wieder im Zimmer ein frisches Höschen über, bevor ich meine anderen Sachen aufsammle und wegräume. Ich bin noch etwas wacklig und weiß nicht, was ich von alldem halten soll. Ich weiß nicht, ob du gleich davonstürmen und es bereuen wirst, aber ich wappne mich schon mal gegen alles und werfe einen Blick zu dir. Die Tür des Balkons ist geschlossen und du stehst draußen. Eine Hand an das Geländer gestützt, in der anderen hältst du die Zigarette. Ich frage mich, ob du es schon bereust.

Der Schnee ist jetzt eine hohe strahlende weiße Schicht, und die Flocken, die fallen, sind dick und groß. Du siehst aus wie ein gefallener Engel. Ich wünschte, ich könnte dir zeigen, dass der Himmel auch dein Zuhause sein kann.

Ich rolle das Fell zusammen und schleppe es erstmal ins Bad, wo ich es in die Wanne hinter den Duschvorhang lege. Schließlich höre ich, dass du wieder ins Zimmer kommst, und trete auch aus dem Bad. Das Feuer ist mittlerweile etwas runtergebrannt. Ich lehne mich in den Türrahmen, während du die Balkontür schließt und zu mir siehst.

Du bist so unglaublich perfekt. Ich kann nicht glauben, was gerade passiert ist. Wenn ich es nicht spüren würde, würde ich denken, ich habe es mir wieder mal nur eingebildet. Schließlich kommst du etwas näher und ich betrachte dich dabei einfach. Direkt vor mir bleibst du stehen und stützt den Unterarm über meinen Kopf in den Türrahmen.

Wieso machst du auch ständig so heiße Sachen?

Ich schaue zu dir hoch. Du streichst mir eine Strähne hinter das Ohr und ich neige mich automatisch deiner Bewegung entgegen. Es ist, als hättest du meinen Körper wirklich an unsichtbaren Fäden befestigt. Mit dem Daumen fährst du über meine Unterlippe und ich erschauere.

»Das … war … wahrscheinlich der größte Fehler deines Lebens«, meinst du leise und hebst mein Kinn mit dem Daumen. Selbst, wenn du der größte Fehler meines Lebens bist, ich würde ihn immer wieder begehen.

»Vielleicht«, gebe ich zu. Du beugst dich runter und küsst mich sanft. Ich gehe etwas auf die Zehenspitzen und erwidere den Kuss. Doch du ziehst deine Lippen viel zu schnell wieder zurück und streichst die Längen meiner Haare nach.

»Ich gehe jetzt«, informierst du mich leise.

Ich nicke. »Okay.« Forschend siehst du mir nochmal in die Augen.

»Danke.« Ich runzle die Stirn.

»Wieso?«, frage ich etwas unsicher.

»Weil ich weiß, was es für eine Frau bedeutet, einem Mann ihren Körper das erste Mal zu schenken, und ich will nicht, dass du denkst, dass ich dich ausgenutzt habe.« Das denke ich gar nicht. Wenn, dann habe ich dich ausgenutzt, um endlich meine geheimsten Fantasien wahrwerden zu lassen. Um endlich das zu bekommen, wovon ich schon die ganze Zeit geträumt habe.

»Das denke ich nicht. Gern geschehen«, antworte ich also klar und deutlich und du lachst auf. Ich liebe es, wenn du lachst. Dann bist du noch schöner. Schließlich stößt du dich von der Tür ab und gehst einen Schritt rückwärts.

»Dann bis morgen, Babygirl«, meinst du noch mit einem kleinen Schmunzeln, drehst dich um und verlässt oberkörperfrei mein Zimmer, als wäre das ganz normal. Ich würde dir deinen Pullover auch nicht zurückgeben, wenn du jetzt direkt nach Hause fahren müsstest.

Ich kann nichts gegen das dumme Lächeln tun, das meine Lippen ziert, obwohl die Tür schon minutenlang hinter dir geschlossen ist. Ich kann nichts dagegen tun, dass diese Wärme in meinem Bauch nochmal zugenommen hat. Auch, wenn ich weiß, dass du höchstwahrscheinlich mein Verderben bedeutest, kann ich nichts dagegen tun, dass ich dich jetzt noch ein bisschen mehr liebe, Zayden Rush.

Denn wenn mit dir zusammen zu sein mein Verderben bedeutet, dann bin ich bereit, mich hineinzustürzen. Bis nichts mehr von mir übrig ist. Oder du bemerkst, dass der Himmel doch ein Ort für dich sein kann, Zayden.

39. Was ein Mann braucht, Sergio

XX

Rosalie

Ich bin am nächsten Morgen eine der Ersten, die nach unten geschlurft kommt und das Schlachtfeld von Wohnzimmer betritt. Heilige Scheiße.

Ilja liegt immer noch auf dem Sessel in Boxershorts, sein Mund steht offen und ein verpackter Wunderbaum hängt in seinem Mundwinkel. Seine dunkelblonden Haare sind das pure Chaos und ein Arm hängt über der Lehne. Er schnarcht, Sergio. Die Jacke, die man ihm übergelegt hat, ist runtergefallen. Ich betrachte das Debakel gähnend, bevor ich den Wunderbaum aus seinem Mund ziehe und auf den Boden falle lasse. Er schmatzt unwillig und dreht sich zur Seite. Auch gut.

Ich gehe weiter in die Küche. Dabei steige ich über ein paar leere Flaschen und Chipskrümel. Gott, was haben wir hier denn gestern noch gemacht?

In der Küche sieht es nicht besser aus. Ich schaufle mich zur Kaffeemaschine vor und schalte sie ein. Ich habe mich bereits angezogen und trage schwarze Jeans sowie einen dunkelgrünen Pullover mit grobem Strickmuster, der eng sitzt. Meine Haare habe ich offen gelassen und wegen der Fußbodenheizung brauche ich keine Schuhe. Im Halbschlaf angle ich nach einer Tasse aus dem oberen Schrank und stelle sie unter die Maschine. Oben klacken immer wieder Türen und Toilettenspülungen werden betätigt. Sobald die Bohnen anfangen zu mahlen, regt sich Ilja genervt.

»Was ist das?«, fragt er gähnend und unzufrieden.

»Eine Kaffeemaschine, offensichtlich.«

»Oh fuck …« Es raschelt, wegen all der Wunderbäume, auf denen er liegt, als er sich aufrichtet und sich durch das wirre Haar fährt. »Oh scheiße, mein Rücken«, nuschelt er und reibt sich dabei über die Stirn.

»Da ist aber nicht dein Rücken«, kommentiere ich trocken. Er runzelt irritiert die Stirn, dann tastet er nach seinem Rücken, den er auch reibt.

»Wieso?«, murmelt er und steht auf. »Kannst du mir bitte auch einen Kaffee machen?« Er hat die Augen noch nicht vollständig geöffnet und wirkt wie ein verpeilter Maulwurf. »Sehr stark muss er sein.« Ich seufze und gebe ihm meinen, der gerade fertig ist, als er näherkommt. Ich bin ja kein Unmensch. Dann stelle ich ihm Milch und Zucker auf den Tresen dazu und nehme eine andere Tasse aus dem Regal. Oben knallt wieder eine Tür.

»Fuck!«, flucht Zayden und es poltert. Ich drücke auf *Espresso* und höre, wie Ilja in seinem Kaffee rührt. »Oh fuck …«, meint er dann.

»Brauchst du eine Kopfschmerztablette?«

»Oh nein, nein. Die wird leider nicht helfen.« Ich sehe über die Schulter und er hebt sein Handy mit halb geschlossenen Augen.

»Mein Bruder hat angerufen, fünfzehn Mal.« Ich kenne Iljas und Irinas großen Bruder Ivan. Er ist achtzehn Jahre älter als die beiden und Ilians Vater, weshalb er öfter bei uns ist und zu unserer Familie zählt.

»Oh scheiße«, murmelt Ilja wieder sehr einfallsreich, bevor er den Kaffee nimmt, sein Handy an sein Ohr hält und zur Treppe schlurft. Ich nehme inzwischen genügend Teller aus dem Schrank und stelle sie auf den großen Esstisch direkt vor der Fensterfront. Über Nacht hat es geschneit. Vor den Fenstern ist alles weiß und die Flocken rieseln immer noch herab. Es ist so friedlich, so schön … und viel zu hell, weswegen ich mich abwende und Besteck aus der Schublade hole. Es ertönen Schritte auf der Treppe. Herrische, dominante Schritte. Aarik kommt runter. Er sieht relativ frisch aus, allerdings war er auch einer der Ersten, der gestern hochgegangen ist, sicher, um darauf zu lauern, wann Irina schlafen geht. Der Blick aus seinen dunklen Augen ist etwas kühl heute. Ich meine kühler als sonst. Er schiebt gerade die Ärmel seines dunkelblauen Pullovers nach oben, während er die Küche betritt und seine Augen kurz zu mir zucken. Die dunklen Haare sind noch feucht, wahrscheinlich hat er eben geduscht.

»Morgen«, sage ich und er greift über meinem Kopf nach einer Tasse aus dem Schrank.

»Es ist sechzehn Uhr«, informiert er mich trocken.

»Ich weiß.«

»Morgen.« Ich rühre Zucker in meinen Espresso. Er schiebt sich neben mich und stellt seine Tasse unter die Maschine. Ich trinke einen Schluck, während die Bohnen erneut mahlen. Dann gehe ich zum Kühlschrank und nehme einige Sachen heraus, die ich auf dem Tisch anrichte. Aarik ist mies drauf, das bemerkt man sofort. Ich frage mich, ob das was mit Irina zu tun hat. Vielleicht ihr Kuss gestern mit Zayden?

Dann stelle ich noch Orangensaft dazu und hole ein paar Tassen aus dem oberen Schrank.

Wieder ertönen Schritte, während Aarik sich an den Tisch setzt. Diesmal kommst du runter und Selina folgt dir. Habt ihr in einem Bett geschlafen? Daran habe ich gestern gar nicht mehr gedacht, weil ich so hinüber war. Du trägst einen weißen Rollkragenpullover aus dünnem Stoff, der sich eng um deinen perfekten Körper schmiegt, und eine dunkelblaue Jeans mit dunkelbraunem Gürtel dazu. Du wirkst wach und klar, obwohl du gestern total müde und betrunken warst. Wie ich dich kenne, bist du nicht jetzt erst aufgestanden. Es stört mich wirklich extrem, dass du mit einer anderen Frau dein Zimmer und dein Leben teilst, aber ich weiß ja, dass es nicht anders geht. Natürlich sehe ich dich nicht allzu lange an, weil ich sonst nicht mehr klar denken kann, doch genau das muss ich gerade. Ich stelle eine Tasse für dich unter die Kaffeemaschine und drücke erneut auf *Espresso*. Du bist dabei, auf deinem Handy herumzutippen, während Selina in ihrem schwarzen Strickkleid und dem eng geschnürten Taillengürtel, der ihre kurvige Figur umfängt, gleichermaßen perfekt wie angepisst aussieht. Jetzt hältst du dir dein Handy ans Ohr.

Die Bohnen mahlen laut, während du am Tresen vorbeigehst und mich ansiehst.

»Ja, Dad«, sagst du noch, wobei du die Haustür ansteuerst und dann nach draußen verschwindest. Selina sieht abwägend nach oben. Im gleichen Moment erscheint Zayden am oberen Treppenabsatz, in einer schwarzen Trainingshose und einem gleichfarbigen Muskelshirt. Seine Haare sind noch nass und er gähnt gerade, während er nach unten kommt. Selina erstarrt und betrachtet ihn mit verengten Augen. Er schiebt eine Hand in seine Hosentasche und überschaut kurz alle suchend. Dann bleibt sein Blick an Selina hängen und er stockt mitten auf der Treppe. Die Schuld in seinen Augen sehe sogar ich und in ihre steigen jetzt Tränen.

Was zum Teufel?

Dann wendet sie sich mit einem Ruck ab und rauscht Richtung Terrasse.

»Fuck, Selina, warte!«, ruft Zayden noch und macht die paar Stufen nach unten. Sie reißt die Tür auf, aber er packt sie am Oberarm, bevor sie gehen kann. »Warte«, meint er eindringlich und zieht sie zur Seite. Ich sehe aus dem Fenster, wo du noch draußen telefonierst, und rühre stirnrunzelnd Zucker deinen Espresso. Du hast dich mit dem Steißbein ins Geländer gelehnt und siehst zu mir rein. Du siehst alles, was hier gerade passiert, aber deine dunkelblauen Augen kleben an meinem Gesicht. Der Löffel stockt in meiner Hand. Du nickst gerade, immer noch das Telefon an deinem Ohr. Wenn ich dich nur einmal kurz küssen dürfte … Nur mit meinen Lippen über deine streichen.

Du legst den Kopf schief und ich bemerke, dass meiner auch schief liegt … Es wäre ja nur ein kurzer kleiner Kuss, nur einmal deinen Geschmack kosten, nur einmal deine Zunge mit meiner berühren … und dann kann ich mich wieder fernhalten.

In deine Augen tritt der Blick, den du immer kriegst, bevor du mich ausziehst, und ich kann an deinen Lippen lesen, dass du »was?« sagst, wobei du den Kopf leicht schüttelst.

Ich wende meinen Blick mit einem Ruck ab, als sich mein Magen heftig zusammenzieht und diese eine Hitze mich flutet, die mich nicht klar denken lässt.

FERNHALTEN!

Ich muss mich fernhalten.

Auch nicht einmal kurz küssen.

Gar nichts kurz, Rosalie!

Denn du weißt genau, dass das sonst ausartet!

NICHTS!

Ich schüttle den Kopf, um meine Gedanken von diesen Bildern zu befreien, und stelle die nächste Kaffeetasse unter die Maschine.

Selina und Zayden diskutieren leise im Wohnzimmer. Ich gehe ein paar Schritte rückwärts näher und trinke wieder von meinem Espresso, während ich lausche.

»Ich war betrunken und durcheinander«, sagt Zayden gerade. »Ich wollte dir nicht wehtun.«

»Das hast du aber.« Die Stimme der Dramaqueen zittert und ich frage mich, was passiert ist, während ich im Koma lag.

»Okay, aber du solltest wissen, dass ich dir niemals mit Absicht wehtun würde. Ich wusste nicht, dass du …« Er stockt. »Ich hab gedacht, du schläfst.« Sie keucht und er fährt sich durch die Haare. »Fuck, so habe ich das nicht gemeint, okay?«

»Wie hast du es denn dann gemeint?«

»Dass ich das nicht getan habe, um dir wehzutun.«

»Wieso hast du es dann getan?«

»Weil ich es wollte.« Ich ziehe die Augenbrauen hoch und würde nun gern ein Fähnchen schwingen, auf dem *GO, ZAYDEN* steht. »Ich hab es getan, weil ich es verfickt nochmal wollte. Wieso hast du es getan, all die Male?«

»Also hast du es getan, um dich zu rächen?«

»Natürlich nicht. Ich nutze keine andere Frau aus, um mich an dir zu rächen. Was ist das überhaupt für ein Denken?«, speit er aus und weitere Schritte ertönen auf der Treppe. Irina kommt runter und ist unbekümmert und gut drauf in der weißen Jeans und dem rot-weiß gestreiften Pullover, der wieder eine Schulter entblößt. Sie liebt solche Schnitte. Ihre blonden Haare liegen über ihrer anderen Schulter und glänzen. Genau wie ihre Augen. Ihre Augen, oh mein Gott, die strahlen … wie zwei Scheinwerfer. Sie sagen: *Ich hab die Nacht meines Lebens hinter mir, DIE Nacht* … Ich reiße meine Augen auf. Jetzt verstehe ich und wende mich zum Fenster, um schockiert zu dir zu sehen. Du nickst in meine Richtung. *Richtig erkannt,* sagt dein Blick, während du immer noch telefonierst und eine rauchst. Irina stockt, als sie das Wohnzimmer überschaut. Zayden steht mit dem Rücken zu ihr. Ich sehe ein paar Kratzer an seiner Schulter und muss aufpassen, nicht zu grinsen und Irina den erhobenen Daumen zu zeigen. Selinas Blick schießt zu Irina. Zayden packt ihr Kinn und dreht ihren Kopf zurück, damit sie ihn ansieht. Doch sie befreit sich aus seinem Griff.

»Wirklich?«, fragt Zayden sie jetzt. »Dann bleib auch dabei.«

»Ich habe nicht mit irgendwem geschlafen, sodass du alles hören konntest!«, zischt sie ihm zu.

»Und? Wie fühlt sich das an? Fühlst du dich verarscht? Hintergangen? Betrogen?«

»Also doch aus Rache.«

»Dreh mir nicht die Worte im Mund um, Selina. Ich habe dir eben schon einmal gesagt, dass ich es getan habe, weil ich es wollte. Glaubst du, ich bin so respektlos?«

»Ja, das bist du. Ich war ein Zimmer weiter …«

»Was soll ich jetzt machen? Wegen dir meine Welt auf den Kopf stellen?«, fährt er sie an. »Mach ich das nicht lange genug? Rücksicht auf dich nehmen?« Ich sehe, wie seine Rückenmuskeln sich anspannen, und bin echt froh. Das war schon so lange mal überfällig. Dass das Prinzesschen checkt, dass sie nicht so mit ihm umspringen kann, wie es ihr beliebt. »Ich hab dir gesagt, ich muss fucking nachdenken, also lass mich jetzt in Ruhe.« Aarik am Esstisch hebt die Augenbrauen und Irina schiebt sich zu mir, während er einen Schluck Kaffee trinkt.

»Gut. Ich lass dich in Ruhe.« Selina tritt einen Schritt zurück, genau wie Zayden. Sie wendet sich ab und geht nach oben. Die Tür knallt laut hinter ihr. Im gleichen Moment kommst du wieder ins Haus und siehst zur Treppe.

»Ein Problem weniger, wie schön. Guten Morgen«. Du schlenderst an allen vorbei und ich reiche dir deinen Espresso, den du mit einem leisen »Danke« nimmst.

»Bitte«, murmle ich und mache den nächsten Kaffee. Zayden kommt an den Tisch und setzt sich. Aarik sieht ihn düster an, doch Zayden ignoriert es völlig. Du schiebst dich neben ihn. Ich betrachte Irina und du strahlst Zayden an. Sie gibt mir den Nicht-jetzt-Blick.

»Schon klar«, meine ich leise und ziehe den fertigen Espresso unter der Kaffeemaschine raus, bevor ich ihn Zayden mit einem Zwinkern hinstelle. Er verdreht genervt die Augen und ignoriert dein strahlendes Starren völlig, weil er das schon gewöhnt ist. Irina macht sich auch einen Kaffee und ich schenke mir Orangensaft ein und lasse mich euch gegenüber nieder. Du seufzt, bevor du dich zurücklehnst.

Ich würde so gern Zayden fragen, wie es so war, mal keine widerliche Schlange unter sich zu haben. Aber ich schnappe mir nur einen Toast und schmiere Butter darauf, während die Bohnen wieder mahlen und Aarik düster zu Irina sieht. Bin ich eigentlich die Einzige, die gestern Nacht alles verpasst hat? Es scheinen ja alle Bescheid zu wissen außer mir. Ich habe tief und fest geschlafen, wie Mom immer.

Irina kommt mit ihrem Kaffee und setzt sich neben mich. Sie sieht nur kurz zu Zayden, der gerade in seinem Espresso rührt. Dann röten sich ihre Wangen, sie senkt wieder den Blick, und er stützt seine Schläfe auf die Faust.

»Hast ja nicht gerade viel geschlafen, oder, Irina?«, fragt Aarik und tippt auf seinem Handy.

»Doch, eigentlich schon«, antwortet sie und sieht weiterhin in ihren Kaffee. Er schnaubt abfällig und Zayden schaut Aarik an.

»Und du? Hast du auch gut geschlafen, Aarik Wolkov?«, fragt mein Cousin ihn scharf.

»Nicht so gut wie du.«

»Das glaub ich dir.« Zayden trinkt völlig ungerührt einen Schluck Espresso. Oh Mann, ich würde so gern wissen, was genau passiert ist.

»Ich habe auch hervorragend geschlafen«, meinst du mit einem teuflischen Lächeln, als würdest du dich an was erinnern. Ich frage mich, an was genau, und ich seufze frustriert, während Zayden dich etwas verwirrt ansieht.

»Nein, nein, keine Angst, ich hab sie nicht angefasst.« Du winkst ab und Zayden atmet durch.

»Also, ich hab auch gut geschlafen«, sage ich fast enttäuscht, weil ich hier echt *nichts* mitbekomme, und du lächelst mich an. Ich mag es nicht, wenn ich nicht weiß, was los ist. Da bin ich wie mein Vater. Aarik Wolkov steht auf, nimmt seine Jacke und seinen Kaffee und stapft russisch murmelnd raus. Sobald er draußen ist, beuge ich mir vor.

»Also, was ist los?«, frage ich in die Runde.

Zayden schweigt und du grinst entzückt. »Also das war so …« Du liebst Tratsch mit mir, Sergio, und nur mit mir.

»Ja?«, hake ich interessiert nach und beiße von meinem Toast ab.

»Bro!« Zayden sieht dich genervt an und wir winken beide ab, als wäre er eine lästige Fliege.

»Also das war so. Irina und Zayden hatten Sex. Hörbar.« Ich nicke, weil ich mir schon so was gedacht habe, und klopfe Irina anerkennend auf den Rücken. Sie murmelt was in ihren Kaffee. »Und Selina …« Du siehst kurz genervt zu Zayden. »Ich hoffe, dein Herzchen blutet jetzt nicht …« Dann schaust du wieder zu mir. »Hat *alles* mitbekommen. Ich wurde irgendwann gegen vier Uhr wach, weil sie gerade aus dem Zimmer verschwinden wollte. Tja, und dann haben wir uns das zusammen angehört. War sehr aufschlussreich. Irina …« Du siehst sie fast schon tadelnd an, während sie hier wie eine Tomate neben uns sitzt und immer kleiner wird. Sie gibt dir den Hör-auf-eklig-zu-sein-Blick. Zayden mustert dich ungläubig.

»Sie hat alles mitbekommen?«, fragt er und wird etwas blass.

»Jaaaaa, sie verkraftet das schon. Es kränkt nur ihren Stolz. Sie hat kein Herz, Bro. Versteh das endlich. In ihrer Brust ist ein schwarzes Nichts. Ein Loch, das man nicht füllen kann.« Das hättest du besser nicht formulieren können, denke ich und beiße von meinem Toast ab. »Also scheiß auf die Scheißschuldgefühle. Sie hat das verdient, glaub mir.« Zayden atmet hart aus und steht auf, dann trinkt er seinen Espresso leer.

»Wir reden noch darüber«, meint er zu dir, bevor er den Tisch umrundet und nach oben geht.

»So ein Trottel«, murmelst du trocken. »Wie kann man sich nur von so einer Pussy blenden lassen.«

»Glaubst du, er wird wieder weich?«

»Ja.« Du nickst. »Ich sehe es schon. Seit gestern. Er und Selina haben in der Nacht nochmal gesprochen, das hab ich durch mein Fenster gehört.« Sergio, ich habe gedacht, du hättest im Koma gelegen, das vermuteten wir alle. Aber das ist typisch du, kriegst immer alles mit.

Ich seufze frustriert.

»Keine Sorge, sie wird nicht mehr lange ein Problem sein.« Mein erster Impuls ist, dich zu fragen, wieso. Aber wenn ich es wissen sollte, dann hättest du es mir schon erzählt. Ich weiß nur, dass du etwas vorhast, aber was genau, keine Ahnung. Doch ich vertraue dir, deswegen bohre ich nicht weiter nach.

»Okay. Das wäre wirklich gut«, sage ich also nur.

»Bleib am Ball, er mag dich wirklich«, wendest du dich an Irina.

»Hm hm«, meint sie trocken. Sie ist mittlerweile vor Scham sicher schon hundertundeins Tode gestorben.

»Ich mein's ernst. Ich kenne meinen Bruder. Er entjungfert nicht so gerne, wegen all dieser Verpflichtungen, die danach bleiben, aber bei dir war es ihm egal.«

»Ich will keine Verpflichtung für ihn sein«, sagt sie sofort.

»Wenn du das wärst, hätte er keinen Sex mit dir gehabt«, erwiderst du sofort. »Zayden mag keine Verpflichtungen.« Ich muss an unser erstes Mal, was mein erstes Mal war, denken. Du warst da, in diesem Bett über mir, und ich war so aufgeregt, aber du warst so unglaublich. Doch daran darf ich jetzt wirklich nicht denken. Also schiebe ich die Bilder von mir und trinke noch einen Schluck Orangensaft. Ich bin die Einzige, die hier isst. Irina atmet durch.

»Ich werde es einfach auf mich zukommen lassen.«

»Die Sache bei Zayden ist die … *lass es nicht auf dich zukommen*. Nimm es selber in die Hand, denn sonst kannst du noch Jahre warten, dass er die Initiative ergreift. Halt den Kontakt, lass nicht zu, dass er vergisst, was ihr hattet, erinnere ihn daran. Er ist zu besessen von Selina. Das wird nicht leicht, das sag ich dir jetzt schon. Aber wenn du ihn wirklich willst, gib ihn nicht auf.« Irina überdenkt das. »Eigentlich …«, meinst du nun nachdenklich und siehst in deine Tasse. »Braucht ein Mann in dieser Welt einfach nur diese eine Frau, die ihn niemals aufgibt.« Dann hast du die ja gefunden, Sergio.

»Ich glaube nicht, dass ich ihn aufgeben könnte, selbst, wenn ich wollte«, antwortet Irina leise.

»Das ist gut«, sagst du genauso leise, als dein Handy klingelt. Selbst, wenn du nicht in Chicago bist, bist du seit Neuestem schwer gefragt. Du greifst danach, nimmst ab und hältst es dir ans Ohr, bevor du aufstehst.

»Japp?«, meinst du noch und verschwindest dann erneut durch die Haustür.

Nun sind Irina und ich allein.

Jetzt kann ich mich auf sie stürzen und das tue ich die nächsten drei Stunden. Es ist widerlich. Aber sie erzählt mir alles, während wir ihren blutigen Teppich auswaschen und jegliche Spuren beseitigen. Außer Zaydens Pullover. Ich glaube, den wird sie für immer behalten.

40. Verlass mich nicht, Selina

XX

Zayden

Fuck, Selina.

Fuck, fuck, fuck.

Ich stehe vor deinem und Sergios Schlafzimmer und habe meine Stirn an die Tür gelehnt. Ich weiß, dass du da drin bist. Aber ich schaffe es nicht, diese Tür zu öffnen und zu dir reinzugehen.

In meinem Kopf herrscht das reinste Chaos und ich versuche, meine Gedanken zu sortieren. Ich würde jetzt gern mit meinem Vater sprechen, aber erst muss ich mit dir reden. Du bist da drin. Ich versuche, die Fakten zusammenzukriegen.

Du bist da drin.

Du bist wütend.

Ich hatte Sex mit Irina Terekov.

Du hast alles mitbekommen.

Als du mich vorhin zur Seite gezogen hast, war mir schon klar, dass du irgendwas gehört hattest, aber ich wusste nicht, dass du dir alles anhören musstest. Ich wusste zu dem Zeitpunkt nicht einmal, dass du wach warst. Um ehrlich zu sein, habe ich dabei nicht ein einziges Mal an dich gedacht, und jetzt fühle ich mich schlecht deswegen. Gestern erst hast du dich mir geöffnet. Und dann bin ich irgendwie in Irinas Zimmer gelandet. Ich weiß nicht, was mich da getrieben hat. Aber ich war so durcheinander und zugegeben, auch etwas wattig im Kopf. Es schien der ideale Plan, zu ihr zu gehen und zu tun, was auch immer ich getan habe. Ich wollte dich damit nicht verletzen. Ich wollte mich nur selbst irgendwie zusammenhalten. Denn die Wahrheit ist, dass deine Offenheit und deine Zerbrechlichkeit gestern zu viel für mich waren. Es beißt sich mit allem, was ich zuvor gehört und erfahren habe. Einerseits will ich dir glauben. Denn ich will dieser Mann für dich sein, den du in mir siehst. Aber andererseits kann ich dir nicht mehr richtig vertrauen. Ich weiß nicht, ob du mich anlügst. Ich weiß nicht, ob du mich je so angesehen hast, wie ich dachte, dass du mich ansiehst. Alles ist so wirr. Trotzdem bin ich nicht bereit, dich loszulassen.

Ich balle meine Hand zur Faust und klopfe, ohne meine Stirn von der Tür zu nehmen. »Ja«, ertönst du heiser.

»Ich bin's«, murmle ich genauso heiser und schließe die Augen.

»Geh weg.« Deine Stimme bricht und ich verziehe das Gesicht und beiße die Zähne aufeinander.

Ich weiß nicht, was ich sagen soll. Dass es mir leidtut? Aber es hat sich zu gut angefühlt, zu echt. Ich wünschte, es würde mir leidtun, dann wäre es einfacher. Das tut es aber nicht und ich will nicht schon wieder zum Lügner werden.

Ich kann es dir nicht erklären. Ich kann nichts sagen, was es besser macht. Und nein, ich wollte mich nicht an dir rächen. Ich wollte einfach nur abschütteln, was du gestern in mir ausgelöst hast. Ich wollte einfach nur vergessen. Und dann war sie da und sie war so perfekt. Ich musste nicht darüber nachdenken, ob irgendwas an ihr echt oder eine Lüge ist. Ich musste nicht darüber nachdenken, ob sie mir etwas vormacht. Ihr Blick war der, mit dem ich immer von dir angesehen werden wollte. Und ich habe mich treiben lassen.

»Lass uns darüber reden«, meine ich jetzt.

Es ist ein paar Sekunden still. »Komm rein«, sagst du dann immer noch heiser. Ich atme nochmal tief durch, bevor ich die Türklinke nach unten drücke und eintrete.

Mein Blick schweift durch das Zimmer. Du sitzt auf dem Bett und hast Sergios Waffe in der Hand, weshalb mein Herz kurz stehen bleibt.

Sie liegt auf deinem Schoß und du betrachtest, wie sie Silber auf dem schwarzen Stoff deines Strickkleides glänzt.

»Okay, was wird das?«, frage ich vorsichtig, während mein Puls immer höher schlägt und ich leise die Tür hinter mir schließe.

»Ich … kann dich nicht teilen«, meinst du abwesend und siehst auf die Waffe herab. Deine schwarzen Haare fallen über deine Schulter und mir wird eiskalt, Selina. Ich habe Angst, eine falsche Bewegung zu machen. Deshalb gehe ich nur äußerst vorsichtig in deine Richtung und versuche, meinen Atem zu regulieren. Was auch immer du mit dieser Waffe vorhast, es wird mich zerreißen.

»Okay, das musst du auch nicht«, sage ich sanft und beschwichtigend. Langsam komme ich immer näher.

»Doch«, flüsterst du und siehst zu mir hoch. Dein Blick ist so verzweifelt und ich schlucke hart, während mein Rücken schweißnass wird.

»Nein, das musst du nicht.«

»*Ich verliere dich*!«, rufst du jetzt schmerzerfüllt und Tränen steigen wieder in deine Augen. Mein Herz zieht sich zusammen und mir wird schlecht. Ich mache noch einen Schritt zu dir. »Bleib stehen!«, forderst du atemlos, weshalb ich sofort erstarre und nicht weitergehe. Mein Blick zuckt zu der Waffe, dann wieder in dein Gesicht. »Du bist das Einzige, wofür ich lebe. Wenn ich dich verliere …« Du verstummst und siehst wieder auf die Waffe.

Mir wird noch etwas schlechter. »Selina.« Eindringlich sehe ich dich an. »Du weißt genau, wie sehr ich dich liebe.«

»Du hast sie angefasst«, meinst du. »Ich habe alles gehört! Ich …« Du unterbrichst dich erneut und schließt kurz die Augen. »Ich verliere dich.« Das kommt so gebrochen.

Und ich kann dich nicht verlieren.

Ich kann nicht, egal, wer sonst noch da ist und wen ich anfasse, er wird niemals du sein. Fuck. Ich kann das hier jetzt nicht zulassen. Ich kann dich nicht wirklich verlieren. Du warst immer da, du wirst immer da sein. Und du solltest mittlerweile verstanden haben, dass du alles für mich bist.

Egal, wie wütend ich bin. Egal, wie sehr ich dich zwischenzeitlich hasse. Niemand wird je du sein.

»Du verlierst mich nicht!« Ich bewege mich einfach zu dir.

»Nein, bleib stehen!« Du hebst die Waffe und richtest sie auf mich. Mein erster Impuls ist es, weiterzugehen, weil ich darauf vertrauen will, dass du nicht abdrückst. Aber meine Beine bleiben einfach stehen und ich kann nichts daran ändern. »Komm nicht näher.« Mit deinen brennenden, von Tränen erfüllten Augen siehst du zu mir hoch. Ich schlucke und schaue zu dir runter.

»Ich liebe dich«, sage ich sanft. »Und sie bedeutet mir nichts.« Fuck, ich würde jetzt alles sagen, damit du die Waffe runternimmst. Damit alles einfach wieder gut wird.

»Wirklich? Sie bedeutet dir nichts?«, fragst du lauernd.

»Nein.«

»Beweis es mir«, erwiderst du. »Beweis mir, dass sie dir nichts bedeutet.«

Ich ziehe die Brauen zusammen, während ein kalter Schauer mich erfasst. »Soll ich sie jetzt erschießen, Selina? Wirklich?«, frage ich ungläubig. Denn das werde ich sicher nicht tun.

Du blinzelst. »Nein. Natürlich nicht.« Du bist total durcheinander und durch den Wind. Ich hasse das. Es ist meine Schuld. »Ich …«, meinst du und verstummst wieder. »Lass mich das einfach beenden!« Mit diesen Worten hältst du dir die Waffe an die Schläfe, weshalb mein Herz wieder kurz stehen bleibt.

»Nein«, rufe ich panisch und kann es nicht unterdrücken. Mein Herz rast und Adrenalin rauscht durch meine Venen, meine Haut prickelt und mein Muskelshirt klebt an meinem verschwitzten Rücken. Ich spüre, wie mir der Angstschweiß auf die Stirn tritt und mein Magen sich umdreht. »Ich liebe dich!«, rufe ich jetzt lauter. »Sie bedeutet mir nichts. Niemand bedeutet mir etwas außer dir! Nimm sie jetzt runter!« Atemlos starre ich dich an.

Tränen rinnen über deine Wangen und ich beiße hart die Zähne aufeinander. Gott, wenn du jetzt abdrückst, dann weiß ich nicht, was ich tue.

Deine Brust hebt und senkt sich immer schneller. »Ich liebe dich auch«, sagst du und entsicherst die Waffe. Deine Augen sind so leer, so hohl.

»Nein, fuck!« Ich will auf dich zugehen, aber ich habe Angst, dass du dann abdrückst. »Verlass mich nicht«, entkommt es mir brüchig. »Es tut mir leid. Es tut mir leid … ich …« Du schließt die Augen und mehr Tränen laufen über. »SELINA!«, knurre ich. »Ich brauche dich. Tu das nicht! Baby!« Mein Blick wird flehend und ich mache einen zögernden Schritt auf dich zu, während du die Lider zusammenkneifst und deine Hand anfängt zu zittern. Mein Atem geht immer schneller, meine Finger zittern ebenso. »Leg sie weg«, wispere ich. »Bitte.«

Gepresst atmest du und verziehst dein Gesicht.

Ich mache noch einen Schritt und jetzt stehe ich fast vor dir. Nur noch ein Schritt …

Sobald ich angekommen bin, sacke ich kraftlos vor dir in die Knie und deine Augen gleiten auf. Dein Blick ist völlig konfus und ich sterbe, wenn ich dir nicht mehr in diese dunklen Augen sehen kann. Ich werde sterben, Selina.

»Leg sie weg«, bitte ich rau und hebe langsam meine Hand. Du beobachtest das und rührst dich nicht. Meine Kehle wird ganz trocken und die Tränen laufen unentwegt aus deinen Augen.

Mit einem Ruck umklammere ich den Lauf der Waffe und drehe sie von dir weg. Du lässt es kraftlos geschehen und ich sichere sie schnell mit dem Daumen, bevor ich sie auf das Bett schmeiße.

Meine Schultern sacken zusammen und ich senke meine Stirn in deinen Schoß. Fuck, ich hätte dich fast verloren. Eine Bewegung deines Fingers hätte beinahe entschieden, ob du bei mir bleibst oder nicht. Und mit einem Mal ist mir alles scheißegal. Es ist mir egal, was du getan hast, was ich getan habe, was war und noch kommt. Ich weiß nur, dass ich dich nicht verlieren kann.

Ich packe deine Hand und lege sie mir ins Haar, während mein Atem hektisch geht und mein Herzschlag sich einfach nicht beruhigen will. Du streichst mir durch die Strähnen. »Lauf mit mir weg«, flüsterst du wieder und ich nicke, ohne den Kopf zu heben.

»Alles, was du willst«, höre ich mich sagen. Meine Stimme ist seltsam hohl. Du atmest durch, während ich meine Hände an deine Kniekehlen lege und dich näher ziehe, meine Stirn jetzt an deinen Bauch lege und deinen Duft einsauge. Du bist hier. Du atmest. Du lebst. Und ich bin ein Bastard.

Du streichst weiter durch mein Haar. »Ich liebe dich«, murmelst du kaum hörbar und ich hebe den Blick und sehe dir ins Gesicht. Deine Wangen sind noch nass. Der

Ausdruck in deinen Augen ist so verletzlich und dein Gesicht bleich.

Ich lege eine Hand an deine feuchte Wange und streiche mit dem Daumen darüber. »Ich weiß.« Und ich glaube, ich war mir dessen noch nie so sicher wie jetzt. Nur weiß ich nicht, Selina, ob es etwas Gutes ist, von dir geliebt zu werden.

* * *

Ich war so lange bei dir, bis mein Bruder geklopft hat, um mir zu sagen, dass ich mich verpissen soll. Das hat er sicher nicht getan, weil er bei dir sein will. Ich weiß, wie er zu dir steht. Er hat es getan, weil er nicht will, dass ich bei dir bin.

Es ist okay, Selina.

Ich werde mit dir gehen, wohin auch immer du willst. Hauptsache, du tust so was nie wieder. Ich bin immer noch nicht ganz darüber hinweggekommen. Wahrscheinlich werde ich das Bild davon nie wieder vergessen, wie du vor mir sitzt, so verzweifelt, mit dieser Waffe an deinem Kopf. Hättest du wirklich abgedrückt? Ich will es gar nicht herausfinden. Ich will niemals der Grund sein, weshalb du gehst.

Ich habe mich umgezogen und schließe gerade den dunkelbraunen Ledergürtel in meiner schwarzen Jeanshose, bevor ich nach dem dunkelroten Pullover greife und ihn über meinen Kopf streife. Die anderen sind unten, aber ich muss dringend nochmal mit Irina sprechen. Ich will auf keinen Fall, dass sie sich ausgenutzt oder benutzt fühlt. Das habe ich nicht getan, ich habe sie nicht benutzt. Aber ich muss ihr sagen, dass sie sich nicht mehr erhoffen darf.

Dass das eine einmalige Sache gewesen sein muss. Ich will dir das nicht nochmal antun. Ganz egal, was du getan hast. Ich will nicht nochmal sehen, dass du so leidest.

Ich streiche mir durch das Haar und verlasse mein Schlafzimmer, bevor ich den Gang entlanggehe und die Treppe nach unten nehme. Alle sind schon da. Heute wollen sie wieder trinken. Schnell überblicke ich die Runde. Es wurde gerade Pizza geliefert. Wer auch immer extra hier hochfährt. Aber wahrscheinlich bekommen die Terekovs immer eine Extrawurst.

Aarik, Victor, Sergio und Ilja sitzen am Tisch und essen, nebenbei pokern sie. Mein Bruder kann das. Zeit mit Menschen verbringen, die er eigentlich hasst. Hat er wohl von seinem Vater.

Du bist auch unten und siehst jetzt wieder etwas gefasster aus. Du sitzt am Tisch, auf Sergios anderer Seite, und schaust in dein Handy.

Rosalie und Irina haben es sich auf der Couch gemütlich gemacht. Sie teilen sich eine Pizza, die zwischen ihnen liegt. Ich schiebe eine Hand in die Hosentasche und atme tief durch. Ich muss jetzt mit ihr sprechen, also setze ich mich in Bewegung und umrunde die Sitzecke. Irina schaut über die Lehne zu mir hoch und mustert mich fragend.

»Können wir kurz reden?«, frage ich leise.

Sie nickt und nimmt die Decke von ihrem Schoß, bevor sie aufsteht und vorgeht. Ich deute zur Haustür und nehme ihre Jacke vom Haken, die ich ihr hinhalte. Sie schlüpft hinein, ich verzichte auf meine und folge ihr nach draußen. Bevor ich die Tür ranziehe, sehe ich nochmal zu dir. Du musterst mich etwas misstrauisch und ich schließe das dunkle Holz, sodass unser Blickkontakt abbricht.

Es ist eisig kalt und mittlerweile sind wir völlig zugeschneit. Es hat seit fast vierundzwanzig Stunden nicht aufgehört und auf den Autos hat sich eine dicke Schicht gebildet.

Sie schließt ihren Mantel und klappt den Kragen hoch. Schließlich wendet sie sich mir etwas zu. »Du musst nichts sagen.«

Das will ich gerade auch gar nicht, jetzt, da sie so vor mir steht. Ich will ihr nicht sagen, dass es das war. Das fühlt sich nicht richtig an. Aber ich weiß, dass ich es muss. Um ihretwillen, weil sie klare Fronten verdient. Und um deinetwillen. Weil du es bist, die ich liebe, verdammte Scheiße.

»Ich weiß sowieso, was du sagen willst.« Sie mustert mich eindringlich mit ihren dunkelgrünen, so intelligenten Augen und ich lehne mich an die Tür und sehe sie interessiert an.

Sie atmet durch und räuspert sich. »Es war eine einmalige Sache zwischen uns. Es darf sich nicht wiederholen. Du liebst sie.« Wieso klingt das so falsch? »Und ich soll mir keine Hoffnungen machen«, rattert sie herunter.

Fuck.

Wieso ist sie nur so schlau?

Ich atme ebenfalls durch und mein Atem bildet eine dichte Wolke in der Kälte, die mir gerade echt guttut.

»Es ist okay, ich hab nicht mehr erwartet«, meint sie nun leise.

»Ich will dir nicht wehtun«, höre ich mich sagen und streiche mir das Haar nach hinten. »Das gestern … das war für mich nicht einfach nur … nichts. Und ich will nicht, dass du das denkst.«

Sie lächelt leicht. »Danke.«

Ich unterdrücke ein spöttisches Schnauben. Ganz ehrlich, wofür bedankt sie sich?

»Es tut mir leid«, ergänze ich noch, und das tut es wirklich. »Du hast das nicht verdient.«

»Es muss dir nicht leidtun.« Doch, das muss es. Das hier ist eine fucking Sünde. »Ich weiß, dass du sie liebst. Und dass es immer sie sein wird für dich. Ich habe es schon gewusst, als wir es getan haben.« Ihre Stimme zittert etwas, aber sie strafft sich und gibt dem nicht nach. Ich hasse das, Selina. Ich hasse es, dass sie zurückstecken muss. Das ist nicht richtig. Sie schluckt. »Ich habe gestern genau gewusst, was ich tue. Ich habe gewusst, was passieren wird. Ich habe gewusst, dass es für uns keine Zukunft gibt. Und … ich werde dir das hier sicher nicht schwerer machen.« Entschieden nickt sie.

Ich bin versucht, sie zu fragen, ob sie echt ist. Weil das hier viel zu unkompliziert läuft.

»Okay«, meine ich leise und vorsichtig und atme tief durch. »Du bist echt zu gut für mich. Merk dir das.« Und wer auch immer sie irgendwann kriegt, hat echt fucking Glück.

»Das bin ich nicht«, antwortet sie überzeugt und ich verdrehe leicht die Augen.

»Also … können wir einfach weitermachen wie vorher?«, frage ich. Aber es klingt falsch in meinen Ohren. So.

Falsch. Eigentlich will ich mehr, so viel mehr, doch das werde ich jetzt nicht laut sagen. Weder dir noch ihr.

Sie atmet ebenfalls tief durch und durch ihre grünen, strahlenden Augen zucken ein paar Emotionen, die ich gar nicht fassen kann, bevor sie den Blick senkt. »Sicher, wir machen weiter wie zuvor«, sagt sie leise und ich höre den Schmerz in ihrer Stimme, den sie nicht mehr verbergen kann.

Ich fühle mich echt beschissen. Fast wünschte ich mir, ich hätte sie gar nicht erst angerührt. Dann hätte ich sie nicht verletzen müssen. Ich streiche ihr noch eine Strähne hinter das Ohr und ihre Augenbrauen fahren zusammen. Sie sieht nicht auf. Dann, um uns das hier nicht unnötig zu erschweren, öffne ich mit einem Ruck die Tür in meinem Rücken und warte, dass sie vor mir eintritt.

Irina strafft sich nochmal und atmet tief durch, bevor sie an mir vorbeigeht. Ihr Duft erinnert mich an die letzte Nacht und wie ihre Haut sich angefühlt hat. Wie intensiv es war, als ich ihren Atem an meinem Hals gespürt habe, und wie perfekt es war, in ihr zu sein.

So perfekt, so richtig.

Aber auch all das sage ich nicht.

Ich werde mit dir abhauen. Ich habe es dir versprochen.

Sobald Irina im Haus ist, schließe ich die Tür und lasse den Blick zu euch schweifen. Sergio sieht mich echt angepisst an und schüttelt ungläubig seinen Kopf. Rosalie verzieht das Gesicht und steht auf. Sie folgt Irina nach oben, nachdem diese ihre Jacke aufgehängt hat.

Du lächelst mich an. Du lächelst mich an, doch es löst nicht aus, was es sonst in mir auslöst, Selina. Du hast recht, irgendwas ist anders. Und ich glaube, dieses Etwas bin ich.

41. Ich habe noch nie, Rosalie

Vorsicht. Dieses Kapitel beinhaltet den Konsum von harten Drogen.

XX

Sergio

Vierundzwanzig Stunden, Rosalie.

So lange bin ich schon mit dir in dieser echt gemütlichen Hütte. Wir haben Smalltalk geführt. Wir. Wie lächerlich.

Wir haben nicht großartig gesprochen. Zumindest über nichts Wichtiges, wie zum Beispiel deinem Körper auf meinem. Nackt. Während du dich langsam nach unten küsst.

Nein, wir haben einander gefragt, *wie es uns geht*. Als wäre das interessant. Jetzt. Ich meine, okay, natürlich will ich wissen, wie es dir geht. Aber das ist doch eigentlich klar. Du bist hier, ich bin hier und wir fassen uns nicht an.

Wie soll es dir da schon gehen?

Weil ich mich fernhalten wollte.

So schlau.

Ich habe Sexentzug, Rosalie.

Und du hast diese Jeans an. Pusht die etwa deinen Arsch hoch?

Ich werde noch wahnsinnig.

Vierundzwanzig Stunden und alle drehen schon durch.

Wir sitzen im Wohnzimmer und ich kann kaum was erkennen, weil der Rauch von diversen Joints in der Luft steht wie ein Nebel. Der Tisch ist voll mit Getränken und total verklebt. Musik dröhnt aus den Boxen. Überall liegen halb leere Flaschen inmitten von Zigarettenasche.

Victor Wolkov zieht gerade eine Nase Koks.

Victor Wolkov, oder wie ich ihn auch gern in Gedanken nenne: Ficktor Fickkopf. Ich hasse diesen Bastard so sehr, Rosalie. Er ist ein aggressiver, arroganter, wichsender Vergewaltiger. Er kommt mit allem davon, weil seine Familie alles für ihn vertuscht. Er ist ja so ein Goldjunge. Nicht. Als Aariks jüngerer Bruder sieht er ihm nicht im Geringsten ähnlich mit seinen dunkelbraunen Haaren und den scharfen Gesichtszügen. Alles an diesem Typen ist unsympathisch und widerlich. Und wenn ich etwas hasse, dann sind es Männer, die denken, Frauen wären zu ihrem persönlichen Vergnügen erschaffen worden. So wurde ich auf keiner Seite des Sees aufgezogen. Sogar mein Vater hat mir immer wieder gesagt, dass man seine Frau respektieren muss und sie etwas Kostbares ist.

Gerade hält er dir den gerollten Geldschein hin, damit du eine Nase ziehst. »Nein, danke«, lehnst du ab, weil du keine Drogen von irgendwem nimmst, und reichst ihn weiter an Zayden.

Zayden, Rosalie.

Sprechen wir über Zayden.

Zayden nimmt den Geldschein. Und er beugt sich vor, als Victor ihm den Spiegel mit der Line Koks hinhält. Dann zieht er sie sich komplett rein. Mein Magen verkrampft sich. Es ist nicht so, als hätten wir noch nie gekokst. Man probiert eben mal Dinge aus, und in unserer Welt ist es zudem viel zu leicht, an Drogen zu kommen. Aber es wäre besser gewesen, er hätte dieses Mal ausgesetzt, denn er ist wieder völlig abgefuckt. Gerade vor ein paar Stunden war er noch total ausgeglichen. Seine Augen haben sogar gefunkelt. Ehrlich, ich würde Völker vernichten, um sie immer so funkeln zu sehen. Jetzt sind sie wieder stumpf. Er hatte Sex mit Irina. Ich habe es genau mitbekommen. Das ist auch nicht schlimm, schließlich habe ich meinen Bruder schon bei allem erlebt. Währenddessen habe ich meinen Nutzen daraus gezogen, saß neben Selina auf der Bettkante und habe sie immer wieder gefragt, was sie wohl glaubt, was Zayden gerade tut. Wenn Irina besonders laut gestöhnt hat, habe ich mich erkundigt, ob sie auch so laut bei ihm stöhnt und er vielleicht gerade all die Dinge mit der perfekten, so unfassbar süßen Irina Terekov macht, in deren Genuss sonst nur Selina kommt. Japp, ich lasse sie leiden. Aber ich muss zugeben, was auch immer sie vorhin mit Zayden abgezogen hat, sie hat wieder gepunktet und ich hinke hinterher. Ich muss sie loswerden. Das ist schon in Arbeit. Ich werde mal die Tage mit meinem Freund Sancho Esteban telefonieren und die Sache beschleunigen. Wir müssen sie echt loswerden, Rosalie.

Zayden lehnt sich zurück und streicht sich unter der Nase entlang.

Irina verzieht das Gesicht und sieht auf ihr Handy. Sie wäre die perfekte Frau für ihn. Sie würde ihn wieder zum Leben erwecken. Aber Zayden vergöttert den Tod.

»Auch eine?«, fragt Victor Ilja, der neben Zayden sitzt.

Der winkt ab.

»Nein?«, hakt Victor nochmal nach.

»Nein, Mann. Keinen Bock auf die Scheiße in meiner Nase.« Ilja ist genervt und lehnt sich zurück, während ich mich vorbeuge und den Joint aus dem Aschenbecher nehme.

»Dich muss ich ja nicht fragen, oder?« Er sieht zu Irina.

»Wenn du sterben willst, kannst du es tun«, meint sie unbekümmert, während ich mir den Joint wieder anzünde und tief daran ziehe.

»Nein, keine Lust wegen einer Schlampe zu verrecken«, murmelt Victor und kramt in seinen Taschen.

»Pass auf, wie du redest«, knurrt Ilja und hebt eine Braue. Ich sehe, wie auch Zayden sich anspannt.

»Sorry, BRO! Natürlich meine ich: Prinzesschen«, korrigiert Victor sich genervt.

»Halt einfach deine Fresse.« Zayden schnippt Victor eine Erdnuss an die Schläfe.

Victor hebt sie auf und isst sie. »Fick dich einfach.«

Du beugst dich vor und ziehst den Limoncello zu dir, während ich tiefer an meinem Joint ziehe und Kringel mit dem Rauch forme, die ich an die Decke stoße. Kurz bleibt dein Blick an meinen Lippen hängen. Oh Rosalie, hör doch auf damit. Das hier wird kein gutes Ende nehmen. Ich sehe förmlich, was du dir vorstellst, und schaue dich düster an, weil mein Kopfkino ebenfalls anspringt. Also hör auf damit. Du senkst den Blick und atmest seufzend durch.

Oh, ich weiß, ich halte es auch nicht mehr lange aus. »Und ich habe keine fucking Ahnung, wie wir hier morgen wegkommen sollen!«, posaune ich heraus und deute mit einer ausgestreckten Hand auf die zugeschneiten Berge.

Aarik lehnt sich mit den Ellbogen zwischen Irina und mich auf die Couchlehne. »Wir bleiben einfach da!«, macht er den Vorschlag des Jahrtausends. Für mich klingt das gar nicht mal so schlecht. Du, ein Bett, ein Kamin, der Jacuzzi und kein Dad. Wir müssten nur Aarik, Victor und Selina beseitigen, aber wir könnten sie einfach zu den Bodyguards sperren. Der Rest ergibt sich dann.

»Okay«, meine ich und strecke meine Füße auf den Tisch.

»Perfekt!« Aarik schwingt sich über die Lehne und sinkt auf die Couch, auf den freien Platz zwischen Irina und mir.

»Perfekt!« Ich reiche ihm den Joint und er zieht tief daran.

Zayden schnieft laut, als sein Handy klingelt. Du siehst zu ihm. »Soll ich rangehen?«

»Nope«, meint er und ist wieder total in dem Abstand-von-allen-Frauen-Modus. Ich muss diese Selina unbedingt loswerden, Rosalie. Die sitzt in dem Sessel, in dem ich sie auch gestern geparkt habe, und hat die Beine in den Schneidersitz gezogen. Wie so oft hält sie ihr Handy in der Hand. Aber keine Sorge, das ist jetzt direkt mit meinem verlinkt, also sehe ich, was sie tut. Sie wirkt total zufrieden. Das ist schön für sie und sie sollte es genießen, denn es wird nicht mehr lange so sein. Das wiederum macht mich zufrieden.

»Dad?«, fragt Zayden schleppend, als er rangeht, und hält sich sein anderes Ohr wegen der Musik zu. »Nope!« Mit den Knöcheln streicht er sich wieder unter der Nase entlang. Dann sieht er zu dir. »Ihr geht es gut. Sie sitzt hier und … tut nichts. Gar nichts. Sie sitzt hier einfach.« Du warst gerade dabei, an einer Tüte zu ziehen, Rosalie. Jetzt stockst du. Zaydens Blick schweift zu mir, als ich gerade den Joint von Aarik zurücknehme. »Der sitzt auch hier. Er tut gar nichts. Niemand tut irgendwas.« Er schnieft wieder und du stöhnst genervt. Gleich wirst du ihm das Handy abnehmen. Bevor du das tun kannst, beuge ich mich vor und tue es. Dann halte ich es mir ans Ohr und ignoriere Zaydens träge Proteste, als ich mich wieder hinsetze.

»Hallo?«

»Hi!« Der Carter-Dad klingt nicht sehr amüsiert und fährt offensichtlich Auto. »Jetzt gib mir einen vernünftigen Bericht.«

»Es ist alles in bester Ordnung. Die Huren huren. Die Nichthuren huren nicht …« Ich mache eine erklärende Handbewegung. Du kicherst und streckst die Beine auf den Tisch.

»Okay.« Er ist etwas beruhigt und ich bin froh, dass er Zaydens Zustand anscheinend nicht so gut durch das Telefon bemerkt hat. Zumindest sagt er nichts. »Und Zayden?« Okay, zu früh gefreut.

»Dem ging es super, bis …« Mein Blick schweift zu Selina, die mit ihren Zehen wackelt und in ihrem Handy tippt.

»Bis das schwarze Gift wieder zugeschlagen hat, um sein Leben zu verpesten?«

»Japp. Da war dieser russische, helle Lichtstrahl am Horizont, aber dann kam die kolumbianische Gewitterwolke und hat alles Schöne zunichtegemacht, wie es immer der

Fall ist.« Ich sehe immer noch zu Selina und sie schnaubt. Ich zeige ihr einfach den Mittelfinger und mein Bruder schaut genervt zu mir, weshalb ich die Augen verdrehe. Ich hasse sie so. Ich hasse sie so sehr wie Victor und würde gern beide killen.

»Diese … kleine … Hure … muss weg.«

»Ist schon in Arbeit, Boss!«, meine ich beschwingt.

»Wenn ich dich nicht hätte …«

»Tja, ich bin das fucking italienische Flutlicht, nicht wahr?« Ich grinse total breit und meine Augen brennen schon vor lauter Rauch, der im Raum steht.

Du musterst mich nachdenklich, weil du wohl versuchst, rauszufinden, was für eine Scheiße ich hier erzähle. Ach, du kennst mich doch, wenn ich prall bin.

»Okay, dann flutlichte mal weiter.« Seine Stimme ist ganz weich. »Und pass auf, auf wen auch immer du aufpasst.«

»Ich passe so auf«, meine ich inbrünstig und betrachte kurz jeden Einzelnen in der Runde. Dein Blick wird immer zweifelnder und ich ziehe auch etwas zweifelnd meinen Kopf zurück. So sehen wir uns dann an, Rosalie, du und ich.

»Äh ja, mach das. Ich rufe morgen wieder an.«

»Ja, wir sind zugeschneit. Ich weiß nicht, ob wir hier wegkommen!«, meine ich noch schnell, weil irgendwer es irgendwann irgendeinem Elternteil sagen muss.

»Echt jetzt?«, fragt er unbeeindruckt.

»Ja, es schneit seit vierundzwanzig Stunden.«

»Das ist ja wie der Anfang in einem Horrorfilm.«

»Ja, fehlt nur eine tote, hübsche Hauptprotagonistin. Wen nehmen wir denn da?« Ich sehe sinnierend zu Selina, deren Blick immer ausdrucksloser wird. »Und einen Irren mit Kettensäge.« Ich schaue zu Victor, der nicht amüsiert zu mir hochschaut.

»Was willst du eigentlich von mir?«, fragt er.

»Wirklich gar nichts«, lehne ich dankend ab.

»Gut so.« Er dreht den Joint zu und klopft auf den Tisch damit.

»Bleibt einfach, solange ihr bleiben wollt, ich kläre das mit deinem Vater.«

»Mein Vater kommt wahrscheinlich mit dem Hubschrauber und packt mich ein. Oder er schippt höchstpersönlich den Schnee weg.« Jetzt stelle ich mir das natürlich vor und muss lachen, bevor ich wieder an meiner Tüte ziehe.

Carter-Dad muss auch lachen. »Ich kann ihn mir nicht mit einer Schneeschaufel in der Hand vorstellen.«

»Vielleicht kommt er mit einem Schneepflug.«

»Vielleicht.«

Ich nicke zustimmend.

»Ruf mich einfach morgen an.«

»Yes, Sir!«

»Okay. Tu nichts, was ich nicht auch tun würde.«

»Oh, all diese Möglichkeiten. Hör auf damit«, meine ich, weil er ja so ziemlich alles tut.

»Tja, du bist jung. Du darfst das noch.« Wieso sagt er denn solche Dinge zu mir? Das ist wie eine Freikarte zum Eskalieren.

»Okay. Dann bis morgen, falls ich da noch lebe.«

»Du wirst schon leben. Bis morgen.« Wir legen auf und ich reiche Zayden sein Handy, was er wieder einsteckt.

»Dein Vater mit einer Schneeschaufel?«, fragst du und ich nicke.

»Ja.« Wieder stelle ich mir das vor.

»Ich glaube, das mit dem Hubschrauber ist realistischer.«

»Das glaube ich auch«, gebe ich zu und ziehe nochmal tief, während du dich vorbeugst und deinen Joint im Aschenbecher ausdrückst.

»Okay, wir sind zugeschneit, wir kommen hier nicht weg. Wir werden jetzt total eskalieren!«, kündigt Ilja Terekov an und zieht ein Tütchen aus seiner hinteren Hosentasche. »Keine Macht den Drogen. Außer in abgelegenen Hütten im Wald.« Er macht das Tütchen auf und schüttet die darin enthaltenen Pillen auf seine Handflächen. Es sind kleine, süße Smileys.

Zayden und ich haben das schon ein paarmal gemacht. Du nicht. Nie. Und eigentlich wäre ich jetzt auch total vernünftig und würde dir sagen, du sollst das nicht nehmen, so wie sonst auch immer. Aber wieso nicht? Wir werden von einem Mal nicht sterben. Außerdem stimmt es, ich bin noch jung und schon genug verstrickt in die Scheiße meines Vaters. Also kann ich das hier auch einfach genießen, genau wie du. Solange ich da bin und auf dich aufpasse, kannst du tun, was du willst.

»Das hier wird jetzt zur Vegas-Zone!«, meint Ilja mystisch und öffnet seine Handfläche, damit sich jeder eine nehmen kann. »Alles, was hier passiert, bleibt hier.«

Ich schaue zu dir, weil ich deinen fragenden Blick spüre, und nicke dir zu. Ja, von Ilja kannst du alles annehmen. »Okay«, murmelst du, weil du mir blind vertraust, und nimmst dir einen der Smileys.

Zayden tut es dir nach und schnippt ihn sich einfach in den Mund wie nichts. Selina schluckt ihren einfach runter. Aarik und Victor bedienen sich ebenfalls, Irina schüttelt den Kopf. Ilja ist zufrieden damit. Er hat es wahrscheinlich schon gewusst. Er nimmt selbst einen, bevor er mir seine Handfläche hinstreckt und ich mir auch einfach einen in den Mund schnippe.

Du schiebst ihn dir nun auch zwischen die Lippen und trinkst mit Limoncello nach.

»Das war die dümmste Idee, die irgendwer hier bis jetzt hatte«, kündige ich an, denn ich weiß, dass das nicht gut enden wird.

»Dumm und genial in einem!« Ilja lehnt sich zurück. »Jetzt müssen wir nur warten … Spielen wir doch so lange ein Spiel«, meint Ilja dann und ein paar stöhnen. Ilja fängt an, die Shotgläser mit Alkohol zu füllen. »Wir spielen: Ich habe noch nie! Einer sagt, was er noch nie getan hat, und alle, die es schon mal getan haben, müssen trinken.« Er verteilt die Gläser und wir stöhnen alle noch mehr.

»Ich fang an!« Ilja ist ganz begeistert und Irina mustert ihn zweifelnd. »Ich habe noch nie … Sex mit zwei Frauen auf einmal gehabt.«

Zayden, Victor und Aarik trinken ungerührt. Ja, an die Nacht erinnere ich mich. Ich hatte mein Handy im Poolhaus vergessen. *Danke, Zayden.*

Selina neben Ilja ist nun dran. »Ich habe noch nie …« *Ja, Selina, sag uns, was du noch nie getan hast.* Da ist sicher nicht mehr viel übrig. »Mit der Schwester oder dem Bruder eines sehr guten Freundes geschlafen.« Das zielt wohl auf meinen Bruder ab, der Sex mit Iljas Schwester hatte.

Victor, Aarik und Zayden trinken. Sie werden bald sehr betrunken sein. Ilja mustert Zayden, der sein Shotglas ungerührt wieder abstellt und zu Selina schaut. Sein Blick ist warnend.

Als Nächstes ist Irina dran. »Ich habe noch nie mit einem Lehrer geschlafen.« Das gilt wohl Selina, die Sex mit Mr. Clark hatte. Zayden, Selina und ich trinken und du siehst mich schockiert an. Ich hebe unschuldig die Schultern. Ja, sie war frisch aus dem Studium und ich habe eine gute Mathenote gebraucht.

Du überlegst, wer es war. Das sehe ich dir deutlich an.

Aarik ist dran und schwingt seine Arme über die Lehnen. »Ich habe noch nie die Mutter von einem meiner Kumpel angemacht.«

Düster sehe ich zu Ilja. Der hat es nämlich bei meiner Mutter versucht. Er trinkt, während Zayden ihn ebenfalls düster anstarrt. Victor kippt einen weiteren Shot.

Jetzt bin ich dran und ich muss echt überlegen, denn mein Körper fängt langsam aber sicher an, zu prickeln und die Farben werden intensiver. Alles wird so intensiv.

»Ich habe noch nie jemanden mit bloßen Händen totgeschlagen.« Victor trinkt. Victor ist echt übel.

Der ist auch der Nächste, denn er sitzt neben mir auf dem Boden. »Ich habe noch nie aus Liebe gevögelt«, verkündet er. Das verstört mich jetzt etwas. Zayden, du, ich, Ilja, Selina – diese Lügnerin – trinken.

Jetzt bist du dran, Rosalie. Mein Kopf wird immer leichter, die Probleme immer unwichtiger und meine Gedanken lösen sich nach und nach auf. Damit meine ich, dass mir gerade alles scheißegal wird.

Du überlegst und stützt dein Kinn auf eine Handfläche. »Ich habe noch nie betrogen.« Das ist jetzt sehr heikel, Rosalie. Und ich liebe das.

Zayden zögert und weiß offensichtlich nicht, ob er betrogen hat. Victor trinkt. Aarik trinkt. Selina trinkt ebenfalls. Sie wird so betrunken sein. Zayden lehnt sich wieder zurück und rührt den Shot nicht an. Er sieht Irina also nicht als Betrug. Interessant.

Selina mustert ihn mit kühler werdendem Blick. Mein Bruder legt den Kopf nach hinten und zieht an der Zigarette, die er sich eben angemacht hat. Er ist dran.

»Ich habe noch nie …« Ich höre an seiner Stimme, dass die Pille bei ihm auch schon wirkt. Er sieht zu mir. »Den neuen Audi meines Vaters im Pool versengt, als ich fünfzehn war und keinen Führerschein hatte.«

Du musst lachen, genau wie ich. Ja, das war lustig. Nur Dad fand das alles andere als lustig. Onkel Caden musste dazwischengehen, während Mom und der Carter-Dad beinahe vor Lachen gestorben sind. An so was zu denken, macht mir echt gute Laune. Und kurz ist es mir sogar egal, dass dieses schwarze Gift da sitzt und so unschuldig tut.

Heute, Rosalie, werde ich einfach nicht nachdenken, denn vor lauter Denken tut mein Kopf schon weh. Und wenn mein Vater schon mal nicht da ist … was habe ich da zu verlieren?

42. Betäubt, Zayden

Vorsicht. Triggerwarnung,
wegen sexueller Gewalt!

Irina

Es ist irgendwann in der Nacht. Ich habe nicht auf die Uhr geschaut, aber Selina schenkt dauernd nach und holt neue Getränke aus der Küche. Ich habe schon ziemlich viel getrunken und mein Kopf dreht sich etwas. Das Bewegen fällt mir ziemlich schwer, ganz im Gegensatz zu den anderen. Die sind gleichermaßen dicht wie total aktiv. Alle haben sich Ecstasy eingeworfen, außer mir. Ich nehme keine chemischen Drogen, wenn, dann ziehe ein paar Mal an einem Joint und das auch nicht immer. Heute habe ich das getan, heute habe ich einen wattigen Kopf gebraucht. Denn heute musste ich mit den Konsequenzen von gestern klarkommen.

Es kam genau so, wie ich es mir gedacht habe.

Du meintest, dass du mir nicht wehtun willst, aber dass es nicht mehr geben wird. Wobei du so gewirkt hast, als hättest du das gar nicht sagen wollen. Natürlich hätte sich ein Teil von mir gewünscht, mehr zu bekommen, so viel mehr. Aber mir war insgeheim klar, dass das nicht passieren würde. Trotzdem hat es wehgetan. Denn insgeheim hatte ich Hoffnung, die jetzt total zerschmettert ist, SIE hat dich wieder erfolgreich eingewickelt. Keine Ahnung, wie genau, aber ich weiß, dass sie ihre Mittel hat und diese auch ohne jede Reue nutzt.

Die anderen haben nicht nur Teile geschmissen, sie haben auch getrunken und gekifft, und sind völlig hinüber. Ich beobachte das. Rosalie schießt gerade nach vorn.

»Sergio!«, ruft sie plötzlich.

»WAS?« Er reißt die Augen erschrocken auf. Bis eben hat er entspannt auf der Couch gelegen und wahrscheinlich über sein Leben sinnierend an die Decke gesehen.

»Gehen wir raus!«, ruft sie.

»OH!« Ilja springt auf die Beine. »Das ist eine verfickt gute Idee! Der Schnee glitzert.«

Rosalie nickt und sieht Sergio an. »Du kannst mich damit einreiben«, meint sie ernst. Sergio wollte gerade etwas sagen und schließt den Mund wieder. Dann denkt er kurz darüber nach, wobei er mehrere Sekunden völlig starr dasitzt und Rosalie ihn gebannt anstarrt. So lustig, die zwei.

»Wir gehen raus!«, entscheidet er dann, als wäre es seine Idee, und steht auf. Sie grinst und springt auch auf.

Sie ziehen nicht mal Jacken an. Mein Bruder, Rosalie und Sergio schaffen es gerade mal, in irgendwelche Schuhe, die nicht mal ihnen gehören, zu schlüpfen. Rosalie nimmt meine, aber ich lasse sie. Dann verschwinden sie nach draußen, wobei Sergio einen Arm um sie und einen um Ilja legt.

»Also, wir machen das jetzt so …«, höre ich Rosalie noch sagen. Dann knallt die Tür hinten ihnen zu. Wir sehen alle etwas verstört in ihre Richtung und Aarik schüttelt langsam seinen Kopf. Er schläft schon halb.

Du seufzt tief und schiebst dich jetzt ganz auf die Couch, sodass du mit dem Rücken darauf liegst, einen Fuß auf den Boden gestemmt. Ein Arm hängt herab. Ich lasse meinen Blick über dich schweifen. Dein dunkelroter Pullover ist etwas an deinem Bauch hochgeruscht und du hast deine Uhr abgenommen. Sie liegt auf dem Tisch. Ich versuche, nicht zu lange auf den Streifen Haut an deinem Bauch zu starren. Deine schwarzen Haare sind zerwühlt und total durcheinander. Deine Lider sind schwer. Sie macht immer ein Chaos aus dir und ich hasse das. Es tut mir weh, wenn du so zerstört bist. Ich atme tief durch. Gerade drehst du mir den Kopf zu, aber Selinas Gestalt schiebt sich in dein Blickfeld und du schaust träge zu ihr hoch. Eines weiß ich genau: Wenn du jetzt nicht total auf Drogen und wirklich anwesend wärst, dann würdest du das Folgende nicht tun. Wahrscheinlich nimmst du meine Anwesenheit gerade nicht mal richtig wahr, als sie sich einfach breitbeinig auf dich setzt und du etwas hochzuckst, weil sie sich genau auf deinem Schoß niederlässt. Dann sinkst du wieder in das Sofa.

Ein Stich durchfährt mich. Besonders, als sie dich anlächelt und sich vorbeugt … Sie küsst dich einfach tief und mir wird mit einem Mal kotzübel.

»Ich geh schlafen.« Ich halte das nicht aus. Ich kann hier nicht sitzen und mir das ansehen. Also erhebe ich mich, wobei mir das ziemlich schwerfällt. Meine

Gliedmaßen sind wie mit Blei gefühlt. Jede Bewegung erfordert einen enormen Kraftaufwand und ich brauche total lange, um von der Couch aufzustehen, was echt komisch ist. Eigentlich reagiere ich nicht so heftig, wenn ich getrunken habe, aber Selina hat konstant nachgefüllt und es kann sein, dass ich etwas übertrieben habe, ohne es zu bemerken.

Der Weg zur Treppe kommt mir endlos vor und meine Beine werden immer schwerer, als müsste ich durch tiefen Morast waten. Immer wieder verschwimmt mein Blick und ich blinzle mehrmals, weil ich meine Lider kaum aufhalten kann. Nach zwei Schritten stolpere ich und halte mich an dem Sessel fest, auf dem Selina eben noch saß. Ich höre dich stöhnen … und das vermischt sich mit dem rauschenden Blut in meinem Kopf. Scheiße. Ich kann das nicht ertragen. Ich muss hier weg! Torkelnd gehe ich bis zur Treppe und klammere mich dann dort am Geländer fest, als sich jemand hinter mich schiebt und mir einen Arm um die Taille legt.

»Alles klar?«, fragt Victor und ich würde gern meinen Kopf schütteln, aber irgendwie bekomme ich nicht mal das hin. »Hast wohl ein bisschen viel getrunken?« Er hilft mir die Stufen nach oben. Eigentlich mag ich es nicht, wenn er mich anfasst, aber ich kann seine Hände nicht von mir schütteln, so wie sonst. Mein Körper gehorcht mir immer weniger und seine Stimme dringt wie durch Watte in meine Ohren. Mein Magen verkrampft sich weiterhin und ich muss mich jeden Moment übergeben. »Ich bringe dich lieber ins Bett«, meint er fürsorglich und hilft mir weiter hoch. Am liebsten würde ich mich umdrehen und weglaufen, aber ich kann nicht. Sein Griff an meinem Rücken ist so fest. Ich versuche, deinen Namen zu rufen, aber alles, was ich zustande bekomme, ist ein undeutliches, panisches, kaum wahrnehmbares »*Zayden*«, was mich schon alles kostet. Meine Zunge bewegt sich einfach nicht, meine Kehle ist staubtrocken. Ich blinzle wieder, während Victors Duft in meine Nase steigt. Mir wird noch übler.

»Also stimmt es?« Er schiebt mich noch eine Stufe weiter. »Hast du dich echt von Zayden Rush entjungfern lassen?«, fragt er durch diese Watte in meinem Kopf und an diesem Rauschen vorbei. »Ich dachte, du wärst so schwer zu haben.«

DAS BIN ICH AUCH!, würde ich am liebsten antworten.

Aber ich kann nicht mal mehr meinen Mund öffnen. Meine Zunge liegt wie ein Stein darin. Langsam beginnt Panik, sich in mir breitzumachen, aber nicht einmal dieses Gefühl schafft es durch den Nebel in meinem Kopf.

Wir kommen oben an.

»Aber im Endeffekt seid ihr doch alle nur Schlampen, nicht wahr?« Victor führt mich durch den Gang. Ich will mich an der Wand festhalten, mich irgendwo festkrallen, ihn angreifen, ihn treten, weglaufen, brüllen, aber meine Beine gehen einfach weiter, weil er mich zieht. Mein Kopf ist schwer und sackt gegen ihn. Ich verliere immer mehr die Kontrolle über meinen Körper. Seine Hand rutscht runter auf meinen Arsch. Alles in mir zieht sich zusammen und mir wird eiskalt.

»Wollen wir doch mal schauen, ob du bei mir auch so stöhnst.« Er stößt meine Tür auf, zieht mich ins Zimmer und kickt sie hinter sich mit dem Fuß wieder zu.

Der Schlüssel klackt im Schloss.

Ich möchte schreien.

Alles in mir will das.

Aber mein Mund bleibt geschlossen.

Ich bleibe stumm, nur Tränen laufen aus meinen Augenwinkeln.

Er schubst mich aufs Bett und ich lande bäuchlings darauf mit dem Gesicht in den Kissen, wie ein Sack. Ich kann nicht einmal meine Arme ausstrecken, um mich abzufangen. Nur mein Atem geht schneller und die Panik nimmt zu, aber sie schafft es immer noch nicht, mich aus dieser Starre zu reißen. Ich höre seinen Gürtel klimpern.

Ich drehe den Kopf, hyperventiliere fast, und das Rauschen wird lauter in meinen Ohren. Er sagt etwas, aber ich verstehe jetzt kein Wort mehr.

Da ist nur noch Watte.

Nur noch Schwere.

Nur noch Angst, die mich geradezu zerreißt.

Nur noch mein schlagendes Herz, das ich gar nicht richtig spüre.

Schweiß in meinem Nacken …

Und der Kampf gegen meine Lider, die sich nicht mehr öffnen wollen.

FUCK.

Ich spüre, wie er eine Hand unter meine Hüfte schiebt und meine Hose öffnet, die er mir schließlich bis zu den Knien herunterreißt. Ich kann mich nicht bewegen. Ich kann nicht meinen Mund öffnen. Ich kann nichts tun. Gar nichts.

Es ist, als hätte ich gar keine Kontrolle mehr über meinen Körper, als wäre ich ein Zuschauer, der nicht eingreifen kann, obwohl ich mittendrin bin.

Sein Atem streift meine Schläfe, als er seine Lippen an mein Ohr legt.

Halt einfach still, dann ist das hier schnell vorbei.«

Somit reißt er mir mein Höschen runter und ich spüre nur noch Schmerz.

43. *Im Rausch, Selina*

Zayden

Ich glaube, in meinem ganzen Leben war ich noch nie so was von fucking drauf.

Mein Kopf ist schwer, Selina. Und meine Gedanken so leer. Das ist angenehm. Ich denke an gar nichts. Ich fühle einfach nur. Ich spüre jedes kleine Prickeln in meinem Körper. Ich spüre jeden einzelnen Atemzug, jeden Lufthauch und jedes kleine Streichen deiner Zunge über meiner. Du sitzt auf mir und bewegst dich lasziv. Und wenn ich im Normalzustand schon ein echt triebgesteuerter Bastard bin, bin ich es jetzt erst recht. Ich habe den Ständer meines Lebens. Mal wieder. Du reibst dich schamlos daran und stöhnst in meinen Mund.

Ich packe deinen Arsch mit beiden Händen, während mein Herzschlag sich beschleunigt und der Schweiß aus jeder Pore schießt. Fest fasse ich mit einer Hand in deinen Nacken, der sich so weich anfühlt, und stemme mich hoch, sodass ich aufrecht sitze. Mit meiner Hand an deinem

Arsch ziehe ich dich näher. Deine Augen sind dunkel – so dunkel, so voller Verlangen –, als du einfach den Saum deines Strickkleides umfasst und es dir über den Kopf zerrst.

Ich lasse meinen Blick über deine Brüste in dem schwarzen BH gleiten. Wir sind hier unten auf dem Sofa und es ist mir fuckegal. Mit einem Arm umfange ich deinen Körper und schnippe den BH an deinem Rücken auf, bevor ich ihn dir abstreife und in den Raum schmeiße.

Deine Haare verteilen sich überall und du beißt dir auf die Unterlippe, während ich meine Hand von hinten in deine schwarze, durchsichtige Strumpfhose schiebe und deinen Arsch richtig packe. Ich stöhne, als ich dein Fleisch an meinen Fingern spüre. Du stöhnst ebenso und lässt deinen Kopf genüsslich nach hinten fallen, während ich mich nach vorn beuge und mit meinen Lippen über deine Brust streiche. Deine Haut ist so weich und du duftest wie der Himmel. Gierig fahren deine Finger durch mein Haar und deine Fingernägel kratzen über meine Kopfhaut.

»Ich will dich ficken, Selina«, murmle ich an deiner Haut.

»Dann fick mich«, antwortest du leicht schleppend und ich umfasse den Saum deiner Strumpfhose, während deine Worte in meinen Ohren nachhallen und direkt in meinen Schwanz schießen. Es ratscht, als ich den feinen Stoff zerreiße und dir die Fetzen von den Beinen schäle. Du hilfst mir dabei, wobei du aufstehst, dich neben das Sofa stellst. Schon bald stehst du nur noch in einem schwarzen Tanga vor mir.

Ich drehe mich und stemme meine Füße auf den Boden, sodass du direkt vor mir bist mit deinem perfekten

Wunderkörper. Dann schiebe ich beide Zeigefinger in dein Höschen und rolle es ab, sodass du ganz nackt vor mir stehst. Mit meinen Augen gleite ich abermals über deinen Körper.

So perfekt.

Ich packe dich wieder mit beiden Händen an deinem Arsch und ziehe dich mir entgegen, während ich mich vorbeuge und meine Lippen zwischen deine Beine senke.

Du stöhnst und krallst eine Hand in mein Haar. Ein Bein stellst du neben mir auf der Couch ab und ich stöhne an deiner Mitte. Ich schmecke dich so intensiv wie noch nie und du drängst mir dein Becken entgegen und bewegst es. Eine Hand lasse ich von deinem Hintern weiter nach unten wandern und schiebe dann mit einem Ruck zwei Finger in dich. Du stöhnst laut, wie du es immer tust, und krallst deine Hand fester in mein Haar. Die Lust pulsiert und pumpt heiß und rasend durch meinen Körper wie noch nie und meine Zunge drängt sich hart und schnell gegen deinen Lustpunkt. Ich beiße leicht hinein, woraufhin du sofort kommst und dich um meine Finger herum zusammenziehst. Deine Beine geben fast unter dir nach, weshalb ich dich mit der Hand, die immer noch an deinem Arsch liegt, fester halte.

Ich nehme meine Finger aus dir und küsse mich deinen Venushügel hinauf. Dein Bauch hebt und senkt sich schnell unter deinem hektischen Atem. Du lässt deine Hand genüsslich durch mein Haar gleiten, bevor du wieder fester zugreifst und meinen Kopf mit einem Ruck zurückziehst. Du beugst dich vor und küsst mich tief und ich stöhne in deinen Mund. Sanft drängst du mich mit dem Rücken an die

Couchlehne und küsst dich meinen Hals herab, während ich den Kopf nach hinten fallen lasse und meine Augen schließe. Du greifst nach dem Saum meines Pullovers und Muskelshirts und ziehst mir beides über den Kopf, was echt gut ist, weil mir verdammt heiß ist.

Ich spüre deine Lippen und deine Zunge so intensiv, als du dich zwischen meinen Brustmuskeln herab und meinen Bauch entlang küsst, weshalb meine Muskeln dort ebenfalls zucken. Mein Atem geht schneller. Kurz siehst du zu mir hoch, während du meine Hose öffnest und dich zwischen meine Beine kniest. Ich liebe dieses Bild, wie du da kniest, und packe deine Haare fest. Lächelnd beugst du dich vor und schließt deinen Mund um mich, sobald meine Hose ganz offen ist.

Ich stöhne wieder und rucke dir mit meinen Hüften entgegen, um tief in dich zu dringen. Du keuchst und stöhnst in einem. Deine heiße Zunge streift hart und gierig über mich. Das fühlt sich so fucking gut an. Mein Herz hämmert immer schneller. Dann nehme ich eine Bewegung im Augenwinkel wahr. Schwerfällig drehe ich den Kopf nach links, doch du lässt deine Zunge wieder über mich schnellen, weshalb meine Lider zugleiten, ich stöhne und mich fester in dein Haar kralle.

Deine Hand streicht meinen Oberkörper hinauf, deine Berührungen prickeln bis tief unter meiner Haut. Ich rucke dir wieder entgegen und stoße gegen deinen Rachen, weswegen du nun auch aufstöhnst. Mein Kopf schwirrt und das Blut rauscht nur so durch meinen Körper.

Meine Augen gleiten träge wieder auf. Mein verwischter Blick schweift nach oben über deinen perfekten, nach vorn gebeugten Körper und zu deinem Arsch ... hinter dem Aarik Wolkov steht, Selina.

Seit wann stehst du?

Seit wann steht der da?

Und seit wann fickt er dich?

Ich bin viel zu berauscht, um irgendwie darauf zu reagieren. Ich weiß, irgendwo in meinem zugedröhnten Kopf, dass mir das was ausmachen sollte. Aber das tut es gerade nicht. Du bläst zu gut und du stöhnst mit meinem Schwanz in deinem Mund.

Ich schließe meine Augen wieder und packe dein Haar fester. Der Schweiß rinnt über meine Brust und ich rucke wieder nach vorn in deinen Mund. Deine Fingernägel bohren sich in meine Haut. Du atmest gepresst durch die Nase und stöhnst wieder.

Ich komme gleich.

Aber ich könnte die ganze Nacht so weitermachen und darauf wird es wohl auch hinauslaufen. Deine Zunge schnellt hart über mich, weshalb ich wieder keuche und mich fester in dein Haar kralle.

Deine Lippen schließen sich noch enger um mich. Ich beiße die Zähne zusammen und halte deinen Kopf fest, sodass du ihn nicht bewegen kannst, als ich es nicht mehr aufhalten kann und komme. Ich komme einfach tief in deinem Rachen und ein Schauer durchfährt mich. Das ist der heftigste Orgasmus, den ich in meinem ganzen Leben hatte, dabei war ich nicht mal wirklich in dir. Zumindest nicht da drin, wo ich gern gewesen wäre. Da ist ja schon besetzt, Selina.

Mein Atem geht schnell und mein Herzschlag rast nur so, während meine Finger fest und wirr in deinem Haar verkrallt sind. Die Wellen rauschen nach und nach immer noch durch meinen Körper und jede Zelle in mir ist wie elektrisiert. Ich spüre den Rausch in meinen Venen, der mein Blut kochen lässt.

Ich schaffe es nur schwer, meine Finger aus deinem Haar zu nehmen, und als ich die trägen Lider öffne, sehe ich direkt an die Zimmerdecke, an der bunte Punkte tanzen. Aariks Stöhnen dringt an meine Ohren und etwas klatscht. Die Decke dreht sich und die Spots darin schimmern unmenschlich grell. Ich presse einen Handballen gegen deine Stirn und schiebe dich weg, bevor ich meine Boxershorts hochziehe, es aber nicht schaffe, meine Hose zu schließen.

Schwerfällig rutsche ich auf dem Sofa eins weiter, sodass deine Hände gegen die Lehne sinken und ich an die Armlehne auf der anderen Seite sacke. Ich taste nach Zigaretten, finde aber nur einen Joint, der im Aschenbecher liegt. Etwas unkoordiniert schiebe ich ihn mir zwischen die Lippen und zünde ihn an. Der Schweiß steht immer noch auf meinem Körper und ich inhaliere tief. Du stöhnst wieder, weshalb mein schwerer Blick zu euch schweift. Du hast dich in die Lehne gekrallt und deinen Kopf nach vorn fallen lassen. Deine schwarzen Haare hängen dir im Gesicht und du bist nackt. So nackt.

Aarik ist angezogen, nur seine Hose steht offen. Er hält dich mit beiden Händen an den Hüften fest und hat seinen Kopf nach hinten gelegt.

Ich betrachte das, während ich den Rauch in eure Richtung puste. Ich betrachte, was mich seit Tagen wahnsinnig macht. Ist das nicht irre? Sollte ich jetzt nicht den Verstand verlieren? Amok laufen? Alles hier kurz und klein schlagen und ihn erschießen?

Vielleicht bin ich einfach zu prall.

Vorsichtshalber ziehe ich nochmal an der Tüte, dann höre ich Schritte auf der Treppe. Ich schaffe es irgendwie, meinen Kopf zu drehen, während ich wieder hart werde. Wieso stöhnst du denn so laut, Selina? Und wieso vermischt sich hier alles miteinander?

Victor kommt runter. Er wirkt total entspannt und überschaut mit mäßigem Interesse das, was sich hier abspielt. Ich frage mich, wo er war, aber im nächsten Moment überlege ich, wieso der Joint fast aufgeraucht ist, obwohl ich nur drei Mal gezogen habe. Ich kann keinen klaren Gedanken fassen. Der Grasgeruch vermischt sich mit dem Geruch von Sex, Schweiß und Sünde. Dein Stöhnen wird lauter und es klatscht wieder, was in meinen Ohren nachhallt.

Victor lässt sich auf den Boden sinken und bereitet sich weitere Lines vor. Ich rolle mich etwas Richtung Tisch, um den Joint wieder abzulegen. Wieso braucht Aarik denn so lange zum Kommen? Ich schaue genervt zu ihm hoch. Er lässt die Lider zugleiten, seine Finger bohren sich fester in deine Haut. So fest, Selina. Das sollte mich auch wahnsinnig machen. Er stößt noch ein paarmal extrem hart in dich und beißt die Zähne zusammen. Dann kommt er. Ich betrachte dich währenddessen mit schief gelegtem Kopf. Deine Haare hängen vor deinem Gesicht und deine

Finger krallen sich fester in die Couch. Tja, du hattest wohl keinen Orgasmus. Nicht schön.

Sobald er fertig ist, zieht er sich aus dir zurück, schließt seine Hose und du sackst nach vorn auf die Couch, direkt auf die Knie und dann einfach auf den Rücken. Total k.o. und ausgelaugt, während der Schweiß auf deinem Körper schimmert. Er kam in dir, Selina. Ohne Gummi, Selina. Ich weiß nicht, wie ich das finde.

Wo sind eigentlich meine verfickten Zigaretten?

Ich drehe mich zu Victor, der gerade eine Line zieht.

»Zigarette!«, fordere ich, weil ich mehr nicht zustande kriege.

Er greift auf den Tisch und schmeißt mir eine Packung zu. Er ist noch relativ klar, wie ich bemerke. Dabei habe ich doch gesehen, wie er sich auch ein Teil reingezogen hat. Aarik derweil verschwindet auf die Terrasse, die Tür knallt laut hinter ihm zu. Ich bin echt nicht auf der Höhe, um rauszufinden, was er hat. Stattdessen zünde ich mir die Zigarette an und du siehst kopfüber zu mir.

Ich betrachte dein schweißnasses Gesicht. So frisch gefickt von einem anderen Mann.

Dann ziehe ich tief und stoße den Rauch an die Decke. »Ich hasse dich«, sage ich ohne jegliches Gefühl in der Stimme. Es überkommt mich einfach, aber es fühlt sich so verdammt wahr an.

»Ich dich auch«, antwortest du genauso emotionslos und streichst über mein Bein.

Ich lasse den Kopf nach hinten fallen und schließe meine Augen. Schon spüre ich, wie du dich mir näherst und dich wieder an meiner Hose zu schaffen machst. »Aber ich liebe dich auch«, murmelst du undeutlich. Dann legen sich deine Lippen wieder um mich.

Darauf, Selina, antworte ich mit einem Stöhnen und nichts weiter.

44. Eskalation, Sergio

XX

Rosalie

Der Mond ist so riesig, Sergio, und er scheint strahlend durch die kahlen Äste auf den weißen, so unglaublich weißen Schnee, der überall, wirklich überall liegt. Und er glitzert, dieser Schnee. Ich weiß nicht genau, wo wir sind. Ich habe auch keine Ahnung, wo Ilja ist. Den vermissen wir schon eine ganze Weile. Total begeistert wollte er einen Weg ausprobieren und kam nicht mehr zurück. Er hat gemeint, er hätte da was Cooles gesehen, was strahlend Buntes, und wir haben gewartet. Aber er ist nicht mehr zurückgekommen. Also sind wir weitergegangen, weil wir keine Zeit mehr hatten. Wir müssen weiter, Sergio.

Wir gehen durch den Wald. Du hinter mir, immer hinter mir. Unsere Füße versinken im hohen Schnee. Meine Beine sind schon ganz nass und ab und zu bleibe ich hängen, weil dieser Schnee sich geradezu an mich klammert. Immer wieder knirscht und knistert es irgendwo.

Ich greife nach hinten, als ich wieder ein Geräusch höre, und spüre deine Hand um meine. Sie ist so warm und gibt mir Sicherheit, alles andere ist so kalt. Wir tragen keine Jacken. Vielleicht haben wir sie irgendwo liegen lassen, aber ich glaube, wir sind ohne rausgegangen.

»Okay … da vorne ist was.« Ich deute unkoordiniert vor mich, wo es besonders hell glitzert, und du folgst mir weiter. »Was denkst du eigentlich, was die anderen machen?«, frage ich, während mein Atem mir in dampfenden Wölkchen entkommt.

»Ficken«, antwortest du, ohne zu zögern, und ich sehe dich über meine Schulter strafend an. Denn allein das Wort sorgt dafür, dass sich alles in mir zusammenzieht, und momentan noch intensiver als sowieso schon. »Wahrscheinlich jeder mit jedem«, meinst du und schaust hoch zum strahlenden Mond, der dein Gesicht erhellt. Dein Gesicht ist unglaublich perfekt. Es ist, als würde ich es zum ersten Mal sehen. Jede einzelne Kontur ist so scharf geschnitten. Ich bleibe stehen und betrachte dich genauer. Du siehst mich ebenfalls an und hebst eine Braue.

Deine Hand liegt immer noch um meine, und ohne weiter darüber nachzudenken, fasse ich mit den Fingerspitzen an deine Wange, weil ich spüren will, ob deine Haut so weich und perfekt ist, wie ich es mir vorstelle. Das ist sie. Du runzelst die Stirn. Deine Bartstoppeln etwas weiter unten kratzen an meinen überempfindlichen Fingerspitzen, was ein Kribbeln in meinem Unterbauch auslöst, und ich lasse die Hand schnell wieder sinken, als du tief atmest.

»Sorry«, murmle ich etwas heiser, weil das sicher kein Fernhalten war, und drehe mich wieder von dir weg, bevor ich weiterwill. Hörbar atmest du durch die Nase aus und schiebst deinen Körper plötzlich hinter meinen, sodass ich dich an meinem Rücken spüre, und erstarre. Dann drängst du mich mit einem Ruck gegen einen Baumstamm.

Huch!

Die Rinde ist rau unter meiner Haut und ich keuche. Die eine Hand, die du noch hältst, drückst du über meinen Kopf dagegen. Sofort rauscht alles wild durch meinen Körper. Ich bin total wirr und spüre jede einzelne Faser von dir, während mein Atem schneller geht. Du lässt deine Nasenspitze über meine Wange streifen und drängst dich unmissverständlich an meinen Hintern, weswegen es noch heißer kribbelt.

Mir entkommt sofort ein Stöhnen, als ich dich spüre, und ich lehne die Stirn gegen die Rinde. Alles in mir fängt an, zu pulsieren, zu pochen und zu beben. Du schlingst einen Arm um meine Hüfte und reißt den Knopf meiner Jeans auf.

»Sorry«, murmelst du und ziehst mir die Hose gemeinsam mit meinem Slip runter. Die kalte Luft streift über meine nackte Haut. Aber ich dränge dir meinen Hintern automatisch entgegen, weshalb du in mein Ohr stöhnst und sich in meinem Unterleib wieder alles zusammenzieht. Noch heftiger diesmal. Schon jetzt atemlos höre ich, wie du deinen Gürtel aufreißt, dessen Schnalle gegen meinen Rücken peitscht. Dann ertönt das eindeutige Surren deines Reißverschlusses, und ein paar Sekunden darauf spüre ich dich direkt an mir.

Mit zusammengekniffenen Lidern dränge ich mich dir entgegen, weil ich es nicht erwarten kann, dass du wieder in mir bist. Ich weiß irgendwo tief in mir, dass ich dich jetzt aufhalten sollte. Dass ich *Stopp* sagen sollte, dass ich stark sein sollte, aber das alles verpufft, als du dich mit einem Ruck in mich schiebst. Fast bis in meinen Bauch. Ich stöhne laut auf, genau wie du. Deine Finger krampfen sich um meine und du lehnst deine Stirn an meinen Hinterkopf. Mein Atem geht schnell und mir wird heiß, trotz der eisigen Temperaturen um uns herum.

Du drängst mich noch weiter gegen den Baum und fängst gleich an, dich zu bewegen. Ich biege meinen Rücken durch, recke mich dir entgegen, und kann nicht genug von dem Gefühl von dir in mir bekommen. Ich fühle mich wie in einem Rausch, als würde ich sterben, wenn du jetzt aufhörst. Du bewegst dich in einem unregelmäßigen, schnellen Rhythmus und stößt immer tiefer, weshalb ich lauter werde. Mit meiner anderen Hand kralle ich mich fest an den Baum und die Rinde schabt über meine Haut. Du schiebst deine freie Hand nach vorn zwischen meine Beine und deine Finger sind warm, als du ungehalten an mir entlangfährst und noch tiefer stößt.

Ich zerfalle gleich. Mit der Nase streichst du meine Haare aus meinem Nacken und deine Lippen legen sich darauf. Du beißt sanft in meine Haut und schiebst dich wieder hart in mich, sodass ich nach vorn rucke. Deine Finger sind überall an mir, du bist überall, dein Stöhnen, deine Stöße, dein Duft, und die Lust steigt immer höher. Es ist, als hätte sich meine gesamte Welt nur auf diesen einen

Punkt minimiert, der du bist. Ich spüre dich immer intensiver und um uns herum verschwimmt alles.

Du stöhnst wieder in meinem Nacken und mein Körper reagiert darauf, weshalb ich auch stöhnen muss. Fest streichst du zwischen meinen Beinen zu meinem Unterbauch hinauf, unter meinen Pullover und direkt an meine Brust über meinen BH, wo du das Körbchen herunterreißt und deine kalten Finger fest auf meine Haut legst. Ich keuche deinen Namen und lasse meinen Kopf nach hinten gegen deine Schulter fallen. Sofort prallen deine Lippen auf meine und unsere Zungen umspielen sich hart und wild, sodass meine Lippen ganz feucht werden, genau wie deine. Ich beiße dir ungehalten in die Unterlippe und du stöhnst tief.

Dein Daumen schnellt über meine Brust und die Berührung hallt bis tief in meinem Bauch nach, weshalb ich wieder lustvoll aufkeuche. Du bewegst dich fester, drängender und ich spüre, dass ich bald kommen werde. Du lässt meine Hand los, schiebst deine Finger wieder zwischen meine Beine, die andere immer noch an meiner Brust. Ich bin dir völlig ausgeliefert, völlig von dir umfangen, völlig im Lustrausch, und ich kann nichts tun, als mich mitreißen zu lassen.

Ich liebe das!

Ich brauche das!

Du ziehst dich fast ganz aus mir zurück und schiebst dich dann nochmal bis zum Anschlag in mich, wobei du an meinen Lippen stöhnst. Ich kralle eine Hand in deinen Unterarm. Fest kneife ich die Augen zusammen, als die Welle mich erbarmungslos überschwemmt und alles mit sich reißt, während du dich gnadenlos weiterbewegst und heiser stöhnst. Ich keuche deinen Namen und ertrinke, ich ertrinke völlig ... Deine Hand streicht immer noch zwischen meinen Beinen entlang und ich zucke. Aber du hörst nicht auf, weshalb ich gequält stöhne und die Lust wieder durch mich rauscht. So intensiv. Es ebbt nicht ab.

Du sackst etwas gegen mich und umschlingst meinen Bauch mit einem Arm, wofür du meine Brust loslässt. Dann ziehst du mich nach unten und wir sinken beide auf unsere Knie. Ich höre deinen hektischen Atem hinter mir, als ich auf alle viere sinke, meine Hände sich in den eiskalten Schnee krallen und ich ein paar Äste darunter spüre, die sich in meine Haut bohren. Eine deiner Hände liegt an meinem unteren Rücken und du drückst mich weiter runter. Mit der anderen packst du mein Haar und treibst dich immer wilder in mich. So heftig hatte ich dich in all den Jahren noch nicht und ich liebe es ... so sehr. Meine Arme zittern, mein Atem bebt, Schweiß rinnt an mir herab. Du schiebst deine Finger unter meinen Pullover und über meine Wirbelsäule nach oben, zwischen meine Schulterblätter, bevor du deine andere Hand schwer neben meine sinken lässt und völlig über mir bist. Du drückst mich noch weiter runter und ich keuche, als der kalte Schnee erst meinen Pullover durchnässt und dann mein Gesicht berührt. Ich lasse mich einfach sinken. Der Schnee schabt über meine Wange, aber ich spüre es kaum. Wieder dränge ich dir meinen Hintern entgegen und wieder stößt du nach vorn, sodass ich fast auf dem Bauch lande. Du stöhnst, was im Wald widerhallt. Genau wie unser schneller Atem. Du wirst noch etwas härter und drängender. Ich keuche laut und trotz der Kälte schwitze ich wie noch nie. Noch einmal stößt du hart in mich und ich spüre, wie du kommst.

Noch während du explodierst, lässt du dich einfach auf mich fallen, sodass wir beide im Schnee landen. Ich schließe die Augen und spüre dich nur kommen, während du mir hektisch in den Nacken atmest.

Es dauert echt lang, bis du dich noch einmal träge in mir bewegst und dich dann zurückziehst. Du rollst dich, wie du bist, einfach auf den Rücken neben mich und ich bleibe so liegen, genau wie du. Ich habe nicht mal die Kraft, mich auf die Arme stützen und drehe dir mein Gesicht zu. Du starrst hoch zum Mond und atmest schwer, die Arme von dir gestreckt. Der Schweiß rinnt über deine Schläfe.

Keuchend und mit wild hämmerndem Herzen schaue ich dich ein paar Sekunden an und du wisperst »Fuck«, während du träge deine Hose schließt.

Fuck, Sergio. Du sagst es.

Ich muss mit einem Mal lachen und du siehst mich ein paar Sekunden völlig trocken an. Dann fängst du auch an, zu lachen. Deine Haare sind nass, genau wie dein Pullover. Du streckst träge eine Hand aus und haust mir auf den Arsch, woraufhin etwas Schnee von dem Baum auf dein Gesicht fällt und du zusammenzuckst, weswegen ich noch mehr lachen muss. Bis mein Bauch wehtut. Ich lache so sehr, wie ich die letzten Wochen nicht gelacht habe.

Du wischst dir den Schnee mit dem Ärmel vom Gesicht und ich richte mich schließlich, nachdem ich mich beruhigt habe, etwas auf und ziehe irgendwie meine pitschnassen Hosen hoch, was in einem Kampf ausartet.

»Wir gehen zurück, in den Jacuzzi«, verkündest du. »Der ist warm.«

»Okay …« Ich nicke und schaue an mir herab, während du schwerfällig aufstehst. Ich bin wirklich völlig durchnässt und entkräftet. Du packst mich unter den Armen und ziehst mich einfach auf die Füße. Ich taumle und du umfängst mich an der Taille. Sofort geht ein Frösteln durch mich und ich schmiege mich an dich.

»Weißt du noch, welcher Weg nach Hause führt?« Fragend blickst du zu mir runter und ich schaue mich mit gerunzelter Stirn um. Hier sieht alles gleich aus.

»Ich glaube da lang.« Ich deute in irgendeine Richtung, in der das Haus sein *könnte*. Du seufzt und tastest deine Hosentaschen ab, bevor du dein Handy herausholst. Dann tippst du mit einem sehr schweren Zeigefinger darauf herum. Du wirkst hochkonzentriert, einen Arm immer noch um meine Taille geschlungen, und das brauche ich gerade auch. Ich brauche dich so nah wie möglich, sonst falle ich. Dann fängt das Navi an, zu quäken.

»Aha«, meinst du. »Da lang!« Du deutest nach rechts und ich nicke.

»Okay.«

»Was ist eigentlich mit Ilja?« Wir setzen uns in Bewegung und ich sehe mich stirnrunzelnd um.

»Vielleicht sollten wir ihn rufen?«

»Ach, er findet schon den Weg nach Hause. Er ist wie Hänsel«, beruhigst du mich.

»Denkst du?«

»Jaaa!« Du winkst ab. »Er muss nur den Fußspuren folgen, die wir jetzt legen.« Ich betrachte sie.

»Das ist eine gute Idee. Du hast immer so gute Ideen.«

Du nickst und wir folgen den Anweisungen des Navis zurück zu der Hütte, in der das Licht grell brennt. Wir waren gar nicht so weit weg.

Wieder nimmst du meine Hand und ziehst mich hinter dir her. »Siehst du, wir haben es geschafft.« Du steckst dein Handy wieder ein. Ich nicke begeistert und halb erfroren, während wir die Verandatreppe hochgehen. Ohne die Drogen wäre ich sicher schon ein Eiszapfen. Ich kann es nicht erwarten, in die Wärme zu kommen. Du öffnest die Tür, wir treten ein ... und stocken beide.

Heilige Scheiße, was ist das?

Victor sitzt auf dem Sessel. Er ist völlig unbeeindruckt von dem, was vor ihm passiert, und raucht eine, die Schläfe auf die Faust gestützt, während er zusieht. Bei einer Orgie, Sergio. Da ist Zayden. Er thront auf dem anderen Sessel und trägt nur eine Jeans. Ich sehe lediglich an dem zur Seite stehenden Gürtel, dass sie geöffnet ist. Selina sitzt nackt auf ihm. Sie vögelt ihn offensichtlich gerade. Aarik Wolkov ist hinter ihr und in ihrem Arsch. Sie bemerken nicht mal, dass wir da sind. Selina stöhnt ungehalten, den Hinterkopf an Aariks Schulter gelehnt, während Zayden seine Hand auf ihrer Brust hat und die Finger sich in ihr Fleisch bohren. Er hat die Augen geschlossen.

Mein Magen dreht sich um.

»Wollt ihr auch mitmachen?«, fragt Victor glatt.

Du ziehst mich am Arm näher und deine Augen blitzen, als du Zayden betrachtest. Der stöhnt gerade und packt Selina am Nacken, um sie zu sich runterzuziehen und zu küssen.

»Scheiße«, entkommt mir und prompt vergeht mir die Lust auf alles, als ich das Bild vor mir betrachte. Es ist so widerlich, so falsch. Du legst deinen Arm um meine Schultern und wirkst ähnlich angewidert. Dann führst du mich wortlos die Treppe nach oben in dein Schlafzimmer. Wir sind beide wie vor den Kopf gestoßen. Ich kann nicht glauben, dass Zayden so was einfach tut. Dass er sich so zu etwas hinreißen lässt. Dass er die Frau, die er angeblich so sehr liebt, mit einem anderen teilt – in welchem Zustand auch immer. Nur Selina schafft es, ihn zu so einem Menschen zu machen. Denn das ist eigentlich nicht seine Art. Er ist total besitzergreifend und teilt nicht, was er liebt, oder zu lieben *glaubt*.

Du verriegelst die Tür hinter uns und ziehst mich wortlos unter die Dusche.

Die restliche Nacht verbringen wir mit langsamem, intensivem Sex bis zum nächsten Morgen, weil wir einfach nicht müde werden und nicht genug voneinander bekommen. Ich liege in deinen Armen und das ist alles, was ich brauche, Sergio. Alles, was ich je wirklich brauchen werde. Alles, was richtig ist.

45. Das Sündenhaus, Selina

XX

Zayden

Ein penetrantes Klingeln reißt mich aus einem nicht gerade erholsamen Schlaf.

Wie durch Watte dringt es immer lauter an meine Ohren und ich spüre einen stechenden Schmerz in meinem Kopf und in meinem Rücken. Stöhnend taste ich das Sofa ab. Ich habe keine Ahnung, warum ich hier liege, wer ich bin, wo ich bin, wieso ich bin. Ich weiß absolut nichts. Meine Gliedmaßen sind schwer und schmerzen. Es fühlt sich an, als wäre ein Panzer über mich gerollt, und meine Kehle ist staubtrocken.

Ich kann meine Augen nicht öffnen, ich weiß nur, dass es hinter meinen Lidern grell ist. Irgendwann finde ich den Ursprung des grauenhaften Geräusches und halte mein Handy, das zusätzlich vibriert, in meiner Hand. Ein genervtes Stöhnen kommt von links, weshalb ich kurz erstarre. Ich dachte, ich wäre allein. Mit der anderen Hand schirme ich meine Augen ab, bevor ich einen trägen Blick auf das Display werfe. Die Nummer ist unterdrückt, aber ich nehme ab und schließe die Augen sofort wieder. Scheiß auf das Stöhnen und den Ursprung. Dann halte ich mir das Handy ans Ohr.

»Hm?«, kommt es rau über meine Lippen und ich drücke meine Stirn gegen die Armlehne.

»Hey!« Das ist mein Vater und ich zucke zusammen, weil er so laut spricht.

Ich versuche jetzt einfach, einigermaßen normal zu klingen und nicht so, als hätte ich gekifft, gekokst, getrunken und Teile eingeschmissen.

Scheiße.

Ein Bild flackert in meinem Kopf auf, wie ich mir diese Pille in den Mund schnippe, und ich stöhne. »Hi.« Meine Nase ist völlig verstopft und ich schniefe, bevor ich mich zwinge, mit einem Ruck die Lider zu öffnen. Erstmal sehe ich alles verschwommen. Meine Augen brennen und tränen, sie sind völlig überreizt.

»Schön, du lebst noch.« Fühlt sich nicht so an. Es fühlt sich an, als wäre ich in der Hölle. Scheiße, hat er etwa angerufen und ich habe es nicht gehört? Er hasst das.

Ich atme tief, sofern meine verstopfte Nase mir das gestattet.

»Drück mich nicht noch einmal weg.«

Ich runzle meine Stirn und blinzle ein paarmal. Dann schärft sich das Bild vor meinen Augen und ich sehe direkt zu … dir. Und deinem Rücken. Du liegst bäuchlings auf der gegenüberliegenden Couch und trägst nur ein Höschen. Deine schwarzen Haare hängen vom Sofa und du atmest tief. Ich lasse meine Augen über den Boden schweifen, wo lauter Pullover, Hosen und sonstige Klamotten liegen, genau wie Flaschen, Knabberzeugtüten, Asche. Ich trage selbst nur eine Jeans. Langsam flackern ein paar andere Bilder auf. Du zwischen meinen Beinen. Ich zwischen deinen. Du auf mir … ein anderes Stöhnen. Ein männliches Stöhnen.

Ich schaue weiter zu Aarik Wolkov, der im Sessel nach unten gerutscht ist, den Kopf nach hinten gelegt hat und tief schläft. Ich sehe seine Hände auf deinen Hüften. Seine Lippen auf deinen. Seine Finger, die in dein Haar greifen.

Er ist völlig bekleidet und hat die Beine von sich gestreckt.

Langsam erinnere ich mich wieder. Langsam wird einiges klar. Und langsam wird mir schlecht.

»Habe ich dich weggedrückt?«, frage ich irritiert und richte mich stöhnend auf.

»Ja, zwei Mal.«

»Fuck«, wispere ich und streiche mir über das Gesicht. »Sorry.« Ich weiß davon nichts mehr. Absolut nicht. Ich erinnere mich nicht mal daran, dass mein Handy geklingelt hat.

»Alles okay bei dir?«, fragt Dad mich nun, während ich mich vorsichtig auf der Couch drehe, um die Beine auf den Boden zu setzen. Ich beiße die Zähne zusammen, weil mir wirklich alles wehtut.

Nein, es ist nichts okay. Habe ich gestern wirklich zugelassen, dass ein anderer Mann dich in meinem Beisein anfasst? Hast *du* das wirklich zugelassen, Selina? Und wieso? Nach allem, was du gesagt hast? Wieso?

Mein Magen zieht sich zusammen, während das Pochen in meinen Schläfen dumpfer wird und ich langsam aufstehe. Ich gehe an dem Couchtisch vorbei, der ein heilloses Chaos ist. Koksreste, Asche, leere Flaschen und umgeschmissene Gläser.

Mit einem Mal will ich einfach nur hier weg. Ich will nach Hause und in mein fucking Zimmer. Weg von dir.

»Ja, alles okay«, antworte ich zögernd und weiche ein paar Glasscherben aus, bevor ich lautlos zur Tür gehe, wo ich mir meine Jacke über den nackten Oberkörper ziehe und sie vorn schließe. Ich brauche frische Luft. Ich muss raus aus diesem Sündenhaus.

»Sicher, dass alles okay ist?« Dad hat einen Radar, das ihm immer sagt, wenn etwas bei mir nicht stimmt. Ich schiebe meine nackten Füße in meine Schuhe und verlasse das Haus, trete auf die Veranda. Der hohe Schnee blendet mich kurz und ich schließe ein paar Sekunden die Lider, bis ich mich bereit fühle, sie wieder zu öffnen. Allmählich wird mein Blick klarer und ich reibe mir über die Augen, bevor ich mich mit einer Hand auf das Geländer stütze und tief und gierig die frische Luft einsauge.

»Es war nur ein bisschen verrückt gestern«, beschwichtige ich ihn und krampfe meine Hand um das Geländer. Fußabdrücke im Schnee sind noch leicht sichtbar, aber es schneit schon wieder darüber. Wenn ich hier jetzt nicht wegkomme, verliere ich den Verstand. Ich schaue zum Parkplatz und zur Straße, die völlig zugeschneit sind – sicher einen halben Meter.

»Okay«, meint Dad leise und belässt es erstmal dabei. »Wie schaut es aus?«

»Wir sind völlig zugeschneit.« Mein Hals kratzt und ich huste trocken.

»Fuck«, murmelt er. »Okay, mach dir darüber jetzt keine Gedanken. Es wird sicher bald aufhören, zu schneien.« Dann kann Sergios Supervater ja irgendwas herschicken, das den Weg räumt, damit wir nach Hause können.

»Ja, sicher«, erwidere ich und versuche, mir nicht allzu sehr anmerken zu lassen, wie durcheinander ich bin. Wie chaotisch und zerstreut.

»Du klingst echt beschissen, Zayden«, stellt Dad fest, wie er so ist. »Ich mag das nicht, wenn du so beschissen klingst.«

Ich schweige ein paar Sekunden und atme nochmal tief die kalte Luft ein. »Ich glaube, ich hab einfach genug«, sage ich leise und sehe auf den Schnee hinab, als mir genau das klar wird.

»Ich verstehe.« Er klingt, als würde er es wirklich verstehen, und das tut gut. Es tut wirklich gut, wenn jemand einen einfach versteht, ohne Fragen zu stellen. Und das tut mein Vater immer. Egal, in welcher Situation ich bin. »Wenn du genug hast, dann hol dir nicht mehr davon.« Bei ihm klingt das immer so einfach. Ich versuche, mir vorzustellen, dass ich dir einfach aus dem Weg gehe. Das hat die letzten Tage auch geklappt, besonders, als ich Irina etwas nähergekommen bin. Ja, ich gebe es zu. Sie hat die Macht, mich von dir fernzuhalten, und ja, vielleicht empfinde ich etwas für sie. Vielleicht hat sich da was Kleines aufgebaut, wenn ich es auch nicht zulassen will, weil sie für mich einfach zu hell strahlt.

Aber dann denke ich an dich, als du da mit dieser Waffe saßt und mir gesagt hast, dass du mich brauchst, und meine Kehle schnürt sich zu.

»Ich versuche es«, antworte ich trotzdem kaum hörbar und schniefe wieder.

»Das ist der erste Schritt«, meint er. Ja, Selina, es ist der erste Schritt zu einem Entzug. Ich komme nicht anders von dir weg, als durch einen Entzug, jedoch kann ich mich dir jetzt nicht entziehen. Ich kann es nicht wegen dir und ich gebe zu, ich kann es auch nicht, weil ich schwach bin. Weil ich abhängig von dir bin. Süchtig nach dir. Obwohl ich mittlerweile weiß, dass du mich umbringen wirst. Du bist nicht gut für mich.

Ich atme nochmal durch. Ich fühle mich so schuldig, irgendwie. So falsch. Als hätte ich alles falsch gemacht. Es fühlt sich an, als würde mit einem Mal alles auf mich einprasseln, alles, was du in mir auslöst und was ich eigentlich nicht bin.

Das Bild, wie du mich ansiehst mit deinen schwarzen Tiefen, als ich dir sage, dass ich dich hasse, flackert vor meinen Augen auf. Es hat sich wie die Wahrheit angefühlt. Die absolute Wahrheit. Aber Hass gibt es nicht ohne Liebe, nicht wahr?

»Wenn du Hilfe bei den weiteren Schritten brauchst, kann ich dich mehr einspannen«, meint mein Dad, weshalb ich wieder in das Hier und Jetzt zurückkatapultiert werde und bemerke, dass ich ihm gar nicht geantwortet habe.

»Ich kann nicht.« Meine Stimme ist leise. »Ich kann sie nicht im Stich lassen.« Die Angst pulsiert wieder. Die Angst, ich könnte dich für immer verlieren.

»Das ehrt dich. Allerdings solltest du dir überlegen, ob sie ein Mensch ist, der es wert ist, was du für sie tust.«

»Ich hab Angst, dass sie sich was antut«, informiere ich ihn offen, während ich meinen Blick in die Baumkronen schweifen lasse, die von Schnee bedeckt sind.

»Denkst du, sie könnte das?«

»Sie hat es fast getan.« Ich höre immer noch das Klicken, als du die Waffe entsichert hast, und es hallt in meinen Ohren nach, immer noch.

»Ich verstehe.« Dad klingt nun etwas härter, während ich mir über die Nase streiche. »Du musst jetzt nichts entscheiden. Du kannst in Ruhe darüber nachdenken. Aber du kannst auch für sie da sein, ohne dich für sie kaputtzumachen und mit ihr zusammen zu sein. Wenn sie dich liebt, dann wird sie es verstehen.« Ich habe die Befürchtung, dass deine Definition von Liebe eine andere ist als seine.

Ich bin so durcheinander. Ich stütze den Ellbogen auf das nasse Geländer und vergrabe mein Gesicht in meiner Hand. »Ich falle auseinander«, sage ich laut, obwohl ich es nicht wollte, und ein kalter Wind streicht über meine Wangen. Hier draußen ist alles so rein und geordnet. Da drin ist alles so furchtbar chaotisch und schmutzig.

»Okay. Geh jetzt zu deinem Bruder oder deiner Cousine. Oder zu irgendeinem Menschen, der dich zusammenhält, bis du zu Hause bist.« Oh, der Gedanke daran, jetzt zu meinem Bruder oder Rosalie zu gehen, ist wie ein Rettungsanker. »Dafür sind sie da. Dass sie dich zusammenhalten.«

Ich nicke, wobei es wieder hinter meinen Schläfen pocht. »Okay.«

»Wenn es schlimmer wird, dann komme ich irgendwie.«

Mein Mundwinkel hebt sich wie von allein. Ich würde meine Familie für nichts in der Welt eintauschen. Nicht einmal für dich, Selina. Auch, wenn ich eine ganze Zeit lang genau das getan habe. Das war es nicht wert. »Okay.«

»Okay«, wiederholt er. »Ich rufe dich später nochmal an. Wie eine kleine, stalkende Ehefrau.«

»Wie du siehst, brauche ich das auch«, meine ich und streiche mir über das Gesicht.

»Dafür bin ich da«, sagt er sanft und ich stoße mich ab.

»Danke.«

»Halt die Klappe, ich liebe dich. Bis später.«

»Ich dich auch. Bis später«, wispere ich und lege auf, bevor ich das Handy in meiner Hosentasche verstaue und wieder reingehe.

Du schläfst noch. Es riecht nach Alkohol, Sex, abgestandener Luft, Zigaretten und Gras.

Ich streife meine Schuhe ab, genau wie die Jacke, bevor ich lautlos zu einem der Sofas gehe und nach meinem Pullover angle, den ich mir achtlos über den Kopf ziehe. Ich sehe jetzt nicht zu euch. Stattdessen greife ich nach der noch geschlossenen Wasserflasche neben dem Sofa und trinke gierig, während ich die Treppe ansteuere und die Stufen erklimme. Sie knarren etwas. Mein Herzschlag beruhigt sich allmählich wieder, aber ich würde am liebsten in meinem Bett liegen und eine Woche durchschlafen.

Instinktiv weiß ich, dass Sergio und Rosalie zusammen sind. Also durchquere ich den Gang, während ich die Flasche wieder schließe, und bleibe vor seiner Tür stehen.

Dann klopfe ich zögernd zweimal und lehne meine Schläfe an den Rahmen, weil mein Kopf so schwer ist.

»Ja?«, fragt Sergio total klar und wach und gar nicht so abgefuckt wie ich. Er hat das Wundergen. Egal, was er die Nacht zuvor getan hat, er ist am nächsten Morgen frisch und ausgeruht.

»Ich bin's«, meine ich rau und es dauert ein paar Sekunden, dann klackt das Schloss und er öffnet mir. Tatsächlich sieht er total frisch aus, geduscht und angezogen. Hier drin riecht es nach ihm und nicht nach abgestandener Luft. Das Fenster ist halb geöffnet, wie ich sehe, und es ist etwas kühl. Mein Bruder mag es kühl in seinen Zimmern.

Seine dunkelblauen Augen sind nur noch leicht gerötet, als er mich überblickt und die Brauen zusammenzieht. Er tritt einen Schritt zurück, ohne Fragen zu stellen. Ich überlege, ob wir uns gestern noch gesehen haben. Er mich gesehen hat. Aber dazu tauchen keine Bilder auf.

Ich gehe an ihm vorbei und betrete den Raum. Natürlich ist Rosalie hier, wie ich es mir gedacht habe. Sie ist auch angezogen und geduscht, aber ihr Blick ist etwas müder als Sergios. Sie liegt auf dem Bett und sieht fern. Auf dem Nachttisch stehen Tassen und Teller. Sie müssen wohl unten gewesen sein, als ich noch geschlafen habe. Ich frage mich, was sie da gesehen haben. Aber wenn ich genau darüber nachdenke, will es lieber nicht wissen. Ich betrachte mich nicht gern aus Sergios Augen.

Rosalie mustert mich genau, während Sergio die Tür wieder schließt und verriegelt.

»Kaffee?«, fragt er und reicht mir eine gefüllte Espressotasse vom Schreibtisch neben der Tür.

Ich nehme sie dankbar, dann gehe ich zum Bett und setze mich auf die Kante. Es macht mir nichts aus, dass sie hier zusammen sind. Schon gar nicht nach dem, was er am Freitag vor allen zu ihr gesagt hat. Ich schätze mal, besser hätte sie es nicht treffen können. Trotz allem, was zwischen ihnen steht. Gewöhnungsbedürftig ist es dennoch für mich. Zumindest, sie als ›Paar‹ zu sehen.

»Schmerztablette?«, fragt Rosalie. Ich schüttle den Kopf, weil ich genug Chemie in mir habe. Dann trinke ich einen Schluck Espresso. Sergio macht den Fernseher leiser und lehnt sich mit dem Steißbein an den Schreibtisch.

»Ich …«, setze ich an und streiche mir über das Gesicht. »Weiß nicht, wie wir nach Hause kommen sollen. Und ich will echt nach Hause.« Ich lasse meinen Blick zu Sergio schweifen. Der mustert mich ein paar Sekunden, dann seufzt er tief und greift in seine Hosentasche.

»Ich schau mal, was wir machen können«, meint er und scrollt durch sein Handy, bevor er es sich ans Ohr hält und mich mustert, während er dem Freizeichen lauscht. Ich sehe ihm nicht in die Augen, ich kann nicht. Ich fühle mich so fragil, irgendwie zerbrechlich und nicht ganz. Als wäre gestern ein Teil von mir gestorben.

Wie immer ist Sergios Handy nicht gerade leise eingestellt, weil er oft in Clubs oder an Orten ist, wo es laut ist. Also höre ich die Stimme seines Vaters, als er abnimmt.

»Ja?« Er klingt hart und ich sehe genau, wie Sergios Gesicht sich verschließt.

»Ja, Dad, wir sind eingeschneit und kommen nicht weg«, meint er und sieht an die Zimmerdecke. Ich hasse es, dass er das jetzt wegen mir tun muss. Ich hasse Donovan de Luca.

Kurz ist es still. »Ich lasse euch holen.«

Sergio nickt. »Wann ungefähr?«

»Vier Stunden.« Gott sei Dank, Selina. Nur noch vier Stunden. Das hier ist fast schon wie eine persönliche Hölle geworden.

»Okay. Danke.«

»Schon okay«, erwidert Donovan gnädig, als wäre es nicht selbstverständlich, dass er seinen Sohn aus jeder Scheiße zu holen hat. Das gehört zum Vatersein dazu, das habe ich durch meinen Vater gelernt, genau wie Sergio, wenn auch nicht durch seinen Erzeuger. Deswegen will ich gar nicht wissen, wie befremdlich das jetzt für ihn sein muss.

»Okay, dann bis später. Ciao«, verabschiedet Sergio knapp und ich höre an seiner Stimme, dass er einfach nur auflegen will.

»Ja, bis später. Und dann wirst du dich dafür verantworten müssen, was mit Irina Terekov passiert ist!«, donnert Donovan plötzlich, weshalb Sergio seine Augenbrauen verwirrt zusammenzieht und Rosalie ihn jetzt alarmiert mustert. Währenddessen wird mir etwas schlecht. Was ist mit Irina? Geht es da um sie und mich?

»Was meinst du?«, fragt mein Bruder verwirrt.

»Ich meine damit, dass ich vor vier Stunden einen

panischen Anruf deiner Verlobten bekommen habe, in dem sie mir mitgeteilt hat, dass Irina von Victor Wolkov vergewaltigt wurde. Ganz zu schweigen von all den anderen Dingen, die ihr da so getrieben habt.«

Wir erstarren alle drei, während ich spüre, wie alles in mir jetzt endgültig auseinanderfällt.

»Was?« Sergios Stimme ist ganz heiser, während ich mich nicht rühren kann. Jeder Muskel in meinem Körper bebt und der Schmerz zieht wieder durch meine Gliedmaßen.

»Anscheinend hat er ihr K.O.-Tropfen untergemischt. Wenn das die Terekovs rausfinden … Ich weiß es nicht genau, verdammt nochmal, ich war nicht dabei.« Er klingt echt wütend, während mein Atem schneller geht.

Victor.

Wolkov.

Hat.

Was?

Rosalie erhebt sich langsam, während mein Bruder wie paralysiert an die Wand starrt. Sie ist völlig blass geworden, genau wie Sergio.

»Okay, Dad. Ich hasse diesen Bastard. Aber ich bin kein Wolkov. Aarik hätte auf seinen Bruder aufpassen müssen!«, meint Sergio nun, während ich die Tür ansehe und dann Sergios Waffe auf dem Tisch. Ich werde diesen Hurensohn von Victor einfach killen. Ich werde ihm die Waffe in den Mund stecken und abdrücken. Vielleicht auch in seinen verfickten, russischen Arsch.

»Du hast dafür zu sorgen, dass so was nicht passiert, wenn du dabei bist!«, höre ich Donovans bebende Stimme durch das Telefon. »Wir reden später noch einmal darüber.« Das klingt wie eine Drohung. Diesen Bastard werde ich auch bald killen. Mir reicht es.

Sergio nickt resigniert.

»Bis dann.«

»Ja.« Jetzt legt mein Bruder auf und schiebt das Handy in seine Hosentasche.

»Ich gehe zu Irina!«, sagt Rosalie und verlässt das Zimmer mit steifen Schritten. Die Wut pulsiert weiterhin durch meinen Körper. Jede meiner Zellen erwacht langsam zum Leben. Wenn ich mir das vorstelle, wird mir total schlecht. Ich meine, so schlecht, dass ich kotzen will. Wann zum Teufel ist das passiert? Wie? Ich war doch die ganze Zeit in diesem Haus. Ich war doch die ganze Zeit da unten. Und Victor war auch da.

Selina. Wieso hast du Donovan angerufen? Wieso hast du nichts gesagt, wenn du es wusstest? Und woher wusstest du es? Und wieso warst du vor vier Stunden wach?

Ich verstehe das nicht.

Du rufst Donovan de Luca an, wenn hier … ich meine, du weißt doch, dass er meinen Bruder dafür verantwortlich machen wird. Und wenn du es wusstest, warum bist du nicht dazwischengegangen? Wieso verfickt nochmal, hast du mich nicht geweckt? Wieso … und wo war Victor?

Mit einem Ruck springe ich auf und Sergio sieht langsam zu mir. »Versuch jetzt nicht, mich zu beruhigen!«, stoße ich aus und gehe rückwärts Richtung Tür.

»Das hatte ich nicht vor«, meint er mit hochgezogenen Brauen. »Bring ihn einfach nur nicht um.«

Ich atme mit einem Stoß aus, packe mir die Waffe vom Tisch, beiße hart die Zähne aufeinander und stürme aus dem Zimmer. Die Wut hat mich so hart im Griff, dass ich nicht einmal mehr Müdigkeit, einen Kater oder Schmerzen verspüre.

»VICTOR!«, brülle ich durch den oberen Gang. »STEH AUF!«

Ich rüttle an seiner Klinke, aber sein Zimmer ist verriegelt, weshalb ich einen Schritt zurücktrete und meinen Fuß gegen das weiße Holz ramme, sodass es knarrt und die Tür aus den Angeln fliegt. Hart landet sie auf dem Boden. Mein irrer Blick schießt durch das Zimmer.

Victor sitzt in seinem Bett, augenscheinlich hat er geschlafen, und zielt mit seiner Waffe auf mich. Ich entsichere Sergios und richte sie auf ihn.

»Du kleiner Hurensohn«, zische ich. »Steh auf!«

»Was willst du von mir?«, fragt er genervt und ich marschiere auf ihn zu. Seine Waffe ist mir fuckegal, ich bin viel zu geladen und die Hitze wallt nur so durch meinen Körper. Jeder Muskel bebt bis zum Zerbersten. Er wirkt wirklich etwas irritiert, aber das geht mir am Arsch vorbei. Ich schlage hart mit dem Lauf von Sergios Knarre gegen Victors, sodass sie ihm aus der Hand fliegt. Dann packe ich ihn ungehalten mit einer Hand am Hals und presse ihn in die Kissen, bevor ich die Waffe an seine Schläfe drücke.

»Fuck, bist du irre, du Bastard!?«, blafft er mir entgegen und durch seine dunklen, konfusen Augen zuckt Zorn.

»Hast du Irina vergewaltigt?«, frage ich nahe an seinem Gesicht und weiß, dass er die brennende Wut in meinen Augen sieht. Ich spüre, wie mein Wangenmuskel zuckt und

meine Kiefermuskeln schmerzen, weil ich die Zähne so fest aufeinanderbeiße.
Erkenntnis flackert durch seinen Blick und mein Finger am Abzug zittert. »Ach, darum geht es. Wir haben gefickt, ja«, erklärt er abfällig. Mir ist instinktiv klar, dass er lügt. Weißt du, Selina, bei dir wäre ich mir da nicht so sicher, aber bei ihr bin ich es. Sie würde nicht einfach eine Nacht nach ihrem ersten Mal mit diesem Bastard ficken. Freiwillig. Ich weiß, wie sie zu ihm steht. Er vergisst wohl, wie lange ich ihn und sie schon kenne.

Meine Finger an seinem Hals drücken automatisch fester zu und er atmet gepresst durch die Nase aus. »Lüg mich nicht an«, zische ich, während sich in meinem Blickfeld langsam alles rot verfärbt.

»Nimm deine Scheißfinger von mir«, zischt er genauso.

Mit meinem Daumen presse ich gegen seinen Adamsapfel, weshalb er keucht und seine Hand in meinen Arm krallt, um ihn wegzureißen. Ich hole mit der Waffe aus und schmettere sie gegen seinen Wangenknochen. Es knirscht etwas und im gleichen Moment explodiert die Wut so richtig in mir.

Die Wut auf diesen Hurensohn und dass er die Finger an ihr hatte.

Die Wut auf mich, dass ich zu abgelenkt war, um es zu bemerken.

Die Wut auf dich, weil du mich fickst, Selina. Du fickst meinen Kopf und ich hasse dich. Ich hasse dich so sehr. Und ich hasse mich, weil ich an dir festhalte.

Ich. Hasse. Das. Alles.

Und alles wird schwarz.

Erst, als mich harte Hände packen, wird mir klar, dass ich die ganze Zeit auf Victor eingeschlagen habe und sein ganzes Bett voller Blut ist. Die Waffe ist voller Blut, meine Fäuste sind voller Blut. Meine Finger zittern und mein Atem geht schwer. Ich habe gar nicht bemerkt, was ich da tue. Schweiß rinnt über meinen Rücken und mein Herz rast so schnell wie noch nie.

»Ich bring dich um!«, stoße ich atemlos aus. »Ich schwöre bei Gott, ich kille dich. Ich kille dich. ICH KILLE DICH!«, schreie ich durch das Zimmer. Victor stöhnt nur und versucht, sich aufzurichten, aber sein Arm gibt unter ihm nach.

Der eiserne Griff meines Bruders schlingt sich um meinen Brustkorb. »Okay, es reicht«, flüstert er mir ins Ohr. »Nicht jetzt.«

Ich starre nur schwer atmend Victor an und Sergio zerrt mich aus dem Zimmer. In dem Moment, als Aarik sich reinschiebt. *Aarik*. Ich weiß nicht, wie lange er da stand und zugesehen hat, wie ich seinen Bruder fast totgeprügelt habe.

Sergio zerrt mich den Gang entlang und die Treppe nach unten. Ich bin ganz steif in seinen Armen, aber er führt mich. Wenn er das nicht tun würde, würde ich wieder umdrehen. Ich halte immer noch die Waffe in der Hand.

Das Wohnzimmer ist leer. Dein Glück, Selina. *Du* bist die Nächste.

Ich bin nicht dumm, auch wenn du das manchmal denken magst, und ich verstehe schon. Du wolltest meinem Bruder schaden. Du wolltest Irina schaden. Du wolltest mir schaden. Gnade dir Gott, wenn ich dich erwische.

Sergio bringt mich raus und schubst mich nach unten, sodass ich die Treppe hinuntertaumle. Er folgt mir.
Dann sinke ich einfach auf die unterste Stufe in den Schnee. Meine Finger zittern immer noch und ich kralle beide Hände in mein Haar.

»Ich werde verrückt«, murmle ich rau. Mein Knie wippt und Sergio hält mir eine brennende Zigarette vor die Nase, die ich entgegennehme, bevor ich tief inhaliere.

Dann setzt er sich neben mich. »Sie macht dich verrückt. Du wirst nicht verrückt.« Als ich an dich denke, rauscht die Wut wieder durch mich, Selina.

Hast du das echt zugelassen? Hast du das inszeniert? Wieso solltest du Donovan anrufen? Wieso weckst du nicht einen von uns, wenn so was geschieht und du es mitbekommst? Ich verstehe das alles nicht.

Tief ziehe ich an der Zigarette und Sergio nimmt mir die Waffe vorsichtig ab, bevor er sie sichert. Fuck, ich war so blind in meiner Wut. Ich hätte ihn möglicherweise auch einfach erschießen können.

Mein Bruder schiebt sie in seinen Hosenbund und ich streiche mir über das Gesicht. »Ich werde sie umbringen«, sage ich kraftlos, obwohl mein Blut rauscht, aber ich bin so müde, so erschöpft.

Sergio nickt. »Ich weiß. Aber nicht jetzt. Jetzt fahren wir nach Hause. Und dann machen wir das alles irgendwie.«

Ich sehe nach vorn auf den Schnee. Jetzt hört er langsam auf zu fallen. Die Flocken werden immer weniger und kleiner. Ich kann zwar gerade nicht daran glauben, aber mein Bruder hat mich noch nie enttäuscht. Ich

vertraue ihm einfach. Wenn er sagt, dass wir das machen, dann machen wir das auch.
Ich weiß nicht, was im Haus vor sich geht, aber Sergio lässt mich auch nicht rein. Wir sitzen hier die nächsten Stunden in der Kälte und sprechen nicht viel. Er hat den Arm um meine Schultern gelegt und er hält mich tatsächlich irgendwie zusammen.

Und so sitzen wir hier. In der eisigen Kälte ohne Jacken. Ich lasse mich von seinem so rationalen, geordneten Kopf sortieren. Und er lässt sich wie immer von meinem viel zu schnell rasenden Herzen berauschen.

Zum ersten Mal seit über einem Jahr fühle ich mich ganz, obwohl ich so heftig auseinanderfalle und du nicht bei mir bist. Oder vielleicht gerade deswegen, Selina.

46. Gefängnis, Rosalie

XX

Sergio

Aufräumen, Rosalie.

Aufräumen bedeutet in unserer Welt etwas ganz anderes als unter normalen Umständen.

Es bedeutet, eine gewisse Art von Schmutz unter den Teppich zu kehren, mit dem sich der gesetzestreue Bürger nicht rumärgern muss, bevor irgendwer auf die Idee kommt, einen Großputz zu veranstalten und alles wieder hervorzuholen.

Es ist dunkel draußen und ich habe es geschafft, meinen Bruder in sein Schlafzimmer zu bringen. Dort habe ich ihn eingesperrt und ihm gesagt, er solle heiß duschen gehen. Er muss sich beruhigen. Und er darf jetzt auf keinen Fall Selina begegnen oder Victor.

Selina sitzt auf meiner Bettkante und ich lehne mit dem Rücken an der Tür und betrachte sie. Mein Vater wird jeden Moment da sein, um uns nach Hause zu fahren. Die Bodyguards haben bereits alles vorbereitet.

Ilja ist bei seiner Schwester im Zimmer. Auch er sollte unter keinen Umständen auf Selina oder Victor treffen. Zum Glück konnte ich ihm klarmachen, dass das jetzt nichts bringt und es besser wäre, wenn er sich um seine Schwester kümmert. Es war nicht leicht, aber er hat es eingesehen und sich erstmal zurückgehalten. Allerdings ist es nur eine Frage der Zeit, bis er sich nicht mehr beschwichtigen lässt. Mit Sicherheit werden die Geschehnisse in der Hütte noch üble Folge nach sich ziehen. Ich fühle mich auf eine echt beschissene Weise verantwortlich dafür, was Irina passiert ist. Das hat sie nicht verdient. Keine Frau hat das.

Ich halte jede Information über Irina jetzt erstmal von Zayden fern. Es ist besser, um ihn nicht unnötig aufzuregen. Ich habe ihm nur gesagt, dass es ihr den Umständen entsprechend gut geht und er sie erstmal in Ruhe lassen soll, dass ihr Bruder bei ihr ist, du auch immer mal wieder nach ihr siehst und sie nicht allein ist.

Aarik hat Victor aus dem Haus gebracht, bevor ihn wirklich jemand umbringt. Sie sind im Nebengebäude, wo die Bodyguards das Wochenende verbracht haben. Victor ist echt übel zugerichtet. Hätte ich meinen Bruder nicht aufgehalten, hätte er ihn totgeschlagen. Die Kraft dazu hat er, wütend und blind genug war er auch. Man sollte Zayden niemals so sehr verärgern, dass er die Kontrolle verliert und schwarz sieht. Denn wenn das passiert, befindet er sich in einer Art Rausch. Danach weiß er oftmals nichts mehr von dem, was er getan hat. Das geschieht immer dann, wenn er sich von seinen Emotionen leiten lässt, die bei ihm sehr stark ausgeprägt sind.

Die Bodyguards der beiden Wolkov-Brüder sind auch bei ihnen. Aarik hat viel mit seinem Vater telefoniert. Ich habe immer wieder seine Stimme draußen gehört, aber er hat auf Russisch gesprochen, daher habe ich nichts verstanden. Zumindest nichts, woraus ich einen Schluss ziehen könnte, sondern nur die üblichen Worte, die man so kennt.

Ich habe den Carter-Dad angerufen und ihm die Lage geschildert, damit er weiß, was ihn erwartet, wenn Zayden nach Hause kommt. Ich versuche wirklich, aufzuräumen. Irgendwie.

Du bist unten und räumst auch auf. Auf eine andere Art. Man hört immer wieder Gläser klirren. Du versuchst, einigermaßen die Ordnung wiederherzustellen und die Spuren der letzten Nacht zu verwischen. Das geht natürlich nur oberflächlich. Aber das ist schon okay. In dieser Welt ist alles oberflächlich. Der Dreck, der sich tiefer festgesetzt hat, kann nicht einfach so entfernt werden.

Ich lehne nach wie vor an der Tür, während ich Selina betrachte, die auf meiner Bettkante sitzt und total fertig aussieht. Kein Wunder, wenn man so viele Schwänze in einer Nacht in sich hatte, ganz zu schweigen von den Drogen. Wahrscheinlich durfte auch Victor mitmischen. Ich denke, sie hätte jeden mal kurz rangelassen, wenn er es gewollt hätte.

Ich mustere sie mit schief gelegtem Kopf und bin total angewidert von ihr. Sie ist so ekelhaft. Heute ist sie außergewöhnlich blass und hat tiefe Ringe unter den Augen. Ihre Lippen sind sehr gerötet und aufgerissen. Kein Wunder. Blaue Flecken ziehen sich über ihren Hals. So widerlich. Sie trägt eine schwarze Jeans und einen weiten Pullover.

Sie musste die letzten Tage in der Hütte auf der Couch in meinem Zimmer schlafen, weil ich sie nicht in meinem Bett wollte, und die letzte Nacht hat sie bekanntlich ja sowieso nicht hier oben verbracht, sondern zwischen all den anderen da unten.

»Ich habe dir gesagt: Halt dich von meinem Bruder fern«, setze ich an und sehe an die Decke, weil ich echt aggressiv werde, wenn ich sie zu lange anschaue. »Ich habe dir gesagt: Halt deine verfickten, kleinen Beine zusammen. Ich habe dir gesagt: Tu nichts, von dem ich nicht will, dass du es tust.« Jetzt schaue ich wieder in ihre dunklen Augen und frage mich zum wiederholten Mal, was mein Bruder an ihr findet. Wenn ich ihr ins Gesicht sehe, finde ich nichts. Sie ist wie eine leere Hülle. Seelen- und charakterlos. So uninteressant. Kein Strahlen, kein Glanz, keine Freude, keine Wärme. Nichts. Sie ist so ausdruckslos.

Sie dreht den Ring an ihrem Finger. Ich schneide ihr diesen Finger bald samt dem Ring ab. »Es ist alles etwas eskaliert«, meint sie schließlich und ihre Stimme ist heiser.

»*Du* bist eskaliert, sonst nichts und niemand. Du warst der Auslöser. Es war alles entspannt, sogar, als wir was geschluckt haben, hatten wir noch Spaß. Du bist eskaliert, Selina.« Eindringlich sehe ich sie an. Versteht sie denn nicht, dass nur sie das Problem ist? Und fühlt sie sich wohl damit, ein Problem für andere zu sein? »Ich habe mit Rosalie und Ilja gegen zwei in der Nacht das Haus verlassen. Wir kamen gegen fünf zurück. Da warst du gerade am Gangbangen. Und Victor saß auf dem Sessel und hat zugesehen«, fasse ich ruhig zusammen. »Um elf Uhr am Vormittag hast du meinen Vater angerufen und ihm panisch mitgeteilt – *weil du ja so panisch bist* –, dass Irina von Victor vergewaltigt wird.«

»*Wurde*. Weil er es mir da erst erzählt hat«, korrigiert sie mich. Sie korrigiert mich, Rosalie.

»Gut. *Wurde*. Er kam also um elf zu dir und hat dir erzählt, dass er Irina vergewaltigt hat, ja?«, frage ich genervt. Gott, ich bin so genervt davon, sie auch nur anzusehen. Ich könnte mir nicht mal vorstellen, auch nur ihre Hand zu halten. Bei der Vorstellung erschauere ich, weil ich nicht wissen will, was sie damit schon alles angefasst hat.

»Wir haben uns unterhalten ...« Sie räuspert sich. »Und er hat mir gesagt, dass er ihr was in den Drink gemischt hat und sie dann Sex hatten, ja.«

Aha. »Erstens: Es besteht ein großer Unterschied zwischen *Sex* und *Vergewaltigung*. Zweitens: Wieso solltest du so besorgt um Irinas Wohlergehen sein, dass du meinen Vater anrufst und dich bei ihm ausweinst? Drittens: Ich war die ganze Zeit hier, wieso hast du nicht geklopft, wenn du so panisch warst? Wieso hast du Zayden nicht geweckt oder Aarik? Wieso hast du nichts gesagt? Wir wissen doch sehr gut, dass all den Männern in diesem Haus sehr viel an Irina liegt und irgendwer irgendwas getan hätte.« Bedeutungsvoll sehe ich sie an und ihre dunklen Augen blitzen kurz. Sie ist so eifersüchtig. Als würde sie irgendwas, was sie tut, aus Nächstenliebe tun. Ha. Ha.

»Weil dein Vater mir gesagt hat, ich soll ihn informieren, was dieses Wochenende so passiert«, meint sie schließlich und ich hebe meine Augenbrauen. So ist das also. Mir vertraut er das hier nicht an. Er muss Selina darum bitten, ihm Informationen zu liefern. Sehr interessant.

Ich glaube, ich platze gleich, Rosalie. »DU DUMMES DING!«, blaffe ich sie an und sie zuckt etwas zurück. »WAS DENKST DU DENN, WAS PASSIERT, WENN DU IHN ANRUFST, UM IHM SO WAS ZU SAGEN? DENKST DU, DASS DANN ALLES GUT WIRD, WEIL MEIN DADDY JA ACH SO FÜRSORGLICH IST? DIR WAR DOCH KLAR, WORAUF DAS HINAUSLÄUFT! ICH FRAGE DICH DAS JETZT EIN MAL. HATTEST DU WAS DAMIT ZU TUN, WAS IRINA PASSIERT IST? UND LÜG MICH VERDAMMTE SCHEISSE NICHT AN!«, brülle ich sie an. Ich kann mich echt nicht mehr zurückhalten. Und es ist mir auch egal, ob es jemand hört. Aber wenn ich dachte, so irgendeine Reaktion hervorkitzeln zu können, habe ich mich getäuscht. In ihrem Gesicht passiert absolut nichts.

»Nein!«, antwortet sie sofort und ich schwöre bei Gott, Rosalie, meine Hand zuckt. Ich will ihr gerade echt eine Ohrfeige verpassen. Sie weicht etwas zurück, als sie es wohl in meinen Augen erkennt. »Ich habe damit nichts zu tun. Ob du es mir glaubst oder nicht. Das geht selbst für mich zu weit.« Nichts geht für sie zu weit, um zu kriegen, was sie will. Ich habe sie schon lange durchschaut. Immerhin kenne ich sie nicht erst seit gestern. Auch mein Bruder ist nicht erst seit gestern von ihr besessen. Ich habe das alles sehr lange beobachtet und weiß genau, was für ein Typ Mensch Selina Sanchez ist.

»Scheißegal«, zische ich, als ich bemerke, dass sie nicht auspacken wird. »Mein Bruder glaubt dir so oder so nicht.« Jetzt flackert kurz Panik durch ihre Augen, wie ich mit Genugtuung feststelle, und ich setze noch einen drauf. »Hätte ich ihn vorhin nicht aufgehalten, hätte er dich erschossen.«

»Das hätte er nicht«, erwidert sie voller Überzeugung und ich schnaube. Als würde sie Zayden kennen. Als würde sie wissen, zu was er fähig ist und zu was nicht.

»Hast du gesehen, was er mit Victor gemacht hat?« Fragend sehe ich sie an und betrachte sie sehr genau.

»Er hat ja auch … die kleine, kostbare Irina angefasst. Ich nicht. *Gott.*« Sie ist so schlecht, Rosalie. Vielleicht fällt mein Bruder auf sie rein, aber nicht ich. Weil ich nicht mit dem Schwanz denke und ihre weiblichen Reize an mir abprallen. Völlig.

»Wie auch immer«, meine ich. »Du kommst heute mit zu mir und kannst dich von deinem freien Leben verabschieden. Deine Sachen wurden sicher schon gebracht. Ich habe eine Matratze für dich ins Zimmer bringen lassen, da kannst du drauf schlafen. Wenn du irgendwas haben willst, musst du es dir verdienen. Fass mich nicht an. Sprich mich nicht an. Sieh mich nicht an. Mach dich unsichtbar.« Ich stoße mich von der Tür ab und strecke ihr meine Hand mit der Handfläche nach oben hin. »Handy.«

Sie stockt, während ich ihr auffordernd in die Augen sehe. Sie schaut auch direkt in meine. Wie mutig. Rebellion blitzt hindurch, aber die wird ihr auch nicht helfen. Außerdem werde ich ihr ihren Widerwillen noch austreiben.

Diese Aktion ist ein Bruchteil dessen, was sie erwartet. Nicht mehr lange und ich habe sie so weit, dass sie einknickt.

Hätte ich keinen Plan B für Selina, würde ich ernsthaft darüber nachdenken, sie zu erschießen und es wie einen Unfall aussehen zu lassen. Es würde schon reichen, die Bremsen eines der Autos zu manipulieren und sie über die Brücke zu schicken, damit sie was von drüben besorgen kann. Aber ich bin ja nicht so. Sie soll nicht sterben. Sie soll leiden und das wird sie.

»Ich habe damit *nichts* zu tun«, sagt sie sehr klar und überdeutlich, als würde sie mit einem geistig Zurückgebliebenen reden.

»Dein. Handy«, antworte ich genauso und sehe sie an, als wäre sie besonders dämlich. Weiterhin halte ich ihr meine Hand vor die Nase und winke leicht mit den Fingerspitzen, um anzudeuten, dass sie es rausrücken soll.

Mit einer aggressiven Bewegung fetzt sie es aus ihrer hinteren Hosentasche und klatscht es in meine Handfläche. Ich stecke es sofort ein und betrachte sie noch einmal eingehend.

»Menschen wie du sind gefährlich, Selina. Deshalb muss man sie wegsperren. Entweder ins Gefängnis oder in ihr eigenes Zuhause. Meinetwegen in den Keller. Oder vielleicht auch in ein anderes Land. Aber man muss sie irgendwo hin verfrachten, wo sie keinen Schaden anrichten können. Verstehst du das?«

Sie sieht aus, als würden ihr diese Worte gar nicht gefallen. Ihr Blick wird lauernd und unsicher. Sie mustert mich, als würde sie ergründen wollen, was ich meine.

Ich lächle sie an. »Keine Sorge. Du wirst niemals genau das zurückkriegen, was du gegeben hast.« Dann beuge ich mich nach unten, sodass unsere Nasenspitzen sich fast berühren, und ich rieche immer noch den Sex an ihr. In ihren Augen erkennt man das Ausmaß ihrer Verdorbenheit, die Lügen, die Schwärze, die sie umgibt und ausfüllt. Ehrlich, ich verstehe Zayden nicht. Überhaupt nicht. »Es wird noch schlimmer«, wispere ich und klemme ihr ein paar Strähnen hinter das Ohr, während sie ihre Lider verengt. »Du wirst dir wünschen in meinem Keller zu sein, wenn ich mit dir fertig bin.« Ich ziehe meinen Kopf zurück. »Jetzt zieh dich um.« Angewidert sehe ich auf den viel zu weiten Pullover und ihr verkommenes Erscheinungsbild. »Und schmink das.« Mit einer abfälligen Handbewegung deute ich in ihr Gesicht, das heute so scheiße aussieht. So blass und so verbraucht. Ausgemergelt.

Sie schnaubt. »Sicher.« Dann steht sie auf und geht an mir vorbei ins Bad, während ich anfange, meine Tasche zu packen.

Es geht nach Hause, Rosalie. In *meinen* persönlichen Knast.

* * *

Ein paar Stunden später stehe ich auf der Veranda vor der Hütte und Savio hievt gerade mein Gepäck hoch, um es in einem der Autos zu verstauen. Victor und Aarik sind immer noch im Nebenhaus und Ilja sitzt mit Irina bereits in einem der Trucks. Ihr geht es beschissen. Sie hat auch mit keinem von uns außer dir gesprochen, sondern ist gleich in das Auto gestiegen. Sie war blass und völlig fertig und niemand hat es gewagt, etwas zu ihr zu sagen. Nicht einmal Zayden. Der hat ihr nur hinterhergesehen und seine Fäuste gepumpt.

Mein Dad ist mit mehreren mit Schneeketten und Schneeschaufeln ausgerüsteten Trucks gekommen, um uns nach Hause zu bringen. Unsere Wagen werden, sobald es möglich ist, abgeholt. Die Scheinwerfer fluten die Hütte, die Motoren laufen, während die Autos von den Bodyguards beladen werden. Ansonsten ist es dunkel. Der Schneefall hat aufgehört. Wie symbolisch. Er kam mit uns und er geht mit uns. Einer der Trucks schippt gerade noch laut dröhnend die Massen vom Parkplatz und der Straße, damit wir durchkommen.

Selina fährt mit Costa und Savio im Wagen mit und ist zum Glück auch schon eingestiegen. Denn niemand sollte ihr jetzt begegnen und ich will sie auch nicht bei mir haben. Ich weiß, dass es zwischen meinem Vater und mir sicherlich nicht schön werden wird. Da brauche ich dieses Gift nicht in meiner Nähe, das sich daran ergötzt.

Zayden und du stehen hinter mir auf der Veranda, Zayden an meiner linken, du auf meiner rechten Seite. Du ziehst gerade die Tür hinter dir zu und schließt ab, während ich meinen Mantelkragen hochklappe. Dann sehen wir alle drei über den Platz. Der kalte Wind streicht über unsere Gesichter. Ich schaue nach links zu meinem Bruder, in dessen türkisen Augen man sieht, wie aufgewühlt er ist, während sein Gesicht keine Emotion erkennen lässt. Er richtet den Blick aus dem Augenwinkel zu mir. Es ist wie ein kleiner, unausgesprochener Schwur. Wir wissen genau, was wir erzählen können und was nicht. Was bei wem gesagt werden darf und was nicht.

Dann sehe ich zu dir nach rechts und du schaust auch zu mir. Deine türkisen Augen sagen mir, dass du dich um Zayden kümmern wirst und dass alles gut werden wird. Irgendwie. Irgendwann. Ich atme tief durch und blicke wieder nach vorn.

Jaxon wird in einem der Autos meines Vaters mit euch fahren. Er ist gerade dabei, deinen Koffer einzuladen, bevor es knallt, als er den Kofferraumdeckel schließt.

Mein Vater steigt im gleichen Moment aus einem der Trucks, während ich meine Hände in den Manteltaschen vergrabe und Zayden seine Hände am Geländer aufstützt. Er hat sich etwas beruhigt.

Du verschränkst deine Arme vor der Brust und schiebst dich etwas näher an meine Seite, genau wie Zayden. Ich spüre seine Schulter an meinem Oberarm, da er etwas nach vorn gebeugt ist, genau wie deine an meiner anderen Seite. Seine Kraft zu meiner Linken und deine Ruhe zu meiner Rechten.

Ich betrachte meinen Vater, der wie immer makellos aussieht und ungerührt wirkt. Aber ein kleines Funkeln liegt in seinen hellblauen, harten Augen und ich spanne mich etwas an. Sein schwarzer Mantel steht offen und er hat die Hände in den Taschen vergraben. Seine Schritte in den schwarzen Schuhen sind forsch und der Wind streicht durch sein dunkelbraunes Haar. Er überschaut uns und sein Blick wird noch etwas härter, weshalb Zaydens Hände sich fester um das vereiste Geländer legen. Wenn er noch etwas zudrückt, bricht das Holz.

Mein Vater wendet sich an Giovanni und murmelt ihm was zu. Der nickt und bewegt sich ins Nebenhaus, wo

Victor und Aarik sind. Wahrscheinlich soll er sie nach Hause bringen. Ich hoffe nur, dass Zayden Victor jetzt nicht sehen muss. Sein Blick folgt Giovanni bereits und seine Hände krampfen sich noch etwas. Es knackt, als das hölzerne Geländer langsam nachzugeben droht.

Mein Vater betrachtet mich, weshalb ich meine Schultern etwas straffe. Dann schaut er nochmal zu Zayden und dir, aber ihr bewegt euch nicht weg.

»Bist du fertig?«, fragt er mich knapp zur Begrüßung und ich nicke genauso knapp. »Gut, dann fahren wir.«

Zayden sieht meinen Vater wieder mit dieser Mordlust an und langsam mache ich mir echt Sorgen, dass er ihn umbringt. Ich habe ihm allerdings schon die Munition aus seiner Waffe genommen und meine ist sicher verstaut, damit er hier nicht wirklich noch im letzten Moment Scheiße baut.

Schließlich blickt mein Bruder mich an. Seine Augen sind so tief und schauen direkt in meine. Sie sind so forschend. »Komm dann morgen zu uns. Dad will dich sicher sehen. Er will wissen, wie es dir geht. Er macht sich Sorgen um dich, hat er gesagt, und er wird mir sowieso nicht abkaufen, wenn ich ihm erzähle, dass alles okay ist. Du kennst ihn ja.«

Ich hebe träge einen Mundwinkel. Er ist so frech. So provokant. Ganz sein Vater. Und ich liebe das. »Mach ich«, antworte ich leise, wende mich von ihm ab und sehe nochmal kurz zu dir. Du überbrückst den Abstand zwischen uns einfach, ohne einen Scheiß auf irgendwen zu geben, und fällst mir um den Hals. Deine Arme legen sich fest um meinen Nacken und ich atme dich tief ein, bevor ich dich mit einem Arm an mich drücke. Egal, wer hier steht und wer das sehen kann oder nicht, ich könnte dich jetzt nicht loslassen. Ich vergrabe mein Gesicht in deinem duftenden Haar und ziehe dich eng an mich. Wie immer schafft es dein Geruch, mich etwas zu beruhigen und meinen Herzschlag zu regulieren. Deine Wärme geht auf mich über. Ich halte die Augen geschlossen, mit meinen Fingern streiche ich über deinen Rücken, drehe den Kopf und küsse dich auf die Schläfe. Ich weiß, dass ich dich jetzt loslassen muss. Und zwar wirklich und nicht wieder so lasch. So lasch, dass ich dich bei der nächsten Gelegenheit wieder überrenne. Wirklich, Rosalie, ich will dich nicht in Gefahr bringen und den Zorn meines Vaters noch mehr auf dich ziehen.

»Alles wird gut«, murmelst du in mein Ohr und küsst mich auf den Hals. Eine Gänsehaut folgt dieser Geste und ich seufze leise.

»Ich weiß«, wispere ich zurück, obwohl ich das nicht weiß. Ich spüre, wie du tief durchatmest und dein Gesicht nochmal an mich presst. Deine Arme umfangen mich noch etwas fester.

Ich atme ebenfalls durch, dann nehme ich meinen Arm mit einem Ruck von dir, weil ich dich sonst nie loslasse. Im wahrsten Sinne des Wortes, Rosalie. Wir haben gar nicht darüber geredet, was letzte Nacht war, aber es ist klar, dass wir jetzt da weitermachen müssen, wo wir aufgehört haben. Unabhängig von dem, was im Wald zwischen uns und danach bei mir im Zimmer war.

Du ziehst dich nun auch zurück. Ich überblicke nochmal dein Gesicht und schiebe meine Hand in meine

Manteltasche, damit ich dir nicht über die Wange streiche. Etwas wehmütig lächelst du mich an, weil du es mir nicht noch schwerer machen willst, und ich hebe auch einen Mundwinkel, um es *dir* nicht noch schwerer zu machen. Deine Augen sind ein See aus Sehnsucht, Schmerz und Liebe. Dann wendest du dich auch mit einem Ruck ab und gehst die Treppe nach unten. Ich sehe dir hinterher, wie du an meinem Vater vorbeigehst und er dich dabei nicht sehr begeistert mustert. Ganz im Gegenteil. Aber du läufst einfach weiter und ich liebe das. Ich liebe es, wie resistent du gegen all das bist. Du würdest nie versuchen, meinem Vater zu gefallen, wie es alle anderen tun, die so tief in seinem Arsch stecken. Du bist einfach du.

Und deshalb liebe ich dich.

Ich spüre Zaydens Hand an meiner Schulter, weshalb ich aus den Gedanken zucke. Aus den Gedanken, die ich mir eigentlich verbiete. Er drückt meine Schulter und sieht mir direkt in die Augen. Sein Türkis sagt: *Danke, Bro*. Meine Augen erwidern: *Halt die Klappe, Bro*. Er lächelt sein unechtes Lächeln und klopft mir auf den Rücken, bevor er seine Hände in den Jackentaschen vergräbt. Dann folgt er dir zu dem Truck, in den du gestiegen bist, und ich warte, bis seine Tür sich schließt. Noch immer stehe ich auf der Veranda. Jetzt allein. Der kalte Wind streift mich erneut. Ich würde so gern mit euch in diesem Auto sitzen und nach Hause fahren.

Langsam richte ich meinen Blick wieder auf meinen Vater, der mich mit hochgezogenen Augenbrauen mustert. Er ist angepisst, natürlich ist er das, und ich werde ihn jetzt nicht noch weiter reizen. Also setze ich mich in Bewegung und gehe die wenigen, ziemlich rutschigen Stufen der Veranda nach unten, bevor ich neben ihm stehen bleibe.

Er hat die Hände in den Manteltaschen vergraben und nickt zu einem der Trucks. Ich gehorche, wate durch den Schnee und schaue nochmal durch das Fenster zu euch rein, während der Motor eures Trucks gerade gestartet wird. Zayden hat den Kopf nach hinten gelegt und die Augen geschlossen. Du hast deine Schläfe an seine Schulter gelehnt und siehst nach draußen zu mir. Ich will dich nicht mit diesem widerlichen Gefühl zurücklassen, also zwinkere ich dir zu und du zwingst nochmal ein Lächeln auf deine Lippen. Ich höre, dass mein Vater mir folgt. Seine Schritte sind so ungeduldig und treibend wie seine ganze Aura heute.

Ich umrunde euer Auto und ziehe die hintere Tür des Trucks auf, den mein Vater anvisiert hat. Dann schiebe ich mich auf das schwarze Leder ganz durch und lasse die Tür offen, weil er auch gleich einsteigen wird. Das Auto ist warm und der Motor läuft leise. Der Fahrer sieht stoisch nach vorn, während er wartet, dass mein Vater so weit ist und er losfahren kann.

Mein Vater zieht die Tür mit einem harten Ruck hinter sich zu, wie es eigentlich nicht seine Art ist, und ich ahne schon, dass ich jetzt nicht falsch atmen sollte. Die ersten Trucks setzen sich bereits in Bewegung und ich sehe noch, wie Giovanni, Aarik und Victor aus der Hütte kommen, und bin froh, dass Zayden in dem Auto sitzt, das gerade auf die Straße gelenkt wird. Victor sieht echt übel aus, sein Gesicht ist zugeschwollen und verkrustet. Er hat Risse an seinen Brauen und Wangenknochen. Platzwunden und ein komplett zugeschwollenes Auge. Wahrscheinlich wird er ins Krankenhaus müssen, da er einen ausgerenkten Kiefer und eine zertrümmerte Nase hat. Von mir aus kann er innerlich verbluten und krepieren. Kein Mensch braucht so jemanden auf der Welt. Er ist auch so ein Problem wie Selina. Eigentlich müsste man sie beide erschießen.

Unser Truck setzt sich auch in Bewegung, während ich aus dem Fenster sehe, zu der nun dunklen Hütte und dem angrenzenden Wald, wo all die Geheimnisse liegen. Die Geheimnisse und die Dinge, die uns dieses Wochenende innerlich zerstört haben. Ich fühle mich immer noch so schuldig. Immer noch so, als hätte ich Irina verraten. Als hätte ich meinen Bruder verraten. Ich wünschte, ich hätte mir nichts eingeworfen und wäre klar geblieben. Ich wünschte, ich hätte Zayden davon abgehalten, all das zu tun und sich selbst zu verlieren. Ich wünschte, ich hätte Victor nicht aus den Augen gelassen und auf Irina aufgepasst. Ich wünschte, ich hätte mich nicht so treiben lassen.

Mein Vater mustert mich genau, wie ich im Augenwinkel bemerke, weshalb ich ihm den Blick auch zuwende. »Wie geht es dir?«, erkundigt er sich zu meiner Überraschung und ich runzle leicht irritiert die Stirn, weil ich mit dieser Frage eigentlich nicht gerechnet habe.

»Gut«, antworte ich sofort. Was anderes wäre jetzt auch äußerst dumm und er sieht nicht aus, als würde er jetzt was anderes hören wollen. Er kauft es mir offensichtlich nicht ab. Aber er schaut wieder nach vorn, genau wie ich. Eine sehr lange Zeit schweigt er, man hört nichts außer den Regen, der hart auf das Dach prasselt, und den Reifen auf der nassen Straße. Vom Schnee ist nichts mehr zu erkennen, da wir bereits so weit bergab gefahren sind, dass die Temperaturen zu mild sind. Dann spricht er, ohne mich anzusehen. »Bericht«, fordert er.

Ich will ihn gern fragen, ob Selina, sein kleiner Spion, ihm nicht schon alles erzählt hat. Aber das tue ich natürlich nicht. Reiz das Raubtier nicht.

»Es war alles gut. Alle waren entspannt. Der Freitag lief reibungslos und gestern ist es etwas eskaliert. Ich war draußen, deshalb habe ich nicht mitbekommen, was mit Irina passiert ist«, erkläre ich ruhig und sachlich.

»Mit wem warst du draußen?«, fragt er mich nun mit einem Vorwurf in der Stimme, der mir deutlich macht, dass er es schon weiß.

»Mit Ilja und *ihr*«, antworte ich ehrlich, weil ich jetzt echt nicht zu lügen brauche. Ich habe ja schon das mit den Drogen ausgelassen. Was er wahrscheinlich sowieso bereits von Selina weiß. Und Auslassen ist wie Lügen für ihn.

Er atmet durch. »Weiter«, sagt er unzufrieden.

»Wir waren ein paar Stunden weg, und als wir zurückkamen …« Ich stocke, als ich daran denke, und mir wird etwas schlecht. Ich hasse es, wie Zayden sich hat treiben lassen. Ich hasse es, dass er sich zu einem Mann von Selina machen lässt, der er nicht ist. »Waren Selina, Aarik und Zayden noch unten. Victor saß auch dabei. Irina war in ihrem Zimmer und ich bin auch nach oben gegangen. Und dann habe ich dich angerufen, als Zayden gerade bei mir war. Er hat es mitgehört und ist ausgeflippt. Natürlich. Niemand mag Vergewaltiger.« Ich erzähle ihm jetzt auch nichts von Irina und Zayden, denn ich weiß nicht, wie mein Vater es findet, dass ein Rush sich mit einer Terekov vereint hat. In welcher Hinsicht auch immer.

Ich falte die Hände im Schoß und bete, dass er mir das jetzt einfach abkauft. Natürlich habe ich keine Ahnung, was Selina ihm erzählt hat und gehe gerade echt ein Risiko ein. Er ist nämlich sowieso schon gereizt.

»Wieso lügst du mich an?«, fragt er oberflächlich ruhig und ich atme tief.

Fuck.

Der Truck ruckelt etwas und die Scheinwerfer des Wagens hinter uns, in dem Zayden und du sitzen, blenden kurz durch die Seitenspiegel meine Sicht.

Gelogen habe ich ja nicht, Rosalie. »Okay, es sind ein paar Drogen konsumiert worden und alle waren etwas verrückt. Ich habe nicht gelogen, ich habe das nur ausgelassen, weil ich nicht will, dass du dich aufregst.«

»Lass. Nichts. Aus.« Das kommt jetzt schneidend und ich beiße die Zähne aufeinander. »Deswegen sage ich dir immer, du sollst deine Grenzen kennen. Damit genau so was nicht passiert.«

»Ich habe aber niemanden vergewaltigt und hatte auch keine Sexorgie«, verteidige ich mich schwach. Ich fühle mich sowieso schon so verdammt verantwortlich für all das.

»Nein, du bist mit *ihr* durch die Wälder gehüpft und hast die ganze Zeit mit ihr verbracht. Hast dich von ihr *ablenken* lassen. Mir reicht es langsam. Du reißt dich nicht zusammen, wenn ich sage: Reiß dich zusammen. Du lässt nicht die Finger von ihr, wenn ich dir sage: Lass die Finger von ihr, und du zwingst mich dazu, Konsequenzen zu ziehen. Ich habe dich mitfahren lassen, damit du vielleicht Kontakte knüpfst und die Beziehungen zwischen den Wolkovs und uns und den Terekovs etwas pflegst. Jetzt ist das Gegenteil der Fall. Und das hätte nicht passieren dürfen. Ganz abgesehen davon, dass Zayden Irina Terekov entjungfert hat, du dich mit Drogen zugepumpt hast und wilde Orgien gefeiert wurden.«

»An denen ich nicht beteiligt war«, entgegne ich sofort und verfluche diese Selina.

»DAS IST DOCH SCHEISSEGAL!«, brüllt er mich jetzt an. Der Fahrer sieht kurz etwas ängstlich in den Rückspiegel, dann wieder auf die Straße, während ich eine Hand im Schoß zur Faust balle. »DAS HÄTTE NICHT PASSIEREN DÜRFEN!«, blafft Dad und seine hellblauen Augen brennen vor Zorn. Ich mahle mit den Kiefern. »DU BIST KEIN KLEINES KIND MEHR. KEIN TEENAGER, DER SICH VON IRGENDWELCHEN FRAUEN ABLENKEN LÄSST. DAS IST JETZT VORBEI! Und ich habe es satt, mich immer wieder zu wiederholen!« Seine Stimme hallt laut durch den Innenraum des Wagens, der den Highway entlangfährt.

Ich würde jetzt gern so viel sagen. Zum Beispiel, dass Ilja die Drogen mitgebracht hat und selbst nicht wirklich in der Stimmung war, dort Kontakte zu knüpfen, sondern sich den Kopf wegzuballern. Dass du mich nicht abgelenkt, sondern wieder hast fühlen lassen. Dass ich mich sowieso schon selbst dafür verfluche, nicht auf meinen Bruder aufgepasst zu haben. Ich würde ihm gern sagen, dass ich mich doch von dir fernhalte und dich nicht mehr jeden Tag sehe. Dass es ein Ausrutscher war und ich wirklich hart versuche, mich irgendwie zu distanzieren. Von allem, was auf der anderen Seite des Sees vor sich geht. Ich würde ihm gern sagen, dass ich das alles noch lernen muss, weil mein Herz zu schwach ist. Ich würde ihm gern sagen, dass mein Kopf noch nicht klar genug ist und ich einfach Zeit brauche. Ich würde ihm gern irgendwie begreiflich machen, wie wichtig du für mich bist, egal, welchen Nachnamen du trägst. Ich würde ihm gern sagen, dass ich noch nicht die Kraft für alles habe, was er so tut, weil ich einfach noch zu jung bin. Ich würde ihm gern sagen, dass, egal, wie schwer es mir fällt, ich nicht vorhabe, zu euch zurückzugehen. Dass ich pflichtbewusst genug bin, um zu wissen, was mich erwartet. Schließlich wurde ich mein ganzes Leben lang darauf vorbereitet. Ich würde ihm gern sagen, dass ich alles tun würde, was ich tun muss, und dass ich ihn nicht enttäuschen will. Dass ich immer versucht habe, der Sohn zu sein, den er braucht und will. Dass ich immer versucht habe, ihn stolz zu machen. Ich würde ihm gern sagen, dass es nicht so leicht ist, weil er kein einfacher Vater ist.

Aber all das sage ich nicht.

Ich halte einfach den Mund.

Er schweigt wieder eine Zeit lang und seine Kiefermuskeln spielen, während er nach draußen sieht. Augenscheinlich versucht er, sich zu beruhigen, und ich werde ihn dabei sicher nicht unterbrechen. Ich weiß, egal, was ich jetzt sagen würde, es wäre das Falsche. Das habe ich bei ihm schon sehr früh gelernt, wenn er so wütend war. Wir fahren über die vom Regen feuchte Straße und die Lichter der anderen Autos ziehen an uns vorbei.

»Es werden jetzt Konsequenzen folgen«, setzt er wieder an, klingt aber ruhiger. Wenn auch immer noch kühl und distanziert. Entschlossen. »Dein Bruder wird nach New Orleans gehen. Nicht jetzt sofort, aber auf jeden Fall innerhalb des nächsten Jahres. Denn er ist nicht gut für dich. Er setzt dir Flausen in den Kopf und zieht dich mit sich runter. Er ist kein guter Umgang für dich. Jedes Mal, wenn du mit ihm zu tun hast, bist du außer Rand und Band. Und da du es alleine nicht schaffst, werde ich das beenden.« Er wendet mir den Blick zu und mustert mich. Die roten Rücklichter des Trucks vor uns leuchten ins Auto. »Ich sage es dir jetzt noch ein letztes Mal«, meint er nun äußerst leise. »Wenn du dich nicht endlich unter Kontrolle bringst und dich nicht zusammenreißt, wenn du dich immer wieder ablenken lässt, dann werde ich sie verheiraten. Du kannst dann versuchen, wegzulaufen. Der Rest deiner *Familie* bleibt trotzdem hier und in meiner Gewalt. Ich kann dann tun und lassen, was ich will. Davon abgesehen werde ich dich finden. Und wenn ich das tue, werde ich Rosalie Rush umbringen. Also entweder, du schaffst es jetzt von dir aus, dich von ihr fernzuhalten, oder ich beseitige das Problem für dich.«

Seine Worte machen mich mit jeder Sekunde wütender. Ich spüre, wie das Blut in meinen Adern zu brodeln beginnt. Droht er mir gerade damit, euch was anzutun? Ist das sein Ernst? Und was sagt es über ihn aus, dass er das mit der Familie tun würde, die auch die Familie seiner beiden Kinder ist? Allein die Vorstellung, er könnte euch irgendwie schaden, dich verheiraten, dir was tun, deinen Vater oder Onkel irgendwie verletzen, lässt mein Herz schneller schlagen. Ich weiß nicht, ob ich je wieder glücklich sein könnte, oder überhaupt weiterleben, wenn einem von euch etwas zustößt.

»Lass. Das«, stoße ich zwischen zusammengebissenen Zähnen hervor und mein Atem geht schneller, während wir Chicago erreichen.

»Dann. Lass. Du. Es. Keine Eskalationen mehr!«, zischt er durch ebenfalls zusammengebissene Zähne. Ich blicke ihn an und atme gepresst durch die Nase, während ich meine Faust so fest balle, dass die Knöchel weiß hervortreten. Alles in mir spannt sich an. Ich sehe ihm in die Augen und alles, was ich empfinde, ist Hass. Ich hasse ihn dafür, dass er auch nur in der *Lage* ist, so etwas zu sagen. Dass er auch nur darüber *nachdenken* kann, jemandem zu schaden, den ich liebe. Es ist kein Wunder, dass er fucking allein ist. Vielleicht hat er das auch verdient.

Er will mich hier einfach so festhalten. Dabei würde er das nicht tun müssen, wenn er mich einfach sein lassen würde. Ich wäre freiwillig zu ihm gekommen. Ich hätte freiwillig all das gelernt, was er von mir will. Ich hätte mich immer mal wieder mit dir treffen können. Alles hätte so bleiben können, wie es ist, und vielleicht hätte ich dann nicht so einen Hass auf ihn. Vielleicht könnte ich ihm dann vertrauen. Doch so, wie es aktuell läuft, glaube ich, dass er in der Lage ist, etwas zu tun, was mich am Ende zerschmettert.

»Du denkst wirklich immer nur an dich selber, oder?«, entkommt es mir bitter. Mein Herz rast so schnell vor Wut, dass ich das Blut in meinen Ohren pulsieren höre.

»ICH DENKE AN DAS GESCHÄFT! UND ICH VERLANGE VON DIR, DASS DU DAS AUCH TUST!«, brüllt er mich ungehalten an und ich weiß, ich sollte jetzt wirklich still sein. Ich sollte jetzt wirklich nachgeben, weil er das gerade nicht kann. Aber weißt du was, Rosalie? Ich bin nicht der Erwachsene von uns beiden. Ich kann mich noch nicht so gut beherrschen. Und ich kann nicht immer das Kind sein, das nicht zappeln, nicht sprechen, nicht rennen, nicht lachen und nicht schreien darf. Ich bin ein fucking Siebzehnjähriger. Und. Ich. Brauche. Zeit. Verdammte Scheiße! Außerdem verstehe ich ja, wie wichtig es ist, dass ich hier klarkomme. Ich verstehe das wirklich. Nur muss ich deshalb doch nicht auf alles verzichten, was ich liebe, oder? Ist das wirklich der Preis, den man zahlen muss? Ja, die Gefahr ist groß und ich will dich nicht in irgendwas verwickeln. Ich würde dich auch jetzt sicher nicht in das Haus holen und dich unter diesen Umständen dort leben lassen. Aber ich könnte doch trotzdem nebenbei meine Familie haben. Und wenn ich dafür ab und zu rüberfahren oder sie zu mir kommen müsste.

»DAS IST ABER NICHT DAS WICHTIGSTE FÜR MICH!«, rufe ich aus. »ES STEHT NICHT AN ERSTER …« Weiter komme ich nicht, denn im nächsten Moment geht alles ganz schnell, ohne dass ich es aufhalten kann.

Er holt aus. Sein Siegelring blitzt im gelben Laternenlicht auf und seine Rückhand prallt hart auf meine rechte Wange, sodass mein Kopf zur anderen Seite ruckt und ein beißender Schmerz sich von meinem Wangenknochen bis in meine Schläfe zieht.

»Brüll. Mich. Nicht. Noch. Einmal. An«, höre ich seine vor Zorn bebende Stimme und erstarre völlig. So sehr wie noch nie. Ich kann mich nicht rühren. Mein Kopf ist nach links gedreht und ich schließe meine Augen und atme. »Es. Reicht. Jetzt.« Dann öffnet er die Tür und steigt aus dem Auto. Hart schlägt er sie zu und ich halte meine Lider gesenkt. Der Fahrer verlässt ebenfalls den Wagen, ohne dass ich in der Lage bin, mich zu bewegen. Lediglich meine Augenbrauen ziehe ich zusammen. Atmen.

Sergio.

Atmen.

Ich atme.

Tief durch die Nase ein und langsam wieder aus. Tief ein und tief aus. Tief ein und … FUCK!

Der Krampf in mir löst sich mit einem Mal. Ich reiße die Augen auf und sehe direkt aus dem Fenster. Erst jetzt bemerke ich, dass wir bereits angekommen sind und auf dem Parkplatz vor dem Haus stehen. Mein Atem geht immer schneller. Ich wage es nicht, auszusteigen, weil ich nicht weiß, was ich dann tun werde. Alles in mir ist völlig wirr. Er hat noch nie die Hand gegen mich erhoben, nicht mal, wenn er wirklich die Geduld mit mir als Kind verloren hat oder ich mal Scheiße gebaut habe.

Und dass er es jetzt getan hat, geht gegen jeden Stolz in mir. Dass er glaubt, er könnte mich einfach anfassen. Das darf er nicht. Ich bin nicht seine kleine Marionette, die er behandeln kann, wie er es braucht.

Ich darf jetzt nicht ausrasten.

Ich muss hier einfach nur weg. Ich darf ihm jetzt nicht über den Weg laufen. Ich darf es jetzt nicht darauf ankommen lassen. Ich muss mich abregen. Unbedingt. Denn das hier wird nicht so schnell verebben. In mir wütet gerade ein Tornado.

Er will Zayden wegschicken.

Er will dich verheiraten, wenn ich mich nicht fernhalte.

Er will meine Familie ausrotten, wenn ich versuchen sollte, wegzulaufen.

Ich bin nicht der Typ, der wegläuft. Das wüsste er, würde er mich besser kennen.

Noch einmal atme ich gepresst aus.

Weg hier, ich muss weg hier.

Also reiße ich meine Tür auf und lasse sie offen stehen, als ich auf den nassen Boden sinke und über den Platz marschiere. Ich bin so müde. Am liebsten würde ich einfach schlafen. Aber das geht jetzt nicht, ich muss hier weg. Mein Rücken ist schweißnass. Ich kann nicht mal klar denken. Hart ramme ich meine Hände in die Manteltaschen und gehe über die Stufen nach oben zum Eingang des Hauses. Meine Wange pocht, aber ich werde sie nicht abtasten. Ich werde jetzt keine Schwäche zeigen.

Einer der Männer hält mir die Tür auf und ich rausche an ihm vorbei zur Kommode neben der Tür, über der der Schlüsselkasten hängt, den ich aufreiße. Ich schnappe mir blind irgendeinen Autoschlüssel, dann eile ich wieder hinaus, ohne einen Blick zum Büro zu werfen.

Er will nicht, dass ich ihn anschreie? Dann soll er sich wie ein verdammter Mann benehmen und nicht wie ein Monster.

Sobald ich draußen bin, drücke ich den Knopf zum Entriegeln und sehe nach, welches Auto aufblinkt. Es ist der graue Q5, der neben dem Tor geparkt ist. Ich marschiere weiter. Meine Schritte knallen in die Pfützen, deren Wasser meine Jeans bespritzen, während ich den Schlüssel fest umklammert halte.

Jetzt, Rosalie, passiert es.

Jetzt verliere ich den Verstand. Ich muss nur vorher dieses Gelände verlassen.

47. Unsere Dunkelheit, Selina

XX

Zayden

Zu sagen, dass ich erschöpft bin, wäre eine Untertreibung.

Ich sitze auf dem Rücksitz des Trucks, die Schläfe an das Fenster gelehnt, und sehe hinaus. Wir sind bereits in Chicago und die schummrigen Lichter der Straßenlaternen sausen an uns vorbei, während die Reifen durch die Pfützen fetzen. Mein Atem geht flach. Der Himmel ist bewölkt und dunkel. Kein einziger Stern schimmert hindurch.

Ich fühle mich, als hätte jemand alles aus mir herausgesaugt, was ich zu empfinden vermag. Alles, was ich bin und war. Ich fühle mich, als wäre ich nur noch eine Hülle. Und ich will einfach nur nach Hause. Ich will einfach nur sein und existieren.

Die Auseinandersetzung mit Victor hat das letzte bisschen Energie aus mir herausgesaugt und jeder einzelne Muskel in meinem Körper fühlt sich an, als wäre er auseinandergerissen worden. Meine Lider sind so schwer, aber ich kann sie nicht schließen. Dahinter blitzen immer wieder so viele Bilder auf. Bilder von Dingen, die ich nicht mehr sehen will. Von allem, was gestern war.

Ich streiche mir über das Gesicht. Mein Magen ist ein einziger, verkrampfter Knoten. Ich habe genug. Genug von alldem. Ich habe genug davon, mich so zu fühlen. Ich brauche so dringend ein paar Sonnenstrahlen in meinem Leben, weil mir mit einem Mal so kalt ist. So kalt, dass ich von innen erfriere.

Dein Stöhnen, Selina, es verfolgt mich. Es verfolgt mich gemeinsam mit deinem Lachen. Deinen Blicken. Deinen Händen. Ich hasse dich, ich will dich nicht lieben. Aber von dir getrennt zu sein, ist fast noch schlimmer. Ich kann dir nicht vertrauen. Ich kann dir nicht glauben. Gar nichts mehr. Nicht einmal mehr, dass du mich liebst. Und ich kann es nicht fassen, was ich gestern zugelassen habe. Was du zugelassen hast. Was für eine verdammte, dunkle Explosion wir beide ergeben. Es ist, als würdest du meine schwärzesten Seiten hervorholen und als würde ich es lieben.

Wieso? Wieso liebe ich das denn so?

Ich will das gar nicht. Ich will nicht in der Dunkelheit sein. Trotzdem tut es immer so gut, wenn du mich mit ihr einhüllst. Für ein paar Sekunden fühle ich mich dann grenzenlos und frei, dabei bin ich so gefangen darin, dass ich den Weg hinaus verloren habe. Den Weg zu mir selbst. Die Wahrheit ist, ich weiß gar nicht mehr, wer ich bin. Ich weiß gar nicht mehr, wer ich vor dir war.

Wann ist alles so verdammt schiefgelaufen?

Deine Offenheit und deine Zerbrechlichkeit schneiden sich mit deiner Gier und deiner Lust, deinem Verlangen nach mehr. Deine Liebe zu mir vermischt sich mit dem Hass, den du in mir säst. Und ich habe keine Ahnung, wohin das führen soll. Du bist wirklich wie eine Droge. Ich weiß genau, dass du nicht gut für mich bist, trotzdem liebe ich es, mich in dir zu verlieren.

Die Bilder von dir wandeln sich immer wieder. Dein schwarzes Haar wird blond. Deine schwarzen Augen grün und dann ist sie da. Wie sie vor diesem Feuer lag. So zerbrechlich, so schön, so strahlend. Ihre Augen so voller Vertrauen, was sie wirklich nicht in mich haben sollte. Ihr Körper so unberührt und rein. Und wie sie sich angefühlt hat. Wie richtig. Obwohl es so falsch war, was ich dieses Wochenende getan habe. Ich habe Irina die Unschuld auf so viele Weisen genommen – nicht nur, indem ich Sex mit ihr hatte.

Ich war da unten mit dir. Ich war wieder so fixiert auf dich, während sie da oben war und … ich will nicht mal daran denken. Ich will mir nicht schon wieder vorstellen, wie das mit Victor gelaufen ist. Denn das tue ich die ganze Zeit und fucke mich damit ab. Ich hasse das. Es ist auch meine Schuld. Ich war in diesem fucking Haus und habe nichts getan. Ich habe nicht mal bemerkt, wann sie nach oben gegangen ist, denn du warst so präsent. Du warst so auf mir und so intensiv. Ich habe nichts anderes mehr gesehen, wie es immer mit dir ist. Auch nicht, als er nach oben verschwunden ist. Absolut nichts. Ich wünschte, ich hätte hingesehen. Ich wünschte, ich könnte die Zeit zurückdrehen und irgendwas tun.

Ich fühle mich so schuldig. Und immer wieder frage ich mich, ob Irina vielleicht die Hoffnung hatte, ich würde kommen und sie da rausholen. Tja, so ist das. *Mir darf man nicht vertrauen, Irina.* Ich vertraue mir ja selbst nicht. Und ich lasse mich ja selbst im Stich. Meine Mutter sagt immer, man könne niemandem helfen, wenn man nicht in der Lage ist, sich selbst zu helfen und auf sich selbst zu achten. Und ich? Ich bin der selbstzerstörerischste Mensch in meinem ganzen Umfeld. Das ist auch der Grund, weshalb mein Vater mich ständig anruft, wenn ich weg bin. Weshalb er immer wieder vorbeischaut und sich erkundigt, wie es mir geht. Der Grund, weshalb meine Mutter mich immer aus dem Zimmer lockt, wenn ich zu lange allein bin. Denn sie kennt meine Gedanken. Natürlich tut sie das. Und das ist auch der Grund, weshalb Rosalie mir manchmal so am Arsch klebt und Onkel Caden mich immer wieder in sein Büro hochholt, wenn er bemerkt, dass ich besonders schweigsam bin, um rauszufinden, wie es mir wirklich geht. Der Grund, wieso mein Bruder einen Joint anzündet und sich zu mir setzt, ohne mit mir zu sprechen. Er besitzt diese innere Ruhe, die sich auf mich überträgt. Wenn er da ist, kann ich abschalten.

Aber diesmal wird das nicht möglich sein. Diesmal balanciere ich nicht am Abgrund. Ich bin gefallen dieses Wochenende, Selina. Du hast mich geschubst, ich habe sie geschubst … und alles ist irgendwie zersplittert.

Erst, als der Motor erstirbt, bemerke ich, dass wir angekommen sind, und blinzle, bevor ich den Kopf drehe. Wir stehen direkt vor dem Brunnen und ich streiche mir durch das Haar. Ich bin endlich zu Hause und habe nicht vor, irgendwo anders zu sein.

Rosalie, die geschlafen hat, regt sich. Ich atme noch einmal aus und sehe rüber zum Haus, in dem jetzt mein Bruder lebt. Dort fahren auch gerade die Trucks ein. Du bist jetzt dort, Selina, und ich hier. Du in der Dunkelheit und ich im Licht. Beides ist sowohl richtig als auch falsch.

Ich straffe mich etwas, aber es misslingt mir. Im Endeffekt öffne ich einfach die Tür, während Rosalie das Gleiche tut. Jaxon ist dabei, unsere Koffer herauszuhieven und Tony nimmt sie ihm ab. Es ist kalt und es riecht nach Regen und feuchter Erde. Ich schiebe meine Hände in die Taschen meiner Jacke und kicke den Kies vor mir her, während ich zur Veranda gehe und Rosalie mir fröstelnd und die Jacke zusammenhaltend folgt. Wir reden nicht, wir haben die ganze Fahrt über nicht geredet und das ist auch gut, weil mein Kopf viel zu chaotisch ist zum Sprechen.

Zusammen gehen wir die Treppe nach oben, und mit jedem Schritt, den ich mache, sinken meine Schultern tiefer und mein Magen verkrampft sich immer mehr. Ich weiß nicht, was es ist, aber irgendwie sieht es echt widerlich in mir aus. Alles in mir. Auseinanderzufallen ist kein kurzer, schmerzloser Prozess. Ich habe das Gefühl, dass es in mir rumort und nach und nach noch mehr Teile abbrechen.

Die Tür wird geöffnet, als Rosalie gerade oben ankommt und ich noch auf der dritten Stufe stehe. Ich hebe den Blick. Es ist Onkel Caden, der uns betrachtet. Er sieht wie immer makellos aus. Seine türkisen Augen sind klar und er ist so geordnet. Ich wünschte, ich wäre jetzt auch so geordnet.

Ich mag kein Chaos. Wahrscheinlich ziehe ich es gerade deshalb an.

Er mustert uns beide und zieht dann Rosalie wortlos an sich, während ich ebenfalls oben ankomme und mir über das Gesicht streiche, bevor ich mich an ihnen vorbeischiebe und die Schuhe von meinen Füßen streife. Im Inneren ist es warm, wie immer, und es riecht nach Zuhause. Ich bin so froh, hier zu sein. Ich glaube, ich war noch nie so erleichtert, in dieses Haus zu treten. Es ist hier wie ein geschützter Kokon, in den nichts eindringen kann.

Ich ziehe auch meine Jacke aus und schaffe es gerade so, sie achtlos über die Garderobe zu schmeißen. Dann sehe ich mich mit meinen brennenden, müden Augen um. Mein Vater kommt in dem Moment aus dem Salon, während Rosalie sich ihrer Jacke entledigt und Onkel Caden die Haustür schließt.

Ich fokussiere meinen Blick auf Dad, der stockt und mich prüfend mustert. Ich kann ihm jetzt, selbst, wenn ich es wollte, nichts vormachen. Er atmet aus und überbrückt die drei Schritte zu mir, bevor er mich auch einfach in seine Arme zieht. Sein Duft steigt in meine Nase und ich entspanne mich mit einem Ruck und sacke etwas gegen ihn. Seine starken Arme halten mich aufrecht und ich fühle das erste Mal wirklich, wie kaputt ich bin. Schließlich konnte ich mich nicht mehr beherrschen, was nur sehr selten geschieht. Und jetzt spüre ich den Boden unter meinen Füßen nicht mehr.

Er streicht über meinen Rücken, während ich meine Stirn an seine Schulter senke. Nur im Augenwinkel bemerke ich, dass Onkel Caden und Rosalie in den Salon verschwinden, während mein Dad die abbrechenden Stücke zusammenhält und ich völlig in mir zusammenfalle. Der Krampf in meinem Magen löst sich und flutet meine Venen mit Einzelteilen. Das Blut rauscht durch meine Adern und mein Kopf ist so schwer geworden. Ich will diese Bilder nicht mehr sehen. Ich will deine Stimme nicht mehr hören. Also kneife ich die Augen fester zusammen und kralle meine Finger krallen in den schwarzen Pullover am Rücken meines Vaters.

Ich atme tief seinen Duft ein und versuche, runterzuschalten. Ich fühle mich aber so aufgewühlt und schuldig. So verdammt schuldig.

»Du bist nicht schuld«, sagt mein Vater in dem Moment ins Ohr, als hätte er meine Gedanken gelesen.

»Ich war aber im Haus«, wispere ich heiser.

»Du hast aber nicht entschieden, das zu tun.« Noch schlimmer, ich habe entschieden, mich von dir völlig einnehmen zu lassen, sodass ich nichts anderes mehr gesehen habe.

Mein Atem geht schwer, aber langsamer und meine Augen werden feucht. Diese Last auf mir ist viel zu schwer. Ich kann das alles nicht mehr tragen. Nicht mehr halten. Ich drohe, unter der Last zusammenzubrechen.

Er streicht weiter über meinen Rücken, während seine Schulter feucht wird, benetzt von meinen Tränen, die ich nicht mehr stoppen kann. Das tue ich bei ihm nie, muss ich auch nicht.

»Es ist okay«, murmelt er mir zu, während die Wucht der Emotionen mich beinahe erschlägt. Es ist nicht okay. Nichts ist okay. Wir sind nicht okay, keiner von uns ist okay und niemand wird so schnell wieder okay sein. »Ich bin hier«, flüstert er weiter und ich nicke erschöpft. Weil ich das wenigstens weiß und mich daran festhalten kann.

»Ich weiß nicht, was ich jetzt machen soll«, sage ich leise und meine Stimme ist heiser.

»Erstmal gar nichts. Wir gehen jetzt in den Salon und betrinken uns, bis wir genau da einschlafen, wo wir sind, und morgen sieht alles etwas klarer aus.«

Ich atme noch einmal tief und nicke dann knapp an seiner Schulter. Solange ich weiß, dass ich morgen den Weg nicht allein gehen muss, werde ich es schon irgendwie schaffen, Selina.

Wir lösen uns voneinander, was mir echt schwerfällt, und er sieht mich mit einem warmen Blick an, aus Augen, in denen nie Enttäuschung steht, egal, was ich tue. Ich streiche mit zwei Fingern über meine Lider und schlucke hart. Er legt mir den Arm um die Schultern, dann führt er mich in den Salon, wo das Feuer im Kamin knistert. Meine Mom, Tante Alayna, Rosalie und Onkel Caden sitzen auf der Couch. Sophia und Catalina schlafen sicher schon, da sie morgen in die Schule müssen. Ich gehe morgen nirgendwohin, Selina.

Mom, die gerade mit Rosalie geredet hat, sieht auf, als ich komme, und ich erkenne, wie sie es zu verbergen versucht, aber sie ist nicht sehr gut darin, ihre Gefühle zu verstecken. Ihre grünen Augen durchzucken erst Schmerz und dann Zorn. Ich weiß, dass sie dich hasst und glaubt, dass nur du daran schuld bist. Sie sieht mich gern viel perfekter, als ich bin. Sie sieht nicht, dass ich mich dafür entschieden habe, zu sein, was auch immer ich jetzt bin – nicht du.

Tante Alayna steht auf und gibt mir einen Kuss auf die Wange, bevor sie in die Küche verschwindet und ich auf das Sofa neben Mom auf den freien Platz sinke. Sie sitzt auf der Armlehne und streicht mir durch die Haare. Dad lässt sich auf seinem Sessel nieder.

Ich bin müde, Selina.

Und so schließe ich meine Augen und lasse den Kopf nach hinten fallen. Ich lausche den Stimmen und spüre die Finger meiner Mom in meinen Haaren, und irgendwie, wie durch ein Wunder, sehe ich keine Bilder hinter meinen Lidern, sondern nur noch die Flammen des Kamins, bevor ich einfach einschlafe.

48. Ich liebe dich

Sergio

Ich sitze in dem Wagen, alle Fenster stehen offen und ich bin nicht angeschnallt. Das Signal für den Gurt piept schon gar nicht mehr, denn so fahre ich schon seit einer Stunde durch die Stadt. Ich versuche wirklich, mich abzuregen, aber je länger ich allein bin, desto wütender werde ich. Ich versuche wirklich, mich nicht reinzusteigern, aber je länger ich in diesem Wagen sitze, desto schlimmer wird es.

Ich gebe die ganze Zeit zu viel Gas und das Wasser der Pfützen spritzt zur Seite, als wolle es mir Platz machen.

Ich habe den Fehler gemacht, in den Rückspiegel zu sehen, was meine Aufmerksamkeit sofort auf meine Wange gelenkt hat. Sie ist gerötet. Das gefällt mir nicht. Genauso wenig, wie es mir gefällt, so angefasst und so entwürdigt zu werden. Wäre er nicht mein Vater, weiß ich nicht, was ich getan hätte. Hätte ich nicht in diesem Moment weggesehen und geatmet, wäre ich womöglich ausgerastet. Doch dann wäre ich nicht besser als er gewesen.

Ich fahre und fahre, während die Gedanken wild durch meinen Kopf sausen. Ich versuche wirklich, nicht darüber nachzudenken, was er gesagt hat, aber es gelingt mir nicht. Es ist mittlerweile elf Uhr abends und die Straßenlaternen spiegeln sich in den Pfützen. Die Stadt ist wie leergefegt, da es spät und heute Sonntag ist. Aber in mir herrscht ein Aufruhr. Ich weiß nicht, ob ich mich je wieder beruhigen kann. Ich weiß nicht, wo mir der Kopf steht. Alles ist so wirr. Das Wochenende. Dein Lachen. Zaydens Verzweiflung. Irinas funkelnde Augen und dann ihr leerer Blick, als sie das Haus verlassen hat. Iljas Lachen und seine Wut. Victors abgefucktes Fickgesicht. Gott, ich hasse ihn so. Die Drohungen meines Vaters und seine harte Hand im Gegensatz zu deiner weichen an meiner Wange. Du in diesem Wald, als wir im Schnee lagen und lachten. Als alles kurz egal war. Wer du bist, wer ich bin, wer wir sind, wo wir sind, wo wir leben, wie wir heißen, wer wir sein müssen.

Am liebsten würde ich jetzt einfach auf den Highway fahren und verschwinden. Irgendwohin, ganz gleich, wohin. Es stimmt nicht, dass das Zuhause dort ist, wo das Herz ist. Das Zuhause ist dort, wo man frei sein kann. Ohne Regeln, ohne Verpflichtungen. Und wo man genau so sein kann, wie man ist.

Erst, als ich schon fast da bin, bemerke ich, dass ich über Umwege zu eurem Haus gefahren bin, und blinzle hart. Mein Herz rast immer noch und die kühle Luft schlägt mir um die Ohren, obwohl es die Hitze in mir nicht abebben lässt. Nach wie vor glüht alles in mir. Ich kann jetzt sowieso nicht in das Haus meines Vaters, dafür bin ich zu konfus und laufe Gefahr, was Dummes zu tun. Meine Hände sind fest um das Lenkrad geschlossen. Ich kämpfe gegen die Wut in mir, weshalb ich den Fuß bisher auch nicht vom Gas genommen habe. Aber ich weiß, dass ich den Kampf verlieren werde.

In der Zwischenzeit habe ich vier Zigaretten geraucht und meine Kiefermuskeln tun weh, weil ich meine Zähne ständig aufeinanderbeiße, um nicht zu brüllen. Um nicht alles rauszulassen. Ich fühle mich wie ein vollgestopfter Mülleimer, den einfach niemand ausleert, und ich habe langsam die Nase genauso voll wie er. Ich sage es nur nicht laut. Ich sage nichts laut, ich fresse es in mich hinein. Und ich hasse das. ICH HASSE DAS!

Ich stehe vor dem Tor eures Hauses und sehe daran hoch. Die weiße, so reine Fassade, die Harmonie, die hier herrscht, und blitzartig rasen wieder seine Worte durch meinen Kopf. Dass ihr unter seiner Gewalt steht. Dass er euch was antun und nicht davor zurückschrecken würde. Ich denke daran, wie er hier einmarschiert ist, weil ich mit Zayden geschwänzt habe und mein Bruder ihm gedroht hat. Wie er einfach Carter-Dad hat verprügeln lassen, um seine Macht zu demonstrieren, und erneut lodert die Wut in mir auf.

Die Bodyguards am Tor der Rushs brauchen eine Ewigkeit und ich hupe ungeduldig. Dann gleitet es endlich auf – wie in Zeitlupe. Ich starre es an und trommle mit den Fingern auf mein Lenkrad.

»Fuck, was soll die Scheiße?«, flüstere ich gepresst und gebe wieder Gas, kaum dass mein Auto gerade so hindurchpasst und der Seitenspiegel haarscharf an einem der Gitter vorbeischrammt. Der Kies wird aufgewirbelt, als ich viel zu schnell die Distanz bis zum Brunnen überwinde und dann hart auf die Bremse trete, sodass die Reifen ein Stück vorwärts rutschen. Weil ich nicht angeschnallt bin, rucke ich hart nach vorn, halte mich aber am Lenkrad fest und atme gepresst und schwer. Die Wut wird wieder heftiger. Allein die Gedanken lassen mich völlig irre werden. Wie wird es erst, wenn ich meinem Vater wieder ins Gesicht sehen muss? Nein, ich kann jetzt nicht zu ihm.

Ich bleibe sitzen. Vor dem Brunnen. Die Hände fest ums Lenkrad geschlossen, den Blick starr aus dem Seitenfenster zu dem Haus gegenüber gerichtet, während mein Herz sich beinahe überschlägt.

Ich bin das erste Mal seit einer Ewigkeit knapp davor, alles kurz und klein zu hacken. Inklusive ihm. Ihn allen voran. Wow. Ich fasse es nicht, dass er es geschafft hat, diese Art von Hass in mir auszulösen.

Gepresst atme ich durch und meine Fingerknöchel treten weiß hervor. Adrenalin pumpt durch meine Venen, weshalb mir nach wie vor heiß ist und ich aggressiv an meinem Kragen zupfe.

Ich denke wieder daran, was er zurzeit so fabriziert. Dass er sich so gezielt an meine Mutter hängt und sie offensichtlich versucht, davon zu überzeugen, zu ihm zurückzugehen. Dass ich nicht weiß, wie lange er meine Schwester noch in Ruhe lassen wird. Dass er dich verheiraten könnte. Dass er hier alles kaputt machen könnte. Ich denke daran, wie mächtig er ist und wie machtlos ich. Dass ich nichts tun kann, wenn er beschließt, euch zu zerstören und mich gleich mit.

Ich habe vermutet, dass er wütend sein würde. Dass er ausflippt. Aber nicht, dass er seine Hand gegen mich erhebt. Und diese unerbittliche Entschlossenheit in seinen Augen, gemischt mit der Enttäuschung, haben mir wirklich den Rest gegeben.

Die Beifahrertür öffnet sich plötzlich, aber ich schaue nicht, wer es ist. Natürlich hat mich wahrscheinlich *jeder* kommen gehört. In ganz Chicago und über den See hinweg zu allen Seiten. Meine Augen liegen auf diesem dunklen Haus gegenüber. Immer noch.

»Sergio?« Du bist es und die Tür schließt sich, als du dich setzt. Sofort krampft mein Magen sich zusammen. Schweiß tritt in meinen Nacken. Was bringt es mir, dich vor ihm zu beschützen, wenn ich mich gerade selbst nicht einschätzen kann?

»Ich will dir nicht wehtun. Steig lieber wieder aus«, warne ich dich monoton. Meine Finger trommeln. Sie trommeln. Mein Blick ist dunkel und von dir abgewandt. Ich weiß nicht, was du gerade siehst. Aber ich hoffe, es ist nicht meine Wange. Ich mag es nicht, wenn du meine Schwächen bemerkst.

»Sieh mich an«, forderst du leise und drängend. Deine Stimme schießt direkt in meine Brust und ich mahle mit den Zähnen. Aber etwas in mir will dich so dringend ansehen, dass ich nicht einmal darüber nachdenken kann, es nicht zu tun und dich wegzuschicken.

Ich atme sehr tief ein, bevor ich meinen Kopf fast verkrampft in deine Richtung drehe und meine Nackenmuskeln sich anspannen. Du sitzt da und starrst mich an mit deinem unerschrockenen Blick. So kämpferisch, Rosalie. So furchtlos. Und so voller Liebe. Ich balle eine Hand zur Faust.

»Ja?«, frage ich gefährlich leise. Ich will mich jetzt nicht verlieren. Ich will es nicht an dir auslassen. Verzweifelt versuche ich, mich irgendwie von deinen Augen beruhigen zu lassen, aber ich kann gerade nicht. Ich bin zu aufgewühlt.

»Was ist los?«, willst du sanft wissen.

Ich kriege kaum die Zähne auseinander beim Reden. »Es. Ist. Nichts.« Meine Kiefer mahlen, gleich bricht mir ein Zahn ab, so fest habe ich sie zusammengebissen.

Wissend und so geduldig siehst du mich an. »Was ist los?«, fragst du nochmal sanfter, ruhiger und sehr eindringlich. Deine türkisen Augen direkt in meine gerichtet.

»Nichts«, antworte ich sehr deutlich und meine Stimme bebt vor Wut.

»Lass es einfach raus.«

»Wirklich?«, frage ich angepisst und mein Blick schießt automatisch wieder zu dem dunklen Haus. Meine Finger krampfen sich fester. Ich kann es jetzt nicht rauslassen, sonst stirbt jemand. Sonst werde ich mein Leben lang bereuen, irgendwas aus mir rausgelassen zu haben. Diese Seite in mir, die manchmal derart brodelt. Diese Seite in mir, die so oft heiß durch meine Venen schießt. Diese Seite in mir, die dazu in der Lage ist, ganze Leben zu zerstören, wenn ich das will. Eine Frau, möge sie auch noch so ätzend sein, so kleinzuhalten. Sie einzusperren, zu bestrafen und einfach meinen ganzen Hass bei ihr zu entladen.

Diese Seite darf nicht weiter entfesselt werden. Also sag mir nicht, ich solle es rauslassen. Glaub mir, du willst das nicht. Niemand will das.

Du beugst dich einfach zu mir und legst deine warme, kleine Hand über meine. Was soll das jetzt, Rosalie? Willst du mich etwa beruhigen?

Ich schaue zu deiner Hand auf meiner und dann zu dir. So viel zum Thema *fernhalten*. Wie soll ich das denn so schaffen?

Du siehst mir direkt in die Augen. »Ich weiß, dass du gerade eine schwere Zeit durchmachst. Aber du musst da nicht alleine durch.«

Ich starre dich an, als würdest du chinesisch sprechen. Weißt du, was passiert, wenn ich da nicht allein durchgehe? Ihr werdet alle darunter leiden. Jeder Einzelne von euch.

»Jeder geht mit so einer Scheiße anders um. Jeder verarbeitet es anders, wenn sein Leben drunter und drüber geht. Aber wenn ich eines gelernt habe, dann, dass es zusammen leichter ist. Dass alles zusammen leichter ist«, meinst du leise und ich explodiere schon wieder. Verstehst du mich denn nicht, Rosalie?

»ICH KANN NICHT MIT DIR ZUSAMMEN MIT IRGENDWAS UMGEHEN, VERSTEHST DU MICH DENN NICHT?«, blaffe ich völlig außer mir. »ICH BIN AB SOFORT NICHT MEHR GUT FÜR DICH. ALLES, WAS DA DRÜBEN PASSIERT, IST GEFÄHRLICH FÜR DICH. FÜR DEINE FAMILIE. FÜR MEINEN BRUDER! ES. GEHT. NICHT. ZUSAMMEN. MEINST DU, ICH WÜRDE MICH SONST VERDAMMT NOCHMAL FERNHALTEN

WOLLEN? ICH KANN NICHT WEITERHIN DER TYP SEIN, DER ICH BIN!«, platzt es aus mir heraus. Fuck, ich glaube, ich habe dich noch nie angeschrien, aber ich kann mich gerade echt nicht kontrollieren.

Du atmest tief durch. »Das weiß ich. Ich weiß, dass du das so nicht schaffst. Ich will auch nicht, dass du … dass wir genauso weitermachen wie zuvor. Mir ist klar, dass das nicht geht. Aber bevor du dich völlig selbst zerstörst und nicht mehr weiterkannst, bin ich trotzdem noch für dich da.«

»Er wird dich verheiraten, wenn du dich nicht von mir fernhältst«, sage ich glatt, damit du verstehst, was ich meine. Damit du endlich die Augen aufmachst.

Jetzt zuckt Schock über dein Gesicht und ich fahre ungehalten fort.

»Weißt du, was das heißt? Das heißt, dass er die Macht hat, dich an einen x-beliebigen Bastard zu verschachern, und ich kann nichts machen. Dein Vater kann nichts machen. Und dann …« Ich breche ab, weiter kann ich nicht reden. Du ziehst langsam deine Hand zurück und ich nicke leicht, denn jetzt scheinst du endlich zu verstehen. Du atmest etwas schneller und siehst zwischen meinen Augen hin und her.

Dann straffst du dich entschlossen. »Dann soll er mich verheiraten, dann soll er sonst was mit mir machen! Es ist mir scheißegal. Ich lasse mich nicht von ihm erpressen und ich lasse dich nicht alleine! EGAL, WAS ER TUT!« Ich kann es nicht fassen. Willst du es nicht verstehen? Langsam schwirrt mein Kopf vor Wut.

»Rosalie«, sage ich betont beherrscht, weil alles in mir sonst explodiert. Kurz mahle ich mit den Zähnen. Mir vorzustellen, dass du wegen mir irgendeinen Bastard heiraten musst, macht mich nur noch rasender. Hast du denn keine Ahnung davon, wie schlimm das für mich wäre? Viel schlimmer, als mich von dir fernzuhalten und dich einfach nur auf der anderen Seite des Sees zu wissen. Willst du das echt riskieren? Willst du wirklich riskieren, dass du hier wegmusst? Denkst du denn nicht nach?

Ich fahre mir ungehalten durch die Haare und spüre, wie meine Nackenmuskeln bei dem Gedanken immer wieder zucken, und dass ich gleich was kaputt mache, wenn das so weitergeht. »Rosalie, ich liebe dich, aber halt die Klappe. Du hast keine Ahnung, was das bedeutet, wenn er dich an wen anders verheiratet. Dann ist es für immer. Denn er will, dass du dich ganz und gar von mir fernhältst. Immer. Er will, dass ich mich auf das Geschäft konzentriere und dafür sind ihm alle Mittel recht. Du bist dann nicht mehr hier und einfach nur von mir getrennt. Du bist dann Gott weiß wo!« Mit einer steifen Handbewegung deute ich aus dem Fenster und du verziehst das Gesicht. »Und das WAR ES DANN!«, brause ich wieder auf und starre zu dem Haus auf der anderen Seite. Ich verenge die Augen. Mein Herz schlägt so hart, als wolle es meine Worte untermalen.

Mit einem Mal umfasst du mein Gesicht und drehst es wieder zu dir. »Was hast du gesagt?«, fragst du atemlos. Du hast die Augen vor Schock aufgerissen. Aufgewühlt starrst du mich an. Ja, so ist das. Du wirst dann sonst wo sein und ich hier. Das war's.

»Ich habe gesagt, wenn das passiert, ist es …«

»Nein, nein, davor!«, rufst du hektisch und deine Augen sehen mich durchdringend an. Sie zwingen mich, mich zu konzentrieren, und sie funkeln. Wieso funkeln sie jetzt?

»Sag mir genau, was du gerade gesagt hast.« Du hältst immer noch mein Gesicht mit deinen Fingern fest und ich ziehe die Augenbrauen verwirrt zusammen. Was zum Teufel willst du von mir?

»Ich habe gesagt«, blaffe ich gelangweilt. »Ich liebe dich, aber halt die Klappe. Du hast keine Ahnung ...«

»Sergio!« Du kniest dich mit einem Mal in den Sitz und ich kann immer noch nicht ganz folgen.

»WAS?«, knurre ich in dein Gesicht. Du hingegen bleibst reglos knien und bannst mich immer noch mit deinem Blick.

»Sergio!« Das kommt sehr eindringlich.

»Was willst du von mir, Rosalie?«, will ich wissen, weil ich nicht darauf komme und gerade keinen Nerv für Ratespiele habe. Ich flippe gleich aus.

Verzweifelt und immer noch mein Gesicht in deinen Händen, siehst du mich an. »Du hast gerade gesagt, dass du mich liebst!«, rufst du total ungläubig. Als müsste ich doch endlich begreifen, was ich gesagt habe. Okay, jetzt verstehe ich natürlich alles.

Ich ziehe den Kopf zurück, als mir mein Fehler bewusst wird. Deshalb brauche ich eben diese verdammte Selbstbeherrschung. FUCK. Das macht es jetzt sicher nicht leichter.

Ich lasse meine Schultern sinken, die Stirn frustriert ans Lenkrad fallen und stöhne gequält. Ich hasse mein Leben.

»Ah, fuck«, flüstere ich und ein paar Sekunden ist es still. Ich spüre deinen Blick auf mir und frage mich, ob dir das denn nicht klar war und wieso du so überrascht bist. Ich dachte immer, du würdest es spüren.

Ein paar Sekunden ist es still.

»Okay, das macht nichts. Ich tu einfach so, als hättest du es nicht gesagt. Jetzt reg dich nicht darüber auch noch auf.« Ich nicke, ohne dich anzusehen. »Beruhige dich.« Ich habe nicht mal die Kraft, mich rauszureden oder dir weiszumachen, dass es eine Scheißlüge war, damit es leichter für uns ist. Ich bleibe einfach so sitzen und murmle: »Fuck.«

»Es wird alles gut.« Du streichst mir über den Rücken und ein Schauer folgt deinen Fingern. »Wie sagt deine Mom immer …«

Mein Kopf ruckt nach oben und ich funkle sie an. Ich kann jetzt Moms Weisheiten nicht gebrauchen. Die haben gerade echt keinen Platz in diesem Chaos. Von wegen am Ende wird alles gut, bla, bla.

»Ja, ich weiß«, sagst du, bevor ich dich wieder anfahren kann. Du streichst weiter über meinen Rücken. »Entspann dich. Weiter ausflippen bringt jetzt nichts und wird nichts ändern.«

Ich lasse meinen Nacken knacken. Das Geräusch wirkt lauter in der Enge des Autos. Du nickst anerkennend und ich schließe die Augen. Ich bin froh, dass du das jetzt einfach so stehen lässt. Ich bin froh, dass du mich nicht auf meine Wange ansprichst. Ich bin froh, dass du mich so gut kennst. Und langsam beruhige ich mich. Es fühlt sich fast so an, als hättest du den Großteil des Mülls, der den Groll in meinem Inneren symbolisiert, endlich weggebracht und ich könnte regenerieren.

»Ich weiß, dass es gerade beschissen ist.« Du streichst über meinen Nacken. »Aber das wird schon. Das wird es immer irgendwie. Egal, wie beschissen es ist und wie ausweglos die Lage erscheint. Irgendwann wird es auch wieder besser und alles genau so, wie es sein soll.«

Ich öffne ein Auge und sehe dich zweifelnd an, weil es sich gerade nicht so anfühlt. Jeden Tag wird alles etwas schlimmer, so scheint es zumindest.

»Vertraust du mir?«, fragst du nun sanft.

Ich nicke geschlagen. Natürlich tue ich das.

»Dann glaub mir, wenn ich dir das sage.«

Ich atme gepresst aus, bin aber schon wirklich entspannter. War ja klar. Das schaffen auch nur du und dein Vater. »Ich habe letzte Woche einem Mann die Hand abgeschnitten und seine Uhr abgenommen, weil er meinem Vater Geld geschuldet hat«, gestehe ich und entsorge damit die Reste meines Mülls. Du schluckst, aber hörst nicht auf, mich zu streicheln. »Vor ein paar Tagen habe ich zwei Männer Russisch Roulette spielen lassen. Zuvor habe ich einem die Zunge abgetrennt, weil er zu viel geredet hat. Das alles ertrage ich nur mit Gras und wenig Schlaf.« Denn der Schlafmangel ist wie eine Droge. Wenn ich einschlafe, dann liege ich quasi im Koma, sodass meine Gedanken mich nicht wachhalten können.

»Ich weiß es nicht«, murmle ich erschöpft. »Es fühlt sich an, als würde alles auseinanderbrechen. Du, ich, meine Familie. Was ich bin, sein will und sein muss.« Du nimmst deine Hand von meinem Rücken und ich lasse meine Stirn wieder ans Lenkrad sinken.

»Okay, wir machen das jetzt so …« Du seufzt. »Ich hole Zayden. Ihr raucht einen Joint. Und danach gehst du hoch zu meinem Dad und kommst runter.«

Ich atme gepresst aus. Alles ist besser, als nochmal da rüberzufahren. Und ich bin echt erschöpft, also nicke ich nur. Es geht nicht anders, Rosalie. Ich kann jetzt keine eigenen Entscheidungen treffen, dafür bin ich viel zu ausgelaugt.

»Okay«, murmelst du und ich sehe dich wieder an. »Weißt du noch dieser Sturm in Italien, als wir dachten, die Welt geht unter?«

Ich nicke. Daran erinnere ich mich noch gut.

»Wir haben gedacht, er würde nie wieder aufhören und alles niederreißen. Aber er hat aufgehört. Jeder Sturm lässt irgendwann nach.«

Wenn du nur wüsstest, Rosalie. Wenn du nur würdest, dass mein Vater kein Sturm ist. Er ist ein verdammter Hurrikan, der alle mit sich reißt. Ob du nun glaubst, dass alles gut wird oder nicht. Das Ende vom Lied ist, dass er darüber bestimmt, in welche Richtung sich unsere Leben entwickeln, und keiner von uns hat die Macht, irgendwas dagegen zu tun. *Das* ist der wahre Sturm.

49. Winter, Zayden

Vorsicht! Triggerwarnung
wegen sexueller Gewalt!

XX

Irina

Es regnet und die dicken Tropfen fallen direkt vor meinem Fenster herab. Ich habe zum zweiten Mal eine Stunde lang geduscht. Heiß. So heiß, dass ich meine Haut fast verbrüht habe, und doch fühle ich mich noch dreckig. Jetzt liege ich zu Hause in meinem Bett, zwischen den vielen Kissen auf der hohen Matratze. Mein Zimmer sieht wie immer aus, mein Bett fühlt sich wie immer an, das Geräusch des prasselnden Regens ist so vertraut. Alles ist gleich um mich herum, aber in mir ist alles anders. Aufgerissen, chaotisch, kaputt. So kaputt.

Und das Schlimmste? Ich hatte anfangs keine Ahnung, was in dieser Nacht passiert ist. Ich bin in dieser Hütte in meinem Bett aufgewacht, wusste aber nicht, wie ich dorthin kam. Als ich mich aufgerichtet habe, hat mich ein Schmerz durchzuckt, und als ich an mir herabgeschaut habe, entdeckte ich Blut auf dem Laken. Noch bevor ich wirklich gewusst habe, wieso da dieses Blut war, haben meine Hände schon angefangen zu zittern. Noch bevor ein einziger Erinnerungsfetzen zurückkam, wurde mir schon übel. Ich habe es nicht verstanden, mein Körper ist total durchgedreht, ohne, dass ich nachvollziehen konnte, wieso. Dann habe ich mich bewegt und den Schmerz zwischen meinen Beinen gespürt. Darauf schoss das erste Bild durch meinen Kopf. Wie eine riesige Hand mein Höschen runterreißt.

Sofort ist mir schlecht geworden. Ich habe es gerade so ins Bad geschafft und mich übergeben. Nichts als bittere Galle und Restalkohol. Ich war komplett verwirrt und habe nicht verstanden, was vergangene Nacht passiert war, obwohl ich es versucht habe. Da war einfach nur Schwärze in meinem Kopf.

Ich wusste noch, dass ich unten saß. Rosalie, Sergio und mein Bruder haben irgendwann das Haus verlassen … und dann hat sich Selina auf dich gesetzt. Das konnte ich nicht ertragen, also wollte ich nach oben, oder?

Ich bin in mein Zimmer gegangen, oder?

Doch als ich aufgewacht bin, konnte ich mich nicht mehr daran erinnern, und ich habe beschlossen, es nicht zu erzwingen. Stattdessen wollte ich duschen und mich aus den Klamotten schälen. Ich hatte nur noch einen Pullover und mein Höschen an. Meine Jeans lag auf dem Boden im Schlafzimmer. Als ich den Pullover über meinen Kopf gezogen habe, entdeckte ich sie. Blaue Flecken an meiner Hüfte, an meinem Hintern … und Blut. Zwischen meinen Beinen. In dem Moment schoss ein neuer Blitz durch meinen Kopf. Ein fremdes Stöhnen in meinem Ohr, das mir eine unangenehme Gänsehaut beschert hat.

Aufkeuchend stolperte ich unter die Dusche. Ich konnte gar nicht schnell genug das heiße Wasser auf mir spüren. Doch obwohl ich mich geschrubbt habe, hat es nicht geholfen, mich besser zu fühlen. Stattdessen kamen neue Bilder und die damit verbundenen Emotionen. Bilder von ihm. *Victor*. Über mir. *In* mir. An meinem Rücken. Seine Hand in meinem Nacken. Die Hilflosigkeit. Die Panik. Das Gefühl, keine Luft mehr zu bekommen. Und sein schwerer massiger Körper, der mich in die Matratze gedrückt hat.

Ich bin in dieser Dusche völlig durchgedreht und dann zusammengebrochen.

Victor hat mich ...

Ich saß sicher eine Stunde unter dem laufenden Wasser und habe geweint, bis keine Tränen mehr kamen. Ich habe mich gefühlt, als würde ich auseinanderfallen, einfach in Einzelteile zerbrechen. Und das bin ich auch. Unwiderruflich. So schmerzhaft. So zerschmetternd. So sehr, dass ich nie wieder ganz werde. Denn einzelne Stücke von mir sind unwiederbringlich verloren gegangen, sind verschwunden, wie das Blut im Abfluss.

Mein Glauben an die Menschheit. An das Gute. Mein Vertrauen. Meine Selbstsicherheit. Alles in mir, was hell war, gut und froh, auf dieser Welt zu sein.

Ich weiß nicht, wie ich es geschafft habe, aber irgendwann habe ich mich wieder aufgerappelt. Irgendwann bin ich wieder aufgestanden, auch, wenn ich mich fühlte, als hätte ich keine Kraft mehr, auf meinen eigenen Beinen zu stehen. Und auch, wenn ich nicht mehr dieselbe war.

Ich fühlte mich wie neugeboren – nicht im positiven Sinn. Sondern in eine Welt, die nur aus Dunkelheit und Grausamkeit besteht.

Als ich wieder ins Schlafzimmer kam, saß Rosalie auf meinem Bett. Ich habe den Lärm gehört. Habe gehört, wie du gebrüllt hast, und in mir ist noch etwas mehr zerbrochen. Ich habe daran gedacht, wie du gestern da unten mit Selina warst, und mich kurz gefragt, ob du nicht bemerkt hast, was hier oben passiert ist. Aber dann wurde es mir klar. Wieder mal.

Sie ist Selina. Und ich bin unsichtbar neben ihr.

Ich habe mich einfach mit meinem Handtuch in mein Bett gelegt, weil ich keine Kraft mehr hatte. Keine Kraft mehr zu denken, keine Kraft mehr zu fühlen.

Ich wollte das nicht. Ich wollte nicht, dass er mich anfasst …

Wirklich nicht.

Ich wünschte mir, ich wäre nicht mitgefahren.

Ich wünschte mir, mein Bruder wäre nicht mit in den Wald gegangen.

Ich wünschte mir, ich wäre einfach früher hochgegangen und hätte meine Tür abgeschlossen. Aber danach weiß man es immer besser und man kann es nicht mehr rückgängig machen. Ich wünschte, ich hätte all die Getränke nicht getrunken, die Selina gebracht hat. Ich dachte anfangs, ich hätte den Blackout vom Alkohol, aber nachdem immer mehr Erinnerungen zurückgekommen waren, wurde mir klar, dass es kein normaler Rausch gewesen sein konnte. Rosalie hat es bestätigt. Anscheinend wurden mir K.O.-Tropfen untergemischt.

Wahrscheinlich von Victor. Aber ich kann mir vorstellen, dass Selina dafür verantwortlich war und irgendwas mit ihm abgesprochen hat, weil sie mitbekommen hatte, dass du und ich uns nähergekommen sind. Ich würde es ihr zutrauen. Es wäre nur die Kirsche auf einem ganzen Haufen Dinge, die sie schon gemacht hat und von denen du nicht mal die Hälfte weißt. Eigentlich gar nichts.

Ich frage mich, wie du reagieren würdest, wenn du das alles wüsstest. Ob du sie dann immer noch so anschauen würdest, wie du sie anschaust. Einen winzigen Moment lang hat sich einer meiner größten Wünsche erfüllt, als du *mich* so angesehen hast. Ich glaube, ich war noch nie so glücklich. Dann ... wurde alles wieder zerschlagen, nur ein paar Stunden später, und jetzt ist da nichts mehr.

Nichts.

Nur noch diese Leere, diese Scham und dieser Ekel vor mir selbst. Dieser Hass auf mich selbst.

»Sergej!«, höre ich Moms Stimme im Flur und herrische Schritte meines Vaters. »Sergej, warte! WARTE!« Es poltert. »Warte, du kannst da jetzt nicht hin. Du kannst ihn nicht erschießen, okay? Sergej!«

»WIESO KANN ICH DAS NICHT?«, blafft mein Vater. »Ich habe eine Waffe und ein Auto. Wieso?«

»Dad ...« Das ist mein ältester Bruder Ivan. »Wir machen das mit Donovan aus, okay? Du fährst jetzt nicht zu den Wolkovs. Dad.« Allein, wenn ich an die Wolkovs denke, wird mir etwas kälter und ein Schauer geht durch meinen Körper.

»Dad ...«

»WAS? WAS?«, fragt mein Vater. Meine Mutter war bis vor zwanzig Minuten die ganze Zeit bei mir. Sie hat mir während meiner zweiten Dusche die Haare gewaschen und mich ins Bett gesteckt, wie sie es gemacht hatte, als ich fünf war. Es hat sich gut angefühlt. Sie lag bei mir, bis mein Vater angefangen hat, zu poltern und zu randalieren.

»Meinst du, das macht es jetzt besser?«, ruft mein Bruder Ivan. »Klar, wir fahren da jetzt einfach hin und bringen die Wolkovs um. Glaubst du, ich will ihn nicht killen? Aber das geht jetzt nicht. DAD.«

»GUT!«, blafft mein Vater und wieder poltert etwas. Ich schließe die Augen. »Dann rufe ich jetzt Donovan an, und wenn der keine Lösung hat, dann kille ich ihn, diesen kleinen russischen Abkömmling. Er hatte wohl keine harte Hand in der Kindheit.« Schritte ertönen erneut. »Ich zeige ihm mal, wie es läuft, diesem kleinen Bastard.« Sie entfernen sich tuschelnd in Richtung der Treppen.

Dann wird es ruhig, dabei wünschte ich, sie würden vor meiner Tür stehen bleiben, damit ich mich auf ihre Worte konzentrieren kann. Aber sie verschwinden und die dröhnende Stille breitet sich aus.

Ilja war den ganzen Abend in seinem Zimmer. Er macht sich Vorwürfe, solche Vorwürfe … dabei kann er nichts dafür. Am nächsten Tag in der Hütte saß er die ganze Zeit bei mir. Ich wünschte, ich hätte ihn irgendwie beruhigen und ihm gut zureden können, aber das konnte ich nicht. Ich hatte keine Kraft. Er hockte nur auf meiner Bettkante. Ich glaube, er wäre die ganze Zeit sitzen geblieben, wenn man uns nicht abgeholt hätte.

Das passiert, wenn so ein Gift sich ausbreitet. Es verschlingt Stück für Stück alles und hinterlässt nichts als Tod und Verwüstung.

Der Regen fällt stärker und die Tropfen laufen an der Scheibe herab, die das Licht der Laternen nur geringfügig hereinlässt. Ich sehe ihm dabei zu, wie er fällt, ohne wirklich etwas wahrzunehmen. Ich lausche dem sonst so beruhigendem Geräusch, ohne wirklich Ruhe zu empfinden. Alles in mir ist so aufgewühlt, als hätte mich jemand mit einem rostigen Messer aufgeschlitzt und kleine Teile von mir entfernt.

Mein Handy klingelt und ich lasse meinen Blick träge zu dem Gerät auf meinem Nachttisch schweifen. Es erhellt das sonst relativ dunkle Zimmer. Es zeigt *G.I.H. Zayden.*

Du bist es. Du rufst mich an.

Gott im Himmel.

Unter dieser Abkürzung habe ich dich auch gespeichert, weil das alles ist, was ich denken kann, wenn du mir nahekommst oder mich gar anrufst. Wobei mir einfällt, dass du mich noch nie angerufen hast.

Bei keinem anderen würde ich es jetzt schaffen, meine Hand dazu zu bringen, sich zu bewegen, aber ich sehe wie auf Autopilot dabei zu, wie mein Arm sich streckt und ich mein Handy nehme. Dann wische ich über den grünen Knopf und halte es mir ans Ohr.

»Ja?«, frage ich und klinge fremd in meinen Ohren. Kratzig, hohl, nicht anwesend. Wann habe ich eigentlich das letzte Mal was gesagt?

Du räusperst dich und ich warte.

»Hey.« Deine Stimme fährt mir unter die Haut. Sie ist so leise und heiser. Ich schließe meine Lider, weil sie durch meinen ganzen Körper schießt und jede Faser von mir sich winden lässt.

»Hey.« Ich klinge auch ziemlich heiser, und so kraftlos. Ich höre dich durchatmen und frage mich, wieso du mich anrufst. Frage mich, was du alles genau weißt und … Aber wenn ich ehrlich bin, will ich nicht darüber nachdenken.

»Eigentlich wollte ich dich fragen, wie es dir geht, aber das ist wahrscheinlich eine dumme Frage.« Ich räuspere mich. »Also mach ich es anders. Kommst du klar?« Ich habe seit dem Moment, als ich in dieser Dusche auf dem Boden saß und wieder aufgestanden bin, keine einzige Träne mehr vergossen. Jetzt fühle ich, wie meine Augen sofort feucht werden.

»Nein.« Ich habe nicht die Kraft, jemandem etwas vorzumachen. Nicht einmal dir. Aber ich komme nicht klar, wie soll ich damit klarkommen? Wie soll ich das schaffen? Ich fühle mich so schutzlos. So kaputt und zerbrochen. Es ist so dunkel. Du schweigst kurz, während ich angestrengt blinzle und die Feuchtigkeit aus meinen Augen vertreiben will. Ich will jetzt nicht heulen.

»Es tut mir leid«, meinst du schließlich leise und ich kneife die Augen fest zusammen, als sich etwas in meiner Brust zusammenschnürt. »Ich war so abgelenkt, dass ich dir nicht helfen konnte, und das ist keine Entschuldigung dafür, dass ich nicht da war.« Jetzt laufen die Tränen doch über, verdammt. »Ich wollte nur, dass du weißt, hätte ich auch nur eine *Ahnung* gehabt, hätte ich ihm eine Kugel verpasst.« Ich nicke und versuche aufzuhören, zu schniefen. Ich weiß nicht, wieso jetzt auf einmal alles aus mir ausbricht wie aus einem Vulkan.

Ich brauche ein paar Sekunden, in denen ich mich fange. In mir ist alles so chaotisch. Ich schaffe es nicht, etwas zu sagen, weil ich das alles in mir nicht ordnen kann. Weil alles so unklar ist … und so weh tut. Es tut so weh. Und ich sehe nichts mehr, ich bin blind.

»Ist jemand bei dir?«, fragst du jetzt und ich schlucke die Tränen runter, damit ich wenigstens antworten kann.

»Nein … aber … sie sind irgendwo im Haus«, bringe ich raus und höre dich gepresst durchatmen.

»Okay«, flüsterst du schließlich und ich hole tief Luft. Meine Brust schmerzt so und mein Kopf tut weh. Es pocht dumpf hinter meinen Schläfen.

»Ich weiß, dass du das verhindert hättest«, sage ich leise. »Ich gebe dir nicht die Schuld daran.«

»Ich mir schon«, meinst du. »Aber das ist jetzt egal. Das macht es auch nicht ungeschehen.« Du hast recht. Ich wünschte aber, man könnte es irgendwie ungeschehen machen. Ich atme tief durch und du räusperst dich.

»Du bist nicht für mich verantwortlich«, erwidere ich. Ich will nicht, dass du jetzt ein Opfer in mir siehst. Ich will nicht, dass du denkst, ich sei wehrlos und schwach. Obwohl ich mich genauso gefühlt habe. Wehrlos, schwach …

»Ich wünschte einfach, ich hätte dich nicht angefasst, dann hätte er es auch nicht als Einladung gesehen, dich anzufassen.« Ich kann mir ein Schnauben nicht verkneifen. »Versteh mich nicht falsch«, meinst du nun. »Ich bereue es nicht auf diese Art. Ich wusste nur, dass ich nicht gut für dich bin, weil ich nun einmal immer die Schwärze anziehe und jeden, der mit mir zu tun hat, mit mir reiße.«

»Das warst doch gar nicht du!«, entkommt es mir jetzt aufgebrachter, weil du das, was zwischen uns geschehen ist, nicht schlecht machen sollst. DAS war das Schönste, was ich je in meinem Leben erlebt habe, dicht gefolgt von dem Schlimmsten, was ich je in meinem Leben erlebt habe.

»Nein, das war ich nicht, aber vielleicht wäre es nicht so weit gekommen, hätte ich die Finger von dir gelassen. Denn dann hätte er nicht mitbekommen, was zwischen uns war, und dich als leichte Beute angesehen. Das ist nicht richtig. Das alles war einfach nicht richtig.« Ich höre ein Zippo klacken. Das zwischen uns war das einzig Richtige an diesem Wochenende, aber das sage ich jetzt nicht.

»Ja.« Das kommt etwas bitter. Wenn du meinst.

»Kann ich irgendwas tun, damit du dich besser fühlst?« *Halt dich von diesem Gift fern,* aber das wirst du sowieso nicht tun.

»Nein«, sage ich sanfter. Denn alles, was ich jetzt von dir verlangen würde, würdest du sowieso nicht machen.

»Gehst du morgen in die Schule?« Allein, wenn ich daran denke, all diesen Leuten unter die Augen zu treten … und vielleicht sogar … ihm …

»Nein.« Ich schüttle den Kopf.

»Okay, meine Tante hat Muffins gemacht, weil sie im Stress war und das irgendwie alles verarbeiten muss. Also könnte ich ein paar morgen früh vorbeibringen, wenn du willst«, schlägst du vorsichtig vor. »Aber wenn du alleine sein willst, versteh ich das auch. Ich will nur irgendwas tun und dich nicht nochmal im Stich lassen.«

Mein »Ich liebe Muffins« kommt nicht so voller Elan, wie es normalerweise der Fall wäre.

»Okay.« Ich atme durch, versuche, mich zusammenzureißen, aber es klappt einfach nicht. »Brauchst du sonst noch was? Eine Waffe? Drogen? Einen Totschläger? Schlagringe? Eine Machete?« Scheiße, jetzt muss ich lachen und das fühlt sich komisch an.

Dich ...

Ich brauche dich, Zayden Rush.

»Ich hab auch Dynamit, und Dinge in die Luft zu sprengen, kann echt befriedigend sein.«

»Das glaube ich dir.« Ich stelle mir vor, *ihn* einfach in die Luft zu sprengen, und stöhne fast.

»Muffins und Dynamit! Wird gemacht.« Ich lächle, dabei habe ich gedacht, dass ich das nie wieder kann, weil ich mich dann jedes Mal daran erinnere, was passiert ist, und es mir bewusst macht, dass ich nichts zu lächeln habe. Dass mein Leben eigentlich gerade in Trümmern liegt, aus denen ich mich nicht befreien kann und will. Weil mir die Kraft fehlt. Weil ich selbst zerstört wurde.

»Das hört sich sehr gut an.«

»Okay, dann sehen wir uns morgen«, meinst du sanft. »Falls du nicht schlafen kannst, kannst du mich anrufen. Ich bin wach. Mein Bruder ist hier ... Deswegen kann ich jetzt nicht schlafen.« Ich bin froh, dass dein Bruder bei dir ist. Dann bist du wenigstens mit deinem schlechten Gewissen nicht alleine.

»Okay.« Ich werde dich natürlich nicht anrufen. »Dann ... viel Spaß ... bei was auch immer.«

Du seufzt schwer. »Okay. Ich komme um acht. Wenn du noch schläfst, warte ich bei deinem Bruder.«

»Okay.« Das würde Ilja auch guttun. »Hey?«, frage ich noch, bevor du auflegst, und drehe mich auf die Seite. »Wie geht's *dir*?« Danach habe ich mich noch gar nicht erkundigt, dabei war das Wochenende für dich sicher auch ziemlich aufwühlend.

»Ich hab Gras, meinen Dad und Alkohol. Mir geht es gut.«

»Wenn man Gras und Alkohol braucht, damit es einem gut geht, dann geht's einem gar nicht gut«, erwidere ich und du schnaubst humorlos.

»Es geht schon.«

»Muffins und Dynamit«, sage ich. »Du kannst es ja schon mal ausprobieren.«

»Oh, das werde ich.«

»Okay.«

»Okay«, seufzt du. »Gute Nacht, Babygirl.« Ich schließe die Lider, als ein wenig Wärme die Kälte für ein paar Millisekunden durchdringt. Ich liebe es, wenn du mich so nennst. Das ist sogar ein Grund, kurz Glück zu empfinden.

»Gute Nacht«, murmle ich, bevor die Verbindung unterbrochen wird. Ich lege das Handy neben mich aufs Bett und sehe weiter hinaus in den Regen. Spüre noch kurz diese Wärme in mir nachpulsieren, die nur du entfachen kannst. Dann flaut sie langsam ab und Kälte zieht sich stattdessen durch meine Blutbahn, vereist mich, bis in mir wieder alles von feinem Frost überzogen ist. Und ich weiß, es wird ein langer Winter. In mir.

50. Ich sehe dich, Irina

Zayden

Ich habe nur drei Stunden geschlafen, obwohl ich so müde war und mit Sergio eine fette Tüte geraucht habe, als er vorbeigekommen ist. Mein Bruder war bis tief in die Nacht bei uns und ist gegen vier halb komatös rübergefahren. Zuvor hatte er eine Auseinandersetzung mit seinem Vater. Wahrscheinlich ist es ganz gut, dass ich nichts Genaueres darüber weiß, denn ich stehe sowieso viel zu kurz davor, uns alle in die Scheiße zu reiten, indem ich was echt Dummes tue.

Es ist sechs Uhr dreißig, als ich aufwache. Natürlich werde ich nicht in die Schule gehen, ich habe mir auch keinen Wecker gestellt. Mein Kopf lässt es nicht zu, dass ich mich erhole. Immer wieder tauchen Bilder vor meinem inneren Auge auf. Bilder über Bilder und immer wieder, wenn ich gerade eingeschlafen bin, wache ich sofort wieder auf.

Dieses Mal starte ich keinen neuen Versuch, noch ein wenig Schlaf zu finden, also stehe ich nun auf. Ich werde mich anziehen und zu den Terekovs fahren, denn ich will nach Irina sehen. Sie geht mir nicht mehr aus dem Kopf. In der Hütte wollte sie nicht mit mir reden, sie hat mich nicht mal richtig angesehen. Mir ist klar, dass es ihr scheiße geht, aber ich musste es einfach nochmal kurz probieren und wenigstens ihre Stimme hören, um mir selbst ein Urteil zu bilden. Also habe ich gestern noch mit ihr gesprochen, obwohl ich es eigentlich nicht wollte. Ich musste mich echt dazu überwinden. Nicht, weil ich ihren Gefühlen nicht ins Auge sehen kann, sondern einfach, weil ich der Meinung war, es nicht verdient zu haben, mich in irgendeiner Art und Weise um sie zu kümmern. Das kam mir so geheuchelt vor, nachdem ich sie dermaßen im Stich gelassen hatte. Aber dann hat Rosalie mir gesagt, dass es eine gute Idee wäre, sie anzurufen, also habe ich das einfach gemacht. Und ich habe es nicht bereut.

Wenn ich schon in dem Moment nicht für sie da sein und ihr helfen konnte, schaffe ich es vielleicht, es auf meine Art wiedergutzumachen. Diese Sünde reinzuwaschen. Mir ist natürlich klar, dass sie nie darüber hinwegkommen wird. Zumindest nicht so richtig. Aber ich kann versuchen, es ihr leichter zu machen. Irgendwie. Immerhin weiß ich, was sie für mich empfindet. Abgesehen davon braucht jeder diesen einen Menschen, der einen auffängt. Bei mir ist es mein Vater. Und wenn ich dieser Mensch für irgendwen sein kann, wieso auch immer, versuche ich es, indem ich meine gute Seite hervorhole, die ich durchaus besitze. Meine Eltern sind gute Menschen und ich trage nicht nur

Dunkelheit in mir. Nicht immer. Nicht, wenn es um andere geht. Die Dunkelheit kommt nur, wenn es mich betrifft. Oder dich.

Ich nehme eine schwarze Jeans aus meinem Schrank und streife sie über meine Boxershorts, bevor ich ein Muskelshirt über meinen Kopf ziehe. Dann greife ich einfach nach dem nächstbesten Pullover. Er ist dunkelgrün. Anschließend gehe ich ins Badezimmer, das meinem Schlafzimmer angrenzt, und putze meine Zähne. Eine Hand am Waschbeckenrand abgestützt, betrachte ich mich im Spiegel. Ich versuche es zumindest, ohne den Blick zu schnell abzuwenden. Es bringt nichts, davor wegzulaufen.

Meine Haare sind etwas chaotisch und mein Gesicht blasser als sonst. Ich habe Ringe unter den Augen, die weniger türkis sind als sonst. Sie wirken irgendwie stumpf. Ich bin nicht rasiert, weshalb sich ein dunkler Bartschatten über meine Wangen zieht, aber das ist egal. Ich muss jetzt nicht nach was aussehen. Die Spuren des Wochenendes kann ich so oder so nicht von meinem Gesicht waschen, ob ich nun rasiert bin oder nicht. Mein ganzes Erscheinungsbild schreit: *Abgefuckt. Total abgefuckt.*

Ich spucke aus, bevor ich mir kaltes Wasser ins Gesicht spritze und meine Haare etwas damit befeuchte. Dann trockne ich mich ab, sprühe noch etwas Deo auf und streife fahrig meine Uhr über mein Handgelenk, bevor ich mein Zimmer verlasse, wie es ist. Chaotisch. Hier sieht es immer so aus, wie ich mich fühle. Entweder herrscht heilloses Chaos oder es ist total ordentlich. Entweder mein Dad oder mein Onkel.

Von unten höre ich schon die Stimmen. Rosalies Tür ist noch geschlossen. Ich schätze, sie schläft noch. Wenigstens einer von uns. Sie hat es auch dringend nötig. Für sie war das alles genauso aufwühlend. Ich will mir gar nicht vorstellen, wie es gewesen wäre, wenn es sie anstatt Irina getroffen hätte. Die Tat an sich ist widerlich genug, egal bei wem. Nur glaube ich, dass mich dann niemand von Victor wegbekommen hätte. Ich hätte ihn totgeschlagen. Nicht einmal mein Bruder hätte eingegriffen, weil er selbst zu blind in seiner Wut gewesen wäre.

Ich will darüber jetzt echt nicht weiter nachdenken, also gehe ich die Treppe nach unten und schlucke das Gähnen hinunter, das sich anbahnt. Meine Augen brennen und mir ist kalt, obwohl es im Haus geradezu heiß ist, wie immer im Winter oder Herbst. Das liegt an Mom und Tante Alayna. Sie frieren immer. Egal, wie hoch die Heizung eingestellt ist, deshalb rennen wir hier in Muskelshirts durch das Haus, während sie immer total warm eingepackt sind.

Ich gehe ins Esszimmer, woher die Stimmen kommen, und überblicke kurz alle. Onkel Caden sitzt mit seinem Tablet da und scrollt darauf herum. Tante Alayna trinkt gerade von ihrem Kaffee. »Hast du gehört, du darfst es nicht vergessen! Um sechzehn Uhr!«, weist sie Sophia an, die noch total müde neben ihr sitzt und es sicher vergessen wird, was auch immer es ist. Ihre schwarzen, lockigen Haare sind noch total zerzaust und ihre Augen schimmern heute dunkel und grünlich. Sie kann kaum die Lider aufhalten und nickt kraftlos.

Meine Mom kommt gerade mit einem dampfenden Espresso aus der Küche und gähnt, während sie den Kragen ihres Morgenmantels weiter zusammenzieht.

Meine Schwester sitzt auf ihrem üblichen Platz. In einer Hand hält sie ihren Muffin, in den sie gerade beißt, sodass die Krümel auf ihren Schoß fallen, und in der anderen ihr Handy, auf dem sie tippt. Sie ist viel geordneter als Sophia und schon in ihre Uniform gehüllt. Ihre Haare sind ordentlich zu einem Zopf gebunden und ihre hellblauen Augen klar und wach. Sie verdreht sie gerade, während sie anscheinend eine Nachricht verschickt.

Dad schläft wahrscheinlich noch.

Ich betrete den Raum lautlos, als Mom sich gerade setzt. Onkel Caden sieht von seinem Tablet auf und mustert mich. Er trägt seine schwarz umrandete Lesebrille und erinnert stark an Keaton Rush, wie er so dasitzt.

Ich erwidere seinen Blick, damit er mich abchecken und sich dann wieder anderen Dingen widmen kann. Aber erst muss er immer Bescheid wissen. Er schaut wieder auf sein Tablet. Ich fühle mich bei ihm immer, als würde ich durch die Kontrolle am Flughafen müssen, die mich von oben bis unten scannt und mir bis unter die Haut sieht.

Schließlich setze ich mich.

»Also, wie viel Uhr?«, fragt Tante Alayna nochmal und steht auf.

»Um drei«, meint Sophia abwinkend, weil es ihr scheißegal ist.

»Um vier, ich erinnere sie dann dran.« Catalina winkt genervt ab. Sie merkt sich immer alles. Ohne sie wäre Sophia aufgeschmissen.

Meine Mutter sieht zu mir und Tante Alayna verschwindet augenverdrehend in die Küche. »Wie fühlst du dich?«, fragt Mom sanft und blickt unzufrieden zu meiner Schwester, weil die nur in ihr Handy schaut. Mom hasst das. Wahrscheinlich schreibt Catalina jetzt schon mit Ilian. Sie haben Kontakt ab dem Moment, wenn sie die Augen öffnen, bis sie sie schließen.

»Alles okay«, meine ich leise und gähne.

Sie überblickt mich nochmal. »Und wo willst du hin?«, erkundigt sie sich nun, während mein Onkel aussieht, als hätte er mich das Gleiche fragen wollen. Erst daran bemerke ich, dass er mich erneut betrachtet. Da ich keine Uniform trage, ist es wohl offensichtlich, dass ich nicht in die Schule will.

»Ich fahre zu den Terekovs«, antworte ich und lehne mich zurück.

Tante Alayna bringt mir einen Espresso und ich bedanke mich leise. Sie streicht mir durch die Haare, bevor sie sich setzt. Ich rühre Zucker in meinen Espresso.

»Was machst du denn da?«, fragt mein Onkel, als ich einen Schluck trinke und dann die Tasse wieder abstelle.

»Ich will mal nach Irina und Ilja sehen«, erkläre ich müde.

Sein Finger stockt und Mom hebt eine Braue, während sie mich skeptisch mustert. Mein Onkel nimmt die Brille ab und legt sie auf den Tisch. Das ist kein so gutes Zeichen. Dann lehnt er sich zurück, einen Knöchel auf dem Knie. Er mustert mich jetzt eingehender. Die zweite Scannung wird durchgeführt. Das wird nur kurz unterbrochen, als Catalina aus dem Nichts über etwas in ihrem Handy lacht.

Mein Onkel, mein Vater, meine Mutter, keiner in diesem Haus weiß das mit Irina und mir.

»Du schaust nach Irina und Ilja?«, fragt mein Onkel wissend. Ich sehe kurz zu meiner Schwester. Die wird es nämlich Ilian petzen und ich werde jetzt sicher nicht vor ihr auspacken. Sophia ist da auch nicht besser. Sie schaut gerade in ihre heiße Schokolade und scheint angestrengt über etwas nachzudenken, während die Bläschen des Milchschaumes platzen und sie blinzelt.

Ich schüttle leicht den Kopf über sie, was sie wie immer nicht bemerkt. An ihr geht so vieles vorbei, aber dann fallen ihr Dinge auf, die sonst kein anderer sieht.

Mom murmelt Catalina etwas zu. Wahrscheinlich, dass sie gehen soll. Also steht sie auf, den Muffin immer noch in der Hand und die Augen nach wie vor auf dem Handy. Sie beißt wieder ab, während sie das Zimmer kommentarlos verlässt. Sophia folgt ihr sofort. Das tut sie automatisch. So, wie Sergio, Rosalie und ich immer zusammen abhingen, ist es bei den beiden und Ilian.

Super, jetzt muss ich den Anwesenden Rede und Antwort stehen.

»Also?«, fragt mein Onkel und stützt seine Schläfe auf die Faust.

Mom sieht mich auch interessiert an. Die beiden stehen sich echt in nichts nach.

»Sie hatte ein Scheißwochenende und ich will sehen, wie es ihr geht«, meine ich abwinkend und trinke noch einen Schluck.

Mein Onkel hebt eine Augenbraue. »Jetzt nochmal die ganze Geschichte.«

Ich bin viel zu erschöpft, um irgendwas zu erfinden. Mom mustert mich auffordernd und ungeduldig, während Tante Alayna ruhig Butter auf ihren Toast streicht. Sie ist die Einzige, die mich nicht total abfuckt nach einer Nacht ohne nennenswerten Schlaf und einem echt beschissenen Wochenende.

Im Türdurchgang gähnt jemand lautstark und mein Dad kommt rein. Er trägt nur tief sitzende Trainingshosen. Ihm ist oft sehr heiß. Seine schwarzen Haare sind zerzaust. Er streicht sich gerade hindurch und lässt seinen müden Blick über den Tisch schweifen. Mom ist kurz von mir abgelenkt, wie immer, wenn mein Vater ohne Shirt rumläuft. Gott sei Dank.

»Oh, wieso hat dich Caden auf dem Kieker?«, fragt Dad mit rauer, vom Schlafen belegter Stimme und hat die Situation sofort erfasst. Er kennt seinen Bruder eben.

Ich leere meine Tasse und er küsst Mom in den Nacken, bevor er sich setzt. Ich lehne nun ebenfalls meine Schläfe auf die Faust.

»Ich habe ihn nicht auf dem Kieker, Bro.« Aber Onkel Caden sieht mich an, als hätte er mich auf dem Kieker.

»Okay«, meine ich und hebe eine Hand. »Ich war im Haus, als es passiert ist, und jetzt fühle ich mich scheiße und will nach ihr sehen.« Natürlich bemerkt mein Onkel sofort, dass das nicht alles ist, aber ich kann Zeit schinden. Und eine Lüge ist es ja auch nicht.

»Dass du dich scheiße fühlst, ist verständlich. Was noch?«, bohrt mein Onkel nach und ich seufze.

»Caden, jetzt lass ihn doch mal in Ruhe. Siehst du denn nicht, dass er total fertig ist?«, fragt Tante Alayna und fuchtelt mit dem Buttermesser in meine Richtung.

Ich nicke zustimmend.

»Echt, Bro, lass ihn doch einfach in Ruhe.« Dad rutscht tiefer in seinen Stuhl und scheint noch echt müde zu sein.

»Ich will doch nur wissen, wieso er auf einmal den Namen Irina so ausspricht, als wäre es … *Irina*.« Das zweite Mal, als er ihren Namen sagt, betont er ihn besonders. Als hätte er irgendeine besondere Bedeutung.

»Dann steht er halt auf sie, jetzt lass ihn in Ruhe!« Dad wirft eine Gurkenscheibe in Onkel Cadens Richtung, aber der hebt die Hand, bevor sie ihn treffen kann.

»Ja, fahr einfach, Zayden!«, rät mir Tante Alayna.

»Nein!« Mom ist nicht zufrieden. »Ich will wissen, was da war!« Eindringlich sieht sie mich an.

»Wirklich?«, frage ich zweifelnd und hebe eine Braue.

»Ja, wirklich, Isabelle?«, erkundigt Dad sich im gleichen Tonfall. Mom versucht, mein Gesicht zu ergründen, bevor sie den Kopf zurückzieht.

»Ich weiß nicht …« Sie sieht mich forschend an und dann zu Onkel Caden.

»Er hatte Sex mit ihr«, stellt dieser fest, als wäre es doch völlig klar. Dabei ist es das nur für ihn, weil er ein fucking Hellseher und Lügendetektor ist.

Ich streiche mir genervt über die müden Augen und rutsche tiefer in den Sitz.

»Das ist doch schön«, meint Tante Alayna beschwingt, während sie eine weitere Toastscheibe mit Butter bestreicht. Das erste Mal seit der Nacht muss ich echt heftig lachen. Ich meine, was ist denn daran schön für sie? Ich fahre mir über das Gesicht und schüttle meinen Kopf.

»So. Schön«, wiederhole ich immer noch ein bisschen lachend.

»Sie ist wunderbar«, erwidert Alayna und beißt von ihrem Toast ab, während ich immer noch damit kämpfen muss, nicht wieder laut loszulachen.

»Aha. Endlich.« Mom schüttelt leicht den Kopf und Onkel Caden nickt zustimmend. Ich frage mich, worüber die beiden da nonverbal reden, aber gut, ich werde ohnehin nicht darauf kommen, weil es die beiden sind.

Mein Vater gähnt und zieht sich den Brotkorb heran.

»Japp, und am nächsten Tag ist dann *das* passiert«, meine ich trocken. Also doch nicht so schön.

Jetzt verzieht Tante Alayna das Gesicht und ich reibe mir über die Stirn.

»Wir gehen!«, ruft meine Schwester aus dem Foyer. »Tony fährt uns!«

»Okay. Ciao, Baby!« Mom winkt ins Foyer, genau wie Tante Alayna, und ich drehe nochmal den Kopf über die Schulter. Bilde ich mir das ein oder ist Catalinas Rock etwas kürzer geworden? Bevor ich das beurteilen kann, hat meine Schwester ihren Mantel darüber gezogen und ist rausgehuscht. Sophia folgt ihr gähnend und schleift ihre Tasche hinter sich her.

»Es ist gut, wenn du zu ihr fährst«, sagt mein Onkel schließlich, weshalb ich mich wieder umdrehe. »Für euch beide.« Damit setzt er seine Brille wieder auf. Ich seufze und stehe auf.

»Kannst du in der Schule anrufen?«, frage ich Mom und sie nickt.

»Mach ich.«

Ich trinke noch den letzten Schluck, dann verabschiede ich mich knapp und Gemurmel folgt, als ich das Esszimmer verlasse, meine Jacke anziehe und nach draußen gehe.

* * *

Ich sitze in meinem Auto, das wohl in der Nacht gebracht wurde, als ich mit Sergio im Poolhaus war, und habe Mühe, meine Augen offenzuhalten. Mein Fenster habe ich runtergelassen und der kühle chicagoer Wind streift meine Wangen, während ich den Kopf angelehnt habe und den Berg hochfahre, der zu den Terekovs führt. Es ist jetzt Viertel nach sieben. Der Weg ist von Laub bedeckt, weshalb ich nicht unnötig rase. Zu meiner Linken wird die Stadt immer kleiner. Der Himmel ist grau und der Boden von einer leichten Nebelschicht bedeckt. Es riecht immer noch nach Regen, obwohl er aufgehört hat. Aber in der Nacht ist er ziemlich heftig niedergeprasselt.

Mein Magen zieht sich zusammen, als ich mich deinem Haus nähere, das sich ebenfalls hier oben befindet. Nur zehn Autominuten von Irinas entfernt. Ich versuche, nicht nach rechts zu sehen. Zwar weiß ich, dass du im de Luca-Haus sein solltest, aber hier bist du überall. Überall. Ich fahre an dem Waldstück vorbei, in dem wir uns immer getroffen haben, und mein Magen zieht sich noch etwas mehr zusammen. Mit dir ist es wirklich schwierig, Selina. Ich bin wie ein Junkie, der vergessen hat, wie süchtig er ist, bis er das Heroin wieder vor sich hat und sich erinnert, wie es war.

Ich beiße hart die Zähne aufeinander und fahre weiter, wobei ich mein Tempo etwas beschleunige und nochmal durch den Rückspiegel nach hinten zu eurer weißen Villa sehe, die so rein in den Himmel hochragt. Zumindest die äußeren Mauern sind makellos weiß. Wie es dahinter aussieht, weiß ich nicht.

Ich lenke das Auto nach links und nehme die scharfe Kurve, wobei ich etwas Laub aufwirble, das hinter mir her weht.

Mein Handy klingelt durch die Freisprechanlage des Wagens und reißt mich völlig aus den Gedanken. Ich werfe einen Blick auf das Display. Es ist anonym und ich nehme über den Knopf am Lenkrad ab.

»Ja?«, frage ich leise.

»Hey«, antwortest du genauso und ich spüre, wie meine Schultern sich anspannen. Wieso rufst du mich ausgerechnet jetzt an, Selina?

»Hey«, erwidere ich lauernd und meine Hand krampft sich automatisch um das Lenkrad.

»Was machst du?«, fragst du nun.

Ich werde dich jetzt nicht anlügen. »Ich fahre zu den Terekovs, und du?«

Du schweigst kurz. Ich weiß, dass es dir missfällt, weil du wahrscheinlich ahnst, dass es um Irina geht. Aber du weißt ja auch, was ihr passiert ist, und wirst es hoffentlich einfach verstehen. Ich habe nicht weiter über all das nachgedacht, was mir in der Hütte in den Sinn gekommen ist, oder gar mit dir darüber geredet. Ich habe dich nicht mal mehr gesehen, seit dem Zeitpunkt, als ich auf der Couch aufgewacht bin. Ich habe nicht weiter darüber gegrübelt, dass du irgendwas mit dem zu tun haben könntest, was Irina passiert ist. So skrupellos bist du nicht. Egal, wie du sein kannst, das würdest du nicht tun. Außerdem hat nun mal Victor getan, was getan wurde. Er ist der Bastard. Und ich, weil ich zu abgelenkt war, um nach ihr zu sehen. Weil ich sie unter Drogen und mit dir auf mir nicht einmal beachtet habe. Dein einziger Fehler bestand darin, Donovan anzurufen, statt es einfach uns zu sagen. Wir, Selina, gehören alle zusammen, seit wir Kinder waren, und Donovan de Luca hatte damit nichts zu tun. Du hast es nur noch schlimmer gemacht. Aber du bist sicher nicht dafür verantwortlich.

Du atmest durch. »Ich wollte nochmal mit dir darüber reden, was da passiert ist ...« Du klingst vorsichtig und sehr sanft. Du weißt sicher, was du jetzt in mir auslösen könntest.

»Was genau meinst du denn?«, frage ich etwas härter als beabsichtigt. Denn es ist ja einiges vorgefallen.

Du zögerst wieder. »Ich meine das am Samstag zwischen uns.« Sofort sind die Bilder wieder da. Von dir und ihm und dieses Gefühl. Dieses Gefühl, einfach nichts getan zu haben. Es einfach geschehen gelassen zu haben. »Ich weiß gar nicht, wie das passieren konnte. Ich wollte das nicht.«

»Du sahst nicht aus, als hättest du es nicht gewollt.«

»Ich habe nicht ...«

Ich halte vor dem goldenen, hohen Tor. Dimitri, die Wache, sieht kurz in den Wagen und gibt dann träge und müde ein Zeichen zu den anderen, worauf es geöffnet wird.

»Du hast nicht was?«, frage ich mit rauer Stimme und rolle über die Allee Richtung Haus.

»Ich habe nicht nachgedacht und … du hast nichts gesagt.« Deine Stimme ist so unsicher, fast kleinlaut, und du stockst immer wieder. Ich nicke hart. Ich habe nichts gesagt und ich hasse mich dafür. Wieso habe ich das zugelassen? Wieso habe ich zugelassen, dass dich ein anderer anfasst? »Ich hätte das sonst nicht gemacht. Ich … ich war gar nicht richtig bei mir.« Ich auch nicht, sonst hätte ich das niemals mit ansehen können.

»Ich weiß, aber ich …« Ich stocke auch und umrunde den Brunnen, an dem ich Irina das erste Mal geküsst habe. Etwas passiert in meiner Brust, als ich daran denke, und es irritiert mich. »Ich kann es trotzdem nicht vergessen, Selina. Ich … kann das nicht verdrängen, ich habe es versucht.«

Jetzt ist es wieder still, während ich neben einem der Mercedes parke. »Was willst du mir damit sagen?«, fragst du nun alarmiert. Sofort habe ich wieder das Bild im Kopf, wie du mit dieser Waffe auf Sergios Bett sitzt. »Du verlässt mich doch nicht, Zayden?«

»Nein«, antworte ich, bevor ich den Motor abstelle, und du atmest aus.

»Okay, lass uns verschwinden! Heute! Bitte!«

Ich sehe an dem massiven, hohen Schloss hoch – und ja, es ist ein Schloss mit sicherlich dreißig Zimmern. Als Kind habe ich mich hier ständig verlaufen. In mir entsteht ein Widerstand, wenn ich daran denke, zu gehen. Dieser Widerstand, der erst seit Neustem da ist. Aber ich weiß, dass ich dich nicht im Stich lassen darf.

»Heute nicht. Gib mir ein paar Tage, um das alles erstmal ordentlich vorzubereiten. Sonst bringt es nichts und wir sind in einer Woche wieder hier.« Meine Stimme ist so widerstrebend. Ich will wirklich nicht weg. Das hat nichts mit dir zu tun, sondern mit all den Menschen hier. Obwohl ich gefühlt gestern noch auf alles und jeden geschissen habe und überall mit dir hingerannt wäre, will ich es heute einfach nicht mehr.

»Wie lang?«, fragst du fast verzweifelt.

Ich überlege kurz, wie lange ich es hinauszögern kann, ohne, dass es dir zu lange dauert und du vielleicht noch was Dummes tust. »Eine Woche, vielleicht zwei.«

Du atmest durch. »Bitte beeil dich«, sagst du eindringlich.

»Mache ich.« Ich sehe immer noch zu dem Haus und hoch zu Irinas Fenster. Die Vorhänge stehen offen, es brennt kein Licht und ich kann nichts erkennen. Ich werde etwas ungeduldig, was mich wieder irritiert. Immerhin habe ich dich am Telefon und das bist *du*.

»Okay«, meinst du unzufrieden und ich nicke abwesend. »Dann … melde ich mich wieder, wenn ich kann.«

Ich runzle leicht die Stirn. »Was heißt, wenn du kannst?« Ich konzentriere mich wieder auf mein Handy.

»Dein Bruder hat mir mein Handy abgenommen. Ich muss außerdem auf einer Matratze auf dem Boden schlafen, ganz zu schweigen von all den anderen Regeln, die er aufgestellt hat. Ich darf nicht einmal sprechen und er hat mich in seinem Zimmer eingesperrt«, erzählst du leise. »Außerdem hat er … ach egal.«

Ich schweige ein paar Sekunden und denke über diese Informationen nach. Okay, ich weiß, dass mein Bruder ein Problem mit dir hat, aber ich kann mir nicht erklären, wieso er so was tun sollte. Tief seufze ich. »Ich spreche mal mit ihm.«

»Okay«, flüsterst du kaum hörbar.

»Wo bist du jetzt?«, frage ich noch, denn wenn du mich anrufen kannst, obwohl er dein Handy hat, wirst du wohl nicht in seinem Zimmer eingesperrt sein.

»Ich bin bei meinem Vater, ich musste da noch was holen und bin gleich heute Morgen losgefahren. Ich bleibe noch ein paar Stunden da. Treffen wir uns?«, willst du nun hoffnungsvoll wissen. Also bist du auch nicht in die Schule gegangen. »Ich hätte jetzt zwanzig Minuten Zeit.«

Ich sehe wieder nach oben zu Irinas Fenster und die Balkontür daneben schwingt auf. Sie tritt in einem cremefarbenen Morgenmantel hinaus und streicht sich gerade das hellblonde, etwas chaotische Haar aus dem Kragen. Aus dem grauen Himmel brechen ein paar Sonnenstrahlen und umspielen sie, während sie den Morgenmantel mit einer Hand zuhält, über die Stadt sieht und von dort nach oben in die Sonne.

Es ist so beruhigend, sie zu betrachten. Ich bemerke, wie mein Pulsschlag sich etwas senkt. Sie ist so zierlich, so zerbrechlich. Ich kann gar nicht damit umgehen, mir vorzustellen, dass dieser Bastard sie zu irgendwas gezwungen hat. Wenn ich nur daran denke, will ich meine Waffe ziehen. Die habe ich zu Hause gelassen, weil ich mir gerade selbst nicht traue.

»Zayden?«, fragst du drängend, weil ich so lange nicht geantwortet habe.

Ich kann jetzt Irina nicht einfach im Stich lassen – nicht nochmal – und dich sehe ich sicher später. Wenn es sein muss, besuche ich eben meinen Bruder und schaue bei dir vorbei. Aber ich kann jetzt nicht hier weg, genauso wenig wie ich meinen Blick von ihr lösen kann. Wie sie dasteht und die Augen schließt, während der Wind um sie streift, ist einfach perfekt.

So perfekt.

»Jetzt geht es nicht«, meine ich leise, während eine angenehme Ruhe mich flutet.

»Was?«, fragst du ungläubig und ich atme durch die Nase aus.

»Selina. Irina wurde vergewaltigt und ich werde jetzt nach ihr sehen. Verstanden? Wir sehen uns später, ich komme bei Sergio vorbei.« Ich hasse es, dass du das nicht verstehst.

»Verstanden«, flüsterst du widerwillig und ich atme durch.

»Okay, es tut mir leid, ich will nicht ekelhaft zu dir sein. Ich bin nur echt angepisst auf mich selber.« Ich streiche mir durch das Haar.

»Ist okay, ich muss einfach nur wissen, dass zwischen uns alles okay ist«, meinst du ebenfalls beschwichtigend.

»Es ist alles okay zwischen uns«, antworte ich nun ruhiger und sehe wieder von Irina weg. »Ich kümmere mich um alles und sage dir Bescheid. Wenn wir uns anders nicht sehen können, dann sorg dafür, dass du ab morgen wieder in der Schule bist. Ich bin dann auch da.«

»Okay.« Deine Stimme ist so leise und rau, das mag ich nicht. Ich mag es nie, wenn du gebrochen klingst.

»Okay. Bis später.«

»Ich liebe dich, bis dann«, höre ich dich noch sagen, bevor ich den roten Knopf auf dem Lenkrad betätige. Keine Sekunde später bin ich ausgestiegen und schlage meine Tür zu, bevor ich den Wagen verriegle.

Irina wird auf mich aufmerksam. Ich schiebe meine Hände in die Jackentaschen und bleibe kurz stehen. Sie hat eine Hand auf das Geländer gestützt und überschaut mich. Ihre dunkelgrünen Augen haben ihren Glanz verloren, das hasse ich am allermeisten. Dieses Strahlen ist gedämpft, aber sie hebt zaghaft einen Mundwinkel.

Der Wind verweht ihre Haare, genau, wie er meine zerzaust. Ich tue es ihr nach und hebe ebenfalls einen Mundwinkel. Ein paar Minuten stehen wir so da und schauen uns an. Das ist wie ein Sog und ich kann gar den Blick nicht abwenden. Sie erinnert mich an einen Engel und ich frage mich unweigerlich, wie ich sie all die Jahre nicht sehen konnte, obwohl sie hell strahlt und unübersehbar ist.

Ich bemerke, wie sich etwas in mir verschiebt, weiß aber nicht, was genau es ist. Kurz fühlt es sich an, als würde jemand eine Mauer in mir zertrümmern und die Sonnenstrahlen, die dahinter verborgen lagen, hindurchbrechen lassen. Kurz wird mir warm. Kurz verdreht sich etwas in meinem Inneren. Kurz werde ich nicht mehr von der Erdanziehungskraft gehalten. Kurz bin ich komplett. Heil.

Mein zweiter Mundwinkel hebt wie von selbst, genau wie ihrer – im selben Moment. Ihre Augen funkeln wieder etwas und erwachen zum Leben. Kurz hat es die letzten drei Tage nie gegeben. Kurz hat es nie Dunkelheit gegeben. Kurz bin ich gut genug. Kurz fühle ich mich fast glücklich und weiß nicht mal, wieso. So glücklich wie schon lange nicht mehr. Ich weiß nicht, was hier passiert, aber ich weiß, dass es etwas verändert. Verändern wird. Verändert hat.

Die Härchen in meinem Nacken stellen sich auf und eine Gänsehaut fegt über meine Arme. Jetzt beschleunigt sich mein Puls wieder etwas, aber es zieht nicht in meiner Brust, es füllt sie endlich aus. Dieses Loch, was mein Herz immer wieder eingesogen hat, schließt sich kurz. Nur kurz, aber es passiert. Ein Prickeln geht durch meine Glieder und ich bewege meine Finger in den Jackentaschen, während sie ihre Hand fester in den Stoff gekrallt hat.

Tief ziehe ich die frische Luft ein, die meine Lungen flutet, wie lange nicht mehr. Als würde ich endlich wirklich atmen und richtig spüren können, dass ich es tue.

Auf einmal will ich echt dringend da rein. Und auf einmal setzen sich meine Füße in Bewegung, im gleichen Moment, wie sie keucht.

Ich gehe die breiten Stufen hinauf und löse meinen Blick von ihr erst, als ich das Haus betrete und von daher muss. Meine Schritte hallen durch das geräumige Foyer. Ich bin hier schon tausendmal einfach herumspaziert, ohne irgendwem Rechenschaft darüber ablegen zu müssen. Mich fragt keiner, was ich hier mache. Entweder warte ich auf Ilja oder ich komme wegen Ivan, weil der irgendwas von mir braucht, oder ich will Ilian sehen, einfach, weil ich echt verrückt nach ihm bin.

Der kommt gerade aus dem Durchgang zum Esszimmer und beißt noch in einen Apfel. Seine dunkelblonden Haare sind etwas chaotisch und er trägt seine Schuluniform. Eine Hand hat er in der Hosentasche vergraben. Seine Augen schimmern heute grünlich-braun und er sieht zu mir auf. Ich würde ja gern stehen bleiben, aber ich kann nicht. Ich muss da hoch.

»Hey, Zayden«, meint er und schlendert weiter, als wäre es völlig normal, dass ich hier um sieben Uhr dreißig ohne Schuluniform mitten in der Woche herumspaziere.

Ich salutiere locker mit zwei Fingern in Ilians Richtung. Es knackt, als er wieder von seinem Apfel abbeißt und nach draußen verschwindet. Ich lege eine Hand auf das Treppengeländer und sehe nach oben, wo Irina gerade den Gang entlangkommt und am obersten Absatz der breiten Stufen stockt. Ich halte auf der zweiten Stufe inne und schaue zu ihr hoch.

Alles, was ich eben empfunden habe, wird noch ein bisschen kräftiger, noch ein bisschen anziehender, und die Mauer bröckelt noch ein bisschen mehr, weshalb ich kurz völlig überfordert mit den Strahlen bin, die mich blenden. Als würde ich nach Jahren aus einem dunklen Keller kriechen und das Tageslicht sehen.

Mein Herz schlägt wieder einen Takt schneller.

Sie setzt sich als Erste in Bewegung. Keine Sekunde vor mir. Ich gehe die Stufen hoch und sie nach unten. Es ist, als wäre es auf einmal überlebenswichtig, dass ich bei ihr ankomme. Wieso auch immer. Es fühlt sich einfach nur so an, als müsste ich jetzt bei ihr sein.

Sie stockt nicht, genauso wenig wie ich, und als wir uns in der Mitte treffen, gehorche ich einfach meinen Instinkten. Denn das kann ich am besten. Zu irgendwas müssen sie ja gut sein, außer dazu, ständig vögeln zu wollen.

Sie steht eine Stufe über mir und ihre zarten Arme legen sich einfach um meinen Nacken, als wäre es das Normalste der Welt. Ich atme zittrig aus und schließe meine Augen, während ich einen Arm um ihre Taille schlinge, sie an mich reiße und sie sich an meine Brust schmiegt, das Gesicht an meiner Halsbeuge. Es bröckelt wieder in mir. Als ich gestern auseinandergefallen bin, hatte ich keine Ahnung, dass das der Anfang von etwas ziemlich Gutem war. Es hat sich so schmerzhaft angefühlt, so falsch. Aber jetzt gerade wird mir klar, dass die besten Dinge die größten Schmerzen einfordern. Und dass ich nicht auseinanderfallen bin, sondern sich etwas in mir neu angeordnet hat. Dass sich etwas in mir tatsächlich verschoben hat. Mir wird klar, dass ich etwas losgelassen habe. Mir wird klar, dass dieses Wochenende einen Sinn hatte. Und mir wird klar, dass alles, was ich nicht mehr will, alles, was mich gestern so tief hat stürzen lassen, nur dazu gedient hat, endlich aufzukommen. Endlich anzukommen und endlich auszubrechen.

Frei zu sein.

Frei von ihr.

Frei von Selina Sanchez.

Ich wollte das nicht. Aber ich wehre mich nicht dagegen. Ich *kann* mich nicht dagegen wehren. Das hier fühlt sich zu perfekt an. Das hier fühlt sich wie das Richtigste der Welt an. Das hier fühlt sich wie der Himmel an. Das hier fühlt sich wie Zukunft an. Und all die Gedanken und die Zweifel darüber, wie es war, sein könnte, wer ich bin, was ich tun könnte, verblassen, weil ich mich mit einem Mal würdig fühle. Gut genug fühle. Weil ich mich mit einem Mal richtig fühle.

Weil ich mit einem Mal meine Augen öffne.

Meine Augen öffne und dich endlich sehe, Irina Terekov.

Ich sehe dich. Und du bist perfekt.

51. Ich sehe uns, Irina

Zayden

Wir stehen immer noch auf der Treppe. Ich weiß nicht, wie lange. Ich weiß nicht, wie oft die Tür unten sich geöffnet und geschlossen hat. Wie oft jemand an uns vorbeigegangen ist, ohne uns anzusprechen. Ich weiß nicht, was um mich herum in den letzten Minuten passiert ist. Ich weiß nur, dass ich nicht großartig darüber nachdenken will. Es ist einfach, wie es ist, und es ist gut so.

Seit ich mich zurückerinnern kann, fühlt sich dieser Moment hier mit dir am richtigsten an, Irina. Alles, was zuvor mit *ihr* war, verblasst mit einem Mal, und das ist mir noch nie passiert. Sie war immer so überdeutlich, so echt, so präsent, so einnehmend und alles überschattend. Doch jetzt ist sie das nicht mehr. Plötzlich verwischen die Erlebnisse mit Selina zu Erlebnissen mit dir. Von dem Moment, als du in der Stadthalle zu mir unter den Tisch gekrabbelt bist, als wir noch neun waren, bis zu dem Moment, als wir gegrillt haben und du mit Rosalie gesungen hast, wobei du keinen Ton treffen konntest. Zu dem Moment auf dem Schulhof, als du zu mir kommen wolltest und Selina sich dazwischen gedrängt hat. Zu dem Moment in der Klasse, als du über die Schulter zu mir gesehen hast und sie mir im selben Moment einen Zettel auf den Tisch geschnippt hat, in dem sie gefragt hat, ob ich ficken will. Zu dem Moment, als ich dich im Schulflur beobachtet habe, weil du versucht hast, einen Stapel Bücher zu balancieren und irgendwie in den Spind zu bekommen, ohne dass alles zusammenfällt, und Selina sich vor mir gebückt hat, um ihren Kniestrumpf zu richten, sodass ich vergessen habe, dich zu fragen, ob du Hilfe brauchst, wie ich es eigentlich vorhatte. Zu dem Moment, als wir alle zu dieser Hochzeit eingeladen waren und an einem Tisch saßen, ich mit meinen Eltern, du mit deinen. Du hast gelacht, ich habe zu dir gesehen. Im selben Augenblick lief Selina an mir vorbei und strich über meine Schulter. Ich bin ihr gefolgt, natürlich, und mir war völlig egal, dass meine ganze Familie am Tisch saß. Ich bin ihr hinterhergegangen zu den Toiletten und du hast nicht mehr gelacht. Zu dem Moment, als ich morgens auf dem Schulhof geparkt habe, du dich auf der anderen Seite gestrafft hast und auf mich zukommen wolltest, Selina sich aber im selben Augenblick in mein offenes Fenster gelehnt hat, sodass ich den Blick von dir abgewendet habe. Bis zu dem Treffen im Casa Del Nero letztes Jahr, als du in diesem weißen Kleid die Treppe runterkamst und ich dich von der Bar aus beobachtet habe, bevor Selina über die Spiegelung hinweg die Beine überschlagen und mir gezeigt hat, dass sie kein Höschen trägt.

Ich habe dich eigentlich immer gesehen, Irina. Sie hat sich nur dazwischen gedrängt und meinen Blick wieder auf sich gelenkt. Immer und immer wieder. Und das fällt mir erst jetzt auf. Erst jetzt wird mir klar, wie wenig ich mit ihr abhauen will. Erst jetzt wird mir klar, was für ein bitteres Gefühl sie immer wieder in mir hat aufkeimen lassen. Erst jetzt wird mir klar, dass es immer nur der Sex war, der mich so an sie gebunden hat. Erst jetzt wird mir klar, dass ich sehr wohl ohne sie leben kann. Erst jetzt mir klar, dass ihr Lachen nie aus dem Herzen kam. Erst jetzt wird mir klar, dass ihre Augen nie so gestrahlt haben, wenn sie mich angesehen hat, wie deine, als du in jener Nacht zu mir hochgesehen hast.

Erst jetzt wird mir klar, dass sie mich nie geliebt hat.

Erst jetzt wird mir klar, dass sie mich gebraucht hat. Dass sie es gebraucht hat, von mir geliebt zu werden. Von mir vergöttert zu werden. Von mir auf dieses Podest gehoben zu werden. Und erst jetzt mir klar, dass mein rasendes Herz in ihrer Nähe nichts mit Liebe zu tun hatte, sondern mit Adrenalin, Lust und Verlangen.

All diese Erkenntnisse sickern durch mich hindurch, während wir auf der Treppe stehen, du in meinem Arm, dein Atem an meinem Hals und deine kleinen Hände fest um mich gelegt. Ich weiß nicht, ob ich diesen Erkenntnissen standhalten würde, wenn du mich nicht umarmen würdest. Denn ich muss zugeben, dass es mir kurz den Boden unter den Füßen wegreißt. Sich einzugestehen, dass das, woran man so lange geglaubt und festgehalten hat, eine Lüge und eine Illusion war, ist bitter und fühlt sich zermürbend an.

Es ist beinahe so, als wäre ich blind gewesen. Und ich will nicht mehr blind sein, ich will die Farben sehen. Ich will keine Dunkelheit mehr, in der alles nur schwarz-weiß ist. Ich will die Sonne spüren. Nicht mehr in der Kälte stehen und mich einsam fühlen, obwohl so viele Menschen um mich herum sind, sondern mit einer Person, der richtigen Person, in der Sonne stehen.

Als du durchatmest, öffne ich meine Augen mühsam, denn meine Lider sind noch schwerer geworden. Ich sehe zu dir runter und du ziehst deinen Kopf zurück, um ebenfalls zu mir hochschauen zu können. Dein dunkles Grün glänzt noch etwas mehr und ich blicke direkt hinein. Unglauben steigt in deine Augen, genau wie leichtes Misstrauen. Ich verstehe schon. Ich will nicht wissen, oder vielleicht doch, wie du dich in all den Jahren gefühlt hast. So unbemerkt und unsichtbar neben ihr. Dabei war es nie sie. Es war nur das, was sie mich hat glauben lassen und was ich so unbedingt sehen wollte. Es geht immer darum, wie man die Dinge wahrnimmt, die vor einem spielen, und nicht darum, was sie tatsächlich sind.

Ich streiche dir ein paar hellblonde Strähnen hinter das Ohr und das fühlt sich echt gut an. Es ist fast, als hätte ich dich am Freitag gar nicht so intensiv gespürt, wie es hätte sein sollen, weil da noch diese Mauer war, die jetzt komplett weggesprengt wurde. Meine Finger bleiben unter deinem Kinn liegen, und trotz allem, was du gerade erst erlebt hast, sind deine Augen so vertrauensvoll auf mich gerichtet. Ich will dieser Mann sein, dem du vertrauen kannst. Nicht der, der dich im Stich lässt. Das wird mir jetzt klar. Ich will, dass du mich immer so ansiehst.

Du runzelst deine Stirn etwas, weil du nicht weißt, was hier passiert, aber ganz ehrlich, Irina, ich habe auch keine Ahnung. Das erste Mal leiten mich meine Instinkte in eine ganz andere Richtung als Sex und Lust. Das erste Mal geht es tiefer und mein Gefühl sagt mir einfach, dass ich jetzt hier mit dir sein muss. Wieso auch immer, das ist völlig egal.

Mit meinem Daumen streiche ich über dein Kinn. Ich habe noch nie so ein großes Bedürfnis danach gehabt, etwas zu ertasten wie deine Haut. Obwohl ich dir erst vor drei Tagen so nahe war, war ich das eigentlich gar nicht, und jetzt versuche ich einfach, zu fühlen. Und es ist gut, nicht einengend, nicht schmerzhaft, nicht verzweifelt. Sondern warm und richtig.

Dein Blick wird sofort weicher und hingebungsvoller, als ich dich berühre, und ich atme tief durch. »Hey«, sage ich dann endlich. Meine Stimme ist ungewohnt emotionsgeladen und heiser. Ich habe mich selbst noch nie so gehört. Ist es das, was mein Onkel meinte, als er gesagt hat, ich würde deinen Namen anders aussprechen?

»Hey ...«, erwiderst du irritiert und total verträumt in einem und ich muss lächeln. Du siehst mich an, als wäre ich ein Gott, der endlich herabgestiegen ist, und als würdest du dem Ganzen nicht trauen. Das ist okay. Denn ich vertraue mir endlich selbst und bin mir sicher, dass ich das Richtige mache. Ich bin mir sicher, dass ich dich halten und dich führen kann. Und das hat wirklich noch nie jemand in mir ausgelöst, weil mich noch nie jemand so vertrauensvoll angeschaut hat wie du es tust.

Ich kann dich nur anstarren, genau wie du mich. Es ist, als würde ich dich wirklich jetzt erst sehen. Du hast dieses kleine Muttermal neben deinem rechten Auge und eine kleine Narbe, die aussieht, als hättest du dich unterhalb deiner linken Schläfe tief gekratzt. Du hast sechs blasse, kleine Sommersprossen um deine Nase, einen hellen Stich in den dunkelgrünen Katzen-Augen, wenn die Sonne darauf fällt, so wie jetzt. Und links zwei braune Sprenkel, die fast golden schimmern. Der Ring um deine Iris ist braun mit einem Goldschimmer. Dein Grün funkelt nur so und erinnert mich an einen Waldsee im Sommer, wenn die Sonne darauf scheint. In der rechten Wange hast du den Ansatz eines Grübchens. Und ich weiß, dass es sich intensiviert, wenn du lächelst. Deine Unterlippe ist voller als deine obere, die einen perfekten Schwung hat. Kein einziger Riss zeigt sich darin, deine Lippen sind natürlich voll und so sinnlich. Und sie lächeln, sie lächeln mich an.

»Bist du wirklich hier?«, fragst du leise. Ich schiebe meine Hand an deinen warmen, weichen Nacken, der so zart ist, und streiche sanft darüber. Du erschauerst spürbar, aber da blitzt noch etwas anderes in deinen Augen auf, weshalb ich stocke. Mir wird kurz eiskalt und ich weiß instinktiv, wo das Problem liegt und wieso du sofort steif wirst. Ich versuche hartnäckig, jetzt nicht zu genau darüber nachzudenken, weil dir das nicht helfen würde. Ganz im Gegenteil. Außerdem will ich dich nicht weiter *daran* erinnern.

Also streiche ich einfach weiter, als wäre nichts passiert, bis nach oben in deinen Haaransatz. Du atmest langsam aus und deine Schultern sinken wieder, während ich deine langen Haare durch meine gespreizten Finger gleiten lasse. Sie fallen wie Seide auf deinen Rücken herab.

Du erschauerst erneut und ich betrachte dein Gesicht wieder genauer. »Fühlt sich so an, oder?«, frage ich leise und glaube, dass ich noch nie so sehr anwesend war, wie ich es jetzt bin.

»Ja«, murmelst du, die Hände um meinen Nacken gelegt.

Immer noch wirkst du sichtlich verwirrt und ich verstehe es. Es ist sicher seltsam für dich, denn du bist ja nicht in meinem Kopf und hast keine Ahnung von alldem.

»Wollen wir in dein Zimmer gehen?«, frage ich, weil ich dir wohl ein paar Dinge erklären muss. Nicht nur dir, sondern auch mir selbst.

Du überdenkst das kurz und nickst schließlich. Dann ziehst du zaghaft deine Finger von mir, aber ich greife sofort wieder nach deiner Hand und verharre kurz. Ich muss ausprobieren, wie sich das anfühlt, und verschränke deine Finger testweise mit meinen, wobei ich sie betrachte. Dein heller Nagellack ist abgeblättert und deine Hand ist so klein. So zart und weich, so zerbrechlich. Und sie geht völlig in meiner unter. Deine Haut ist heller als meine. Deine Knöchel sind so fein. Dein Griff ist fest, aber nicht erdrückend.

Es fühlt sich gut an. Ich hebe den Blick wieder in dein Gesicht. Du siehst auch unsere Hände mit gerunzelter Stirn an und schaust anschließend zu mir hoch. Unsicherheit, Irritation sowie Faszination vermischen sich miteinander. Du atmest durch und setzt dich in Bewegung, während ich dir folge und deine Hand weiterhin halte. Zweimal siehst du über die Schulter zu mir und zweimal sehe ich zu dir zurück. Zweimal schüttelst du ungläubig den Kopf und schaust wieder nach vorn. Ich folge dir den Gang entlang und in dein Zimmer. Hier war ich schon ein paarmal, meistens dann, wenn ich Rosalie abgeholt habe und noch im Durchgang auf sie warten musste. Oder auf dieser einen Party, auf der Selina mich in dein Zimmer gezogen hat, um mir einen zu blasen. Aber das erzähle ich dir jetzt nicht. Im Nachhinein fühle ich mich deshalb schon schlecht genug. Auch in diesem Moment hätte ich sie am liebsten aufgehalten oder in ein anderes Zimmer gebracht. Aber sie hat mich völlig abgelenkt. Wie so oft.

Ich schließe die Tür hinter uns. Durch das hohe Fenster fällt Sonnenlicht in den Raum und auf das hohe, weiße Bett mit den endlos vielen beigen und hellblauen Kissen. Es ist nicht gerichtet, weil du selbst noch nicht lange wach bist. Aber man sieht an dem leichten Abdruck in den Laken, dass du nur auf der äußersten Kante geschlafen hast, falls du es überhaupt getan hast.

Zu unserer Rechten befinden sich zwei weiße, hohe Bücherregale, die völlig vollgestopft sind. Zu unserer Linken steht ein weißer Schreibtisch, der ebenfalls völlig überwuchert ist von Schulbüchern, Blöcken, Stiften und deinem Laptop. Dazwischen sehe ich ein paar Kerzen, Gläser als auch Tassen, und überall kleben Post-Its. Die Sonne scheint auf den Erker, der mit Kissen und Polstern ausgelegt ist, und der Teppich unter meinen Füßen ist beigefarben und weich. Dein Zimmer wirkt so friedlich.

Du ziehst mich zu dem Erker, während du immer noch deinen Morgenmantel und Schlafhosen darunter sowie ein

Top trägst, das sich unter dem Stoff abzeichnet. Schließlich setzt du dich und ich streife meine Jacke ab, weshalb ich dich loslasse, und schmeiße sie über den Schreibtischstuhl, bevor ich meine Schuhe ausziehe und mich neben dir niederlasse. Hier drin riecht es so süß und angenehm. Ich spüre, wie die Müdigkeit mich immer mehr überkommt. Die Sonne scheint auf unsere Gesichter und wärmt meine Haut.

Du musterst mich abwartend und ich nehme aus einem Impuls heraus deine Hand wieder in meine. Meine Finger sind rau und teilweise aufgeschürft, die Ringe daran funkeln. Du betrachtest wieder das Bild von meiner Hand um deiner, während ich nur dich betrachte.

»Okay … was ist das?«, fragst du schließlich verwirrt und etwas heiser.

»Ich weiß es nicht«, antworte ich ehrlich. »Ich schätze, ich …« Ja, was denn? Was will ich denn sagen? Ich versuche, nicht mit dem Kopf zu denken, sondern mit dem Herzen, und stocke kurz, weil ich erstmal darauf zurückgreifen muss. Es schlägt immer noch schnell, aber konstant und kräftig. Schließlich sehe ich dir in deine grünen Augen. »Ich kann es nicht so gut erklären, aber ich habe jetzt gesehen, was richtig und was falsch ist«, versuche ich, mich irgendwie auszudrücken und es dir begreiflich zu machen. »Und dass du richtig bist.«

Du betrachtest mich aufmerksam und nickst langsam, wobei du trotzdem nicht wirklich dahinterzukommen scheinst, was das hier wird.

»Ich will dich beschützen«, schießt es dann aus mir heraus. »Und ich will für dich da sein.« Wirklich, das wollte ich noch nie so sehr wie jetzt gerade. Für jemanden da sein und etwas gutmachen, etwas besser machen. »Ich will …« Resignation und Verstehen zucken durch deinen Blick. »Ich will …«, wiederhole ich nun eindringlicher. »Ich glaube, ich will mit dir zusammen sein.« Okay, das war jetzt *nicht* geplant. Ich habe echt keine Ahnung, woher das kommt, und seit wann ich mit irgendwem zusammen sein will, aber als mein Herz noch etwas kräftiger schlägt, wie um das zu bestätigen, weiß ich, dass ich das Richtige tue.

Der letzte Satz schockt dich geradezu und wirft dich aus der Bahn. Du blinzelst. Dann schüttelst du deinen Kopf, wie um ihn zu klären. »Du musst nicht mit mir zusammen sein, weil du dich schuldig fühlst!«, erwiderst du. Deine Worte sind wie eine kalte Dusche. Ich bin total verwirrt und starre dich verständnislos an. Wieso sollte ich mit dir zusammen sein wollen wegen meiner Schuldgefühle? Die haben doch gar nichts damit zu tun, denn sie sind ein eigenes Thema. Wenn es nach ihnen gehen würde, wäre ich jetzt nicht hier, weil ich mit Schuld nicht umgehen kann. »Es ist nicht deine Schuld …«, erklärst du jetzt auch verständnislos und mir wird klar, was du denkst. Du bist der Meinung, es würde mir um diese Sache mit diesem Bastard am Samstag gehen, die ich krampfhaft aus meinem Kopf verbannen will, obwohl sie mich verfolgt.

Ich halte deine Hand etwas fester. »Ich will mit dir zusammen«, wiederhole ich. Es fühlt sich noch ein bisschen richtiger an, weshalb meine Stimme noch überzeugter klingt als zuvor. »Ich will hier sein, mit dir, und nicht, weil ich mich schuldig fühle, sondern, weil ich glaube, dass du diejenige bist, die ich lieben kann … wenn du das willst und Geduld hast, weil …« Ich stocke, weil du genau weißt, wieso. Ich habe keine Ahnung, woher all das kommt, aber es kommt und es ist gut.

Spätestens bei *Lieben* ist dein Mund aufgeklappt, und ich gebe dir die Zeit, das zu verinnerlichen. Mir ist klar, dass das ziemlich viele neue Informationen für dich sind. Für mich allerdings auch.

»Aber …« Du verstummst. »Ich … bin ich. Und du bist du!«, sagst du dann zögernd und total konfus.

»Ja?« Ich verstehe nicht, worauf du hinauswillst, Irina. Doch, eigentlich schon, aber das hier macht mir viel zu viel Spaß. Du bist ein bisschen süß, wenn du irritiert bist. Ich glaube, ich muss das öfter machen.

»Verarschst du mich?«, fragst du mich jetzt völlig fassungslos und ich muss lachen, dann lehne ich mich zurück, während du mich düster anstarrst. Klar, ich komme hierher und sage all diese Dinge, um dich zu *verarschen*.

»Nein«, meine ich schließlich. »Ich weiß nicht, was mit mir ist, okay? Aber ich denke zurzeit sehr oft an dich. Und ja, ich bin ein Abfuck, aber wenn ich mit dir zusammen bin, bin ich gar nicht so ein Abfuck«, stelle ich stirnrunzelnd fest.

»Du bist auch kein Abfuck«, erwiderst du defensiv, als hätte ich *dich* beleidigt und nicht mich selbst. Deine Augen blitzen und erwachen wieder zum Leben, obwohl *er* sie so abgestumpft hat.

»Doch, das bin ich, aber eben nicht bei dir. Und ich dachte, du bist zu gut für mich oder ich nicht gut genug für dich. Ich dachte, es ist sie, aber … ich weiß es nicht, etwas hat sich verändert. Und es ist nicht mehr sie«, stammle ich in dem erneuten Versuch, mich verständlich zu machen.

»Und ich verstehe, wenn du Zeit brauchst, nach allem, was passiert ist, und damit meine ich nicht nur das letzte Wochenende, sondern all die Jahre, in denen ich jemand anderen offensichtlich bevorzugt habe. Ich verstehe das. Ich will nur, dass du weißt, dass ich dich will. Aber wenn du das nicht kannst oder nicht willst, ist es auch okay. Okay, es wäre nicht okay, aber ich würde es so hinnehmen. Ich will nicht mit ihr weglaufen. Ich will nicht weiter in dieser Dunkelheit sein. Ich will hier sein, ich will …«

»Ich will *dich*!«, unterbrichst du mich immer noch total fassungslos. »Ich wollte dich immer.« Mein Herz wird jetzt warm und es strahlt in jede Zelle meines Körpers. Ich liebe es, das zu hören. Ich liebe es, dich zu sehen, wirklich zu sehen. Ich hatte ja keine Ahnung, was ich verpasst habe und wie unglaublich schön du bist.

»Ich will einfach nur bei dir sein und dir beweisen, dass ich auch anders sein kann, als das, was du von mir kennst und gesehen hast. Das war nicht alles. Das war nicht ich«, erkläre ich etwas verwirrt und bemerke es selbst erst in dem Moment, als ich es sage. Das war nur ein Bruchteil von mir und nicht der schöne Teil.

»Ich … bin … verwirrt. Aber ich will das schon so lange. Dich schon so lange. Und ich habe keine Ahnung, womit ich das jetzt verdient habe. Aber ich könnte gar nicht nein zu dir sagen«, meinst du leise und etwas abgehackt. Ich kann nicht glauben, dass du denkst, mich nicht verdient zu haben. Wenn, dann ist es umgekehrt. »Ich habe außerdem nicht nur Schlechtes von dir gesehen. Ich habe gesehen, dass du immer für deinen Bruder da warst, wenn er das gebraucht hat. Ich habe gesehen, dass du für Rosalie alles stehen und liegen gelassen hast. Ich habe gesehen, dass du den Kleinen aus der Unterstufe immer verteidigt hast, wenn er gemobbt wurde. Ich habe gesehen, dass du Ilian aufgebaut hast, wenn es ihm schlecht ging. Hinter der Turnhalle. Und dass du angehalten und fünf Minuten geduldig gewartet hast, damit eine Frau mit ihrem Rollator über die Straße kann, während die anderen hinter dir ungeduldig gehupt haben. Du hast meine Bücher getragen, als ich mir den Arm gebrochen habe. Und du hast versucht, diesem kleinen, mexikanischen Einwanderer stundenlang unsere Sprache beizubringen. Auch, wenn er jetzt sehr viel flucht … Und du hast deinen Laptop einfach so verschenkt, als Matt den von Lia kaputt gemacht hat. Weil du wusstest, dass Lia kein Geld hatte, um sich einen neuen zu kaufen und ihre Eltern gerade so die Schule bezahlen können. Ich habe das alles gesehen. Ich habe dich gestalkt. Und ja, du hast sicher auch Fehler gemacht, aber du warst nie bösartig und hast nie irgendwen mit Absicht verletzt. Du bist immer für die da, die dir was bedeuten, und du bist sogar für die stark, die nicht stark sein können. Du bist kein schlechter Mensch. Du bist nicht böse. Du bist pur und versteckst keine deiner Seiten. Das tun nur die wenigsten Menschen und dafür braucht es wahren Mut. Aber du bist nicht schlecht. Also versuch nicht immer, mir etwas anderes einzureden.« Das alles sagst du voller Überzeugung, ohne einmal den Blick von mir abzuwenden. Genau genommen hast du mir dabei sogar permanent in die Augen gesehen.

Ich ziehe die Brauen zusammen und höre dir zu. Höre dir einfach nur zu. All diese Dinge sind mir nie aufgefallen.

Alles, was ich in mir gesehen habe, war der egoistische Wichser, den *sie* zum Vorschein gebracht hat, wann immer sie es wollte. Auch das wird mir jetzt klar. Und ja, dieser Wichser schlummert in mir, aber du bist kein Mensch, der ihn ans Tageslicht bringen würde. Du willst ihn gar nicht, du brauchst ihn nicht. Du siehst das Gute in mir und das habe ich selbst schon sehr lange nicht mehr. An all diese Dinge habe ich mich kaum mehr erinnert. Sie waren auch nicht mehr relevant für mich und haben an Bedeutung verloren. Ilian hinter der Turnhalle aufzubauen, hat an Bedeutung verloren. Für meinen Bruder da zu sein, hat an Bedeutung verloren. Ich wollte ihn lieber für alles verantwortlich machen, was bei mir schieflief. Ich wollte lieber den Goldjungen in ihm sehen, der bevorzugt wird, wobei das nicht einmal stimmt. Meiner Mutter einen flüchtigen Kuss im Vorbeigehen aufzudrücken, hat an Bedeutung verloren. Und meinen Vater stolz zu machen, hat für mich an Bedeutung verloren. Mit meinem Onkel Zeit zu verbringen und von ihm zu lernen, hat an Bedeutung verloren. Meiner Schwester das Leben ein bisschen schwerer zu machen, indem ich sie necke und ärgere, hat an Bedeutung verloren. Nachzuforschen, was in Rosalies Leben so vor sich geht, hat an Bedeutung verloren, sonst hätte sie mir so lange nichts vormachen können, was Sergio angeht. Sophias Spickzettel für sie zu schreiben und so zu verstecken, dass sie nicht erwischt wird, hat an Bedeutung verloren, und bei Tante Alayna in der Küche zu stehen und ihr beim Kochen zuzuschauen, weil das wie eine Therapie für mich war und mich immer abgelenkt hat, hat an Bedeutung für mich verloren. Ich war so getrieben von

Selina, so getrieben davon, nur für sie zu existieren, in ihre Welt zu passen, dass ich für gar nichts anderes mehr gelebt habe.

Doch ich will dieser Mann sein, den du in mir siehst. Ich will mehr davon. Ich will mehr von mir selbst zurückhaben.

Ich schaue runter auf deine Hand in meiner und will sie mit einem Mal gar nicht mehr loslassen. Tief atme ich durch. »Okay … ich … weiß, dass der Start nicht ideal war, aber ich will es trotzdem versuchen. Ich … habe noch nie …« Ich stocke und runzle meine Stirn. »Eine richtige Beziehung geführt. Ich meine, eine mit Treue und Öffentlichkeit und so. Und ich weiß nicht, ob ich gut darin bin. Aber ich will es probieren. Mit dir.« Ich habe keine Ahnung, wann ich das beschlossen habe. Wirklich nicht. Aber ich sehe uns. Zusammen an den Spinden, während ich dich dort küsse. Ich sehe uns bei meiner Familie am Tisch sitzen, du neben mir. Du passt da gut rein. Ich sehe mich bei deiner Familie am Tisch, wo ich genauso gut reinpasse. Ich sehe uns am Wochenende im Sommer am See und dich bei uns am Pool. Ich sehe dich auf meinem Bett liegen und ein Buch lesen, bevor du mich anlächelst, wenn ich ins Zimmer komme. Ich sehe uns in Italien bei meiner Familie an der Bucht, die ich dir zeigen will, und ich sehe dich im Auto neben mir. Ich sehe uns einen Joint im Poolhaus rauchen und im Urlaub in der heißen Sonne auf der Terrasse eines Hotels lachen. Ich sehe dich am Morgen, wenn ich die Augen öffne und du neben mir liegst, und ich sehe dich mit meiner Mutter auf der Couch, genauso wie ich mich mit deinem Vater in seinem Büro sehe.

Ich sehe dich.

Ich sehe uns.

Und ich will das mit einem Mal mehr als alles andere.

»Ich habe auch noch nie eine Beziehung geführt.« Du lächelst etwas und deine Augen schimmern. »Und ich …« Du streichst dir die Haare hinter das Ohr. »Habe vieles noch nicht getan und würde es mit dir probieren.« Dass du das sagst, trotz allem, was am Samstag war, ist für mich fast unglaublich. Aber ich liebe es. Ich liebe es, dass du es mit mir trotzdem probieren willst und mir so sehr vertraust. Ich weiß nicht, womit ich das Vertrauen verdient habe, aber ich werde auf jeden Fall versuchen, alles versuchen, um es nicht zu zerstören.

Ich hebe einen Mundwinkel und streiche mit dem Daumen über deine feinen Knöchel. »Okay«, flüstere ich schließlich und denke, dass dieses Wort in meinem Leben noch nie so gewichtig war.

»Okay.« Du wirkst, als könntest du nicht wirklich glauben, was hier passiert. Mir geht es nicht anders, aber das ist schon okay. Wir werden das schon irgendwie machen, wie Sergio immer sagt.

Wir atmen beide durch und ich will dich küssen, aber das tue ich jetzt nicht, weil ich dich nicht einengen oder zu irgendetwas treiben will, wozu du noch nicht bereit bist. Ich will, dass du auf mich zukommst, wenn du so weit bist, und dann werde ich dir zeigen, wie ein Mann eine Frau zu behandeln hat. Ich werde all das, was vor zwei Tagen war, wiedergutmachen. Es dich so gut vergessen lassen, wie ich kann und wie du kannst.

Ich erhebe mich und ziehe dich an der Hand mit, bevor ich dich sanft zum Bett führe. Als wir danebenstehen, sehe ich dich fragend an. Du wirkst etwas unsicher, aber setzt dich.

Ohne ebenfalls Platz zu nehmen, schaue ich wieder in dein perfektes Gesicht, wobei ich dir mit den Fingerspitzen ein paar Strähnen von der Wange streiche. Ich mag das wirklich. »Ich weiß nicht, wie es dir geht, aber ich bin echt müde.«

»Ich bin auch echt müde«, meinst du leise. Es klingt, als würde es sich auf so vieles beziehen. Genauso wie bei mir. Ich bin ebenfalls müde, erschöpft von all der Schwärze, den Intrigen, den Lügen, dem Schmerz.

Du ziehst mich an der Hand auf das Bett. Ich folge und lasse mich auf die linke Seite fallen. Die Kissen riechen nach dir, das mag ich auch, wie ich jetzt feststelle, und es ist himmlisch weich. Die Sonne fällt auf uns. Ich strecke den Arm aus und du schiebst dich an meine Seite, wobei du selbst ganz zaghaft vorgehst. Ich kann mir vorstellen, wie schwierig das für dich ist, weshalb ich dich nicht an mich ziehe, sondern warte.

Vorsichtig legst du den Kopf auf meine Brust und deine Hand auf meinen Oberkörper. Ich atme tief durch. Das fühlt sich noch besser an. Ich mag es nicht nur, ich liebe es. Du passt perfekt in meinen Arm, als wärst nur für mich gemacht worden, Irina.

Du bist zunächst etwas steif, aber dann atmest du aus und entspannst dich, während ich an die Decke sehe und mit deinen Haaren spiele. Du vertraust mir. Das liebe ich auch.

In meinem Leben war kein Moment jemals so perfekt friedlich. Und so perfekt richtig.

»Ich habe eine Million Fragen«, murmelst du schläfrig. Deine Hand liegt über meinem ruhig schlagenden Herzen und du streichst mit den Fingerspitzen über den Stoff meines Pullovers.

»Okay.« Meine Lider werden schwer. »Aber erst schlafen wir.«

Ich spüre noch dein Nicken und meine Hand von deinem Haar sinken. Schließlich schlafe ich ein und ich schlafe so gut wie seit über einem Jahr nicht mehr, Irina.

52. Noch nicht das Ende, Sergio

XX

Rosalie

Es ist Dienstag. Wir waren gestern alle nicht in der Schule, weil wir erstmal einigermaßen verdauen mussten, was am Wochenende geschehen ist. Ich habe mich noch nie in meinem ganzen Leben so schuldig gefühlt, wie ich es jetzt tue. Denn ich habe nicht auf meine beste Freundin aufgepasst. Auch, wenn ich niemals angenommen hätte, dass so was tatsächlich passiert. Dass alles so eskaliert. So was erwartet man einfach nicht im direkten Umfeld. Aber das war naiv. In unserer Welt ist alles möglich. Das Gute sowie das Schlechte.

Jetzt ist es geschehen und ich kann nur für Irina da sein. Ich kann nur irgendwie versuchen, mit meinem Gewissen umzugehen und weiterzumachen. Nicht zu sehr darüber nachzudenken, es mir nicht vorzustellen und nicht kopflos zu werden. Nicht darüber nachzudenken, was sie empfunden haben muss, als *er* sie einfach so angefasst hat. Als er sie einfach so kaputtgemacht hat, als hätte sie kein Recht über ihren eigenen Körper.

Es ist schon heftig, wie nahe manchmal das Schöne und das Schlechte beieinander liegen und wie schnell etwas umschlagen kann. Zuerst waren da wir beide. Du hast mir diese Liebeserklärung gemacht. Wir haben wieder Zeit miteinander verbracht. Wir waren in diesem Wald und hatten diese Nacht – konnten wieder zusammen sein, wenn auch nur für ein paar Stunden. Wir konnten wieder Energie tanken. Kurz war alles so friedlich, und dann ist alles in sich zusammengebrochen. Wie ein Hurrikan nach einem sonnigen Tag, der alles aufwühlt und zerstört. Zuerst Irina, dann Zayden und letztendlich du.

Ich weiß nicht genau, was dein Vater wieder getan hat, aber ich habe sehr wohl die Rötung an deiner Wange bemerkt, die nach und nach verblasst ist. Es war für mich noch nie so schwer, diesen Hass niederzukämpfen, als du mitten in der Nacht zu uns kamst. Es war für mich noch nie so schwer, nicht deine Hand zu nehmen und dich darum zu bitten, mit mir zu gehen, weil ich das nicht mit anschauen kann, wie er dich kaputt macht. Ich habe es nicht getan. Ich war für dich da. Ich habe zugehört, doch was du gesagt hast, hat mir kurz den Boden unter den Füßen weggezogen. Ja, ich habe geahnt, dass du mich liebst. Ich habe es gespürt. Aber es zu hören, das erste Mal aus deinem Mund, hat meine Welt kurz stillstehen lassen. Es hat alles verändert und gleichzeitig nichts. Es war so perfekt und gleichzeitig niederschmetternd. Es war das, was ich so lange von dir hören wollte, in einem Moment ausgesprochen, in dem es kein Wir geben darf.

Du liebst mich, Sergio, und ich liebe dich, aber was hat das für eine Bedeutung, wenn wir das nicht ausleben dürfen? Wenn wir nicht wir sein, nicht zusammen sein können? Wenn unsere Zukunft so ungewiss ist?

Ich verstehe, dass du durchdrehst. Ich verstehe, dass dir das zu viel wird. Es ist auch einfach zu viel für jemanden in deinem Alter. Dein Vater kann von dir nicht erwarten, all diese Verantwortung mit einem Mal zu tragen, ohne dich auf dem Weg dorthin angemessen zu begleiten. Ich bekomme mit, wie mein Onkel es mit Zayden macht. Er bürdet ihm Stück für Stück auf, und nicht alles auf einmal, in der Hoffnung, dass er darunter nicht zusammenbricht und stark genug ist. Oder ist es deinem Vater etwa egal? Hauptsache, du funktionierst, wenn er dich braucht. Ist es ihm egal, wie es dir geht und dass dir diese Last irgendwann zwangsläufig zu schwer werden wird, bis du nicht mehr aufrecht stehen können wirst? Dieser Gedanke ist grauenhaft, weil du einer der aufrechtesten Männer bist, die ich kenne, und wenn dein Vater das bricht, dann bricht er dein gesamtes Sein. Deinen Stolz, dein Wesen, was dich ausmacht. Was dich so besonders macht. Und dann weiß ich nicht, was ich tun werde. Dann werde ich völlig durchdrehen.

Ein kleiner Teil von mir fragt sich, ob ich nicht um dich kämpfen sollte, ob ich nicht versuchen sollte, dir die Augen dafür zu öffnen, wie verrückt und unmöglich das ist, was dein Vater eigentlich von dir verlangt. Aber ich weiß nicht, ob das etwas ändern würde, weil du so aufgewachsen bist und weil es für dich nie eine andere Alternative gab. Außerdem steht es mir nicht zu, dich auf deinem Weg in eine Richtung zu drängen, die du dir nicht selbst ausgesucht hast. Wenn ich das tun würde, wäre ich nicht anders als dein Vater oder eine Selina. Ich kann nur deinen Weg akzeptieren und dir meine Hand anbieten, wenn du sie brauchst. Ich werde dir immer Halt geben, egal, was auch passieren wird. Ich werde immer für dich da sein, ohne dich zu beeinflussen, ich werde darauf vertrauen, dass du deinen Weg findest – einen Weg für uns findest und dass du irgendwann zu mir zurückkommst, wenn die Zeit reif ist. Ich werde warten. Ich werde geduldig sein. Und ich werde dich nicht loslassen.

Du bist mein Immer. Du bist mein Licht und meine Dunkelheit. Mein Tag und meine Nacht. Du bist mein Weg und mein Ziel.

Und ich werde hinter dir stehen, deine Stütze sein, so wie ich darauf vertrauen werde, dass du immer vor mir stehen wirst, wenn ich dich brauche.

Das ist es, was Liebe für mich ausmacht. Bedingungslose, wahre Liebe.

Du bist am Sonntag irgendwann in der Nacht gegangen, nachdem du mit Zayden im Poolhaus warst, um runterzukommen. Das tut ihr immer, ihr bringt euch gegenseitig runter. Ich bin froh, dass wenigstens euer Verhältnis wieder intakt ist. Wenn schon sonst alles auseinanderbricht, dann ist das doch das Wichtigste. Dass wir drei noch uns haben. Egal, auf welche Art.

Heute gehen Zayden und ich wieder in die Schule. Ich sitze am Frühstückstisch und versuche, ein wenig zu essen, obwohl mein Magen so in Aufruhr ist. Gleichzeitig ist mir schon ganz schlecht vor Hunger. Ich lasse meinen Blick über den Tisch wandern, während ich Marmelade auf meinen Toast streiche.

Tante Isabelle diskutiert gerade mit Catalina, dass es zu kalt ist, um ohne Strumpfhose rauszugehen. Catalina hat ihren Rock gekürzt, denn sie will Ilians Aufmerksamkeit. Es fängt an, Sergio. Wie wir beide genau wissen und immer vermutet haben, du mit weniger Enthusiasmus als ich. Aber sorry, die beiden gehören nun mal zusammen, das wirst du schon noch einsehen.

Catalina seufzt gerade schwer. »Okay, ich ziehe mir eine an, aber erst esse ich. Okay, Mom?«, geht sie den Deal ein. Tante Isabelle ist zufrieden und nickt. Mein Onkel ist auch zufrieden. Er hätte ihr die Strumpfhose sicher persönlich über die Beine gezerrt, wie er es schon so oft getan hat, wenn sie zu müde war, um sich anzuziehen, weil sie nicht genug geschlafen hat. Das tut sie in letzter Zeit nicht, seit sie dieses Handy bekommen hat.

Mein Vater rührt in seinem Kaffee und meine Mutter blättert in einer Zeitschrift mit Möbeln. »Also ich finde, diese Kommode passt sehr gut in den Flur«, murmelt sie eher für sich und blendet mal wieder alles andere aus. Das kann sie gut. Deswegen ist sie immer so zufrieden und mit sich im Reinen. Ein paar ihrer dunkelbraunen Strähnen fallen in ihr Gesicht und ihr Haar glänzt im einfallenden Sonnenschein.

»Aber da steht doch schon eine Kommode, Mom.« Sophia schaut aus dem Fenster, während sie das abwesend sagt, und beobachtet etwas, was ich nicht sehen kann. Wie so oft.

»Ja, aber die ist alt.« Mom winkt ab. Ihr abgenutzter Ehering, den sie noch nie abgenommen hat, funkelt ebenfalls im Sonnenlicht.

»Wir können sie schleifen und neu streichen.« Meine Schwester schaut jetzt zu unserer Mutter, wobei ihre undefinierbaren Augen heute blau und braun schimmern. »Man muss nicht alles wegschmeißen, was alt ist. Das ist fies«, stellt sie mit zusammengezogenen Brauen etwas entrüstet fest.

»Ich könnte auch gleich fies sein«, murmelt mein Vater in sich hinein, ohne von seinem Kaffee aufzusehen, und alle straffen sich etwas, außer mein Onkel und meine Tante.

Mein Onkel grinst träge. »Oh Caden, sag das jetzt nicht«, warnt er ihn und Mom hebt die Augenbrauen.

»Was denn?«, fragt sie lauernd, ihre braungrünen Augen blitzen warnend.

»Nichts, Babygirl.« Mein Vater schwingt einen Arm über ihre Stuhllehne und streicht meiner Mom durch die Haare, um sie abzulenken und zu besänftigen. Das klappt meistens.

Sie betrachtet ihn mit verengten Augen und murmelt dann vor sich hin: »Ist auch besser so. Und das könnte ich auch sagen …«, als Schritte auf den Treppenstufen ertönen. Es ist Zayden. Er ist der Einzige, der noch fehlt.

Ich habe ihn gestern nicht gesehen, denn er war den ganzen Tag bis spät in den Abend weg. Wahrscheinlich bei Selina. Natürlich. Er wird jetzt der reinste Abfuck sein, wenn er hier reinkommt. Ausgelaugt, blass, genervt und gereizt mit seinen feindseligen, türkisen, kalten Augen. Er wird ekelhaft sein und eine Seite von sich präsentieren, die sie immer aus ihm rausholt.

Alle ziehen ihre Köpfe erstaunt zurück, als er den Raum betritt, und mustern ihn ungläubig. Denn er ist nichts von dem, was ich gerade dachte. Ganz im Gegenteil.

Zayden ist frisch geduscht und rasiert. Seine schwarzen Haare liegen perfekt nach hinten an. Seine Augen sind klar. Er ist nüchtern und hellwach. Er sieht wirklich gut aus. Geordnet. Sein Gesicht ist nicht mehr blass und er hat keinerlei Augenringe. Als würde er gerade aus dem Spa kommen. Sein weißes Hemd steckt perfekt in der bordeauxroten Hose und der Gürtel ordentlich in den Schlaufen. Er trägt den gleichfarbigen Cardigan, den er sonst nie anhat, weil er ihn hasst, und seine silberne Uhr funkelt an seinem Handgelenk.

Locker umrundet er den Tisch und beugt sich runter zu eurer Mutter, um sie auf die Schläfe zu küssen, was sie etwas skeptisch zur Kenntnis nimmt, weil er das so lange nicht mehr getan hat. Aber ich sehe sofort das warme Funkeln in ihren grünen Augen. Dann schlendert Zayden weiter, bevor er Catalinas schwarzes, noch nicht gerichtetes Haar zerzaust und an Sophias Zopf zieht. Beide beschweren sich lautstark, während er sich auf seinen Platz sinken lässt. Catalina pustet sich demonstrativ die wirren Strähnen aus dem Gesicht.

Ich mustere meinen Cousin genauer. Er sieht echt aufgeräumt aus, so erholt, also war er eindeutig nicht bei Selina. Das kann gar nicht sein, weil sie sich immer wieder was Neues einfallen lässt, um ihn fertigzumachen.

Wir beobachten ihn immer noch alle skeptisch. Alle außer meinem Vater, der lächelt in sich hinein und weiß wieder Dinge nach nur einem Blick, die wir alle nicht mal ahnen.

Zayden nimmt sich ein Stück Baguette und zieht sich die Butter ran, wobei ich bemerke, dass er nur noch seinen Siegelring trägt und die anderen abgenommen hat.

»Und?«, fragt er und schaut kurz in die Runde.

»Bist du rasiert?« Tante Isabelle ist erschüttert.

»Ist dein Hemd ordentlich zugeknöpft?«, erkundigt sich meine Mom ungläubig.

»Und du hast nicht das von letzter Woche an, sondern ein frisches«, stellt Tante Isabelle nun fest.

»Und was ist mit deinen Haaren passiert? Sind die etwa gekämmt?« Meine Mom legt den Kopf schief.

»Ich habe geduscht.« Zayden ist nun auch leicht irritiert. »Und mich rasiert und ja, ein frisches Hemd an.« Er runzelt seine Stirn und schmiert äußerst skeptisch die Butter auf sein Baguettestück. Sein frischer Duft strömt langsam zu mir rüber.

Okay, entweder wurde er von Außerirdischen ausgetauscht oder … ich weiß auch nicht, was zu dieser Wandlung geführt haben könnte.

Er sieht zu mir, als er meinen forschenden Blick bemerkt. »Wo warst du gestern denn?«, frage ich interessiert.

»Ich war bei Irina.« Zayden wirkt, als hätte er mit so einer Frage gerechnet, weshalb er das ganz sachlich und ohne zu zögern von sich gibt. Mir fällt fast mein Toast aus der Hand. »Wir sind jetzt zusammen«, informiert er abwinkend, bevor alle nachhaken können, und beißt in sein Baguette.

Oh Scheiße, jetzt fällt mein Toast wirklich einfach aus meinen Fingern, und zwar falsch herum, was deine Mutter verwirrt-amüsiert zur Kenntnis nimmt.

»WAS ZUM TEUFEL?« Catalina ist echt angewidert und gleichzeitig verwundert. Sie ist so richtig dreizehn zurzeit.

»Ach, halt die Klappe«, meint Zayden mit vollem Mund und schnippt eine Traube nach ihr, direkt gegen ihre Stirn, die daran abprallt und dann auf den Tisch fällt.

»Ahhh ... DAD!«, beschwert Catalina sich und fasst sich an die Stirn, als hätte Zayden einen Stein dagegen geschmissen. Sie ist so eine Dramaqueen wie ihre Mutter. Und auch wie ihr Vater. Ihr echter. Also *deiner*.

Mein Onkel streicht ihr abwesend durch die Haare. Sie murmelt unzufrieden etwas in sich hinein und reibt sich immer noch die Stirn.

»Du bist jetzt mit Irina zusammen?«, bohrt Onkel Carter nach, was ich auch gerade tun wollte, weil ich es einfach nicht glauben kann. Ich meine, ich weiß, dass Zayden und Irina perfekt zusammenpassen, und ich habe mir das wirklich für beide gewünscht, aber dass er tatsächlich irgendwann zur Vernunft kommt, habe ich nicht erwartet. Zumindest nicht so bald, aber nach allem, was Selina dieses Wochenende veranstaltet hat, ist es auch nicht so abwegig. Nachdem Zayden Irina *wirklich* gesehen sowie Zeit mit ihr verbracht und direkt mitbekommen hat, wozu Selina fähig ist, ist es echt kein Wunder. Bisher hatte er nie die Gelegenheit, mit Irina allein zu sein, weil Selina sich immer sofort dazwischen gedrängt hat, egal, wann und wo.

Aber jetzt hast du sie ziemlich gut unter Kontrolle und erlaubst ihr nicht mehr, bei Zayden zu sein. Selina hatte am Freitag keine Chance. Die hatte sie erst, als du selbst zu abgelenkt warst, und die hat sie dann auch genutzt und Irina fast vernichtet. Ich wette, dass Selina was damit zu tun hatte, was Irina durchmachen musste. Aber das sage ich Zayden jetzt nicht. Ich denke auch nicht, dass er es ahnt. Er weiß vieles nicht, was Selina so treibt, wenn er nicht hinsieht. Ich habe früher öfter versucht, es ihm klarzumachen, aber er wollte es nicht einsehen. Zudem hat Selina ihm immer eingeredet, ich sei eifersüchtig auf sie und darauf, wie viel Zeit sie mit Zayden verbringt. Aber jetzt wird es nicht mehr lange dauern, dann wird er Selina komplett durchschauen und dann hat es sich ausgeschlängelt.

»Ja«, antwortet Zayden an seinen Vater gerichtet und der nickt anerkennend.

»Es war wohl doch noch eine richtige Frau für dich übrig.«

Zayden sieht kurz zu ihm und hebt einen Mundwinkel, genau wie sein Vater, wobei sie sich extrem ähneln.

»Jetzt warte …« Catalina beugt sich empört vor, unterbricht den Moment, als sie ihren Bruder mit ihren blauen Augen anfunkelt. »Weiß Ilian das?« Es ist ein Staatsverbrechen für Catalina, wenn Ilian irgendetwas nicht weiß. Das geht gar nicht. Sie ist ihm gegenüber schon immer loyal gewesen, seit sie Kinder waren. Schon, wenn Sophia mal aus Versehen einen Stift von Ilian eingesteckt hat, hat Catalina sich für sie entschuldigt und ihn zurückgebracht. Und Ilian liebt das. Aber er würde es nie ausnutzen.

Zayden verdreht die türkisen Augen. »Nein, ich habe dem Boss noch nicht Bescheid gegeben. Sorry, Ma'am.« Das kommt sehr träge.

»Das ist nicht richtig.« Catalina greift nach ihrem Handy und steht auf. »Danke für das Essen, Tante Alayna.« Damit verschwindet sie wie ein Blitz nach oben.

»STRUMPFHOSE!«, brüllt Tante Isabelle ihr nach und ich beiße jetzt von dem Toast ab, den ich wieder aufgehoben habe und auf dem nur noch die Hälfte der Marmelade haftet. Ich muss später noch mit Zayden unter vier Augen reden, denn die meisten Dinge, die ich wissen will, kann ich jetzt nicht fragen. Er sieht mich an, als wüsste er das schon. Ich gebe ihm den Wir-reden-noch-Blick und er verdreht die Augen, die heute so klar strahlen. Das liebe ich. Mir wird gleich etwas wärmer, wenn ich ihn so sehe, und ein Teil der Last fällt von meinen Schultern. Denn ich habe mir wirklich Sorgen um ihn gemacht und mich gefragt, wo das noch hinführen soll. Die Ober-Bitch hätte ihn zu allem bringen können. Auch, mit ihr von hier zu verschwinden, und dann hätte ich ihn nie wieder gesehen und er hätte keinen Rückhalt mehr gehabt.

»Okay. Alayna, wir holen sie zum Essen her, heute Abend.« Deine Mutter sieht beschwörend zu meiner. »Wir müssen sie davon überzeugen, mit ihm zusammenzubleiben, egal, was er tut. Also koch was Gutes.« Ich sage jetzt nicht, dass sie sich das sparen können, weil es Irinas größter Traum war, mit Zayden zusammen zu sein, und sie hat sicher nicht damit gerechnet, dass er wahr wird. Er müsste sich schon einige üble Dinger leisten, damit sie wieder von ihm ablässt. Sie wird festhalten, egal, was geschieht. Das macht sie nämlich schon fast ihr ganzes Leben lang. Wir sind uns ziemlich ähnlich, Irina und ich. Und wahrscheinlich lieben wir uns auch deswegen so, weil wir aus demselben Holz geschnitzt sind.

Ich mag es, wenn meine Mom was Gutes kocht und wenn Irina zu Besuch ist. Das tut ihr sicher gut. Also sage ich nichts.

»Ich lasse mir was einfallen.« Meine Mutter schaltet auch sofort in den Wir-müssen-sie-für-immer-an-uns-binden-Modus und mein Vater grinst nur in sich hinein, weil er gedanklich wahrscheinlich schon zehn Schritte weiter ist und bereits die Hochzeit plant.

»Okay, Fragerunde beendet.« Zayden schiebt sich das letzte bisschen Baguette in den Mund und sieht runter zu meiner Schwester. »Du fährst mit deiner Schwester, nimm meine mit.«

Sophia sieht ihn an, als hätte sie gar nicht bemerkt, dass er da ist, und er muss lachen. »Scheiße …«, murmelt er kopfschüttelnd.

Sie nickt einfach und hofft wahrscheinlich, wie so oft, dass irgendjemand anders gehört hat, was er zu ihr gesagt hat. Sie ist wie eine taube Oma im Körper einer Dreizehnjährigen.

»Okay, was auch immer.« Zayden sieht zu mir. »Wir sehen uns in der Schule.«

»Das tun wir.« Das klingt ein bisschen wie eine Drohung und er verdreht wieder die Augen, bevor er den Tisch umrundet und im Foyer verschwindet. Er ruft noch ein *Ciao* ins Haus und die Tür klackt. Ich lehne mich zurück und esse mein letztes Stück Toast. Er ist glücklich – das ist gut. Aber ich werde trotzdem mit ihm reden müssen, denn wenn er Irina abfuckt, muss ich ihn abfucken und dann fucke ich mich selbst ab, weil ich auch abfucke, wenn er abfuckt. Und *dann* haben wir ein echtes Problem, weil du nicht da bist und niemand uns da rausholen kann. Du bist immer dazwischengegangen, wenn Zayden und ich aneinandergeraten sind, genau wie ich bei euch.

Apropos *du*, Sergio. Bei dem Gedanken, dass ich dich heute wiedersehe, kann ich mit einem Mal nicht mehr sitzen bleiben.

»Okay, wir müssen auch los«, verkünde ich. Sophia sieht zu mir hoch und blinzelt. Hat sie etwa meine Anwesenheit auch vergessen? Sie schaut mich an, als würde ich russisch mit ihr sprechen.

»WIR MÜSSEN FAHREN. IN DIE SCHULE«, erkläre ich klar und deutlich. Sie nickt und steht auf. »Ja … Bye, Dad.« Sie küsst ihn auf die Wange, die er ihr hinhält, ohne von seinem Tablet aufzusehen. »Bye, Mom.« Sie küsst auch sie auf die Wange und winkt Tante Isabelle und unserem Onkel zu. »Bye.« Dann verschwindet sie. Ich folge ihr nach einem Winken ins Foyer und rufe nach Catalina.

»ICH KOMME!« Es poltert oben. Ich ziehe mir meinen Mantel über und nehme meine Umhängetasche, während Sophia in ihre Schuhe schlüpft, was sie sehr, sehr langsam tut. Sie hat immer alle Zeit der Welt, selbst, wenn wir es eilig haben. Es ist immer wieder eine Geduldsprobe mit ihr. Zum Glück habe ich ausreichend davon.

Catalina kommt nun auch runter und hat Strumpfhosen an. Sie flitzt nochmal ins Esszimmer, um sich zu verabschieden, während ich schon mal rausgehe. Jaxon steht bereit. Wahrscheinlich hat Zayden ihm Bescheid gesagt, dass er uns fahren soll. Ich ziehe tief die frische Luft ein und schaue über den See, über dem ein leichter Nebel liegt. Die Beleuchtung im Hof geht gerade aus, weil es nun hell geworden ist. Auf der anderen Seite erstreckt sich dunkel das Haus deines Vaters. Das Haus, in dem die Dämonen leben. Das Haus, in dem du ab jetzt lebst und wo du irgendwie so gar nicht reinpasst.

Das Licht in deinem Schlafzimmer brennt. Ob du dich gerade fertig machst? Ob du gerade duschen warst oder eine rauchst? Es ist so ungewohnt, es nicht zu wissen, weil ich all die Jahre immer wusste, was du tust. Du warst nur ein Zimmer von mir entfernt und wir sind meistens zusammen zur Schule gefahren, oder sonst wohin. Wir haben fast alles immer zusammen gemacht. Ich fühle mich so unvollständig ohne dich, so seltsam. Ich habe wirklich keine Ahnung, ob das jemals Normalität werden wird. Ich will es gar nicht. Ich will mich nicht daran gewöhnen, ohne dich zu sein.

Aber ich werde es ertragen. Irgendwie. Ich weiß, dass ich es muss. Denn dein Vater hat damit gedroht, mich sonst zu verheiraten. Es ist unglaublich, zu was für Mitteln er greifen würde, nur damit wir uns voneinander fernhalten. Unglaublich, was er dir damit antun würde. Ich frage mich, wie dein Vater reagiert hätte, wenn ihm das jemand mit deiner Mutter angedroht hätte – damals. Sie einfach zu verheiraten, wenn er sich nicht fernhält. Eigentlich hat er das, was wir erleben, in ähnlicher Form selbst erlebt, wie deine Mutter mir erzählt hat, und deswegen kann ich noch weniger verstehen, dass er dir das freiwillig antun würde. Aber wahrscheinlich nimmt er das zwischen uns sowieso nicht ernst, sonst wüsste er, was er dir damit abverlangt.

Ich werde das auf jeden Fall nicht schlimmer machen. Ich will nicht mit irgendwem verheiratet werden. Ich will nicht, dass du dich noch mehr quälst. Ich will nicht, dass sich die Geschichte widerholt. Also werde ich mich *wirklich* von dir fernhalten. Und ich weiß, dass es mit jedem Tag eine neue Qual wird. Denn wie soll man es je ertragen, ohne sein Herz zu leben, Sergio?

***

Die Sonne scheint auf den Parkplatz der Midtown School und glitzert auf dem nassen Asphalt, da es in der Nacht wieder geregnet hat. Die Massen an bordeauxrot gekleideten Schülern strömen die Treppen hoch zu den Eingängen ihrer Gebäude. Catalina und Sophia warten wie immer gemeinsam auf Ilian. Ich verabschiede mich inzwischen von Jaxon und bedanke mir fürs Fahren. Er nickt und ich steige aus. Die Luft ist so kalt und vor meinem Mund bilden sich Wölkchen, als ich mich aufrichte und meine Umhängetasche schultere. Der Winter liegt in der Luft, der Sommer ist vorbei. Alles, wie wir es kannten, ist vorbei. Jetzt wird alles anders. Ich habe es noch nie so deutlich gespürt wie nach diesem Wochenende. Ich lasse meinen Blick schweifen und halte meinen Mantel an der Brust zusammen.

Einige der anderen Schüler werden von Chauffeuren gebracht und Autotüren knallen immer wieder. Aus der

Raucherecke steigt der Qualm in die Höhe. Viele haben dampfende Kaffeebecher in den Händen und Bücher unter dem Arm oder Laptoptaschen. Diejenigen, die noch etwas erledigen müssen, hetzen die Stufen hoch, während andere verschlafen aus den Autos steigen und kaum die Augen aufbekommen. Einer der Sportler dribbelt träge den Basketball neben sich her, während er zum Hauptgebäude schlendert. Ich knöpfe meinen Mantel weiter zu, weil ich fröstle, und trete von einem Fuß auf den anderen, während Dampf aus den Gullideckeln steigt. Catalina und Sophia stehen bei einem Grüppchen Mädchen aus ihrer Klasse und ich lasse meinen Blick prüfend darüber gleiten. Es sind alles typische dreizehn- bis vierzehnjährige kichernde, sich gegenseitig übertrumpfen wollende Mädchen. Jede Einzelne von ihnen ist eifersüchtig auf meine Schwester und Catalina, weil sie beide das gewisse Etwas haben. Nicht aufgesetzt, völlig natürlich und strahlend. Außerdem haben sie echt heiße Brüder und Cousins. Schon in meinem Jahrgang wollten alle immer zu mir kommen wegen euch. Doch ich habe grundsätzlich behauptet, dass es nicht geht, denn ich mag es nicht, zu teilen. Weder dich noch Zayden, außer mit Frauen, die es wirklich verdient haben, zumindest, was meinen Cousin betrifft.

Dich hingegen nicht. Niemals. Du gehörst mir. Ganz allein. Da bin ich wie Gollum mit seinem Ring!

Iljas Mercedes rollt auf den Parkplatz und ich bemerke stirnrunzelnd, dass er allein im Wagen sitzt. Ist Irina heute auch noch zu Hause geblieben? Ich könnte es verstehen. Ich weiß nicht, wie lange sie brauchen wird, um wieder zur Normalität zu finden und ob das überhaupt passieren wird.

Aber ganz sicher wird sie Zeit benötigen, denn das, was sie erlebt hat, steckt man nicht einfach mal eben weg. Diese Scherben kann man nicht mit Sekundenkleber schnell zusammenfügen, das dauert Jahre. Gestern habe ich Irina noch eine Nachricht geschrieben und sie gefragt, wie es ihr gehe und ob sie was brauche. Sie hat geantwortet, dass alles so weit gut ist, aber sie hat mir nichts von Zayden erzählt. Das ist okay … Wahrscheinlich müssen die beiden das erstmal untereinander ausmachen. Nun lasse ich meinen Blick über ihren Bruder schweifen. Er hat das Handy am Ohr und telefoniert, während er im Auto sitzen bleibt und nicht aufsieht. Er scheint mit dem Kopf völlig woanders zu sein. Ich will gar nicht wissen, was bei den Terekovs zurzeit los ist. Sergej und Ivan, genau wie Ilja, lieben Irina über alles und würden alles für sie tun. Genau, wie es bei uns daheim ist. Schon allein deshalb wird das, was passiert ist, noch hohe Wellen schlagen. In welche Richtung auch immer.

Ein lautes, schrilles Lachen reißt mich aus meinen Beobachtungen, als Natalia Wolkov gerade mit ihren Büchern vor den Schoß gedrückt mit zwei anderen Mädchen direkt an dem Grüppchen meiner Schwester und Catalina vorbeigeht. Letztere rempelt sie hart an, sodass Catalina nach vorn stolpert und Sophia sie abfängt. Catalina dreht den Kopf über die Schulter und gerade, als ich losgehen will, blafft sie Natalia Wolkov, Aariks und Victors kleine Schwester, die das pure Gift ist, an: »Pass doch auf!« Doch Natalia geht einfach weiter. »Bitch!«, murmelt Catalina noch in sich hinein. Ich werde mich mit Natalia definitiv mal unterhalten, weil das nicht das erste

Mal ist, dass ich so was beobachte. Sie hat Catalina total auf dem Kieker und denkt, sie könnte sich alles erlauben. Ihre Brüder werden das schon richten. Als mir die beiden in den Sinn kommen, insbesondere Victor, erschauere ich kalt und mein Magen zieht sich zusammen. Er ist so ein widerlicher Bastard.

Ich werde abgelenkt, als Zaydens schwarzer BMW auf den Platz rollt und haarscharf an besagter Natalia vorbeizieht, die zur Seite springt.

Aja … Irina und Ilian sitzen in seinem Auto, wie ich etwas überrascht feststelle und die Augenbrauen hebe. Ich wusste nicht, dass er sie abholen gefahren ist, aber das ist gut. Es ist gut, wenn Irina jetzt jemanden wie Zayden an ihrer Seite hat. Er parkt auf seinem üblichen Platz, den ihm niemals jemand streitig machen würde, während ich die beiden nicht aus den Augen lasse. Denn ich weiß, was gleich passieren wird. Alle werden sie anstarren. Alle werden munkeln und tuscheln. Zayden und Irina werden das Gesprächsthema Nummer eins sein, so, wie wir es waren, als es mit uns rauskam. Und nächste Woche wird dann das nächste Spektakel das vorherige wieder völlig vergessen lassen. So sind diese Menschen. Vor allem in diesem Alter.

Als Zayden den Motor abstellt, rauschen die Reifen deines Audis an mir vorbei durch die Pfützen und ich wende mich um. Du sitzt mit Selina im Auto, was sooooo unglaublich falsch aussieht, Sergio. Ihr wirkt nicht gerade wie das glückliche verlobte Pärchen, ganz im Gegenteil. Ich bemerke sofort, dass Selina angepisst ist – richtig, richtig angepisst –, und sie wird gleich noch sehr viel angepisster sein, weswegen ich mir kaum das Lächeln verkneifen kann. Du wirkst völlig gleichgültig. Ich glaube, dein Gesicht war noch nie so ausdruckslos. Und das hat was zu bedeuten. Du parkst rückwärts ein, direkt neben deinem Bruder, und hebst einen Mundwinkel, als du in sein Auto siehst. Ich beobachte das alles gebannt und lehne mich gegen die Laterne in meinem Rücken. Ilian sagt noch etwas zu Zayden und Irina, dann steigt er aus. Er nickt dir zu und du salutierst mit zwei Fingern, während du dich abschnallst. Ilian schlendert derweil die Treppe nach oben zu Catalina und meiner Schwester. Träge mustert er Catalina, eine Hand in der Hosentasche. Seine dunkelblonden Haare fallen ihm in die Stirn und sein Blick wirkt immer etwas gelangweilt und überheblich, aber ich weiß ganz genau, was in ihm vorgeht. Er hält sich nur zurück, weil er denkt, dass Catalina und er blutsverwandt sind. Sie sieht über ihre Schulter, als er kommt, und er hebt eine Braue. Ihr Blick verändert sich etwas, ihre hellblauen Augen funkeln sofort wie die Sonne persönlich. Er nickt Sophia zu und zieht Catalina näher zu sich. Ilian hat wirklich sehr viel von meinem Vater. Das sehe ich daran, wie er mit Catalina umgeht. Es ist, als hinge sie an seinen unsichtbaren Fäden. Er ahnt nur selbst noch nicht, was für eine Wirkung er auf sie hat, was für eine Macht, und was für eine komplexe Persönlichkeit in ihm schlummert. Erst über Jahre hinweg wird er es herausfinden. Dann wird sich auch zeigen, in welche Richtung er sich entwickelt. Mit dieser hohen Intelligenz, die er besitzt, kann das sehr schnell zu beiden Seiten umschlagen. Teufel oder Engel. Sünder oder Heiliger. Berauschter oder Droge.

Ich wende mich wieder dem Spektakel vor mir zu, als die drei ins Gebäude verschwinden, nachdem Ilian ihnen die Tür aufgehalten hat.

Selina lässt langsam ihren Kopf nach rechts gleiten, als wäre sie von einem Dämon besessen, und schaut zu Irina und Zayden, während Letzterer gerade aussteigt. Mit einer Hand in der Manteltasche umrundet er den Wagen. Er lehnt sich mit der Hüfte an die hintere Tür seines Autos, stützt den Unterarm auf das Dach und öffnet mit der rechten Hand Irinas Tür. Die ersten Leute werden auf *das Spektakel* aufmerksam und tuscheln. Er hält sich mit der Hand am Türrahmen fest und beugt sich runter, um was zu sagen. Irina lacht und das erwärmt und verwundert mich gleichermaßen, weil ich dachte, dass sie eine sehr lange Zeit nicht mehr lachen wird. Dabei ist das ihre Persönlichkeit. Lachen, losgelöst sein, glücklich sein. Ich hätte es nicht ertragen, wenn dieser widerliche Bastard ihr dieses Strahlen genommen hätte, denn dann hätte die Welt etwas sehr Kostbares verloren. Ich liebe Zayden dafür, dass er sie zum Lachen bringt. Sie nickt und zuckt mit den Schultern in einem, sie ist so unsicher im Umgang mit ihm, aber das wird er ihr bald nehmen. Zayden reicht ihr die Hand und zieht sie sanft aus dem Wagen. Sie sehen so perfekt miteinander aus.

Er ist so dunkel, sie so hell. Er ist schwarz, sie blond. Seine Haut ist gebräunt, ihre so edel. Er ist ein Teufel, sie sein Engel. Genau der richtige Ausgleich. Als wären sie füreinander gemacht.

Sie tragen beide ihre Uniform und passen auch von der Größe und den Proportionen perfekt zusammen. Wie zwei

Puzzlestücke. Irina trägt einen weißen Mantel und Zayden seinen schwarzen. Er schlägt die Beifahrertür zu und verriegelt den Wagen, bevor er Irinas Finger mit seinen verschränkt und sie ihre Hände ungläubig mustert. Seine Message ist eindeutig: Nicht anfassen, nicht ansprechen, nicht belästigen, nicht falsch anschauen. *Meins*! Und das ist genau, was ihr die nötige Sicherheit geben wird, um die nächste Zeit hier zu überstehen. Zayden hat viel von seiner Mutter, das heißt, er weiß sehr genau, was die Menschen in seinem Umfeld brauchen. Er kann sehr aufopferungsfall sein und so sensibel. So ein guter Mensch, aber man muss sich diese Seite verdienen und Irina tut das. Sie verdient nur das Beste, was er ihr geben kann und das ist so viel.

Schließlich atmet sie durch und ich sehe, wie sie seine Hand fester umfängt, wie sie sich an ihm festhält und seinen Halt und Schutz einfach annimmt. Auch, wenn sie der Überzeugung ist, nicht gut genug für ihn zu sein. Umgekehrt ist das genauso und deshalb ist es richtig.

Ich weiß, wie sie sich fühlt, beziehungsweise kann es mir vorstellen, als sie nochmal auf ihre verschränkten Finger schaut. Ich konnte mit dir nie so in der Öffentlichkeit auftreten, nie zeigen, dass wir zusammengehören und uns lieben. In mir zieht sich etwas zusammen, die Sehnsucht zerrt an mir. Ich ahne, wie glücklich Irina sein muss, und ich liebe es, dass wenigstens sie das bekommt, was dir und mir nicht vergönnt ist. Ich liebe es, dass ihre Augen strahlen, obwohl sie noch vor Kurzem so leer und stumpf waren. Ich liebe es, dass Zayden und Irina sich gegenseitig auffangen und aus der Dunkelheit führen.

Er zieht sie aus der Parklücke hervor und alle starren sofort. Ungläubig. Geschockt. Ellbogen werden in Hüften gestoßen und es wird noch mehr getuschelt. Natürlich wird es das. Ich sehe genau, wie Zayden Irinas Hand noch ein wenig fester nimmt, weil sie etwas unsicher wird – was jeder erkennen kann. Sie hat niemals eine Maske getragen. Das ist bewundernswert und es erfordert Mut, so zu sich zu stehen – auch zu seinen Ängsten und Unsicherheiten. Besonders in unserer Welt, in der es absolut nicht üblich ist und jeder sich hinter tausend Schichten verbirgt.

Dann bewegt er sich mit ihr über den Schulhof, als wäre es das Normalste der Welt, und sieht niemanden dabei an. Wobei die anderen ihre Augen nicht abwenden können. Sie starren. Ganz unverhohlen. Wie Schafe, die sie sind. Irina strafft sich etwas. Zayden ist so richtig für sie. Genau das, was sie braucht. Auch, wenn er das vielleicht nicht glauben mag. Er schmeißt einen Arm über ihre Schultern, weshalb er ihre Hand loslässt. Sie kommen auf mich zu, wobei sie sich an ihn schmiegt und mich anlächelt. Ihr Blick wirkt immer noch etwas ungläubig und so unglaublich glücklich und ich lächle zurück. *Ja, du hast das verdient. Ja, er gehört jetzt dir. Ja, er hat ein Scheißglück, und ja, es wird nicht leicht. Aber ihr schafft das.* Ich kann gar nicht anders, ihr Lächeln ist ansteckend.

Es knallen wieder Autotüren, weshalb mein Blick automatisch hinter die beiden zuckt. Selina ist ausgestiegen, so wie du. Außerdem ist da auch noch Savio, einer der Bodyguards deines Vaters, der sich gerade vom Rücksitz des Wagens schiebt, und den ich zuvor wegen der getönten Scheiben gar nicht bemerkt habe.

Selina ist eine dunkle, schwarze Gewitterwolke, die Zaydens Rücken mit ihrem Blick aufspießt und dann zu Irina schaut. Ich sehe Selina sofort warnend an. Sie soll sich jetzt nicht in Irinas Nähe wagen und sie einfach in Ruhe lassen, denn Selina hat wirklich genug getan. Sie ist die Einzige, bei der ich, ohne zu überlegen, abdrücken würde, wenn ich eine Waffe in der Hand hätte. Du sagst etwas zu ihr und gibst dann Savio ein Zeichen, bevor du lässig von ihr weg und zu uns schlenderst. Du lässt sie einfach stehen. Das mag die liebe Selina offensichtlich nicht, denn sie zieht eine Grimasse, die ihr ganzes Gesicht verzerrt. Aber genau das hat sie verdient, womit eine ihrer größten Ängste wahr wird. Sie, als eine der Beliebtesten auf der Schule. Sie, um die sich jeder Typ reißt. Sie, die alles bekommt, was sie will – am Ende hat genau sie nichts von dem, was sie wirklich wollte. Savio schlendert zu Selina rüber, wobei sie sich erstmal nicht bewegt. Wahrscheinlich hast du ihn auf sie angesetzt, und das ist auch gut so. So kann diese Schlange nicht noch mehr Schaden anrichten. Sie ballt die Hände zu Fäusten und starrt mit blitzenden Augen, aus denen der Hass uns nur so entgegenstrahlt, zu uns rüber. Dann wendet sie sich mit einem Ruck ab und marschiert die Treppe nach oben. Das wird Selina so nicht auf sich sitzen lassen, aber erstmal soll sie verschwinden. Hinter ihr tuscheln auch ein paar. Das ist *der* Gesprächsstoff, den sie hier alle brauchen.

Zayden und Irina kommen zuerst bei mir an. Du schlenderst in unsere Richtung und wirst immer wieder von jemandem aufgehalten und angesprochen, wie so oft. Wenn man mit dir unterwegs ist, braucht man sehr viel Zeit.

Wahrscheinlich habe ich deswegen so viel Geduld. Obwohl du jeden sehr schnell wieder loswirst, weil du nichts von primitiven, sinnlosen Konversationen hältst und von: *Was geht, Bro*.

»Hi!« Ich grinse Irina an, sobald sie nah genug ist, und mustere sie genauer. Sie sieht eigentlich auf den ersten Blick recht gut aus. Aber wenn man sie kennt, dann bemerkt man, dass sich in ihren Augen etwas verändert hat. Das ist so, wenn jemandem etwas so Schreckliches passiert ist, und ich weiß, dass sie nie wieder dieselbe sein wird.

»Hi«, antwortet sie leise und lächelt etwas zögerlich. Zayden hat immer noch den Arm um ihre Schultern gelegt und ich schaue zu ihm hoch. Er sieht an mir vorbei und legt den Kopf schief.

»Der wird gleich gegen die Laterne rennen, weil er so starrt. Schau.« Abwesend tippt er Irina an und sie folgt seinem Blick, während ich mich umdrehe. Tatsächlich rennt Daniel aus der Parallelklasse mit der Stirn frontal gegen eine Laterne und flucht laut. Ich muss lachen, genau wie ein paar andere ringsum, die ihn gleich fragen, ob sie einen Krankenwagen holen sollen. »Oh fuck!«, flucht Daniel und reibt sich die Stirn. Zayden lacht ebenfalls und Irina verzieht ihr Gesicht mitfühlend.

»Das hat sicher wehgetan«, meint sie, muss aber selbst etwas schmunzeln, auch, wenn sie es nicht will, weil sie normalerweise nicht schadenfroh ist.

Einer der Footballer aus Zaydens Team geht rückwärts an uns vorbei und zeigt mit dem Finger auf meinen Cousin.

»Bist du dabei am Samstag beim Spiel? Bitte fall nicht wieder aus«, ruft er über den Platz. Zayden winkt ab, was wohl bedeuten soll, dass er dabei ist. Das ist gut. Er hat schon ewig nicht mehr gespielt, denn er war mit gewissen Ekel-Dingen beschäftigt. Der Typ nickt zufrieden und salutiert nochmal in Irinas und meine Richtung, bevor er sich umdreht und weiterschlendert.

»Das ist so heiß«, murmelt Irina vor sich hin, wie sie das manchmal tut. Sie sagt einfach aus Versehen laut, was sie denkt – ständig und überall. Ich liebe das, doch nun zuckt sie zusammen, als sie es bemerkt. Zayden sieht stirnrunzelnd zu ihr runter und muss wieder lachen, als sie ihn ertappt mit ihren grünen Strahlern anschaut. »Ooops«, meint sie halbherzig.

»Scheiße«, murmelt er belustigt und streicht ihren Zopf kurz nach. Er ist so sanft, so liebevoll.

Du kommst bei uns an und sofort fokussiert sich alles in mir auf dich. Du bist wieder mal glattrasiert, deine dunkelbraunen Haare liegen perfekt nach hinten an. Dein Blick aus den meerblauen Augen wirkt etwas müde, aber klar, und deine Hände stecken in deinen Manteltaschen. Du bist so attraktiv, so perfekt und so unerreichbar. Das. Ist. Folter.

»Ich würde ja sagen, ich bin überrascht, aber ich bin es nicht«, murmelst du träge Zayden zu, der grinst. Dann gleiten deine Augen zu mir und du überblickst mich auch kurz. Sie fragen mich, ob alles klar ist. Und meine antworten dir, dass es mir gut geht. Du siehst nicht aus, als würdest du mir glauben, weil du immer die Wahrheit kennst. Aber du belässt es dabei, genau wie ich. Das ist eine unausgesprochene Regel zwischen uns.

»Gehen wir jetzt rein? Ich erfriere«, frage ich zitternd, denn ich stehe hier eindeutig schon zu lange an meinem Beobachtungsposten. Das ist gesundheitsschädlich, wenn man so neugierig ist. Dein Blick wird etwas wehmütig, und ich weiß nicht, wieso.

Du nickst Zayden und Irina vor.

»Er ist schon ganz der Don«, murmelt Zayden in Irinas Haaransatz.

»Ich bin nur höflich!«, rufst du ihm nach und hebst dabei die Hände verteidigend.

»Das ist er wirklich«, meint Irina diplomatisch.

»Jaja ...« Zayden winkt nach hinten ab und du und ich folgen ihnen. Ohne uns zu berühren, und mit einigem Abstand zwischen uns. *Abstand.* Das wird ab jetzt normal sein. Das wird ab jetzt das neue Zusammensein. Abstand halten, weil dein Vater auch hier alles mitbekommt. Immerhin ist das seine Schule, und ich bin mir sehr wohl der blinkenden Kameras bewusst, die überall hängen. Mir ist klar, dass wir ihn nicht weiter reizen dürfen, weil er das sonst an dir auslässt oder mich verheiratet. Und jetzt sind da auch noch Zayden und Irina, denen er schaden könnte. Ich weiß, dass wir nun wirklich zu einem Ende kommen müssen. Auch, wenn es nur vorläufig ist, wie ich mir immer wieder sage, weil ich das sonst nicht schaffe.

Keine kleinen Küsse mehr zwischendurch. Kein kurzes durch dein Haar streichen. Kein deinen Duft an deinem Hals einatmen, kein an dich lehnen, wenn ich etwas Kraft brauche. Kein schnelles deine Hand drücken, wenn ich merke, dass du nicht weiterweißt. Das muss jetzt alles aufhören.

»Also, wie geht es dir wirklich?«, fragst du mich leise, sodass nur ich es hören kann, während Zayden wieder lacht. Ich kann ihn verstehen, Irina ist so witzig. Ich hatte schon die übelsten Lachanfälle wegen ihr, bis ich mich fast übergeben hätte.

Kurz überdenke ich das. »Ich bin froh, dass wenigstens zwei von vier ihr Happy End bekommen«, meine ich schließlich, denn ich will dir nicht erzählen, wie mies es mir bei dem Gedanken daran geht, dass ab jetzt *ABSTAND* das wichtigste Wort zwischen uns ist. Du siehst auf den Boden und kickst einen Stein vor dir her. »Und dir?«, erkundige ich mich sanft und mustere dein perfektes Seitenprofil.

Wieso liebe ich dich denn so, Sergio?

Wieso verkrampft sich mein Herz vor Sehnsucht, allein wenn ich dich ansehe?

Jetzt schaust du wieder hoch und nickst.

»Ungefähr so ähnlich.« Während wir die Treppe hochgehen, frage ich mich, ob wir auch mal irgendwann so wie Irina und Zayden sein können. Ob du auch irgendwann einfach so meine Hand nehmen kannst. Ob du auch irgendwann deinen Arm einfach in der Öffentlichkeit um mich legst, und welchen Preis wir dafür zahlen müssen. Ich frage mich, ob ich irgendwann einfach an deiner Seite einschlafen und aufwachen – mit dir lachen, weinen und einfach glücklich sein darf. Einfach ich sein. Einfach mit dir perfekt sein. Weil wir zusammen die absolute Perfektion sind, Sergio.

Im Moment liegt das in weiter Ferne. Im Moment ist das nicht möglich. Aber ich höre nicht auf. Ich höre nicht auf, zu hoffen. Ich höre nicht auf, zu kämpfen. Zwar lasse ich dich etwas los, aber niemals ganz. Niemals werde ich dieses Band komplett aus meinen Fingern gleiten lassen, und ich weiß, dass du auch an mir festhalten wirst. Ich weiß, dass du mich liebst und ich genauso für dich empfinde. Ich weiß, dass wir zwei Teile eines Ganzen sind, das ohneeinander nie komplett sein wird. Und solange das der Fall ist, solange wir beide nicht loslassen, weiß ich, dass alles irgendwann gut wird.

Irgendwann.

Wenn auch nicht jetzt.

Denn das hier ist noch nicht das Ende für uns, Sergio.

Das hier ist das Ende eines Lebensabschnitts, das Ende eines ganz besonderen Kapitels, aber nicht des ganzen Buches.

Des Buches, das unser Leben schreibt.

Des Buches, das von der einzig wahren Liebe handelt.

Weil mein Herz dir gehört und deines mir.

Sempre. Sergio.

53. Nicht mehr zurück, Irina

XX

Zayden

Deine Haare sind echt glänzend, Irina.

Ich habe den Sitzplatz gewechselt und James nach hinten vertrieben, weshalb ich dich jetzt noch besser sehen kann. Jetzt bin ich *direkt* hinter dir. So muss das von jetzt an auch sein und keiner kann dir zu nahe kommen, ohne dass ich zubeiße. Deine blonden Strähnen schimmern in dem perfekten, hohen Zopf, den du trägst, und nein, ich denke jetzt nicht daran, wie ich meine Hand darum wickle und dir zeige, wie all das funktioniert, was ich noch mit dir vorhabe. Ganz falsche Richtung. Ich muss dir Zeit geben. Und das ist echt eine Herausforderung für mich, weil ich Sex liebe. Denn ich habe echt viel Sex für mein Alter, manchmal mehrmals am Tag. Ich brauche das einfach. Aber ich habe mir geschworen, dir die Zeit zu geben, die du brauchst, und mich so lange zusammenzureißen. Keine anderen Frauen. Ich werde nicht gleich in den ersten Wochen mit dir zum Bastard. Ich will nicht mehr dieser Typ sein, der so gewissenlos ist. Ich werde treu sein. Jawohl. Keinen Sex für Zayden. Das ist echt ein bisschen komisch, Irina. Aber ich werde das aushalten, obwohl dein Rücken perfekt geformt ist. Hat dir das eigentlich schon mal jemand gesagt? Und dein Nacken wirkt so weich. Ich sehe den Verschluss deiner feinen, goldenen Kette auf deiner zarten Haut schimmern und trommle mit meinem Bleistift auf mein Pult. Du streifst gerade den dunkelroten Cardigan ab, sodass ich dich noch besser betrachten kann. Danke dafür. Ernsthaft. Willst du mich killen? Die weiße Bluse schmiegt sich perfekt um deinen zierlichen Oberkörper und ich seufze tief, bevor ich meine Schläfe auf eine Faust stütze.

Wir haben Spanisch, aber ich höre nur mit dem halben Ohr zu, während Mr. Rodriguez vorn irgendwas über Grammatik erzählt. Mein Ellbogen auf dem Tisch rutscht langsam tiefer und du verlagerst dein Gewicht etwas. Dein Geruch strömt immer wieder in meine Nase.

Okay. Du bist jetzt meine Freundin.

Das ist so komisch.

Ich habe normalerweise keine Freundin. Ich habe Freundinnen. Viele.

Aber gut.

Das ist jetzt anders. Das ist jetzt keine körperliche Sache, sondern mehr. Es war so leicht für mich, mit dir einfach zur Schule zu fahren und über den Hof zu schlendern. So normal. Gar nicht befremdlich, wie ich es zuerst angenommen habe. Immer wieder spüre ich, dass uns Blicke zugeworfen werden. Besonders den einen, der sich in meinen Rücken brennt. Der gehört Selina. Ich weiß, dass ich mit ihr sprechen muss. Deshalb bin ich ihr vorhin auch aus dem Weg gegangen. Aber ich habe keine Ahnung, was ich sagen soll. Gestern am Telefon habe ich ihr noch versichert, dass alles okay zwischen uns ist, doch dann warst du auf diesem Balkon und alles andere war mir scheißegal. Ist es immer noch. Aber ich muss trotzdem mit ihr sprechen. Nach allem, was zwischen uns war, und nach all der Zeit, in der sie mir so viel bedeutet hat, wäre es echt widerlich, sie einfach ohne ein Wort abblitzen zu lassen.

Du seufzt und ich runzle meine Stirn. Wieso seufzt du jetzt? Ich lasse meinen Blick kurz über die anderen schweifen. Hat dich jemand angesehen?

Ich richte mich sofort wieder auf und die wenigen, die uns bis eben beobachtet haben, sehen sofort nach vorn. Das muss auch so sein. Genau wie alles andere, was jetzt so sein muss. Mein Bruder sitzt vier Plätze von mir entfernt und hat diesen Blick, während er an die Tafel sieht. Diesen Blick, der direkt durch die Wände hindurchgeht, weil er gerade sehr angestrengt über etwas nachdenkt. Er hält seinen Kugelschreiber in der Hand, aber bewegt ihn nicht. Immer wieder ziehen sich seine Brauen kurz zusammen. Dann schüttelt er leicht den Kopf, bevor er nickt. Worüber denkt er denn so angestrengt nach? Schließlich zuckt er zusammen, weshalb ich auch zusammenzucke. Was ist denn jetzt los? Er greift in seine Hosentasche und ich sehe, wie er unter dem Tisch eine Nachricht auf seinem Handy öffnet, die wohl eingegangen ist. Keiner der Lehrer würde es wagen, ihn deshalb zu verwarnen wie uns anderen. Das liegt an Sergios Vater und an seinem Nachnamen.

Er tippt, dann steckt er das Handy wieder weg und sein nachdenklicher Blick bleibt auf dem Mülleimer hängen.

Rosalie sitzt neben ihm, wie immer, seit der Junior High. Sie hat den Ellbogen auf den Tisch gestützt und ihre Wange darauf gelehnt. Wie immer ist sie gelangweilt vom Unterricht. Sie weiß das alles schon, genau wie ich, weil ihr Vater uns das alles zusammen eingetrichtert hat. Wir können Spanisch. Fließend. Außerdem liebt sie Sprachen und lernt gerade Russisch mit ihrem Vater oben im Büro oben, wobei sie hauptsächlich Wodka trinken und sich kaputtlachen.

Mein Blick gleitet wieder zu deinem Rücken. Du atmest durch und ich rutsche in meinem Sitz herunter und trommle weiter mit meinem Bleistift auf den Tisch, als mich etwas im Nacken trifft. Ich stocke düster, denn ich mag es nicht, von hinten mit irgendwas beschmissen zu werden, besonders, wenn es mir dann in den Hemdkragen rutscht.

Wütend sehe ich über die Schulter und treffe direkt auf Selinas starren Blick aus dunklen Augen. Aha, okay. Jetzt kommt das Gespräch, ich verstehe schon. Seufzend greife ich mir von hinten in den Kragen und fische den Zettel hervor, den sie mir zugeschnippt hat. Dann sehe ich kurz zum Lehrer, aber der hat den Rücken zu uns gedreht und schreibt was an die Tafel.

Ich entfalte das Papier. Darauf steht: *Wir müssen reden!* Sogar ihre Handschrift ist aggressiv und ich verstehe es wirklich. Ich hätte sie vorwarnen, gestern nochmal anrufen oder ihr wenigstens schreiben müssen, was Sache ist. Zumindest, wenn ich kein Bastard mehr sein will.

Wieder sehe ich über meine Schulter und lehne mich nach hinten. »Pause«, flüstere ich. Sie ist nicht zufrieden damit, aber ich werde jetzt nicht einfach mit ihr den Raum verlassen und dir Anlass geben, dich scheiße zu fühlen.

Sie erhebt sich trotzdem, weil sie *jetzt* reden will und nicht in der Pause. Und weil sie weiß, dass ich ihr immer folge. Das tue ich eigentlich auch, weil mir klar ist, dass sie irgendeine Überraschung für mich parat hat, wenn ich komme. Das ist wie mit einem Hund, den man trainiert hat.

Selina geht an mir vorbei und trägt wieder ihre legendären Kniestrümpfe und Stiefel. Ich blicke ihr mit einer erhobenen Braue nach, als sie aus dem Zimmer verschwindet, ohne nach links oder rechts zu sehen. Normalerweise würde ich jetzt drei Minuten warten, wie ich es immer tue, und ihr dann automatisch nachgehen. Aber nicht jetzt.

Ich bleibe sitzen und sehe dabei auf die Uhr. Auch nach fünf Minuten stehe ich nicht auf. Mittlerweile kann ich mich etwas entspannen, denn jetzt besteht keine Gefahr mehr. Ich will nicht mit ihr allein in irgendeiner Ecke sein. Ich will nicht, dass sie mich küsst. Das wird sie nämlich tun und ihren Körper an meinen pressen, wie sie es immer macht. Jedoch ist es nicht mehr das Gleiche. Ich erinnere mich noch viel zu genau daran, wie sie ihren Körper Aarik hingegeben hat, direkt vor mir, und ich es zugelassen habe. Habe ich das vielleicht getan, weil ich schon lange nicht mehr empfinde, was ich glaubte, zu empfinden? Denn wenn ich nur darüber nachdenke, ob nun unter Drogen oder nüchtern, dass jemand anderes auch nur deine Hand nimmt und du mit ihm mitgehst, kocht mein Blut. Ich weiß nicht, seit wann das so ist. Aber es ist so.

Ich spüre Sergios Blick auf mir und sehe aus dem Augenwinkel zu ihm. Er wirkt zufrieden und schaut wieder nach vorn. Er ist wie die Beziehungspolizei. Rosalie zeigt mir einen erhobenen Daumen. Ja, wow, ich bin Selina nicht hinterhergegangen wie ein kleines Hündchen. *Buhu!*

Du drehst dich zu mir um und betrachtest mich forschend, weil du dieses Spiel zwischen Selina und mir natürlich kennst, genau wie unser Verschwinden aus dem Unterricht. Ich zwinkere dir zu und du lächelst wie immer etwas ungläubig, wenn ich das mache, und ich muss auch lächeln. Ich liebe das. Das ist viel besser als Sex mitten im Unterricht auf dem Klo.

»Gott im Himmel«, murmelst du und ich muss schmunzeln. Das sagst du ständig, Irina. Ich weiß nicht, wie ich das finden soll, aber es ist ein bisschen süß, so wie dein ganzes Wesen. Du schaust wieder nach vorn, als der Lehrer dich schon anvisiert.

Es dauert zehn Minuten, dann kommt Selina wieder rein, weshalb ich den Blick hebe. Sie sieht mich nicht an, sondern geht an mir vorbei, als würde ich gar nicht existieren. Ich atme tief durch. Das ist ihre Art, mit Abweisung umzugehen. Denn ich weiß, dass sie es nicht so gut verkraftet, ignoriert zu werden. Dabei ignoriere ich sie nicht mal. Ich will nur gerade nicht nach ihren Regeln spielen. Ich stelle jetzt neue auf, Irina. Wir stellen jetzt neue auf.

* * *

In der Pause schlendern Sergio, Rosalie, du und ich gemeinsam den Gang entlang in Richtung Cafeteria. Mein Bruder geht auf meiner einen Seite. Du und Rosalie auf meiner anderen. Nur eins ist gleichgeblieben: alle machen uns Platz.

Es ist laut im Gang und ein Ball rollt an uns vorbei, den ich zurückkicke.

»Jo, Andy, kick rüber!«, ruft einer der Jungs aus dem Footballteam.

»Keine Bälle im Schulhaus!«, ruft Mrs. Petrowski verzweifelt, wie sie es jeden Tag tut.

»Sorry, Mrs. P!«, antwortet jemand und der Ball wird über unsere Köpfe hinweg einander zugepasst.

Sergio drückt die Tür zur Cafeteria auf. Rosalie und du gehen voran und wir folgen euch. Es riecht nach Kaffee. Hier ist es noch lauter. Eine lange Schlange befindet sich bereits vor dem Tresen und die Tische sind teilweise besetzt. Unserer ist frei, wie immer. In den Pausen sind hier auch die Jüngeren aus den anderen Gebäuden, also sehe ich mich kurz nach meiner Schwester und meiner Cousine um.

Catalina hat ihre Füße auf den Stuhl nebenan gestreckt und isst einen Apfel, während sie in ihrem Handy scrollt. Sophia schreibt etwas auf ihren Block und zerbröselt dabei einen Muffin. Sie ist wieder tief in Gedanken und bekommt gar nichts um sich herum mit. Zwei andere Mädchen und zwei Jungs sitzen auch bei ihnen. Ilian lehnt sich gerade über Catalinas Stuhl, um über ihre Schulter in ihr Handy zu schauen. Er tippt was darauf und scheint eine Nachricht abzuschicken, weshalb meine Schwester sofort herummotzt. Er beugt sich an ihr Ohr, um ihr was zuzuflüstern, bevor er sich abstößt und weiterschlendert. Sie schaut ihm mit zusammengezogenen Brauen nach, dann beißt sie wieder in ihren Apfel. Sophia sagt was zu ihr, ohne aufzusehen, und Catalina nickt. Sophia nickt auch verstehend.

Während ich die beiden beobachte, ziehe ich abwesend und ohne es zu merken, einen Stuhl für dich zurück. Direkt neben mir. Du lässt dich darauf nieder, während ich mich an deine Seite setze und einen Arm über deine Lehne strecke. Du bist jetzt etwas nervös und ich weiß, wieso. Wenn Victor nicht völlig ramponiert wegen mir ist, wird er mit Aarik hier sein, weshalb du immer wieder zur Tür siehst. Ich wickle ein paar Strähnen von dir um meinen Finger und Sergio setzt sich mir gegenüber und packt sein Handy aus.

»Holst du uns was?«, frage ich Rosalie und sie nickt genervt, weil sie immer dran glauben muss. Sie ist ein wenig wie ihre Mutter und weiß genau, was wir alle wollen, also fragt sie nicht und schlängelt sich zwischen den Tischen hindurch, bevor sie sich anstellt und Linda sich zu ihr umwendet. Sie unterhalten sich.

Ich rutsche tiefer in meinen Sitz und warte. Ich warte entweder auf Victor und Aarik oder auf Selina, aber irgendwer wird gleich kommen und irgendwas passieren.

Ein genervtes Stöhnen und Rumpeln ertönt neben uns und du zuckst zusammen, weshalb ich dich am Stuhl etwas näher ziehe. Es ist nur dein Bruder, der seine Tasche auf den Tisch geknallt hat. Er ist echt genervt und sieht wirklich müde aus. Das mit uns hat er gestern schon mitbekommen, genau wie Ivan und deine Eltern. Ich war immerhin den ganzen Tag mit dir im Zimmer. Sechs Stunden davon haben wir wie tot geschlafen. Drei Stunden lagen wir in deinem Bett und haben ferngesehen und uns unterhalten.

Zum Abendessen sind wir dann nach unten gegangen. Ich bin öfter mal beim Essen dabei, aber diesmal war es anders, denn ich habe klipp und klar gesagt, wie es aussieht. Nur Ilian war nicht dabei, er war beim Footballtraining. Unter skeptischen Blicken wurde ich allerdings akzeptiert. Auch, wenn mir wahrscheinlich noch ein Ivan-Verhör bevorsteht. Dein Bruder passt auf dich auf und ich bin froh darüber.

Ilja lässt sich hart auf den Stuhl sinken und reißt ein Buch aus seiner Tasche. Du musterst ihn kritisch. »Was ist los?«

Er schaut auf, als hätte er nicht bemerkt, dass wir alle da sind. »Mathearbeit. Habe ich vergessen. Hab keine Ahnung von nichts. Scheiß drauf.« Er klappt sein Mathebuch auf.

»Du bist ein kleiner Trottel«, meinst du sanft und er verdreht seine dunkelgrünen Augen, bevor er die Schläfe auf eine Faust stützt und eine Stunde vorher zu lernen beginnt.

Die Türen schwingen auf und Sergio sieht über meinen Kopf hinweg, woraufhin er sich etwas anspannt und das Handy auf den Tisch legt. Automatisch tue ich es ihm gleich, denn ich weiß instinktiv, dass es die Wolkovs sind.

Aarik kommt herein, gefolgt von Victor, wie ich bemerke, als ich den Blick hebe.

Victor ist immer noch grün und blau verfärbt im Gesicht. Er hat ein Tape über der Nase und eine Schiene am Kiefer, den ich ihm ausgerenkt habe.

Als ich ihn sehe, kocht innerhalb von Sekunden sofort die Wut wieder in mir auf und ich balle meine Hand an deiner Stuhllehne zur Faust.

Du bist völlig steif geworden und starrst auf die Tischplatte. Du sitzt direkt an meiner Seite und ich versuche irgendwie, dir den Halt zu geben, den du jetzt brauchst. Auch, wenn ich selbst echt angepisst bin, während ich Victor fixiere, genau wie Ilja, der den Blick gehoben hat.

Victor lässt seine geschwollenen Augen zu uns wandern und ich sehe im Augenwinkel, wie Sergio einen Arm über die Stuhllehne schwingt. Die Spannung steigt und zieht sich durch die gesamte Cafeteria, nur das schrille Lachen Natalia Wolkovs dringt wie durch Watte an meine Ohren. Aarik und Victor schlagen tatsächlich die Richtung zu unserem Tisch ein. Mein Rücken knackt, als ich mich noch mehr anspanne. Mein Bruder steht langsam auf, umrundet seinen Stuhl äußerst sanft und versperrt den beiden den Weg mit einer geschmeidigen Bewegung.

Aarik stockt direkt vor ihm.

»Ihr müsst euch einen anderen Platz suchen«, meint Sergio leise. Die ersten Schüler werden auf uns aufmerksam und tuscheln los, während andere vergessen, weiterzusprechen, weil sie uns so gebannt mustern.

Aarik sieht an Sergio vorbei zu dir. Du starrst nur den Tisch an und ich hebe warnend meine Brauen zu ihm, als ich bemerke, wie dein Atem etwas schneller geht. Mein Blick liegt starr auf Victor. Sergios auf Aarik.

Ein paar Sekunden fixieren wir uns. Victor schnaubt schließlich, bevor Aarik sein Gesicht verzieht und ich langsam zu beben beginne. Es ist nicht gut. Wenn er jetzt nicht verschwindet, flippe ich wieder aus.

Aarik mustert dich noch ein paar Sekunden fast schon mit Besorgnis. Jetzt schnaube ich. Dann wendet er sich ab und geht zu einem der anderen Tische.

»Mein Gott, müsst ihr so ein Drama machen?«, fragt Victor abfällig. Ich will gerade hochspringen und ihm den Schlag seines Lebens verpassen, als etwas echt Komisches passiert. Etwas, was man nicht sehr oft sieht.

Sergio holt mit einem Mal aus und seine Faust kracht frontal und hart in Victors sowieso schon ramponiertes Gesicht. Ein paar Münder klappen auf und ein paar Hände erstarren in der Luft, während Victor nach hinten taumelt und Aarik ihn abfängt. Victors Augen schießen herum und visieren meinen Bruder tödlich an, aber Aarik flüstert ihm was zu.

»Wie gesagt.« Sergio krempelt seine Hemdärmel hoch. »Ihr müsst euch einen anderen Platz suchen.«

Victor will etwas erwidern, aber Aarik packt ihn am Arm und zerrt ihn aus der Cafeteria. Oh Scheiße, das wird für Sergio Ärger mit Mr. Donovan de Luca geben, aber ich liebe es, dass er so ist. Ich liebe es, dass er sich manchmal nicht beherrschen kann. Ich will nicht, dass er wie sein Vater wird, das will keiner von uns. Davon abgesehen hat Victor es verdient.

Sergio setzt sich wieder und die anderen widmen sich ihrem Essen sowie ihren Gesprächen, die sich wahrscheinlich nur um uns drehen.

Sergio nimmt wieder sein Handy, als wäre nichts geschehen und tippt darauf herum.

Du versuchst, tief durchzuatmen, und ich schaue zu dir. Zaghaft löst du den Blick vom Tisch und siehst zu mir auf. Deine Augen sind gehetzt. Ich hasse das. Ich hasse diesen Hurensohn. Ich streiche deinen Zopf nach. Auf deiner Stirn schimmern ein paar Schweißperlen und ich versuche, mir nicht ansehen zu lassen, was das mit mir anstellt, weil ich es für dich nicht noch härter machen will, als es sowieso schon ist.

Wortlos lehnst du dich an mich, dein Gesicht an meiner Halsbeuge, und ich halte dich mit einem Arm an mich gedrückt.

Rosalie kommt mit dem vollgeladenen Tablett zurück und setzt sich. Sie wirkt nicht sehr überrascht, mustert dich aber besorgt. »Willst du kurz rausgehen?«, fragt sie und du schüttelst den Kopf, ohne dich von mir zu lösen.

»Okay.« Rosalie verteilt an meinen Bruder und mich das Essen. Sie hat auch was für dich dabei.

Eine Weile essen wir schweigend und du entspannst dich immer mehr. Victor kommt nicht zurück, auch Aarik nicht. *Aarik.* Ich will jetzt nicht daran denken, was am Samstag war. Ehrlich nicht.

Schließlich hilfst du Ilja bei seinen Matheaufgaben, die er einfach nicht versteht, als Selina die Cafeteria betritt und ich mich straffe. Sie kommt auch direkt auf unseren Tisch zu und ihr schwarzer Zopf schwingt hin und her. Wieder sehen uns die anderen aufmerksam an. Wir scheinen heute echt interessant zu sein.

Du ignorierst sie und ich schaue zu ihr hoch. Sie wirkt entschlossen und bleibt direkt vor mir stehen, weshalb ich den Blick noch etwas weiter hebe. »Wir müssen reden, Baby«, informiert sie mich.

Mein Bruder ist nicht amüsiert und sieht mit einer hochgezogenen Braue zu Selina hoch. Savio steht ein paar Schritte entfernt. »Verpiss dich von meinem Tisch, *Baby*«, zischt Sergio nicht gerade freundlich.

Selina schaut zu ihm. »Ich muss nur kurz mit ihm reden«, meint sie plötzlich ganz kleinlaut und Sergio betrachtet mich fragend.

Ich beuge mich an dein Ohr. »Fünf Minuten, ich muss das mit ihr klären.«

Du nickst, woraufhin ich Sergio ein Zeichen gebe, ruhig zu bleiben. Der winkt Savio heran und gibt ihm ein paar Anweisungen, bevor sich mein Bruder wieder an Selina wendet.

»Da, wo ich es sehen kann.« Abfällig winkt er sie weg. Ihre dunklen Augen blitzen, während ich mich erhebe. Es ist gut, wenn wir in Sichtweite sind. Dann musst du dir keine unnötigen Gedanken machen.

Selina geht vor und ich folge ihr mit Savio zusammen. Wir bleiben in einer der hinteren Ecken vor einer grauen Säule stehen. Savio wartet drei Schritte entfernt und ich verschränke die Arme vor der Brust.

Ich schaue zu ihr runter, in diese dunklen Tiefen, die mich immer so eingesogen haben und jetzt so unsicher wirken. Eine Zeit lang brauchte sie mich nur ansehen und ich war verloren. Alles andere wurde schwammig und undeutlich. Alles andere wurde unwichtig. Doch jetzt kann ich nur daran denken, dass du da hinten sitzt und uns beobachtest.

Mit der Schulter lehne ich mich an die Wand. Ich weiß nicht, wie, aber ich habe es geschafft, dass Selina keine Macht mehr über mich hat. Und das fühlt sich so befreiend an. Ich hatte ja keine Ahnung.

»Was … ist das jetzt?«, will sie schließlich wissen und nimmt nicht ihren dunklen Blick von mir.

Ich streiche mir durch das Haar und schiebe meine andere Hand in die Hosentasche. »Es tut mir leid«, meine ich als Erstes. »Ich wollte nicht, dass du es so erfährst, und habe nicht sehr gut darüber nachgedacht.«

Ihr Blick wird härter und kühlt deutlich ab. »Was erfahren? Du …« Sie verstummt und ich beschließe, einfach ehrlich zu sein.

»Nach dem, was am Wochenende war … ich weiß nicht, warum, aber ich habe mich von dir gelöst. Ich wollte das nicht, es ist einfach passiert. Und ich habe gemerkt, dass ich mehr für Irina fühle.«

»Sie kann dir doch gar nicht geben, was du brauchst!«, erwidert sie sofort. Tja, Irina, das gilt es, herauszufinden. Und wenn nicht, dann lernen wir eben, was der andere braucht.

Ich atme durch. »Was ich brauche, ist Ruhe, Selina. Ich kann das nicht mehr.«

»Du musst das auch nicht mehr!«, meint sie nachdrücklich. »Noch ein paar Tage, dann sind wir weg. Weg von alledem! Nur du und ich!«

Sofort schüttle ich den Kopf. »Ich kann hier nicht weg. Ich wollte es. Ich wollte dich beschützen, aber ich habe gemerkt, dass du keinen Schutz brauchst. Du bist wie eine Katze. Du landest immer wieder auf den Füßen. Du brauchst mich nicht. Du liebst mich nicht. Du willst mich einfach nur. Und das ist keine Voraussetzung dafür, gemeinsam wegzulaufen. Außerdem … kann ich meine Familie hier nicht einfach so zurücklassen.«

Ungläubig blinzelt sie zu mir hoch. »Ich … brauche dich. Und ich liebe dich. Und du liebst mich auch.« Die Worte lösen gar nichts in mir aus. Keine Wärme, kein schneller schlagendes Herz. Ich empfinde nichts.

»Ich weiß nicht …« Ich räuspere mich, weil meine Stimme so heiser ist. »Ob das Liebe war, Selina.« Oder nur Lust, Besessenheit und Verlangen.

»Es. Ist. Liebe«, sagt sie überzeugt.

»Nein.« Meine Stimme wird sanfter. »Nein, es ist keine Liebe, wenn jemandem, der so viel Wert auf Treue gibt, egal ist, dass die Frau, die er angeblich liebt, vor seinen Augen mit einem anderen Mann fickt. Und es ist keine Liebe, wenn die Frau, die den Mann angeblich liebt, Sehnsucht nach anderen Schwänzen hat, Selina. Das ist keine Liebe. Du liebst mich nicht. Das hast du nie.« Und die Erkenntnis ist echt niederschmetternd.

Sie wirkt ehrlich getroffen und Panik steigt in ihre Augen.

»Ich will es mit ihr versuchen.«

»Nein, nein … ich kann das. Ich kann … dir geben, was du brauchst, und ich kann sein, was du brauchst.« Jetzt wird sie wirklich panisch. »Egal was, ich tue es, Zayden! Ich tue alles!«

Sie tritt auf mich zu und nimmt meine Hand. Mein einziger Gedanke bist du da hinten, weshalb ich meine Finger zurückziehe. Ich werde dich hier nicht demütigen und mit Selina Händchenhalten, nachdem alle uns zusammen gesehen haben.

Sie stockt und ihr Blick wird total ungläubig.

»Es tut mir leid«, meine ich leise.

»Zayden?«, fragt sie atemlos, als hätte sie einen Fremden vor sich.

»Du kannst nicht sein, was ich brauche, weil du das einfach nicht bist, und ich würde von dir niemals verlangen, dich für mich zu ändern. Das wäre nicht echt, das wärst nicht du«, erkläre ich und schiebe auch meine zweite Hand in die Hosentasche.

»Es ist mir egal! Ich … tue alles!« Ihre Augen brennen sich förmlich in meine und ihr Blick wird beschwörend. »Wirklich alles!«

Ich betrachte sie und schüttle etwas den Kopf. Es ist, als hätte mir jemand die Augenbinde abgenommen. Mit einem Mal sind ihre Augen gar nicht mehr die dunklen, geheimnisvollen Tiefen, die ich immer darin gesehen habe, sondern zwei schwarze Löcher, die ausdruckslos sind und nichts aussagen. Darin funkelt nichts. Da ist nichts dahinter. Ihre Lippen sind nicht länger weich und voll und laden zum Küssen ein, sondern sind nur der Mund, mit dem sie schon so viele andere berührt hat. Genau wie ihre Hände, die ich nicht mehr an mir haben will.

»Ich bin da, wenn du was brauchst. Aber ich kann nicht länger …«

Sie schüttelt den Kopf, als würde sie das nicht hören wollen.

Ich stoße mich von der Wand ab. Das hier bringt nichts. Letztendlich ist es doch, wie es ist. »Es tut mir leid, Selina.

Es ist vorbei«, ende ich also keinen Widerspruch duldend und sie keucht. Sofort steigen Tränen in ihre Augen und ich hebe einen Mundwinkel zu einem freudlosen Lächeln. Nicht einmal die Tränen kann ich ihr noch abkaufen, weil sie so viel gelogen hat.

»Tu das nicht«, wispert sie kaum hörbar.

»Du hast das getan. Ich hab dich geliebt wie irre«, meine ich genauso leise.

»Tu das nicht«, wiederholt sie nochmal und diesmal klingt es anders. Fast drohend.

Ich seufze tief. »Du wirst sicher irgendwann jemanden finden, der besser mit dir umgehen kann. Ich bin nicht richtig für dich und du nicht für mich.«

Ich sehe, wie ihr Blick Stück für Stück erkaltet und Stück für Stück ihre Maske fällt. Plötzlich ist sie gar nicht mehr schön. Gar nicht mehr besonders. Gar nicht mehr perfekt. Ich schnaube humorlos, dann wende ich mich ab und lasse sie stehen.

»Zayden!«, ruft Selina durch die Cafeteria, aber ich gehe weiter. »ZAYDEN, WARTE!«, schreit sie nun lauter und ich gehe immer noch weiter. Ich werde mich nicht mehr umdrehen, es wird Zeit, dass ich sie hinter mir lasse und vorwärtsgehe. Ich visiere nur dich an, während deine strahlenden Augen zu mir aufsehen. Da ist so viel Wärme in deinem Blick, so viel Echtheit.

Ich halte dir meine Hand hin und du legst sofort deine Finger hinein, woraufhin ich dich auf die Füße ziehe. Ich höre, wie die Türen knallen, als Selina abrauscht, und führe dich durch einen anderen Ausgang in den Flur.

Er ist leer und die Sonne fällt durch die hohen Fenster auf den sauberen, hellen Boden. Ich halte deine Hand in meiner und wir gehen den leeren Gang entlang. Immer geradeaus, Irina. Nur noch geradeaus und keine Abkürzungen mehr. Keine dunklen Seitenstraßen mehr. Keine ekelhaften Stopps mehr und kein Blick zurück.

Immer geradeaus, denn ich weiß, am Ende des Weges wartet die Sonne.

Auf uns alle.

Irgendwann.

54. Danksagung

Wir sind schon eine lange Reise mit den Rushs und den de Lucas gegangen, aber eigentlich beginnt sie jetzt gerade erst. Jetzt gerade erst, findet sich Sergio langsam in der Mafiawelt ein, betritt er sie und wir folgen ihm gebannt.

Sergio ist in dieser Reihe einer unserer wichtigsten Charaktere, genau wie Zayden (Rosalie und Irina <3 – Gott, wir lieben sie soooo). Wir sehen das alles mittlerweile wirklich wie eine Serie, die in einem ganzen Universum spielt und wir freuen uns schon soooo darauf euch tiefer eintauchen zu lassen und euch immer mehr neue Charaktere vorstellen zu dürfen.

Es wird eine extreme Reise, voller Liebe, Hass, Drama, Schmerz, Glück und Szenen bei denen ihr genauso Taschentücher zum Beseitigen der Wein- sowie Lach-Tränen brauchen werdet.

Es wird EXTREM, in so vielen Hinsichten, es wird grenzüberschreitend. Deswegen sollte man sich nur darauf einlassen, wenn man wirklich starke Nerven und Lust auf DARK Romance hat.

Jetzt zu unserem DANKE:

Wir danken unseren Superbros, die uns immer so heftig unterstützen.

Jedem einzelnen, der der XX-Reihe eine Chance gibt, obwohl wir manchmal wirklich unvorhersehbare Dinge schreiben (lol). Die sind so unvorhersehbar, dass wir sie nicht mal selber vorhersehen können. Haha.

Wir danken EUCH, dass ihr euch so mitreißen lasst!

Wir danken unseren wunderbaren Bloggern, die so der HAMSTER sind!

Wir danken unserer wunderbaren Marie Graßhoff für ihre Engelsgeduld, wenn sie unsere wahnsinnig schönen Cover bastelt.

Natürlich auch unserer Lektorin Isabell Kaden führ ihre Arbeit, genau wie dem A.P.P. Verlag.

Wir danken jedem, der unsere größte Leidenschaft teilt, der die Charaktere genauso liebt wie wir und für den jedes Mal eintauchen ins Rush-Universum ein nach Hause kommen ist.

Wir lieben sie.

Wir lieben euch.

Wir lieben eure Rezensionen, eure Meinungen, alles was von euch kommt.

Der nächste Teil erscheint wieder ungefähr in einem Monat, wir sind zwar sadistisch, aber nicht so sehr.

Eure Don und Maria – Oberbros.

55. GLOSSAR

De Luca (XX)

Aktuell wichtig.

Donovan Jacob de Luca: 38 Jahre alt, Obermafiaboss von Chicago, Teilen Amerikas und Italiens, ältester Sohn von Vito und Maria de Luca (gest.), älterer Bruder von Dorian Matteo de Luca, Vater von Sergio de Luca und Catalina. War verheiratet mit Isabelle Rush.

Dorian Matteo de Luca (gest.): Bruder von Donovan de Luca, jüngerer Sohn von Maria und Vito de Luca (gest.), war verheiratet mit Isabelle Rush. Wurde erschossen.

Sergio Vito de Luca: 17 Jahre alt, Erbe des de Luca-Imperiums, Sohn von Donovan de Luca und Isabelle Rush, Bruder von Zayden Rush und Catalina de Luca.

Catalina Isabelle de Luca: 13 Jahre alt, Tochter von Donovan de Luca und Isabelle Rush, Stieftochter von Carter Rush, Schwester von Zayden Rush und Sergio de Luca.

Ramon Andrej de Luca: 35 Jahre alt, Sohn von Andrej und Grazia de Luca, führt das de Luca-Imperium in New Orleans, sitzt derzeit noch im Gefängnis, Bruder von Mariella de Luca.

Restliche Vorfahren

Matteo de Luca: verstorben, Gründer der de Luca-Dynastie in Italien/Sizilien. Vater von Jacob und Francesco de Luca.

Jacob de Luca: verstorben, Ehemann von Amalia de Luca, Bruder von Francesco de Luca, Gründer der de Luca-Dynastie in Chicago, Vater von Vito, Andrej und Pablo de Luca.

Francesco de Luca: verstorben, ehemaliger Oberboss der Familien in Chicago und Italien, Bruder von Jacob de Luca.

Vito de Luca: verstorben, Ehemann von Maria de Luca, Vater von Donovan und Dorian de Luca, ehemaliges Oberhaupt der de Luca-Dynastie in Chicago.

Andrej de Luca: 60 Jahre alt, Ehemann von Grazia de Luca, Vater von Mariella und Ramon de Luca, Oberhaupt der de Luca-Dynastie in New Orleans.

Pablo de Luca: 56 Jahre alt, Oberhaupt der de Luca-Dynastie in Sizilien.

Marielle de Luca: 37 Jahre alt, Exfrau von Carter Rush, verheiratet mit Silas Frotelli, führt mit ihrem Mann das de Luca-Imperium in New Orleans, Schwester von Ramon de Luca, Tochter von Andrej und Grazia de Luca.

Rush (CC)

Aktuell wichtig

Caden Rush: 38 Jahre alt, Gründer des Rush-Imperiums und der Rush-Mafia in Chicago, zuständig für die Südstadt, verheiratet mit Alayna Rush, Sohn von Mason und Emilia Rush, Vater von Rosalie und Sophia Rush, Zwillingsbruder von Carter Rush und Bruder von Ava Rush.

Carter Rush: 38 Jahre alt, Gründer des Rush-Imperiums und der Rush-Mafia in Chicago, verheiratet mit Isabelle Rush, Sohn von Mason und Emilia Rush, Vater von Zayden Rush, Bruder von Caden und Ava Rush.

Alayna Rush: 37 Jahre alt, verheiratet mit Caden Rush. Mutter von Rosalie und Sophia Rush, Tochter von Grace und Harry Hastings.

Isabelle Lucia Rush: 37 Jahre alt, verheiratet mit Carter Rush, Mutter von Zayden Rush mit Carter Rush und Sergio und Catalina de Luca mit Donovan de Luca. Tochter von Massimo und Lucia Marino.

Ava Rush: 36 Jahre alt, Spitzenanwältin, Tochter von Mason und Emilia Rush, Mutter von Ilian Terekov, Schwester von Caden und Carter Rush.

Rosalie Emilia Rush: 17 Jahre alt, Schwester von Sophia Rush, Tochter von Caden und Alayna Rush.

Sophia Alayna Rush: 13 Jahre alt, Schwester von Rosalie Rush, Tochter von Caden und Alayna Rush.

Zayden Mason Rush: 17 Jahre alt, Halbbruder von Sergio de Luca und Catalina de Luca, Sohn von Carter und Isabelle Rush, Erbe des Rush-Imperiums.

Restliche Vorfahren

Keaton John Rush: verstorben, Ehemann von Olivia Rush, Vater von Mason Keaton Rush.

Olivia Rush: verstorben, Ehefrau von Keaton Rush, Mutter von Mason Rush und Riley Pierson.

Mason Keaton Rush: 63 Jahre alt, Ehemann von Emilia Rush, Vater von Caden, Carter und Ava Rush, Sohn von Keaton und Olivia Rush, Halbbruder von Riley Pierson.

Emilia Rush: 61 Jahre alt, Ehefrau von Mason Rush, Mutter von Caden, Carter und Ava Rush.

Terekov (t)

Sergej Terekov: 56 Jahre alt, Mafiaboss der Terekov-Dynastie mit Sitz in Russland/St. Peterburg & Moskau und Chicago/Weststadt, verheiratet mit Swetlana Terekov, Vater von Ivan, Ilja und Irina Terekov.

Swetlana Terekov: 54 Jahre alt, verheiratet mit Sergej Terekov, Mutter von Ivan, Ilja und Irina Terekov.

Ivan Terekov: 37 Jahre alt, ältester Sohn und Erbe des Terekov-Imperiums, Vater von Ilian Terekov, Bruder von Ilja und Irina Terekov.

Ilja Terekov: 18 Jahre alt, Sohn von Swetlana und Sergej Terekov, Bruder von Ivan und Irina Terekov.

Irina Swetlana Terekov: 17 Jahre alt, jüngste Tochter von Swetlana und Sergej, Schwester von Ivan und Ilja.

Ilian Sergej Terekov: 13 Jahre alt, Sohn von Ivan Terekov und Ava Rush, lebt bei seinem Vater, nächster Erbe der Terekov-Dynastie.

Sanchez (S in Schlangenform)

Diego Sanchez: 42 Jahre alt, Oberhaupt des kolumbianischen Mafia-Imperiums mit Sitz in Kolumbien/Bogota und Chicago, Ehemann von Valentina Sanchez und Vater von Selina Sanchez.

Valentina Sanchez: 39 Jahre alt, Ehefrau von Diego Sanchez, Mutter von Selina Sanchez.

Selina Sanchez: 17 Jahre alt, Tochter von Diego und Valentina Sanchez.

Bosco Sanchez: 19 Jahre alt, Neffe von Diego Sanchez, angehender Erbe des kolumbianischen Imperiums.

Wolkov (Familienwappen = Wolfskopf)

Alexander Wolkov: 41 Jahre, Oberhaupt der russischen Mafia in Russland/Nowosibirsk und des Ostens Chicagos, Ehemann von Matilda Wolkov, Vater von Aarik, Victor und Natalia Wolkov.

Aarik Alexander Wolkov: 18 Jahre alt, Ältester Sohn von Matilda und Alexander, Erbe des Wolkov-Imperiums, Bruder von Victor und Natalia.

Victor Wolkov: 17 Jahre alt, Sohn von Matilda und Alexander Wolkov, Bruder von Aarik und Natalia.

Natalia Wolkov: 14 Jahre alt, Tochter von Matilda und Alexander, Schwester von Aarik und Victor.

Die Bodyguards

Giovanni Guerra: Treuster Mann von Donovan de Luca.

Jaxon Miller: Treuster Mann von Caden Rush.

Camillo Cattaneo: Treuster Mann von Sergio.

Savio Guerra: Sohn von Giovanni.

Printed in Germany
by Amazon Distribution
GmbH, Leipzig

18828952R00470